Heinrich Karl Brugsch

Thesaurus inscriptionum aegyptiaerum

Heinrich Karl Brugsch

Thesaurus inscriptionum aegyptiaerum

ISBN/EAN: 9783743322561

Hergestellt in Europa, USA, Kanada, Australien, Japan

Cover: Foto ©Andreas Hilbeck / pixelio.de

Manufactured and distributed by brebook publishing software
(www.brebook.com)

Heinrich Karl Brugsch

Thesaurus inscriptionum aegyptiaerum

THESAURUS

INSCRIPTIONUM AEGYPTIACARUM.

ALTAEGYPTISCHE INSCHRIFTEN

GESAMMELT, VERGLICHEN, ÜBERTRAGEN, ERKLÄRT UND AUTOGRAPHIRT

VON

HEINRICH BRUGSCH.

ERSTE ABTHEILUNG.

ASTRONOMISCHE und ASTROLOGISCHE

INSCHRIFTEN

ALTAEGYPTISCHER DENKMAELER

GESAMMELT UEBERTRAGEN UND AUTOGRAPHIRT

VON

HEINRICH BRUGSCH.

LEIPZIG 1883.
J. C. HINRICHS'SCHE BUCHHANDLUNG.

EINLEITUNG.

Die Abschriften der astronomischen Inschriften, welche sich auf den ägyptischen Denkmälern älterer und jüngerer Zeit, in so weit sie dem Auge zugänglich sind, bis auf den heutigen Tag erhalten haben, bilden den ersten Band des *Thesaurus inscriptionum aegyptiacarum*. Sie sind von dem Herausgeber an Ort und Stelle während seines langjährigen Aufenthaltes in Aegypten copiert, wiederholt mit den Originalen und mit etwa bereits veröffentlichten Texten verglichen worden und dürfen den Anspruch auf eine eben so vollständige Zusammenstellung als auf eine correcte Wiedergabe des vorhandenen astronomischen Materiales der Denkmäler verdienen. Den Kennern dieses Theiles der ägyptischen Alterthumskunde wird darunter das Neue, theilweise unbekannte, theilweise wenig bekannte und andererseits leider fehlerhaft publicierte, nicht entgehen, welches der Herausgeber in diesem Werke der Wissenschaft übergiebt, in der guten Absicht, hierdurch eine grosse und empfindliche Lücke in der ägyptischen Alterthumskunde auszufüllen. Die den Inschriften beigefügten Umschreibungen, Uebersetzungen und Erklärungen werden ausserdem denjenigen, welche den altägyptischen Entzifferungen ferner stehen, die Gelegenheit gewähren sich mit dem reichen Inhalte der überlieferten astronomischen Lehren und Anschauungen der alten Aegypter vertraut zu machen und mit Hülfe ihres eigenen Wissens auf dem Gebiete der modernen astronomischen Kenntnisse den altägyptischen Traditionen ihren eigentlichen wissenschaftlichen Werth zu verleihen. Dem Beispiel der Denkmäler folgend hat der Herausgeber der tabellarischen Anordnung der Ueberlieferungen, in absteigender chronologischer Folge, den Vorzug vor der bloss beschreibenden Darstellung gegeben und die tiefer begründeten Unterschiede der astronomischen Lehrsätze der älteren Epoche bis zum Ende des Pharaonenreiches und der jüngeren der griechisch-römischen Zeit möglichst streng aus einander gehalten. Nur auf diesem Wege schien es ihm allein möglich zu sein, die Uebersicht der gesammelten astronomischen Inschriften dem Kenner und Nichtkenner der ägyptischen Schriftarten zu erleichtern und dem Verständniss derselben die wesentlichsten Dienste zu leisten.

Ueber die Wichtigkeit und den Nutzen der altägyptischen astronomischen Ueberlieferungen, welche in dem vorliegenden Bande zum ersten Male in einer vollständigen Zusammenstellung den Meistern und Jüngern der Wissenschaft dargeboten werden, dürfte wohl kaum ein Zweifel auftauchen. Ganz abgesehen von dem ausserordentlichen Interesse, welches sich historisch an die astronomischen Kenntnisse des ältesten Culturvolkes der Erde knüpft, deren früheste Zeugnisse, fast tausend Jahre vor den Zeiten der Anfänge der griechischen Astronomie, in die Epoche der glänzenden neunzehnten (thebanischen) Dynastie des Pharaonenreiches hinaufreichen, — gewährt das Verständniss jener altägyptischen Ueberlieferungen, in ihrer fortschreitenden Entwicklung, vom astronomischen Standpunkte aus das einzige Mittel, mehrere unverrückbar feste Punkte der altägyptischen Geschichte auf Grund astronomischer Berechnungen zu bestimmen und dadurch die Basis für eine nicht bloss manethonische, sondern exacte Zeitrechnung zu gewinnen. In seiner Einleitung zur Chronologie der Aegypter (1849) hat zuerst Lepsius die astronomische Grundlage derselben in ebenso gelehrter als scharfsinniger Weise mit Hülfe der Denkmäler-Ueberlieferungen nachgewiesen. Die kritischen Ergebnisse seiner Studien bilden den festen Ausgangspunkt aller gegenwärtigen und zukünftigen Untersuchungen auf dem bezeichneten Gebiete und haben die Wege gebahnt, auf welchen der besonnene Forscher weiter zu schreiten hat. Die zunehmende Erkenntniss der altägyptischen Sprache und Schriftentzifferung, die Auffindung wichtiger unbekannter Denkmäler und gelegentliche Berichtigungen und Ergänzungen durch Veröffentlichung bereits bekannter astronomischer Texte haben im Einzelnen die von dem Altmeister der modernen Aegyptologie gewonnenen Ergebnisse der Forschungen corrigiert und vervollständigt, aber nicht vermocht die Umrisse des Gesammtbildes zu zerstören, dessen Linien ein für alle Mal mit fester und sicherer Hand von ihm gezogen sind. Auch die vorliegenden „astronomischen Inschriften" sind in ihrem Zusammenhange als Theile jenes Gesammtbildes zu betrachten. Sie füllen offene Lücken aus und fügen Details hinzu, die dem scharfen Auge des Begründers der altägyptischen Chronologie entgangen oder ihm unbekannt geblieben waren.

Indem sich der Herausgeber die Aufgabe gestellt hatte, das ganze ihm zugänglich gewordene astronomische Material der Denkmäler in übersichtlicher Weise zu ordnen, vom philologischen Standpunkte aus zu erklären und nach Gruppen zusammenzustellen, hat er aus Mangel astronomischer Kenntnisse, wie sie dem Astronomen zu Gebote stehen, sich jedes Urtheils im astronomischen Sinne enthalten und es den Fachmännern überlassen, das Gebotene zum Nutzen der geschichtlichen Forschung zu verwerthen. Wie missverstandene Inschriften und Darstellungen, besonders in früheren Zeiten, aus Mangel einer genauen philologischen Interpretation der Texte die gelehrtesten und scharfsinnigsten Astronomen erwiesenermassen zu den erfolglosesten, wenn auch mühsamen Berechnungen verleitet haben, so fehlt es andererseits nicht an Beispielen, in welchen astronomisch nicht geschulte Aegyptologen den astronomischen Ueberlieferungen der Denkmäler die trügerischsten Daten abgerungen haben. Beide, der Aegyptolog und der Astronom, können nur Hand in Hand arbeitend der Wissenschaft erspriessliche Dienste leisten. Hierin liegt der nächste Zweck und die eigentliche Bedeutung des vorliegenden Bandes der astronomischen Inschriften.

Die zahlreichen Inschriften und Darstellungen, welche die nachstehenden Seiten füllen, sind von dem Verfasser autographisch niedergeschrieben und gezeichnet. Wenig geübt in der altägyptischen Malerei hat er es vorgezogen bei mehreren Abbildungen sich publicierter Vorbilder zu bedienen, wie sie vor allem die Wissenschaft der Meisterhand des Malers E. Weidenbach verdankt (in den Denkmälern der preussischen Expedition und in den Wandgemälden des Berliner Museums). Selbstredend sind die Zeichnungen vorher mit seinen eigenen Copien verglichen und wo es Noth that, an betreffenden Stellen verbessert worden. Auch die Publicationen der astronomischen Bilder an den Decken der Tempel von Dendera, Esne und Edfu, welche sich in der *Description de l'Égypte* befinden, haben dem Herausgeber mehrfach die Gelegenheit geboten, die gegenwärtig kaum mehr mit dem Auge zu erreichenden Deckenbilder der erwähnten Heiligthümer als Controle zu benutzen. Die in den Werken verstorbener und lebender Aegyptologen veröffentlichten und besprochenen Darstellungen und Inschriften astronomischen Inhaltes, insofern sie der Wissenschaft wirkliche Dienste geleistet haben, sind von dem Herausgeber betreffenden Ortes erwähnt worden. Die astronomischen Berechnungen und Bestimmungen, welche nach des Herausgebers Ueberzeugung auf der Basis einer irrthümlichen Auslegung astronomischer Inschriften beruhen, sind von ihm mit Stillschweigen übergangen worden, da ihm die Bestätigung nützlicher und wohlthuender erschien, als die Widerlegung unglücklicher oder unwissenschaftlicher Theorien.

Charlottenburg, den 26. November 1882.

H. B.

INHALT.

I. Die astronomischen Inschriften an der Decke im Pronaos des Tempels von Dendera aus der Zeit des Kaisers Tiberius

Obwohl die in bunt bemalten Haut-reliefs ausgeführten figürlichen Darstellungen, welche sich an der Decke des oben erwähnten Pronaos befinden, durch die Publication im IV. Bande der Description de l'Egypte (Antiquités) — zum Theil mit Irrthümern in der Aufeinanderfolge der Figuren und mit Fehlern in der Details — allgemeiner bekannt geworden sind und den Gegenstand zahlreicher gelehrter Untersuchungen auf dem Gebiete der altaegyptischen Astronomie und der berechnenden Chronologie gebildet haben: so sind dennoch die zum Verständniss der Darstellungen so nothwendigen den einzelnen Figuren beigefügten Inschriften in ihrem ganzen Zusammenhange bis jetzt von keiner Seite her der Wissenschaft zugänglich gemacht worden. Nur einzelnes wie z. B. die Namen der Stunden und der Dekane ist in zerstreuten Publicationen veröffentlicht worden. Die ungemein mühsame Abschrift der nachstehenden Texte hat nur mit Hülfe scharfer Gläser und mit Benutzung des vortheilhaftesten beleuchtenden Sonnenlichtes erreicht werden können. Eine wiederholte Durchsicht und Vergleichung der genommenen Copien dürfte für ihre Zuverlässigkeit und Genauigkeit genügende Bürgschaft leisten. Zum leichteren Verständniss der Anordnung des Ganzen und der Vertheilung der Einzelnen lasse ich nach dem Aufriss

der „Description de l'Egypte" in verkleinertem Maasstabe den
Plan der Decke in der unten stehenden Zeichnung (SS. 2 u. 3)
folgen. Im allgemeinen bemerke ich dazu im voraus,
dass die drei auf der Südseite der Decke und des Tempels
befindlichen Streifen A. B. C. mit ihren Figuren und Texten

dem Sonnenlaufe und den Sternbildern des südlichen Himmels
angehören, während die drei auf der nördlichen Seite mit Darstellungen und Inschriften bedeckten Streifen A. B. C sich auf die
Mondsphäre und die Sternbilder des nördlichen Himmels beziehen. Dieser vorläufige Hinweis wird vollkommen ausreichen
um das Verständniss der Gesammtauffassung zu erleichtern.
Der Raumersparniss halber sind im nachfolgenden die
figürlichen Darstellungen in den meisten Fällen bei Seite gelassen, wenn die Publicationen derselben in der Description
dem Originale treu entspricht und sie ohne Missverständniss
deutlich erkennen lässt. Da wo es sich um eine wesentliche
Bestätigung oder um Berichtigungen wirklicher Fehler han-
delte, ist jedesmal der Inschrift die bildliche Darstellung
meinerseits hinzugefügt worden.

Wie es in der Absicht des unbekannten Urhebers jener
wichtigen Decken-Ornamentes lag, in Bild und Wort die
astronomisch-kalendarischen Vorstellungen und Kenntnisse
seiner Zeit und seines Landes (nicht ohne Einfluss griechisch-
römischer Anschauungen, vor allem in der Einführung der
zwölf Zeichen des Thierkreises in die ägyptische Sphäre nachweisbar) für das ägyptische Auge anschaulich und übersichtlich darzustellen, so erhält auch für die moderne
Wissenschaft jenes Denkmal. ägyptischer Weisheit auf den

Gebiete der Astronomie, im Zusammenhang mit der Jahresform des ägyptischen Kalenders die hohe Bedeutung eines festen Ausgangspunktes. Sind auch in einzelnen durch ihr höheres Alter ausgezeichneten Ueberlieferungen astronomischer Natur in den Tempeln und Königsgräbern zu Theben aus den Zeiten der XIX. und XX. Dynastie verwandte Darstellungen erhalten, welche sich gelegentlich durch eine genauere Durchführung des behandelten Stoffes im Einzelnen hervorthun, so fehlt ihnen dennoch der durchsichtige Zusammenhang und das klarere Verständniss der astronomischen Deckenbilder des Pronaos von Dendera. Nach dieser Vorbemerkung gehe ich von Streifen zu Streifen auf die Inschriften selber über.

<u>Nordseite</u>, <u>Streifen A'</u>, obere Darstellung, von Ost angefangen:

1) die Göttin [Hieroglyphen] pir-nofru-en-neb-set ("welche schaut die Herrlichkeiten ihres Herrn d. i. des Sonnengottes) der zwölften Stunde der Nacht.

2) das Zodiacalzeichen des <u>Löwen</u>. 3) zerstörtes Bild.

4) [Hieroglyphe] astronomisches Zeichen von unbekannter Bedeutung.

5) die Göttin [Hieroglyphen] <u>Xeseḥ-Xemtt</u> ("Abwehrerin der Fremden") der <u>elften</u> Stunde der Nacht.

6) die Göttin [Hieroglyphen] <u>māk-neb-es</u> ("Schirmerin ihres Herrn") der <u>zehnten</u> Nachtstunde.

7) das Zodiacalzeichen der <u>Jungfrau</u>.

8) der Planet [Hieroglyphen] _sebek_ (Mercur) dargestellt als [Figur].

9) vierköpfige Gottheit in der Hand das Instrument [Figur] tragend.

10) die Göttin [Hieroglyphen] _neb-sendti_ ("Herrin des Schreckens") der neunten Nachtstunde.

11) die Göttin [Hieroglyphen] _semer-nesr-et_ der achten Nachtstunde.

12) das Zodiacalzeichen der _Wage_.

13) in einer Scheibe eingeschlossen die Figur: [Figur], links davon:

14) der Planet [Hieroglyphen] _pi-neter-du(a)_ "der Gott des Morgens" d. i. _Venus_, dargestellt als [Figur]. Daran sich schliessend:

15) und 16) die Göttin der _siebenten_ und _sechsten_ Nachtstunde. Beider Namen sind auf dem Streifen zerstört u. unlesbar.

17) Bild eines stehendes Nilpferdes, die Krone [Figur] auf dem menschlichen Kopfe, in den Händen zwei [Figuren] tragend.

18) das Zodiacalzeichen des _Scorpions_. Links darüber

19) ein namenloser Planet [Figur]

20) das Sternbild [Figur], Schakal auf dem Instrumente [Figur]

21) die Göttin [Hieroglyphen] _neb-ānX_ ("Herrin des Lebens") der _fünften_ u. [Nachtstunde]

22) die Göttin [Hieroglyphen] _ā šef_ ("hochansehnlich") der _vierten_ [Nachtstunde]

23) das Zodiacalzeichen des _Schützen_, links über demselben:

24) ein Planet in der Gestalt: [Figur] [der _dritten_ Nachtstunde.

25) die Göttin [Hieroglyphen] _scheru du_ ("Verscheucherin des Bösen")

26) Bild des Gottes Horus, bezeichnet als [Hieroglyphen] _Hru Xer setebu_ "Horus, Bekämpfer der Feinde," mit Speer stehend

27) den Stierschenkel am nördlichen Himmel oder das Sternbild der Grossen Bären mit einer Kette gefesselt, welche

28) die Nilpferdgöttin (reret) in der rechten Hand festhält. Die Gesammtdarstellung, auf die Wintewende bezüglich, zeigt die nachstehende Abbildung:

29) die Göttin sär-neb-es (, Erheberin ihres Herrn') der zweiten Stunde der Nachtzeit, hinter welcher erscheint

30) die Planeten-Figur (Sperber mit Stierkopf) des Saturn.

31) das Zodiacalzeichen des Steinbockes. Am Schlusse:

32) die Göttin der ersten Nachtstunde neb-hru (sic).

Die Fortsetzung vorstehender Bilder und Texte liefert die Südseite, Streifen A, obere Darstellung, von West angefangen:

1) die Göttin der ersten Nachtstunde neb-hru-t

2) die stierköpfige Gestalt des Planeten Saturn, in der Beischrift genannt Hru-ka „Horus-Stier".

3) Gott mit Geierkopf auf einer Gans stehend.

4) Gott, ein Messer in der rechten Hand, mit der linken eine

Antilope (typhonisches Thier) als Schlachtopfer haltend.

5) Kopfloser Mann in der Stellung: [Hieroglyphe], ohne Beischrift

6) die Göttin der zweiten Nachtstunde [Hieroglyphen] sär-neb-set.

7) die Göttin der dritten Nachtstunde [Hieroglyphen] scheru-du-t

8) das Zodiacalzeichen des Wassermannes.

9) der Planet Mars dargestellt als sperberköpfiger Gott ([Hieroglyphe]) mit der Beischrift [Hieroglyphen] Hru-doš, der rothe [Horus]

10) die Göttin der vierten Nachtstunde [Hieroglyphen] ā-šef-t.

11) das Zodiacalzeichen der Fische.

12) die Göttin der fünften Nachtstunde [Hieroglyphen] neb-ānχ.

13) In einer Scheibe ein Mann ein Schwein am Schwanze haltend (Χes-deb).

14) der Planet Jupiter in Horus-Gestalt [Hieroglyphe] mit der Beischrift [Hieroglyphen] Hru-up-šeta, seinen äg. Namen enthaltend.

15) die Göttin der sechsten Nachtstunde [Hieroglyphen] neb-sor-sešta.

16) die der siebenten Nachtstunde [Hieroglyphen] hr-s̆o-Χer-hr-neb-s.

17) das Zodiacalzeichen des Widders.

18) löwenköpfiger Gott mit dem Scepter [Hieroglyphe] in der Hand.

19) Gott mit einem Sterne [Hieroglyphe] auf dem Kopfe und [Hieroglyphe] in der Hand.

20) Hundekopfaffe und Antilope mit einander zugekehrtem Rücken. Auf dem Kopfe des ersteren Thieres [Hieroglyphe]

21) der Planet Venus, doppelköpfig dargestellt: [Hieroglyphe] mit der Beischrift: [Hieroglyphen] pi-neter-du, der Gott des Morgens.

22) Die Göttin der achten Stunde der Nacht.

23) die Göttin neb sent der neunten Nachtstunde.

24) das Zodiacalzeichen der Stieres, auf dem Rücken desselben die Scheibe des Neumondes. 25) Bild einer Gottheit mit dem Federschmuck des Gottes Anhur (oder) aus dem Kopfe.

26) der Planet Mercur als dargestellt mit der Beischrift sebeK (vergl. unten die Planeten-Tafel).

27) die Göttin māk-neb-s der zehnten Nachtstunde.

28) die Göttin Kesch zamu der elften Nachtstunde.

29) das Zodiacalzeichen der Zwillinge, dargestellt durch das Zwillingspaar der Gottheiten Šu und Tafnut.

30) die Göttin pir-[rozru-nu-neb-]s der zwölften [Nachtstunde.

31) das Sternbild des Sahu oder Orion:

Die darüber befindliche Inschrift lautet

sahu bi nuter šeps en usiri

d.h. „der Orion, die prächtige Gottesseele des Osiris.

32) Nachstehendes Bild: (Horus auf der Papyrussäule) Sommerwende (?).

33) Der Sirius als Sternbild durch eine liegende Kuh in einem Schiff darge-stellt, darüber als Text

(1), die göttliche Sopedet (Sothis), die grosse, die Herrin des Neujahres. die Tochter des Rā, Isis, die Herrin des Himmels, (2) zur Zeit aufgehend um ein glücklicher Jahr zu eröffnen, zieht sie friedlich dahin hinter ihrem Bruder, (3) dem Gotte als Sāhu-Gestirn (Orion). Ihr Sohn Horus (erscheint) als die Sonne, in Ewigkeit hin.

34) dasselbe Gestirn unter dem Bilde einer aufrechtstehenden Göttin mit der Beischrift , die göttliche Sothis. Sie befindet sich (wie sonst Satit, die Göttin der Nilschwelle:) in einem Schiffe. Hinter ihr als Begleiterin:

35) die Göttin änget aus Kannen Wasser ausgiessend, um die eintretende Ueberschwemmung anzudeuten.

36) das Zodiacalzeichen des Krebses (ägypt. des Käfers) hinter der über dem Tempel aufgehenden Morgensonne.

Nordseite. Streifen A', untere Darstellung, von Ost angefangen.
Die Dekan-Gestirne.

Hinter der aufgehenden Sonne (in der Gestalt) die folgde in Barken einherfahrende Reihe der Dekan-Gestirne:

1, phui-hru (beim Salmasius ΦΟΥΟΡ). Darauf Gott in Jünglingsgestalt, vor welchem eine Schlange in die Höhe steigt , Personification der Neujahrstags-Sonne. Er führt dem entsprechend die Bezeichnung [Hieroglyphen] ḥrṱ „Knabe", unter welcher in den Kalender-Texten von Dendera und Edfu die Sonne des Neujahrstages verstanden wurde. Im Kalender von Dendera wird ausgeführt: [Hieroglyphen] „Monat-Thoth, Tag 2, beim Eintritt der 4ten Tagesstunde (genannt śśȝu) das Hervortreten der grossen Lotosblüthe in ihrer symbolischen Auffassung als grosser Gott ḥrṱ (Sonne des Neujahrs), Sohn der Göttin Hathor. In Edfu (Kal. I, col. 1) lautet die auf den ersten Tag des aegyptischen Kalenderjahres bezügliche Stelle hinter einer Reihe leider zerstörter Schriftzeichen [Hieroglyphen] [„Neujahrstag das Hervortreten der grossen Lotosblüthe in Gestalt einer Knospe in seiner symbolischen Auffassung als Gott ḥrṱ, der ein Sistrum in seiner rechten Hand und das Zeichen [Hieroglyphe] (Art von Rosenkranz) in seiner linken Hand trägt und die Beine ausgespreizt hat. Die Berechnung (seiner) Herrschaft beginnt von dem ersten Tage an und von seinem Aufgange. Es hat Osiris die Gestalt dieses Gottes an dem ersten Tage seiner Geburt angenommen. In einem andern in BHJ, LVIII col. 3 publicirten Texte wird angeführt: [Hieroglyphen] „Tag des Neujahrs: es tritt heraus die Sonne aus einer Lotosblüthe im grossen Meere." Häufig sind die Anspielungen auf die erwähnte

Lotosblüthe im grossen Waſſer, aus welcher sich das Sonnenkind
im vollen Lichtglanz himmelwärts erhebt. Nach āp̄ū folgen:

2) zerstörter Dekan [zu ergänzen durch ✳ [Hieroglyphen] _knumm_, Sal. ⲭⲛⲟⲩⲙⲓⲥ]

3) zerstörter Dekan [lies ✳ [Hieroglyphen] _ẖar-ḳnum_, Sal. ⲭⲁⲣⲭⲛⲟⲩⲙⲓⲥ].

4) ✳ [Hieroglyphen] _ḥā-ẖat_, Sal. ⲏⲧⲏⲧ.

5) ✳ [Hieroglyphen] _ẖat_   6) ✳ [Hieroglyphen] _pḥui-ẖat_, Sal. ⲫⲟⲩⲧⲏⲧ

7) ✳ [Hieroglyphen] _ṭomam, domam, domm_, Sal. ⲧⲱⲙ.

8) ✳ [Hieroglyphen] _ušta_ ⎫
9) ✳ [Hieroglyphen] _bi-kot_ ⎬ Sal. ⲟⲩⲉⲥⲧⲉⲃⲓⲕⲱⲧ

10) ✳ [Hieroglyphen] _āpisat_, Sal. ⲁⲫⲟⲥⲟ. 11) ✳ [Hieroglyphen] _sebẖos_, Sal. ⲥⲟⲩⲭⲱⲥ.

12) ✳ [Hieroglyphen] _ṯpā-ẖont_, Sal. ⲧⲡⲏⲭⲟⲛⲧⲓ. 13) ✳ [Hieroglyphen] _ẖui-āb-uā_, S. ⲫⲛⲟⲩⲱ.

14) ✳ [Hieroglyphen] _sopt ẖon_ Sal. ⲥⲡⲧⲭⲛⲉ 15) ✳ [Hieroglyphen] _sešem_, Sal. ⲥⲉⲥⲙⲉ.

16) ✳ [Hieroglyphen] _si sešem_ Sal. ⲥⲓⲥⲉⲥⲙⲉ.

17) ✳ [Hieroglyphen] _konem sešem_, Sal. ⲕⲟⲛⲓⲙⲉ.

18) ✳ [Hieroglyphen] _ṯpā-smati_.

Hieran schliesst sich das Bild der untergehenden Sonne
mit der Beischrift [Hieroglyphen]

āp̄ū šeps soẖel-f em uẖti seper-f ma-nun em ātum, der prächtige Flieger senkt sich nieder am Abend. Er kommt zu dem Westlande (_Manun_) als Gott _Atum_.

[Fortsetzung der Dekanreihe auf der]
Südseite, _Streifen A_, _untere Darstellung, von West. angefangen_
Hinter der untergehenden Sonne, bezeichnet als: [Hieroglyphen]

[hieroglyphs], Horus von Apollinopolis magna, grosser Gott, Herr des Himmels, mit dem Zusatz [hieroglyphs], „er verwandelt sich in einen Käfer jeden Morgen". Folgen die Dekane; welche die zweite Hälfte und den Schluss der vorigen Reihe bilden. An ihrer Spitze steht ein Horusgott ([hieroglyph] p) genannt: (cf. Br. W.S. p. 1358)

[hieroglyphs] pe seb nā em seb, der Abendstern (Hesperus) als Gestirn.

19) [hieroglyphs] smati, Sah. ⲤⲘⲀⲦ́.   20) [hieroglyphs] si-srät Sah. ⲤⲒⲈⲢⲀ́

21) [hieroglyphs] Ipā-Xu, Sah. ⲦⲠⲎⲬⲨ́.   22) [hieroglyphs] Xu, Sah. ⲬⲨ́.

23) [hieroglyphs] sep-biu, Sah. ⲦⲠⲒⲂⲒⲞⲨ́.   24) [hieroglyphs] biu, Sahm. ⲂⲒⲞⲨ́.

25) [hieroglyphs] Ipā-biu, Sah. ⲦⲒⲒⲘⲂⲒⲞⲨ́.   26) [hieroglyphs] Xont-hru, S. ⲬⲞⲚⲦⲀⲢⲉ́.

27) [hieroglyphs] Xont-Xer, Sahm. ⲬⲞⲚⲦⲀⲬⲢⲉ́   28) [hieroglyphs] Koli-Xo, Goodw. ⲔⲀⲦⲔⲞⲨⲀ́Ⲧ.

29) [hieroglyphs] Koli Sah. ⲤⲒⲔⲈ́Ⲧ   30) [hieroglyphs] Xou, Sah. ⲬⲰ́ⲞⲨ.

31) [hieroglyphs] ārāt, Sah. ⲈⲢⲰ̄   32) [hieroglyphs] remen-hru, S. ⲢⲰⲘⲈⲚⲀⲢⲉ́.

33) [hieroglyphs] Bos-āēk, Sah. ⲐⲞⲤⲞ́ⲖⲔ.   34) [hieroglyphs] remen-Xer S.G. ⲢⲈⲘ(ⲈⲚ)Ⲭ(ⲀⲢⲈ).

35) [hieroglyphs] uär, Sah. ⲞⲨⲀⲢⲉ.

Hieran schliessen sich: ein Schiff mit den drei Gottheiten Isis, Hathor und Horsamta (andere Bezeichnung des [hieroglyphs] s. oben) und ganz in der Ecke neben der ostwärts aufgehenden Sonne, welche ihre Strahlen über den Hathor Kopf (Symbol des Tempels von Tentyra) ausbreitet, die Barke: [symbol] mit der Überschrift: [hieroglyphs] rä-samta her-äb änt [image] . die Sonne, Vereinigerin der Welt, in Tentyra "als Ausdruck der neuen Jahres. An dem Randstreifen a-a-a nachstehender Text.

Die Uebertragung der Inschrift, welche sich an die Göttin Isis in ihrer Auffassung als _Sothis_ Gestirn (_Sirius_) richtet, lautet in möglichst wortgetreuer Uebertragung wie folgt:

„Heil dir! Sothis-Gestirn, Isis, die [Herrin der Himmels, die Königin der aufgehenden Seelen (d. i. der Dekan Constellationen) der Götter. Strahlend am Himmel in der Nähe ihres Bruders Osiris wandelt sie hinter auf seiner Fussspur immerdar, entfernend seinen Feind*) indem sie abwehrt die Schlange Apophis (_āpop_) durch die herrlichen Sprüche ihres Mundes.

Du leuchtest am Himmel bei dem Taggotte _Rā_ in jenem deinem Namen der _Leuchtenden_ (_Xut_). Du bist mächtig auf Erden bei dem Erdgotte _Seb_ (_Kronos_) in jenem deinem Namen der _Mächtigen_ (_Users_).

*) Jaddes, sammt seinen Genossen."

Du bist Gross in der Tiefe in jenem deinem Namen der Tanent

(d. i. der Grossen). Du machst schwellen (sati) den Nil in jenem

deinem Namen der göttlichen Sothis. Du umfängst (ånkes) und

machst fruchtbar das Feld in jenem deinem Namen der Āniet.

Du erzeugst alles was da ist Leben (ånx) spendend allen Men-

schen in jenem deinem Namen der Anxet (das Leben). Kreisend

in der Nähe der Sāhu-Gestirnes (des Orion) und aufgehend im

Osten des Himmels vereinigst du dich mit dem Leben im

Westen des Himmels.' Die Inschrift A, welche dem Sothis-Tem-

pel zu Syene (aeg. Suan, heute Assuan) entlehnt ist, wieder-

holt den Inhalt des Textes aus Dendera. Die demselben Sothis-

Heiligthume entnommene Inschrift B (s. Col. 5–6) bezeichnet

die Göttin als, die Grosse, die Herrin des Jahresanfanges, die Kö-

nigin und Herrin der Dekansterne, die Tochter des Erdgottes

Seb (Kronos), Isis, die Grosse, die Gottesmutter, die Herrin von Syene."

Nordseite B und Südseite B

Streifen B', obere Darstellung, von Osten angefangen, Streifen

B von Westen. Darstellung der Dekaden des ägypt. Jahres.

B' 1, Bild des Windgottes des Ostens (Kopf zerstört). 2) Göttin mit [Hieroglyphe] auf dem

Kopfe. Beischrift: [Hieroglyphen] „...... die Grosse, die Tochter des Taggottes

oder der Sonne Rā." 3, Sitzbild des Gottes Rā mit der Beischrift:

[Hieroglyphen] „der Apollinopolitische Horus, der gro-

se Gott, Herr des Himmels, die Sonne (des Aufgangs am?) Himmel."

4, Schwangeres Weib auf dem Gebärstuhl hockend [Hieroglyphe] mit der Beischrift [Hieroglyphen] „die Himmelsgöttin (nen), gebärend die Sonne". 5, Sphinx-Gestalt auf einem tempelartigen Gestell liegend, bezeichnet als [Hieroglyphen], „die göttliche Gestalt des Rā über dem Kasten in der Lichtsphäre (Xut).

Hiernach folgen die Dekaden, als göttliche Wesen personificirt, nach ihren Namen und bildlichen Darstellungen, 24 Fächer umfassend. Dann am Schlusse derselben in der Reihefolge von O—W. als Figur 29. [Hieroglyphe] mit der Beischrift [Hieroglyphen] rā ḥru-Xuti pi-šuu [Hieroglyphe] em goḥ „Rā-Hor-Xuti (der leuchtende Horus), der Lichtstrahl in der Nacht", der genannte Gott als Mond aufgefasst. 30. [Hieroglyphe] genannt: [Hieroglyphen] Atum-Rā-Hor-Xuti (Abend-morgen und Mittags Sonne". 31. Das Bild eines liegenden Sphinx bezeichnet als [Hieroglyphen], „die göttliche Gestalt des Atum des Vaters der Götter". 32. Das Bild der schwangeren Frau auf dem Gebärstuhl, genannt [Hieroglyphen], „der Himmel als Gebärerin des Atum". Darauf 33. die als König thronende Figur des Gottes [Hieroglyphen] Atum. Ganz am Schlusse die Darstellung eines Windmannes, der bezeichnet ist als Westwind durch die Beischrift [Hieroglyphen], „der gute Wind von der Richtung der Westens her".

Auf der Südseite, Streifen B, zeigen sich gleichfalls bildliche Darstellungen, welche die Dekaden-Namen und Figuren beglei-

begleiten. Nach Westen hin erscheint die Darstellung eines geflügelten Windgottes, nach der Beischrift ⟨Hieroglyphen⟩ „der gute Wind
des Südens." Nach Osten hin, unmittelbar hinter dem letzten
Dekadenbilde erscheinen zwei Schiffe, jedes mit einer Kapelle
im Innern versehen. In dem ersteren thronen Horsamta und
hinter ihm Rā, in dem zweiten Isis-Hathor und Osiris. Ein
Windgott beschliesst die ganze Darstellung. Der allgemeinen Vertheilung nach entspricht er dem Nordwinde.

Der Vollständigkeit halber sind die Dekaden-Namen und
Bilder des Pronaos mit durchaus verwandten Darstellungen,
welche denselben Gegenstand behandeln, übersichtlich zusammengestellt worden, und zwar unter B mit der im Zimmer XII von
Dendera überlieferten von Mariette und Dümichen bereits
publicirten Reihe, unter C mit der im Pronaos von Edfu
erhaltenen Liste und schliesslich unter D mit den im Tempel von Esne vorhandenen Dekaden-Figuren. Schwer ersichtlich ist die Bedeutung der Metall- und Mineralien-Na-
men, welche den einzelnen Dekaden in Dendera (A, B) beigefügt sind. Die Bedeutung der Dekadenvertheilung für
die Gesammtdarstellung ist unzweifelhaft und springt
von selber in die Augen. Die am Schlusse der nachstehenden
Tafeln beigefügte Umschreibung bez. Uebersetzung der Inschriften wird das genaueste Verständniss derselben erreichen lassen.

Row	Source
A	Denderah
B	Denderah
C	Edfu
A′	
B′	
A″	
B″	
C″	
D″	Esneh

11 10 9 8 7 6 5 4 3 2 1

											A
											B
											C
											A'
											B'
											A''
											B''
											C''
											D''

22	21	20	19	18	17	16	15	14	13	12

												A
												B
		IX				VIII				VII		C
												A'
												B'
												A''
												B''
		IX				VIII				VII		C''
												D''

34 32 01 30 29 28 27 26 25 24 23

											A
											B
											C
											A′
											B′
											A*
											B*
	XII				XI						**C***
											D*

44	43	42	41	40	39	38	37	36	35	34

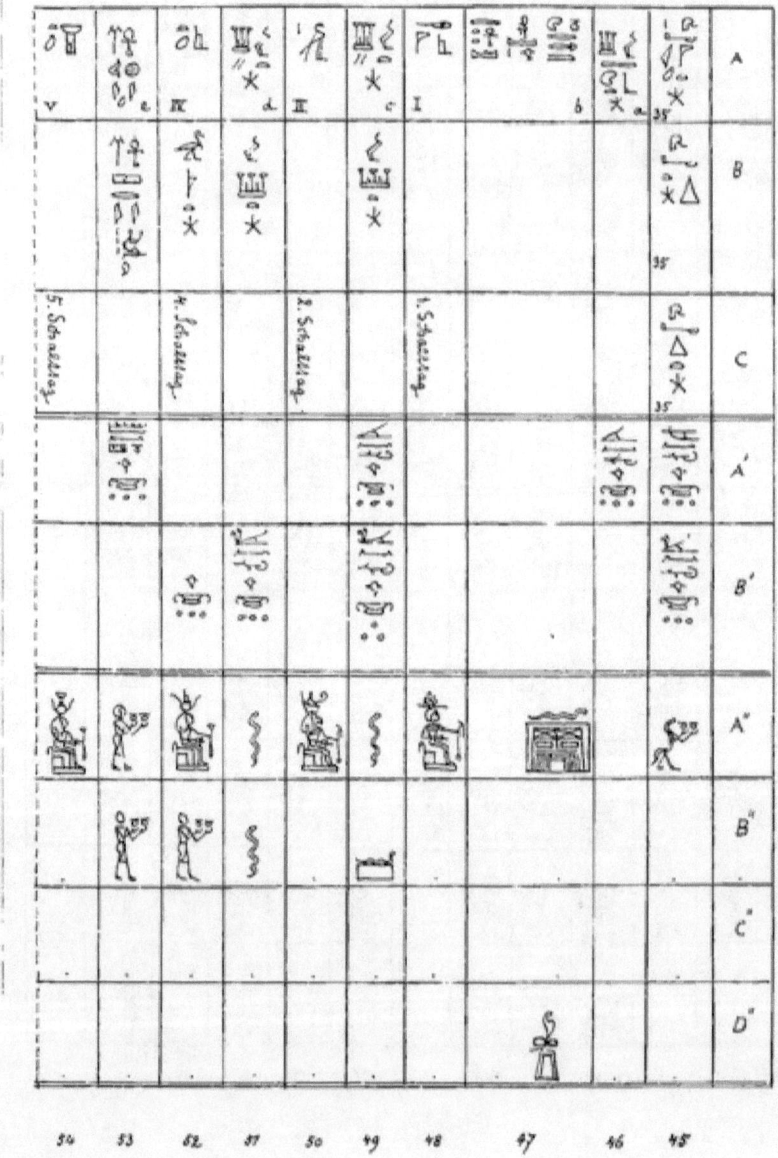

Row labels (right margin, top to bottom): A, B, C, A', B', A'', B'', C'', D''

Column labels within the chart (top row, right to left): 35, a, b, I, c, II, d, III, e, V

Vertical annotations (left to right across columns): 5. Schattung, 4. Schattung, 3. Schattung, 2. Schattung, 1. Schattung

Column numbers (bottom margin, left to right): 54, 53, 52, 51, 50, 49, 48, 47, 46, 45

				A
37		36	5	
				B
37		36		
	I			C
1		36		
				A'
				B'
				A''
				B''
	I			C'
				D''
58	57	56	55	

Eine vergleichende Prüfung dieser drei Listen, von denen zwei (A. B), genauer drei (A', B'', D''), der Kaiserzeit und eine (C, C'') der Ptolemäer-Epoche angehören, lässt aus der Folge der Dekaden, von ihrem Ausgangspunkte an, wichtige Elemente erkennen, welche für die richtige Erkenntniss der verschiedenen Jahresformen gegenüber dem Normal Sothis Jahre von schwerwiegender Bedeutung sind. Es genügt mir für den Augenblick hiermit festzustellen, dass nach dem Ptolemäer Verzeichniss aus Edfu C die nach dem Sternbilde der Schildkröte Šeta (griech. C'T) genannte Dekade das zu Grunde gelegte Jahr eröffnet, während sie in Dendera den Schluss der Dekaden des Jahres bildet. Die den einzelnen Dekaden beigefügten Bilder, trotz mancher Varianten im Einzelnen, lassen die beabsichtigte systematische Anordnung sofort erkennen. Man vergl. dazu die fgde Uebersetzung.

Die Dekaden des altägyptischen Jahres nach den Verzeichnissen und bildlichen Darstellungen in Edfu u. Dendera.

№	Vorsteher	Dekade	Mineral
1		2 Knumm (A), Knum (BC)	Rother Jaspis (hemag).
2		3 Sexep Knumm (A)	Krystall neben Gold
		Xer-Xepti-Knum (BC)	
3	II Xont-hri		Smaragd neben Gold
4		1. Hā-tati (A), Hā-tat (BC)	Krystall neben Gold
5		2 Phu-tati (A), Phu-tat (BG)	Antimon neben Gold
6		3 Tumti (A), Tunun (B) Tum (C)	Gold
7	III Sit-roh-pet (A) Sit-reh-en-pet (B)		Kupfer neben Gold
8		1 uśt-bext	Smaragd
9		2 Apisot (A) Aperoi (BC)	Eisen neben Gold
10		3 Sobxot (A) Sobxos (BC)	Krystall neben Gold
11	IIIat-pehuti reh pet (A) Mer-sit ā-pehuti-reh en pet sa (B)		Seken (Stein) neben Gold
12		1. sepā-Xont	Alabaster
13		2 Xont-hri	Rubin neben Gold
14		3 Xont-Xri	Rubin neben Gold
15	Xámseß-äm (B)		Achat
16		1 Θemas Xont	Krystall neben Gold
17		2 Sopt-Xon	Rubin (neben Gold)

No.	Vorsteher	Dekade	Mineral
18		3 Hor-äb-ua	Saphir neben Gold
19	VI Xu-nexex		Krystall neben Gold
20		1 Sešma (A), Sešnu (C) Ǫas- [Ǫäk (B)	Krystall neben Gold
21		2 Koninme (A) Konine (BC)	Achat neben Gold
22		3 Tpā-sal (A) Tpā-smal (BC)	Gold
23	VII Ǫa-mer-muš (A)		Gold
24		1 Smati (A), Smat (BC)	Kupfer neben Gold
25		2 Snât (A) Sra (B) Srat (C)	Marmor neben Gold
26		3 Si-sât (A) si-srat (BC)	Achat neben Gold
27	VIII Uël-šem uʼë		Silber
28		1 Sexepli-srat (A) Xerxerli [srat (BC	Silber (A) Krystall n. Gold (B)
29		2 Tpā-Xu	Rother Jaspis neben Gold
30		3 Xu	Gold
31	IX Up-uat		Achat auf Gold
32		1 Tpā-biu (AC) Tomm (B)	Gold
33		2 Biu (AC) Ušle (B)	Säma neben Gold
34		3 Xont-hri	Gold
35	X Hru-lep-nofir		Krystall n. Gold (A), Gold (B)
36		1 Xont-Xri	Rubin auf Gold
37		2 Si-kot	Krystall neben Gold
38		3 Xou	Achat neben Gold
39	XI Sam-neb-Xu		Krystall neben Gold

Nr	Vorsteher	Dekade	Mineral
40		1 ārt (AC), ārŭt (B)	Syenit neben Gold
41		2 Rernan-hri	Mennu neben Gold
42		3 θ os-ālk	Krystall neben Gold
43	XII Rā-m-hotp		Mennu neben Gold
44		1 Uār (A) Uāret (C) { her ua (B)	Gold
45		2 Tpā-sondet	Ebenholz neben Gold
46		3 Ušla-bikot	Ebenholz neben Gold
47	Die Schlange Neker im Westen über der Welt des Lebens:		
48	Osiris (1. Schalttag)		
49		Ušti (A), Ušte (B)	Ebenholz neben Gold
50	Horus (2. Schalttag)		
51		Ušti (A), Ušte (B)	Ebenholz neben Gold
52	Jsis (4. Schalttag)	[Var. B. Bikot	..... neben Gold]
53		ānχ em χert (A) ānχ em seu-s (B)	Mennu neben Gold
54	Nephthys (5 Schalltag)		
55		Senen	{ Oelbaum neben Gold (A) { Men neben Gold (B)
56	die göttliche Sothis (1 Thoth)		Gold
57	I Anhru bast ta		Saphir neben Gold
58		1 šela	Achat neben Gold

Schluss der Dekanliste

<u>Nordseite, Streifen B′, untere Darstellung (Richtung O–W)</u>
<u>Die 12 Stunden der Nacht und die zu</u>
<u>ihnen gehörigen Gottheiten.</u>

Die einzelnen Stunden sind als weibliche Personen aufgefasst, welche auf dem Haupte einen Stern tragen. Neben einer jeden befindet sich ein Kasten im ägyptischen Stile mit geschlossener Riegelthür: . Je nach der Anzahl darüber befindlicher Sterne wird die Zahl der betreffenden Stunde rein äusserlich bestimmt. Die eponyme Gottheit, durch das Scepter ausgezeichnet, steht neben der zu ihr gehörigen Stundengöttin. Auf der nachfolgenden Tabelle sind die Bezeichnungen der Stundengöttin unter A, die Namen der eponymen Gottheiten unter A′, die Stundensterne unter A″ und die Bilder der eponymen Gottheiten unter A‴ aufgeführt. Hinzugefügt ist diesem Verzeichniss 1) das Stunden-Verzeichniss der Tag- und Nachtstunden an den Würfeln der Façadensäulen des Tempels von Dendera (s. den Plan SS. 2 u 3) unter B, B′. und 2) unter C, C′, C″, C‴ die Stundendarstellungen an einer Wandseite der nördlichen Osiris-Zimmer auf dem Dache der Tempels von Dendera. Wir bemerken dazu, dass die Namen der Stunden in dieser Epoche den Namen der Stundenthore der früheren Epochen entlehnt sind (s. weiter unten die Stunden-Tafeln der Pharaonenzeit), so dass die unter C verzeichnete Liste von alterthümlichem Standpunkte aus die richtigere ist.

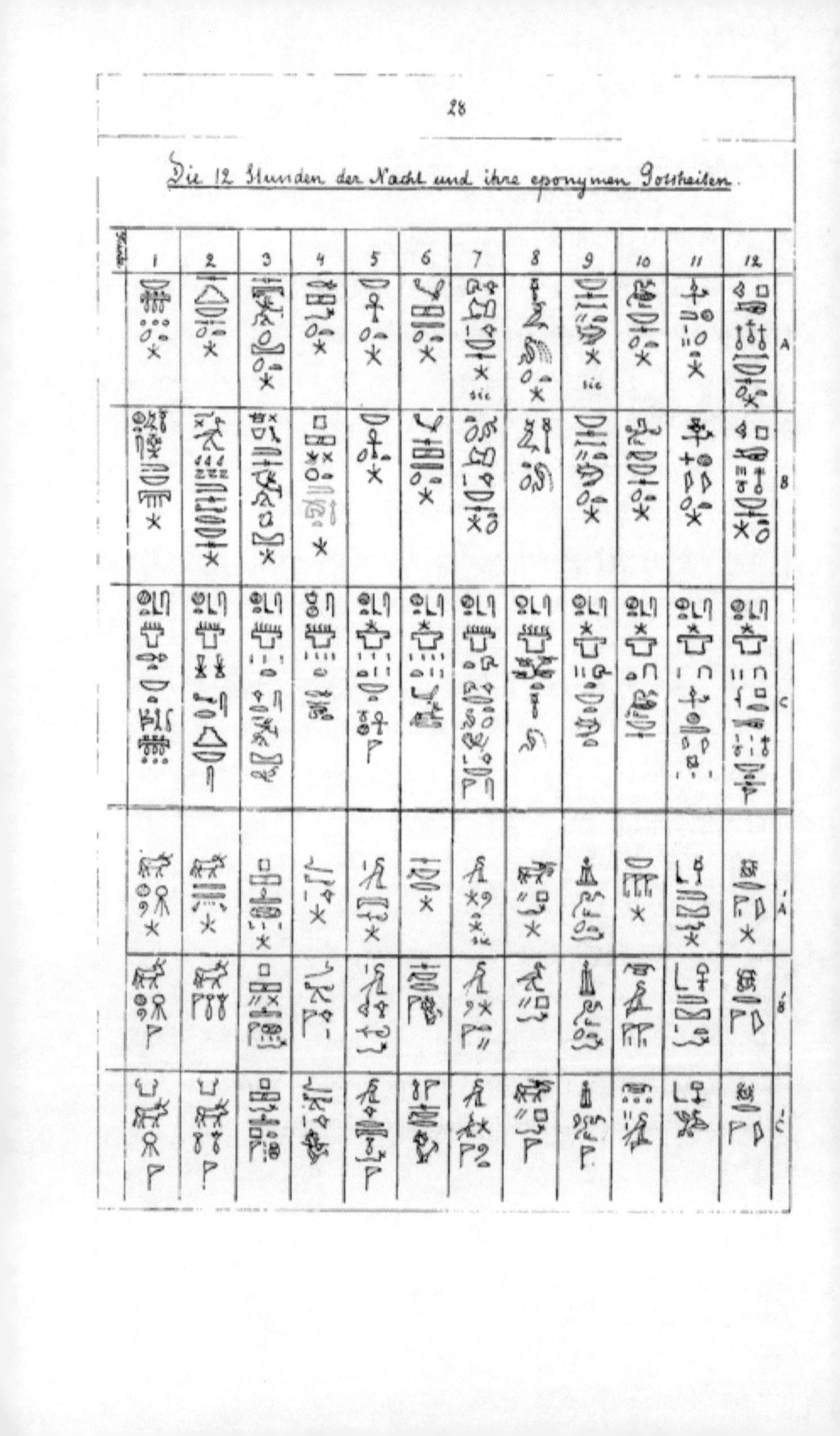

Die 12 Stunden der Nacht und ihre eponymen Gottheiten.

	1	2	3	4	5	6	7	8	9	10	11	12	
													A
													B
													C
													A'
													B'
													C'

[Die 12 Stunden der Nacht u. ihre eponyme Gottheiten. Sirius]

1	2	3	4	5	6	7	8	9	10	11	12

Der letzten Stunde (d. h. der ersten nach der wirklichen Folge) schließen sich an drei Gottheiten in dieser Stellung: . Die Inschrift neben den drei Männern in anbetender Position bezeichnet sie als d. i. „die Seelen der westlichen Gegend." Vollbracht wird die Handlung der Anbetung und der Gruss an den Sonnengott Rā in seinem Lichtglanze und der Preis des Sonnengottes Rā, wann er untergeht in dem Lande der Lebend" (d. i. im Westen).

Drei andere männliche Wesen ziehen an einem langen Stricke, der in den Vorderleib einer Uraeus-Schlange endet, das Sonnenschiff mit dem „Bilde des Gottes (der Abendsonne) Ȧtum. Sie werden bezeichnet als: 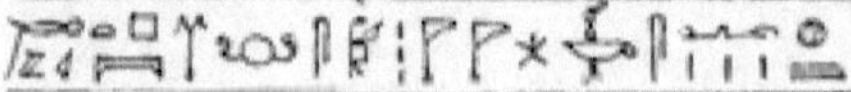 „die Sterne (Xem-sek), welche die Sonne am nördlichen Himmel begleiten." In einer andern Barke, welche unmittelbar dem Sonnenschiffe folgt, zeigt sich das Auge des Vollmondes in der Gestalt , dem der ibisköpfige Tehuti-Thot  seine Huldigung auszudrücken scheint. Vor dem Schiffe des Mondes befindet sich folgde Inschrift: 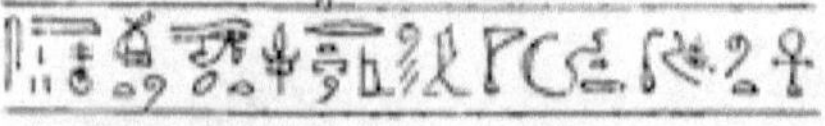 ānxut maut tet āāh ini er uṭef āboti āpereut em nofrus „Leben und Erneuerung findet in Ewigkeit hin statt; der Mond kehrt zurück an seine Stelle und das Vollmondauge ist ausgestattet mit seiner Herrlichkeit."

Ein dritter Schiff zeigt das Bild des thronenden Osiris mit Krone  und Scepter . Vor ihm fünf Sterne in dieser Anordnung . Ein vierzeiliger Text belehrt darüber:

d.i. „Osiris-Onnophris, der Triumphator, er hat sich vereint mit dem Vollmond-„auge. Er hat den Kreislauf wiederholt „und er hat erleuchtet Himmel und Erde mit seiner Herr-„lichkeit." Hieran schliessen sich drei Gottheiten ohne (erkennbare) Beischriften und, in umgekehrter Stellung, eine der vier den Himmel tragenden Frauen.

<u>Südseite B-Streifen, untere Darstellung, Richtung von O-W.</u>
<u>Die 12 Stunden des Tages und deren eponyme Gottheiten.</u>

Jede der einzelnen Tagstunden erscheint als Göttin mit der Sonnenscheibe O auf dem Haupte in der Gestalt [Figur]. Neben ihr das Bild der zu ihr gehörigen eponymen Gott-[Figur]-heit. Der Vergleichung halber ist der vorstehenden Liste (A) der correspondirende Theil der unter den 12 Nachtstunden erwähnten Inschrift B hinzugefügt

	12	11	10	9	8	7	6	5	4	3	2	1
A	[Hieroglyphen]	[Hieroglyphen]	[Hieroglyphen]	[Hieroglyphen]	[Hieroglyphen]	[Hieroglyphen]	[Hieroglyphen]	[Hieroglyphen]	[Hieroglyphen]	[Hieroglyphen]	[Hieroglyphen]	[Hieroglyphen]
B	[Hieroglyphen]	[Hieroglyphen]	[Hieroglyphen]	[Hieroglyphen]	[Hieroglyphen]	[Hieroglyphen]	[Hieroglyphen]	[Hieroglyphen]	[Hieroglyphen]	[Hieroglyphen]	[Hieroglyphen]	[Hieroglyphen]
A´	[Hieroglyphen]	[Hieroglyphen]	[Hieroglyphen]	[Hieroglyphen]	[Hieroglyphen]	[Hieroglyphen]	[Hieroglyphen]	[Hieroglyphen]	[Hieroglyphen]	[Hieroglyphen]	[Hieroglyphen]	[Hieroglyphen]
B´	[Hieroglyphen]	[Hieroglyphen]	[Hieroglyphen]	[Hieroglyphen]	[Hieroglyphen]	[Hieroglyphen]	[Hieroglyphen]	[Hieroglyphen]	[Hieroglyphen]	[Hieroglyphen]	[Hieroglyphen]	[Hieroglyphen]
A´	[Figur]	[Figur]	[Figur]	[Figur]	[Figur]	[Figur]	[Figur]	[Figur]	[Figur]	[Figur]	[Figur]	[Figur]

Nach diesem Verzeichniss der Tagstunden und ihrer Gottheiten folgen 4 kleine Schiffe. In dem ersten zeigt sich das Bild eines Planetengottes ⟦Abb.⟧ mit der Beischrift ⟦Abb.⟧ nuter dua „der Gott des Morgens" d.i. Venus. In der zweiten Barke tritt uns deutlich erkennbar die Figur der Osiris-Orion ⟦Abb.⟧ unter der Bezeichnung ⟦Abb.⟧ entgegen. In dem dritten ⟦Abb.⟧ Schiffe sehen wir die Göttin Sothis ⟦Abb.⟧ und in dem vierten einen Gott mit der Mondscheibe auf ⟦Abb.⟧ dem Kopfe ⟦Abb.⟧ bezeichnet als: ⟦Abb.⟧ d.i. ââḥ „Lunus". An diese Darstellun ⟦Abb.⟧ -gen reihen sich die folgenden. Zunächst ein grosses Prachtschiff, welches von drei männlichen Personen gezogen wird. Letztere führen die Bezeichnung der: ⟦Abb.⟧ „die Sterne (šem-uartu), welche die Sonne am südlichen Himmel begleiten". Dazu noch folgende kurze Worte ⟦Abb.⟧ „Preis der Sonne an jedem Tage." In dem Schiffe ist die Hauptfigur: der Sonnengott ⟦Abb.⟧ genannt: ⟦Abb.⟧ râ ḫru-ḫuti „die Sonne, der leuchtende Horus" ⟦Abb.⟧ Danach drei Affen in der Stellung ⟦Abb.⟧. Die dazu gefügte Inschrift nennt sie: „die östlichen ⟦Abb.⟧ Seelen. Preis des Gottes Xoper in seiner Gestalt, wann er aufgeht an der östlichen Lichtseite, ⟦Abb.⟧. Der Gott, von dem die Rede ist, erscheint nunmehr als ⟦Abb.⟧ im Innern einer Naos, in Mitten eines zweiten Pracht ⟦Abb.⟧ -schiffes. Ueber dem Gotte die Inschrift: ⟦Abb.⟧ „Heil dir! der du dich verwandelst in die Gestalt des Gottes _Xoper_ mit der herrlichen Sonnenscheibe aus Smaragd." Drei Schakale, welche das Schiff ziehen, führen die Bezeichnung: "die Gerechten erlassen die Spitze der Sonnen barke im Osten der Himmels." [Anmerkung. In Esne, an der Decke der Tempels befindet sich eine ganz ähnliche Vorstellung. Die ziehenden Schakale heissen in der begleitenden Inschrift: "die Schakale (sap) ziehen die Sonne und lassen kreisen den Sonnengott _Râ_ am Himmel indem sie begleiten ihren Herrn in ihrer Gestalt."] Die beiden in einem Schiffe sitzenden Gottheiten dahinter sind nicht mehr erkennbar.

<u>Nordseite</u>, <u>Streifen C</u> (von Osten nach Westen End)

die <u>Mondsphäre</u>.

Die Gesammtdarstellung zerfällt in drei besondere Abtheilungen, welche sich der Reihe nach beziehen auf den abnehmenden, den zunehmenden und den vollen Mond.

<u>I.Bild</u>. Die Tage der abnehmenden Mondes.

Die 14 Tage des abnehmenden Mondes

In einer Barke befindet sich innerhalb einer Scheibe das Mondauge _utat_. Sieben sitzende Gottheiten darüber und eben so viele darunter repräsentieren die 14 Tage des _abnehmenden Mondes_. Im Zusammenhange damit ist der ganze Hintergrund dunkelschwarz gehalten. Vier schakalsköpfige Götter (b) beten die Scheibe an, desgleichen auf der entgegengesetzten Seite vier menschenköpfige Falken (a). Eine zweilinige Inschrift über den Falken lautet:

d.i. „die Geister des sechsten Tages des Mondmonats.

es das sind die Götter, welche verherrlichen das Mondauge wenn es erneuert seinen Kreislauf am 15. Tage des Mondmonats. Siehe der Gott in seiner Gestalt als prächtiges Kind er hat ausgestattet das Mondauge mit seiner (des Auges) Herrlichkeit. Der Gott ist Thot, derselbe welcher sich in der Barke bei _d_ befindet. Nach Westen zu, hinter der eben beschriebenen Vorstellung zeigt sich eine Göttin und, in anbetender Stellung wie diese der Gott Thot, welche fünf übereinanderstehenden 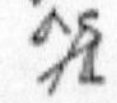 ihre Huldigungen bezeugen. Die Beischriften dazu sind unlesbar.

II Bild. Die 14 Tage des _zunehmenden Mondes_.

Vierzehn Gottheiten, von denen jede einem Mondtage angehört, auf je einer der 14 Stufen einer Treppe (1—14). Am oberen Ende derselben leuchtet ihnen, auf einem Säulenständer schweb-

schwebend, der Vollmond entgegen. Dahinter der Gott Thot
mit anbetend erhobenen Händen.

<u>Inschriften, welche die vorstehende Darstellung begleiten.</u>

1) a, links von der Säule mit dem Mondauge darüber, nach unten.
„das Mondauge (der Vollmond) ist unversehrt und
„es ist ausgestattet mit seinen Herrlichkeiten zum
„Segen; es ist gefeit und es verjüngt sich allmonat-
„lich." 2) b, rechts von der Säule, nach unten zu
„Freuet euch, ihr Bewohner der Erde! der
„Mond leuchtet bei seinem Aufgange
„und sein Schiff, Sitz seiner Herrlichkeit,
„ist für die bestimmt, welche auf Erden
„weilen."
3) c, über den 14 Gottheiten auf den Stufen
der Mondtreppe, ein längerer Text, dem wir die Varianten einer
identischen Inschrift beigefügt haben, die sich an der Mondtreppe
auf dem Dache des Tempels von Dendera vorfindet. Die über-
einstimmenden Stellen sind in der Copie auf Seite 36 ft. durch
verticale Linien angedeutet worden unter dem Buchstaben f.

Die vierzehn Tage des zunehmenden Mondes

Fortsetzung auf der folgenden Seite.

Die folgenden
vier letzten
Zeilen finden
sich nur in ſ vor

<u>Uebertragung der vorstehenden Textes.</u>

Der Himmel ist in Festesfreude [und die Var. in f.: das Himmelsgewölbe ist freudeerfüllt], indem er die Gestalt des Vollmondes trägt. Die Seelen der Götter treten in ihm zum Vorschein und Osiris geht leuchtend auf in ihm als Mondgott. Thot zeigt sich als Beschützer um dasselbe zu behüten. Es kommen herbei die einzelnen Gottheiten, indem sie auf dasselbe zuschreiten.

Der Gott <u>Mond</u> (1. Mondtag) allmonatlich ist sein Herz voll Wonne.

Der Gott <u>Atum</u> alsdann (2. Mondtag) ist zufrieden.

Der Gott <u>Schu</u> (3. Mondtag) und die Göttin <u>Tafnut</u> (4. Mondtag) gehen auf in ihm und die Seele in ihrem Leibe ist entzückt.

Der Gott <u>Qeb</u> (5. Mondtag) und die Göttin <u>Nut</u> (6 Mondtag) sind in Fröhlichkeit, wenn der Gott <u>Xont-māxes</u> (d.i. Osiris) sich mit dem Mondauge vereinigt hat.

Der Gott <u>Osiris</u> (7. Mondtag) strahlt als Gott in ihm, ein prächtiger Käfer, er füllt aus was abgenommen hatte und ist voll Freude dass er es erreicht hat den Gott mit dem Gotte zu vereinigen. Des Himmels Höhe steigt glanzvoll empor [f.: der Himmel ist aufgerichtet und steigt empor], indem er seine Majestät trägt. Er beleuchtet die Erde als Gott <u>An</u>. Es freut sich der Mondgott.

<u>Die göttliche Isis</u> (8. Mondtag) naht voll Heiterkeit um Schutz zu gewähren seiner Gestalt, während er seinen Kreislauf erneuert.

Der Gott Horus (9. Mondtag) ist freudenvoll und giebt die Regel
in ihm für die betreffende Ausfüllung mit seinen Herrlichkeiten
[20.] Dendera: für die wiederholte Erneuerung und Verjüngung).
Die Göttin Nephthys (10. Mondtag), in Wonne, beschirmt seine
Gestalt und füllt seine Theile mit seinen Herrlichkeiten aus.
Die Göttin Hathor (11. Mondtag), die Tentyritische, erscheint
im Mondauge.
Der Gott Horus (12. Mondtag), der Apollinopolitische, der grosse
Gott und Herr des Himmels, zeigt sich in ihm [? geht auf in [ihm]]
Die Göttin Tanent (der 13.) und die Göttin Anet (der 14 Mond-
tag) kommen zur Stelle [? § Kommen später]. Ein jeder Theil
in ihm füllt seinen Tag aus.
Thot (15 Mondtag) tritt hervor als Sieger. Das Mondauge wird
begrüsst vom Sonnenauge. Der Mond kommt zur (richtigen) Stelle,
ohne ein Festdatum einzuführen, (denn) alle seine Gesetze sind
geregelt für den Auf- und Untergang. Du bist der leuchtende
Strahl für den Himmel und die Erde und es freut sich der
Sonnengott Rā anzuschauen deine Herrlichkeit. Die Götter
der Lichtsphäre, ihr Herz ist voll Wonne. Der Tempel Hat-
benben des grossen Heiligthumes (in Ôn) ist in festlicher
Stimmung. Heiterkeit herrscht ringsum in Ant (Tentyra) wenn
Thot erscheint als Sieger, wenn er den Vollmond hergerichtet
hat für seinen Besitzer, wenn er es ausgefüllt hat mit dem

war es erfordert. Osiris, Freund der Götter, dein Name ist bleibend in alle Zeit hin! Du hast Besitz genommen von der Stadt Ant-ädet (Tentyra), von der Horus-Stadt Apollinopolis und von allen Tempeln darin. Es triumphirt der Sonnengott Râ in seiner Scheibe über seine Gegner — 4 mal — es triumphirt Osiris, der Mondgott Thot, der Stier des Himmels [oder: der Herr des Himmels], der Fürst der Götter, über seine Feinde — 4 mal."

In den vier Schlusszeilen (nach j) wird der Gedanke wieder-holt, wie die Stadt Tentyra (mit neun verschiedenen Namen be-zeichnet) sich der Freude hingiebt, wenn „die herrliche Seele „der Götter Osiris" sich allmonatlich verjüngt um den Voll-mond, das Mondauge utât, in Besitz zu nehmen".

Zu Füssen der erwähnten Gottheiten, unter den einzelnen Stufen der Mondtreppe befindet sich eine Wiederholung ihrer Namen (unter d) mit dem regelmässig wiederkehrenden Zusatz ⌐...▬ ═ ...... ausfüllend das Auge (des Mondes) mit seinen ......" Die durch Punkte angedeuteten Stellen enthalten die erste lehrreiche Synonyma für die Vorstellung „Auge", die letztere verschiedenartige Ausdrücke, die sich auf den das Auge aus-füllenden Gegenstand beziehen. Unter d' und d" Varianten die ich den Wänden der Terrassen-Anlagen des Tempels von Den-dera entlehnt habe. D" erwähnt Stein- und Pflanzennamen, die mit dem Mondauge in Verbindung gebracht sind.

11	10	9	8	7	6	5	4	3	2	1	
											d
											d′
											d″
											d
											d′
											d″

actron dnachr.

<u>Uebertragung</u>

1. Gott Mont [d' Rā-Horu-Xut, der grosse Gott] ausgefüllt ist das Vollmondauge mit seinem Erforderlichen (d, d') [ausgefüllt ist das Vollmondauge mit grünem Gestein, leuchtend gemacht ist das leuchtende Auge mit der Pflanze <u>beb</u>.... d'].

2. Gott Atum (d d') [Gott Atum, der Vater.... d']. Ausgefüllt ist das Horusauge mit seinem Besten (d) [ausgefüllt ist das leuchtende Auge mit seinem Lichte, d' — ausgefüllt ist das Vollmondauge mit Smaragd, festlich geschmückt ist das Lebensauge mit Lebensbaum. Du erscheinst uns als Mond an jedem Monat, du erhellst die Erde am Abend." [d".]

3. Gott Šu. Ausgefüllt ist das leuchtende Auge mit seinem Lichte (d) [ausgefüllt ist das Lebensauge mit seinem Besten d' — ausgefüllt ist das Lebensauge mit Rubin, ausgestattet ist das jugendliche Auge mit Aehren. Das geheiligte Auge ist auf unserer Hand. Der Mond er erhellt das Angesicht der Menschen, d"].

4. Göttin Tafnut (d, d") [Göttin Tafnut, die

Tochter der Râ, das Auge des Râ in Tentyra d.] Ausgefüllt ist das Lebensauge mit Leben (d); ausgefüllt ist das heilige Auge mit seiner Gestalt d'. Ausgefüllt ist das Ränderauge (nart) mit Alabaster, versehen ist das gesalbte Auge mit der Ânnek-Pflanze. O Mond, wenn deine Strahlen leuchten, so erhellst du die Erde mit deinem Lichte!

5. Gott Geb [Gott Keb, der glanzvolle Thronfolger unter den Göttern d']. Ausgefüllt ist das gedeihende Auge mit dem, was es bedeckt (d) [ausgefüllt ist das linke Auge mit dem, was es verlangt d'. Ausgefüllt ist das leuchtende Auge mit Marmor, Gedeihen geschenkt ist seiner Pupille durch das Holz des Kel-Baumes (das folgende ist mir unverständlich d''].

6. Göttin Nut (d, d'') [die Göttin Nut, die grosse, die Mutter der Götter d']. Ausgefüllt ist das Grossauge mit seinem..... (d) [ausgefüllt ist das Ränderauge mit dem, was es liebt d'. Das Leitauge ist ausgefüllt mit hemag-Stein (rothem Jaspis?), Leben gewinnt das Lebensauge durch die Iun-Pflanze. Die Materie in dem Monde ist voll vorhanden und nichts fehlt. Zerstreut ist das Wolkenlager bei deinem Aufgange, d'']

7. Gott Osiris (d, d'') [Osiris Onnophris, der Triumphator, der grosse Gott in Tentyra, d']. Ausgefüllt ist das linke Auge mit dem, wonach es verlangt (d) [ausgefüllt ist das Vollmondauge mit allen seinen Dingen d'. Ausgefüllt ist das Vollmondauge mit Smaragd, geschützt ist die Pupille durch die Pere-Pflanze..................d''

8. Göttin Isis [Isis, die grosse, die Gottesmutter, die Herrin von Tentyra, in dem (dortigen) Tempel von Ánet d']. Ausgefüllt ist das stattliche Auge mit dem, was es gern hat (d) [ausgefüllt ist das Horus-Auge mit seinen Vollkommenheiten d' – ausgefüllt ist das Rothauge mit Saphir, bedeckt ist die Pupille mit Gerste. O du mit wiederkehrender Gestalt, du erneuerst dich ohne ein Ende zu finden, in Ewigkeit, d].

9. Gott Horus, Sohn der Isis, Sohn des Osiris (d) [Horus, Sohn der Isis, Erbe des Osiris d', Horus d]. Ausgefüllt ist das gesalbte Auge mit seinen körperlichen Bestandtheilen (d) [ausgefüllt ist das Grossauge mit dem, was ihm Heil bringt d' – ausgefüllt ist das freundliche Auge mit oberägyptischen Grünstein und zufriedengestellt ist das gesalbte Auge durch den Weidenbaum. Du gehst uns auf, o du brünstiger Stier, am Tage des Neumondes. Du leuchtest mit .... d].

10 Göttin Nephthys die Wohlthäterin (d) [Nephthys, die Wohlthäterin, die Schwester des Horus (d') – Nephthys d]. Ausgefüllt ist das Leidauge mit dem, was es leidet (d) – [ausgefüllt ist das gesegnete Auge mit dem, was es bedeckt d' – ausgefüllt ist das grossartige Auge mit Smaragd .... d''].

11. Hathor die Herrin von Tentyra d [Hathor, die Herrin von Ánet, das Auge des Rā in Tentyra d' – Hathor d''] – Ausgefüllt ist das Auge mit seiner Substanz (d) [ausgefüllt ist das leuchtende Auge mit seiner Pupille d'] (teil d'' zerstört).

12. Gott _Horus_ von Apollinopolis (d) [_Horus_ von Apollinopolis der grosse Gott, der Herr des Himmels d' — _Horus_ von .... d']. Ausgefüllt ist das freundliche Auge mit dem, was ihm Freund ist (d) [ausgefüllt ist das grossartige Auge mit seinen körperlichen Bestandtheilen d'].

13. Göttin _Tanenet_ (d) [Göttin _Tanenet_, die Tochter des _Râ_ in Tentyra d'] Ausgefüllt ist das stattliche Auge mit seiner Pupille (d) — ausgefüllt ist das Leitauge mit dem, was es leitet d'].

14. Göttin _Ânît_ (d) [_Ânît_, die Grosse, das Auge des _Râ_ in Tentyra d' — _Ânît_ d"]. Ausgefüllt ist das linke Auge am 15. Tage der Mondmonates (d) [ausgefüllt ist das Vollmondauge am 15. Tage des Mondmonates d' — Text in d", wie in Col. 11, 12, 13, zerstört.

ℓ. _Verzeichniss der dreissig Tage des Mondmonates_ nach ihren eponymischen Benennungen und Liste der zu ihnen gehörigen Schutzgottheiten. Dasselbe befindet sich dicht unterhalb der Mondtreppe, welche oben beschrieben ist. Der Vollständigkeit und der Vergleichung halber ist hinzugefügt unter ℓ' dasselbe Verzeichniss (aus Ptolemäer-Zeit, also älter als das von Dendera) nach dem astronomisch-kalendarischen Bilde an dem Oberrande der Nordwand des Pronaos von Edfu, ferner unter ℓ" das Verzeichniss der ersten 19 Mondtage nach einem Texte im zweiten Zimmer des nördlichen Osiris-Tempels auf dem Dache des grossen Tempels von Dendera, und zuletzt unter ℓ'" gelegentliche Varianten aus dem alten (A), neuen (N) und Ptolemäer-Reiche [P.]

Ueberschrift: [hieroglyphs] „Namen der dreissig Monde."

10	9	8	7	6	5	4	3	2	1	(Mond)
[hieroglyphs]	[hieroglyphs]	[hieroglyphs]	[hieroglyphs]	[hieroglyphs]	[hieroglyphs]	[hieroglyphs]	[hieroglyphs]	[hieroglyphs]	[hieroglyphs]	e
[hieroglyphs]	[hieroglyphs]	[hieroglyphs]	[hieroglyphs]	[hieroglyphs]	[hieroglyphs]	[hieroglyphs]	[hieroglyphs]	[hieroglyphs]	[hieroglyphs]	e'
[hieroglyphs]	[hieroglyphs]	[hieroglyphs]	[hieroglyphs]	[hieroglyphs]	[hieroglyphs]	[hieroglyphs]	[hieroglyphs]	[hieroglyphs]	[hieroglyphs]	e''
		[hieroglyphs]	[hieroglyphs]	[hieroglyphs]	[hieroglyphs]	[hieroglyphs]		[hieroglyphs]	[hieroglyphs]	e'''

10	9	8	7	6	5	4	3	2	1	Gottheit
[hieroglyphs]	[hieroglyphs]	[hieroglyphs]	[hieroglyphs]	[hieroglyphs]	[hieroglyphs]	[hieroglyphs]	[hieroglyphs]	[hieroglyphs]	[hieroglyphs]	e
[hieroglyphs]	[hieroglyphs]	[hieroglyphs]	[hieroglyphs]	[hieroglyphs]	[hieroglyphs]	[hieroglyphs]	[hieroglyphs]	[hieroglyphs]	[hieroglyphs]	e'
[hieroglyphs]	[hieroglyphs]	[hieroglyphs]	[hieroglyphs]	[hieroglyphs]	[hieroglyphs]	[hieroglyphs]	[hieroglyphs]	[hieroglyphs]	[hieroglyphs]	e'

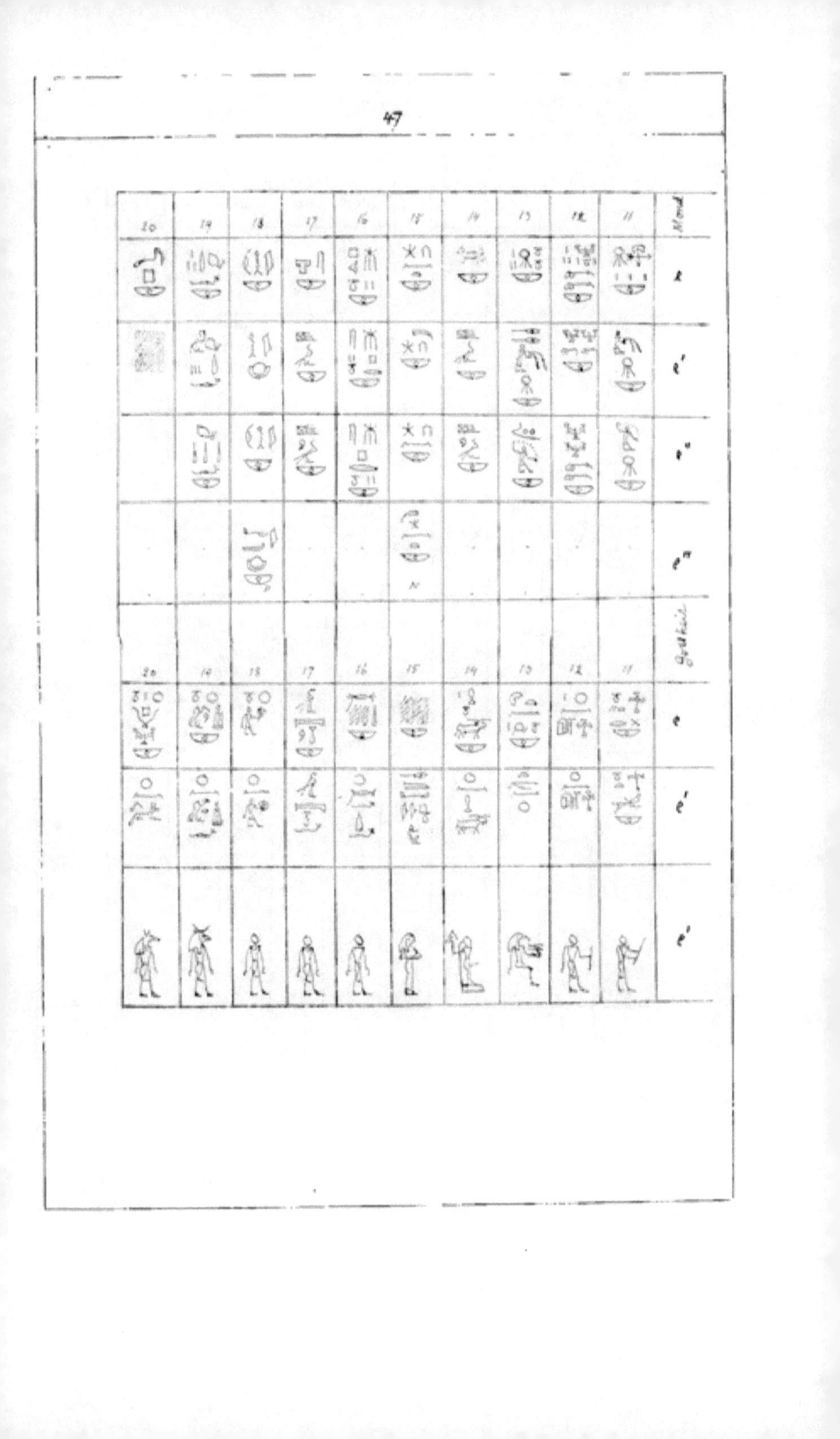

20	19	18	17	16	15	14	13	12	11	Mois
										l
										l'
										l''
										l'''

Graphie

20	19	18	17	16	15	14	13	12	11	
										l
										l'
										l''

30	29	28	27	26	25	24	23	22	21	Mond
										e
										e′
										e″
A. N.	A			N			P			e^{h}

30	29	28	27	26	25	24	23	22	21	geschrieben
										e
										e′
										e′

Uebertragung.

1. Monátag. hib-enti-paut „Feier des Neumondes", zugleich nach der ihm geweihten Gottheit hib-Thuti „Fest des Thot" oder haru en Thuti „Tag des Thot" (e – é)

2. Monátag. hib-ábud (ábud) „Feier des Monates", zugleich hib-Hru-at-f „Feier des Gottes Horus, des Rächers seines Vaters."

3. Mondtag. hib-masper „Masper-Feier" (e) oder hib-masper-tep „Feier des ersten Masper" (s. unten 16. Mondtag), zugleich haru-en-Usari „Tag des Osiris."

4. Mondtag. hib-pir-selem „Feier der Erscheinung der Selem", zugleich hib-ámset „Feier des Gottes Ámset."

5. Monátag. hib-Xet-her-Xau „Feier des Opfers auf dem Altar" zugleich hib-Hapu „Feier der Götter Hapu."

6. Mondtag. hib-en-(var. ent)-sás „Feier der Sechs", zugleich hib Duamutf „Feier des Gottes Duamutf."

7. Mondtag. hib sená (dena, den) „Feier des Abschnittes", var. hib den tep „Feier des ersten Abschnittes", zugleich hib-gebh-senuf „Feier des Gottes Gebhsenuf."

8. Mondtag. hib tep-son „Fest des Anfangs des Sonß", var. (e") sen-ábud „der Anfang des Monates", zugleich hib-ma-at-f „Fest des seinen Vater Schauenden" (Bezeichnung einer Gottheit).

9. Mondtag hib-kapu „Feier der Verbergung", zugleich hib-ár-tet-f „Feier des, der seinen Körper geschaffen" (Name einer Gottheit).

10. Mondtag <u>Ḥib-sät</u> „Feier der Läuterung"; zugleich <u>ḥib-är-ranf-tesef</u> „Feier des (Gottes), der seinen Namen selber geschaffen hat."

11. Mondtag <u>Ḥib-situ</u> „Feier der Lichtauswerfung"; zugleich <u>ḥib netnuti uer</u> „Feier der grossen Arbeit."

12. Mondtag <u>Ḥib-herher</u> „Feier des ?"; zugleich <u>haru en nai</u> „Tag des [Mahlens."]

13. Mondtag <u>Ḥib-uben</u> „Feier der leuchtenden Aufgangs (e) oder statt <u>Ḥib-uben</u> in e' und e" <u>ḥib-ma-sit</u> „Feier des Anblicks der Lichtauswerfung"; zugleich <u>ḥib teken en rā</u> „Feier der Annäherung der Sonne."

14. Mondtag <u>Ḥib-sa</u> (oder <u>sau</u> „Feier des Erkennens"; zugleich <u>ḥib hon en ba</u> „Feier der Majestät des Widders" oder <u>haru en hon ba</u> „Tag der Majestät des Widders."

15. Mondtag <u>Ḥib-en(ent)-met-dua</u> „die Feier des fünfzehnten" (genauer: „der fünfzehn"), zugleich <u>ḥib är-māui</u> „Feier des Gottes <u>ärmāui</u>."

16. Mondtag <u>Ḥib-masper-son-nu</u> „Feier des zweiten <u>Masper</u> (g. oben den 3. Mondtag), zugleich <u>ḥib</u> (oder <u>haru</u>)-<u>šed-gemed-f</u> „Feier (oder Tag) des (Gottes), der seine Rede äussert."

17. Mondtag <u>Ḥib-sa</u> (- <u>sau</u>) „Feier des Erkennens"; zugleich <u>ḥib-Ḥru-hr-uot-f</u> „Feier des Horus auf seiner Säule."

18. Mondtag <u>Ḥib-äh</u> (var. <u>äāh</u>) „Feier des Mondes"; zugleich <u>haru en äḥ</u> „Tag des Knaben."

19. Mondtag <u>Ḥib-sotem-gemeduf</u> „Feier des, der seine Reden hört"; zugleich <u>haru en Än-mutef</u> „Tag des Gottes <u>Anmutef</u>."

20. Mondtag Hib-ānp „Fest vom ānp" zugleich haru en Uo-uat „Tag des Wegöffners" (besondere Bezeichnung des Anubis, die sich z.B. in der griechischen Umschreibung ΠΕΤΟΦΩΙϹ des ägyptischen Personennamens Pet-up-ua deutlich erhalten hat.

          [aus Anubis

21. Mondtag. Hib-āper „Feier der Ausstattung" zugleich hib ānup „Feier

22. Mondtag. Hib-phu-sosdet „Feier des Schlusses der Dreiecks" zugleich hib naī (oder nā) „Feier der Schlange Naī.

23. Mondtag Hib tenāt (var denāt) „Feier des Abschnittes oder -den son-ne „des zweiten Abschnittes (cf. oben den 7. Mondtag), zugleich hib nā uer „Feier der grossen Schlange nā."

24. Mondtag. Hib genh (var Kenh) „Feier der Finsterniss" zugleich hib-nā došr „Feier der rothen Schlange nā."

25. Mondtag. Hib silu „Feier der Lichtauswerfung (hib silu bereits d. 11 Mondtag erwähnt), zugleich haru en sem „Tag des Betäubten."

26. Mondtag. Hib-pir (pirt, pirut) „Feier der Erscheinung", zugleich hib mami-atef „Feier des (Gottes) welcher siehe den Freund seiner Vaters."

27. Mondtag. Hib-useb „Feier des Useb" zugleich hib lun ābui „Feier des (Gottes) mit erhobenem Hörnerpaar."

28. Mondtag. Hib-sed-ent-pet „Feier des Schwanzfestes des Himmels", zugleich haru en Xnum „Tag des Gottes Xnum."

29. Mondtag. Hib-āhā-ār „Feier Āhā-ār", zugleich hib-ulot-at-f „Feier des Erzeugers seiner Vaters."

30. Mondtag. Hib-nu-pet „Feier des Himmels" (e) hib ... s-nehem (é), in

A. und N. ḥb pirt Xnm . Feier der Erscheinung des Gottes Xnm.
Zugleich nach c : ḥb Hru neḥ atef . Feier des Horus der Rächers
seines Vaters, in é dagegen neher genannt.

Anmerkung. Die ältesten Spuren dieser so wichtigen Liste der Mondtage
und der zu ihnen gehörigen Gottheiten gehen bis in die Zeiten der XVIII.
und XIX. Dynastie zurück. Ich verweise vor allem auf die astronomischen
Deckenbilder im Grabe Königs Seti I und in dem sogen. Ramesseum
zu Theben aus den Zeiten Ramses'II. An den angeführten Orten
rechts und links von den in der Nähe des Nordpoles befindlichen
Sternbildern zeigt sich eine Reihe göttlicher Personen, die nach Namen
und Gestalt (letztere stets mit einer Scheibe auf dem Haupte) den
Namen und Personificationen der Verzeichnisse von Dendera und
Edfu entsprechen. Die Abweichungen sind lediglich auf Rechnung
der jüngeren Listen zu setzen. Ich gebe auf S. 53 die (nicht vollständige) Liste aus dem Grabe Seti's und aus dem Ramesseum und
überlasse es dem Leser dieselbe mit den oben mitgetheilten
Namen und Figuren zu vergleichen. Die Uebereinstimmung ist
unverkennbar. Auch sonst erscheinen dieselben Namen und Darstellungen, meistens nach einer bestimmten Auswahl, in einzelnen
Inschriften wieder, offenbar um auf die einzelnen Mondphasen
hinzuweisen. Als Beispiel führe ich specieller an die von mir
in der Zeitschrift 1881 S. 93 mitgetheilte Inschrift aus dem grossen
Osiris-Texte des Tempels von Dendera.

Monatage aus der Epoche der XIX. Dynastie

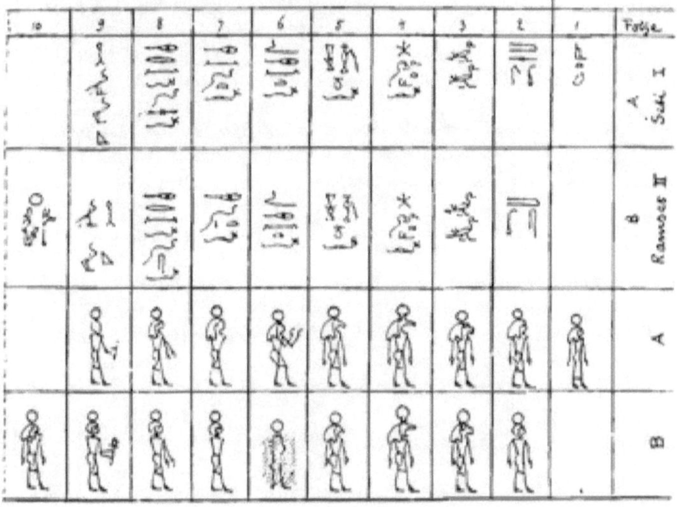

10	9	8	7	6	5	4	3	2	1	Folge	
										A	Seti I
										B	Ramses II
										A	
										B	

| | | X. | IX. | VIII. | VII. | VI. | V. | IV. | | Mondtag |

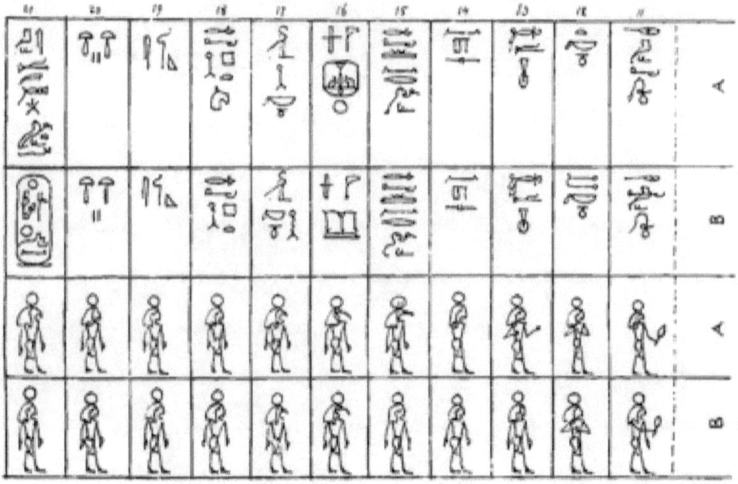

21	20	19	18	17	16	15	14	13	12	11	
											A
											B
											A
											B

| | | | | | XX. | XVI. | VII. | | XV. | Mondtag |

Am Schlusse der wichtigen Liste der Mondtage aus Dendera findet sich die hier rechts verzeichnete nicht ungewöhnliche Formel: „alles Leben ist bei ihnen, aller Bestand ist bei ihnen, alle Macht ist bei ihnen", womit der inschriftliche Theil des zweiten Bildes beschlossen ist.

III. Bild. Apotheose der Osiris als Mondgott. Der Gott thront in einem Schiffe, vor ihm Isis, hinter ihm Nephthys sitzend; das Schiff ruht auf dem Zeichen für den Himmel ▭, welches von vier Göttinnen getragen wird, letztere der Reihe nach bezeichnet als „Osten, Süden, Norden, Westen". Ueber Osiris die Inschrift: d.i. „Osiris Onnophris, der Triumphator, ist eingetreten „in das Mondauge (wörtlich: das linke) am 15. Tage „des Mondmonates," mit andern Worten am Vollmond.

Ueber Nephthys der Text: ([Hieroglyphen] d.i. „Nephthys, die Grosse, die Gottesschwester, spendet Schutz dem Osiris „als Mond." Rechts vom Schiffe die Geister von Buto (die Nordgegend symbolisirend, links davon, mit Schakalkopf wie jene mit Sperberkopf, die Geister von Xen oder Nexen, Eileithyiaspolis. Hinter dieser gesammten Vorstellung, nach Westen zu, die vier Paare der sogenannten „Acht", die Männer mit Froschköpfen, die Weiber mit Schlangenköpfen ausgestattet. Dahinter, ganz in der Westecke die Windthiere [Bild] d.i. der Norden und [Bild] der Westen, wie in der Ostecke gegenüber: [Bild] [der Osten] und [Bild] der Süden."

<u>Südseite, Streifen C, mittlere Darstellung (O - W).</u>

<u>Zwölf Schiffe</u>, jedes mit einer <u>Sonnenscheibe</u> in der Mitte, jede Scheibe mit einem Bilde im Innern, dienen zum Ausdruck der von Osten nach Westen fortschreitenden Sonne in den zwölf Stunden des Tages. In der Ordnung und Zeichnung derselben herrscht grosse Verwirrung in der Publication der Description de l'Egypte. In den schmalen Längsstreifen unter den Sonnenschiffen folgender Text:
(Anfang schwer leserlich, er enthält die Sonnennamen)
„[Der Sonnengott <u>Râ</u>] er geht auf in der Frühe,
„ein herrlicher Knabe genährt von einer Kuh, ein
„Jüngling mit Gliedern gekräftigt für den Tag. Ein
„Kind am Morgen, ein Jüngling in der Mittags-
„zeit ist er <u>Atum</u> am Abend. Angekommen in
„der Gegend des Westens, nehmen seine Gepflogen-
„heiten ihren Verlauf: die <u>Mâat</u>-Barke befindet
„sich an ihrer Stelle vom gestrigen Tage. Das
„werdende Licht wird zu einem Gewordenen im
„Mutterleibe und steigt empor im Ostlande an
„jedem Morgen. Den Himmel durchlaufend ist
„ihm keine Reihe noch Rast. Hat er durchkreist
„das Himmelsgewölbe mit fröhlichem Herzen,
„so ruht sein Herz in seinem Sonnenkörper und
„in seinem Sonnenleibe. Er ist der König der Zeit und

Ein anderer schmaler Streifen über den Sonnenschiffen, gleichfalls mit den Namen und Titeln der Tagessonne beginnend, lautet wie folgt:

„Zeigt er sich an der Stelle von gestern, so preisen „ihn die Götter und Göttinnen bei seinem Aufgang „und die Menschen beten zu ihm jeden Tag. Die Au-„gen thun ihr Werk, es öffnen sich die Ohren, es thut „sich auf die Nase, es athmet die Luftröhre, der Herr „des heiligen Herzens lenkt und leitet was das Herz „erfüllt, der Herr des Schutzes bewahrt die Glieder [das Folgende ist mir unverständlich, danach:] es kommt „hervor die Luft aus seiner Nase um das Leben zu „schenken heute und in Ewigkeit hin".

Auf der nachstehenden Tafel befindet sich die übersichtliche Darstellung der 12 Sonnenscheiben in ihrer Aufeinanderfolge und mit den zu ihnen gehörigen Beischriften (unter A, a). Als lehrreiche Varianten sind beigefügt die denselben Gegenstand behandelnden Bilder und Inschriften aus dem Pronaos des Tempels von Edfu (unter B, b) und die entsprechenden Vorstellungen auf dem hölzernen Sarge eines gewissen [☉] im Museum zu Bulaq (f. meine Bemerkungen darüber in der Zeitschrift 1867 S. 21 flg unter dem Titel: Die Kapitel der Verwandlungen etc) unter C, c.

Die Sonne in den 12 Stunden des Tages nach den Darstellungen aus der Epoche der griechisch-römischen Geschichte Aegyptens.

Verzeichniss der Namen der vorstehenden zwölf Sonnenscheiben.

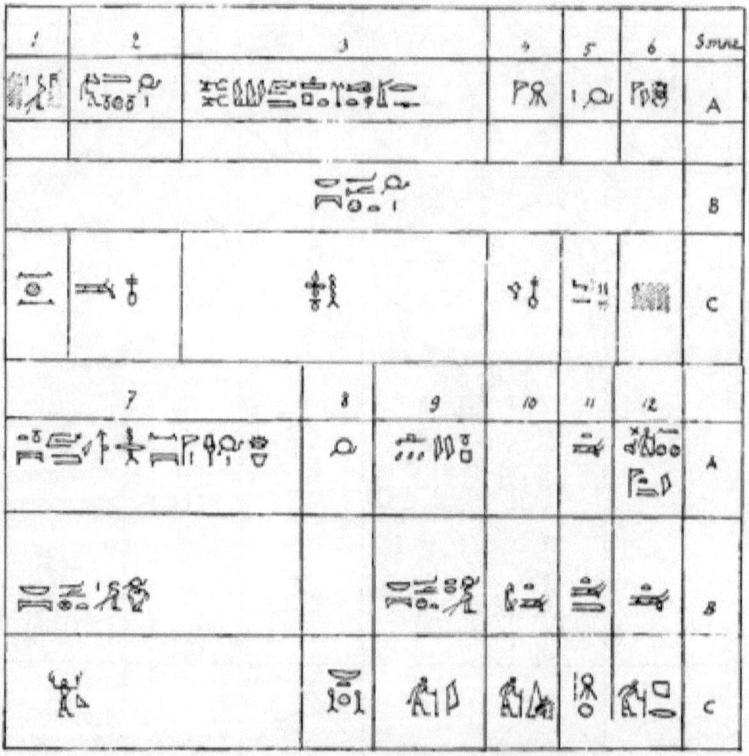

Aus dem vorstehenden Verzeichniss der Sonnennamen in den 12 Tagesstunden ergiebt sich die auch sonst durch die Denkmäler beglaubigte Thatsache, dass die Frühsonne als Kind (ne'xen), in der 3. Stunde (s. C) als Jüngling (hun), und die Abendsonne als ein alternder Greis (cf. C und A) und in der 12. Tagesstunde als uralter

Mann ([Hieroglyphen] war 4) angesehen ward. Es geht ferner daraus hervor
dass die ersten neun Tagesstunden die Sonne als [Hieroglyphen] Rā, die
ätzten drei dagegen als [Hieroglyphen] âtum bezeichnet wurde. Entsprechend
der verwirrten Aufeinanderfolge der Sonnenbarten, haben die Zeichner
der betreffenden Darstellung in der Description de l'Egypte in gleicher Weise
die Anordnung der Figurengruppen in Verwirrung gebracht, welche sich
in den beiden äussersten Streifen über und unter den Sonnenschiffen befinden. Die nachstehend verzeichneten Gruppen, von Westen angefangen,
eröffnen die untere Reihe. Es sind zugleich die einzigen, welche mit
Beischriften versehen sind.

1. [Hieroglyphen] Text: [Hieroglyphen] „die westlichen Geister
begrüssen die Sonne bei ihrem Untergange."

2. [Hieroglyphen] Text: [Hieroglyphen] „die Götterversamm-
lung in der Abendzeit welche ... [das folgende unverständlich].

3. [Hieroglyphen] Text: [Hieroglyphen] „die
âsem-sek Götter (Gestirne), die Matrosen des Sonnenschiffes."

4. [Hieroglyphen] Text: [Hieroglyphen] „die Geister des ersten Monatstages."

5. [Hieroglyphen] Text: [Hieroglyphen] „die Masepti-Götter, die
„herrlichen, des 7. Monatstages."

Hiermit haben die astronomischen Deckenbilder im Pronaos
von Dendera ihren Abschluss gefunden. Ich gehe nunmehr zu
andern astronomischen Bildern und Inschriften über, welche sich
gleichfalls in dem erwähnten Tempel vorfinden.

Die Inschrift neben dem Zodiakos.

Bekanntlich befand sich an der Decke der zweiten Pemades in dem südlich gelegenen Osiris-Tempel auf dem Dache des grossen Hathor-Heiligthumes von Dendera jenes weltberühmte Rundbild des Thierkreises vor, welches Franzosen heraussägen liessen, um es in der National-Bibliothek zu Paris aufzustellen. Zu diesem Thierkreise gehört die unten stehende Inschrift, welche sich noch heute an Ort und Stelle neben dem ehemaligen Platze des Thierkreises vorfindet:

Uebertragung.

„Er, der Herrliche, richtet seine Worte an den Gott Osiris, dem Herrn.......... Himmel allmonatlich, dessen Leib sich von neuem verjüngt, dessen Wille höher steht als der der Götter des Himmels und als der der Gebieter der Erde, an den Orion-Stern der jeden Tag ohne Störung aufgeht an dem Leibe der Himmelsgöttin: es wächst deine göttliche Gestalt am Tage des Neumondes und du wirst zu einem Jünglinge im Monde. Es folgt dir der Sauti-Stern als Führer (König) der Dekan Gestirne in deinem Namen der Osiris-Orion. Deine Schwester, der leuchtende Stern (die Isis-Sothis) sie giebt die Richtung deinem Laufe fern haltend Feindliches von dir. Schenke die Jahre der Sothis deinem Sohne, dem Könige, in Ewigkeit!"

<u>Der Sonnenstand</u>

am ersten Tage des normalen Siriusjahres nach dem Deckenbilde

auf der südlichen Seite des Thierkreiszimmers von Dendera (+ S. 60)

<u>Erklärung und Uebertragung der Inschriften.</u> A. die Himmelsfigur B. Isis d.i. der Stern Sothis-Sirius. C. die aufgehende Sonne D. die Constellation des Orion (Osiris-Sahu). E die Isis-Kuh als Sothis-Sirius-Gestirn, daher wahrscheinlich B. als Isis in der Bedeutung als Jahr (erwiesen durch die Denkmäler!) aufzufassen. 1-18 die erste Hälfte der Dekan-Sternbilder, nämlich 1.[Knum XNOYMIC], 2.[Xar-Knum, XAPXNOYMIC], 3. ḥā-ía, ḤTHT, 4. ta 5. phu-ía, ΦΟΥΤΗΤ, 6. tum, TWM, 7.[uéle, OYECTE], 8.[bíkol, BIKWT] 9.[Apos]ol, αφο-

αφοco, 10. Seb[šeš], coυxαωc, 11. lpā-[Xont], ΤΠΗΧΟΝΤΙ, 12. ...... 13. ......
14. ...... 15. ...... 16. Sešem, CECME, 17. lpā-smat (ΤΠΗCΜΑΤ), 18. smati,
CMAT. ♀.♀.♀.♀ die vier <u>Himmelsträgerinnen</u> als Vertreterinnen der vier
<u>Hauptrichtungen</u> der Himmelsgegenden.

<u>Der Mondstand</u>

<u>am ersten Tage des normalen Sothis- oder Sirius-Jahres nach dem</u>
<u>Deckenbilde neben dem vorher beschriebenen.</u>

Erklärung der Bilder unterhalb der Himmelsfigur. A. Figur des Gottes
Thot, des ägyptischen Hermes-Lunus, der die Hände ausstreckt nach B.
dem Vollmonde, der auf einer Säule zu schweben scheint. Hinter
demselben, in einer Kapelle eingeschlossen die Scheibe der aufgehenden Sonne. Unter demselben das Bild einer Schildkröte. Nach den
Dekan-Listen nimmt das Sela d.i. Schildkröte genannte

Dekansternbild, seinem Aufgange in unmittelbarster Nähe des Sothis- oder Sirius Sternes entsprechend, seine Stelle zwischen dem Sothis- se und dem Anfange des normalen Sirius Jahres ein, wie es die Zusammenstellung der (jüngeren) Dekanlisten (weiter unten) deutlich nachweisen wird. Unter F. Abbildung der Osiris-Säule d.i. des Orion Gestirnes, daneben I. (liegende Isis-Kuh in einer Barke) die sehr geläufige Vorstellung der Isis-Gestirnes der Sothis (Sirius). Auf den vierzehn Stufen der Treppe (D) befinden sich dieselben vierzehn Gottheiten, welche oben, Seite 35, dargestellt und näher beschrieben worden sind. Sie erscheinen auch in der eben besprochenen Darstellung als die Vertreter der vierzehn Tage des zunehmenden Mondes. Auf der untersten Stufe der Treppe zeigt sich die Göttin Ärret (oder Ánti d.i. die hermonthische, von ihrem Culte in der Stadt Án, Ánu Oberägyptens, d.i. Hermonthis also genannt), welche als die Vorsteherin der 14. Mondtage austritt, auf der obersten dicht hinter dem Bilde der göttlichen Thot die Figur des (hermonthischen solaren) Gottes Mont oder Mondu. Die Gesammtvorstellung deutet ohne jede Schwierigkeit den Anfang eines normalen Sothisjahres bei eingetretenem Vollmonde ein.

In der folgenden Liste habe ich die Bezeichnungen der fünf Planeten in den älteren und jüngeren Perioden der ägyptischen Geschichte zusammengestellt, wie sie sich auf einzelnen Denkmaelern bis auf den heutigen Tag erhalten haben. Hier das Verzeichniss derselben:

A. Planeten-Namen mit erklärenden Zusätzen und Abbildungen in dem Sarkophag Zimmer des Königs Seti I (XIX. Dynastie) im Thale der Königsgräber zu Theben.

B. Planeten-Verzeichniss nebst Zusätzen und Abbildungen in dem astronomischen Deckenbilde im Tempel Königs Ramses II (dem sogen. Ramesseum) auf der Westseite von Theben (XIX. Dynastie).

C und D entsprechende Verzeichnisse aus den Königsgräbern № 5 und № 9 von Bab-el-meluk aus den Zeiten der XX. Dynastie.

E. Liste der Planeten, neben den Abbildungen, aus dem Pronaos-Saale des (ptolemaischen) Tempels von Edfu-Apollinopolis magna.

F. Planeten-Bilder und Namen nach den Darstellungen im Pronaos der Tempels von Dendera (Römerzeit, s. oben S. 7 fl.)

G. dieselben aus demselben Pronaos (s. oben S. 6 fl.)

H. dieselben nach dem Rundbilde des Thierkreises von Dendera.

I Die Planeten-Bilder und ihre (hieratisch-demotischen) Bezeichnungen auf dem Deckel des Holzsarges eines gewissen Heter, Sohne eines Hosiere, thebanischen Ursprunges (s. mein Recueil I pl. XVII und den dazu gehörenden Text S. 30): Römische Epoche.

K. Die demotisch geschriebenen Planetennamen auf den von mir publicirten und erklärten Stobart'schen Planeten Tafeln, aus den Zeiten der römischen Kaiser. Fundort Theben.

Sonstige gelegentliche Erwähnung von Planeten Bezeichnungen werden am Schlusse der Planeten-Tafeln besprochen werden.

I. Planeten Tafel der XIX. und XX. Dynastie

Venus	Mercur	Mars	Saturn	Jupiter	
					A
					B
					C
					D (1)
Venus	Mercur	Mars	Saturn	Jupiter	

[Fortsetzung der Tafel auf Seite 65.]

Planeten-Bilder

					D (2)

| Venus | Mercur | Mars | Saturn | Jupiter | |

Anmerkung. Die Aufeinanderfolge der Planeten in Namen und Figuren ist in den Verzeichnissen A. B. und C. die gleiche. In D (2) dagegen ist die Anordnung, wie oben durch die beigefügten Zahlen angegeben, die nachstehende: 3. 1. 2. 4. 5.

II Planeten Tafel der griechisch-römischen Epoche.

Venus	Mercur	Mars	Saturn	Jupiter	
[hieroglyphs] 1	*[hieroglyphs]* 2	*[hieroglyphs]* 3	*[hieroglyphs]* 3	*[hieroglyphs]* 4	E.
[hieroglyphs] 4	*[hieroglyphs]* 5	*[hieroglyphs]* 2	*[hieroglyphs]* 1	*[hieroglyphs]* 3	F.
[hieroglyphs] 4	*[hieroglyphs]* 5	*[hieroglyphs]* [2]	*[hieroglyphs]* [1]	*[hieroglyphs]* [3]	S.
[hieroglyphs] 3	*[hieroglyphs]* 5	*[hieroglyphs]* 2	*[hieroglyphs]* 1	*[hieroglyphs]* 4	H.
[hieroglyphs] 5	*[hieroglyphs]* 4	*[hieroglyphs]* 3	*[hieroglyphs]* 2	*[hieroglyphs]* 1	I. (hieroglyphisch)
[hieroglyphs]	*[hieroglyphs]*	*[hieroglyphs]*	*[hieroglyphs]*	*[hieroglyphs]*	K. (hieroglyphisch)

Planeten Bilder aus derselben Periode.

					E.
					F.
					G.
					I.
Venus	Mercur	Mars	Saturn	Jupiter	Planet.

In der nachstehenden Uebertragung der vorstehenden Planeten Verzeichnisse aus älterer (I) und späterer (II) Zeit lasse ich die auf jeden einzelnen Planeten bezüglichen Bemerkungen nach der Verticalreihe folgen, um den Ueberblick der verschiedenen Bezeichnungsweisen anschaulicher zu machen und deren Verständniss zu erleichtern.

I. Planet Jupiter. I. „der Stern des Südens" (A) — „Hur-taš-ta heisst er [der Wandelstern der Himmels im] Süden" (B) — „Hur-up-Šeta heisst er

„der Stern des Südens des Himmels"(C) — „der Stern des Südens des Himmels Hur-šeta-ta heisst er [der Stern ....] wandelnd durch den Himmel (D)
— der Wandelstern." — II. Hur-uz-šet (E) — Hur-up-šeta (F) — idem (G) —
Hur-pe-šeta (I) — Hur-pe-šed, Hur-šed (K).

2. Planet Saturn.   I. „Der westliche Stern durchfahrend den Himmel,
Hur-ka-pet (Horus Stier des Himmels) heisst er" (A) — „Hur-ka-pet heisst
er, durchfahrend den Himmel, östlich ist der Stern"(B). — „durchfahrend den Himmel heisst er, der westliche Stern des Himmels. Hur-ka-
pet heisst er"(C) —   „Stern des Ostens, durchfahrend den
Himmel] (D, E). II. Hur-ne-ka (θ?) (E) — Hur-ka (F. H) — Hur-pe-ka
(I) — Hur-ka (K).

3. Planet Mars. I. „Der östliche Stern des Himmels, Hur-Xuti (d. i.
leuchtender Horus) heisst er. Er durchläuft seine Bahn rückwärts
gehend"(A) — „Hur-Xuti heisst er (der Stern) des Westens. Er durchläuft
seine Bahn rückwärts gehend"(B) — „Hur-Xuti heisst er, der Stern
im Osten des Himmels in rückläufiger Bewegung"(C) — Hur-Xuti
(D') — „der östliche Stern der Himmels"(D²) — II. Hur-tešet (d. i. Hor die
rothe, als Weib aufgefasst und dargestellt)(E) — Hur-doš (Horus der
rothe, F) — Hur-došr (Horus der rothe, H) — Hur-tošr (I) — Hur-doš (K).
4. Planet Mercur.   I. Sebgu (A) — Seb... (B) — Sebgu (D²) — II. Sebgo
(E) — Sebek, Sebko (F. H) — Sebgo (G) — Sebkau, Sebko (K).
5. Planet Venus.   I. „der Wandelstern der Osiris (A) — „ein wandelnder, der Vogel Bennu (eine Reiherart, Phönix) — Osiris (B) — „der Wandelstern

„Vogel Bennu-Osiris" (D²) — II. „Gott des Morgens (nuter dua) (E) — „der Gott des Morgens" (pi nuter du, F.G.H) — pe-nuter-duau (J) - pe-nuter -du (K) mit gleicher Bedeutung: „der Gott des Morgens".

Die Hauptunterschiede der älteren und jüngeren Periode in der Bezeichnung der Planeten betreffen den dritten (Mars) und fünften (Venus). In jener hiess Mars ⚹, ⚹ Hur-Xuti, „leuchtender Horus" d.h. er führte denselben Namen wie die Sonne, in dieser dagegen „rother Horus" Hur-došr oder Hur-doš, eine Benennung die sich im griechischen Ἄρτης oder Ἐρτωσι deutlich erhalten hat (s. Lepsius, Einleitung S.90) und einmal (s. oben E) auf eine weibliche Horus-Form bezogen wird. Die ältere Bezeichnung der Planeten Venus als Stern des Osiris oder des Bennu-Vogels des Osiris wird in der späteren Zeit durch „Gott des Morgens" ersetzt. Die unter F, aus Dendera mitgetheilte Darstellung desselben zeigt ihn doppelköpfig, rechts (linke Schulterseite) mit Sperberkopf und der Südkrone darauf, links mit Menschenkopf und der Nordkrone darauf, ohne Zweifel eine Anspielung auf Venus als Morgen- und Abendstern.

Nach den älteren Listen sind die Planeten folgenden Gottheiten geweiht (vergl. oben Seite 65, A und Seite 66, D):

1) der Planet Jupiter (ohne Angabe der Gottheit).
2) der Planet Saturn dem Gotte Hur, Horus-Apollon,
3) der Planet Mars dem Gotte ○ Rā, Helios,
4) der Planet Mercur dem Gotte Set, Typhon,
5) der Planet Venus dem Gotte Usiri, Osiris

Nach griechischen und römischen Ueberlieferungen, auf welche bereits Lersch (Einleitung S. 90 verwiesen hat, sollten die Aegypter betrachtet haben: Jupiter als Stern des Osiris, Saturn als Stern der Nemesis, Mars als Stern des Herakles, Mercur als Stern des Apollon und Venus als den der Isis. Damit stimmt in keiner Weise die eben mitgetheilte Liste der älteren Zeit überein. Ob ihr ein veränderter Götter-Schema der jüngeren Denkmäler zu Grunde liege, dafür scheint wenigstens eine Thatsache zu sprechen. Auf den Wänden der Tempels von Dendera, (wie z. B. in dem Osiris-Heiligthume auf dem Dache desselben) wird Osiris als König bezeichnet durch den Doppelnamen:

1. Hru up-śeta 2. Usiri-Xont-âmenti rutar ā hir-áb ánet (Osiris, der im Westen, der grosse Gott in Tentyra). Der erstere Namen zeigt, in jüngerer Schreibung, die-selben Elemente, welche den Planetennamen Hur-us-śeta für den Planeten Jupiter bilden. Osiris ward also thatsächlich als Jupiter aufgefasst in Uebereinstimmung mit der griechischen Tradition.

Die vorstehende Liste der Planeten nach ihren ägyptischen Bezeichnungen und Auffassungen dürfte interessante Beiträge der historischen Astronomie liefern. Sie wird ausserdem erweitert und bereichert durch Inschriften und Texte, welche gelegentlich Planeten Namen in Verbindung mit mythologischen Vorstellungen aufführen. Ich richte meine Aufmerksamkeit vor allem auf den jeden

Planet Venus

I Im Todtenbuche, Kap. 109, mit der Ueberschrift  ro en rex bu abti. Kapitel von der Kenntniss der östlichen Geister" findet sich z.B. in dem Leidener Pap. T, 16 (Abschnitt LIII) folgende Vignette:

Der darauf bezügliche Text legt dem Verstorbenen die folgenden Worte in den Mund. „Ich kenne jene östliche Gebirgsgegend des Himmels deren Süden am See von Xaro und deren Norden am Strome von Ro ist, an der Stelle wo der Tagesgott Rā unter Sturmwinden einherfährt. Ich bin ein willkommener Mitgenosse in dem Schiffe und ich rudere ohne zu rasten in der Barke des Rā. Ich kenne jenen Baum von Smaragdgrün, zwischen welchem Rā sich zeigt, wenn er dahinzieht über die Wolkenschichte des Gottes Šu hinweg. Ich kenne jedes Thor, aus welchem Rā hervortritt. Ich kenne das Gefilde von Alo, dessen Ringmauer aus Eisen ist. Sein Getreide hat eine Höhe von 7 Ellen, die Aehren desselben haben 3 Ellen und die Halme 4 Ellen, nach dem Verhältniss der Geister (der Verstorbenen) von denen ein jeder 8 Ellen in der Länge misst. Sie sicheln (das Getreide) in der Nähe der östlichen Geister (unter den Göttern) Ich kenne die östlichen Geister, nämlich den Gott Her-Keti, das Kalb neben diesem Gotte und den Gott des Morgens." Im Original liest man als Urtext der unterstrichenen Stellen [Hieroglyphen] _áu-á-rex-xu-á biu ábii_

Hur-Xuti pu bepou Xer nutar pen nutar duaut pu. Es ist deutlich dass als Geister der östlichen Gegend betrachtet werden:

1) [Hieroglyphen] Hur-Xuti d.i. der Planet Mars,

2) [Hieroglyphen] behsu „das Kalb" Sternbild im Osten des Himmels, und

3) [Hieroglyphen] nutar duaut der Planet Venus oder „göttlicher Morgenstern".

Dem letztgenannten Sterne ist die Ost- oder Morgengegend natürlich eigen. Die Beziehung des Mars zum Osten beweisen die oben angeführten Legenden: [Hieroglyphen] „der östliche Stern des Himmels, der Hur-Xuti heisst" (s. A) und [Hieroglyphen] „Hur-Xuti heisst er, der östliche Stern des Himmels" (C) und [Hieroglyphen] „der östliche Stern des Himmels" (D) neben seinem Bilde in einem Schiffe:

II. Die Frage ob und wann bereits [Figur] die alten Aegypter die Identität vom Morgen- und Abendstern gekannt und festgestellt haben, lässt sich vorläufig, wie mir scheint, nicht beantworten. Dass sie für den Abendstern einen besonderen Namen hatten, nämlich [Hieroglyphen], [Hieroglyphen], [Hieroglyphen], weiblich einmal [Hieroglyphen], _sib uäti_ „der einsame Stern" glaube ich in meinem Wörterbuche (Suppl. S. 1358) durch schlagende Beispiele bewiesen zu haben. Ihrer besonderen Wichtigkeit wegen führe ich nachfolgenden Text aus Edfu an (innere Seite der westlichen Umfassungsmauer des Tempels), in welchem der Gott Horus von Apollinopolis magna als Morgen- und Abendstern zugleich gepriesen wird:

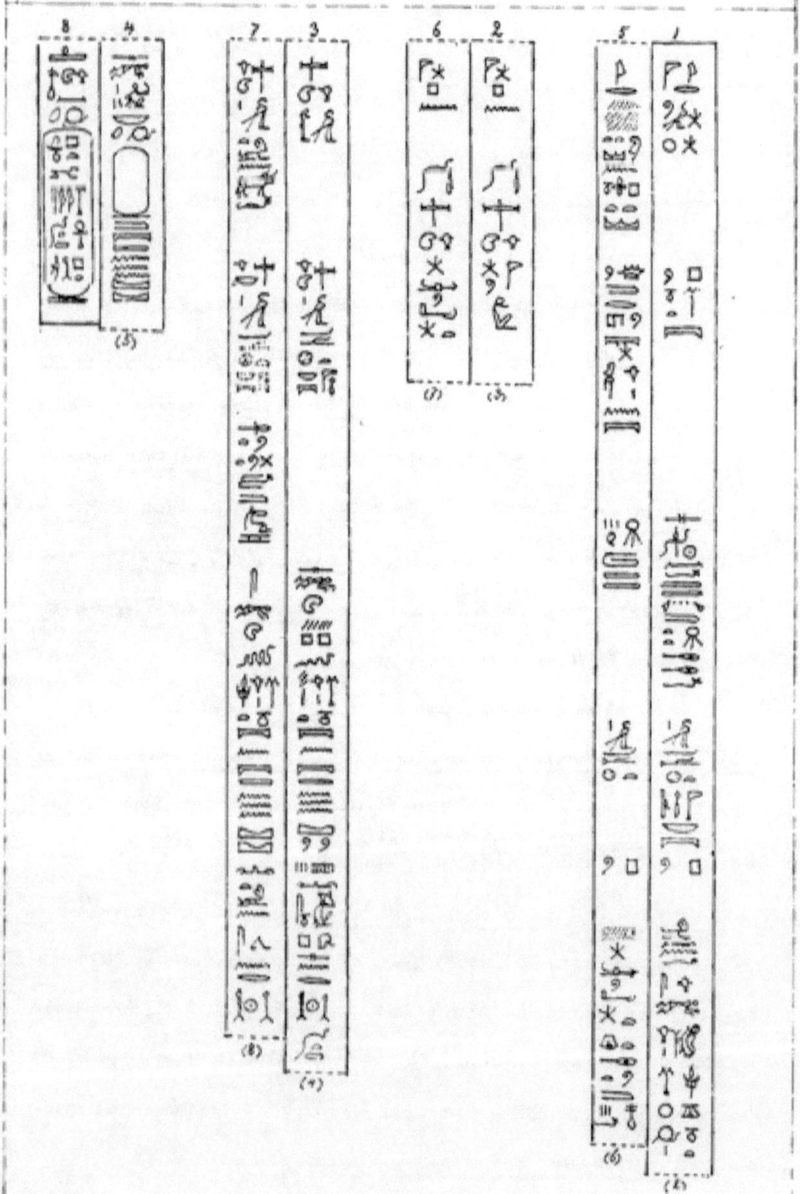

Hymnus auf den Morgen und Abendstern (s. Seite 74).

(1). „Der Morgenstern, dessen Thron am
„ Sternenzelt ist, der die Erde erhellt
„ mit seinem Augenlichte,

(5) „Der [Stern im] Westen des Landes
„ Tuns, welcher aufgeht am Abend
„ im Westen des Himmels und dessen
„ Glanz über die Erde sich ausbreitet

„ der Gott Horus nämlich von Apollinopolis magna,

der grosse Gott und Herr des Himmels,
„ er ist es, der den Gegner zu Boden
„ fällt auf der Ostseite alltäglich."

„ er ist der Abendstern, dem man
„ das Schauen dankt."

(2.6) „Lobgesang auf diesen Gott.

„ Heil dir!

„ du Morgenstern!

„ du Abendstern!

(3.7) „Heil dir, Horus!

„ du aufrecht stehender.

„ der sich erhebt.

„Heil dir, Horus von Apollinopolis magna, du grosser Gott und
Herr des Himmels!

„ dessen Aufsteigen aus dem Urge-
„ wässer Leben und Offenbarung ist,

„ der du zu Boden fällst den Drachen Apophis im Osten des
„ Sternenzeltes am Himmel, auf Erden, im Wasser, auf den Bergen

„ dass sie (sie) ihr Haupt in Ewigkeit
„ hin nicht mehr emporheben:
„ fälle zu Boden alle Feinde des

„ dass sie (sie) sich niemals mehr
„ aufrichten:
„ lass dein herrliches Antlitz gnädig

„Sohnes der Sonne, des Königs, im   „sein dem Sohne der Sonne, dem Könige
„Himmel, auf Erden, im Wasser und   „Ptolemaios, dem ewig lebenden, dem
„auf den Bergen!"   „Freunde des Ptah!"

Einem so klaren und deutlichen Beispiele gegenüber muss jeder Zweifel an der von mir entdeckten Bedeutung der Wörter [Hieroglyphen] sib māl oder uāti im Sinne von Abendstern schwinden. Es geht zugleich aus derselben Inschrift hervor, dass der Gott [Hieroglyphen] Hur bahudti oder Horus von Apollinopolis magna, der ägyptische Apollon, in einer gewissen Auffassung den Planeten Venus als Morgen- und Abendstern bezeichnete. Bildlich ward dies zur Darstellung gebracht durch die von Naville (Mythe d'Horus pl. 19) mitgetheilte Vorstellung in Edfu, auf welche sich der obige Text bezieht. Auf der Südseite ([Hieroglyphen], nicht [Hieroglyphen], wie bei Naville irrthümlich steht) ist der genannte Gott als leuchtender Planet Venus, und dem entsprechend auf Nordseite ([Hieroglyphen]) als Venus in symbo- Beziehung desselb. Gottes anderwärts bezeugt, im Osten leuchtender lischer Weise bezeichnet. nämlich im Westen der Planet Die enge Gottes zu diesem Planeten wird auch

III durch den sigden Anruf, welchen Thot in dem Texte von der Geburt und den Kämpfen der Horus von Apollinopolis magna zu Edfu an diese Gottheit richtet: [Hieroglyphen] „Heil dir! du Morgenstern, Heil dir! Horus der Morgens, „Heil dir! Horus von Apollinopolis magna."

II. Aus dieser Auffassung des _Horus_ als _Planet Venus_ erklärt sich der Sinn der nachstehenden mythologischen Genealogie, wie sie aus den Inschriften von Dendera und Edfu begründet wird:

[Hieroglyphen] Rā-Hur-Xuti d. i. der Sonnengott

[Hieroglyphen] Hur-behudti d. i. Planet Venus — [Hieroglyphen] Hathor neb änt d. i. Sirius

[Hieroglyphen] Hur-samta-ze-Xned si Hathor äht ner d. i. Hursamta das Kind, der Sohn der Hathor, der kehre (oder: ältere) Äht d. h. die junge Neujahrssonne (f. oben S. 11 Lin 1 ffe).

Astronomisch ausgedrückt ist der Inhalt dieser Mythologie nur der: der (sothische) _Neujahrstag_ tritt ein, wann in der Morgendämmerung die Sonne, der Planet Venus und der Sirius zu gleicher Zeit am Himmel sichtbar werden. Im übrigen wurde [Hieroglyphen] nach den inschriftlichen Ueberlieferungen als Sonne in Oberägypten aufgefasst. Man vergleiche [Hieroglyphen] _Horus_ von _Apollinopolis magna_, der grosse Gott und Herr des Himmels, die Gestalt der Sonne im Lande Oberägypten (1a-gemät) [NMH. 13] und ganz ebenso: [Hieroglyphen] „_Horus_ von _Apollinopolis magna_, der grosse Gott, der Herr des Himmels, der Herr der Erde und der Herr vom _Masenet_ (Name seines Heiligthumes in Edfu) das ist die Gestalt der Sonne im Lande Oberägypten" [DT I, IV, 1].

Der Planet Jupiter.

Die Beziehung desselben zum _Osiris_ habe ich oben bereits her-

hervorgehoben. Derselbe Planetenname des Gottes (Ḥur-up-Šeta) kehrt wieder in folgenden Stellen: [hieroglyphs] Ḥur-up-Šeta, eine Sonne, der Busiritische Osiris" [MD IV, 36, 40]. [hieroglyphs] „du bist König der Völker als Jupiter" (Ḥur-upt-Šeta, ibid. 64). In einer Reihe von Emblemen erscheint [hieroglyphs] Ḥur-up-Šeta d. i. König Jupiter (ibid. 21. IX). Auf einer steinernen Osiris-Statuette der v. Huber'schen Sammlung heisst der Gott: [hieroglyphs] „Jupiter, der Fürst im Palaste (von Heliopolis), der König von Ober- und Unterägypten Osiris, dessen eigentlicher Name Uonn-nofri (Onnôphris) ist; sein Vater nämlich ist Seb (Kronos), seine Mutter nämlich ist Nut (Rhea), seine Stadt nämlich ist Theben". In der unterägyptischen Stadt [hieroglyphs] Sambehudel d. i. die Jupitersstadt Diospolis hiess der Oberpriester des Localgottes [hieroglyphs] Ḥur-up-Šeta d. h. König Jupiter (man s. mein Dictionnaire géographique pag. 1380).

<u>Die Planeten als Sonnen.</u>

„Dass die Planeten und mit ihnen wenige andere, durch ihren flimmernden Glanz ausgezeichnete Sterne als Sonnen angesehen wurden, wird durch die Denkmäler bewiesen. Wenn Horus von Behud oder Apollinopolis genannt wird: [hieroglyphs] „Horus von Behudet, der grosse Gott und Herr des Himmels, der buntgefiederte, welcher emporsteigt aus der Lichtwohnung, das ist nämlich die Sonne der Herr aller Sonnen" (ra pu neb ra neb) [BHI LVI, 1]. So zeigt der Schlusssatz dass sich der Ausdruck 〔Hieroglyphen〕 nicht nur auf die Tagessonne bezog, sondern dass er zugleich gewisse leuchtende Sterne bezeichnete. So beginnt eine von mir in Philae copierte Inschrift mit den Worten:

〔Hieroglyphen〕, es sind

„Sonnen, welche leuchten tagtäglich und welche strahlen in der Dämmerung, es sind (diess) der Sahu (Orion)-Stern der Seele des Osiris und der Sothis (Sirius)-Stern als König der Dekansterne". Thatsächlich heisst die Göttin Hathor-Isis von Tentyra d. i. die Sothis nicht selten in den Inschriften: 〔Hieroglyphen〕, die zweite [weibliche] Sonne nächst der Sonnenscheibe, die apollinopolitische [Göttin], die buntgefiederte [DED. 56/7]. Aehnlich geht aus den Planetentafeln (s. oben dieselben sub A. und D.) dass der Planet 〔Hieroglyphe〕 deutlich als ☉ oder 〔hervor〕 d. i. Rā „Sonne" bezeichnet wurde. Ebenso ist der oben S. 78 Lin. 2 aufgeführte Planetenname des Osiris-Jupiter verbunden mit ☽ rā „Sonne". Aehnliche Beispiele sind nicht selten in den inschriftlichen Ueberlieferungen.

Die Sternbilder des Himmels,

ausser den Planeten, spielen eine grosse Rolle auf den Denkmälern. Ich lasse dieselben in Darstellungen und inschriftlichen Beschreibungen folgen, wie sie neben und nacheinander auf den Monumenten älterer und jüngerer Zeit aufgeführt erscheinen. Als die bedeutendsten und hervorragendsten stehen an der Spitze aller der Sirius und der Orion. S. die folgende Seite.

Die Constellationen der Orion [saḫu] und des Sirius (Sopedet)

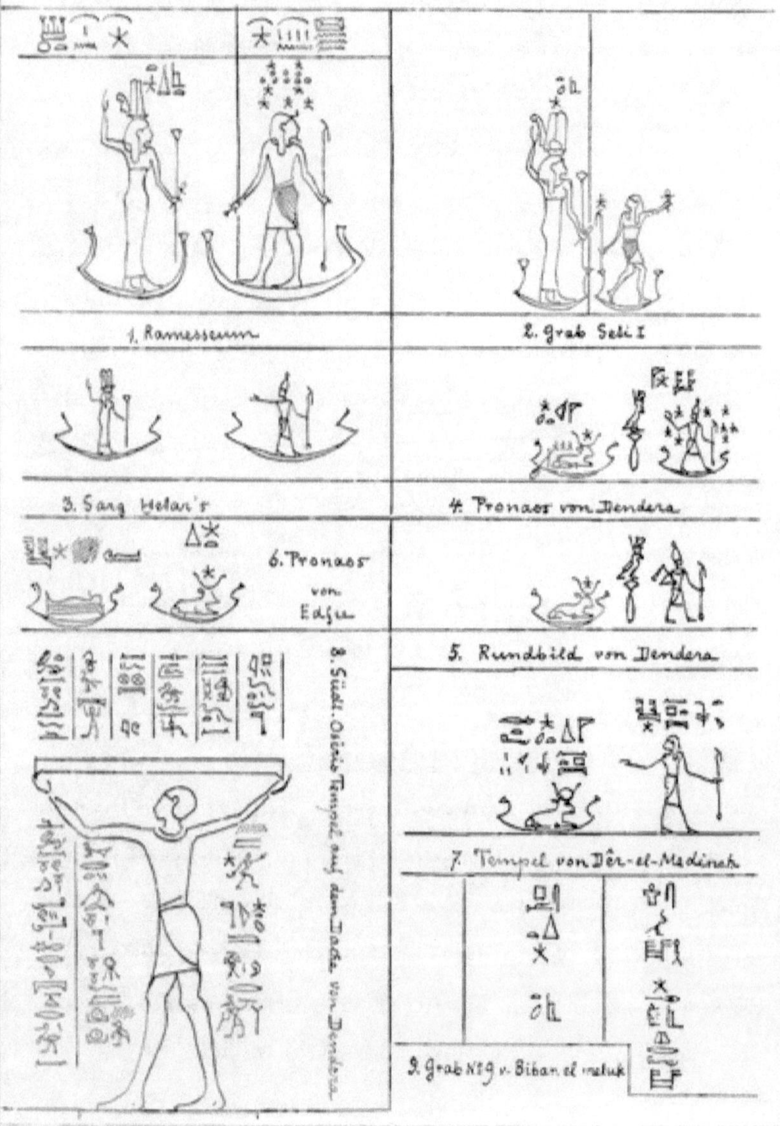

In den älteren, und in der Mehrzahl der jüngeren Darstellungen erscheinen die Gottheiten des Osiris-Orion und der Isis-Sothis in Barken, umgeben von Sternen (s. Seite 80, No 1 und 7), welche darauf hinweisen, dass sich dieselben nicht auf einen einzelnen Stern, sondern auf eine Gruppe von Sternen, auf ein Sternbild (Constellation) bezogen.

Orion zeigt sich als ein laufender Mann in Gestalt eines Königs, mit zurückschauendem, abgewendetem Gesichte. Sein Name erscheint bereits in Texten der sechsten Dynastie, wie z.B. in den Inschriften der Pyramide des Königs Hun-en-saf (oder Sokar-em-saf, wie andere denselben Namen lesen) Er heisst darin [Hieroglyphen] săḥ, saḥ. Eine vollere Schreibung zeigt [Hieroglyphen] saḥ (s. oben No 9) mit dem Zusatz: (saḥ-Stern) des Osiris unter der Hand der Saḥ. Abgekürzte Schreibungen desselben Namens sind [Hieroglyphen], u.a. Dem Worte liegt ohne Zweifel der Stamm [Hieroglyphen] saḥ zu Grunde, dessen Bedeutungen sich in dem späteren Koptischen caϩε, mit Suffixen caϩⲱ, aϩⲉⲧⲉ, aϩⲟⲩⲉⲣⲉ theilweise erhalten haben Der Saḥ-Sternhaufen bezeichnete somit soviel als einen der sich abwendet, ganz entsprechend der bildlichen Darstellung. Andere Inschriften erkennen in demselben Namen das Wort [Hieroglyphen] săḥu, [Hieroglyphen] oder [Hieroglyphen] săḥ. die Mumie wieder. Vergl. oben No 6 Bild einer Mumie auf dem Leichenbette nach den Darstellungen in Edfu. An der zerstörten Stelle der Inschrift stand offenbar [Hieroglyphen] saḥ „die Mumie". Dieselbe Darstellung wiederholt sich in Esne, woselbst Orion und Sothis in folgender Weise dargestellt sind:

während gleichzeitig Orion ein wenig linker Hand über der Isis-
Sothis Barke sich in der hier folgenden Gestalt zeigt.
Es scheint mir daraus hervorzugehen,
daß Orion je nach seiner Stellung am
Himmel an den Hauptzeitpunkten des
Jahres, wenigstens von den letzten Zeiten der Ptolemäer Herrschaft
an (d. Edfu) an, in verschiedener Gestalt aufgefaßt wurde.

Im 21. Kapitel seiner Abhandlung über Isis und Osiris bemerkt nach
ägyptischen Quellen Plutarch: „die Priester sagen, nicht allein des Osiris Leib,
„sondern auch die Leiber der anderen, nicht ewigen und nicht unvergäng-
„lichen Götter lägen nach dem Tode bei ihnen und würden verehrt, die
„Seelen (τὰς ψυχάς) aber glänzten am Himmel als Gestirne (ἄστρα); so
„heiße die Seele der Isis bei den Hellenen Hundstern (κύνα), bei den Aegyp-
„tern Sothis (Σῶθιν), die des Horus (sic) Orion (Ὠρίωνα), die des Ty-
„phon die Bärin (ἄρκτον)." Im 22. Kapitel bemerkt derselbe Schriftsteller: „Das von den Hellenen Argo (Ἀργώ) geheissene Schiff halten
„sie für ein Abbild des Fahrzeuges des Osiris, welches aus Verehrung
„unter die Sterne versetzt, nicht weit entfernt stehe vom Orion und
„vom Hundsterne; jener, meinen sie, sei dem Horus geweiht, dieser der Isis."

Diese Aussagen des ausgezeichneten griechischen Schriftstellers werden durch die inschriftlichen Ueberlieferungen der Denkmäler bestätigt, jedoch mit einer nothwendigen Berichtigung: nicht die Seele des Horus, sondern die Seele des Osiris heisst bei den Aegyptern Orion (Sah). Man vergleiche den oben unter N° 8 publicirten Text folgenden Inhaltes. Dem Himmelsträger werden die Worte in den Mund gelegt: „Ich habe erhoben meine beiden Hän-de die den Himmel tragen mit der Seele des Gottes Uerti-äb (d. i. dessen Herz stille gelanden ist", gewöhnlicher Beiname des Gottes Osiris). Er geht auf an der Lichtstätte als Sah-Gestirn (Orion, [Hieroglyphen]). Die göttliche Sothis ([Hieroglyphen]) ist schützend hinter ihm um das Feindliche zu verjagen". Der 6-zeilige Text darüber lautet: „Er hat sich erhoben und er trägt den Himmel um seine (des Osiris) Seele eintreten zu lassen. Er hat erleuch-tet (hell, leuchtend gemacht, glänzen gemacht, cf. oben Plutarch) die leibliche Gestalt der Götter Api-tet-f " ([Hieroglyphen], neuer Beiname des Osiris]. Hiermit wolle man vergleichen die oben S. 14 mitgetheilte Inschrift, aus welcher zugleich der Ausdruck [Hieroglyphen] bau, bäu „Seelen" für die Gestirne seine Bestätigung findet. Auf der Westseite am Fries im ersten Gemache des Osiris Tempels auf dem Dache der grossen Hathor-Heiligthumes von Den-dera heisst es von Osiris: [Hieroglyphen] „gött-lich geworden ist seine Seele unter den Sternen, immerdar aufgehend (oder „lebend"; da das Verb ānχ, [Hieroglyphen], diesen Doppelsinn hat) als Sah-Gestirn (Orion) am Leibe der Himmelsgöttin Nut". Auch in der S. 9 mitgetheilten Inschrift (ad N° 31) heisst es: „der Orion, die prächtige Gottesseele des Osiris".

Nach dem Texte aus Dêr-el-Medîneh (s. S. 80 ad № 7) heisst Orion ausserdem [Hieroglyphen] sah en ret res „das Sah-Gestirn des südlichen Himmels",
ebenso wie der Sirius oder vielmehr das ganze Sternbild desselben:
[Hieroglyphen] „die göttliche Sothis, die Grosse des südlichen Himmels".
Der Standpunkt der erwähnten Sternbilder am südlichen Himmel gab
ihnen, und vor allem dem Orion, gradezu die Bedeutung des Südens, im
Gegensatz zu dem Sternbilde der [Hieroglyphen], [Hieroglyphen] mas-Xet „Keule"
(s. weiter unten) im Norden des Himmels, welches die Nordgegend, den
Norden vertrat und dem Gotte Set-Typhon angehörte, der grosse Bär
oder der Wagen. Man vergl. [Hieroglyphen] „es sind 400
Ellen vom Orion (d. i. vom Süden) nach dem grossen Bären (d. i. dem
Norden) hin an der Brüstung." [s. mein Dict. géogr. pag. 1396]. In einer von mir
bereits anderwärts besprochenen Bauinschrift (in doppelter Abschrift vorhanden A. und B) werden einem Ptolemäer bei der Gründungs Ceremonie
des Tempels von Edfu die folgenden Worte in den Mund gelegt:

[Hieroglyphen]

d. i. A. die Ausspannung der Messschnur.

   B. die Ausspannung der Messschnur bei dem Tempel zwischen den 2 Stöcken.

A. Rede. Ich habe gefasst den Pflock sammt dem Griffe des Schlägels, ich nehme den Messstrick in Gemeinschaft mit der Göttin Safex-äbui ich betrachte die vorwärts schreitende Bewegung der Gestirne. Mein Auge haftet am Grossen Bären. Ich zähle die Zeit ab, prüfend die Uhr und stelle fest die Ecken deines Gotteshauses."

B. Rede. Ich habe ergriffen den Pflock, ich fasse den Griff des Schlägels, ich nehme den Messstrick in Gemeinschaft mit der Göttin Safex-äbui ich richte mein Gesicht auf den Lauf der Gestirne, ich lasse eintreten mein Auge in das Sternbild der Grossen Bären. Es steht da der Zähler der Zeit neben seiner Uhr. Ich stelle fest die „Ecken deiner Gotteshäuser." Ich werde unten den Nachweis liefern, dass bereits in der Epoche Ramses II Orion-Satz dem südlichen Himmel [Hieroglyphen] zugeschrieben ward. Sonst bemerkenswerthe Texte in denen der Orion Erwähnung geschieht. 1, Im Vorhofe des Tempels von Edfu:

[Hieroglyphen] ......

„der Himmel (oder das Dach des Tempels, die innere Decke derselben) trägt „die beiden Lichtbringer Sonne und Mond, die Dekane befinden „sich hinter denselben, der Herr des Jahresanfanges ist als erster für „sie. Osiris als Orion, die göttliche Sothis, der gütige (oder schöne) „Affe, das Nilpferd ......" 2, In demselben Hofe beginnt ein längerer Text.

[Hieroglyphen] (Ptolem. Alexandros) [Hieroglyphen]

[Hieroglyphen] 3, auf dem Sarge Hapsot zeigt ein Pforten die Inschrift: [Hieroglyphen]

[Hieroglyphen] d. Rede. Es durchläuft (mit abgewendetem Gesichte) der Osirische Prophet des Gottes Mond, der Herrn von Theben, Mer-peref, der Triumphator, den Himmel als Sah-Gestirn. Er ist verbunden mit den Dekangestirnen und einer (s. Rec. I, 70, 2). [4] auf einem der Pfosten am Sarge Hetar's (mit den astronomischen Darstellungen) die Inschrift: [Hieroglyphen] „der Pfosten steht aufrecht da und trägt den Himmel. Du lässest deine Hände sich ausstrecken an ihm (dem Himmel) mit dem Sah-Orion", und ähnlich andere Texte, von denen weiter unten die Rede ist.

Isis-Sothis. Bezeichnung derselben in den Inschriften der Pyramiden Hun-em-saf's (6. Dyn) [Hieroglyphen] sopedet, vollere Schreibung derselben in der 20. Dynastie (s. S. 80 N° 9) [Hieroglyphen] sopedet, mit der Bedeutung von „Dreieck", gewöhnlich [Hieroglyphen] „das Dreieck der Götter" (sopedet netar) genannt und [Hieroglyphen], [Hieroglyphen] geschrieben. In der späteren (griechisch-römischen) Epoche das Dreieck in folgender Form dargestellt [Hieroglyphen] und bisweilen [Hieroglyphen]. In derselben Epoche der ältere Name Sopedet oft ersetzt durch die jüngere Bezeichnung: [Hieroglyphen], [Hieroglyphen], [Hieroglyphen], [Hieroglyphen] (cf. mein Wörterbuch, Sup 1152) salit, die schiessende Schützin oder „die (den Nil) schwellen machende." Aus dieser aller Wahrscheinlichkeit nach die griechische Benennung CWΘIC entstanden (cf. das kopt. CAT, CET, CIϮ jacere, projicere, COTE sagitta). Seltner, in der Schrift, ihre Bezeichnung durch [Hieroglyphen], wie in folgender Inschrift aus Esne: [Hieroglyphen] salit hont Xabsu. Sothis, die Königin der Dekangestirne."

Ueber die Bedeutung dieses Sternbildes geben vor allen übrigen Texten die folgenden die ausführlichste Belehrung. 1) die Seiteninschrift an der Seite des astronomischen Saales im Ramesseum zu Theben:

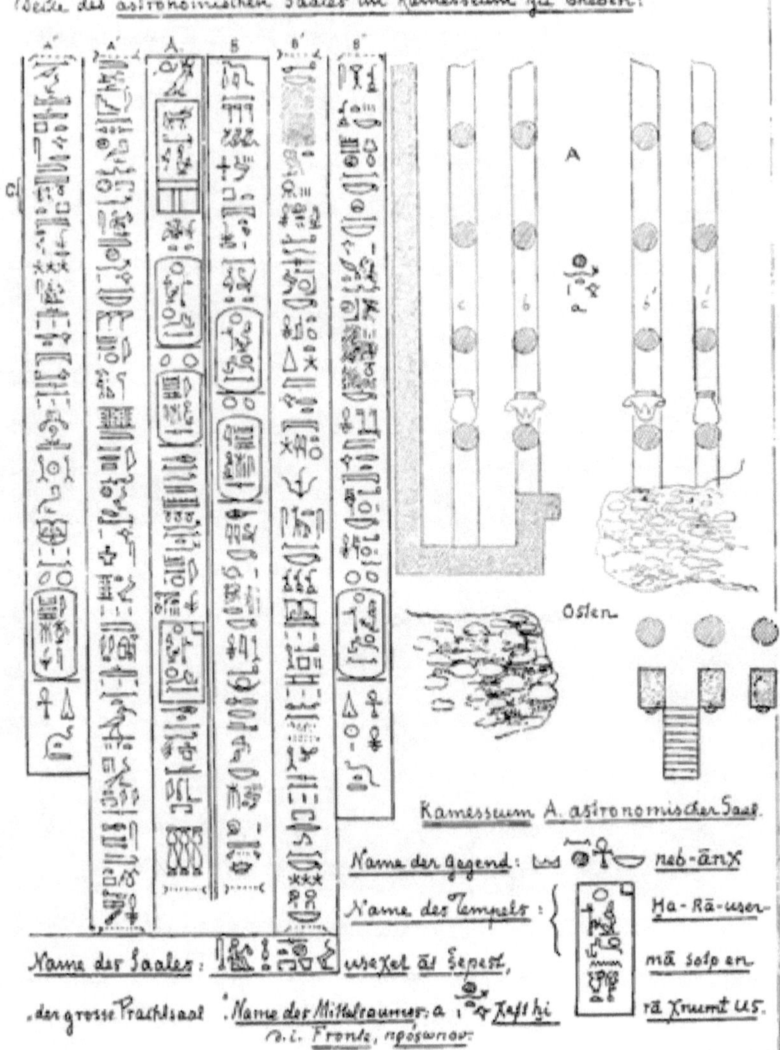

Architrav-Inschrift nach Norden zu bei b auf dem Plane:

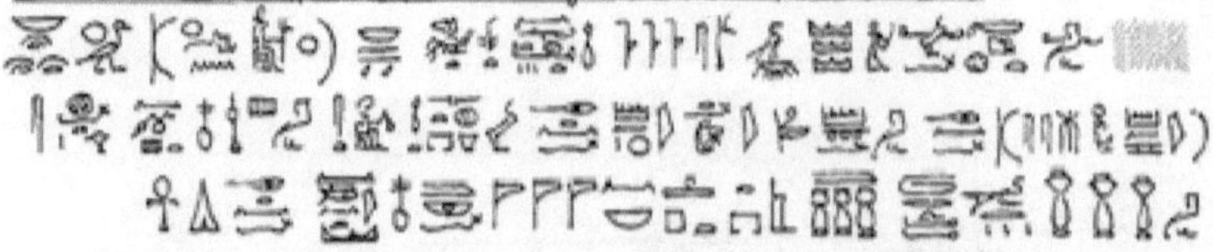

[Hieroglyphen — drei Zeilen]

[Der fehlende Anfang zu ergänzen durch: [Hieroglyphen]]. Die Uebertragung dieser Weihinschrift lautet demnach vollständig:

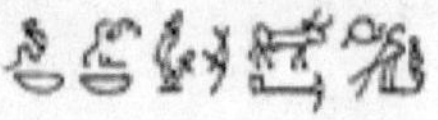

„Rä-Horus, der starke Stier, der Freund der Gerechtigkeit, —
„der Herr der Diademe, der Schirmer Aegyptens und Züchtiger der Völker,
„Horus der Ueberwinder, reich an Jahren, gross an Siegen,
„der König von Ober- und Unterägypten, der Landesherr Rä-user-mät, sotep [en-rä],
„der Sohn der Rä und Herr der Kronen, Miamon Rämses (II),
„er hat gestiftet als Zeichen der Erinnerung an sich für seinen Vater
„Amon-rä dar, was er gestiftet hat: den grossen Prachtsaal aus
„hellem und guten harten Gestein, dessen Mittelfronte aus mäch-
„tigen Säulen mit Blumenkapitälen besteht, die eingefasst sind
„von Säulen mit Knospen Kapitälen, eine Ruhestätte für den Herrn
„der Götter an seinem schönen Feste der Thaler (hib-en-änt, im
koptischen erhalten als Monatsname ΠΑϢΝΕ, ΠΑϢΝΙ, Παϋνί der
griechen in der Alexandriner Zeit). Er stiftete (es), der Lebenspender."

Uebertragung des Textes [s. A - B Seite 87
im astronomischen Saale des Ramesseums von Theben..

A. Rä-Horus, der starke Stier, der Freund der Gerechtigkeit, der König
„von Ober- und Unterägypten Rä-user-mät sotep-en-rä, der Sohn des Rä

„Miamun Ramses, er hat gestiftet als Zeichen der Erinnerung an sich für
„seinen Vater Amon-râ den König der Götter, im Ramesseum das, was
„er gestiftet hat: die Halle von Säulen mit Säulenfuss zu seinem
„Pracht-Adytum mit einer Mittelsäule für den Herrn der Götter A-
„mon-râ, den König von Theben, die Mauern aus Stein mit Schnitz-
„werk die Wände versehen nach den Vorschriften des Gottes Thot, ihr
„Eingangsthor, gewölbt, aus hartem Stein, gleichwie (die Wölbung)
„einer Akazie vom Lande Selu, und das, was ruht auf ihr (sc. das
„Dach der Säulenhalle) mit einer Nachbildung (so zu lesen PPŠ) des
„südlichen Himmels und der machtvollen Gestirne der Himmelshöhe
„Sie schenken eine lange Zeit in dreissigjährigen Perioden dem Sohne
„der Râ Miamon Ramses, dem Lebenspender heute und ewiglich.“
B. „Es reden also die Götter und Göttinnen im südlichen Himmel
„zum König von Ober- und Unterägypten Râ-user-mât sotep-en-râ,
„dem Sohne der Râ, Miamon Ramses dein Sein ist das der Sonne
„und dein Werden gleichwie das der Mondes, deine Jugend ist die
„derer, welche geboren werden auf Erden. Du erscheinst (unter) den
„Menschen gleichwie der leuchtende Gott. Er lässt dich strahlend
„aufgehen gleichwie Isis, der Sothis-Stern, an der Himmelshöhe
„in der elften Stunde der Nacht des beginnenden Jahres (d. i. des
„Neujahrtages). Sie verheisst dir Hunderttausende von Jahren
„dreissigjähriger Jubiläen und unfehlbare Ueberschwemmungen
„des Niles. Es gehen dir auf die Sterne am Anfang jeder zehn-

„zehntägigen Woche (d.i. Dekade). Ein Fürstenhüter ist dir der Neumond,
„zunehmen, nicht abnehmen lassend [deine Monate] Dieerschein...
„gleichwie der Sah-Orion am Himmel. Deine Lebenszeit ist gleich-
„wie seine Lebenszeit, Sohn des Rā, Rā-user-māt setep-en-Rā, du
„Lebensspender, heute und in Ewigkeit."

Von ganz besonderer Wichtigkeit in dieser Inschrift ist die
Stelle [Hieroglyphen], er lässt dich strahlend
aufgehen gleichwie Isis-Sothis an der Himmelshöhe in der elften
Stunde der Nacht des Neujahrtages." Ich hatte früher — und mit
mir meine Nachfolger — die wichtige Gruppe [Hieroglyphen] als eine besondere Variante des bekannten, von mir zuerst seiner wahren
Bedeutung nach bestimmten Wortes [Hieroglyphen] duat, [Hieroglyphen] duau,
[Hieroglyphen] duat, [Hieroglyphen], [Hieroglyphen] duau (s. mein Lex. Sup. S. 1357) für den Morgen
aufgefasst. und dem entsprechend [Hieroglyphen] übertragen „am Mor-
gen des Neujahrtages", wozu allerdings häufige Stellen in den
Inschriften wie [Hieroglyphen], [Hieroglyphen], [Hieroglyphen] duaut en apet
(en Renput). der Morgen des beginnenden Jahres" zu passen scheinen,
allein die davon unterschiedene Schreibart des Wortes [Hieroglyphen] erinnert sofort an die Bezeichnung
[Hieroglyphen], [Hieroglyphen] varr. [Hieroglyphen], [Hieroglyphen] d.i. sebti
welche auf den Denkmaelern vor der griechisch-römischen Epoche
die elfte Stunde der Nacht führt (s. unten die Stundentafeln)
Demgemäss fand der Aufgang des Sirius-Sternes in der elften

Stunde der Nacht statt, ganz im Einklang mit der griechischen Ueberlieferung: ἡ τοῦ κυνὸς ἐπιτολὴ κατὰ ἑνδεκάτην ὥραν φαίνεται καὶ
ταύτην ἀρχὴν ἔτους τίθενται καὶ τῆς Ἴσιδος ἱερὸν εἶναι τὸν κύνα
λέγουσι, καὶ τὴν ἐπιτολὴν αὐτοῦ „der Aufgang des Hundsternes
(Sirius) findet statt um die elfte Stunde und sie betrachten dieselbe als Jahresanfang und sie meinen dass der Hundstern der
Isis heilig sei ebenso wie sein Aufgang" (Theon, in Scholl. ad
Arati Phaenom. zu vergl. meine „Matériaux" S. 100). In denselben „Matériaux" habe ich S. 103 die Beweise geliefert, dass nach den
Angaben der Sternaufgänge in einzelnen Königsgräbern von Biban-
el-melûk die Nacht dem Tage voranging, so dass die erste Stunde
derselben mit dem Sonnenuntergang begann und die zwölfte mit
dem Sonnenaufgang zu Ende ging. Daher die Legende:
𓏲𓈖𓂋𓇯𓏤𓇳𓎼 …… 𓅱𓇳𓂝𓇯𓏤𓇳𓎼𓏲 „Monat Thoth, Beginn der Nacht,
…… erste Stunde, Beginn des Jahres." Die Nacht des Neujahrstages
fing also in der ersten Stunde an und ging demselben voraus, der
eigentliche Anfang des Jahres trat aber erst ein, wenn der Sirius-
stern in der elften Stunde der Nacht aufging. Das belehrendste
Beispiel dafür liefern die Stundentafeln im Grabe Königs Ramses VI.
Unter der Rubrik Nacht des Monats Paophi (𓏭𓇳𓎼) findet sich:
𓋹𓈖𓇳𓏤𓇼𓈖𓏤𓏌𓇼𓏤𓏇 „Stunde 11, der Stern der Sothis" (sc. geht auf).
Da der 1. Paophi 30 Tage später fällt als der 1. Thoth oder der
Anfang des normalen Sothisjahres, so folgt daraus mit aller

Nothwendigkeit, auf Grund der Natur des Wandeljahres, dass der erwähnte Sothisaufgang in der 11. Nachtstunde des 1. Paophi 30 × 4 oder 120
Jahre später als der Anfang der Sothis-Periode vom Jahre 1322 vor
Chr. Geb. eingetreten war d. h. im Jahre 1202 vor Beginn unserer
christlichen Zeitrechnung. Wäre den Stundentafeln das Jahr der
Regierung Königs Râmses VI. beigefügt worden, in welchem der Sothis-
aufgang vom 1. Paophi eingetreten war, so würden wir in der Lage
gewesen sein mit der genausten chronologischen Sicherheit den
Regierungsanfang der betreffenden Königs zu bestimmen.

Ein anderer, ungleich günstigerer Fall betrifft die Zeitbestimmung
der Regierung Königs Thutmes III der achtzehnten Dynastie. Auf dem
berühmt gewordenen, gegenwärtig im Louvre befindlichen Kalender-
Steine von Elephantine, welcher ohne jeden Zweifel der Regierung des
erwähnten Pharao angehört, findet sich ein Sothis-Aufgang angegeben in den Legenden [Hieroglyphen] „Monat Epiphi, T.28.
. der Tag der Feier des [Hieroglyphen] Aufganges der Sothis." Das
betreffende Jahr der Re- [Hieroglyphen] gierung des Königs fehlt
auch dieser Angabe. Nach der Inschrift im Grabe
Amon-em-hib's zu Theben (s. Ztschr. 1873, S. 7) regierte Thutmes III:
[Hieroglyphen], vom Jahre 1 bis zum
Jahre 54, Phamenoth letztem (d. i. dem 30. Tage). Tag und Monat
seines Regierungsantritts sind darin nicht aufgeführt, lassen
sich jedoch ergänzen durch die betreffende Angabe in einer Festliste

auf einer Wand in einem von dem erwähnten Könige gebauten Heiligthume inmitten des grossen Amon-Tempels von Karnak. Man liest l.l.
d.h. Monat Pachon, Tag 4
„Fest der Krönungen als König des Königs Rā-men-Keper, des ewig lebenden." Hierdurch erhält dasselbe in der sogenannten statistischen
Tafel von Karnak aufgeführte, theilweise unleserliche Datum aus
derselben Regierungszeit die wünschenswertheste Bestätigung. Dasselbe,
auf Grund meiner eigenen Abschrift, lautete folgender Weise:
„Jahr 23, Monat Pachon, Tag 4, der Tag der Krönungen
als König." Thutmes III hatte demzufolge seine Regierung
angetreten am 4 Pachon und bis zu seinem Todestage
hin 53 Jahre 11 Monat und 1 Tag regiert.
In derselben statistischen Tafel werden die dem Jahre 23 Pachon 4
vorangehenden Datirungen auf das Jahr 22 der Regierung des Königs
bezogen, so z.B. das unmittelbar vorangehende Datum
„Jahr 22, Monat Pharmuti ......", mit anderen Worten, es
liegt der Beweis vor, dass die Könige die Jahresrechnung
ihrer Regierung von dem Tage ihrer Thronbesteigung an führen liessen.
Durch andere überzeugende Datirungen aus derselben Epoche, wie
man sich aus den einzelnen Angaben überzeugen wird, wird dieser
Beweis unumstösslich. In dem hieratischen Papyrus № 3226 des
Louvre, dem Schriftcharakter nach der 18. Dynastie angehörend,
werden mit sieben Datirungen versehene Verrechnungen vorgelegt,

wobei der 4 Pachon als die Grenzscheide eines alten und einer neuen Jahres vorausgesetzt wird, wie man sich aus den nachstehenden Auszügen auf Grund meiner eigenen Abschrift des langen auf beiden Seiten beschriebenen Papyrus überzeugen kann.

I. Jahr 28, Pharmuti 10. a. Jahr 29 Pachon 6. – – Pachon 17.	Jahr 29 Pharmuti 17. b. Jahr 30 Pachon 8. – – Epiphi 5.	Jahr 31 Payni 27. c. Jahr 32 Epiphi 17.
Jahr 32 Pharmuti 24. d. Jahr 33 Pachon 5. – – Epiphi 4.	II. Jahr 28 Pharmuti 10. a. Jahr 29 Pachon 6. – – Pachon 17.	Jahr 29 Pharmuti 12. b. Jahr 30 Pachon 8. – – Epiphi 5.
Jahr 30 Phamenoth 25. c. Jahr 31 Pachon 21. – – Payni 13.	Jahr 31 Payni 28. d. Jahr 32 Epiphi 17. Jahr 32 Mesori 19.	Jahr 32 Pharmuti 24. e. Jahr 33 Pachon 5. – – Epiphi 4.
Jahr 33 Pharmuti 20. f. Jahr 34 Pachon 19. – – Payni 25.	III. Jahr 29 Pachon 12 (sic) a. Jahr 30 Payni 30. – – Payni 19.	Jahr 31 Pharmuti 1. b. Jahr 32 Pachon 5. – – Pachon 21.
Jahr 31 Phamenoth 7. c Jahr 32 Mesori 19. – – Thoth 1.	IV. Jahr 28 Pharmuti 14. a. Jahr 29 Pachon 6. – – Pachon 10	Jahr 29 Pachon 12 (sic) b. Jahr 30 Payni 5. – – Payni 19.
Jahr 31 Pharmuti 2. c Jahr 32 Pachon 5. – – Pachon (?).	Die angeführten Beispiele werden hinreichen um als Beweise zu dienen, wie selbst in den	

pharaonischen Administrationen den Jahresrechnungen das Datum des Tages der Thronbesteigung des Königs der Epoche zu Grunde gelegt ward. Da unter König Thotmes III ein Sothisaufgang am 28 Epiphi verzeichnet ist, so musste derselbe (als 328. Tag des Jahres) $(366 - 328) \times 4 = 38 \times 4 = 152$ Sothisjahre (zu 365 Tagen) vor dem Epochenjahre 1322 vor Chr. geb. d. h. 1474 vor Ch. statt gefunden haben. Durch eine genaue astronomische Berechnung der Neumonde, welche unmittelbar vor und nach diesem Datum eingetreten sind, liesse sich die Regierungsepoche Königs Thutmes III gegenüber einer Kalenderangabe aus seiner Regierungszeit mit aller Sicherheit feststellen. Wir wissen dass die Thronbesteigung der Königs statt fand am 4. Pachon. Die Feier desselben wurde aber auf den darauf folgenden nächsten Neumond verlegt. Ein solcher liegt vor in dem nachstehenden Texte der statistischen Tafel von Karnak [die Abschrift von mir selber genommen]:

renpit XXIII. tep Semu haru 21. haru en hib en pauti er meh Kā suten tep duaut (sebti). Im Jahre 23, Monat Pachon, Tag 21, Tag der Feier des Neumond-Festes, entsprechend der „Richtigstellung des Krönungsfestes beim Beginn des Morgens (oder: der elften Nachtstunde, vergl. oben)." Die astronomische Berechnung dieses Neumondes nach (jul.) Jahr, Monat, Tag und Stunde würde das Datum der Jahres 23, Monates Pachon, Tages 21 auf das allergenaueste feststellen und damit die Gelegenheit bieten den Tag und das Jahr der Sothisaufganges unter Thutmes III in unwiderleglichster Weise zu verificiren.

Angaben über den Aufgang der Sothis oder des Sirius in mythologischer Auffassung im Tempel von Dendera.

Der Sothis-Stern wird als die Göttin Isis aufgefasst, ihre Geburt vertritt den Ausdruck: Aufgang, als ihre Mutter erscheint die Himmelsgöttin Nei oder Nut, als ihre Geburtsstätte wird der Tempel von Tentyra, genauer der im Westen vom grossen Hathor-Tempel gelegene kleine Isis-Tempel bezeichnet. Eine Inschrift an der äusseren Ostwand desselben (aus römischer Zeit) bemerkt darüber folgendes:

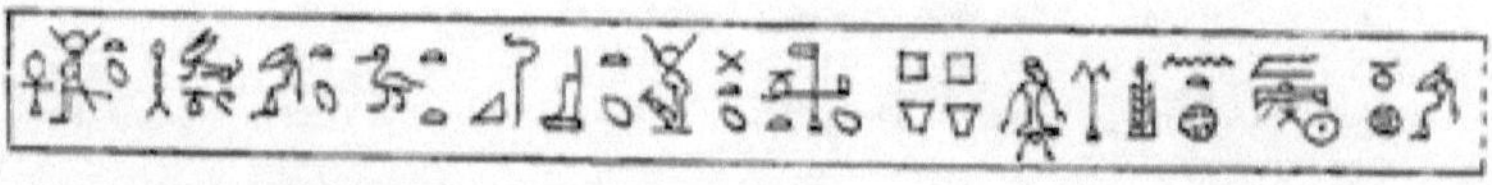

d.h. „das Leben! der weibliche Horus, „die jugendliche, die Tochter eines Regenten (hag), Isis, die grosse, die „Mutter der Götter, wird geboren in Tentyra in der Nacht des „Kindes in seiner Wiege auf der westlichen Seite des Tempels von „Hat-sešeš (mit andern Worten: des grossen Hathor-Tempels).

Der Aufgang des Sirius oder Sothis-Sternes am 20. Juli (jetzt) in der Sonnennähe oder der heliakische Aufgang desselben wird in gleicher Weise mythologisch ausgedrückt. Die Sonne wird vertreten durch den Tagesgott Rā oder auch durch die Barke, in welcher er hinaufsteigt himmelwärts. Aus einzelnen Stellen kann zugleich die Anwesenheit des Morgensternes herausgelesen werden. Nach diesen Vorbemerkungen lasse ich einzelne der wichtigsten Texte

die § 29 ausschliesslich im Tempel von Dendera vertreten sind, in nachstehender Auswahl folgen.

[Hieroglyphen]

[Hieroglyphen] … is ist die Stadt Ânet in beständiger Erhebung
„wann geboren wird die (kuhköpfige) Göttin Isis in ihm (dem kleinen
„Isis Heiligthume) in Gestalt einer dunkelrothen Frau (Namens)
„Xnum-ânXet (so hiess auch in den älteren Listen die 12. Stunde
„des Tages, kurz vor Sonnenuntergang), die Herrin der Liebe, die
„Königin der Göttinnen und Frauen, die bräutliche. Schön zu sehen
„ist der glänzende Aufgang des Lichtstrahles am Himmel in der
„Dämmerung, wann sie geboren wird in dieser Stadt."

[Hieroglyphen]

„Horus in weiblicher Gestalt ist die Fürstin, die mächtige (Useret), die
„Thronfolgerin und Tochter eines Thronfolgers. Ein fliegender Käfer wird
„(sie?) geboren am Himmel in der uranfänglichen Stadt (Tentyra)
„zur Zeit der Nacht des Kindes in seiner Wiege. Es strahlt die Sonne
„am Himmel in der Dämmerung, wann ihre Geburt vollbracht wird.
„Götter und Göttinnen preisen den Namen ihrer Majestät [Ostseite
„der inneren Wand in dem sog. Mamisi, erstes Gemach, von Dendera.]

Ueber den in den tentyrischen Inschriften so häufig erwähnten
Ausdruck: hanu gorh rexen em seStef „die Zeit (wörtlich: der Tag) der

der Nacht des Kindes in seiner Wiege", wissen wir nur so viel, dass
der gemeinte Tag zu den 5 Schalttagen am Schlusse des Jahres gehörte. Die bestimmtere Angabe ist leider an der betreffenden Stelle in der
Festkalender-Liste des Tempels von Dendera zerstört. Da aber nach
sonst erhaltenen Verzeichnissen der 4. Schalttag als Tag der Geburt
der Göttin Isis notirt ist, so dürfen wir wohl mit Recht die Zahl 4
an der unlesbaren Stelle des Kalenders substituiren. Man liest l. l.:

[Hieroglyphen]

d. h. „am [4.] Schalttage des Jahres das ist der schöne Tag der
„Nacht des Kindes in seiner Wiege, ein grosser Fest der Vorbereitun-
„gen (?). Es findet statt die Procession der Göttin Hathor und ihrer
„mitverehrten Gottheiten während der Nacht vor diesem Tage. Man
„macht einen Umgang um ihren Tempel und führt alles, was
„des Brauches ist, aus. (Darauf) Rückkehr nach ihren Plätzen"
(sc. Gemächern in dem Tempel).

[Hieroglyphen]

„strahlend geht auf die Goldene (nubet, gewöhnlicher Beiname der
Hathor-Isis als Sothis-Sirius Stern) über der Stirn ihres Erzeugers

„(d. h. in unmittelbarer Nähe und vor der Sonne, also heliakisch) und
„ihre geheimnisvolle Gestalt befindet sich an der Spitze seines Sonnen-
„schiffes. Berührt sie den Zenith (āg) ihrer Stadt, im Angesicht ihres
„Nomos, so wird ihre Wohnstätte in freudigster Stimmung geschaut.
„Tritt sie ein in ihr Haus, so ist ihr Leib voll Entzücken. Hat sie
„Besitz genommen von ihrer hehren Wohnung, ihre Mitgottheiten
„in ihrer Umgebung, zu beiden Seiten ihrer Gestalt, so ist die Seele in
„ihrem Leibe voll Jubels. Vereinigen sie sich (die Mitgottheiten) mit den
„Lichtstrahlen ihres Vaters (sc. des Sonnengottes) und verbinden sie sich
„mit dem Glanze seiner Scheibe, so ist die Stadt Ånet (Tentyra) in
„Freude. Anbetung wird dargebracht in Ådet und Pi-ånet (andere
„Bezeichnungen der eben genannten Stadt) ist in festlicher Stimmung
„wann sie schauen die Grosse, die rüstig waltende, die Schöpferin
„von Festen in der heiligen Stadt an jenem schönen Tage des Neujahrs"
(Säuleninschrift im hypaethralen Tempel auf dem Dache des Tempels).
Ebendort, nach unten hin, befindet sich folgender Text:

[Hieroglyphentext]

„der Tempel der Rexit (besondere Bezeichnung des eben erwähnten Tem-
„pels nach einem Beinamen der Hathor-Isis) gesehen, im Besitz des
„Löwen (d. i. des Rā, der Sonne, und seiner Tochter (Isis-Sothis), des Hur-
„ábot (Horus des Ostens, d. i. wiederum Rā) und der Göttin Xont-ábot (d. i.
der an der östlichen Spitze weilenden, Isis-Sothis). Sie erfassen ihre Gestalt
„am Himmel am Neujahrstage und ein jeder gesellt sich zu seinem

„Nachbar" (d.h. Sol und Sirius stehen in unmittelbarster Nähe zueinander, Sirius geht heliakisch auf.) An einer andern Stelle heisst Hathor-Isis (DBO [46]):

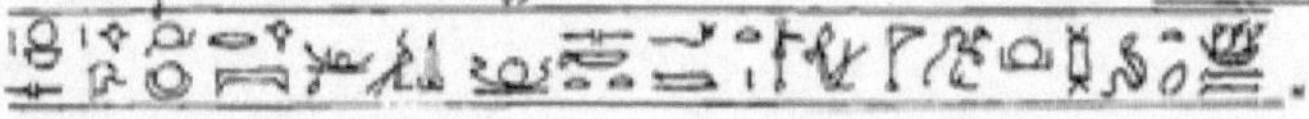

„die Göttin Mehennet (d.h. das Diadem) des Lichtgottes (d.h. der Sonne) und seine „Pilotin (ár-hātef, eigentlich: die am Vordertheile seines Schiffes befindliche) in der Sonnenbarke Sektet, welche den Himmel durchläuft immer„dar über dem Haupte ihres Vaters" (andere Vorstellung zum Ausdruck des heliakischen Sirius-Aufganges). An der Nordwand im Pronaos des Tempels von Dendera heisst dieselbe Göttin Isis-Hathor, nämlich

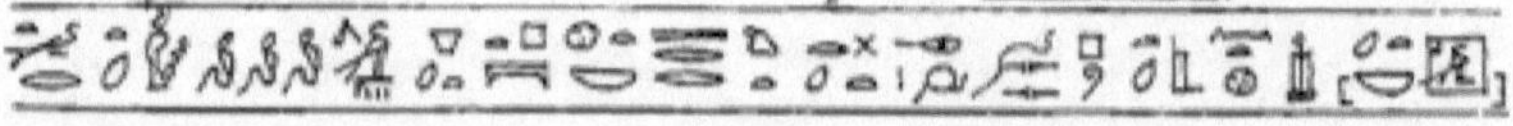

„[Hathor, die Herrin] von Ánet, das ist nämlich Isis selbst, das Auge „des Rā, die Grosse in Tentyra, die Herrin des Himmels, die Königin „der Götter und Göttinnen, die grosse Māt (Dikaiosyne) wie folgt:

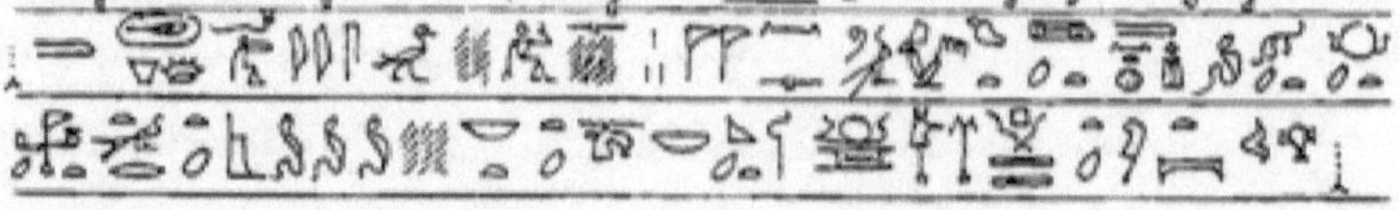

„die weibliche Sonne, die Erste in Tentyra, die Wahre unter den Göttern „ΣΥΝΝΑΟΙΣ [die jugendliche?] die Tochter(?) eines Jugendlichen, die Schöne „welche am Himmel erscheint, die Wahrheit, welche die Welt regelt an „der Spitze der Sonnenbarke, die Königin und Herrin der Ehrfurcht, „die Herrin [der Götter? und] Göttinnen, Isis, die Grosse, die Gottesmutter." An der Nordwand des zweiten Saales heisst dieselbe Göttin:

„es werden gezählt die Jahre nach ihrem Aufgange (sc. die Sothis Perioden)

„sie ist die Strahlende (Xut) am Himmel, die Mächtige (Useret) auf Erden
„und die sehr Gefürchtete (ā-sonlit) an der Stätte, wo die Leichen ver-
„borgen werden." Auf der Ostseite der Terrassenwand in Dendera liest man:

[Hieroglyphen]

„Uar-Xer-1a (Aussprache unsicher) wird geheissen dieser Gau. Adul wird
„er genannt der Ort der Wiege der Isis. Das ist nämlich das Haus
„der Entbindung der Himmelsgöttin Nut. Es wird zur Welt gebracht
„an diesem Orte in der Zeit der Nacht des Kindes in seiner Wiege
„die Gottesmutter in Gestalt einer dunkelfarbigen Frau (oder weib-
„lichen Person) [Namens] Xrem-ānxet, die Herrin der Liebe und die
„Königin der Götter und Göttinnen. Es sprach ihre Mutter bei ihrem
„Anblick: Siehe (ās, îs) da bin ich Mutter geworden! Daher der
„Ursprung ihres Namens Isis.............................. Sie ist näm-
„lich die Herrin der Tempel Aegyptens sammt ihrem Sohne Horus
„und sammt ihrem Bruder Osiris an dem heutigen Tage von
„alle Zeit an bis in Ewigkeit hin."
Nach einer anderen Redaction, welche sich an einer Wand (südlich)
des kleinen Isis-Tempels westlich vom grossen Hathor-Heiligthume
von Dendera befindet, lautet derselbe auf die Isis-Geburt d.h. den
Sirius-Aufgang bezügliche Text wie folgt:

„an diesem schönen Tage (Datum) der Nacht des Kindes in seiner Wiege, an dem grossen Feste, an welchem die Welt ins Gleiche gebracht
wird (sexex en ta) findet Statt die Geburt der Isis im Innern von
Ánet (Tentyra) durch die Göttin Áp (die eponyme Schutzgöttin der
Monats Epiphi), die grosse, in dem Gemache der Áp, in Gestalt einer
dunkelrothen weiblichen Person, der Xnum-ānx, der holdseligen (eigentlich: süss an Liebe). Es sprach ihre Mutter Nut bei ihrem Anblick:
Siehe (âs, ìs) ich bin Mutter geworden!' Daher der Ursprung ihres
Namens Isis (folgt eine mir unverständliche Stelle). Uebergeben ist
ihr der Süden nach dem Aufgange der Sonnenscheibe hin und der
Norden nach .... Sie ist nämlich die Herrin beider Seiten Ae-
gyptens sammt ihrem Sohne [Horus] und sammt ihrem Bruder
Osiris." An der Nordwand der Pronaos, ganz oben, steht der Text:

„Rā-Hur von Apollinopolis magna, Gott Sam-ta geht auf in der
Dämmerung (àxex), wann ausgeführt wird ihre Geburt in der
Zeit der Nacht des Kindes in seiner Wiege, an dem grossen Feste

„der ganzen Welt (oder: des ganzen Landes). Er leuchtet für Ihre Majestät

„wann sie geboren wird (? wann sie geboren hat?). Ihr Kind hat die Gestalt

„eines schönen Knaben, welcher der Herr von Tentyra ist. Es kommen zu

„ihr die Götter und Göttinnen tragend das Zeichen des Lebens ☥ und

„das Scepter der Macht ⌐ um zu genügen ihrem Wunsche nach ihrem

„Begehren." Ueber den Zusammenhang des so oft genannten Festes

Nacht des Kindes in seiner Wiege" (oder in seinem Neste, in seinem Lager,

alle diese Bezeichnungen hat der ägyptische Ausdruck seš) mit dem

Neujahrsfeste geben die Inschriften wie z. B. folgende die schlagendsten

Beweise. [Hieroglyphen]

[Hieroglyphen] „das Herbeibringen der Zeugbinde für den Empfang eines

„glücklichen Jahres zur grossen Isis, der Gottesmutter. [Gesprochen:]

„Empfange, empfange glückliche Jahre am Tage der Nacht des Kindes

„in seiner Wiege"! Dieser Text (an der Nordwand des Saales A im Tempel

von Dendera) begleitet die Darstellung eines römischen Kaisers, welcher

der Göttin Isis einen Zeugstoff reicht, auf welchem sich die

Worte befinden: „unendlich viele hundert Tausende von

„glücklichen Jahren!" als Neujahrswunsch in ägyptischen

Stile an die Göttin der Tempels. Dieselbe Scene findet

sich wieder in dem hypaethralen Bau auf dem Dache

der Tempel von Dendera. Hier lautet die hieroglyphische Beischrift:

[Hieroglyphen] „das Herbeibringen der Zeugbinde

„für den Empfang einer glücklichen Jahres. Text: Empfange ein glückliches Jahr"

Der heliakische Aufgang der Sirius-Sternes (am 20. Juli jul. Kal.) bildete den Ausgangspunkt für die Berechnung der Jahres und der Neujahrstages. Die Beobachtung dieser Aufganges bildete ein religiöser Fest, von dem uns die Inschriften der Tempel von Dendera und Edfu in tausendfältigen Wiederholungen melden. In feierlicher Procession wurden in ihren Kapellen die Statuen des Sonnengottes Râ und der Göttin Hathor-Isis (Sothis-Sirius) aufwärts die Treppe ([Hieroglyphen] Xont oder andere synonyme Bezeichnungen derselben) aus dem Innern des Tempels nach dem Dache desselben ([Hieroglyphen], [Hieroglyphen], [Hieroglyphen] tep hat, eigentlich: "Kopf des Hauses") getragen, woselbst unter offenem Himmel oder in einem hypoethralen Bau, in Dendera als: [Hieroglyphen] hait am häufigsten bezeichnet, die Enthüllung der Götterbilder in vorgeschriebenem Momente statt fand. Der heliakische Aufgang des Sirius wurde als Verbindung der Isis-Hathor mit Râ aufgefasst und als Vereinigung ihrer Strahlen mit denen des Lichtgottes Râ, der zugleicherzeit seinen Geburtstag als Neujahrssonne feierte. Man wird auf Grund dieser Andeutungen die folgenden Stellen genügend verstehen, die ich kürzerer Citation halber dem Mariette'schen Werke "Dendera" (in 4 Bänden) entlehnt habe. Noch will ich bemerken, dass in diesen und ähnlichen Texten der Sothis Stern der Hathor-Isis als [Hieroglyphen], [Hieroglyphen] "rechtes Auge", die Sonne dagegen als [Hieroglyphen], [Hieroglyphen] "linkes Auge" bezeichnet wird, ganz verschieden von dem sonstigen Usus der heiligen Sprache, in welcher die Sonne als "rechtes Auge", der Mond als "linkes Auge" aufgefasst ward. Desgleichen muss ich noch bemerken, dass die ganze Oertlichkeit auf dem Dache der Tempel, welche für die Neujahrsfeier bestimmt war, die Benennung [Hieroglyphen], [Hieroglyphen] usr hib-tep, der Ort des ersten Festes führte, oft auch durch das Bild des hypaethralen Tempels determinirt, wie in der Stelle (MD. IV.1 col. 12): [Hieroglyphen], sie (Isis-Sothis) gesellt sich ihrem Vater (der Sonne) bei an dem Orte des ersten Festes, nämlich jenes offenen Tempelchens). In einer grossen Zahl von Texten kommt der Gedanke zum Ausdruck, dass Isis-Sothis am Neujahrsmorgen ihren Vater, den Sonnengott, schaue. [Hieroglyphen] [Isis-Hathor], schaut ihren Vater an jenem schönen Tage der Geburt der Sonnenscheibe - mas äten, - wofür auch an anderen Stellen [Hieroglyphen] mas-rā "Geburt der Sonne" eingesetzt wird. Man führt die Göttin auf das Dach [Hieroglyphen], damit sie schaue "die Strahlen ihres Vaters bei seinem Aufgange" oder, in directer Rede an Hathor: [Hieroglyphen], damit du schauest deinen Vater am Tage des Neujahres (IV, 20. 6. 11 u. a. m.). In anderen Texten wird auf die Sonnennähe der Sirius Sterne am Neujahrstage angespielt, wie z. B. in folgendem (IV, 3): [Hieroglyphen], es verbinden (heben) sich ihre Strahlen mit den Strahlen des leuchtenden Gottes an jenem schönen Tage der Geburt der Sonnenscheibe in der Frühe des Neujahrsfestes. [Hieroglyphen], du gesellst dich zu deinem Vater Rā (Sol) in deinem offenen Tempel, dein schönes Angesicht dem Süden zugewendet (IV. 2) und anderwärts (IV,1,12): [Hieroglyphen], sie gesellt sich zu ihrem

„Vater an dem Orte des ersten Festes." oder auch wie auf derselben Tafel II, 1:

[Hieroglyphen]

„sie kommt an ihrem schönen Feste des Neujahres um zu vereinigen ihre Grösse am Himmel mit ihrem Vater, die Götter sind in festlicher Stimmung und die Göttinnen voll Freude [wann] sich verbindet das rechte Auge (der Sirius) mit dem linken Auge (der Sonne). Sie ruht auf ihrem Throne an dem Orte, wo man schaut die Sonnenscheibe, und es verbinden sich die Glänzende (Isis-Sirius) mit dem Glänzenden (der Sonne). Isis-Hathor erscheint [Hieroglyphen] „an ihrem schönen Feste des Anblickes ihres Vaters, es verbindet sich der Himmel mit der Erde und es vereinigt sich das rechte Auge (der Sirius) mit dem linken (Sonne) am Anfang des Jahres, den 1. Thoth" (Dend.). Die Augenformel wiederholt in [Hieroglyphen] „es vereinigt sich das rechte Auge, Isis-Hathor, mit dem linken Auge, Rā" (s. MD. II, 3), wobei die Deutzeichen auch nicht die geringsten Zweifel über den astronomischen Sinn der darunter verstandenen Gottheiten zurücklassen [Hieroglyphen] „sie strahlt in ihrem Hause am Tage des Neujahrs und sie verbindet sich mit den Strahlen ihres Vaters in der Lichtsphäre (oder: am leuchtenden Himmel) (Dend. Saal E). In dieser Auffassung ist die tentyritische Isis eine allen Tempeln und Städten Aegyptens gemeinsame Gottheit, daher sie l. c. ausführlich bezeichnet wird als

[Hieroglyphen] . „Isis,

„die Grosse, die Gottesmutter, die Herrin von Adet in Anet (Tentyra), die
„Herrin des Jahresanfangs, die Gebieterin der Sma ?), welche aufgeht
„am Neujahrstage um ein glückliches Jahr zu eröffnen, die Göttin Amaut
„in Theben, Menät in Heliopolis, Renpit (d.i. das Jahr) in Memphis,
„die göttliche Sothis in Elephantine, die hell leuchtende in Apollinopolis
„magna etc." (Dend. Saal E). Nach uralter Vorstellung ist sie zugleich die
„Göttin, welche die Nilschwelle herbeiführt, die nach den inschriftlichen Über-
lieferungen an den Aufgang der Sirius gebunden war. Daher ihre Bezeichnung: [Hieroglyphen] . „Isis, die Grosse,
„die Gottesmutter, welche schwellen macht den Nil zur Zeit wann sie
„erglänzt am Anfang des Jahres" (Dend. Saal g). Sie ist deshalb auch:
[Hieroglyphen]
[Hieroglyphen] „eine weibliche Sonne
„welche erscheint am Anfange des Jahres am Himmel als göttliches
„Sothis-Gestirn, die Königin der Dekansterne, deren Strahlen die Erde
„erleuchten gleichwie die Sonne, die sich am Morgen zeigt, (sie ist)
„die Herrin der Jahresanfänge, welche herauslockt den Nil aus sei-
„nem Quellloche um den lebenden Menschen das Leben zu verschaffen
(g. BH I, 49) Ebenso heisst [Hieroglyphen] „die göttliche Sothis, die hehre" in
Philae: [Hieroglyphen] „die Herrin des Jahresanfan-
ges, welche schwellen macht den Nil zu seiner Zeit," wozu ich nach-

folgende unendlich leicht zu vermehrende Stellen aus Dendera (man sehe
die reichen Publicationen von Dümichen und Mariette ein) hinzufüge:
[Hieroglyphen] „die Sothis am Himmel führt herbei den
Nil am Anfang des Jahres um Göttern und Menschen Nahrung (eigentlich
das Leben) zu gewähren" [Hieroglyphen] „die grosse
Sothis erglänzt am Himmel und es tritt heraus der Nil aus den beiden
Quellöchern." [Hieroglyphen] „die Sothis macht schwellen
den Nil an seiner Quelle." Hathor, so wird an einer Stelle ausgeführt:
[Hieroglyphen] „erglänzt am Himmel
an der Spitze der Sonnenbarke und die Herrin des Jahresanfanges lockt
heraus den Nil aus seinem Quellloche." Auch aus diesem Grunde wird
Isis-Sothis bezeichnet als: [Hieroglyphen] „Sothis Stern
in Tentyra, dessen Namen kein Nomos entbehrt" (Dendera) und so
ähnlich in Hunderten von Inschriften.

Wie die besonderen von der Sonne, dem Monde, den Planeten und sonstigen
Sternen und Sternbildern durchlaufenen Himmelsräume in den hieroglyphischen Inschriften als [Hieroglyphen] pir oder pi „Haus, Wohnung", analog dem
arabischen beth im astronomischen Sinne, bezeichnet werden, so wird derselbe Ausdruck auch auf die Sothis angewendet. Man vergl. folgenden
auf die Sothis bezüglichen Text: [Hieroglyphen]
[Hieroglyphen] „es erglänzt [die Sothis] am Himmel
als die Regentin der Dekan-Sterne und beschützt ihren Bruder Sah-
Osiris (d.i. den Orion) auf seiner Strasse am Himmel, hervortretend

„aus ihrem Hause an dem Anfang einer jeden Dekade, fortwährend (s.

DHJ. T. 42,6 g.?4), womit in Verbindung steht die so häufige Erwähnung

von Opfern „am Anfange jeder Dekade." [Hieroglyphen] tes haru met neb. So heisst

es auf der steinernen Schenkungsurkunde von Philae (mit dem Datum

des macedonischen Monats Peritios, [Hieroglyphen]) dass der betreffende Ptolemäer

den Zehent des sogenannten Dodekaschoinos dazu bestimmt habe:

[Hieroglyphen]

„um zu versehen die Katarakten Stadt (Gebhut = Elephantine) mit

„allerlei Gutem für seinen Vater Osiris, den grossen Gott, den Herrn

„von Â-uäbit (dem Abaton) und für seine Mutter Isis, die Lebenspen-

„derin, die Herrin von Â-rak (Philae) für den Anfang einer jeden

„Dekade" (s. A.N.D. I, 200). Aehnlich heisst es in Dêr el-medineh (mit dem

Tempel aus Ptolemäerzeit): [Hieroglyphen]

[Hieroglyphen] „es kommt zu ihm der grosse lebende Gott Amenapet

„am Anfang einer jeden Dekade und der thebanische Gott Xonsu-

„tu wegen ihrer Forderung(?) von Opfern."

„Bekanntlich war — und diese Thatsache hat zuerst Lepsius erwiesen—

das ägyptische Jahr in 36, bezüglich 37 zehntägige Wochen oder

Dekaden eingetheilt, deren Namen ich oben S. 24 ausführlich mit-

getheilt habe. Sie standen in Beziehung zu der gleichen Anzahl

von Dekan-Gestirnen, von denen ein jedes im Laufe des Jahres am

Anfang einer neuen Dekade aufging. Als das erste Dekangestirn,

also am Anfang der ersten Woche des Neuen Jahres oder am Tage der des Neujahrs, ward die Sothis oder die Constellation des Sirius angesehen, die an dem bezeichneten Datum in dem normalen Sothis-Jahre hinter dem Orion aufging. Sie erscheint also gleichsam als die Regentin aller folgenden Dekane bis zum Jahresschlusse hin. Das sagen mit aller Deutlichkeit die Inschriften, wie man aus den folgenden Beispielen schliessen kann. [Hieroglyphen] „die hehre Sothis, „die Herrin des Anfangs des Jahres, die Königin und Herrin der Dekan-Constellationen (Xabau), die Tochter des Seb (des äg. Kronos), „Isis, die grosse Gottesmutter, die Herrin von Suont" (Syene, Assuan. Text aus dem Sothis-Tempel bei der modernen Stadt Assuan). Aehnlich heisst sie in den oben bereits mitgetheilten Texten: [Hieroglyphen] „Königin der Dekane" und [Hieroglyphen] „Regentin der Dekane". In ihrer Eigenschaft als „Herrin der Jahresanfänger" und als „Königin der Dekane" verleiht Isis-Sothis den Herrschern Aegyptens die nach den astronomischen Sothis-Jahren berechnete Zeit ihrer Regierung (zu vergl. die oben citirte Stelle [Hieroglyphen] „es werden gezählt die Jahre nach ihrem Aufgange", cf. MD. I, '9, g). Daher die nicht seltene Formel, die sich auf die Sothis und den regierenden Pharao beziehe: [Hieroglyphen] „sie giebt ihm die Jahre der Sothis des Himmels," oder auch in der Fassung: [Hieroglyphen] „sie giebt das Königthum der Sothis des Himmels ihrem Sohne" (sc. dem regierenden Könige).

Zum Schlusse dieser Bemerkungen über den Sothis-Stern die mythologische Notiz, dass die Sothisgöttin als die erste Tochter des Râ oder

oder welchen Namen die Sonne als Gott führt, aufzutreten pflegt. Im hyra-
thralen Tempel auf dem Dache des tentyritischen Heiligthumes heisst sie

[Hieroglyphen] 1. „Hathor, die grosse, die Herrin von Tentyra, das
„Auge der Rā, die Herrin des Himmels und die Königin der Götter...
„welche ausgeht als Nubet (die Goldne), die Tochter des Lichtgottes (der
„Sonne), Sothis, die grosse, die Herrin des Jahresanfanges, welche schwel-
„len macht den Fluss, um die Erde zu überschwemmen. Anderwärts (cf.
MD. II. 25, a): [Hieroglyphen] „die Tochter des Rā, die erste seiner Töchter".
Ebendort heisst sie [Hieroglyphen] „Pilot in der Barke der Morgensonne" (ar-ḥāt em seklet), wie sonst auch „Diadem" an der Stirne
ihres Vaters (vergl. oben) und „Braut" (šepsit), wie z. B. in MD. IV. 24:
[Hieroglyphen] , es ist der Tempel von Tentyra
„bräutlich ausgestattet im Besitz einer Braut an ihrem schönen
„Feste der Geburt der Sonne" (mas-rā) u. a. m. aller Anspielungen
auf den (heliakischen) Aufgang der Sirius in der Sonnennähe.

Nach den Sternbildern des Orion und der Isis und von ihnen getrennt durch die oben beschriebenen Darstellungen und Namen der
drei Horus Planeten Jupiter, Saturn und Mars (s. Seite 65) erscheinen in den Sterntafeln des „südlichen Himmels" aus der älteren, vor-
griechischen Epoche gewisse Sternbilder in folgder Anordnung mit ihren
bezüglichen Namen:

Sternbilder hinter der Sothis und dem Orion.

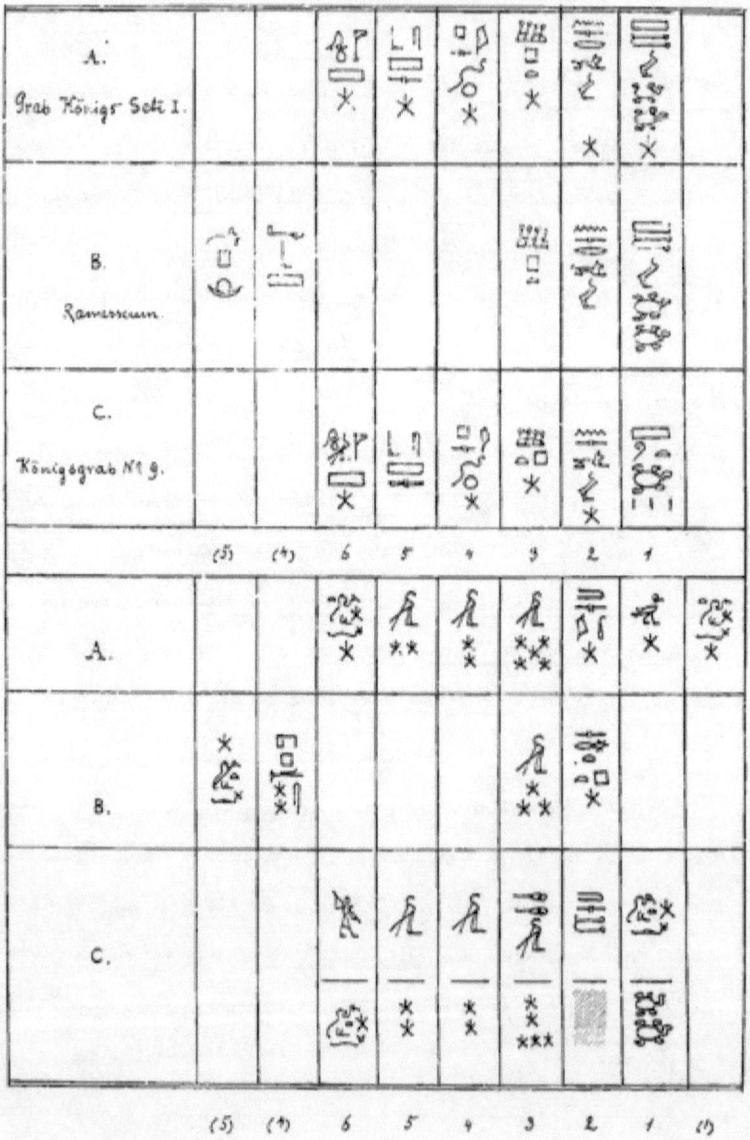

	(5)	(4)	6	5	4	3	2	1	
A. Grab Königs Seti I.									
B. Ramesseum.									
C. Königsgrab N° 9.									
	(5)	(4)	6	5	4	3	2	1	
A.									
B.									
C.									
	(5)	(4)	6	5	4	3	2	1	(1)

Die Constellation der 2 Schildkröten.

Die auf vorstehender Tafel unter A. B. C. 1 ausgeführten Gruppen nennen ein Sternbild Šetu (A. B) oder Šetu (C), welches mit Berücksichtigung der folgenden Deutzeichen: „die 2 Schildkröten" oder „die Schildkröten" zu übersetzen ist. Dasselbe ist der griechisch-römischen Epoche nicht fremd, wie Abbildungen und Sternlisten beweisen. Auf dem Sarkophage des thebanischen Priesters Hetar, erscheinen die beiden Schildkröten vor einem sitzenden Löwen mit dem Kopfe eines Nilpferdes oder Krokodiles, 2 Schwerter zu seinen Vorderfüssen:

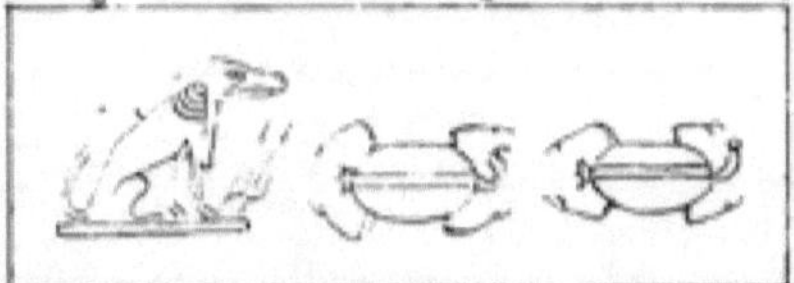

während in der oben S. 62 (s. E) mitgetheilten Darstellung das Gestirn der Schildkröte ⬡ zwischen der Sonne und dem Sirius steht. Mit dieser Stellung stimmt es überein dass in den jüngeren Dekanlisten (s. unten) eine Constellation ☰, ☰ in die Dekanreihe eingeführt ist, woselbst sie ihren Platz vor dem Dekan ☰ Knum und der Sothis ☆ oder dem Sirius einnimmt (vergl. oben S. 23 N₂ 37). In der griechischen Liste beim Salmasius wird der äg. Name Šeta, Šita oder Šit durch ϹΙΤ sehr genau umschrieben.

Das Sternbild Neslu (s. S. 112, 2)

Da dem Worte neslu oder nesul, nesru das determinirende Zeichen am Schlusse fehlt, so ist die Bezeichnung desselben in der Uebertragung zweifelsos. Es liegt indess am nächsten an das Wort ⟨Hieroglyphen⟩ nort

mit dem Sinne von ‚Flamme, Feuer' zu denken.

Das Sternbild der Kugel (S. 112, 3)

in den drei Listen seŝepet genannt (über das Wort selbst g. mein Wört.

Supp. S. 1131). Der Name ist mir sonst nicht entgegengetreten.

Das Sternbild der Scheibe (S. 112, 4).

Ueber die Bedeutung des Wortes ápeset, dessen jüngere Schreibung

in der Gestalt ⟨Hieroglyphen⟩ ápeset oder ⟨Hieroglyphen⟩ ápiset, verweise ich auf mein

Wörterb. Supp. 487 s. voc. ⟨Hieroglyphen⟩ neredet. ⟨Hieroglyphen⟩ ápeset ist offenbar

die älteste und correcteste Schreibweise. Wegen der Stellung dieser also ge-

nannten Sternbilder, das in der Liste B (aus dem Ramesseum) übergangen

ist, zu vergl. die Bemerkung zu dem folgenden Sternbilde.

Das Sternbild ⟨Hieroglyphen⟩ seb-ŝes (S. 112, 5)

Nur in den Listen A und C genannt, wobei es zweifelhaft erscheint ob

an den betreffenden Stellen nicht eher ⟨Hieroglyphen⟩, ⟨Hieroglyphen⟩ seb-ŝeta (das

ist: ‚der verborgene Stern') zu lesen wäre. In den griechisch-römischen

Listen der Dekane (s. unten) erscheint ein Sternbild ⟨Hieroglyphen⟩ sebχes

Var. ⟨Hieroglyphen⟩ sebχet, ⟨Hieroglyphen⟩ sebŝes als Dekan (griech. CONXWIC)

hinter dem Dekan ⟨Hieroglyphen⟩ ápeset (griech. αφοσό). Beide treten

an die Stelle des älteren Dekanbildes: ⟨Hieroglyphen⟩ sebu naķu d.i.

„Volle Sterne", beide erscheinen ausserdem in dem Königsgrabe No 5 in

der Gestalt: ⟨Hieroglyphen⟩ und ⟨Hieroglyphen⟩ ápeset und Seb-χeχet letz-

tere Schreibung wie es scheint fehlerhafte statt ⟨Hieroglyphen⟩ seb-ŝeŝ.

Das Sternbild Nutar uaš oder Uaš-nutar

(S. 112, b), ein in den Inschriften zwar häufiger, aber sonst als Sternbild nicht nachweisbarer Name, der wie die drei vorher besprochenen in der Liste B nicht aufgeführt erscheint.

Dieselbe Liste 3 erwähnt an Stelle der übergangenen Namen zwei andere von denen der eine [Hieroglyphe] *ābeš*, der andere [Hieroglyphe] *ānep* lautet. Dieser, der zuletzt-ausgeführten lässt sich so viel mit aller nur ordentlichen Sicherheit angeben, dass er oben in der Liste der Monde (S. 47) der Bezeichnung des 20. Mondtagsfestes [Hieroglyphe] *iib ānep* auf das genaueste entspricht. Unter der Annahme, dass das astronomische Deckenbild im Ramesseum sich auf die Erneuerung einer Sothisperiode in der Regierungszeit Königs Ramses II bezöge (was chronologisch vollständig zulässig ist), in welcher der Aufgang des Sirius am 1. Thoth des laufenden Wandeljahres statt fand, würde die Mondphase [Hieroglyphe] *ānep* eben nur andeuten, dass an diesem Tage der Mond sich an der 20. Stelle des Mondmonates befand, wodurch der berechnenden Chronologie ein neues und wichtiges Material geboten wird. ___________

Die unterhalb der vorhererwähnten Sternbilder stehenden hieroglyphischen Zeichen, von denen wir später andere Beispiele kennen lernen werden, erfordern ihrer Bedeutung halber eine besondere Besprechung. Sie bestehen eines Theiles aus wohlbekannten Götternamen (mit Ausnahme von [Hieroglyphe] *sefet-pet*, B. 2 und [Hieroglyphe] *kaptes*

B,(4), die sich augenscheinlich auf Sternbilder beziehen[*]), anderen
Theiles aus einem oder mehreren hinzugefügten _Sternen_, welche dazu
dienen die betreffenden Constellationen der Zahl ihrer Sterne nach näher
zu bestimmen. Die Götternamen kehren fast allenthalben in den (älteren)
Sternenlisten wieder, schliessen aber jede Idee aus, dass der angeführte
Göttername nur auf _ein_ bestimmtes Sternbild sich beziehe, da im
Gegentheil _derselbe_ Name einer Gottheit den _verschiedensten_ Stern-na-
men beigeschrieben erscheint. Zur Erklärung dieser auffallenden Erscheinung muss ich bemerken, dass die in Rede stehenden Namen
(mit einzelnen Abweichungen in der Folge und Bezeichnung, welche
sich aus den verschiedenen Epochen ihres Vorkommens hinlänglich erklären dürften) _sich allenthalben auf die Auseinanderfolge räum-_
licher und zeitlicher Maassverhältnisse beziehen. Das belehrendste
Beispiel für _räumliches Maass_ bietet die aegyptische sogenannte
königliche _Elle_ von 28 Fingern dar. Jede der _einzelnen Fingerbreiten_
ist mit dem _Namen einer besonderen Gottheit_ versehen, wobei die
Gottheiten der Sternenlisten gleichfalls ihre bestimmten Stellungen
einnehmen, wie man sich aus der nachfolgenden Liste überzeugen kann.

---

[*]) Es unterliegt meiner Ansicht nach keinem Zweifel, dass die Astronomen am Hofe _Ramses II_ den sonst ⟨Hieroglyphen⟩ _apesei_, ⟨Hieroglyphen⟩ _Vape-_
sei genannten Stern durch ⟨Hieroglyphen⟩ _hapeseo_, und das Sternbild
⟨Hieroglyphen⟩ _sebsela_, ⟨Hieroglyphen⟩ _sebxet_ durch ⟨Hieroglyphen⟩ _sexet-pet_ umschrieben haben.

<u>Die Gottheiten der 28 Fingerbreiten (𓂓 *šbʿ*) der Königlichen Elle</u>

<u>(*maḥ süten*) der alten Aegypter.</u>

[zu vergleichen die Abbildungen mehrerer altäg. Ellen und ihrer Beischriften in Lepsius' Abhandlung über die altäg. Elle.]

11	10	9	8	7	6	5	4	3	2	1
Ámset	Hur	Nebhat	Set	Uset	Usiri	Nut	Seb	Xont	Šu	Ré

22	21	20	19	18	17	16	15	14	13	12
Supd	Hak	Af-en-tan-torf	Ma-en-atef	Ár-mä-ua	Hag	Sapd	Thuti	Rebh-senuf	Tua-mutef	Hap

						28	27	26	25	24	23
						Usu	Xim	Seper	Hur-aua	Án-hur	Sib

<u>Varianten</u>

11.   13.

12.   22.

13.   25.

17.

Ueber den Zusammenhang zwischen <u>Zeit- und Raum-Maass</u> auf grund der <u>Zahl 28</u> belehrt uns ziemlich ausführlich <u>Plutarch</u>. In seinem Werke "<u>Ueber Isis und Osiris</u>" (capp. 42 u. 43) bemerkt er nach äg. Ueberlieferungen, Osiris soll <u>28 Jahre</u> gelebt, nach andern ge-

geherrscht haben. Dies sei die Zahl der Tage des [Mond]Monates und in ebenso viel Zeit vollende er seinen Kreislauf. Die grösste Nilhöhe bei Elephantine betrage aber auch 28 Ellen. Die Zerstückelung des Osiris in 14 Theile ($= \frac{28}{2}$) deuteten die Aegypter auf die Tage der Abnahme vom Vollmonde bis zum Neumonde. Der Vollmond trete am 14 Tage vom Neumonde an gerechnet ein ($\frac{28}{2}$), das sei aber auch das Ellenmaass der mittleren Nilhöhe bei Memphis. Die geringste Höhe derselben sei bei Mendes und Xoïs; sie betrage 6 Ellen, entsprechend dem Halbmonde ($\frac{28}{4}$ d.h. also eigentlich 7). Dazu fügt er die Bemerkung, der Tod des Osiris trete am 17. ein, wann nämlich die Abnahme des Vollmondes deutlich werde. Aus den oben S. 38 ff. mitgetheilten Listen der Gottheiten der Tage vom Neumond geht hervor, dass dieselben Gottheiten von 1–9 hin den ersten Gottheiten der Elle (mit einer Verrückung, die ihren bestimmten Grund haben muss) entsprechen, während in der mehr kalendarischen Aufzählung der 30 Monde (sic) S. 46 Thot dem Neumonde, Horus dem 2., Osiris dem 3., Amset dem 4., Hapi dem 5., Tuamutef dem 6., Qebh-senuf dem 6., Ma-atef dem 8., Ar-ran-tesef dem 10., und Ar-mäut dem 15. Tage zugeschrieben wird. In den griechisch-römischen Stundentafeln der Nacht erscheinen dieselben Gottheiten wieder, aber von neuem mit andern Zahlen, den Stunden der Nacht, in Verbindung gesetzt. [Hieroglyphen] anset ist der Schutzgott in der 1. Nachtstunde, [Hieroglyphen] Hapi in der 2. [Hieroglyphen] Tuamutef in der 3. [Hieroglyphen] Qebh-senuf in der 4., [Hieroglyphen] Hag in der 5., [Hieroglyphen] är memaï (sic) in der 6., [Hieroglyphen] ma-atef in der 7.,

[Hieroglyphen] *Ar-ranef-tesef* in der 3. Der Zusammenhang zwischen Stunden
und Mondtagen findet eine auffallende und beachtungswerthe Beleuchtung
in den Beischriften, welche eine Reihe göttlicher Wesen an den Wänden
im 2. Gemache der nördlichen Osiris-Tempels auf dem Dache der Tempels
von Dendera begleiten (cf. MD. IV, 78 ff.). Es erscheinen danach:

Gott [Hieroglyphen] *šu* in der 1. Tagstunde des ersten Mondtages.
Gott [Hieroglyphen] *Hursieuret* . 2 . . . 2. . .
göttin [Hieroglyphen] *Isis* . 3 . . . 3. .
göttin [Hieroglyphen] *Soxet* . 4 . . . 4. .
göttin [Hieroglyphen] *utit* . 5 . . . 5. .
göttin [Hieroglyphen] *menhit* 6 . . . 6. . .
göttin [Hieroglyphen] *uer-hakeu* . 7 . . . 7 . .
Affe [Hieroglyphen] *āā(n?)* . 8 . . . 8 . .
Affe [Hieroglyphen] *up* . . 9 . . . 9 . .
Affe [Hieroglyphen] *sa* . . 10 . . . 10 . .
Affe [Hieroglyphen] *Hotep* . 11 . . . 11 . .
Gott [Hieroglyphen] *mendes* . 12 . . . 12 . .
Gott [Hieroglyphen] *šu* . . 1 Nachtstunde 13
göttin [*Tafnut*] . . 2 . . . 14 . .
Gott [Hieroglyphen] *Geb* . . 3 . . 15 . .
göttin [*Nut*] . . 4 . . . 16 . .
Hündin [Hieroglyphen] *Anupet* . 5 . . . 17 . .
göttin [Hieroglyphen] *Xont* . . 6 . . . 18

Gott [Hieroglyphen] Hur.... in der 7. Nachtstunde der 19 Mondtages.

Von hier an fehlen leider den bildlich dargestellten Gottheiten die bezüglichen Beischriften, nach welchen die 12. Nachtstunde auf den 24. Mondtag gefallen sein würde. Ich bemerke dass in diesen Inschriften die Tag- und Nachtstunden, sowie die Mondtage durch ihre eponymische Benennungen ausgedrückt worden sind. Da der Mondtage, insoweit sie erhalten sind, finden sich in der Liste oben S. 46 ff. unter litt. c.

Die Bemerkungen, welche vorhergehen, legen die Vermuthung nahe, dass jene den Sternlisten beigeschriebenen Namen von Gottheiten keine inhaltslose Bedeutung haben, sondern auf Zeitmaasse bezügliche Angaben in versteckter Form enthalten. Ihre genaue Feststellung kann und wird dereinst zum wesentlichen Verständniss der Sternen-Namen dienen. Nach der S. 112 vorliegenden Liste sind erwähnt:

1. Sternbild Sebu   in A Tuamutef und Hapi, in C. Tuamutef
2. Sternbild Nesru   in A u. C. Amseth
3. Sternbild Seshet   in A Hur 5 Sterne, in B. derselbe, 3 Sterne, in C. mati-
         Hur, 5 Sterne.

4. Sternbild Ameset   in A. und C. Hur, 2 Sterne.
5. Sternbild Sebses   in A. und C. Hur, 2 Sterne.
6. Sternbild Uas-rutar, in A. und C. Tuamutef

Der in B (5) vorkommende Name — [Hieroglyphen] Tuamutef hat eine so zweifelerregende Stellung in dem astronomischen Bilde des Ramesseum, dass es schwer hält seine Beziehung festzustellen.

Die Sternbilder am nördlichen Himmel

Im Totenbuche XVII, 35, befindet sich in der bekannten Stelle *)
[Hieroglyphen] „die Götter Amset, Hapi, Duamutef und Qebh-
sonuf, das sind nämlich diejenigen, welche sich hinter dem Vorder-
schenkel-Gestirn des nördlichen Himmels befinden", die Erwähnung
eines Sternbildes: [Hieroglyphen] Xopš en pet mahtit oder
nach anderer Verr. [Hieroglyphen] Xopš em pet mahtit „der
Vorderschenkel des nördl. Himmels" oder „am nördlichen Himmel"
das bereits oben S. 84 unter der Schreibung [Hieroglyphen], [Hieroglyphen]
mas-Xet als nördliches Sternbild par excellence im Gegensatz
zum [Hieroglyphen], [Hieroglyphen] sah=Orion, dem Sternbilde des südlichen Himmels besprochen worden ist. Die gezierte Bedeutung von [Hieroglyphen]
Xopš, kopt. erhalten als ϣⲱⲡⲩ, stella quaedam, ⲡⲉ-ⲩϣⲱⲡⲩ und
ⲙⲓ-ⲩϣⲱⲃⲩ brachium (auch diese Bedeutung ist hieroglyphisch
nachweisbar) und [Hieroglyphen] mas Xet geht aus jeder mehrfach wie-
derholter Stelle der thebanischen Königsgräber hervor (g. ChND II, 645,
656 ff.): [Hieroglyphen]

*) Der Text ist auf Grund besserer Redactionen vorgelegt, von denen
mehrere übereinstimmend an Stelle von [Hieroglyphen] em sa „hinter"
[Hieroglyphen] em sau d.i. „als Hüter" oder „als Wächter, Aufseher"
(g. mein Lex. Sup. S. 992) lesen. Wegen [Hieroglyphen] statt [Hieroglyphen] s. oben lin. 8.

[Zeilen hieroglyphischer Zeichen]

⸢Uebertragung.⸣ „Die vier nördlichen [Hieroglyphen] (var. [Hieroglyphen] geister?)
„dies sind die vier Götter der Diener ([Hieroglyphen] šes). Sie halten ab den
„Kampf der Gräulichen (sc. Typhons) am Himmel. Er ist als ein gros-
„ser Kämpfer. Sie erfassen das Vorderseil und ordnen das Hin-
„terseil an dem Schiffe des Rā, in Gemeinschaft mit den Matrosen.
„welche sind die nördlichen Axemu-sek, vier Sternbilder (cf. oben S.
30: [Hieroglyphen]). Das Masxeti-gestirn ([Hieroglyphen])
„abgelöst, ist die Herberge (cf. Kopt. ϣⲟⲡⲉ) für sie in der Mitte des Him-
„mels an der Seite südlich vom Sah-Orion ([Hieroglyphen]) und sie wenden
„sich nach dem westlichen Horizonte zu. Betreffend das Masxeti-
„gestirn ([Hieroglyphen]), so ist dies der Vorderschenkel ([Hieroglyphen] Xopš) des
„Set (Typhon). Er befindet sich am nördlichen Himmel. Ein
„Strick ist an den beiden Pflöcken ([Hieroglyphen] menáti) und an
„den Mersen ([Hieroglyphen]) in Gestalt einer bronzenen Kette. Er ist das
„Amt der Isis ([Hieroglyphen]) in Nilpferdsgestalt ([Hieroglyphen] em rert)
„dieselbe zu hüten[der hieraus folgende Text leidet an Dunkelheiten,
die vor einer noch so wörtlichen Uebersetzung warnen]."

Aus diesem wichtigen Texte, zu welchem die folgende Ueberschrift gehört: [Hieroglyphen] „die nördlichen Geister, vier Sterne (oder Sternbilder) des Himmels, des Wassers und der Länder des nördlichen Horizontes (oder der n. Lichtseite) über dem Vorderschenkel (ḫir Xopš), geht die Gleichstellung von [Hieroglyphen] masXeti und [Hieroglyphen] Xopš unzweifelhaft hervor, zugleich aber auch die Bestätigung der oben S. 82 angeführten Stelle aus Plutarch, wonach das Sternbild Ἄρκτος d. h. der grosse Bär, in der Nähe des Polarsternes, dem Typhon zugeschrieben ward: [Hieroglyphen] „das masXeti-Gestirn, nämlich der Vorderschenkel der Set, es befindet sich am nördlichen Himmel." Die gewöhnliche Uebersetzung „Keule" der Worte [Hieroglyphen] Xopš bedarf indess einer Berichtigung, denn aus der Abbildung der Himmelskuh in Grabe Königs Seti I, verglichen mit den dieselbe begleitenden Inschriften, geht mit aller Evidenz hervor, dass die darin vorkommende Gruppe [Hieroglyphen] sich auf die beiden Vorderbeine der Kuh bezieht und nur allein beziehen kann. Die in den vorgelegten Worten enthaltenen Namen und umschreibenden Bezeichnungen von Sternen und Sternbildern finden ihre vollständigste Bestätigung in den Abbildungen der älteren und jüngeren Epoche, welche sich auf einzelnen Denkmälern zeigen und den Darstellungen der Constellationen in der Nähe des Nordpoles gewidmet sind. Wie man sich überzeugen wird, bildet „das Vorderbein, der Vorderschenkel" den Mittelpunkt derselben.

Die Sternbilder in der Nähe des Nordpoles nach ihren
zwei Hauptstellungen im Jahre.

1. Darstellung im Grabe des Königs Setī zu Theben.

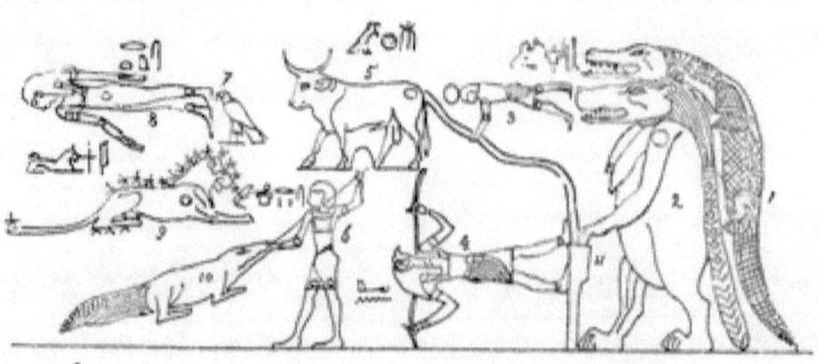

2. Darstellung aus dem Ramesseum zu Theben.

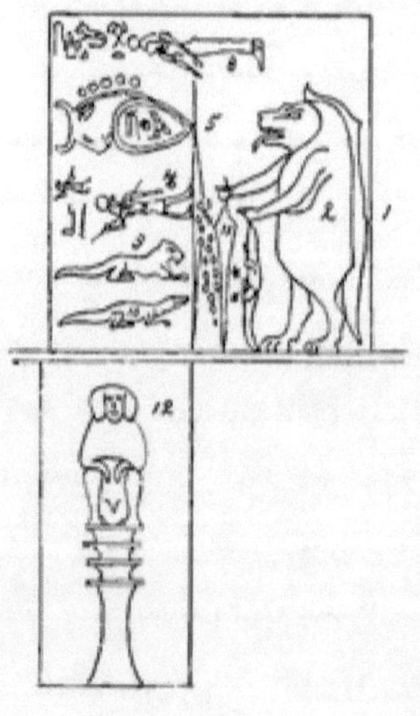

3 Darstellung aus einem Königsgrabe zu Theben

aus der Epoche der zwanzigsten Dynastie.

A.

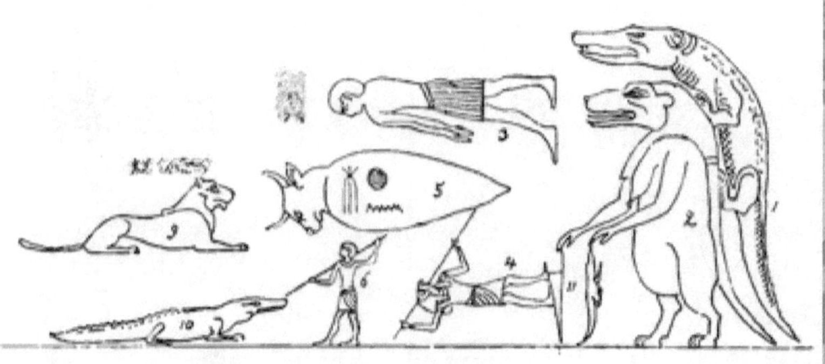

B.

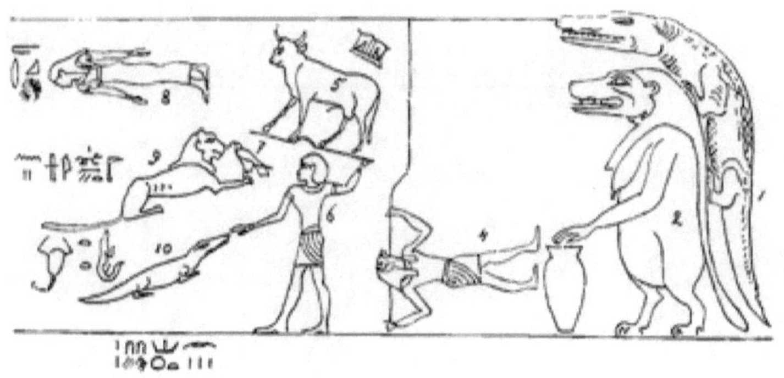

4. Darstellung aus einem Königsgrabe zu Theben aus der Epoche der zwanzigsten Dynastie

Darstellungen aus der griechisch-römischen Epoche der Geschichte Aegyptens.

5. Aus dem Tempel von Philae (Ptolemäisch).

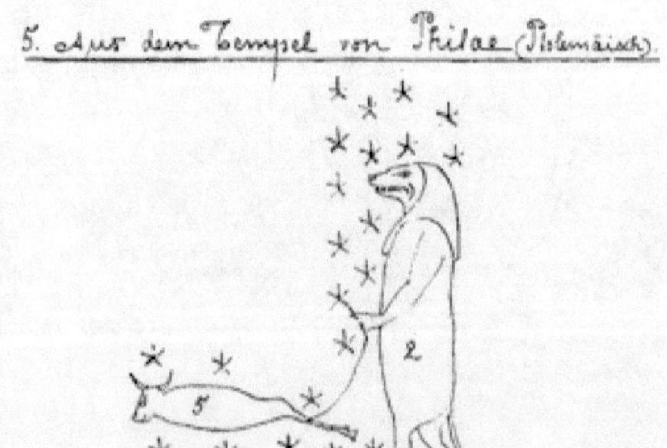

6. Darstellung aus dem Pronaos des Tempels von Edfu

(Ptolemäische Zeit)

7. Darstellung aus Dendera (römische Zeit) s. oben S. 7.

8. Darstellung auf dem Sarge des Amonpriesters Hetar

(römische Epoche)

Eine vergleichende Prüfung der einzelnen Figuren und der sie begleitenden Inschriften, insoweit solche in den einzelnen Darstellungen vorhanden sind, ergiebt folgender Resultat. Ich bemerke, dass hierbei Rücksicht genommen ist auf die oben S. 122 mitgetheilte Inschrift aus den Königsgräbern, welche sich ohne jeden Zweifel darüber auf die in Rede stehende Darstellung bezieht.

Ich bezeichne diese Inschrift der Kürze halber mit K.

1. Krokodil auf dem Rücken des Nilpferdes. Ohne nähere Benennung.

2. Nilpferd, aufrecht stehend, Name: [Hieroglyphen] Hesamut (s. ??? und 4), in K. dagegen: [Hieroglyphen] „Isis als Nilpferd". Auch in den thebanischen Stundentafeln (s. weiter unten) erscheint dasselbe Sternbild unter demselben Namen [Hieroglyphen] rerel, wobei als einzelne Theile des weiblichen Nilpferdes aufgeführt werden: [Hieroglyphen], die Füsse, [Hieroglyphen] „ihr Bein", [Hieroglyphen] „die Mitte der Messerpflocks (s. unten sub No 11), [Hieroglyphen] „ihr ?", [Hieroglyphen] „ihr bah(?), [Hieroglyphen] „ihre Scham", [Hieroglyphen] „ihre Brust", [Hieroglyphen] „ihre Zunge", [Hieroglyphen] „ihre beiden Federn".

3. stehende männliche Figur, ohne nähere Bezeichnung.

4. Ein Horus, Gott mit Sperberkopf, genannt [Hieroglyphen] än, „der sich wendet" oder „der Wender" (No 1), auch [Hieroglyphen] xer än „der Kämpfer und Wender" (No 2), in K. [Hieroglyphen] xer „der Kämpfer"; in Dendera ausführlicher [Hieroglyphen] „Horus der Bekämpfer der Feinde" geheissen. [s. oben S.6.

5. Stier oder Stier-Vorderbein, Vorderblatt. Namen [Hieroglyphen] masxeti (No 1 u. 2), [Hieroglyphen] masxeti (K), [Hieroglyphen] masxet (No 6) [Hieroglyphen] masxen (No 3, A), neben [Hieroglyphen] xopš en Set „Vorderschenkel des Set" (K), [Hieroglyphen] 2gk7o5, der grosse Bär.

6. stehender Mann, ohne nähere Bezeichnung.

7. Bild eines stehenden Sperbers, ohne Namen dabei.

8. Stehende Göttin genannt: [Hieroglyphen] serget (No 1) [Hieroglyphen] salget (No

[Hieroglyphen] serq[et] (N° 3. B). Das Gestirn, wenn anders die weibliche Figur als ein
solches aufzufassen ist, trägt somit denselben Namen als eine Göttin:
Serqet oder Selqet. Der Sinn, welcher sich an das Wort serq knüpft, ist
wohl bekannt. Es bezeichnet so viel als den Skorpion. Serqet ist, der
weibliche Skorpion." Auch eine Stadt [Hieroglyphen], [Hieroglyphen] pi-
serqet, pi-serket, ψέλχις, ψέλκις, ψελκή, ψελχή trug nach diesem
Thiere ihren Namen.

9. Bild eines ausgestreckt ruhenden Löwen. Die Inschriften der älteren Epochen geben ihm die Benennung [Hieroglyphen] (N° 1) [Hieroglyphen] (N°
3.B), [Hieroglyphen] (N° 4), deren eigentlicher Sinn mir dunkel ist.

10. Bild eines Krokodiles, in N° 1 genannt [Hieroglyphen] serisa, in N° 3
B und in N° 4 bezeichnet als [Hieroglyphen]. Auch über diese Namen wage ich
keine Vermuthung auszusprechen.

11. In den älteren und jüngeren Darstellungen der astronomischen Denkmäler erscheint das Sternbild des Nilpferdes in einer eigenthümlichen
Auffassung. In N° 1 stützt sich der linke Arm (es handelt sich um
eine Göttin, um die Bezeichnung „Arm" zu rechtfertigen) auf ein eigen-
thümlich gestalteter Instrument [Hieroglyphe], von dem aus ein Doppelstrich bis
zum Hintertheil der [Hieroglyphen] masxeti-Thieres reicht. In N° 2 hat der
rechte Arm mit der Hand ein Schwert ähnliches Instrument [Hieroglyphe] er-
fasst, während die linke Hand ein aufrecht stehendes Krokodil etwa
wie einen Spazirstock führt. Die kleinen Kreise [Hieroglyphe] vor dem Schwerte
sollen offenbar die Ringe einer Kette darstellen. In N° 3 A wiederholt

sich dieselbe Darstellung, das Schwert nimmt indess die sehr zierliche.

Form an: [Zeichen]. In № 3, 8. sieht das Instrument wie ein grosser Wasser-

krug [Zeichen] aus, ebenso in № 4. In № 8, zwar aus römischer Zeit, aber

eine deutliche Nachahmung der älteren Vorstellungen verrathend, hält

das Nilpferd das Schwert in der Hand, während eine Kette daran be-

festigt zu sein scheint und erdwärts herabhängt: [Zeichen]. № 5, 6 und 7

lassen klar erkennen, dass das Nilpferd in der [Zeichen] Hand einen

Strick oder eine Kette hält, woran der Vorderfuss des Stieres be-

festigt ist. Messer und Kette sind in der Mehrzahl der Beispiele sehr

wesentliche Attribute der Nilpferdsgöttin, und auf sie spielen in K.

die Worte an: [Zeichen], die ich oben übertragen habe:

ein Strick ist an den beiden Pflöcken und an den Messern", die aber auch

so verstanden werden können: „ein Strick ist an den Pflöcken (2) der Mes-

ser, ein Strick ist an den eingepflöckten beiden Messern." Der

Dual [Zeichen] menâti setzt einen Singular [Zeichen] menât voraus,

der sich th. tatsächlich in den thebanischen Stundentafeln in der Gestalt

[Zeichen], [Zeichen] menât wiederfindet. In seiner gelehrten Abhandlung

über die thebanischen Stundentafeln (1871) hat Hr. Dr. Gensler dem

Worte die Bedeutung von „Säugerin [ein weibliches Säugethier]" un-

tergelegt, ihm aber eine zweite davon abweichende Uebertragung

zugetheilt in der Verbindung: [Zeichen], „zwischen den Schen-

keln des [weiblichen] Nilpferdes" an Stelle von „die Mitte des aufrecht-

stehenden Messers der Nilpferdes." Die [Zeichen], [Zeichen] menât bildet einen Theil des grossen Sternbildes [Hieroglyphen] reret, des Nilpferdes, dessen einzelne Sterne je nach ihren aufeinanderfolgenden Aufgängen bezeichnet werden als: [Hieroglyphen], die Diener (oder, was wahrscheinlicher ist, der Zieher", g. mein Wört. S. 1407, 2, und zu vergl. die in K. genannten Norásterne der [Hieroglyphen] (śeśu) der Spitzen der Menät; dann [Hieroglyphen] menät, [Hieroglyphen], der Zieher der Menät", die Füsse des Nilpferdes", "ihr Bein", und darauf das vorher erwähnte: [Hieroglyphen], die Mitte der Menät".

Anmerkung. Unter Hinweis auf mein Wört. Sup. S. 600 ff. ist meinerseits auch die Möglichkeit nicht bestritten, dass dem Worte [Hieroglyphen], [Hieroglyphen] die Bedeutung von Stütze (des Messers) d. h. Haft des Messers, Messerstiel oder Schneide des Messers zukommen dürfe.

Die Sternbilder der Dekane.

Was Champollion zuerst über Namen und Bedeutung der sogen. Dekansternbilder gemuthmasst, hat in der Folge Lepsius in der schlagendsten Weise nachgewiesen. Die von dem Altmeister der Aegyptologen in der "Einleitung" S. 68 u. 69 zusammengestellten 5 Dekanlisten aus älteren und jüngeren Epochen der äg. Geschichte gegenüber den griechischen Umschreibungen in der Liste des Hephaestion lassen keinen Zweifel darüber zu. Die nachstehenden Tafeln enthalten (mit einigen Berichtigungen in Schreibung und Lesung der Namen) dieselben Listen, sind aber vermehrt durch 7 neue Verzeichnisse, abgesehen von 2 Doppellisten in einzelnen Königsgräbern zu Theben. Die vollständige Zahl der mir zu Gebote stehenden Listen beläuft sich somit auf vierzehn. Das Verzeichniss derselben lasse ich hier folgen.

A Liste aus der Goldkammer im Grabe Seti's I (19. Dyn.) nach Lepsius.

B. Liste aus dem sogen. Ramesseum aus der Zeit Rāmses' II, nach eigener Copie.

C. Liste aus dem Grabe Ramses' III (20. Dyn.) nach eigener Copie.

D. E. und F. Listen aus den Königsgräbern (20. Dyn.), darunter, nicht mitgezählt, zwei Doppelredactionen (C und D). Eigene Copie.

G. Liste im Innern eines Sarkophages im Museum zu Berlin, mit dem Namen des Königs Nektanebos (30. Dyn.) nach Lepsius.

H. Liste aus dem Pronaos des Tempels von Edfu (griechische Epoche) nach meiner eigenen Copie.   [nach eigener Copie.

I. Liste aus dem Pronaos des Tempels von Dendera (röm. Epoche) Streifen B'.

K. Liste aus dem Zimmer XII von Dendera, von Mariette u. Dümichen publ.

L. Liste aus dem Pronaos desselben Tempels, Streifen A'.

M. Verzeichniss auf dem Rundbilde von Dendera, verglichen mit dem im Berliner Museum befindlichen Abdruck in Papier des in Paris aufgestellten Originalsteines.

Eine nähere Prüfung der Listen und eine Vergleichung derselben unter sich stellen zunächst die Thatsache fest, dass den älteren Listen aus vorgriechischer Zeit ein anderes Schema zu Grunde liegt, als den Verzeichnissen der Dekane aus der griechisch-römischen Periode. Der bestehende Unterschied zeigt sich auch in an-

anderer Art darin, dass in den älteren Listen die Namen der Dekane von jenen oben S. 116 flg. besprochenen Gottheiten begleitet sind, welche sich auf räumliche oder zeitliche Auseinanderfolge beziehen, während in der griechisch-römischen Periode die Gestalten der göttlichen Begleiter durchaus verschiedene Typen von den vorerwähnten darbieten und einen späteren Ursprung bekunden, der sich bis in die Zeiten des Königs Nextanebos verfolgen lässt.

Eine andere Bemerkung betrifft die Zusammengehörigkeit neben einander stehender Dekane, welche in den beiden ältesten Verzeichnissen A und B nach Gruppen geordnet erscheinen, ohne dass sich über das Princip dieser Anordnung etwas näheres angeben liesse. Ich habe auf den folgenden Tafeln durch Doppellinien die Gruppen für das Auge sichtbar darzustellen versucht.

Die Dekangestirne in ihrer Gesammtheit treten unter verschiedenen Namen auf. Die gewöhnlichste und allgemeinste (dem Sinne nach) Bezeichnung derselben ist ✳ sibu „Sterne" (cf. 83, oben) oder wie im Ramesseum (S. 87) ✳✳✳ sibu šepsu „die Prachtsterne". Eine andere ist ✳, ✳ änxu, die aufgehenden (Sterne) oder auch ✳ biu änxu, die Seelen der aufgehenden (Sterne) (cf. S. 14 lin. 1). Sie heissen in andern Texten: ✳ sau, „die Schutzsterne", oder ✳ nutart, die Göttlichen" (s. die Beispiele unten). Wiederum in den Inschriften sind sie bezeichnet als ✳ bekti, ✳ bekti, ✳ bekti-Sterne, mit ungewisser Bedeutung des Wörter [Hieroglyphen] *bekt* oder *bekes*, *bokal*. Ihr specieller Name war indess [Hieroglyphen] u. viele ähnliche Varianten (s. S. 79, 86, u. mein Wörterb. S. 1031) mit der Bedeutung von: „Lampen, Leuchten" (s. [Hieroglyphen] *xebs*, *xabs*, Kopt. ϨⲎⲂⲤ *lucerna*). An der Spitze aller Dekane stand Isis-Sothis, die deshalb die Bezeichnungen führt: [Hieroglyphen] „der Sothisstern als Regent der Dekane" (s. S. 79), [Hieroglyphen] „Sothis ... die Königin der Dekane" (s. S. 14 Lin. 1). Im Normal-Sothis-Jahre ging die Sothis in der elften Stunde (oder am Morgen) des Neujahrstages auf ([Hieroglyphen] s. oben S. 90), weshalb sie als [Hieroglyphen] „Sothis, die grosse, die Herrin des Jahresanfangs" oder der Neujahrstage angerufen wird (s. S. 110). Die successiven Aufgänge der Dekane wurden am Anfange d.h. am ersten Tage der zehntägigen Wochen oder Dekaden ([Hieroglyphen] *tep haru mel neb*) notirt, daher die Rede vom [Hieroglyphen] „Aufgang der Sterne (d.h. der Dekane) am Anfang einer jeden Dekade" (s. oben S. 87, B'). Im Laufe von 1461 Wandeljahren musste ein jeder von den Dekanen einmal am Neujahrstage während einer vierjährigen Periode aufgehen. In diesem Falle heisst er [Hieroglyphen] *neb tep renpit* „Herr der Jahres-Anfangs" und erscheint als [Hieroglyphen] *tep* „Haupt, Anfang" aller folgenden Dekane. Daher die Rede von [Hieroglyphen] „den Dekanen hinter (oder: in der Nähe) von ihnen (sc. von der Sonne und dem Monde). Der (jedesmalige) Herr der Jahresanfanges gilt als erster für sie" (s. oben S. 85.).

Inschriften bezüglich auf Dekane und Dekaden.

A. Inschrift aus Ombos (ptolemäische Epoche)

[Hieroglyphische Inschrift]

„die grosse Sonnenscheibe, durch den Himmel wandernd während des Tages, hat sie die Bahn zurückgelegt an der westlichen Seite als Gott Atum (Abendsonne), so nimmt der Mond alsdann den Himmel in Besitz. Der Vollmond tritt am 15. Tage des Mond-monates ein. (Isis-)Sothis in ihrer Gestalt (oder: nach ihrer Art und Weise) gesellt sich dem Sah-Orion-Gestirn zu. Die Dekane strahlen nach der Sonne. Sie laufen im Kreise dahin sich fortwährend ab-lösend (ádon), sie kommen zum Vorschein bei ihrem (der Sonne) Untergange am Abend, nämlich in den Stunden je nach der Jah-reszeiten. O ihr Seelen der aufsteigenden Sterne der Götter. zur Ver-heissung der Wohlthaten, lasset emporsteigen den Sohn der Sonne, den Herrn der Diademe. (Ptolemaios, den ewig lebenden, den Freund des Ptah und der Isis) gleichwie ihr emporsteigt. Schütze ihn vor allem Ungemache!" Zu der Uebertragung „emporsteigen" von [Hieroglyphe] ánx ist zu bemerken, dass der Doppelsinn desselben, „leben" neben „empor-steigen" durch die deutsche Uebersetzung nicht wiedergegeben werden kann

3. Inschrift aus Dendera (römische Zeit).

„die erhabenen und grossen und übergrossen Götter, die Schutzsterne
„(Dekane), welche folgen der Sothis am Himmel, die emporsteigenden
„Sterne (Dekane), welche emporsteigen im Osten des Himmels, welche
„ihre Obhut schenken den Gottheiten von Tentyra, die Sendboten
„Ihrer Majestät [sc. der Isis-Hathor], welche vernichten den, der ihr
„Wasser überschreitet (d. h. gegen ihren Willen handelt) und ihren
„Schutz angedeihen lassen der Stadt Tentyra."

C. Inschrift aus Esne (römische Zeit).

„..... gleichwie die Kekliun ?-Sterngötter an diesem Tage im Monat, an diesem
„Monat in diesem Jahre zu allen ihren Stunden. Es ist aufgestellt
„das Abbild des (Dekans) Knum und bereit steht der erste der göttlichen
„Sterne (der Dekane) bei ihrem Umlauf, die Bekti-Sterne, die empor-
„steigenden (ānx) thuen ihre Schuldigkeit in der Dämmerung Es
„schliesst sich an hernach das Sah-Gestirn (Orion) und die göttliche
„Sothis (Sirius) geht unter. Jung wird (?) der grosse Gott in ....

I. Die Dekanlisten der älteren Periode

Die Dekanlisten der älteren Periode [Fortsetzung].

11	10		9	8	7	A
11	10		9	8	7	B
11	10		8	7		C
11	10	9		8	7	D
		9	8		7	E
						F
12	11	10	(9)	8	7	G
(11)	(10)	(9)				

Die Dekanlisten der älteren Periode (Fortsetzung)

17	16	15	14	13	12	A
17	16	15	14	13	12	B
17	16	15	14	13	12	C
17	16	15	14	13	12	D
17	16	15	14	13	12	E
						F
18 (17)	17 (16)	16 (15)	15 (14)	14 (13)	13 (12)	G

Die Dekanlisten der älteren Periode [Fortsetzung].

		22	21	20	19	18	A
	23	22	21	20	19	18	B
	23	22	21	20	19	18	C
	23	22	21	20	19	18	D
	23	22	21	20	19	18	E
							F
	23 (22)	22 (21)	21 (20)	19 (18)	17 (16)		G

Die Dekanlisten der älteren Periode [Fortsetzung]

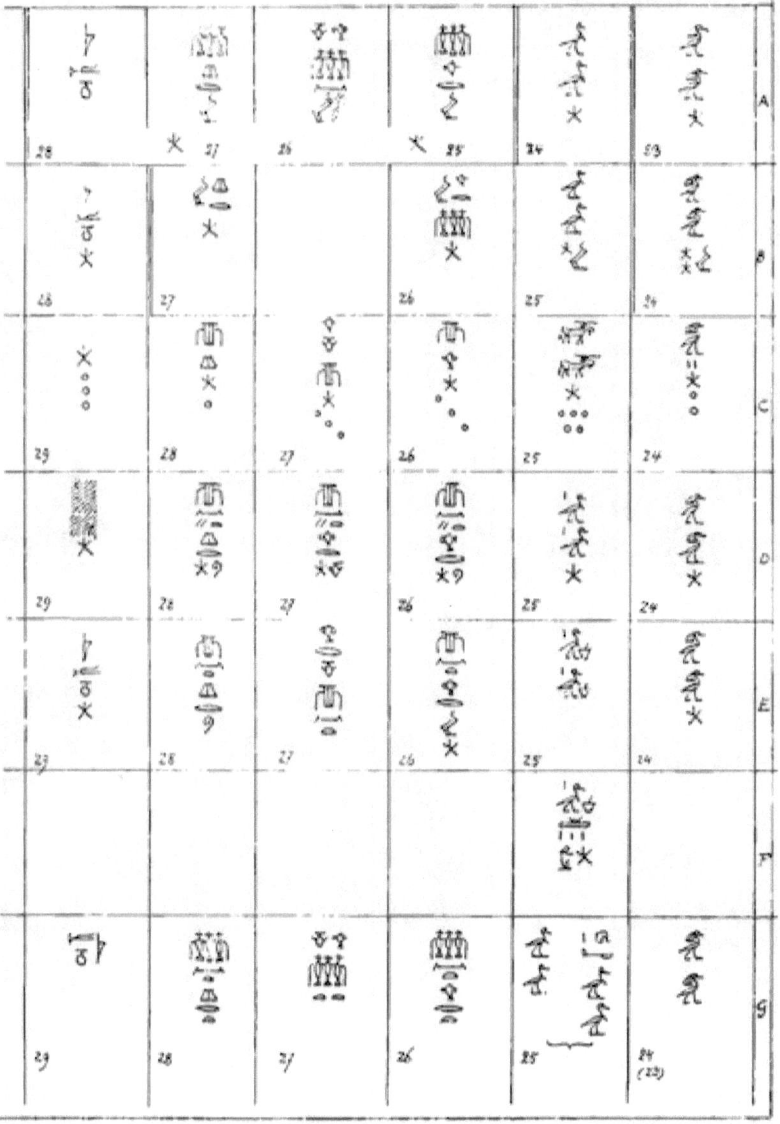

28	27	26	25	24	23	A
28	27		26	25	24	B
29	28	27	26	25	24	C
29	28	27	26	25	24	D
29	28	27	26	25	24	E
29	28	27	26	25	24	F
29	28	27	26	25	24 (23)	G

Die Dekanlisten der älteren Periode [Fortsetzung].

	33	32	31	30	29	A
33	32	31		30	29	B
35	34	33	32	31	30	C
35	34	33	32	31	30	D
34		33	32	31	30	E
						F
	34	33	32	31	30	S

Die Dekanlisten der älteren Periode [Schluss]

	37	36	35	34	A
	35			34	B
40	39	38	37	36	C
	39	38	37	36	D
	38	37	36	35	E
					F
	37		36	35	G

Die Dekanlisten der älteren Periode [Schluss]

Die Gottheiten der Dekanreihen im astronomischen Sinne

12	11	10	9	8	7	6	5	4	3	2	1	
												A
												B
(sic)												C
												D

Die Gottheiten der Dekanreihen im astronomischen Sinne (Fortsetzung)

24	23	22	21	20	19	18	17	16	15	14	13	
												A
												B
												C
												D

Die Gottheiten der Dekanreihen im astronomischen Sinne [Fortsetzung]

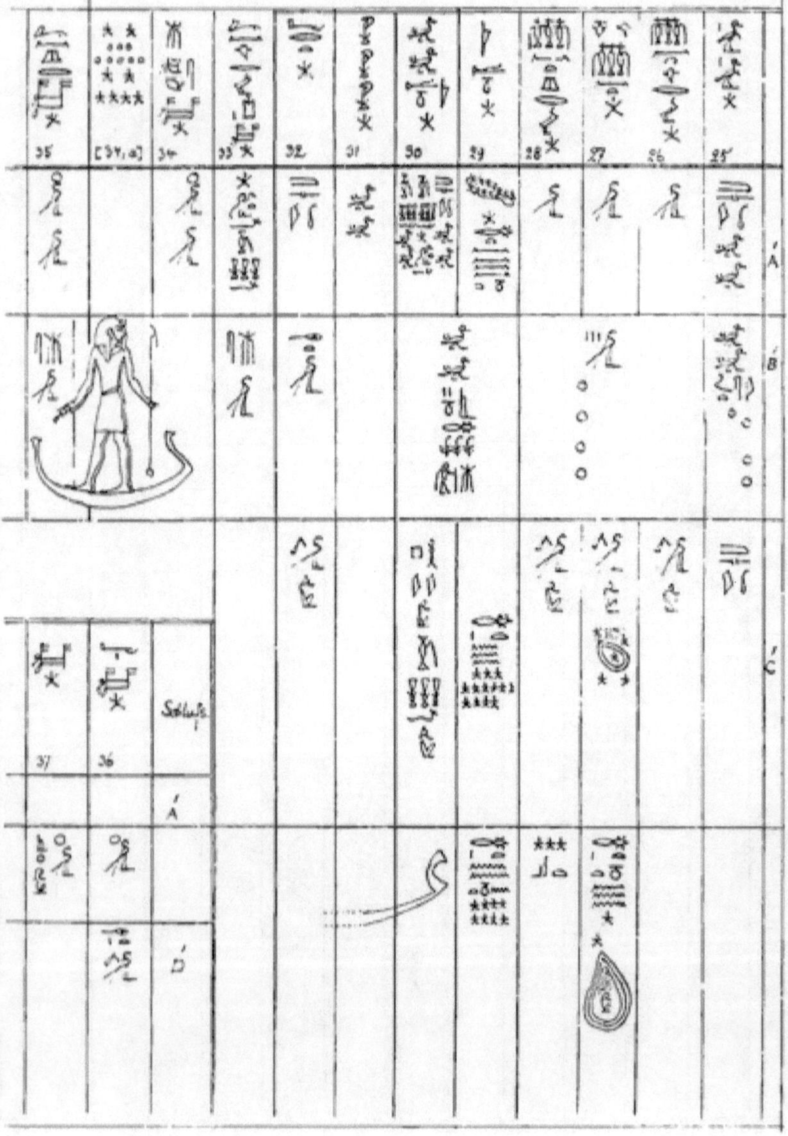

35	[37,a]	34	33	32	31	30	29	28	27	26	25

Die Dekanlisten der griechisch-römischen Periode

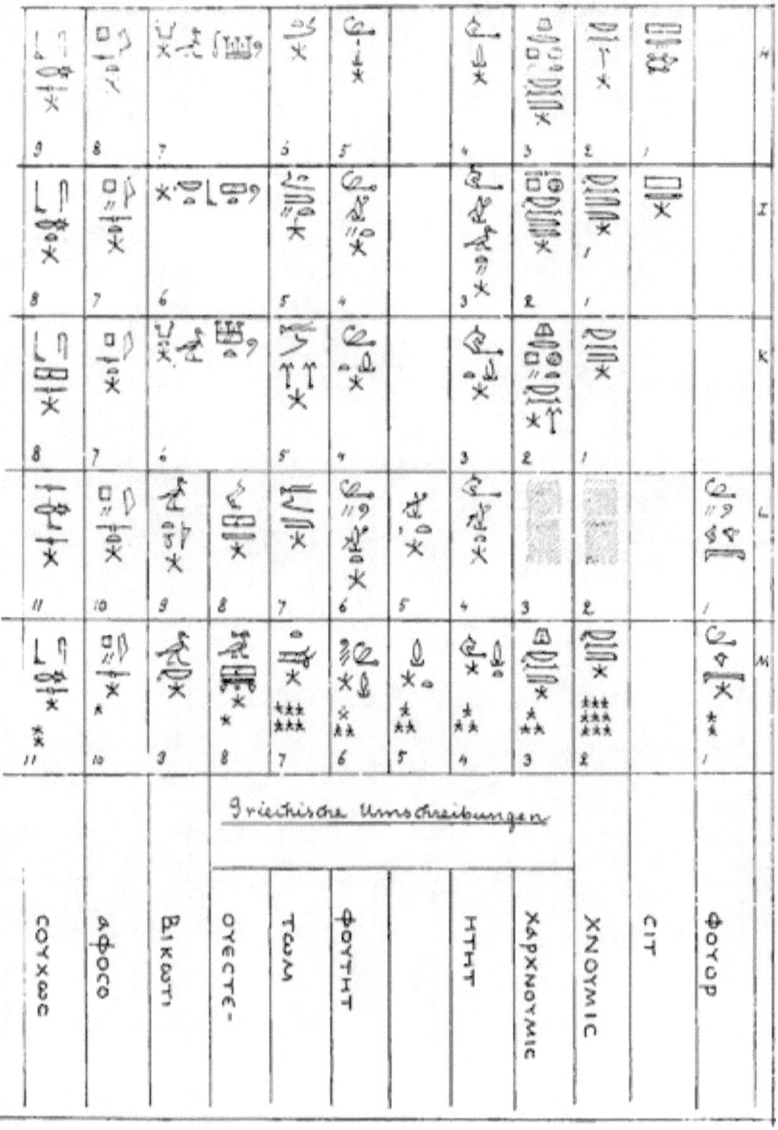
Griechische Umschreibungen
ΦΟΥΟΡ
CIT
XNOYMIC
XAPXNOYMIC
HTHT
ΦΟΥΤΗΤ
ΤΩΜ
ΟΥΕCΤΕ-
ΒΙΚΩΤΙ
ΑΦΟCΟ
COYXΩC

Die Dekanlisten der griechisch-römischen Periode (Fortsetzung).

Griechische Umschreibungen.

CPѠ	CMAT		KONIME	CICECME	CECME	ϩPHOYCѠ	CΠTXNE		XONTAXPE	XONTAPE	TΠHXONTI

Die Dekanlisten der griechisch-römischen Periode [Fortsetzung]

Griechische Umschreibungen.

Χωογ	CIKET	ΚΑΤΚΟΥΑΤ	ΧΟΝΤΑΧΡΕ	ΧΟΝΤΑΡΕ	ΤΠΙΒΙΟΥ	ΒΙΟΥ	ΤΠΗΒΙΟΥ	ΧΥ	ΤΠΗΧΥ		CICPω

Die Dekanisten der griechisch-römischen Epoche (Schluss).

Griechische Umschreibungen

					Griechische Umschreibungen
31	31	31	31	31	ЕРѠ, АРОУ
32	32	31	32	32	PEMENAAPE
33	32	32	33	33	ΘΟΣΟΛΚ
			34	31	
35	33	sic 35	35	35	ОΥΑΡΕ
35	34	34			ϹѠΘΙϹ
	35	35			ϹΙΤ
		36			

ein Stelle der Namen der Gottheiten, welche in der älteren Periode die einzelnen Benennungen der Dekane begleiten, treten in der griechisch-römischen Periode die bildlichen Darstellungen, welche sich auf den folgenden Seiten befinden und jüngeren, näher bezeichneten Denkmälern entlehnt sind.

Die Dekanbilder aus römischer Zeit 5 q. L und M z.

Die Dekanbilder aus römischer Zeit (Schluss).

Schluss der Dekanlisten

Text zu den vorstehenden Dekan-Verzeichnissen.

I. Die Dekanlisten der älteren Periode.

Die aufgeführten Dekane gehören folgenden Sternbildern an:

1. [Hieroglyphen] *kinmut* 2. [Hieroglyphen] *tat* 3. [Hieroglyphen] *tomat* oder [Hieroglyphen] *tomat*

4. [Hieroglyphen], [Hieroglyphen], [Hieroglyphen] *uššá, uššti, uššu* oder [Hieroglyphen] *bešá*

5. [Hieroglyphen], [Hieroglyphen], [Hieroglyphen], [Hieroglyphen] *bokdá, šokdá, bekali, bekad*

[6. [Hieroglyphen] *sibu matu*, eingeschoben in den Listen aus der Zeit der 20. Dynastie] 6. [Hieroglyphen], [Hieroglyphen], [Hieroglyphen] *Xontet, Xonti, Xont.*

7. [Hieroglyphen] *sanet Xonnu* 8. [Hieroglyphen] *her-áb-ua* 9. [Hieroglyphen], rein phonetisch geschrieben: [Hieroglyphen] *šesmu* (und die Varr. [Hieroglyphen] *sasmu*, [Hieroglyphen] *sešmu*) 10. [Hieroglyphen] *Keremu*, [Hieroglyphen] *Kerem*

11. [Hieroglyphen] *smad*, [Hieroglyphen] *smadet* (d.i. Halbierer, mit dem Zeichen des Halbmondes dahinter, der in der Gruppe [Hieroglyphen] für den 15. Tag des Mondmonates wiederkehrt, cf. oben S. 47, 15 sub é, e"), darauf

12. [Hieroglyphen] *seret*, [Hieroglyphen] *sát, sat* "das Schaf" 13. [Hieroglyphen] *Xu* oder [Hieroglyphen] *XuXu* (eigentlich "der glänzende oder die beiden glänzenden) 14. [Hieroglyphen], [Hieroglyphen], [Hieroglyphen] *bibi, bibiu* (d.i. die beiden Seelen) 15. [Hieroglyphen], [Hieroglyphen] *Xont*, [Hieroglyphen] *Xont* (cf. oben No 6) 16. [Hieroglyphen] *kod* 17. [Hieroglyphen], [Hieroglyphen] *áret* 18. [Hieroglyphen], [Hieroglyphen] *Xau, Xa* "Tausendstern" 19. [Hieroglyphen], [Hieroglyphen], [Hieroglyphen] *sah*, die Constellation des Orion 20. [Hieroglyphen], [Hieroglyphen] *Sopdet*, das Sternbild der Sothis oder des Sirius. Ein bemerkbarer Unterschied in den Dekanlisten der 19. und 20. Dynastie macht sich durch die Anwesenheit der

nuen Dekaner der „Vollsterne" ([Hierogl.], s. oben sub [6]) geltend,
der nur in den Listen aus der Epoche der 20. Dynastie auftritt.

Dass die Namen der Dekane sich auf wirkliche Bilder am
ägypt. Sternenhimmel bezogen, beweisen neben den wirklich vorhandenen und nachweisbaren Figuren die Bezeichnungen, welche
sich, je nach der Lage, auf die einzelnen Theile grösserer Sternbilder bezogen und welche in folgender Liste enthalten sind.
[Hierogl.] 1pʒ „Kopf, Spitze, oberster Theil", im Gegensatz zu dem
[Hierogl.] Xr-Xipd genannten Körpertheil, wahrscheinlich die Nabelgegend des Bauches bedeutend. [Hierogl.] ẖr, ẖru
„oberer" im Gegensatz zu [Hierogl.] ẖr-ʒb „mittlerer, Mitte" und
[Hierogl.] Xr, Xru „unterer" [Hierogl.] hʒt „Vorderseite, Vorder-
theil" im Gegensatz zu [Hierogl.] phui „Hinterseite, Hintertheil".
Was [Hierogl.] sisi [in der griech. Dekanlisten (1-)] bedeutet, ist
mir dunkel. Das einmal nur vorkommende [Hierogl.] demas bezeichnet so viel als Tafel, Getäfel, und bezieht sich wahrscheinlich
auf das einer stehenden oder sitzenden Figur als Fussgestell dienen-
de Holzgetäfel. Am deutlichsten treten die Beziehungen zu bestimmten
Körpertheilen in den Dekan-Bezeichnungen entgegen, die sich auf
das Sternbild des Orion beziehen; so in [Hierogl.], [Hierogl.] rmn ẖr,
ẖr rmn „der Oberarm" (griech. Ῥεμενααρε, Ῥαμανός, cf. Leps. die aeg.
ägypt. Elle pag. 34), [Hierogl.], [Hierogl.], [Hierogl.], rmn Xr, Xr-rmn „der Unter-
arm"; [Hierogl.] „die Hand"; [Hierogl.] master „das Ohr"; [Hierogl.] uärd „der Fuss".

A. 1 Tpā kenmut	2. Kenmut	3. Xr-Xpd-	4 ħā-łat
B. 1 Tpā kenmut-	2 Xr-Xpd-Kenmut	3 Kenmut-	4 ħā-łat
C. 1 Tpā kenmut	2. Kenmut	3 Xr-Xpd-kenmut	4 ħā-łat
D. 1.. ā kenmut	2. Kenmut	3 Xr-Xpd-kenmut	4 ...łat
E.	2	3	4...łat
F. 1 Tpā mui	2. Kenmut	3 Xpd-n-Kenmut	4..1-łat
G. 1 Tpā kenmut	2 Xr-Xpd-kenmut	3 Kenmut	4 ħā-łat
„Spitze des Kenmut"	„Kenmut"	„Nabelgegend des Ken..	„Vordertheil des..

A 5 phui-łat	6 Bomet-hrt	7 tomet-Xrt	8 ušłā
B 5 phui-łat	6 Bomet-hrt	7 (Bomet)-Xrt	8 ušθ
C 5 phui-łaū	6 tomet-hrt	(7) Xrt	7 ušłi
D 5 ....ła	6 tomet-hrt	7 tomet-Xrt	8 ušłi
E 5 phui-łat	6 tomet-hrt	7 tomet-Xrt	8 ušłi-bokłi
F 5 .... łaū	6 tnneo-hr	7 Enneo-Xr	
G 5 phui-łat	6 Bomet-hrt	7 tomet-Xrt	8 beθθet-θeraθ
„Hintertheil der Tat"	„oberer Kasten"	„unterer Kasten"	

A 9 bokθā		10 tpā-Xontet	11 Xontet-hrt
B 9 bokθ		10 idem	11 Xont-hrt
C 8 bekałi	9 sibu mahu	10 idem	11 Xontet-hrt
D	9 sibu mahu	10	11 Xonti-hrt
E	9 sibu mahu	10 1pā-Xont	11 Xont-tut
F bekθ phu		tpā-Xont..	Xontet-hrt
G	9 sibu-mahu	10 1pā-Xontet	11 Xontet-hr
	„Vollsterne"	„Spitze des Xontet	„oberer Xontet"

A 12 Xondel-Xrt	13 Bemar n Xondel	14 Sapd Xonnu	15 hr-ab-ua
B 12 idem	13 idem	14 Sa(o) n suln Xru	15 idem
C 12 idem	13 rī-Xont	14 sardi Xonnu	15 idem
D 12 Xonti-Xr(t)	13 Bemar n Xont(j)	14 ..p.....nee	15 idem
E 12 Xont-Xrt	13 Bemas n Xont	14 Sapd Xonti	15 idem
F „Stern des Sed."		sapdi Xonnu	hr-ab-uaf
G 12 Xondel-Xrt „unterer Xondel"	13 ...5 n Xont „Getäfel der Xonto"	14 .... Xon „Ränder der Xonnu"	15 hr-ab-ua „der mitten im Schiff"

A 16 Šesmu	17 Kenmu	18 Smadet	19 tpā-smad
B 16 Šesmu	17 Kenam	18	19 smad
C 16 Sasmu	17 Kenaman ..	18 tpā-smad	19 idem
D 16 Šesmu	17 Kenmu	18 tpā-smaß	19 idem
E 16 Šesmu	17 idem	18 tpā-smad	19 idem
F			
G 16 Sešm(u) „die Presse"	17 Kenam „Kenmu"	„der Halbmond"	18 smad „Spitze des Halbmonds"

A 20 sard	21 sisi-sart	22 Xr-Xpd sard	
B 20 sád	21 sisi-sád	22 idem	23 tpā-Xu
C 20 [*∴]	21 sisi-sard	22 Xr-Xpd-san	23 Xu 2
D 20 ..r.	21 sisi-....t	22 idem	23 tpā-XuXu
E 20	21	22 Xr-Xpd-san..	23 tpā-XuXu
F			tpā-Xu
G 19 sat „das Schaaf"	20 sard sisi „die 2.....des Schaafes"	21 Xrt-sard „Nabelgegend der Schaf[es]"	22 tpā-XuXu „Spitze der 2. Xu"

A	23 Xuxu	24 bibi	25 Xont-hru	26 hr-ab-Xontsu
B	24 Xuxu	25 bibiu	26 hru-Xont	
C	24 Xu 2	25 bibi	26 Xont-hr	27 hr-ab-Xont
D	24 Xuxu	25 bibi	26 Xonti-hru	27 Xonii-hr-ab
E	24 Xuxu	25 bibi	26 Xoni-hru	27 hr-ab-Xont
F		bibi 24 soX-bibi		
G	23 Xuxu „die beiden Xu"	25 bibi „die beiden Seelen"	26 Xont-hrt „oberer Xont"	27 hr-ab-Xontet „Mitte des Xont"

A	27 Xont-Xru	28 Kod	29 sisi Kod	30 ärel
B	27 Xru	28 Kod	29 idem	30 ärel
C	28 Xont-Xr	29 *000	30 Sesui bibi	31 Xa
D	28 Xonti-Xru	29	30 sisi-Kod	31 Xau
E	28 Xont-Xru	29 Kod	30 idem	31 Xau
F				
G	28 Xont-Xrt „unterer Xont"	29 Kod „Kod"	30 idem „die 2 .... das „Kod"	31 Xau „Erel" — „1000 Stern"

A	31 Xau	32 rmn hru än sy	33 master satz	
B		31 Xr-rmn- satz	32 [Sterndiagramm]	33 rmn satz
C	32 ärel	33 äler Satz, 7 Sterne	34 uärel Xr	35 tot-(ä?) Xr
D	32	33	34	35 ....
E	32 Erel	33 än (äler?) satz		34 ....hr....
F		Xr-rmn n sa		soä-sat
G	32 är... „1000 Stern"- Erel	33	34	

A	34 rmn-ẖr saḥ	35 ā-saḥ	36 saḥ	37 Sopdet	
B	34 ẖr-rmn-saḥ			35 Isis-Sopdet	
C	36 rmn-ẖr-saḥ	37 ā-saḥ		38 Sopdet	39 sa	40 Sāt „die Sat unter dem Fusse des Saḥ."
D	36 rmn.........	37 ā-saḥ	38 saḥ	39	
E	35	36	37 saḥ, der Stern des Osiris unter ā-saḥ sau	38 Sopdet, der Stern der Isis	
F					
G	35 rmn-ẖr....	36 ā-[saḥ]		37 Sopdet-Isis	

Die Gottheiten der „Dekanreihen" im astron. Sinne (cf. S. 144 ff).

	Dekan	A'	B'	C'	D'
1.	Ipā-kenmut	Seb	Hapi Amset	....	Hapi Amseß
2	Kenmut	Bi	} Isis	....	Isis
3	Xr-Xpd-kenmut	Xondet Xast		....	die Horus-Kinder
4.	hā-śat	Isis	Duamutef	die Horus-Kinder	idem
5	phui-śat	„die Herrin von Aphroditopolis"	die Horus-Kinder	idem	idem
6	somet-ḫrt	Amseṭā Hapī	} Duamutef	idem	idem
7	somet-Xrt	Qebḥsonuf		Duamutef	Duamutef
8	uš θā	Duamutef	Duamutef	} Duamutef	idem
9	bekati	Duamutef Qebḥsonuf	Hapī		
	[Sibu maḫu]			Duamutef	Duamutef
10	soā-Xontet	Duamutef Hapī	} 3 Horus	Duamutef Hapī	Duamutef

	Dekan	A	B	C	D
11	Xondet-hret	Horus	}	Horus	......
12	Xondet-Xrt	Set			Ǥ
13	Cems n Xonet	Horus		„Seher"	„Seher"
14	Sont-Xonnu	Isis u. Nephthys	Isis u. Nephthys	Isis, Herrin von Busiris	„Seher"
15	ker-äb-ua	Set	urä	„Seher"	„Seher"
16	Šesmu	Horus		„Seher"	„Seher"
17	Kennu	Amset, Hapi Duamutef Qebhsonuf	die Horuskinder	die Horuskinder	die Horuskinder
18	Ipä smad	Horus	.....	Horus	Horus
19	smad	Hapi	Hapi	Hapi	Hapi
20	saret	Isis	Isis	Isis	
21	sisi-saret	Duamutef Qebhsonuf	Duamutef	Duamutef	
22	Xr-Xpd-saret	Qebhsonuf	Qebhsonuf	Qebhsonuf	
23	soä-Xuxu		Duamutef	Duamutef	
24	Xuxu	Duamutef Qebhsonuf	Duamutef Qebhsonuf	Duamutef	
25	bibi	amsetä Hapi	Hapi äsmet	amsetä	
26	Xont-hru	Horus	} die Horus		Horus
27	heräbXont	Horus			Horus
28	Xont-Xru	Horus			Horus
29	Kod				
30	sisi-Kod	amset Hapi Qebhsonuf Duamutef Qebhsonuf Hapi	} Hapi	Hapi Qebhson-uf	

Dekan	A	B	C	D
31	Xau	Hapi			
32	ārel	amseθā	Mat-hur	Hur (Horus)	
33	rmn hru án Sah	Duamutef	mas-hur		
		Qebhsonuf			
34	master Sah	Mat-hur hur			
35	rmn xr Sah	idem			
36	ā - Sah	mai-hur			Mat-hur
37	Sah	mat-hur Osiris			

<u>Bemerkung über die Bedeutung der Gruppe</u> 〰 Xet-mu

Die in der vorstehenden Liste verzeichneten Dekane lassen einzelne Beispiele erkennen, in welchen neben und ausser den Namen der aufgeführten Gottheiten sich in variirender Schreibung die Gruppe <u>Xet-mu</u> befindet. Wie Herr Prof. Dr. <u>Dümichen</u> richtig erkannt hat, bezeichnet das Wort Xet, ursprünglich <u>den Bauch, den Leib</u> bedeutend, in den sogenannten Kyphi-Recepten so viel als eine aus mehreren Ingredienzen zusammengesetzte <u>Masse</u>. Als Resultat einer Composition von Flüssigkeiten ist sie 〰 <u>Xet-mu</u> „<u>eine flüssige Masse</u>", von trocknen Ingredienzen ist sie oder <u>Xet hru</u>, eine „<u>trockne Masse</u>" (s. Ztschr. 1879, S. 97 ff. besonders Bl. 13. 15. 19. 20. 22 und Mar. Dend. I, 47, c). Wie ich bereits im Wört. Suppl. S. 965 angeführt habe, dient ausserdem 〰 (im Plur.) dazu eine Anbäufung von Sternen zu bezeichnen, einen Sternhaufen, wie wir zu sagen pflegen, wenn sich die einzelnen Sterne noch deutlich unterscheiden lassen, im Gegensatz zu den unauflösbaren Nebelflecken. Solcher Sternhaufen erscheinen in unseren Dekanlisten die folgenden aufgeführt:

1) Dekan 26: [Hieroglyphen] sart, das Schaf. Neben dem Isis-Namen [Hieroglyphe] (var. [Hieroglyphe]) findet sich in B die Legende [Hieroglyphen], zu verbessern in [Hieroglyphen] Xemu ist d.h. „der Sternhaufen der [sc. Schafes], der im Bilde daneben steht und deutlich, in 2 Reihen geordnet, 5+4=9 Sternkugeln [trägt.]

2) Dekan 27: [Hieroglyphen] her-āb-Xonti. Neben dem Horus-Namen [Hieroglyphe] oder [Hieroglyphe] in D die Legende: [Hieroglyphen] „der Sternhaufen des [Hieroglyphe] in Begleitung einer birnförmigen Figur, die in C als [Symbol] wiederkehrt.

3) Dekan 29: [Hieroglyphen] Kod. Statt des Namens der betreffenden Gottheit findet sich in A neben der Figur [Hieroglyphen] die Legende: [Hieroglyphen] „der Sternhaufen des [Dekans Kod], in C die Legende [Hieroglyphen] „der Sternhaufen der 13 Sterne", in D dagegen, dicht vor dem Vordertheile des Orion-Schiffes, die folgende Inschrift: [Hieroglyphen] „der Sternhaufen der acht Sterne". Nach diesen Bemerkungen wird es nicht schwer halten die von mir im Wörterbuche Suppl. S. 965 mitgetheilte Stelle aus dem grossen Papyrus Harris №I, die ich nachstehend wiederhole, ihrem Inhalte nach mit vollem Verständniss zu würdigen:

[Hieroglyphen] „ich habe ihm Gefässe machen lassen in grösserer Zahl und herrlicher als die Sternhaufen".

Die

I. Die Dekanlisten der griechisch-römischen Periode.

M		1. šela	2 kenem	3 Xr-Xpli-Kenem
I		(l) šela	1 Kenemm	2 δXp-Kenemm
K			1 Kenem	2 Xr-Xoli-Kenem
L	1. Phui-hr		2	3 ....
M	1 Phui-hr		2 Kenem	3 Xr-Kenem
H	4 ḡä-ła	......	5 phui-ła	6 Tom
I	3 bä-ułati	......	4 phui-ułati	5 Iommti
K	3 ḡä-łał	....	4 phui-łał	5 foinrem
L	4. ḥä-ułał	5 ułał	6 phui-ułał	7 torun
M	4 łał-ḥä	5 łał	6 phui-ła	7 torn
H	7 ušθ-bixa	8 áposel	9 sebXer	10 lpä-Xonl
I	6 ušt-bekal	7 ápisel	8 sebXes	9 ipä-Xonl
K	6 ušt-bikal	7 áposel	8 seb šer	9 lpä-Xonl
L	8 ušla 9bikol	10 ápisel	11 sebXes	12 lpä-Xonl
M	8 ušla 9bik	10 ápis	11 sebXes	12 ....
H	11 Xonl-hr	12 Xonl-Xr	13 δ...Xonl	14 spl-Xon
I	10 .....-hr	11	12	13 spl-Xon
K	10 Xonl-hr	11 Xonl-Xr	12 demas-Xonl	13 spl-Xon
L	13 hr-áb-uä			14 Spl-Xon
M	13 hr-áb-uä			14 sopl-.....

H	15 ḫr-âl-ua	16 seδmu		17 Kenem
I	14 idem	15 sem (seδm?)		16 Kenemm
K	14 idem	15 θosālo		16 Kenem
L		15 sem (seδem?)	16 si-sem (si-ssm?)	17 Kenem
M		15 ....u	16	17 Kenem
H	18 1oā-smal		19 smal	20 sarel
I	17 1oā-s[m]al		18 smati	19 saráš
K	17 1oā-smal		18 smal	19 sar
L	18 1oā-smali		19 smati	
M	18	19°, der Abendstern	19½ sma	20 sarā
H	21 si-sarel	22 Xr-Xpl-sar	23 1pā-Xu	24 Xu
I	20 si-sâl	21 sXpli-sarel	22 idem	23 idem
K	20 si-saret	21 Xr-Xpl-sarel	22 idem	23 idem
L	20 si-sarât		21 idem	22 idem
M	21 si-rā (sic)		22 idem	23 idem
H	25 [1o]ā-biu	26	2°	27 Xont-Ꝯr
I	24 1pā-biu	25 biu		26 idem
K	24 1omm	25 ušeθ		26 idem
L	23 1ep-biu	24 biu	25 1pā-biu	26 idem
M	24 1pā-biu	25 biu		26 idem
H	28 Xont-Xr		29 si-Hod	30 Xau
I	27 idem		28 si-Xot	29 idem

K	27 ʾꜣr-ʾr		28 si-kol	29 ḫau
L	27 idem	28 kol-ḫa	29 si-kol	30 idem
M	27 idem	28 kol	29 si-kol	30 ḫa
H	30 ārāt	32 rmn-ḥr	33 θos-ālg	
I	30 ārel	31 idem	32 idem	
K	30 ārīl	31 idem	32 idem	
L	31 ārāt	32 idem	33 idem	34 rmn-ʾr
M	31 āār	32 idem	33 idem	34 rmn-ʾr
H	34 uārat	35 ipā-sopdet		
I	33 uār	34 idem	35 sopdet-nečār	
K	33 ḥr-ua	34 idem	35 sopdet	36 šeba
L	35 uār			
M	35 uār			

Bemerkungen zu der vorstehenden Liste. Der Unterschied der Dekanreihen der älteren und jüngeren Periode besteht zunächst darin, dass in der griechisch-römischen Epoche folgende neue Dekanbezeichnungen eintreten: * [Hieroglyphen] pḫui-ḥr, * [Hieroglyphen] šeba (zu vergl. oben S. 113), [Hieroglyphen] aposol und * [Hieroglyphen] scoχes (zu vergl. oben S 114), * [Hieroglyphen] ipā-biu, * [Hieroglyphen] θos-ālg, * [Hieroglyphen] uār und [Hieroglyphen] ipā-sopdet. Er ist ferner begründet durch die Zusammenziehung zweier älterer Dekannamen zu einem einzigen jüngeren, wie in [Hieroglyphen] isen statt [Hieroglyphen] tomat ḥrā und [Hieroglyphen] tomat Xrt, in [Hieroglyphen] usi-bḫt an Stelle von [Hieroglyphen] und [Hieroglyphen] usii und bḫali, in der Auslassung älterer Dekannamen oder vielmehr deren Vertretung durch jüngere Bezeichnungen, wie in der Reihe [Hieroglyphen] Ipā-kennut, [Hieroglyphen] sibu mahu, [Hieroglyphen] pr-ab-Xont, und in den mit der ägyptischen Benennung der Orion, [Hieroglyphen] sah, sahu, zusammengesetzten Namen. Andere Unterschiede, besonders in der veränderten Reihenfolge, wird man leicht selber herauserkennen. Die beim Salmasius erhaltene Reihe der ägyptischen Dekannamen schliesst sich den Listen der jüngeren Epoche an. Zur Vervollständigung derselben und der besseren Vergleichung halber, führe ich aus dem Tempel von Ombos (ptolem. Epoche) die folgenden 4 Dekannamen an, welche mit Tagesstunden in Verbindung gesetzt erscheinen (cf. Champ. Not. Desc. I S. 237) und der Reihe nach in folgenden Legenden auftreten:

[Hieroglyphen] ubenet sini ámos Si-sešem, die erste Tagesstunde. Der Stern in ihr ist Si-sešem."

[Hieroglyphen] semet sini ámos Sešem, die zweite Tagesstunde. Der Stern in ihr ist Sešem."

[Hieroglyphen] māk-n-nebes sini ámos Kenem, die dritte Tagesstunde. Der Stern in ihr ist Kenem."

[Hieroglyphen] sešat sini ámos Ipā-smaß, die vierte Tagesstunde. Der Stern in ihr ist Ipā-smaß."

Die bei Salmasius erhaltene Liste, auf deren Bedeutung zuerst

Lepsius (cf. Einleitung in die Chronologie S. 70), nach Champollion, aufmerksam gemacht hat, findet ihre vollständige monumentale Bestätigung durch die folgende Zusammenstellung der griechischen
und ägyptischen Namen, mit besonderer Berücksichtigung der von
Goodwin in den „Mélanges" 1864 S. 294 zu publicirten Dekanbezeichnungen nach den Angaben eines griechisch abgefassten ägyptischen Horoskops.

I Krebs . . . . . 1. Ζωσίς   äg. [Hierogl.] sondel oder sati .

              2. ΣΙΤ   „   [Hierogl.] šela, šel, šit

              3. Κνουμίς, g. ΚΝΟΥΜΕ, äg. [Hierogl.] knum

II Löwe . . . 4. Χαρκνουμίς g. ϩΡΑΚΝΟΥΜΕ, äg. [Hierogl.] Xar-knum

              5. Ἡτήτ g. ΕΤϤΕ, äg. [Hierogl.] ḥā-tet

              6. Φουτήτ . g. ΦΟΕΤϤΕ, äg. [Hierogl.] pḥu-tet

III Jungfrau 7 Τώμ   äg. [Hierogl.] tom

              8 Ουέστεβκωτί g. . . . . . . βικωτ äg. [Hierogl.] ušte-bikot

              9. Ἀροσό   äg. [Hierogl.] aposot

IV Wage   10 Ζουχώς   äg. [Hierogl.] sobXos

              11. Τρηχόν⹂   äg. [Hierogl.] ipā-Xont

              12. Χοντάρ   äg. [Hierogl.] Xont-ḥar

V Skorpion   13. Σπτχνέ   äg. [Hierogl.] spt-Xne

              14. Σισμί   äg. [Hierogl.] sešme (cf. S. 165)

              15. Σισισμί   äg. [Hierogl.] si-sešme (l. l.)

VI Schütze   16. Ῥηονά   äg. [Hierogl.] hre-ua

              17 Σεσμί   äg. cf. N⁰ 14 vorher.

[VI Schütze] 18. Κονιμέ   äg. ✳ [hierogl.] _konime_

VII Steinbock 19. Σμάτ   äg. ✳ [hierogl.] _smat_

20. Σρώ g. cρωι   äg. ✳ [hierogl.] _srât_

21. Σισρώ g. cιcρωι   äg. ✳ [hierogl.] _si-srât_

VIII. Wassermann 22. Τπηχύ   äg. ✳ [hierogl.] _tpā-chu_

23. Χύ   äg. ✳ [hierogl.] _chu_

24. Τπηβίου   äg. ✳ [hierogl.] _tpā-biu_

IX Fische 25. Βίου   äg. ✳ [hierogl.], ✳ [hierogl.] _biu_

26. Χονταρέ   äg. ✳ [hierogl.] _chont-har_

27. Τπιβίου   äg. ✳ [hierogl.] _tpi-biu_

X Widder 28. Χονταρέ   äg. q. № 26.

29. Χονταχρέ   äg. ✳ [hierogl.] _chont-chre_

30. Τικέτ   äg. ✳ [hierogl.] _si-ket_

XI Stier 31 Χάου   äg. ✳ [hierogl.] _chau_

32. 'ερώ g. aρον äg. ✳ [hierogl.] _ârât_

33. g. Ρεμνααρέ   äg. ✳ [hierogl.] _remen-hare_

XII Zwillinge. 34. Θοσόλκ   äg. ✳ [hierogl.] _thos-âlq_

35. Ούαρε   äg. ✳ [hierogl.] _uâret_

36. φουόρ   äg. ✳ [hierogl.] _phu-hor._

Die Aufgänge der Dekane.

Die in zehntägigen Intervallen (den sogenannten Dekaden) notirten Aufgänge der Dekangestirne, welche nach der Natur des

aus 365 Tagen bestehenden altägypt. Wandeljahres in dem einen Jahre
auf den 1. 11. und 21. Tag, in dem darauf folgenden auf den 6. 16.
und 26. Tag einer jeden Monats fallen mussten, finden sich ausführlicher und im Zusammenhange nur auf zwei Denkmälern vor,
welche zuerst Lepsius ihrer astronomischen Bedeutung nach richtig
erkannt hatte (s. Einleitung in die Chronol. S. 115 fg). Das eine betrifft
die Aufgänge der Dekangestirne, welche an der Decke eines Saales
im Grabe Königs Ramses IV zu Theben auf und unter dem Körper
der Himmelsgöttin in listenförmiger Anordnung verzeichnet stehen,
wenn auch mit manchen (leicht zu controlirenden) Irrthümern
im Einzelnen, die dem Copisten zur Last fallen. Die beifolgende
Tafel enthält die Abschrift sämmtlicher Legenden, wie ich sie
an Ort und Stelle selber aufgenommen habe, unter Berücksichtigung der von Lepsius in den „Wandgemälden" des ägyptischen
Museums zu Berlin auf Tafel 7 veröffentlichten Darstellung
der Himmelsfigur, ihrer Träger (des Gottes Šu, Ζεύς) und sonsti-
ger dazu gehörigen Figuren. Meine Abweichungen in einzelnen
Fällen betreffen hauptsächlich die Zahlen in den hieroglyphischen
Beischriften. Sie enthalten ausserdem Berichtigungen einzel-
ner Schriftzeichen, die sich möglicherweise irrthümlich in die
treffliche Publication eingeschlichen haben und übersehen worden
sind. Die auf meiner Copie (s. die Tafel) befindlichen Buchstaben
und Zahlen werden das Verständniss der nachfolgenden Beschreibung

und Uebersetzung der Legenden wesentlich erleichtern helfen.

Die Aufgangsepochen der Dekane sind, wie zuerst Lepsius nachgewiesen, nach *tenet* Frühaufgang, ☉ *sa-duat*, Mitternachtsaufgang, und *maset*, Spätaufgang, nach Tag und Monat angegeben. Das Intervall (ägyptisch *amtu en son* d. i. das was zwischen 2 liege, der Zwischenraum von 2²) zwischen dem Frühaufgange und dem mitternächtlichen Aufgange einer jeden Dekanes beträgt nach der theoretischen Anlage der Tafel 90 Tage, das Intervall zwischen dem mitternächtlichen und dem Spätaufgange 70 Tage, oder im ganzen zwischen dem Frühaufgange und dem Spätaufgange 90 + 70 = 160 Tage. Wie Hr Dr Fr. Gensler (Ztschft 1872, p. 61) vom astronomischen Standpunkte aus gezeigt hat, bilden im Durchschnitt der Jahresbeobachtungen von Sternen erster Grösse für den Horizont von Theben thatsächlich 160,4 Tage das Sichtbarkeits Intervall. Selbstverständlich lassen sich hiernach die Aufgangsepochen der einzelnen Dekane theoretisch berechnen, wobei in erster Linie die auf die Dekane [Kenemut Nº 2], Xr-Xpd-Kenmut (Nº 3), bāt-ʿat (Nº 4), pku-ʿat (Nº 5) und Tomet ḫrl Xrt (Nº 6) bezüglichen Angaben neben den Füssen des Himmelsträgers (s. A-B-C) den wichtigen Ausgangspunkt der Berechnungen abgeben. Die bei F befindliche Inschrift bezieht sich, der Rechnung nach, nothwendig auf den Dekan [ušti, Nº 7], obwohl derselbe nicht mit Namen aufgeführt wird. Der

Text bei I führt direct auf die Aufgänge der Dekaneo [symbol] bekati (Var. an Stelle von [symbol]) oder Nr 8 der Dekanreihe, wobei zu bemerken ist dass die Beischriften unter H und G die bezüglichen Daten noch einmal wiederholen. Der Text bei I verdient ausserdem eine besondere Beachtung, da er die äg. Bezeichnungen [symbol], [symbol] und [symbol] für die drei Aufgänge, den heliakischen, mitternächtlichen und Spät-Aufgang, in einer anderen Weise, wie es scheint erklärend, ausdrückt und grade als Beispiel die Aufgangs-Epochen des Dekaneo bekati gewählt hat. Man liest nämlich dort:

(a) das ins Leben treten (ānχ) als Dekan (ānχ, cf. oben S. 133), die Erscheinung (piret) und die Auslösung (ūāb) (b) [treten ein] als teret (Frühaufgang), mitternächtlicher Aufgang (sa-duat) und Spätaufgang (maset) (c) $\frac{16}{5}$, $\frac{26}{7}$ und $\frac{12}{10}$ [fehlerhaft an Stelle von $\frac{16}{5}$, $\frac{16}{8}$ und $\frac{6}{11}$]. In der Umschreibung der Daten habe ich hier wie später die Formel $\frac{x}{y}$ angewendet, worin x den Monatstag y die Monatsfolge im Laufe des Jahres ausdrücken soll.

Die unter D und E befindlichen Texte enthalten die Aufgangsepochen der folgenden 36-7 = 29 Dekane, bis zum Schlusse hin, wobei der Dekan spät-kennut (Nr 1 des Verzeichnisses L – M) mit dem Frühaufgange am $\frac{16}{5}$ die 36te Stelle und der Sothisdekan [symbol] sopdet mit dem Frühaufgange am $\frac{6}{5}$ die 35te Stelle

einnehmen. Da in der theoretischen Ausziehung der Tafel die 5 Schalttage an den betreffenden Aufgangsepochen _ausser Rechnung_ gestellt sind,
so folgt daraus nothwendig, dass auch der darauf bezügliche Dekan
✳ 𓏤𓏤 _ā-sah_ auszuwerfen ist. Ich bemerke ausserdem in Betreff
der letzten Dekane (NN. 33–38), auf welche sich die Frühaufgänge
vom $6\frac{1}{2}$ bis $16\frac{1}{3}$ beziehen, dass die in den Werken von Champollion
(Mon. III, 275) und _Rosellini_ (Mon. d. Cult. 68), und nach ihnen von
Lepsius (Wandgem. Taf. 7) publicirten Copien Abweichungen von
meiner eigenen Abschrift zeigen, wie aus nachstehender Zusammenstellung der Abschriften hervorgeht:

	33	34	35	36	37	
Champ. Rosell.	[Hieroglyphen]	[Hieroglyphen]	[Hieroglyphen]	[Hieroglyphen]	[Hieroglyphen]	Eine Vergleichung dieser Copien untereinander führt zu dem Ergebniss
Lepsius (Wandg. 7)	[Hieroglyphen] sic	[Hieroglyphen] sic	[Hieroglyphen] sic	[Hieroglyphen]	[Hieroglyphen]	das ich in Folge und in Namen der Schluss-Dekane unten als:
Lepsius (Eintheil. p. 69)	[Hieroglyphen]	[Hieroglyphen]	[Hieroglyphen]	[Hieroglyphen]	[Hieroglyphen]	„_Originaliter herzustellen_" resümirt habe.
Brugsch (s. ob. p. 148, C)	[Hieroglyphen]	[Hieroglyphen]	[Hieroglyphen]	[Hieroglyphen]	[Hieroglyphen]	Vergleicht man mit dieser berichtigten klei-nen Liste die entsprechen-
Originaliter herzustellen.	[Hieroglyphen]	[Hieroglyphen]	[Hieroglyphen]	[Hieroglyphen]	[Hieroglyphen]	den Dekane aus der _griechisch-römischen Zeit_,

so ergiebt sich folgende lehrreiche Zusammenstellung.

aeltere Liste C	griech. röm. Liste	Salmasius
⚹ [Hieroglyphen] ált sah	⚹ [Hieroglyphen] rmn ḥr	33 Ρεμεναρέ
[Hieroglyphen] uáret χr	⚹ [Hieroglyphen] θοσ-ālg	24 Θοβόλκ
⚹ [Hieroglyphen] i rmn χr	⚹ [Hieroglyphen] uáret	35 ὄυαρε
⚹ [Hieroglyphen] ā-sah	⚹ [Hieroglyphen] i-uā-smdet od. [Hieroglyphen] phu-ḥr	36 φουός
⚹ [Hieroglyphen] sopdet	⚹ [Hieroglyphen] sopdet	1 Σαθίς
⚹ [Hieroglyphen] i-uā-Kenmut	[Hieroglyphen] šit	2 Σιτ
⚹ [Hieroglyphen] Kenmut	⚹ [Hieroglyphen] Knm	3 Κνημίς

Man ersieht hieraus, dass der alte Dekan Ipā-Kenmut (Nr 1 der Aufgänge) in der jüngeren Epoche durch das alte Sternbild [Hieroglyphen] šit
(s. oben S. 113), auch [Hieroglyphen] šedu, šidu geschrieben (cf. l.c. 112, B), die
Schildkröte, die beiden Schildkröten" vertreten ward. Der Zusammenhang zwischen dem Dekan Ipā-Kenmut und dem Sternbilde šit oder
šidu wird thatsächlich auch durch die Darstellungen der Dekanaufgän-
ge aus der Epoche der 20. Dynastie erwiesen. Denn genau an der Stelle,
an welcher man die Angabe der Aufgangsepochen des 1. Dekanes der
Liste 'Ipā-Kenmut erwarten sollte, befinden sich in dichter Nähe der
Fürse der Himmelsfigur (d.h. am Ostpunkte der Darstellung) zwei
sonnenartige Kreise ⊙ (d.h. 2 Sterne erster Grösse) und darüber
die Beischrift a: [Zeichnung] [Hieroglyphen] d.i. ānχ šidu "der Frühaufgang der (beiden) Schildkröten". Ich lasse nach diesen Bemerkungen
die Zusammenstellung der Dekane und ihrer Aufgänge folgen.

Tafel der Dekanaufgänge aus den Zeiten der 20ᵗⁿ Dynastie.

(Die Dekannamen sind in hieratischer/hieroglyphischer Schrift mit beigefügter Umschrift notiert; die Zahlenwerte stehen als Brüche „oben/unten", getrennt nach *Inschr.* und *theoret.*)

#	Dekanname	Frühaufgang Insch.	Frühaufgang theoret.	Mittlerer Aufgang Insch.	Mittlerer Aufgang theoret.	Spätaufgang Insch.	Spätaufgang theoret.	Stelle auf der Tafel
1	2. ✳ … kenmut	26/7	26/3	26/6		6/9		A, 1–3
2	3. ✳ … Xr-Xpd-kenmut	6/4		6/7		16/9		B, 1–3
3	4. ✳ … hāt-tāt	16/4		15/8	15/7	26/9		⎫
4	5. ✳ … phu-tāt	26/4		15/7	26/7	16/10	5/10	⎬ C, 1–3
5	6. ✳ … tom hru Xrt	6/5		6/7	6/8	26/10	16/10	⎭
6	7. ✳ … ušti	6/6	16/5	6/10	16/8	26/10		F, 1–3
7	8. ✳ … bekati, var. …	26/5		26/7	26/8	6/11		H
	idem	26/5		26/7	26/8	6/11		I
	idem	26/5		26/7	26/8	13/10	6/11	S
8	9. ✳ … sibu mahu	6/6		3/9	6/9	16/12	16/11	D, 1–2
9	10. ✳ … ipā-Xonset	16/6		16/9		16/12	26/11	D, 3–4
10	11. ✳ … Xonset-hru	20/6	26/6	26/9		6/12		D, 5–6
11	12. ✳ … Xonset-Xrt	7/8	6/7	6/10		26/12	16/12	D, 7–8
12	13. ✳ … tī-Xonset	16/8	16/7	16/10		26/6	26/12	D, 9–10
13	14. ✳ … sapti-Xonnu	26/7		20/10	26/10	3/2	6/1	D, 11–12
14	15. ✳ … hr-āb-ua	.	6/8	.	6/11	.	16/1	Sahel
15	16. ✳ … sasmu	16/8		16/11		26/2	26/1	D, 13–14
16	17. ✳ … Kermem..	26/8		16/11	26/11	6/2		D, 15–16
17	18. ✳ … ipā-smad	26/5	6/9	6/11	6/12	6/2	16/2	D, 17–18
18	19. ✳ … smad	16/9		16/12		.	26/2	D, 19

Nr.	Dekanname	Frühaufgang Insch.	Frühaufgang theoret.	Mittern-aufgang Insch.	Mittern-aufgang theoret.	Spätaufgang Insch.	Spätaufgang theoret.	Stelle auf der Tafel
19 | 20.	✳ (sāt)	10/9	26/9	25/2	25/12	·	6/3	D, 20
20 | 21.	✳ pši-sart	4/10	6/10	3+α/1	6/1	16/2	16/3	M, 21-22
21 | 22.	✳ Xr-Xod-sart	16/10		16/4	16/1	8/2	26/3	M, 23-24
22 | 23.	✳ Xu 2	26/10		26/2	26/1	6/4		M, 25-26
23 | 24.	✳ Xu 2	6/11		13/2	6/2	16/3	16/4	M, 27-28
24 | 25.	✳ bibi	16/11		6/2	16/2	26/3	26/4	M, 29-30
25 | 26.	✳ Xoni tr	26/11		26/2		6/5		M, 31-32
26 | 27.	✳ hr-āb-Xont	6/12		·	6/3	16/15		M, 33-34
27 | 28.	✳ Xont-Xr	10/11	16/12	16/3	16/3	26/5		M, 35-36
28 | 29.	✳ (Xod)	26/11	26/12	·	26/3	6/6		M, 37-38
29 | 30.	✳ šesbi šesbi	6/1		6/4		16/6		M, 39-40
30 | 31.	✳ Xa	16/1		16/4		10/6	26/6	M, 41-42
31 | 32.	✳ ārel	16/1	26/1	16/4	26/4	6/7		M, 43-44
32 | 33.	✳ äten saf	6/2		·	6/5	16/7		M, 45-46
33 | 34.	wāret-Xr	16/2		16/5		26/7		M, 47-48
34 | 35/36.	✳ i rmn Xr saf	23/2	26/2	16/5	26/5	16/8	6/8	M, 49-50
35 | 38.	✳ sopdet, Sothis	16/2	6/3	16/6	6/6	16/8		M, 50-51
36 | 1.	✳ ipśā-kenmut oder šiθu genannt	16/3		13/6	16/6	26/7	26/8	172, 51-52

Die auf der Tafel sonst noch befindlichen, vorher nicht angezogenen Inschriften sind der Reihe nach folgende:

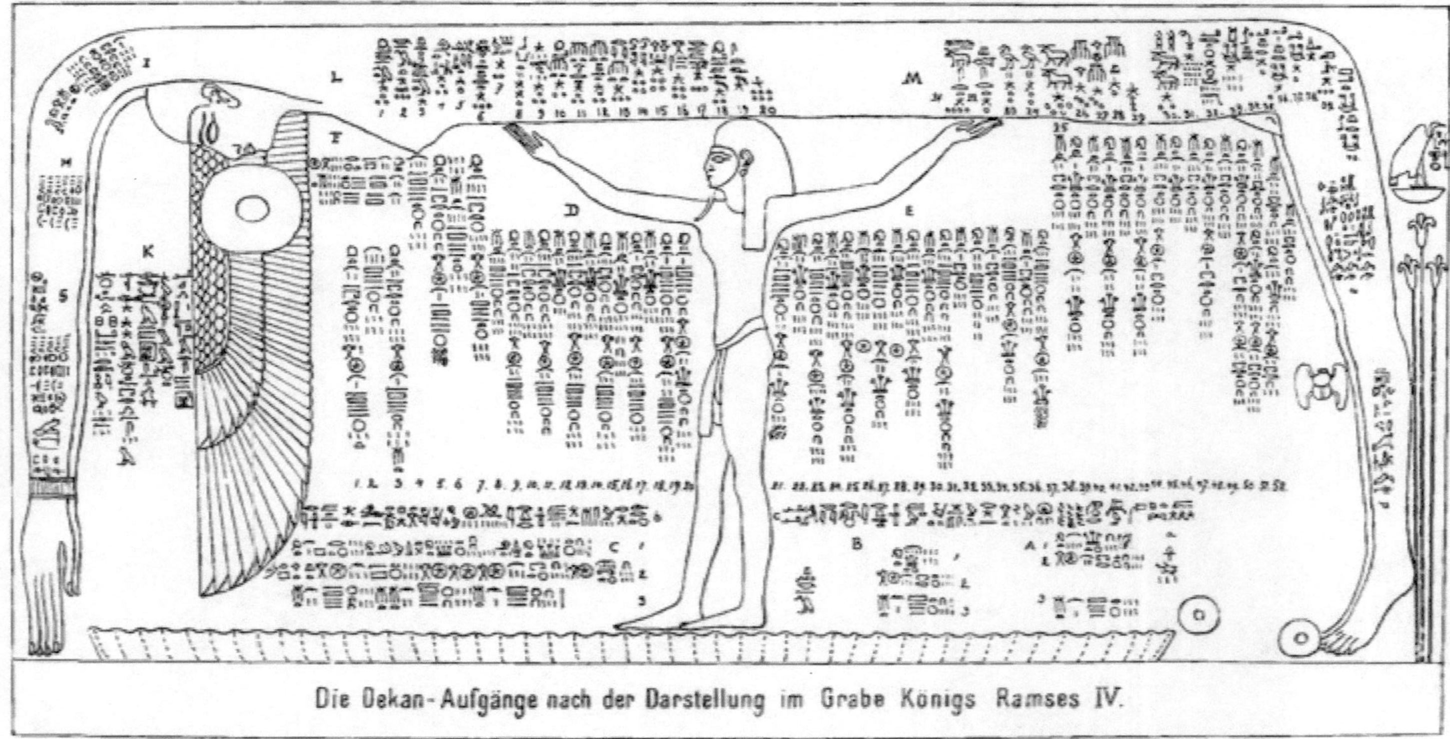

Die Dekan-Aufgänge nach der Darstellung im Grabe Königs Ramses IV.

I. Text auf dem Schienbein der weiblichen Himmelsfigur (Göttin [Hieroglyphe] nut) neben dem Bilde des aufwärts steigenden geflügelten Käfers (die werdende Sonne symbolisirend): su sa er ta Xät-mar „er (sc. der Gott der Sonne) begiebt sich nach der Erde, wo seine Geburt in die Erscheinung tritt." Weiter darüber befindet sich ein dreizeiliger Text folgenden Inhaltes: „(1) Er führt das .... nach seinem Horne zu, er ist auf der Rückseite, (2) er durchbohrt die Lenden seiner Mutter, der Himmelsgöttin Nut, (3) er lässt sich emporsteigen gen Himmel."

II. Fünfzeilige Inschrift (K) aus der westlichen Seite der Himmelsgöttin neben dem Bilde der untergehenden Sonnenscheibe [Hieroglyphe], des Inhalts: „Es geht ein die Majestät dieses Gottes (der Sonne) zur Tiefe ([Hieroglyphe] an Stelle von [Hieroglyphe] zu lesen?) des Gewässers des Horizontes, (2) die Sterne der westlichen unteren Hemisphäre ([Hieroglyphe] duat) befinden sich (3) hinter seiner Barke auf dem Gewässer des Horizontes. Eingelassen werden diese (4) wandernden Gestirne ([Hieroglyphe] sekod) hinter ihm und sie gehen auf (5) hinter ihm und sie wenden sich ihren Stätten (Stätten, Stationen) zu." Bemerkungen. Das Wort [Hieroglyphe] hal-Bel-taui, das ich durch „Horizont" übertragen habe, bedeutet wörtlich „Haus oder Raum, welcher zwei Gebiete zugleich berührt und von einander trennt (cf. mein geogr. Lex. S. 983 ff). Im astronomischen Sinne scheint mir kaum eine andere Auffassung als die vorgeschlagene von Horizont zulässig. Die Bezeichnung [Hieroglyphe] sekod, wandernde, kreisende" für die Dekanbilder ist den übrigen, oben S. 133 aufgezeichneten Benennungen derselben hinzuzufügen. Der Ursprung des Namens *sekod* erklärt sich leicht aus dem Br Wört. IV S. 1481 lin. 9 mitgetheilten Beispiele. Die [Hieroglyphen] *demäu* oder Städte der Dekane beziehen sich offenbar auf die Stationen derselben am astronomischen Himmel. Derselbe erscheint häufig in den Inschriften als ein geographisch aufgefasstes Gebiet von Ländern, umgeben von Meeren und durchschnitten von Flüssen und Kanälen, bedeckt mit Städten ([Hieroglyphen], [Hieroglyphen]), Häusern ([Hieroglyphen], [Hieroglyphen]), zu denen besondere Thore ([Hieroglyphen]) den Eingang gestatteten, und eingetheilt in Bezirke ([Hieroglyphen] *sapt*), welche den Nomen Aegyptens entsprachen, nur in der Zahl 36 davon verschieden. Die letztere ruft unwillkührlich die Zahl der 36 Dekane ins Gedächtniss zurück. So gab es nach den Darstellungen und Inschriften der Königsgräber von Theben (cf. Ch. ND Bd II S. 640 ff.) ein [Hieroglyphen] *uat-ura ābti* „Östliches Meer" (l.l. 641), ein [Hieroglyphen] *uat-ura mahtet* „nördliches Meer" (l.l. 658) und ein [Hieroglyphen] *uat-ura amentti* „westliches Meer" (l.l. 682) am Himmel. Daher auch die Rede von [Hieroglyphen] „dem Gewässer und den Ländern der nördlichen Lichtseite (des Himmels) über dem Sternbilde des grossen Bären" (s. oben S. 123. Lin. 2). Zu den Ländern der Himmelsgeographie gehörten z. B. [Hieroglyphen] *Punet* (Ch. ND I, 641, 650), [Hieroglyphen] *uḏenet* (l.l. 641), [Hieroglyphen] *kenemti-ḥr* (l.l. 650) und [Hieroglyphen] *ta-neter-t mahti* „das nördliche Gottesland" (l.l. 658) u. andere Namen, welche der irdischen Geographie

der den Aegyptern bekannten Auslandes entlehnt sind. Es gab ein
himmlischer ⸢☉⸣ ânu oder ⸢On⸣, Heliopolis, dessen ⸢☉⸣ „östliche
Lichtseite" (l.l. 640. 648. 649) und ⸢☉⸣ (sic) „westliche Lichtsei-
te" (l.l. 582) öfters erwähnt werden. Auf die 36 himmliche Nomen, in
Verbindung mit den 36 Dekanen, bezieht sich u.a. die folgende
Stelle des Bulak-Papyrus (hierat.) N° 3 (cf. Mar. vapp. de Boulak I. pl. 12 (12b)

[hieroglyphische Textzeilen]

„es treten heran die Bilder der Götter des Südlandes und Nordlan-
„des (d.h. Ober- und Unterägyptens) an dich in den 36 Nomen, du
„gehst wo sie sind als eine vollkommene Seele, du thust was
„dir beliebt im Himmel, du bist unter den Sternbildern der
„36 Dekane" (bekäu. Zu vergl. auch l.l. pl. 11 Lin. 11).

III. „Die lange, durch die Beine des Himmelsträgers in 2 Theile
getrennte Inschrift b-c über den eben besprochenen Texten
A.B.C. leidet in ihrer gegenwärtigen Fassung auf dem Originale
an offenbaren Fehlern, die ein vollkommen klares Verständniss
ihres Inhaltes nicht erlauben. Der Versuch des Hrn. Dr. Gensler
(Abschr. 1872 S. 62 fll.) dieselbe zu entziffern, bezüglicherweise die
richtige Lesart herzustellen, scheint mir nicht überall gelungen
zu sein, besonders da die ihm bekannte Publication der Inschrift (bei Champollion, Rosellini und Lepsius) auch an Fehlern
und Auslassungen der modernen Copisten leidet. Der Schluss der

Inschrift ist nicht missverständlich: [Hieroglyphen] *Xr āu pu pet em sibu* „nun ist das nämlich die Ausdehnung des Himmels nach den [Dekan-] Sternen." Ebenso deutlich ist die Gliederung in drei parallele Theile der vorangehenden Textworte:

[Hieroglyphen]	[Hieroglyphen]	[Hieroglyphen]	[Hieroglyphen]
[Hieroglyphen]	[Hieroglyphen]	[Hieroglyphen]	[Hieroglyphen]
[Hieroglyphen]	[Hieroglyphen]	[Hieroglyphen]	[Hieroglyphen]

Durchsichtig ist darin die Bestimmung des Intervalles ([Hieroglyphen], [Hieroglyphen] (sic, [Hieroglyphen] *āmtu*) von (— [Hieroglyphen] *en*) zwei (II, son . sc. Sternen) nach dem Frühaufgange ([Hieroglyphen] *unet tepet*, d.i. der ersten Nachtstunde), nach den mitternächtlichen Aufgängen ([Hieroglyphen] *sanen āmu duat*, [Hieroglyphen] *saunu duat*) und nach den Spätaufgängen ([Hieroglyphen] *masu*, [Hieroglyphen] *masut*). Dergleichen dürfte, wie Hr Dr Gensler nicht mit Unrecht vermuthet, die Gruppe [Hieroglyphen] nn sich auf die Zahl $20+15 = 35$ (fehlerhaft statt $20+16 = 36$) der verzeichneten 36 Aufgangsepochen beziehen.

Die Bedeutung von [Hieroglyphen], var. [Hieroglyphen], *duat*, im Sinne von „unterer Hemisphäre" geht aus einer ganzen Reihe lehrreicher Beispiele unzweifelhaft hervor. Ich citiere Folgendes, das sich auf den Aufgang der Sonne in der 1. Stunde des Tages bezieht, auf Monumenten älteren und jüngeren Datums in derselben Fassung wiederkehrt und gleichsam die Einleitung zu den Listen der Tagesstunden bildet (s. unten die Kalender Insch. s. Tagesstunden):

[Hieroglyphen] „das Hervortreten (sc. der Sonne) aus der unteren Hemisphäre, die Vereinigung mit dem [Sonnenschiffe] Mā-ād, die Fahrt auf dem Himmelsocean entgegen der Stunde des Tages [genannt:] Peter-notiru-neber, die Entstehung in der Gestalt des Gottes Xoper, das Emporschwingen zur Lichtsphäre, der Eintritt in das Thor [im Osten des Himmels], das Hervortreten mit aller Anstrengung (wörtlich: Arbeit), der Aufgang [der Sonne] aus der Oeffnung der beiden Thürflügel der Lichtsphäre entgegen der Tagesstunde [genannt:] Sexā-notiru-rā [d. h. der ersten Stunde des Tages].

Die Dekaden-Liste im Louvre

Das zweite oben S. 168 Lin. 4 erwähnte Denkmal mit Angaben, welche sich zwar nur auf die 36 zehntägigen Wochen oder Dekaden des äg. Jahres beziehen, aber nothwendig mit den Aufgangsepochen der Dekane in engster Verbindung stehen, befindet sich gegenwärtig in den Sammlungen des Louvre (D. 37). Es ist von Hrn Pierret in seinem Recueil d'Inscriptions égypt. du Louvre tom. II, pag. 73 unter dem Titel „Calendrier" ohne sonstige nähere Erklärungen veröffentlicht worden. Obgleich das Denkmal nur in fragmentarischen Zustande (1/6 des Ganzen) erhalten ist, so zeigt dennoch die Anlage der Darstellungen und Inschriften aus

dem letzten Reststücke mit aller Deutlichkeit hervor: Die Bilder und
die darauf bezüglichen Texte wiederholen sich in derselben Weise
und sind in zwei Abtheilungen angeordnet, einer oberen A und
einer unteren B. Von der allgemeinen, über A befindlichen Inschrift
ist nur der folgende Passus erhalten, dem Anfang und Schluss fehlen:

[hieroglyphische Zeichen] .....

[hieroglyphische Zeichen] ⲓ ⲁ „die untere Hemisphäre schliesst ihre bestehende Regel
„ihres Aufgangs und ihres Untergangs" in sich. Ihre Häuser sind in
„der Stadt Ȧt-[nebeset] ...... Das wiederkehrende Pronomen „ihre", äg.
[hieroglyphische Zeichen] „sen, kann sich allein nur nach dem ganzen Zusammenhange
mit besonderer Berücksichtigung der Ausdrücke: Aufgang und
Untergang, auf die 36 Dekangestirne beziehen. Das von mir
durch „bestehende Regel" übertragene äg. Wort [hieroglyphische Zeichen] sexer kehrt in
denselben astronomischen Sinne in dem Dekrete von Kanobus
wieder. Im hieroglyphischen Theile derselben (Lin. 20) heisst es einmal:
[hieroglyphische Zeichen] mä sexer non nebet (sic) ȧmen ḫru d. i.
„entsprechend den bestehenden Regeln (oder Gesetzen), worauf der Him-
„mel (d. i. die astronomischen Erscheinungen am Himmel) begründet
„ist". Seinerseits hat der griech. Text dafür (Lin. 41): κατὰ τὴν νῦν
οὖσαν κατάστασιν τοῦ κόσμου „nach der jetzt bestehenden
„Ordnung der Welt", während die demotische Uebertragung derselben
Stelle (Lin. 43) also lautet: [demotische Zeichen] „entsprechend
„dem Schema, worauf der Himmel begründet ist."

Von der auf die Abtheilung B bezüglichen allgemeinen Ueberschrift
sind nur die nachstehenden Gruppen erhalten ..... [Hieroglyphen]
[Hieroglyphen] ......

..... seine Verborgenheiten?. Sie sind es, welche die Orkane verursachen,
sie sind es, welche die Gegenschauer herbeiführen, die Verhinderer
der Sonnenstrahlen. Sie verweilen eine Zeitlang, verhüllend ....."
Der in den Inschriften des Denkmals häufig erwähnte Ort
[Hieroglyphen] Tel-nebeset (d. i. Stätte des Nebes-Baumes?), bisweilen auch
[Hieroglyphen] Hat-nebeset, und auch nur [Hieroglyphe] Hat-nebes geschrieben, lag
in dem von den Alten Nomus Arabia genannten unterägyptischen
Gau, an der östlichsten Seite des Deltagebietes (f. Br G.W. 333 fe.). Es
wurde daselbst eine besondere locale Form des Gottes [Hieroglyphe] Šu
unter der Bezeichnung [Hieroglyphe] soped verehrt, wonach dieselbe
Stadt, die Metropolis des arabischen Nomus, die heilige Benen-
nung [Hieroglyphe] pi-soped „Stadt des Gottes Soped" führte. Dersel-
be Ort ist in den Keilinschriften unter dem Namen Pesept,
Pi-sap-tu, und ohne Pi: Saptu zu verstehen, während heutzu
Tage die alte Bezeichnung desselben sich in dem modernen
Saft erhalten hat. So heisst noch jetzt ein Dorf in südöstlicher
Richtung von Zagazig (d. alt. Bubastus) gelegen. Cf. hierzu meine
Bemerkungen in der Ztschft 1882 S. 15 ff. Es geht hieraus
hervor, dass unser Denkmal mit unzweifelhafter Gewissheit
aus dem alten Pi-soped herrührt.

Das Denkmal, ganz erhalten, bestand aus 2×18 oder 36 Feldern, deren jedes einzelne, mit drei verschiedenen bildlichen Darstellungen des (kriegerischen) Gottes Soped, nach folgendem Schema angeordnet

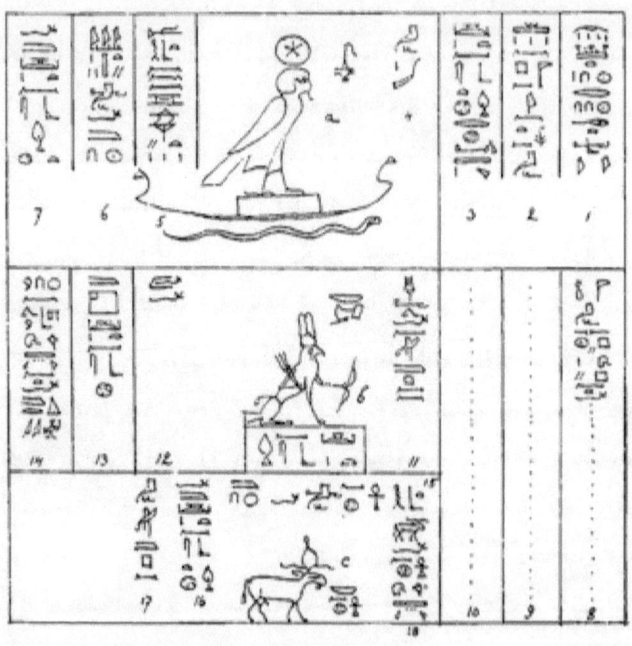

Uebertragung und Beschreibung. Am ? bis zum Tage x+9 [in dem vorstehenden Beispiele: 11 Choiak bis zum 20] werden dargebracht Opfer-
„gaben (1) diesem Gotte durch den König in (2) der Stadt Ãt-nebeset
„um zu schützen das Land (3) vor Schaden (4)"

a. Bild des Gottes. Daneben ⸗ neser „Feuerflamme".

„Was noch thut an Wasser, Winden (5) und Feldern liegt in sei-
„ner Hand in seiner Dekade (6) in der Stadt Ãt-nebeset (7)."

Der grosse Gott von Anbeginn an, er ist [folgen variirende Formeln, welche den Zorn und den Rachedust des Gottes gegen alles Feindliche schildern 8–10]. Seine Stellung ist entsprechend dieser Darstellung (11)

b. Bild des Gottes genannt neb Xer "Herr des Kampfes", im Innern
der Sockels: die Stadt At-nebes.

"Er tritt heraus (12) aus dem Hause [im astronomischen Sinne zu
fassen!] der Stadt At-nebes (13). Seine Dekade hindurch, nach seiner
"Sendung auf Erden, ist er es, welcher den Tod verursacht (14).

"Was noth thut zum Leben liegt in seiner Hand während
"seiner Dekade (15) in der Stadt At-nebeset (16) nach dieser Darstel-
"lung (17).

c. Bild des Gottes genannt neb-ānx "Herr des Lebens. Davor:
"sein lebender Widder auf Erden (18).

Es erhellt aus diesen Inschriften, wie mir scheint, dass die Gottheit von At-nebeset (in seiner dreifachen Auffassung als
"Flamme, Herr des Kampfes und Herr des Lebens) zugleicher
Zeit den jedesmaligen Dekan der dazu gehörigen Dekade vertritt nach den im Nomus Arabia beobachteten und notirten
Aufgangsepochen. Offenbar vertritt dabei das Lin. 13 erwähnte
□ hat "Haus" den Gesichtskreis der Beobachtung. Die auf dem
Denkmale erhaltenen Dekaden und ihre Stellung zu einander
tritt am deutlichsten in folgender ergänzenden Uebersicht hervor.

Die Dekaden-Reihen auf dem Denkmale im Louvre.

Abtheilung A. Folge	18	17	16	15	14	13	12	11	10	9	8	7	6	5	4	3	2	1
Denkmal						[Hieroglyphen]	[Hieroglyphen]	[Hieroglyphen]										
Dekade — Anfang	$\frac{21}{6}$	$\frac{11}{6}$	$\frac{1}{6}$	$\frac{21}{5}$	$\frac{11}{5}$	$\frac{1}{5}$	$\frac{21}{4}$	$\frac{11}{4}$	$\frac{1}{4}$	$\frac{21}{3}$	$\frac{11}{3}$	$\frac{1}{3}$	$\frac{21}{2}$	$\frac{11}{2}$	$\frac{1}{2}$	$\frac{21}{1}$	$\frac{11}{1}$	$\frac{1}{1}$
Dekade — Schluss	$\frac{30}{6}$	$\frac{20}{6}$	$\frac{10}{6}$	$\frac{30}{5}$	$\frac{20}{5}$	$\frac{10}{5}$	$\frac{30}{4}$	$\frac{20}{4}$	$\frac{10}{4}$	$\frac{30}{3}$	$\frac{20}{3}$	$\frac{10}{3}$	$\frac{30}{2}$	$\frac{20}{2}$	$\frac{10}{2}$	$\frac{30}{1}$	$\frac{20}{1}$	$\frac{10}{1}$

Abtheilung B. Folge	19	20	21	22	23	24	25	26	27	28	29	30	31	32	33	34	35	36
Denkmal					[Hieroglyphen]	[Hieroglyphen]	[Hieroglyphen]	[Hieroglyphen]										
Dekade — Anfang	$\frac{1}{7}$	$\frac{11}{7}$	$\frac{21}{7}$	$\frac{1}{8}$	$\frac{11}{8}$	$\frac{21}{8}$	$\frac{1}{9}$	$\frac{11}{9}$	$\frac{21}{9}$	$\frac{1}{10}$	$\frac{11}{10}$	$\frac{21}{10}$	$\frac{1}{11}$	$\frac{11}{11}$	$\frac{21}{11}$	$\frac{1}{12}$	$\frac{11}{12}$	$\frac{21}{12}$
Dekade — Schluss	$\frac{10}{7}$	$\frac{20}{7}$	$\frac{30}{7}$	$\frac{10}{8}$	$\frac{20}{8}$	$\frac{30}{8}$	$\frac{10}{9}$	$\frac{20}{9}$	$\frac{30}{9}$	$\frac{15}{13}$	$\frac{20}{10}$	$\frac{30}{10}$	$\frac{10}{11}$	$\frac{20}{11}$	$\frac{30}{11}$	$\frac{10}{12}$	$\frac{20}{12}$	$\frac{30}{12}$

Die Stundentafeln

in den Gräbern der Könige Ramses VI. und Ramses IX., identische, wenn auch im Einzelnen abweichende und fehlerhafte Abschriften einer correcten, hieratisch abgefassten astronomischen Originalurkunde, wurden zuerst von Champollion (Lettres écr. d'Égypte p. 239) besprochen, wenn auch missverständlich gedeutet, später von Lepsius (Einl. S. 110 ff.) ihrem eigentlichen Sinne nach erkannt und wissenschaftlich verwerthet und zuletzt von Dr. Gensler (die thebanischen Tafeln stündlicher Sternenaufgänge, Leipzig 1872) von astronomischem Standpunkte aus geprüft und erklärt. Trotz dieser verdienstvollen Vorarbeiten erwarten sie noch heute ihre vollständige Auflösung durch die berechnende Astronomie. Indem ich mich bemüht habe die Irrthümer und vorzeitlichen Fehler in den Arbeiten meiner Vorgänger vom philologischen Standpunkte aus zu berichtigen, lege ich das Ergebniss meiner Untersuchungen in der folgenden Uebersicht vor.

Wie Lepsius zuerst l.l. gezeigt hat, beziehen sich die in 24 gleichmässig angeordneten Verzeichnisse auf den Aufgang einer Reihe von Sternen beim Eintritt der Nacht und in den 12 danach folgenden Stunden derselben in den 12 monatlichen und 12 halbmonatlichen (letztere angedeutet durch ☉ „Tag 16 ... 15) Epochen des ägyptischen Jahres. Die Einzelaufgänge werden dabei ihrer örtlichen Position nach bezogen auf acht (nicht sieben, wie Lepsius annimmt) Körpertheile einer hockenden männlichen Figur, mit dem Beschauer zugewandtem Gesichte, deren Zeichnung auf 8 × 13 oder 104 quadratische Felder vertheilt gedacht ist. Figur und Netz des Himmelsmannes sind für jede monatliche und halbmonatliche Stundentafel in der Zeichnung von einander getrennt, gehören aber nothwendig zusammen. Die Sternpositionen sind an den entsprechenden Stellen in die Quadrate eingetragen und in dem Nebentext darauf hingewiesen mit der ständigen Formel: „der Stern x auf (⸮ hr) dem oder jenem Körpertheile" Die einzelnen Glieder des Mannes, nebst der von mir der Abkürzung halber gewählten Bezeichnung derselben, sind der Reihe nach folgende:

1.	c	āq áb „die Mitte der Brust"
2.	á	mat unmi „das rechte Auge"
3.	a	mat ábi „das linke Auge"
4.	b′	master unmi „das rechte Ohr"
5.	b	master ábi „das linke Ohr"
6.	d′	qahi unmi „der rechte Arm"
7.	d	qahi ábi „der linke Arm"
8.	e	masχen áb (var.), „der linke Oberschenkel"

[In Bezug auf die Bedeutung von masχen s. oben S. 123]

Das Bild des hockenden Mannes im Innern des quadratischen Netzes, nach Dr. Gensler's Entwurf, stellt die nachstehende Zeichnung dar:

Die nach ihren Stundenaufgängen verzeichneten Sterne gehören kleineren und grösseren Sternbildern an. Je nach der Grösse und Ausdehnung derselben am Himmel wird eine mehr oder weniger grosse Zahl der besonderen Theilstücke derselben aufgeführt, die bei den Bildern lebender Wesen (Menschen oder Thieren) als Glieder aufgefasst erscheinen. Indem ich zum Ausgangspunkt die Constellation des Sirius (Sothis) nehme, stellt sich die Reihe der Sternbilder, als Ganzes und Glieder, in folgender Weise übersichtlich geordnet dar:

I. sib en sopdet „Stern des Dreiecks", Sothis-Sirius.

    1. „Stern des Dreieckes".

    2. I hr sa en sopdet „was dem Dreiecke folgt".

II. sibui „der Doppelstern".

    3. tpā-sibui, tp-sibui „Spitze (Kopf) des Doppelsternes".

4. [Hieroglyphen] *sibui* „der Doppelstern."

III. [Hieroglyphen] *sibu nu mu* „die Sterne des Wassers"

5. [Hieroglyphen] „die Sterne des Wassers."

IV. [Hieroglyphen] *maä* (Varr. [Hieroglyphen] *maä*, [Hieroglyphen] *mai* oder [Hieroglyphen]?) „der Löwe."

6. [Hieroglyphen] *tp en maä* „der Kopf der Löwen."

7. [Hieroglyphen] *sedef* „sein Schwanz."

V. [Hieroglyphen] *sibu äšu* „die vielen Sterne"

8. [Hieroglyphen] „die vielen Sterne, das Vielgestirn."

VI. [Hieroglyphen] *ša-nofir* „der schöne Knabe."

9. [Hieroglyphen] „der schöne Knabe."

VII. [Hieroglyphen] *menät* „das (aufrecht stehende) Messer" (cf. oben Seite 130). cf. 15.

10. [Hieroglyphen] *šesu en hätu menät* „der Zieher an den Anfängen des Messers."

11. [Hieroglyphen] *menät* „das Messer."

12. [Hieroglyphen] *šesu menät* „der Zieher des Messers."

VIII. [Hieroglyphen] *reret* „das weibliche Nilpferd" (cf. oben S. 122 und S. 128,2).

13. [Hieroglyphen] *radui en reret* „die 2 Füsse der Nilpferd-Figur."

14. [Hieroglyphen] *pades* „ihr Bein."

15. [Hieroglyphen] *hri-äb menät* „die Mitte des Messers." cf. VII.

16. [Hieroglyphen] (var. [Hieroglyphen] *as en reret*) „ihre Niere."

17. [Hieroglyphen] *bakes* „ihr Schnitt(?)."

18. [Hieroglyphen] *xepdes* „ihre Scham."

19. [Hieroglyphen] *mendeset* „ihr Euter"

[VIII. 〔Hierogl.〕 „das weibliche Rinderd"]

20 〔Hierogl.〕 *neses* „ihre Zunge"

21 〔Hierogl.〕 *šuti̓s* „ihre Doppelfeder"

IX. 〔Hierogl.〕 *naxet* „der Riese" [Riesen ?

22 〔Hierogl.〕 *tes šuti ent naxet* „die Spitze der Doppelfeder des

23 〔Hierogl.〕 *šuti ent naxet* „die Doppelfeder des Riesen"

24 〔Hierogl.〕 (var. 〔Hierogl.〕) *tes (?) tp n naxet* „der Kopf des Riesen"

25 〔Hierogl.〕 *nehebetef* „sein Hals"

26 〔Hierogl.〕 *xabutef* „sein Nacken"

27 〔Hierogl.〕 *iegaseit* „sein Halsband"

28 〔Hierogl.〕 *mendetes* „seine Brust"

29 〔Hierogl.〕 *agebef* „sein Knie"

30 〔Hierogl.〕 *selehetef* „sein Schienbein"

31 〔Hierogl.〕 *patef* „sein Fuss"

32 〔Hierogl.〕 *sebeqef* „seine Fuss-sohle"

33 〔Hierogl.〕 *pexef* „sein Sockelbrett"

34 〔Hierogl.〕 *patef* „sein Fussgestell(?)"

X. 〔Hierogl.〕 *ārit* „der Stern Ārit" ⊂ 40–41.

35 〔Hierogl.〕 *ārit* „Ārit"

XI. 〔Hierogl.〕 *aped* „der Vogel" (Gans?)

36 〔Hierogl.〕 *ab ent aped* „die Haube des Vogels"

37 〔Hierogl.〕 *tp en aped* „der Kopf des Vogels"

38 〔Hierogl.〕 *keffutef* „sein Hintertheil"

XII. *sib en χau* „der Tausendstern"

32. *sib en χau* „der Tausendstern".

40. *sib en āri* (var. *āret*), der Stern *āri*. cf. № X.

41. *sib en se-āri* „der Stern *Se-āri*".

XIII. *sib en saḥ* „der Stern des Orion".

42. *ṭpā saḥ* „die Spitze des Orion".

43. *sib en saḥ* „der Stern des Orion".

Die nunmehr folgende Tafeln enthalten eine genaue Umschreibung der thebanischen Stundentafeln in tabellarischer Uebersicht, wobei ich als Ausgangspunkt den Sothis stern gewählt habe, dessen Aufgang zunächst am 16–15 Thoth notirt erscheint. O bezeichnet den Eintritt der Nacht, die Zahlen von 1 bis 12 die einzelnen Stunden der Nacht. Wegen der Bezeichnung der Glieder des Himmelsmannes durch c, a, b, d, c, á, b´, d´ verweise ich auf meine Bemerkung oben. Die in Klammern eingeschlossenen Buchstaben (a), (á), (b), (b´) etc. haben die Bedeutung von Varianten. Das Verständniss der übersichtlichen Tafel bietet nicht die geringste Schwierigkeit dar. Vor allem wird man die Ueberzeugung gewinnen, dass in den horizontalen Reihen die Zahlen der Nachtstunden in regelrechter Folge aufgeführt werden. Die einzelnen Sternbilder sind durch die den deutschen Namen derselben beigefügten Zahlen ihrer Folge nach unterschieden, wobei die Constellation der Sothis oder des Sirius den Ausgangspunkt der Zählung bildet.

Monat	Tag	1. Stern der Sothis	2. was der Sothis folgt	3. Kopf des Doppelwesens	– Spitze des Doppelwesens	4. Die Demütigen	5. die Sterne des Wassers	6. der Kopf des Löwen	7. sein Schwanz	8. zwei Vögelein	9. der schöne Knabe
Thoth	16–15	12,(d)									
Phaophi	1	11,á			12,c						
idem	16–15		10,d		11,d		12,c				
Athyr	1		9,a		10,c		11,c	12,c			
idem	16–15		8,a		9,c		10,c	11,c	12,c		
Choiak	1		6,c'		7,d	8,a	9,e	10,d	11,d	12,á	
idem	16–15	(5,d)	5,d			6,d	7,á	8,á	9,á	10,c	11,c
Tybi	1		4,á			5,b'	6,b'	7,á	8,c	9,c	
idem	16–15			3,c		4,b'	5,c	6,c	7,a	8,c	
Mechir	1	1,b				2,b'	3,á	4,b'		5,c	6,c
idem	16–15		1,d			2,a		3,b'	4,á	5,c	6,c
Phamenoth	1	0,b			1			2,b'	3,c	4,c	5,c
idem	16–15				1				2,c	3,c	4,c
Pharmuthi	1							0,c	1,á	2,a	3,a
idem	16–15									1,á	2,a

Monat	Tag	10. die Tücher in den Anfängen der Ma[...] [sic.]	11. das Messer	12. den Zahn des Messers	13. die 2 Füsse der rückfefenden Figur	14. ihr Bein	15. die Mitte des Messers	16. ihre Niere	17. den Schnitt (?)	18. ihre Scham	19. ihr Euter
Choiak	16-15	12,c									
Tybi	1	10..	11,á	12,á							
idem	16-15	9,d	10,á	11,d	12,d						
Mechir	1	7,c	8,b'	9,c	10,d	(10)	11,á			12.c	
idem	16-15	7,c	8,b'	9,c	10,d		11,á			12,c	
Phamenoth	1	3,a		7,a	8,á	9,c	10,c			11,c	12,b
idem	16-15	5,a	6,a (c)	7,a	8,á	9,c				10,c	11,b
Pharmuthi	1	4,á		5,a	6,á	7,c	8,c			9,c	10,b
idem	16-15	3,a (á)	0,á	4,á (a)	5,á	6,=			7,c	8,d	9,d
Pachon	1	1,á	2,á (0,b)	3,á	4,c	5,c			6,b	7,d	8,b
idem	16-15	0,á	1,a	2,á	3,c	4,c			5,d	6,d	7,b' (b)
Payni	1		0,c		1,c	2,á		3,c		4,c	5,á
idem	16-15				0,c	1,c		2,c		3,c	4,a
Epiphi	1							0,á		1,c	2,a
idem	16-15									0,c	1,c
Mesori	1										0,c

Monat	Tag	20. ihre Zunge	21. ihre Doppelfeder	22. die Spitze der Doppelfedern der [Riesen]	23. die Doppelfedern der Riesen	24. den Kopf des Riesen	25. sein Hals	26. sein Nacken	27. sein Halsband	28. seine Brust	29. sein Kreuz
Phamenoth	16–15	12,d									
Pharmuthi	1	11,d (b)		12,b							
idem	16–15	10,d		11…	12,b						
Pachon	1		9,b	10…	11,b	12,b′					
idem	16–15		8,b	9,b′	10,b′	11,c		12,d			
Payni	1	6,d	7,b	8,b	9,c			10,c		11,c	12,c
idem	16–15	5,a	6,b	7,b	(7,b′)	8,c		9,c		10,d	11,b
Epiphi	1	3,c	4,c	5,c	6,d		7,c			8,c	9,c
idem	16–15	2,c	3,c	4,c	5,b (b′)			6,c		7,c	8,c
Mesori	1	1,c	2,c	3,c	4,a			5,c		6,c	7,c
idem	16–15	0,c	1,c	2,c	3,a			4,c		5,c	6,c
Thot	1				0…	1 (d)	2,a (c)		3,c		
idem	16–15					0 (a)	1,a		2,c		
Phaophi	1						0,c		1,a (c)		
idem	16–15								0,c		

Monat	Tag	30. sein Schienbein	31. sein Fuss	32. seine Fussohle	33. sein Sockelloch	34. sein Fussgestell	35. der Stern Ānit	36. die Haube des Vogels	37. den Kopf des Vogels	38. sein Hinterteil	39. der Tausendstern
Payni	16-15		12,c								
Epiphi	1		10,á	11,c	12,c						
idem	16-15		9,c	10,c	11,c		[....]				
Mesori	1		8,c	9,c	10,c		[....]	[....]			
idem	16-15		7,c	8,c	9,c		[....]	[....]	[....]		
Thoth	1	{5/4, d				5,c (a)	6,a (c)		7,c	8,c (á)	9,c
idem	16-15	3,d				4,c	5,a		6,c	7,c	8,c
Phaophi	1	2,c				3,c	4,c		5,a	6,c	7 c
idem	16-15	(1,c)	1 c			2,c	3,a	4,a (á)		5,c	6,a
Athyr	1		0,c			1,c	2,a		3,a	4,c	5,c
idem	16-15					0,c	1,a		2,c	3,c	4,c
Choiak	1						0,d		1,c	2,a	3,d
idem	16-15								0,c	1,c	2,b
Tybi	1									0,c	

Monat-Tag (fortgesetzt):

Monat-Tag	-1/1	16-15/1	-1/2	16-15/2	-1/3	16-15/3	-1/4	16-15/4	-1/5	16-15/5	-1/6	16-15/7
40. Stern des Ārīu	10,a	9,a	8,a'	7,a	6,c	5,a'						
41. Stern der Se-ārīu	(10,c) 11,c	10,c	9,a'	8,a'	7,a	6,c	5,a'	4,d	3,c	1,a'		
42. Spitze des Orion	11,c	10,c	9,d	8,a	7,c	6,c	5,a'	4,c	3,c	1,c	0,a'	
43. Stern der Orion	(a·a) 2,c	10,a'	9,d	8,a'	7,a	6,c	5,a'	4,c	3,a'	1,a'	0,a'	0,a'

THESAURUS

INSCRIPTIONUM AEGYPTIACARUM.

ALTAEGYPTISCHE INSCHRIFTEN.

GESAMMELT, VERGLICHEN, ÜBERTRAGEN, ERKLÄRT UND AUTOGRAPHIRT

VON

HEINRICH BRUGSCH.

ZWEITE ABTHEILUNG

KALENDARISCHE

INSCHRIFTEN

ALTAEGYPTISCHER DENKMAELER.

GESAMMELT, UEBERTRAGEN UND AUTOGRAPHIRT

VON

HEINRICH BRUGSCH.

LEIPZIG 1883

J. C. HINRICHS'SCHE BUCHHANDLUNG.

VORWORT.

Nicht ohne eine gewisse Genugthuung zu empfinden übergebe ich hiermit die zweite Abtheilung des „Thesaurus“, die kalendarischen Inschriften enthaltend, der öffentlichen Beurtheilung. Mehr als jemals sind mir bei der Sichtung, Zusammenstellung und Bearbeitung des überreichen Stoffes, dessen Fülle nie erschöpft zu werden scheint, die besonderen Schwierigkeiten entgegengetreten, welche sich an die richtige Erkenntniss und an das volle Verständniss des Kalenderwesens der alten Aegypter während einer Zeitdauer von über dreitausend Jahren knüpfen. Wenn es für einen klassischen Philologen und Historiker, der mit der Sprache und den Kunstausdrücken seiner alten Gewährsmänner auf dem Gebiete der Astronomie und des Kalenderwesens vollkommen vertraut ist, nicht zu den leichten Aufgaben gehört, alle Fragen zu beantworten, welche die Systeme der Zeitrechnung der Griechen und Römer berühren, so fehlt ihm wenigstens nicht die nothwendige Voraussetzung für seine Untersuchungen d. h. unzweideutige, weil verständliche Ueberlieferungen aus der Feder klassischer Zeugen. Der Forscher auf dem Gebiete des altägyptischen Kalenderwesens kann sich gegenwärtig eines gleichen Vorzuges durchaus noch nicht rühmen. Ist auch die Schrift und die Sprache, welche den Ueberlieferungen in zahllosen Inschriften und Texten zu Grunde liegen, in so weit festgestellt und erkannt, um dem allgemeinen Verständniss derselben keine unüberwindlichen Hindernisse in den Weg zu legen, so beginnt das Reich dunkler Räthsel und endloser Schwierigkeiten gegenüber der grossen Zahl technischer Ausdrücke, welche die astronomische und kalendarische Sprache der überlieferten Inschriften bilden. Hierzu tritt der erschwerende Umstand, dass uns aus keiner Epoche der ägyptischen Geschichte besondere Abhandlungen oder Werke erhalten sind, in welchen die Grundlagen der Zeitrechnung und ihre Vorbedingungen dem Gelehrten unserer Tage zugänglich gemacht wären. Dass es an solchen bei den Aegyptern nicht fehlte, beweisen erhaltene Büchertitel wie „Wissenschaft von der periodischen Bewegung der Sonne und des Mondes“, „Regel der periodischen Bewegung der Sterne“ (AZ 1871. p. 11) oder „das Buch von der Geburt des Gottes“ d. h. von dem Eintritt der Sonne in ihre Hauptstände im Laufe des Jahres (s. unten S. 465), „die Bücher von den Conjunctionen der Sonne“ S. 157, „das Buch vom Jahresschluss“, „das Buch von den fünf Schalttagen des Jahres“ (S. 179) und andere mehr. Nur gelegentlich erscheinen in den Kalendern oder in kalendarischen Inschriften Andeutungen, welche einiges Licht auf bestimmte, den Gegenstand berührende Kunstausdrücke werfen.

Dem gesammten ägyptischen Kalenderwesen diente ausserdem nicht die Absicht als Unterlage, dasselbe zunächst als ein Mittel für die historische Zeitrechnung im strengen Sinne des Wortes zu betrachten und zu verwerthen, sondern es erscheint fast ausschliesslich in mythologischem Gewande und in steter Verbindung mit den Festen der einzelnen Gottheiten des ägyptischen Pantheon. Da die religiösen Feiern ihren ersten Ursprung astronomisch-kalendarischen Begebenheiten verdanken, so handelt es sich darum, auch die mythologische Sprache zu verstehen, um den kalendarischen Angaben die Hülle abzunehmen und den trocknen nackten Kern aus seiner bunten Schale zu befreien.

Ich glaube, nach diesen beiden Richtungen hin, in der vorliegenden Abtheilung die wichtigsten Beiträge zur Erkenntniss der technischen und mythologischen Sprache der Kalender-Inschriften geliefert zu haben. Die von mir entdeckten Bezeichnungen für die Conjunctionen, für die Sonnenstände und für die Farben der Sonne an den vier Hauptpunkten des Jahres, für die Anfänge der vier Jahreszeiten u. a. m. (S. 408 fl. 431 fl.) müssen meiner Meinung nach eine vollständige Umwälzung hervorrufen, die auch für die berechnende Chronologie die wichtigsten Ergebnisse herbeiführen wird. Da ich das Glück hatte, erst mitten im Laufe der Publication dieser Abtheilung die eigentliche Bedeutung der betreffenden Ausdrücke zu erkennen, so empfehle ich es dem Leser, sich zunächst mit dem Inhalt der angeführten Seiten bekannt zu machen und seine Schlüsse danach einzurichten. Dass auch das richtige Verständniss der Hauptgestalten in der ägyptischen Mythologie durch diese neuen und unerwarteten Entdeckungen wesentlich gefördert werden dürfte, glaube ich schon jetzt aus vollster Ueberzeugung behaupten zu dürfen.

Das Endresultat meiner Untersuchungen, auf Grund der in dieser Abtheilung zusammengestellten und näher behandelten Inschriften und Texte, lässt sich einfach mit folgenden Worten sagen.

Den Datirungen der Denkmäler liegt zu allen Zeiten der ägyptischen Geschichte das bekannte Wandeljahr von 365 Tagen mit dem Anfangspunkte des Siriusaufgangs am 19/20. Juli julianisch zu Grunde.

Die Anwendung eines festen Jahres, mit vierjähriger Einschaltung eines Tages, findet sich im Sinne einer ergänzenden zeitlichen Correspondenz neben dem Datum des laufenden Wandeljahres nur in zwei Beispielen, aus der Epoche der alexandrinischen Jahresform (des „Jahres des Joners" nach einem demotischen Texte), in altägyptischen Inschriften vor. In dem einen erscheint der 10. Epiphi vom Jahre 21 der Regierung des Kaisers Augustus dem 16. Mesori (30. Juni jul. des alex. Jahres gleichgestellt (s. S. 446), in dem andern, wie ich gleichfalls zuerst nachgewiesen habe (ÄZ. 1872, 27), entspricht der 18. Tybi „des Joners" im Jahre 17 des Kaisers Tiberius 13. Januar jul.) dem Tage des 1. Mechir „des Aegypters."

Dagegen sind es Mondphasen, Sonnenstände, die Anfänge der Jahreszeiten, die notirten Aufgänge der Sterne, an ihrer Spitze der Sirius, und die Niltage, welche die Correspondenztage eines festen Jahres neben den alten Ansätzen derselben in den jüngeren Kalendern und kalendarischen Inschriften vertreten.

Das von mir zuerst im Jahre 1872 s. ÄZ. 1872, S. 12 ffl.) nachgewiesene Mondjahr, welches neben dem laufenden Wandeljahr zur astronomischen Fixirung gewisser Daten diente und dessen Anwendung von den Gelehrten fast durchweg bestritten worden ist, findet durch die von mir beigebrachten Beweise (ich richte vor allem die Aufmerksamkeit des Lesers auf die Seite 276) seine vollste Bestätigung.

Daten des Wandeljahres, welche mit der Epoche des Siriusaufganges nach ägyptischer Rechnung in der 11. Stunde der Nacht vom 5. Schalttage zum Neujahrstage des 1. Thoth des festen Jahres, 19/20. Juli jul.) in Zusammenhang stehen, liegen in folgenden, durch die Denkmäler verbürgten Ueberlieferungen vor:

I. Im Jahre 18 der Regierung des Königs Merira Pepi Phiops I.) der VI. Dynastie an 27. Epiphi des laufenden Wandeljahres am Eintritt des Neujahrstages (19/20. Juli jul.) des festen Jahres s. meine Matériaux S. 70).

II. Unter der Regierung des Königs Thotmosis III. der XVIII. Dynastie Aufgang des Sirius am 28. Epiphi des laufenden Wandeljahres.

III. Im 9. Jahre der Regierung Königs Ptolemäus III. Energetes I. nach dem Dekret von Canopus, Aufgang des Sirius (19/20 Juli jul.) am ersten Payni des laufenden Wandeljahres.

IV. Nach dem (alexandrinischen) Kalender von Esne Aufgang des Sirius am 29. Epiphi des Wandeljahres der Epoche.

Es leuchtet ein, dass die unter den Nummern I, II und IV verzeichneten Tage in einem inneren Zusammenhange mit einander stehen. Sie gehören Jahren der Apokatastasis an, die durch je eine volle Sothisperiode von 1461 Wandeljahren von einander getrennt sind.

Die sich hieran knüpfenden wichtigen Folgerungen gehören in das Gebiet der berechnenden Chronologie, einschliesslich der Erklärung des auf astronomischen Gründen beruhenden Vorrückens der Sothisdaten um je einen Tag nach Verlauf einer Sothisperiode.

Die kalendarischen Inschriften, wie sie in diesem Bande in einer kritischen Auswahl zum Abdruck gebracht worden sind, bilden die Grundlage, auf dem sich das System der altägyptischen Zeitmessung und seine Ausdrucksweise aufbaut. Haben meine ursprünglich beabsichtigten Erläuterungen dazu die Gestalt inhaltreicher, ausgedehnter Untersuchungen angenommen, so wird mir der Leser nicht zürnen, wenn ich mehr geliefert als nach dem Programm versprochen habe. Die Wichtigkeit des Gegenstandes und die überraschenden Entdeckungen, zu welchen ich im Laufe der fortschreitenden Arbeit gelangt bin, werden mir als genügende Entschuldigung dienen.

Somit übergebe ich diese zweite Abtheilung des Thesaurus der Oeffentlichkeit in der Ueberzeugung, der Wissenschaft vielleicht auch dieses Mal einen guten Dienst geleistet und die Erkenntniss des altägyptischen Kalenderwesens durch die Einführung neuer Factoren wesentlich gefördert zu haben.

Charlottenburg, d. 10. October 1883.

Heinrich Brugsch.

INHALT.

Die altägyptischen Zeitmaaße.

Die Zeiteintheilung der alten Aegypter geht aus einer Reihe von Inschriften hervor, welche in absteigender Linie die einzelnen Zeitmaaße in größerer oder geringerer Vollständigkeit aufführen. Die folgende, schematisch angeordnete Inschrift darf als das ausführlichste der vorhandenen Beispiele betrachtet werden. Sie befindet sich an dem nördlichsten Pylonenbau von Karnak (dem sogenannten Bab-el-Abd) und begleitet eine aus drei Personen bestehende Darstellung. Ein König, – es ist Ptolemäus Energetes I – in einen weiten Mantel gehüllt, befindet sich in Begleitung seiner Gattin (Berenice), letztere mit ihrem Namens-Schilde, vor dem Bilde der Gottes Thot. Unter den königlichen Personen zeigen sich die officiellen Namens-Schilder des erwähnten Ptolemaeus.

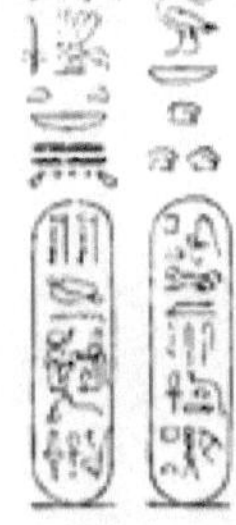

Dem Gotte werden die folgenden, hinter seinem Bilde in die Wand eingemeißelten Worte in den Mund gelegt:

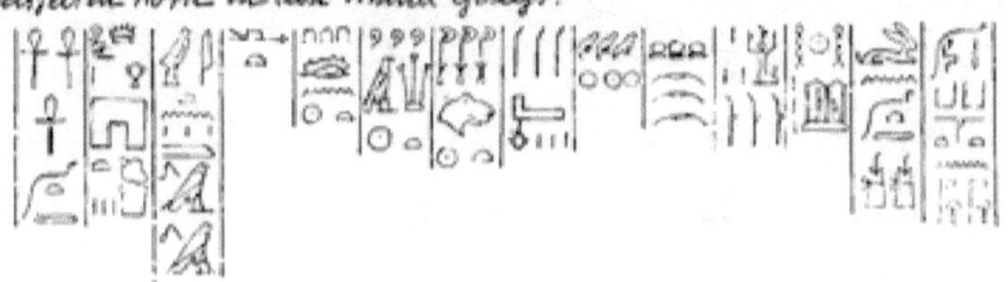

Lepsius ist die Wichtigkeit dieser kleinen Texter nicht entgangen. In der
„Einleitung" zur Chronologie der alten Aegypter (B. I. S. 187 ff.) ist er bereits
aufgeführt und besprochen worden, leider aber auf Grund einer in-
correcten Abschrift, deren Fehler durch die abweichende Sublination in
den Denkmälern (Abth. II. Blatt 11. C) nicht gehoben werden können.

Die Uebertragung der vorstehenden Inschrift auf Grund meiner
eigenen Copie ergiebt folgenden Sinn: „Rede des Gottes __Kakatet__ oder
__Kakati__. (Beiname des Thot) zu den Göttern Energetes: „so lange existiren werden die Ewigkeit von __Hunti__ - Perioden, die maßlose Zeit
„von dreissigjährigen Perioden, die Millionen von Jahren, die
zehn Millionen von Monaten, die Hunderttausende von Tagen,
die zehntausende von Stunden, die Tausende von Minuten, die Hunderte von Stunden, die Zehner von Tertien und die Einheit, werdet ihr
„beide als zwei Horus erscheinen auf dem Throne der Ersten der
ewig lebenden Wesen." Es bedarf die Uebertragung von [Hieroglyphen] ...... [Hieroglyphen]
„so lange existiren wird .... werdet ihr......" einer kurzen Erläuterung.
Die Verbindung von [Hieroglyphen] ...... mit [Hieroglyphen] ..... kehrt nicht selten in der vor-
geschlagenen, bisher übersehenen Auffassung wieder und kann durch
eine Reihe überzeugender Beispiele belegt werden. Ich verweise in
erster Linie auf die analogen Texte aus den Zeiten des dritten
Ramses, welche unser College Prof. Dümichen in seinen H J II, Tafel 47
unter e nach Texten aus Medinet-Abu publizirt hat. Der Gott
__Xonsu__ von Theben, eine besondere Localform des ägyptischen Mer-

mes, äussert sich dann z. B. in folgender Weise:

[Hieroglyphen], „So lange die Himmelshöhe „nicht aufhören wird die Sonne zu haben und das Meer seine Tiefe und „der Erdboden Gutes hervorbringen wird um Jedermann zu nähren, wird bestehen der Tempel (Königs) Rā-user-mā't Abi-ämun," Oder [Hieroglyphen] [Hieroglyphen]. „So lange die im Osten aufleuchtende Sonne existiren und nach dem Westen des Himmels wandern wird, wird bestehen der Na„me des Sohnes der Sonne Rāmses-Hiq-än in seinem Hause von vieljähriger Dauer."

Aus dem oben angeführten Texte vom Siglon Bat-el-'Abd geht mit unzweifelhafter Sicherheit die folgende Eintheilung in grössere und kleinere Zeitmaasse hervor: [Hieroglyphen] hunti, [Hieroglyphen] hib sed „ die dreissigjährige Periode," [Hieroglyphen] renpit „ das Jahr;" [Hieroglyphen] äbod „ der Monat," [Hieroglyphen] haru „ der Tag" [Hieroglyphen] unnut „ die Stunde," [Hieroglyphen] at „ die Minute"; [Hieroglyphen] hat „ die Sekunde" und [Hieroglyphen] äut „ die Tertie." Es fehlt also in dieser Zusammenstellung durchaus nicht die Stunde, wie Lepsius (Einleitung S. 128) geneigt ist zu glauben und durch eine Erklärung scharfsinnig begründet, sondern die Erwähnung der Stunde tritt nur in einer vollneren Gestalt auf [Hieroglyphen], für welche die von mir zuerst nachgewiesene Variante [Hieroglyphen] unnut (s. Br. Dict. I, 856) die voll-

...ständig gesicherte Auflösung gewährt. Wie Lepsius zutreffend bereits bemerkt hat, stehen in unserem Texte die immer kleiner werdenden
Zeitabschnitte mit immer kleiner werdenden Zahlwerthen in Verbindung. Die ersten beiden Gruppen [Zeichen] und [Zeichen] sind wohlbekannt,
sie entsprechen in allgemeinster Auffassung unserem „ewig" und, jes
jedoch mit einem kleinen Unterschiede in der Bedeutung. Während [Zeichen]
(weshalb gen. daher [Zeichen] s. B. Wört. VII, 1177 bis 2) die unbegrenzte Zeitdauer, die Ewigkeit anzuzeigen dient, daher ein unberechenbares Maß
darstellt, wird [Zeichen] einer Zeit-Periode gleich-geachtet, die begrenzter
Natur ist, denn sie ist zusammengesetzt aus einer, allerdings grossen, Zahl
von Jahren, weshalb ich das Wort [Zeichen] (weshalb gen. if LL. 1176 ff. daher [Zeichen]) nicht selten durch „Periode" übertragen habe. Die a.
a.O. würte Inschrift, welche Hr. v. Naville in seinem „Mythe d'H.
us I 4 ff veröffentlicht hat, spricht nämlich von [Zeichen]
[Zeichen]. dieser aus ihren Jahren zusammengesetzten Periode",
grade wie sie analog einer [Zeichen] dieser
„aus seinen Monaten zusammengesetzten Jahres" Erwähnung thut.
Die darauf folgenden Gruppen von [Zeichen] an bis zu [Zeichen], oder wenn
man will, bis zu [Zeichen] hin, stellen Zahlenwerthe dar in absteigender Dezimal-Reihe, also: [Zeichen] (mit vielen Varianten, besonders in
den späteren Epochen, wie [Zeichen] u. s. w.) 1,000,000, [Zeichen] (nicht
selten auch durch [Zeichen] vertreten) 100,000, [Zeichen] 10,000, [Zeichen] 1000, [Zeichen] 100, [Zeichen]
10, deren Werth durch eine Fülle lehrreicher Texte festge-

stellt ist. So notiren einmal in einer Darstellung von Dêr el-
bahari (s. m. De B pl. 8) die dem Rechnungsergeben vorstehenden
Gottheiten Thot und Safechet von Hermopolis das Resultat einer
Berechnung, welche sich auf die große Zahl der aus dem
Wunderlande Punt oder Pwnt nach Theben überführten Na-
turprodukte bezieht. Diese Handlung beider Gottheiten
wird in einem begleitenden Texte zweimal durch die
identischen Worte bezeichnet: [Hieroglyphen]
[Hieroglyphen], schriftliche Festellung der be-
rechneten Quantitäten; in Summa: 3,333,300." oder: „nume-
risch nach Millionen, Hunderttausenden, Zehntausenden,
„Tausenden und Hunderten." In ähnlicher Fassung bemerkt,
vierzehn Jahrhundert später, ein Text in Edfu (cf. DTJ. 45, 25)
von reichlich gespendeten Opfern: [Hieroglyphen]
[Hieroglyphen]: „eine Million ihrer Zahl nach, Hunderttausende
„nach ihrer Quantität, Zehntausende und Tausende nach ihrer
„Berechnung und Hunderte und Zehner nach ihrem nume-
„rischen Verhältnisse." In demselben Tempel versprechen die
Gottheiten einer Königin Kleopatra (a. a. O. 104, 7) eine lange
Regierung nach den Worten: [Hieroglyphen]
[Hieroglyphen]„ sie schenkten ihr Millionen, Hunderttausende, Zehntausende,
„Tausende, Hunderte und Zehner von Jahren als Königin des
„südlichen und nördlichen Landes." Ueber [Hieroglyphe] „Million" hi-

nans, gehen nicht häufig die Inschriften. Aus vereinzelten Beispielen erhellt indess soviel, dass dem Worte oder Zeichen ☉ šen (s. B. W. VII, 188ff.), welchem zunächst die Grundbedeutung „revolutio, periodus" eignet, der nächst höhere Zahlenwerth von 10,000,000 zukommen mußte, wie u. a. aus dem Beispiele, einem Texte aus der Epoche König Thotmes II entnommen (s. l. E. S 126):  „lebe 11,111,000 Jahrperioden lang!" In der ptolemäischen Schriftepoche tritt nicht selten ein Wechsel in der Folge von ☉ und ⳾ ein, indem das erste Zeichen dem letzteren nicht vorangeht, sondern folgt, so dass das Zeichen ⳾ den Werth von 10,000,000 und ☉ den Werth von 1,000,000 erhält, wie in dem oben aufgeführten Texte aus Karnak. Auch sonst finden sich Belege für diese veränderte Stellung und Bedeutung. In einer lentyritischen Inschrift, welche sich in dem südlichen Sokar - Tempel der großen Hathor - Heiligthumes vorfindet und eine Anrede des Gottes Thot an den König enthält, sagt der Gott:

„Daure eine Ewigkeit von hunti - und heh - Perioden! Zehn

„Millionen seien deiner Jahre, Millionen deiner Monate, hunderttausende [deiner Tage], zehntausende deiner (Nacht-)Stunden, Tausende deiner Minuten, Hunderte deiner Secunden! Deine Königsherrschaft sei die der Jahre der Sothis (des Sirius) des Himmels!"

Zu einem andern daneben stehenden und auf die Göttin Sa-je-Ret bezüglichen Texte verspricht in ähnlicher Weise dieselbe dem Könige:

[Hieroglyphen] „Millionen seien deiner Jahre und deiner Monate, Hunderttausende deiner Tage und deiner (Nacht-)Stunden!" Wie man sich überzeugt, nehmen hierin [Zeichen] und [Zeichen] ihre richtige Stellung ein und das fehlerhafte [Zeichen] ist eliminirt.

Ich will bei diesem Anlauf darauf aufmerksam machen, dass in den Inschriften älterer und jüngerer Zeit nicht selten die Combination [Zeichen] d. h. die Kaulquappe [Zeichen] auf dem Ringzeichen [Zeichen] hockend, entgegentritt. Mein verstorbener Freund T. Devéria hat in einem bemerkenswerthen Aufsatze: „Notation des centaines de mille et des millions dans le système hiéroglyphique des anciens Égyptiens," zuerst auf diese und ähnliche Verbindungen, besonders in den mehr decorativen Theilen der Darstellungen, die Beachtung gelenkt. Die von ihm gesammelten Beispiele haben noch heute ihren Werth, wenngleich ich nur in Kleinigkeiten von seiner Erklärung abweiche. Ich löse auf und betrachte:

[Hieroglyphen] = [Hieroglyphen]   als „Millionen von Jahren," [*)]

[Hieroglyphen] = [Hieroglyphen]   als „zehn Millionen von Jahren."

[Hieroglyphen] = [Hieroglyphen]   als „hundert Tausend Millionen von Jahren"

[Hieroglyphen] = [Hieroglyphen]   als „zehn Millionen von Millionen von Jahren."

[Hieroglyphen] = [Hieroglyphen]   als „zehn Millionen von hundert Tausend Millio-

nen von Jahren."

Diese überschwenglichen Zahlen haben keinen chronologischen Werth, denn sie enthalten übertriebene Combinationen zeitlicher Maaße, wie sie eben, auch nach anderen Richtungen hin, dem altägyptischen Charakter eigen sind. Ein constantes Gesetz ist darin nirgends zu entdecken. Selbst die Verbindung [Hieroglyphe] wird ihrer vorausgesetzten Werther ([Hieroglyphen]) entkleidet durch die Beobachtung, daß die Inschriften sie bisweilen als eine bloße Schriftvariante an Stelle des einfachen [Hieroglyphe] (oder [Hieroglyphe]) aufführen. Ueber einem der Isis von Philae von einem Könige gereichten reichen Opfertische befinden sich die Worte:

[Hieroglyphen]

„der gute Gott, der Herr reicher Opfergaben, weiht eine große Spende seiner Mutter Isis an Millionen, hundert Tausenden ([Hieroglyphe] statt [Hieroglyphe]), zehn Tausenden, Tausenden, Hunderten und Zehnern"

---

*) In der späteren Periode erscheint [Hieroglyphe] [Hieroglyphe] häufig genug an Stelle des einfachen [Hieroglyphe] mit der Bedeutung von „Million" —

„von allerlei vortrefflichen Sachen" In Edfu (vergl. D I J. 27, 10) ver-
gibt die Gottheit die ihr erwiesenen Wohlthaten eines Ptolemäers
„durch Millionen dreissigjähriger Fest-
„perioden und durch hundert Tausende (, statt) von Jahren" Nach diesen Vorbemerkungen, die mir zum Verständniss
der kalendarischen Inschriften wichtig erschienen, gehe ich
zur näheren Betrachtung der einzelnen Zeitmaasse, fortschrei-
tend von den grössten zu den kleinsten, über. Die Ewigkeit
 , als hier nicht in Betracht kommend, übergehe ich mit
Stillschweigen. Nur sei auf die Variante noch besonders
aufmerksam gemacht.

Die grossen Zeitperioden

Die Alten erwähnen als solche bei den alten Aegyptern die Phoe-
nix- und die Sothis-Periode. Nach der verbreitetsten Ueberlieferung bestand die erstere aus 500 Jahren (c. L.E. S. 180 ff) während vereinzelte Traditionen derselben 540 oder 1000 oder
7006 Jahre zuweisen. Ueber die Dauer der Sothis-Periode
herrscht dagegen allgemeine Uebereinstimmung. Sie enthielt
1461 aus je 365 Tagen gebildete sogenannte Wandel- oder Sothis-Jahre oder 1460 aus je 365¼ Tagen bestehende Feste
Sonnenjahre. Weder die eine noch die andere Ueberlieferung des Alterthumes hat bis jetzt durch die Denkmäler
ihre überzeugende Bestätigung gefunden. Wenn Lepsius

(L. E. S. 184 ff.) in dem hieroglyphischen Ausdrucke [Hieroglyphen] *hun*
die einfache Phoenix-Periode von 500 Jahren und in dem
verdoppelten Zeichen [Hieroglyphen] *hunti* die Doppelperiode von 2×
500 = 1000 Jahren wiedererkennt, so beruht diese Annahme
nur auf einer Vermuthung, für welche die Denkmäler keine Beweise herbeigebracht haben. Auch für die Bestimmung
der Sothis-Periode fehlt bis jetzt jedes inschriftliche Material. Nur allgemein werden in späten Texten gelegentlich
erwähnt: [Hieroglyphen] »die Jahre der Sothis« (s. oben S. 60), [Hieroglyphen]
[Hieroglyphen] »die Jahre der Sothis der Himmels« (s. vorher S. 201),
wofür als Varianten eintreten: [Hieroglyphen] und [Hieroglyphen]
[Hieroglyphen] (s. oben S. 110). Aus Inschriften der älteren Periode kenne ich nur eine verwandte Beziehung aus den oben
S. 88 mitgetheilten Texte des Ramesseums, in welchem von
Isis-Sothis bemerkt wird, daß sie aufgehe in der eilf-
ten (Morgen-) Stunde des beginnenden Jahres und daß
[Hieroglyphen] »sie verheiße zehn Millionen dreißigjähriger
Festperioden.« Hierin ist mit aller Deutlichkeit auf eine ganz
andere Periode als die aus 1460 Jahren bestehende Sothis-
Periode hingewiesen. Da wo hier und anderwärts die
Texte von Jahren der Sothis sprechen, ist in keinem Falle eine
Andeutung auf die Sothis-Periode herauszulesen, sondern es
sind die Jahre einfach als solche zu verstehen, deren Neu-

Jahrstag an dem Datum des ïchakischen Aufgangs des Sirius-
Sternes, der altäg. Sothis, fixirt ward und die als solche die Bezeichnung der Sothis-Jahre führen. Die von mir oben S. 110 mit-
getheilte und auf die Sothis bezügliche Inschrift aus Dendera:
[Hieroglyphen] „es werden gezählt die Jahre nach ihrem
Aufgange," könnte vielleicht eine Anspielung auf die Jahre der
Sothis-Periode in sich schließen, wenn es fest stände, daß die
Uebertragung nur so und nicht etwa lauten müßte: es wer-
den berechnet die Jahre (d. h. nach ihren Anfängen, die ja alle
4 Jahre um einen Tag vorrückten, der Natur des Wandeljahres
entsprechend) von ihrem Aufgange aus." Eher noch dürfte
[Hieroglyphen] „das Königthum der „Sothis des Himmels" (s.
vorher) auf eine Sothis-Periode bezogen werden, besonders mit
Rücksicht auf die S. 201 mitgetheilte Inschrift: [Hieroglyphen]
[Hieroglyphen] „deine Königsherrschaft sei die der Jahre der Sothis
des Himmels," in welcher die Jahre der Sothis in eine deutliche
Beziehung zu der Herrschaft des Königs gesetzt erscheinen.

Der Text von Karnak erwähnt als größtes der verschiedenen Zeit-
maaße die [Hieroglyphen], ein Wort, das je nach den Inschriften in den ver-
schiedensten Schreibweisen in Dualform entgegentritt:
[Hieroglyphen]
[Hieroglyphen], (♀ B IV III, 912) d. i. hunti hunnti, huntel.
Die Anwendung der also geschriebenen Gruppe beweist die Be-

ziehung derselben zu einer grossen Zeitperiode, wie folgende Beispiele es darthun können. Auf der Statue No 23 im histor. Saal des Louvre sagt Jemand in der eingravirten Inschrift u. a. von sich aus:

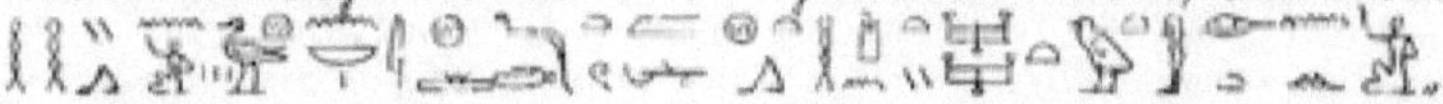 „ich
„habe Herrliches für meinen Herrn zu erreichen mich bestrebt.
„Wie sollte nach einer Doppel-ḥun-Periode gesagt werden, dass
„ähnliches dem, was ich ausgeführt habe, ausgeführt worden sei?"

ganz analog findet sich M Karn. 72,4 angewendet 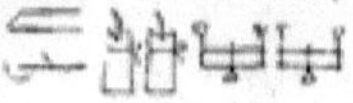 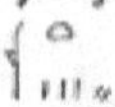 „nach einer ḥunti-Periode von Jahren." In Edfu (DTJ. 103,3) wird die Dauer des Lebens eines Königs mit den Worten geschildert:

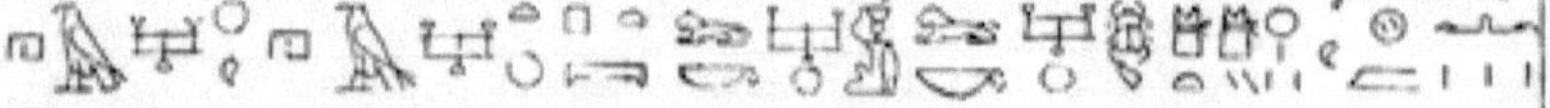

 „seine Zeit ist die Zeit des Himmels, seine Dauer die Dauer
„der Erde, seine ḥunti-Periode die der Xem-sek (Sterne am nördlichen Himmel s. oben S. 30) Ähnlich a. a. O. 23,5: 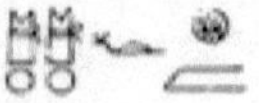

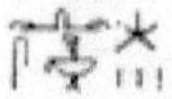 „seine ḥunti-Periode ist die der Xem-sek Sterne;" analog l. l. 23,10: 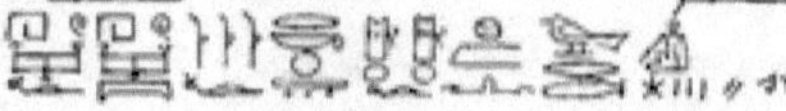 „seine Zeit ist die
„Zeit des Himmels, seine Jahre sind die der Dauer der Erde, seine ḥunti-Periode ist die der Xem-urd Sterne (am südlichen Himmel s. oben S. 32) und l. l. 27,10 ff. 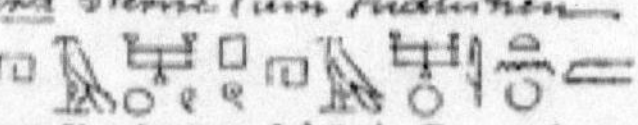

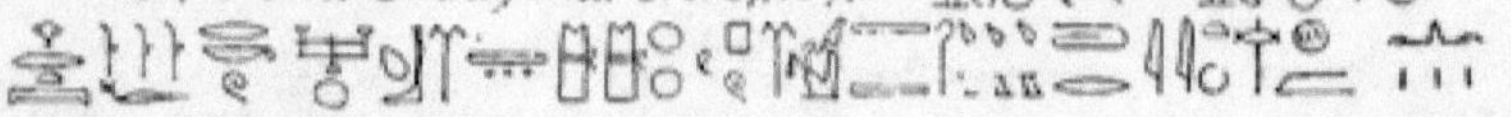

 „es ist seine Zeit die Zeit der Sonnenscheibe an der Himmels-
„Höhe, seine Jahre enthalten die Dauer des Gottes Keb auf Er-
„den, es ist seine ḥunti-Periode als König der beiden Welten

und als Beherrscher der Länder die der rollenden Zeit der Henu-
wat Sterne." An der nördlichen Aussenmauer des Tempels von Edfu
befindet sich ein grösserer Text folgender Fassung:

„Thot, der grosse, stellt auf ein Gedächtniss in
„einer Million der 30 jährigen Periode und in
„hundert tausenden von Jahren. Zehn Tau-
„sende und Tausende sind es an Monaten,
„Hunderte und Zehner an Tagen. Seine
„Stunde ist eine hunti-Periode und seine Jahre ein immer
und ewig." In Abydus heisst es von einem Heiligthume (cf.
M(Ab I. 42, b):

„gebaut aus Stein, überzogen mit Gold als ein Werk von der
Dauer einer immer währender hunti-Periode," d. i. von unver-
gänglicher Dauer. Anderwärts (g. B. M.K. 15, 1) findet sich nur
„als ein immer dauerndes Werk." Trotzdem
eine Vergleichung der parallelen Ausdrücke der zeitlichen Beziehungen in den vorliegenden und andern analogen Beispielen darauf hinführt, dass die hunti-Periode den ziemlich
allgemeinen Sinn von einer längeren Zeitdauer in sich schliessen
müsste, - und hierauf basirt auch die demotische Uebertragung
sa tet „bis in Ewigkeit" der Gruppe en hun-
tet im Rhind Papyrus (ph XII meiner Editio) - so lassen dennoch
die stetigen Verbindungen der Gruppe mit den Benennungen

gewisser Sternbilder des nördlichen und südlichen Himmels kann einen Zweifel darüber aufkommen, dass nicht _hunti_ ur- sprünglich eine gewisse, von den ägyptischen Astronomen festge- stellte _periodische Umlaufszeit_ jener Sterne berechnet haben sollte. Der englische Gelehrte _Hincks_ und nach ihm Prof. _Lauth_ (s. dessen „Ma- netho" S. 12) erkennen ausserdem in den folgenden Zeilen (6-7) des grossen Fragmentes Nr 1 des Turiner Königsverzeichnisses (in hieratischer Schrift),

die ich nachstehend hieroglyphisch umschreibe:

in den Gruppen [Zeichen] , [Zeichen] die hieratischen Formen unseres _hunti_ und übersetzen demzufolge:

.... „jene 19 _Perioden_-[_hunti_], 11 Jahre 4 Monate 22 + x (23 ? 24 ?) Tage ....

.... (Perioden ?), welche sind in 19 Perioden: Jahre 2200 + x ...."

Indem sie die fehlenden Zehner und Einer nach 2200 zu 80 ergänzen, erwächst ihnen durch die Division $\frac{2280}{19}$ der Werth von 120 Jahren für die Zeitdauer der _hunti_ Periode. Diese Bestimmung ist scharfsinnig und kann in Ermangelung

dagegen beweisenden Materiales bis jetzt nicht widerlegt werden.
Anders verhält es sich mit der Erklärung der nach *hunti* folgenden Periode ⟦Hieroglyphe⟧, deren Aussprache und Bedeutung längst festgestellt ist. Die letztere ergiebt sich aus den Titeln des Ptolemäus
Epiphanes, in welchen der Ausdruck ⟦Hieroglyphen⟧ nach dem griechischen Theile der Inschrift von Rosette durch das griechische
κύριος τριακονταετηρίδων „Herr der dreissigjährigen Perioden" wiedergegeben ist. Im demotischen Theile derselben Inschrift dienen die folgenden Gruppen als Ersatz der hieroglyphischen Zeichen:

⟦demotische Zeichen⟧ *χu-ueb en na-renpit en ḥeb* d. i.
„der Herr der Jahre des (Festes) *ḥeb*". Lepsius (L. E. 162) hat zuerst
die Aussprache des hieroglyphischen Zeichens ⟦Hieroglyphe⟧ sicher bestimmt
und aus den Varianten ⟦Hieroglyphen⟧ die Lesung *sed* er-
schlossen, zugleich aber auch die nicht seltene Verbindung ⟦Hieroglyphen⟧
⟦Hieroglyphen⟧ *ḥib-sed* „Fest Sed" auf älteren (von der
VI. Dynastie an) und jüngeren Denkmälern nachgewiesen und auf
den altmemphitischen, mit dem Gotte Ptah in engstem Zusammenhang stehenden Ursprung dieser festlich gefeierten Periode aufmerksam gemacht. Obgleich die demotische Gruppe ⟦Zeichen⟧,
ḥbs, allem Anscheine nach aus dem älteren ⟦Hieroglyphen⟧
ḥib sed hervorgegangen ist, so darf der Abfall der ⟦Hieroglyphe⟧ *d* immer-
hin äusserst befremden und die Frage nahe legen, ob nicht jene

drei Buchstaben ḥ b s von einem andern Worte herzuleiten wären.
Im Uebrigen zeigen aber auch hieroglyphische Texte der späteren Epoche den Ausfall des schließenden [Hieroglyphe] d. Ich verweise z. B. auf die folgende Stelle in einem Texte aus Edfu (cf. J. de Rougé, Insc. d'Edfou N. CV)
[Hieroglyphen], er schenkt eine Million von
einer Million der dreißigjährigen Periode (ḥ b s) dem Könige von
Ober- und Unter-Aegypten." Sonstige Schreibungen der Ptolemäer-
und Römerzeit sind: [Hieroglyphen], u. a. m.
Daß in derselben Epoche das Wort ḥb sd, ḥb s gradezu für die Zahl
30 eintritt, beweisen Stellen wie [Hieroglyphen], "ich
gebe dir dreißiger an Milch (gefäßen)" [s. BW. III, 944]

So viel über den Ursprung dieser Festperiode geschrieben und gemuthmasst worden ist, so sehr weichen die Meinungen darüber ab in
Ermangelung jeder inschriftlichen Aufklärung. Das was erlaubt
ist ohne Zweifel darüber zu wissen, beschränkt sich auf die Thatsache, daß der Eintritt oder der Anfangspunkt der dreißigjährigen Periode, bezeichnet durch die stehende Formel:
[Hieroglyphen] (VI.–XII. Dyn.) [Hieroglyphen], [Hieroglyphen] (XVIII. Dyn.)
sep tep sed ḥb, das erste Mal der Feier der dreißigjährigen
Sed-Periode", eine chronologische Bedeutung in sich schließt und
daß die Wiederkehr des Festtages innerhalb der 30 Jahre, näher
bestimmt nach Inschriften aus der Regierungszeit Ramses II durch
die Gruppen: [Hieroglyphen], [Hieroglyphen], "Wiederholung der Feier der

Sed-Periode." d. h. „die zweite Feier",

⸻ „die dritte der Feiern der Sed-Periode,"

⸻ „die vierte der Feiern der Sed-Periode" u. s. w.

nach mehrjährigen Zwischenräumen festlich begangen ward und auf cyklischen Berechnungen beruhte. Bei diesen Angaben, die im Rec. I, 82 fl. zusammengestellt sind, ward das Jahr der Regierung des Königs durch die Gruppe ⸻, an Stelle von ⸻, ausgedrückt. Die erste Feier fand statt im Jahre 30 Königs Ramses II, die zweite im Jahre 34, die dritte im Jahre 37, die vierte im Jahre 40. Nach den Texten aus den Zeiten des genannten Königs wurde der zeitige Oberpriester des Gottes Chnum von Memphis mit der Ausführung der betreffenden Feier (⸻) beauftragt, welche als ein allgemeines Landesfest angesehen ward. Das deutlichste Beispiel davon liefert der in Rec. I, 83, 3 publizierte Text. Hr. Dr. J. Krall hat in seinen so trefflichen „Studien zur Geschichte des alten Aegypten" (S. 33) darauf hingewiesen, daß sich in dem von mir veröffentlichten Festkalender von Edfu die Anführung des so merkwürdigen Festes ⸻ zweimal vorfände, einmal in den ersten Tagen des Thot, das zweite Mal, wie es scheine, im Pachons. Ich bemerke dagegen, daß eine wiederholte Prüfung der angegebenen Daten mich anderer Meinung sein läßt. An erster Stelle sind die angezogenen Gruppen ⸻ in folgender Weise zu übertragen: „

„Tag 4: Fest des Gottes Behute." Das Zeichen [Hieroglyphen] oder [Hieroglyphen] dient
hier, wie häufig in der späteren Schriftepoche, zum Ausdruck der
Zahl àfd, 4, da [Hieroglyphen] zugleich einen im Viereck angelegten Bau bezeichnet. cf. DTI. 101, 4, wenn der Tempel von Edfu den Nebennamen
führt [Hieroglyphen] àfd en Bes „das Viereck der Stadt Bes"
(Edfu). Diese Auffassung des Datums [Hieroglyphen] als „Tag 4" (des Monats
Fest) ist um so zutreffender, als unmittelbar dahinter ein neues
Fest aufgeführt erscheint, dessen Feier am folgenden Tage [Hieroglyphen]
„Tag 5" Statt fand. Ueber das zweite, angeblich in den Monat Pa-
chon fallende Fest, läßt sich eben so wenig sicherer feststellen, da
die betreffenden Gruppen eine andere Erklärung zulassen. Zunächst kann nicht von einer Sed-Feier im Monate Pachon die
Rede sein, da die unmittelbar folgenden Worte: [Hieroglyphen]
„Mesori, Tag 1, Fest Ihrer Majestät" als vorangehenden Monat
auf den Epiphi verweisen. Die zu demselben gehörigen letzten
Daten sind nur in ihrem Schlusse erhalten und lassen deutlich folgende Zeichen erkennen:
[Hieroglyphen] ànet er sa ham 10 sed? àfd?
die sich nach dem Vorkommen des Namens für Tentyra ([Hieroglyphen]) zu
schließen und mit Vergleichung des Edfuer Kalenders Nº I (col 21-26)
auf die alljährliche Wasserfahrt der tentyritischen Hathor von
Dendera nach Edfu beziehen. Letztere fand aber im Monat
Epiphi Statt, wie es der Kalender I ausdrücklich bezeugt, die oben

angeführte, ihrer Auslegung nach zweifelhafte Stelle scheint
mir durchaus den Gruppen [Hieroglyphen]
25 des Kalenders № I zu entsprechen und daher [Hieroglyphen] nicht durch
„Tag 10, Sed-Fest" sondern durch „Tag 14" zu übertragen sein. Indem ich selber dieser besseren Erklärung, gegen meine eigene
frühere, Raum gebe, stehe ich nicht an, das Sed-Fest aus dem
Kalender von Edfu völlig zu streichen. Auch sonst habe ich in
keinem, weder älteren noch jüngeren, Kalender eine Spur
desselben vorgefunden. Die einzige (mir wenigstens bekannte) Stelle,
in welcher das Sed-Fest als solches mit einem Datum verbunden
ist, findet sich in einer Inschrift (aus der Zeit Seti's I.) zu Abydos.
Die Göttin Safe-Xet redet den König an:

[Hieroglyphen]

„du bist erschienen als König auf deinem Throne an dem Feste
Hib-Sed gleichwie der Gott Rā am Anfang des Jahres" (M. Ab.
I. 51, 44-47) Ohne jede Zweideutigkeit ist hierin der Neujahrs-
tag mit dem fraglichen Feste in Zusammenhang gebracht.

Ich bemerke an dieser Stelle zugleich, dass gleichfalls in Abydos
der abydische [Hieroglyphen] Hur-Xuti demselben König die Worte zu-
ruft: [Hieroglyphen] „empfange du die Jahre der Sed-
Periode, ausgerüstet mit reinem Leben!"

Die Anwendung der [Hieroglyphen] oder der dreissigjährigen Perioden ist eben die eines grösseren Zeitmaasses, das-

allenthalben mit [Hieroglyphen] „den Jahren" stand im Land geht und eine re-
gistre Zeitdauer von 30 Jahren ausdrückt. Man wünscht dem Könige
Thotmes III [Hieroglyphen] „die Dauer einer Million dreißigjähriger Perioden" (L D III, 50, e), wie man ihm wünscht [Hieroglyphen]
[Hieroglyphen] „die Dauer von Millionen von Jahren" (... O. III. 34, b). Selbst auf
den Lebensbaum des Königs werden die 30jährigen Lebens-
perioden desselben in die Blätter eingeschrieben [Hieroglyphen]
[Hieroglyphen] „vervielfältigt hat ihm der
„Herr der Götter die 30jährigen Perioden auf dem schönen
Baume im Innern des Sonnen-tempels," heißt es auf dem einen
(gegenwärtig nach New-York verpflanzt) der beiden Obelisken von
Alexandria, bekanntlich heliopolitischen Ursprunges. Ihm-
derte von Beispielen liegen vor, in welchen das „Gedächtnis"
([Hieroglyphen] u. a. für.) eines Pharao der unver-
gänglichen Dauer überantwortet erscheint, wobei [Hieroglyphen] „die 30-
jährigen Perioden" und [Hieroglyphen] „die Jahre" nebeneinander im Pa-
rallelismus auftreten. In Edfu lassen die Texte die Götter
sagen: [Hieroglyphen], wir verschrei-
ben ihm ein Gedächtnis von einer Million der 30jährigen Periode und auch von hunderttausenden von Jahren." Dem
Gotte von Edfu wird desgleichen in Bezug auf den König nach-
gesagt: [Hieroglyphen], er schrieb nieder ein Ge-
„dächtnis in einer Million der 30jährigen Periode und in hun-

Tausenden von Jahren." Die Wohlthaten eines Herrschers werden belohnt: [Hieroglyphen], durch Millionen 30 jähriger Perioden und durch hundert Tausende von Jahren." Die Beispiele dieser Anwendung der beiden Ausdrücke für die 30 jährige Periode und die Jahre sind in überreicher Anzahl vorhanden und liefern die vollgültigsten Zeugnisse, daß die alten Aegypter, wenigstens auf ihren Denkmälern, weder eine Sothis- noch eine Phönix-Periode gekannt haben. Größere bis jetzt bestimmbare Zeitmaaße enthalten eben nur die 30 jährige *Sed*-Periode und [Hieroglyphen], die *henti*-Periode, letztere von noch zweifelhafter (120 Jahre?) Dauer.

Was indeß unverrückbar fest steht, ist die Folge der großen Zeiträume und zwar in absteigender Linie in nachstehender Weise:

1. [Hieroglyphen] *tet*

2. [Hieroglyphen] *heh*

3. [Hieroglyphen] *henti*

4. [Hieroglyphen] *sed*

Das Jahr.

[Hieroglyphen], seltner rein phonetisch: [Hieroglyphen] wird in der ptolemäisch-römischen Epoche häufig bezeichnet durch die Varianten: ... , phonetisch ... renpit, vertreten bisweilen in älterer Zeit (s. d. Dyn.) durch ... , in der Ptolemäer-Epoche durch ... , ... ḥā-sep (s. B.W. III, 1037). erscheint in den Darstellungen und Inschriften aller Epochen personifizirt in Gestalt einer Göttin, welche auf dem Kopfe das Zeichen des Jahres ... zu tragen pflegt und die Benennung ... , ... renpit oder ... renit führt.

In dieser Auffassung erscheint sie als eine besondere Form der Isis, genauer der Isis als Sothis (Sirius) Stern und als Herrin des Jahresanfanges.

Ihr Ursprung muss zunächst dem Inhalt der folgenden Inschrift aus Dendera, in Memphis gesucht werden.

Die Göttin des Jahres
nach einer Darstellung in Abydus

„ die große Isis, die –
„ Mutter der Götter, die –
„ Herrin von Tentyra
„ (2) die in Anet weilt,
„ die Nubet, welche ge-
„ boren ist in der Stadt

„ Se-nubet (Tentyra), welche bewirkte die Geburt ihres Bruders (3) in
„ Theben, die ihres Sohnes Horus in Apollinopolis parva (Qus) u.
„ die ihrer Schwester, der Göttin Monxet, in Diospolis parva,
„ die Göttin Apä, die Herrin (4) der Opfergaben, die Herrin der
„ Füsse, die Herrin beider Länder, die Herrin des Brotes und die
„ Erzeugerin des Bieres, die Herrin des Frohsinns (5), die Herrin
„ der Freude, deren Majestät (   ) man zujauchzt, die Apollino-
„ politische, die Seele des Landes Bukam, (6) die Königin
„ der Gottheiten, die Tochter von Fürsten, das Weib des Königs,
„ welche erzeugte (sur) den guten Gott Horus, die große Leuch-
„ tende (7), welche reich geschmückt ist, ohne welche kein Herr-
„ scherhaus gefunden wird, die Göttin Amemt in Theben (8),
„ die Göttin Menhet in Heliopolis, deren Name in Memphis

„das Jahr lautet, die Weise (9) in Apollinopolis magna, die Unter-
„Seite von (10) Tentyra, die Hathor in allen Nomen." Nach anderen
Texten, demselben Tempel entlehnt, ergiebt die vergleichende Zu-
sammenstellung der fast allenthalben in Folge und Namen iden-
tischen Listen dasselbe Resultat. Man vergleiche die nachstehenden
Beispiele A, B und C:

	A	B	C
1	𓏼𓏼	—	𓏼𓏼
2	𓏼𓏼	𓏼𓏼	𓏼𓏼
3	𓏼𓏼	𓏼𓏼	𓏼𓏼
4	𓏼	𓏼𓏼	𓏼𓏼
5	𓏼	—	𓏼𓏼
6	𓏼	𓏼𓏼	𓏼𓏼
7	𓏼𓏼	𓏼𓏼	𓏼𓏼
8	𓏼	𓏼𓏼	𓏼𓏼
9	𓏼	𓏼𓏼	𓏼𓏼
10	𓏼	𓏼𓏼	𓏼𓏼
11	𓏼	𓏼𓏼	𓏼𓏼
12	𓏼	𓏼𓏼	𓏼𓏼
13	𓏼𓏼	𓏼𓏼	—
14	𓏼	𓏼𓏼	—

15	[Hieroglyphen]	[Hieroglyphen]	
16	[Hieroglyphen]	[Hieroglyphen]	[Hieroglyphen]
17	[Hieroglyphen]	[Hieroglyphen]	
18	[Hieroglyphen]	[Hieroglyphen]	[Hieroglyphen]

Das Princip der Anordnung ist hierbei leicht verständlich. Die Listen, die Localnamen der Isis-Hathor von Tentyra enthaltend, beginnen mit den vornehmsten Namen der Göttin in Tentyra, der in A.. „Herrin des Jahresanfanges,“ in C ausführlicher „Herrin des Jahresanfanges, Königin der Dekane(²), welche aufgeht am Feste des Neujahrstages um zu eröffnen ein glückliches Jahr,“ und in anderen Texten ähnlich oder ganz ebenso lautet. Eine Verglei-chung der Textworte in C: [Hieroglyphen] mit den oben S. 10 mitgetheilten Titeln derselben Göttin in ihrer Eigenschaft als Sirius-Gestirn: [Hieroglyphen] .... [Hieroglyphen], lehrt die vollständige Identität beider Texte, bis auf die Gruppen [Hieroglyphen] und [Hieroglyphen] hin. Die Stelle im ersteren: „welche aufgeht am Feste des Neujahrstages“ wird im letzteren vertreten durch das weniger klare: „welche aufgeht im Jahre (oder „als Jahr“ oder „jährlich,“ oder „zur Zeit“) um ein glückliches Jahr zu eröffnen.“

In zweiter Linie folgen die Isis-Hathor-Namen in

den ältesten und grössten Hauptstädten des Reiches: Theben (2),
Heliopolis (3) und Memphis (4) Daran schliessen sich die Namen der Göttin in den übrigen Metropolen des Landes, welche
in der Ordnung von S-N aufgeführt erscheinen. Es folgen nacheinander Elephantine (5), Apollinopolis magna (—), Eileithyiaspolis (6), Hermonthis 7), Tentyra (8), Abydus (9), Hermopolis magna (10), Hibis (11), Hipponus (12), Herakleo-
polis magna (13), Crocodilopolis - Arsinoë (14), Aphrodito-
polis (15), Busiris (16), Mendes (17), Bubastus (18) u. s. w.
In Memphis sowohl als in der [Hieroglyphen] Taśet genannten Stadt
(d. i. Crocodilopolis in der heutigen Landschaft des Fajum)
ward nach den vorliegenden Texten Isis-Sothis verehrt unter
dem Namen: [Hieroglyphen] renpit „das Jahr". Man
wird hiernach die Bemerkung beim Horapollon (Hierogl. I, 3)
verstehen, dass die Ägypter durch das Bild der Isis-Sothis
u. s. das Jahr in ihrer Schrift bezeichnet hätten.

In Dendera (typhä'scher Tempel, Säulentexte) und Edfu
(Innenseite der n. Umfassungsmauer) befindet sich ein
gleichlautender, auf das personifizirte Jahr bezüglicher
Text Umfangen an dasselbe enthaltend, welche nach der legi-
tenden Darstellung in Edfu dem Gotte Thot in den Mund
gelegt werden, zu Gunsten der Hauptgottheiten Hathor,
bez. Horus [Hieroglyphen] jener beiden Städte. Nachstehend meine

Copie der thebanischen Redaction, bei der ich in der Uebertragung zur
die Feststellung von Varianten oder Ergänzungen fehlender oder
verdorbener Stellen unter E. die Edfuer Redaction verwendet habe. Ich bemerke ausserdem, dass in dem thebanischen Texte
das grammatisch vorherrschende weibliche Geschlechtszeichen
auf Isis- Hathor, das in der Edfuer Inschrift durchgehende männliche auf Horus zu beziehen ist.-

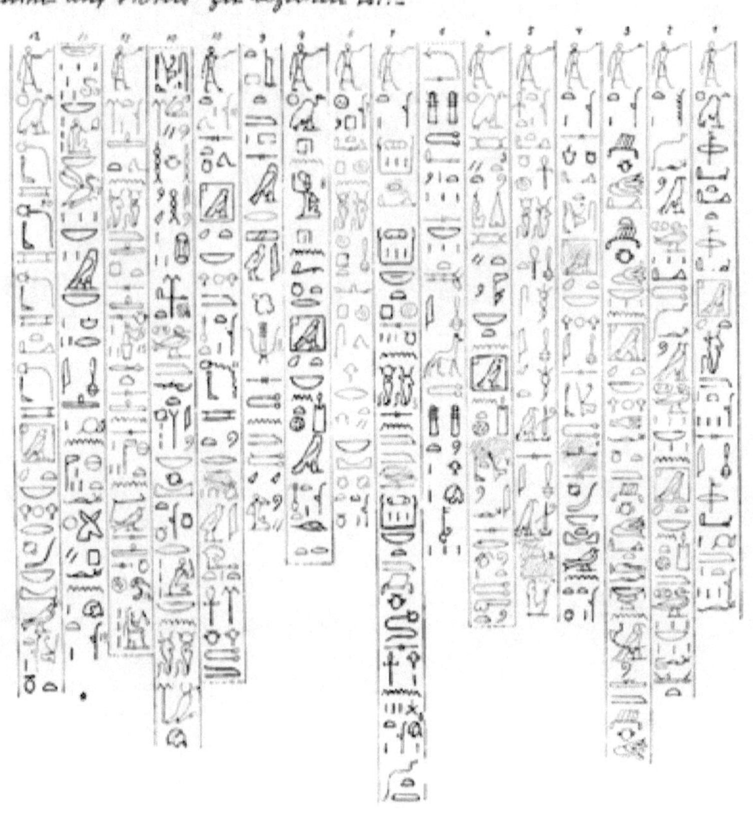

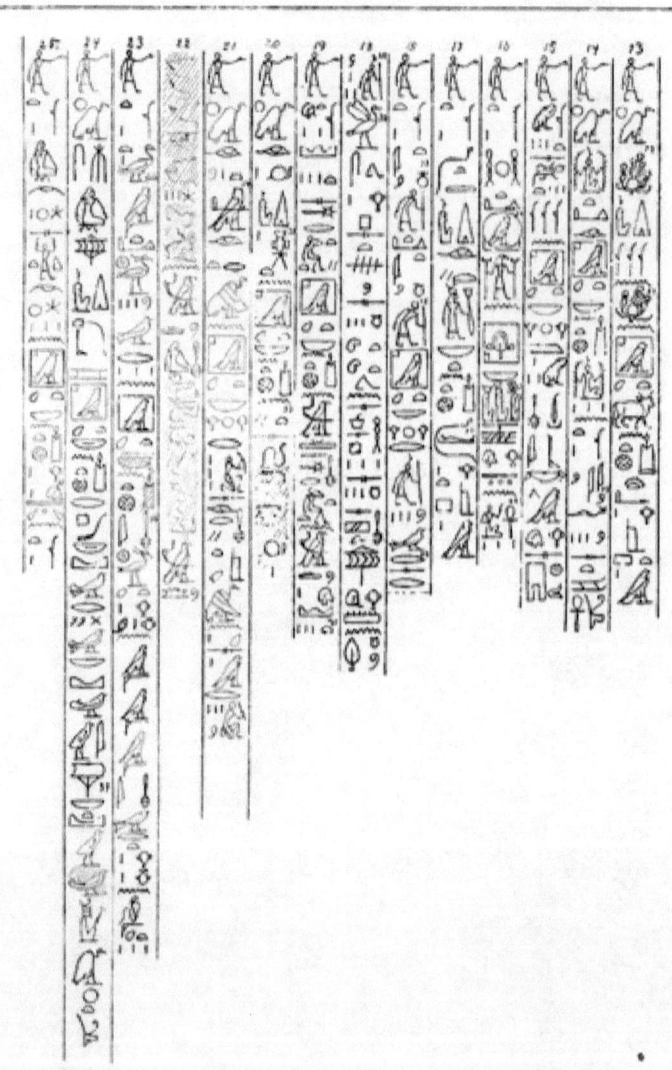

Uebertragung.

1. „O du reicher Jahr, lass reich sein die tentyritische Hathor an ihren Jahren,
„ gleichwie reich ist die Sonne an ihren Jahren!"

2. „O du Jahr der Erzeugnisse, schenke alle Erzeugnisse der tentyritischen
„ Hathor von allen Erzeugnissen, die in dir hervortreten!"

3. „O du Jahr der Herzensfreude, schenke alle Herzensfreuden der ten-
„ tyritischen Hathor ....!"

4. „O du gesunder Jahr, lass gesund sein die tentyritische Hathor
„ gleichwie du gesund bist ohne dass irgend eine böse Wider-
„ wärtigkeit in diesem Jahre sie treffe!"
  1. [⟨Hieroglyphen⟩ an Stelle von ⟨Hieroglyphen⟩)

5. „O du lebendes Jahr, lass leben die tentyritische Hathor gleich-
„ wie du lebst, lass sie zufrieden sein gleichwie du zufrieden
„ bist, lass sie wohl sein gleichwie du wohl bist."
  2. [⟨Hieroglyphen⟩]

6. „O du unversehrtes Jahr, lass unversehrt sein alle Gebeine der ten-
„ tyritischen Hathor, lass gesund sein ihr Fleisch, lass gedeihen ihr
„ Blut, mache fest alle ihre Gliedmassen zusammen, gleichwie
„ du eintrittst fester Art zu jeder Epoche!"
  3. [⟨Hieroglyphen⟩] 4. [⟨Hieroglyphen⟩] denn [⟨Hieroglyphen⟩].

7. „O du Jahr der Besitzthümer, schenke alle Besitzthümer und
„ ihre Untzmessungen der tentyritischen Hathor, lass sie gesättigt
„ sein von ihren Besitzthümern an Herzensfreude und ihr

„ Opfer rein dem Altar der Götter alljährlich in Ewigkeit!"

5 [E. ⸻] 6 [E. ⸻]

8. „O du wandelndes Jahr, schenke das Wandeln der Tentyritischen
„ Hathor; (aber) kein drohendes Unheil wandte sie in diesem
„ Jahre!"

7 [E. ⸻]

9. „O du Jahr der Gnade, sei gnädig der Tentyritischen Hathor in
„ diesem glücklichen Jahre, nimm Platz in ihrem Hause zur
„ Freude und gewölle dich ihr zu in Wonne!"—

8 [E. ⸻] 9 [⸻]

10. „O du kommendes Jahr, lass kommen die Tentyritische Hathor in
„ einem glücklichen Jahre! Sei rein von Verstrickungen! dein
„ Anfang sei im Leben, deine Mitte in Gesundheit und der
„ Schluss in Wohlbefinden! Es sei Stütze und Fülle in deiner
„ Hand und Ueberfluss in deiner Nähe! Es richte sich alles
„ Ueble und Böse dieses Jahres gegen alle Feinde der Ha-
„ thor im Tode und im Leben!"

10 [E. ⸻] 11 [E. ⸻] 12 [E. ⸻] 13 [⸻] 14 [E. ⸻]

11. „O du Jahr voll Frieden, komm zur Tentyritischen Hathor
„ in Frieden! Lass befriedigt sein von ihr die grosse Götter-
„ neunheit, lass befriedigt sein von ihr die kleine Götter-
„ neunheit, lass befriedigt sein von ihr alle Manen, alle

„Menschen, alle Leute, alle Todten, wie gross deren Zahl sei,

„gleichwie befriedigt ist die Sonne von ihrer Gottesmennheit

„an diesem Tage des Neujahrs!"

15. [ε. …] 16 [ε. …] 17 [ε. …] 18 [ε. …]

19 [ε. …]

12. „O du Jahr der Reinheiten, lass rein sein die tentyritische

„Hathor von aller bösen Widerwärtigkeit dieses Jahres!"

20. [ε. ……………] 21 [ε. addit: … 99 × … , dann

erst …]

13. „O du Jahr der Grösse, schenke Jahre der Grösse der tentyri-

„tischen Hathor und die Erscheinung (als Uraeus) auf dem

„Throne des Horus." 22 [ε. …]

14. „O du millionfaches Jahr, lass die tentyritische Hathor Milli-

„onen Jahre dauern und ihren Leib erhalten sein dem Leben!"

23 [ε. …]

15. „O du hunderttausendfaches Jahr, vervielfältige die Jahre

„der tentyritischen Hathor zu hundert Tausenden, beständ-

„dig wie Horus auf dem Königspfeiler!"

16. „O du immerwährendes Jahr, schenke die immer wäh-

„rende Zeit der tentyritischen Hathor auf der Erde der

„lebenden Menschen!"

24. [ε. …] 25 [ε. …]

17. „O du altes Jahr, lass älter werden die tentyritische Ha-

18 „thor als die Ältesten und sie begattet werden als die
„ Ältesten! auch sie schweben auf ihrem Rücken und ihre
„ Zahlen (so an Lebensjahren) zusammentreten, gleichwie
„ der Wind fegt durch den Wipfel des Baumes!" "

27 [E. ⟨Hieroglyphen⟩] 28 [E. ⟨Hieroglyphen⟩] 29 [E. fehlt die Stelle von – bis –]
30 [E. ⟨Hieroglyphen⟩]

19 „ O du Jahr der Landesbewohner, verjünge die tentyritische
„ Hathor von neuem, gleichwie du verjüngst von neuem
„ die Landesbewohner!" "

31 [E. ⟨Hieroglyphen⟩]

20 „ O du Jahr der Sonnenaugen; schenke deinen Schutz der
„ tentyritischen Hathor! Sie ist das Diadem der Sonne."

32 [E. ⟨Hieroglyphen⟩] 33 [E. ⟨Hieroglyphen⟩ „ er ist die Sonne"]

21 „ O du Jahr des Horus-Auges, beschirme die tentyritische Hathor
„ vor ihren Feinden; gleichwie Isis beschirmt ihren Sohn
„ Horus vor seinen Feinden!" "

34 [E. ⟨Hieroglyphen⟩ = ⟨Hieroglyphen⟩]

22 „ [O du Jahr, Gebärerin] der Götter, sei von neuem geboren,
„ gleichwie [du gebierst den Gott] von neuem !" "

35 [In E. lautet der vollständig erhaltene Text:
⟨Hieroglyphen⟩]

23 „ O du Jahr, Tochter des Horus, schenke das Herrlichste u.
„ Grösste der tentyritischen Hathor; gleichwie du die her

„ lichste bist für das Herz der Götter und gleichwie du

„ die grösste bist für das Herz der Göttinnen —!"

36 [E. [Hieroglyphen]]

24. „ O ein Jahr, das den Wind gebiert, lass rein ein die tentyritische

„ Hathor von aller bösen Widerwärtigkeit, von allem bösen Un-

„ heil, von allen bösen Winden dieser Jahres!"

37 [die Stelle von — bis — fehlt in E, Schluss daselbst mit [Hieroglyphen]

[Hieroglyphen]]

25. „ O du Jahr, Gebärerin des Monats vergrössere die Monate der

„ tentyritischen Hathor auf der Erde des Jahres!"

38. [E. [Hieroglyphen] d. i. auf der Erde der Lebenden."]

26. „ O du Jahr, Gebärerin der Tage, vergrössere die Tage und thu-

„ den der tentyritischen Hathor in diesem Jahre [in Ewig-

„ keit]!" 39. [E. [Hieroglyphen]] 40. E. [Hieroglyphen]] 41. [E. [Hieroglyphen]]

27. „ O du Jahr, Gebärerin der Jahreszeiten, schenke die Verjüng-

„ ung der tentyritischen Hathor, gleichwie die Sonne sich

„ verjüngt in jeder Jahreszeit"

42 [E. 42 [Hieroglyphen]] 43. [E. [Hieroglyphen]]

28. „ O du Jahr, Gebärerin des Winters, schenke einen glücklichen

„ Winter der tentyritischen Hathor zu seiner Jahreszeit und

„ die Reinheit von allem Schaden des Jahres! Kein Un-

„ heil sei in ihm!"

44. [E. [Hieroglyphen]]

„ O du Jahr, Gebärerin des Sommers, laß die tentyritische Ha-

- thor empfangen einen glücklichen Sommer und durchleben

einen glücklichen Sommer!"

45 [𓉐 ...]

30. „ O du Jahr, Gebärerin der Ueberschwemmungszeit, laß dieses Land

„ überfluthet werden für die tentyritische Hathor in der Ueber-

„ schwemmungszeit! Sie bringe ihr die Reichthümer, welche

„ sie erschaffen haben (sin)!"

46 [...] 47 [...] Außerdem ist zu bemerken, daß in E.

die Folge der letzten Colonnen 30. 28. 29. ist, so daß die Ueber-

schwemmungsjahreszeit der des Winters und Sommers vorangeht.

31. „ O du Jahr, du Hervorbringer aller Dinge, laß alle gute Dinge ent-

„ stehen für die tentyritische Hathor und ihre Wiederkehr in

„ Gesundheit sein in Ewigkeit hin!"

48 [...]

32. „ O du säugendes Jahr, säuge die tentyritische Hathor auf deinem

„ Schoße mit Gesundheit und Leben, gleichwie gesäugt hat Isis

„ ihren Sohn Horus! Ihre .... war ein Leben."

49 [.........] 50 [...]

33. „ O du Regen-Jahr, schenke eine gute Wiege der tentyritischen Ha-

„ thor, welche fest besteht in diesem Lande der lebenden Menschen,

„ laß die Liebe des Landes zu ihr sein wie die zu den Würdi-

„ gen, welche auf Befehl des Sonnengottes Râ geliebt werden

„tief oben auf Erden! Denn siehe kein Prophet schließt den zu
„ihm gehörigen Gott ein (t)."

51 [ℰ. [Hieroglyphen]] 52 [ℰ [Hieroglyphen]]

34. „O, du wachsendes Jahr, laß wachsen das .... der tentyritischen
„Hathor gleichwie du wächst! Schaue sie an heute und tag-
„täglich!"

53. [ℰ. [Hieroglyphen]]

35. „O du neues Jahr, laß neu sein die tentyritische Hathor gleich,
„wie du neu bist! Du bist nicht veraltet, sie sei nicht ver-
„altet in Ewigkeit hin!"

54 [ℰ. [Hieroglyphen]]

36. „O du hoher Jahr, laß hoch sein (die tentyritische Hathor), in
„diesem Lande der lebenden Menschen! Niemals erreiche sie der
„Arm ihrer Gegner, in Ewigkeit hin!"

55 [ℰ. [Hieroglyphen]]

37. „O du gehörntes Jahr, richte deine Hörner auf jeden Gegner
„[ob tot oder lebend], stoße nieder deinen Feind auf ihrer
„Schärfe!" 56 [ℰ [Hieroglyphen]]

In diesem schwülstigen Hymnus auf das Jahr, mehr von der
philologischen Seite her als seinem Inhalte nach von Bedeutung, erscheinen einige für kalendarische Untersuchungen
interessante Angaben in 25-30. Es besteht danach das Jahr
aus Monaten, Tagen und Stunden und ferner aus

... Jahreszeiten, sowie aus ⟨hiero⟩ Opiret, Winter, ⟨hiero⟩ Šemut, Sommer und ⟨hiero⟩ Šat, Ueberschwemmungs-zeit. Indem ich zunächst dem Jahre meine Aufmerksamkeit zu-wende, bemerke ich, daß unter den mir bekannten Inschriften nur eine einzige existirt, in welcher einer doppelten Jahresform Erwähnung geschieht. Es ist dies die oft citirte Kalenderinschrift in dem Grabe Knum-hotep's zu Beni-Hassan, aus den Zeiten der XII. Dynastie, in welcher eine Reihe von Todtenfesten auf-gezählt erscheint. Hier der in Columnen abgetheilte Text nach meiner genauen, an Ort und Stelle genommenen Abschrift.

11.	10.	9.	8.	7.	6.	5.	4.	3.	2.	1.

Uebertragung.

1. Die Todtenopfer an allen Festen der Nekropolis (nämlich):

2. am Jahresanfangs- und am Neujahrsfeste,

3. am Feste des grossen Jahres u. a. Feste des kleinen Jahres,

4. am Feste des Jahresschlusses,

5., an der Feier des großen Festes;

6., an dem Feste der großen Gluth,

7., an dem Feste der kleinen Gluth;

8., am Feste der überschüssigen fünf Tage des Jahres;

9., an dem Feste des Sand-Grabens,

10., an den 12 Festen des Monats und an den 12 des Halbmonats,

11., und allen Festen dessen, der auf der Erde und des Guten, der auf dem Gebirge weilt."

Hierin werden also die Feste eines doppelten Jahres deutlich erwähnt, nämlich [hierogl.] renpit ā „ des großen Jahres" und [hierogl.] renpit netes „ des kleinen Jahres," ohne daß wir zunächst in der Lage sind, die Unterschiede desselben fest zu stellen.

In demselben Grabe, und zwar über der Eingangsthür befindet sich eine zweite Liste von Opferfesten in kalendarischer Aufzählung, welche mit der vorhergehenden nur theilweise übereinstimmt. In dem Mittelstreifen, wie man sich aus der vorgelegten Copie überzeugen wird, ist wiederum von den Todtenopfern zu Ehren des Verstorbenen die Rede.

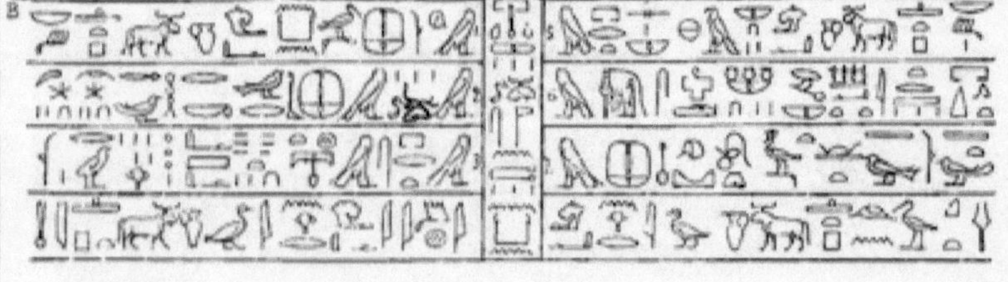

Hieranf werden, ohne sichtbares Prinzip der Anordnung die nachstehenden Festangaben vorgelegt:

1. „ an dem Jahresanfang (1 Thot) und an dem Feste des Thot (19 Thot)

2. „ an dem grossen Feste (4 Mechir,
   „ an dem Feste der grossen (im Monat Mechir) und der kleinen
   „ Gluth (im Monat Phammot?)
   „ an den 12 Monats = (am 2. Mondtage) und an den 2 Halbmonats
   „ (am 15 Mondtage) = Feiern,

3. „ an den 12 Feiern von Piret = cen (am 4. Mondtage), Xet-Xa
   (am 5 Mondtage und Säret am 6. Mondtage),
   „ an der Sand = Gabe (sic) und an den 5 überschüssigen
   „ Tagen des Jahrs.

4. „ an den 12 Festen des Piret = Xim (am 30. Mondtage) u.
   „ des Neumondes (am 1. Mondtage),

5. „ an den 12 Feiern der .... (am 29. Mondtage) und des Sad-
   „ Festes (am 17. Mondtage),

6. „ an dem Feste der Kasterfahrt,
   „ des Empfangens des Nilwassers (der Ueberschwemmung)
   „ und des Aufgangs der Sothis,

7. „ an dem Feste der Guten auf dem Berge
   „ an der Uag = Feier (am 17 oder 18 Thot)
   „ an der Fahrt der ..... ?.
   „ und an dem grossen ═══ (?) und dem kleinen ═══ (?) des Jahres

Es scheint sich mir aus dieser Liste zu ergeben, daß die Feiern
sich auf Kalenderdaten sowohl des Sonnen- oder richtiger
Wandel-Jahres als des Mondjahres (wegen der Monattage s.
oben S. 46 ff.) beziehen. Auch ist wohl zu bemerken, daß
die vorher in A. erwähnte Neujahrsfeier ⚱ in dieser
Inschrift B. durch ☌ „Aufgang der Sothis" ersetzt ist.
So weit es die Kalenderangaben aus späteren Epochen ge-
statten — von den Zeiten der 19 Dynastie an bis in den Epochen
der Griechen und Römer hin — habe ich den einzelnen, nicht
dem Mondjahre angehörigen Festen die entsprechenden
Monatsdaten beigefügt.

Von den Grabinschriften der 4. Dynastie an, finden
sich längere und kürzere Auszüge der den Todten gewidmeten Festtage des ägyp. Jahres auf den Denkmälern
der Pharaonen in reichster Zahl vor. Hier und da giebt
die Fundstätte der Gräber (Memphis, Theben, Abydus,
Sais u. s. w.) einzelnen Feiern eine gewisse Localfärbung.
Ich lasse einige hervorragende Beispiele folgen, welche
den Haupt-Epochen der altägyptischen Geschichte angehören.

Altes Reich

Aus der Zeit Königs Xufu - Cheops (Sarkophag eines
✝ (Kartusche) im Museum von Bulaq) aus Memphis

(Sakkarah) C.

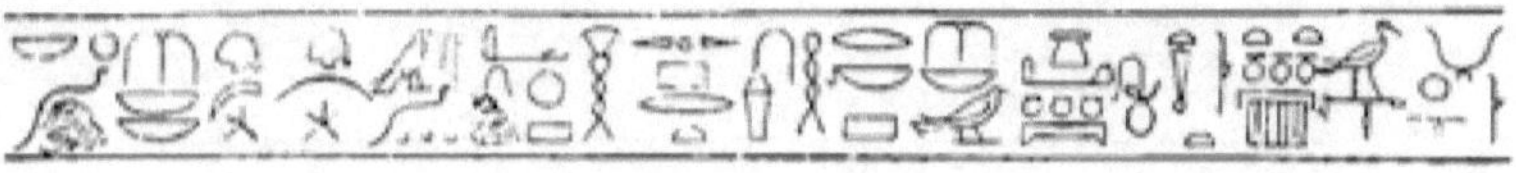

„1. Neujahrsfeier, 2. thotische Feier (19. Thot) 3. Jahresanfang „4. Uag-Opferfest (17 oder 18 Thot), 5 grosses Fest (4. Mechir), 6. „Gluth-Feier (im Monat Mechir) 7. Sirt-Xem (= Erscheinung „des ägyp. Sin „Xem" am 30 Mondtage, besonders dem des „Monates Pachons), 8. Uah-ūx (= Zurüstung des Feuerbeckens, „Feueraltars) 9. Fest-Sad, 10. Monats-Anfang, 11. Halbmo- „natsanfang, 12. jedes Fest an jedem (sonstigen) Tage für „alle Zeit hin."

D. Aus der Zeit Königs Unàs (V. Dynastie). Inschrift auf der Blendthüre eines Hofbeamten Namens  Xut-hotep, der u. a.  war. Aus Memphis.

„Osiris möge gewähren die Todtenopfer 1. „am Neujahrstage, 2. am thotischen Opferfeste, 3. am „Jahresanfang, 4. an dem Uag-Opferfeste, und an allen „(sonstigen) Festen."

E. Aus der Zeit der V. Dynastie. Grab des Hofbeamten  Ptah-hotep. Aus Memphis. Osiris möge ihm gewähren die üblichen Todtenopfer

1., am Neujahrstage, 2 am Jahresanfang, 3. am Uag-Opfer-feste 4., am ihoïischen Feste, 5. an dem grossen Feste, 6., an dem Gluth-Feste, 7. an dem Monats- und Halbmonatsfeste, 8. an jedem (roustigen) Tage."

F. Stele in München, aus der Zeit Königs Amenemhāt der XII Dynastie. Der Verstorbene heisst:  (Nach einer Abschrift, die ich der gütigen Mittheilung der Prof. Dr. Lauth schulde). Todtenopfer:

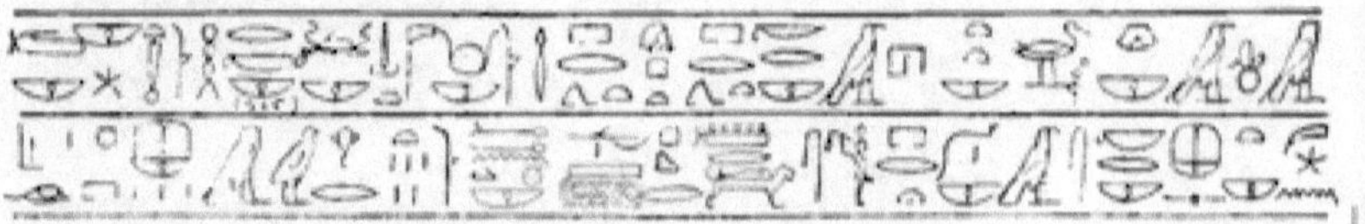

1., am Uag-Feste (17-18 Thot),

2., am thotischen Feste (19 Thot),

3., am Feste Hakar (20 Thot)

4., an der kleinen Erscheinung (Pirret lepet, 21. Thot ?),

5., an der grossen Erscheinung (am 22. Thot),

6. am Neujahrs-Feste,

7. am Feste der Fahrt der Götter,

8., an dem Gluth-Feste (im Monat Mechir),

9., am Jahresanfang.

10. „ Am Monatsfeste,
11. „ am Halbmonatsfeste,
12. „ an dem Feste der Götter Sokar (26. Choiak).
13. „ an dem Sat-Feste,
14. „ an dem Feste Piret-Kinu (30 Suchons),
15. „ an dem Feste der Grablegung (17. [?] 1163),
16. „ an dem Feste von Peger (Bezeichnung d. Nekropolis = Abydus)
17. „ an dem Feste Osunut,
18. „ an den fünf überschüssigen Tagen des Jahres,
19. „ und an den (sonstigen) Festen der Osirisstadt (sc. Abydus).

G. Inschrift in der Grabkapelle des lykopolitischen Oberpriesters [Hieroglyphen] Han-tefa zu Siut aus den Zeiten der XII.
Dynastie. In den von Dr. Erman (Zschft. 1882, 15/4) übertragenen Texten dieser Kapelle finden sich Todtenfeste genannt:

1. [Hieroglyphen]
2. (Var [Hieroglyphen]
3. [Hieroglyphen]
4. [Hieroglyphen]
5. (Var [Hieroglyphen]

1. „ am 1. Schalttage wann sich der lykopolitische Gott Up-uat
nach seinem Tempel begiebt,

2., am 5. Schalttage, in der Neujahrsnacht,

3., am Neujahrstage,

4., am 17. Thot, in der Nacht des Uag-Festes,

5., am 18 Thot, am Tage des Uag-Festes.

H. Stele eines panopolitischen Priesters Namens Nex̌t-Xin im Museum zu Berlin (Vf. S H J. 106), aus den Zeiten der illegitimen Könige Ai der XVIII Dynastie. Todtenopfer

[hieroglyphic inscription]

1., an dem Neumondtage (1 Mondtag),

2., an dem 2. Mondtage,

3., an dem 6. Mondtage,

4., an dem 15. Mondtage,

5., auf dem Uag-Feste (17-18 Thot),

6., an dem thotischen Feste (19. Thot),

7., an der grossen Erscheinung (22 Thot),

8., an dem Aufgang der Sothis,

9., an der grossen Gluth (im Monat Mechir),

10., an der kleinen Gluth (im Monat Phamenot),

11., an dem Opferfeste,

12., an dem Empfangen des Nilwassers,

13., an allen (sonstigen) Festen des Osiris,

14, und an den Anfängen der Jahreszeiten des Herrn
„der Götter" (d. i. der thebanischen Amon).
J. Statue des thebanischen [Hieroglyphen]
„Erbfürsten, Vogtes der Stadt und Strategos (Namens
„User," aus der XVIII. oder XIX. Dynastie. Fundort Theben. Die darauf gravirte Inschrift spricht von Todtenopfern: [Hieroglyphen]

Wie man sieht, ist diese Festliste vollständig identisch mit
der vorhergehenden U., nur dass nach dem 15. Monattage
nach der 4. (piret renp), scheinbar ganz ausserhalb der
Ordnung, hinzugefügt ist.

Eine andere Inschrift dieser Art auf der Statue
einer gewissen [Hieroglyphen], dessen Vater [Hieroglyphen] und dessen Mutter
[Hieroglyphen] hiess (jetzt im Museum von Miramar), mag
aus der Epoche der XX. Dynastie herrühren. Sie ward
von mir zuerst auf dem Boden der alten Stadt Memphis
entdeckt. Die Kalenderangaben beginnen, dem Fundort entsprechend, mit den grossen Festen der Götter
Sokar von Memphis. Nachstehend das Verzeichniss der
Opfertage zum Gedächtniss des Verstorbenen.

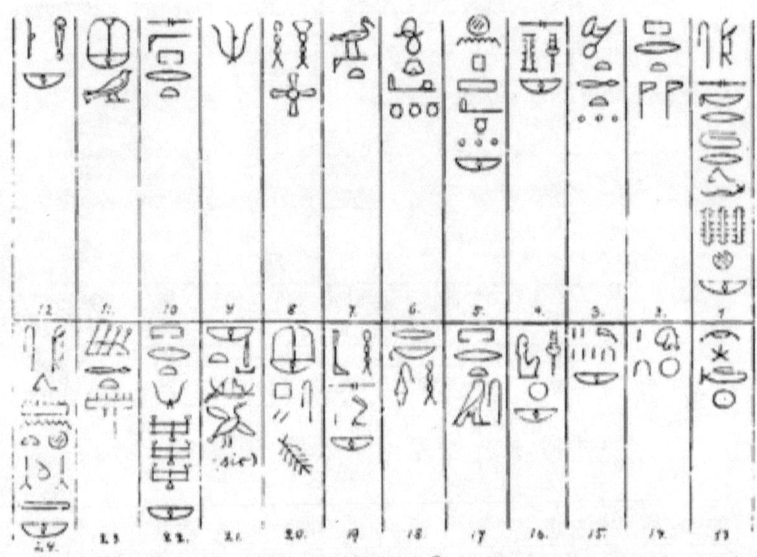

1. „Das Fest des Auszugs der Götter Sokar um das Mauerviertel

(von Memphis: 26. Choiak).

2. die Erscheinung der beiden Götter (am 27. oder 28. Choiak),

3. die große Wasserfahrt (29. Choiak),

4. Fest der Aufstellung der Säule (30. Choiak),

5. Das Fest der Aufräumung des Sandes,

6. das Uag-Fest (17 – 18 Thot),

7. das thotische Fest (19. Thot),

8. das Fest Uah-āx (Zurichtung der Feuerbecken),

9. der Neujahrstag,

10. die Erscheinung der Isis (30. Pachons),

11. das große Fest,

12. „ das Fest des Jahresanfangs,

13. „ der 2. Mondtag,

14. „ der Anfang der Dekade,

15. „ das Fest des 15 Mondtages,

16. „ das Fest des 29 Mondtages,

17. „ das Fest des 4. Mondtages,

18. „ die Glühr (im Monat Mechir),

19. „ das Fest ḥeb-sr ,

20. „ die Feier des Sapi,

21. „ das Fest der Fahrt des (Gattes?),

22. „ das Fest der Erscheinung der Up-uat,

23. „ das Fest der Empfangens der rothen Gewandes

24. „ das Fest des Ziehens des gewebten Stoffes (29. Mesori - 5 Ergänz.-
Tag). K. Eine aus Abydus stammende Tafel (s. SHJ 17) notirt

Todtenopfer

1. „ an dem Hag-Feste (17-18 Choiak),

2. „ „ an dem Thot-Festen Feste (19. Thot),

3. „ an dem Feste des Sokar (26 Choiak),

4. „ an dem Feste der Erscheinung-
      des Nun (30 Pachons),

5. „ an dem Feste des Aufganges
                    der Sothis,

6. „ an dem Jahresanfang,

7. „ an jedem (sonstigen) grossen
   „ Feste, welches man dem west-
   „ lichen Osiris, dem grossen
   „ Gotte feiert.“

Eine Inschrift, welche die Statue eines ehemaligen Oberpriesters
schmückt (= S.H.I. 16) und der Epoche der XXVI. Dynastie aus der Stadt
Sais angehört, in welcher die [Hieroglyphen] (Varat. [Hieroglyphen])
d. h. „Vorsteher im Tempel der Nit" genannten Oberpriester dem Kulte
der Göttin Nit vorstanden, giebt ein Beispiel für die Localfärbung jener von Alters her überkommenen Tage der allgemeinen
Todtenopfer, welche von den Göttern von Sais den Verstorbenen
bewilligt werden.

L.

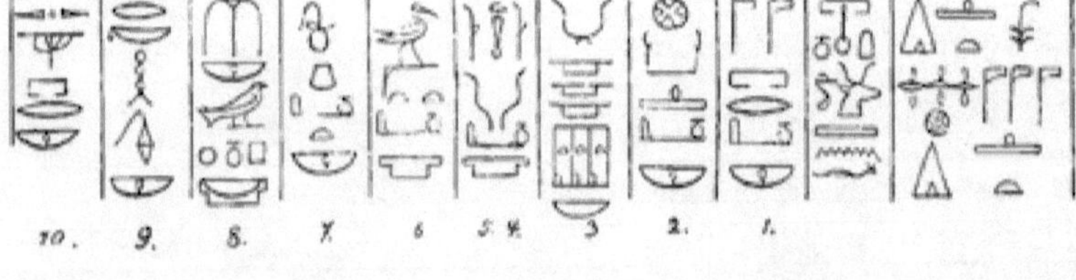

1., Opfergabe an der Erscheinung der beiden Götter,

2., Opferfestgabe am Ka - hotep (genannten) Feste,

3., Fest der Eröffnung der Tempelthore der Nit (am 2? Choiak, nach
ena),

4., Opfer am Jahresanfang,

5., und am Neujahrsfest,

6., Opfergabe am thotischen Feste (19. Thot),

7., Unag-Festgabe (17-18 Thot),

8., das grosse Fest, Opfergabe

9., Fest der Gluth (im Monat Mechir),

10., Fest der Erscheinung des Xim (am 30 Pichons)."

Auf einer denselben Epoche angehörenden Statue (I.(II.40) zeigt eine Opferliste ähnliche Daten in abgekürzterer Gestalt:

M. [hieroglyphs]

1. „ Monatsfest (am 2. Mondtage),

2. „ Halbmonatsfest (am 15 Mondtage),

3. „ Saf - Fest

4. „ Sokar - (Fest) (26 Thoth),

5) „ Mastu - Fest,

6 Eröffnung der Tempelthore der Nut (27 Thoth),

7 „ Fahrt der Götter (sc. Osiris) in Sais

Das [hieroglyphs] als 7. genannte Fest der Todten bezieht sich auf die in Sais (auf dem Tempelsee, cf. Herodot II, 170 ff.) gefeierte geheimnisvolle Cerenomie, die wirklich dem aus Abydos verbreiteten Vorschriften bezeichnet wird als: [hieroglyphs] „ Fahrt der Götter nach Ropeqer (auch [hieroglyphs] ro-peq, [hieroglyphs] ropeqet, [hieroglyphs] ropeq, [hieroglyphs] r-peqit u. s. w. genannt, cf. Dy. 225, 1165) d. i. nach dem Osiris-Grabe auf der Nekropolis von Abydos. Der Gott Osiris wurde als Leiche über einen See oder Kanal in einer Barke gefahren, die den Namen [hieroglyphs] neśem führte (l. l. 1164) und für den Todten- kult eine besondere Bedeutung hatte. Auf dieselbe Feier

mag auch das _Huker_ und _Seter_ „die Ruhe" oder „die Ein-
sargung") genannte Fest (l.l. 1163) [Hieroglyphen])

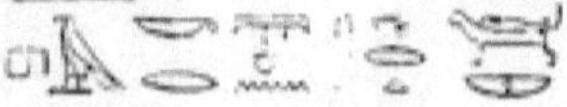

Auf einer der Epoche des Königs _Usertasen_ I angehörenden Stele
(Nr 52, Berlin) abydischer Herkunft befinden sich die Worte:

N. 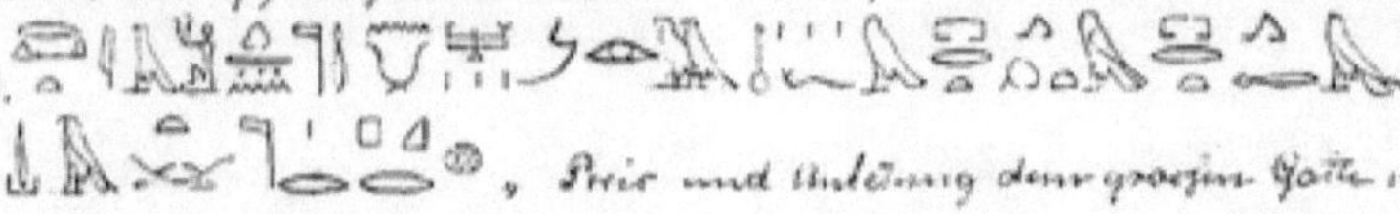 [Hieroglyphen]

[Hieroglyphen] „Preis und Anleitung der großen Götter
„dem _Upuaut_ und der Anblick seiner Vollkommenheiten an der
„ersten Erscheinung, zu der großen Erscheinung und an der Fahrt
„der Götter nach _Peqer_." In einem aus der 11./12. zeit herstammen-
den Grabe im Assarif zu Theben findet sich folgende Inschrift:

[Hieroglyphen]

„er fährt ab niederwärts nach Abydus und er preist den Osiris
„und betet an den großen Gott, den Herrn des Westens, an der
„_großen Erscheinung_ (_pirut-aat_) die bei der großen Götterschaar
„verehrte _Sopt_, die Verstorbene." Diese Worte begleiten eine Darstellung von Barken, die von Matrosen gerudert werden, und von
Theben nach Abydus abwärts zu fahren scheinen. „Die große
Erscheinung" wird in einzelnen Listen der Todtentage ausführlicher
genannt [Hieroglyphen] „_Fest der großen Erscheinung des Osiris_ (l.l.
SHI. 101). In dem Festkalender _Ramses_ III zu Medinet-Aba wird
dasselbe Fest erwähnt und datirt als: [Hieroglyphen]
„That den 22. Tag der Feier der _großen_ _Erscheinung_ _des_ _Osiris_."

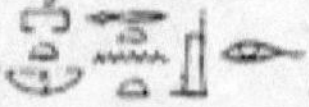

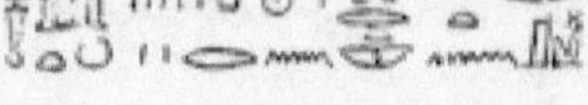

Eine nähere Prüfung dieser Festangaben, welche sich auf die Tage
des Todtenkultes beziehen und deren Ursprung und Gebrauch den
ältesten Zeiten der ägyptischen Geschichte angehört, ergiebt das wichtige Resultat, daß die in den zahlreichen Listen enthaltenen
Daten voraussetzen die Kenntniß:

1. eines Wandeljahres mit dem Ausgangspunkt des [Hieroglyphen] (wie
[Hieroglyphen] u. a. m.) oder des Jahresanfangs;

2. eines festen Jahres mit dem [Hieroglyphen] (wie [Hieroglyphen]
[Hieroglyphen] u. a. m.) oder dem Neujahrstage an der Spitze, und

3. eines Mondjahres, dessen einzelne Tage sich auf 12 Mondmonate
vertheilten, die das eigentliche Mondjahr bildeten.

Die dem Todten gewidmeten Feste, soweit es uns erlaubt ist aus
dem vorhandenen, der Zahl nach nicht geringen Festlisten einen Schluß
zu ziehen, sind daher einerseits 1) astronomisch-kalendarischer
Natur und hängen mit den Phasen des Sonnen- und Mondlaufes
zusammen, und 2, wesentlich religiöser Natur, indem aus uns
unbekannten Gründen die inzelnen den Todtengöttern Osiris
und Upuat oder Ap-uat gewidmeten Feste an bestimmten
Tagen des Wandeljahres angesetzt erscheinen, wobei im ältesten
Hintergrunde möglicher Weise die auffallendsten Natur-er-
scheinungen im Laufe des Jahres ihren Einfluß ausgeübt
haben. Zu den astronomisch-kalendarischen Festen gehö-
ren: [Hieroglyphen], das Neujahrsfest, [Hieroglyphen], das Fest der Jahresanfangs

und eines oder das andere vertreten in den späteren Festlisten durch

[Hieroglyphen] *piret sopdet hib* . Pathis-Aufgangsfest, [Hieroglyphen]

[Hieroglyphen] . *das Fest der 5 Schalttage des Jahres*, ferner die Mondtage

in ihrer Reihenfolge:

a. beim *zunehmenden Monde*:

[Hieroglyphen] . Neumondstag

[Hieroglyphen] . die 12 Neumondtage,

[Hieroglyphen] . 2. Mondtag

[Hieroglyphen] . die 12 Tage des 2 Mondes,

[Hieroglyphen] . 4. Mondtag,

[Hieroglyphen] . 5 Mondtag,

[Hieroglyphen] . 6. Mondtag,

[Hieroglyphen] . die 12 Tage des 6. Mondes,

[Hieroglyphen] . 15 Mondtag,

[Hieroglyphen] . die 12 Tage des 15 Mondes,

und b, *beim abnehmenden Monde*:

[Hieroglyphen], oder [Hieroglyphen] *saf, sad* [Hieroglyphen] . die 12 Sad-Tage

[Hieroglyphen] . 29. Mondtag, und

[Hieroglyphen] (*piret Xnm*) . der   30. Mondtag (s. weiter unten)

Zu den astronomisch-kalendarischen Festen gehören außerdem

[Hieroglyphen] . die Anfänge der Jahreszeiten;

[Hieroglyphen] . die Feste der Monatsanfänge; und

[Hieroglyphen] . die Feste der Anfänge der Dekaden-Wochen;

von denen gleich näheres angeführt werden soll.

Als _Monatsfeste_ dürfen und müssen angesehen werden [Hieroglyphen] _rokh ā hib_ oder auch [Hieroglyphen] _rokh-hib ura_, das Fest der großen Zündt," im Monat Mechir und dem entsprechend [Hieroglyphen] _rokh net hib_, das Fest der kleinen Glut" in dem folgenden Monat Phamenoth.

Den übrigen in den alten Festlisten angeführten Feiern müssen wir vorläufig die Natur religiöser Feldaten zu-reisen eine nachweisbare Beziehung zu einem astronomisch-kalendarischen Ursprung. Auch die heiligen Texte kennen sehr wohl den Unterschied zwischen den astronomisch-kalendarischen Festen und den allgemein religiösen Feiern zu Ehren der Götter. Er ist enthalten in den Formeln: [Hieroglyphen], die Feste des Himmels und der Erde," [Hieroglyphen], die Feste des Himmels und die Feste der Anfänge der Jahreszeiten," von denen weiter unten (5. den Abschnitt, die ägyptisch. Monate") ausführlicher die Rede sein wird.

In den ägyptischen Inschriften (das Dekret von Kanopus ausgenommen) lässt sich bis jetzt weder ein Wort noch ein Zeichen nachweisen, das mit zweifelloser Gewissheit auf einen 6. Schalttag bezogen werden könnte. Aus einzelnen Rechnungen der XVIII, XIX und XX. angehörend, geht hervor, dass der Jahresform ein Jahr von 365 Tagen zu Grunde lag,

wie dies auch aus nachstehender Inschrift erhellt, deren Epoche den genannten Zeiten angehören muss:
14. 13. 12. 11. 10. 9. 8. 7. 6. 5. 4. 3. 2. 1.

Der vorliegende, wenig vollständige Text befindet sich auf dem Binden-Kasten eines ehemaligen Goldschmieds im sebennytischen Ammonstempel Namens Jä-ḥ-en-ît. Er enthält eine an den Herren der dauernden Zeit gerichtete Anrede des Gottes Thot, der in dem kleinen Texte neben dem Bilde als „der der heiligen Sprache und Schreiber der Wahrheit der Götter" angeführt wird. In der 4. und 5. Columne ist die Rede von der Natur des Gottes selber, der sich selbst

[hieroglyphische Zeichen]

„mein Lauf ist wie das der Sonne und wie das des Mondes am Anfang des Jahres und am Ende des Jah-res, im Sommer und im Winter an den 365 Tagen des Jahres." Hierin ist mit durchsichtiger Deutlichkeit auf die Existenz des Sonnen- und Mondkalenders im ägyptischen Jahre von 365 hin-gewiesen; das zyklische Wandeljahr danach durch das Sonnen- und Mondjahr regulirt wurde. Das sog. sothische Wandeljahr von 365 Tagen war eben ein heiliges Jahr und als solches lag es den heiligen Kalenderdaten zu Grunde, aber es konnte nur seinen Werth dadurch erhalten, dass ihm ein Sonnenjahr, bez. ein Mondjahr, als Grundlagen der Berechnung gegenüberstand. Ohne diese nothwendige Voraussetzung war das Verständnis desselben vollständig in den Hintergrund gerückt. Der bisher be-zweifelte Mondkalender und das zu ihm gehörige Mondjahr hatten einen grösseren Einfluss gehabt, als man vielleicht dürfte. Aus den mir bekannten Beispielen hebe ich aus den Zeiten Ramses II die folgende Angabe eines hieratischen Papyrus zu Leiden (I. 350, Rückseite, Col. III, line 6) hervor:

[Hieroglyphen] Monat Mechir, Tag 16, in der Stadt Ramses' II, Tag der Neumonds-Feier.

Dass das Sonnenjahr bereits vor der Einführung des sogenannten Kanopischen Jahres von den Aegyptern bei besonderen Veranlassungen seine Verwendung bei Datirungen fand, dafür spricht vor allen der auffallende Unterschied in der Bezeichnung des Jahres [Hieroglyphen] und [Hieroglyphen] an einzelnen datirten Inschriften, die ich nach den mir bekannten Beispielen hier folgen lasse:

1. Die berühmte Stele von Tanis vom Jahre 400 eines Königes Namens Nubti beginnt mit dem Datum [Hieroglyphen] [Hieroglyphen], „Im Jahre [Hieroglyphe] 400, Monat Mesori, Tag 4, des Königs Set-ā-pehti, des Sohnes der Sonne und ihrer Freundes, Nubti.

2. Die von mir in El-Kab, Silsilis und Bigeh gesammelten Angaben der Sed-Feste ([Hieroglyphen] f. oder 209 ff.) zeigen vor der Angabe der Zahlzeichen, welche sich auf die betreffenden Regierungsjahre Ramses' II beziehen, mit aller Deutlichkeit dieselbe Gruppe [Hieroglyphen] (cf Rec I, 82–83).

In der ptolemäischen Epoche, und zwar nach Einführung des festen sog. Kanopischen Jahres, dessen Anfang auf den 22 8. Later

..., nach bisweilen die ältere Gruppe [Hieroglyphe] durch eine andere verdrängt,
auf deren Bedeutung ich zuerst aufmerksam gemacht habe und
die in ihrem zweiten Theile das Wort [Hieroglyphe] sap, in der Verbindung
[Hieroglyphe], wenn auch in einer übrigens bekannten Variante [Hieroglyphen]
(s. B.W. III. 1036 ff.) erhalten hat. Es handelt sich um die Gruppe
[Hieroglyphen] hä-sap, eigentlich "Anfang eines Sap" bedeutend.
Sie erscheint in einem sehr auffallenden Beispiele als Jahresangabe
der (mythischen) Regierung des Sonnenkönigs Rä, in dem großen
von den Horus-Kämpfen handelnden Texte von Edfu. Man liest
dort gleichsam wie eine historische Einleitung: [Hieroglyphen]
[Hieroglyphen] "im Jahre 363 des Sonnen-Hor-Chuti, des immer
und ewig lebenden." Sie kehrt wieder in einer Reihe von Kalenderdaten,
welche sich in Edfu befinden und die Zeitangaben der Gründung
des Tempels und der einzelnen Theile desselben unter verschiedenen
Ptolemäern enthalten. (s. Dü. u. J. Geschft. 1872 S 10 ff.) Als Grundtext
gleichsam muss die folgende Inschrift angesehen werden, welche zuerst von Herrn Dümichen in der Zeitschrift 1870, Taf. I und II veröffentlicht und besprochen worden ist. Meine eigene Copie lege ich
nach meiner Abschrift vor, die ich an Ort und Stelle mit aller Sorg-
falt genommen zu haben glaube. Sie berichtigt eine Reihe von Fehlern, die sich in die Abschrift meiner verehrten Collegen eingeschlichen
haben. Desgleichen muss die von Dümichen l. l. 3 ll. vorgelegte Uebertragung des langen Textes wesentlich verbessert werden. Meine

eigene Anlegung wird das Verdienst der ersten Privatars in Keinen Masse abschwächen.

Inschrift No. 1.

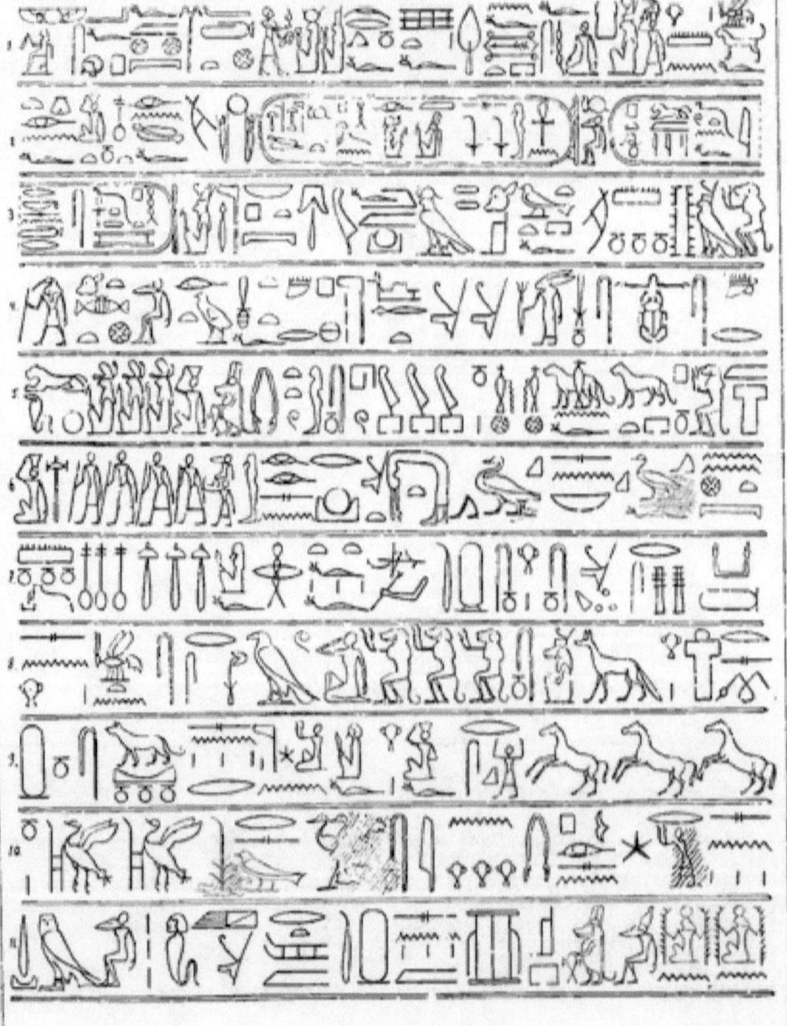

eigene Anlegung wird das Verdienst der ersten Privatars in Keinen Masse abschwächen.

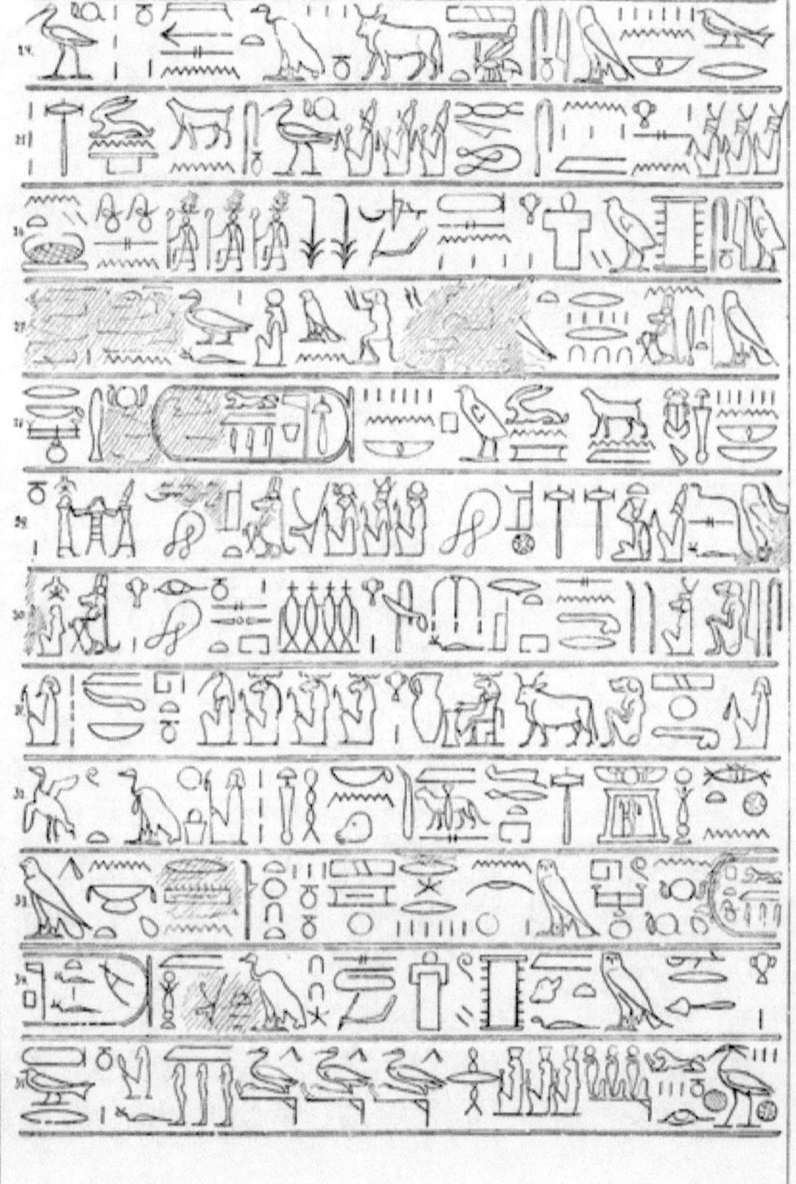

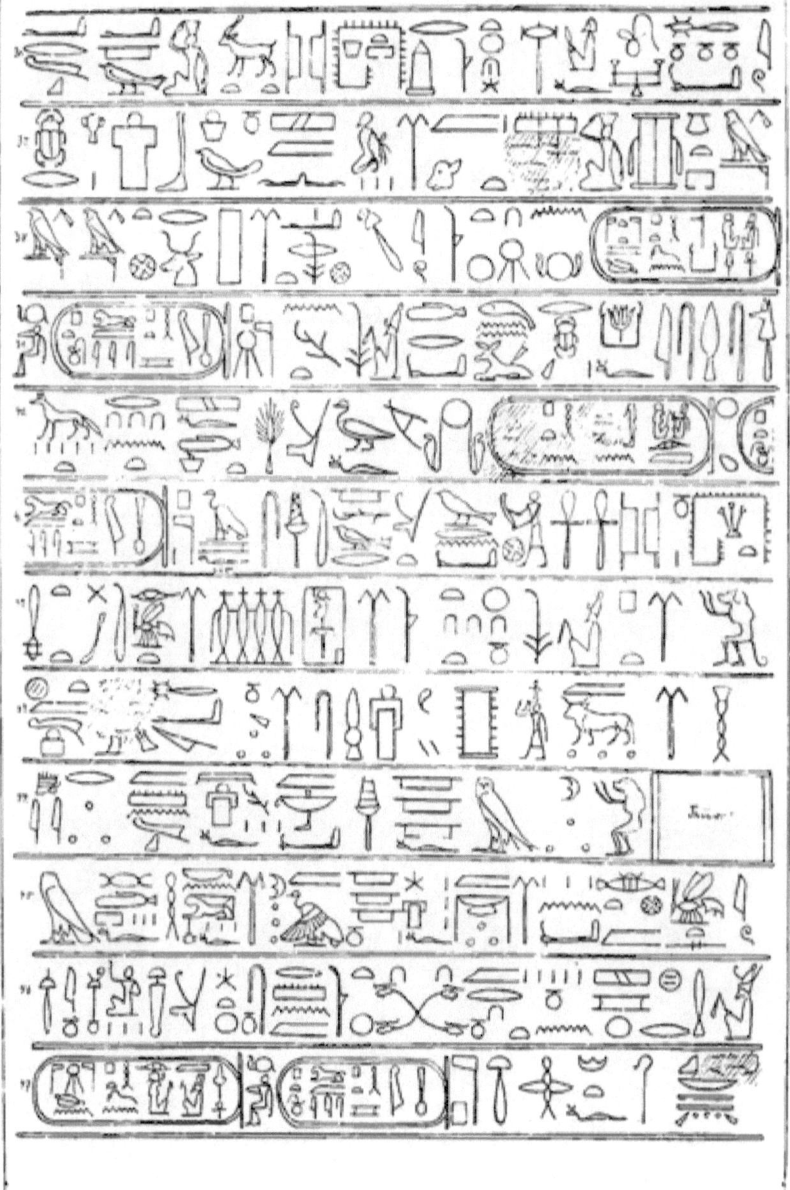

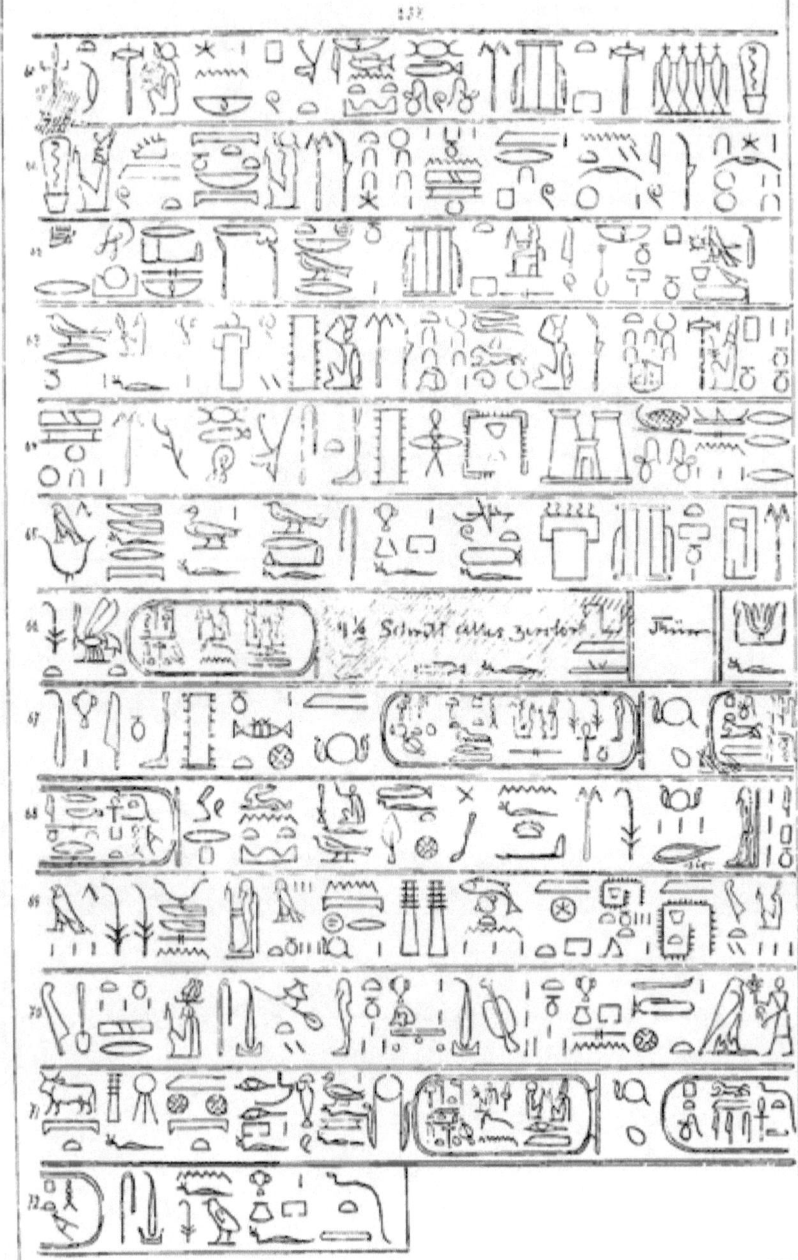

4 ½ Schrift alles zerstört
Thür

Uebertragung.

« Es zeigt sich die herrliche Sonnenscheibe am Himmel in der Stadt
« Apollinopolis und es kam Athis, der Herr des Himmels, nach seinem Bau-
« de. Er nahm Besitz von seiner Wohnung, er setzte sich wieder auf sei-
« nem Throne und betrachtete dieses schöne Werk, das ihm ausgeführt hatte
« sein geliebter Spross König Ptolemäus VI mit dem Beinamen Alexan-
« der, der Freund des apollinopolischen Horus, des grossen Gottes und
« Herrn des Himmels, des buntgefiederten, der an der Lichtsphäre hervor-
« tritt, des leuchtenden Horus an seinem grossen Heiligthume.

« Diese schöne und grosse Mauer des Hintertempels von Apollinopolis;
« der gleichen nicht ausgeführt worden seit der Zeit der Neun-Götter, sie
« ist ein grosses Wunder, von dem kein zweites vorhanden ist seit der
« Zeit der Götter. Ein gewaltiger Bau, ihm gleicht nichts auf dem Gebiete
« der Tempel beider Aegypten. Sie umgiebt diesen Umgang zum Schutze
« desselben nach seinen vier Richtungen hin, deren Anblick der Licht-
« sphäre der Himmelsbogens gleicht. Ein jeder, der in sie hineintritt,
« tritt in einen Himmel ein.

« Das Denkmal ist das auserwählteste unter den schönen und wohl
« ausgeführten, die Seine Majestät und seine Väter angelegt haben,
« deren Namen mit dem Eisengriffel auf ihnen eingegraben sind, um ihre
« Person auf ihrem Werke zu erhalten, um das Gedächtniss an ihre
« Guthaten den Nachkommen zu überliefern, um ihren Namen
« auf ihrem Denkmale bestehen zu lassen, um zu sichern. Seine Ma-

pielt auf seinem Werke, um zu verherrlichen die Guttthaten seiner Erzeuger, um ihre Eigenschaften bei den Menschen zu erhalten, die sie
nicht gesehen haben, um sie zu preisen, sie und ihr ganzes Geschlecht,
um ihren Namen zu erhalten in Apollinopolis in Millionen von Millionen zu Jahren, um ihnen den Ruhm der buntgefiederten Götter zu
verschaffen wegen ihrer Thaten und um ihre Kunde bis in Ewigkeit
hindauern zu lassen.

« Es freut sich eure Herz, ihr Könige Ober- und Unter-Ägyptens,
ihr Freunde der Tempels, ihr Vorsteher und Cerémoniarchen in den
Heiligthümern; ihr grosse Priester Ägyptens, ihr grosse Männer
wohl bewandert in den Wissenschaften der Bücher, von Elephantine
an bis zum Meeresgestade hin, abwärts zu fahren von Süden
aus, aufwärts zu fahren von Norden aus, zu landen bei der
Sonnenstadt Apollinopolis, der grossen Terrasse des heiligen Sonnen-
schreiters um anzubeten vor dem buntgefiederten Sperber, zu durch-
wandeln diese schöne Wandelbahn, zu durchschreiten die vier Säulen des grossen Heiligthümer, zu hören von den grossartigen Denkmälern, welche Seine Majestät ausgeführt hat in der Stadt Apollinopolis und von dem Thun seiner Väter und seiner Mütter;
« Das grosse Heiligthum der Sonnengotter ward erbaut in ihrer
Mitte es ist ähnlich der Lichtsphäre der Himmels. Der Vordersaal
an seiner Fronte geht von Osten nach Westen. Er gleicht einem
Himmel mit den Seelen von Göttern und es ist höher, als der

Hintertempel auf seiner rechten und auf seiner linken Seite. Es erstreckt sich seine Höhe bis zum Gesims. Säulen mit Lotos-, Pa-
pyrus- und Palmen-Kapitälen stützen ihn gleichwie die vier
Stützen den Himmel tragen. Der breite Raum des Hofes, für die
Opfer bestimmt, mit Säulen versehen, folgt nach ihm, vergleich-
bar der Göttin _Nut_, die den Lichtstrahl geboren hat. Das Doppel-
thronthor folgt nach seiner westlichen und östlichen Seite hin,
gleichend den beiden Schwestern Isis und Nephthys, welche die auf-
(gehende) Sonne halten.

„Die vollkommenen Tage des Anfanges ihrer Gründungen, die
Monate und Tage ihrer Ausmessung und die Lehre des Anfanges
des Baues sind daselbst (angegeben.) Die hervorragenden Tage
des 6. Mondes, an denen ihr Inneres (für den Bau) frei gelegt
ward, sind verzeichnet. Die Könige Ober-Ägyptens, welche
den Grundstein zu ihnen gelegt haben, befinden sich auf ihnen.
Die Könige von Unter-Ägypten, welche den ersten Hammerschlag zu ihnen gethan haben, jene große Fürsten, ihre Namen
befinden sich eingegraben auf ihren Wänden. (...... .....).
A., Jener schöne Tag, (an welchem der Bau begann, war im 10. Jahr)
der 7. Epiphi, unter der Regierung der Majestät des Königs Ptolemäus III., der Gottes Energetes I. Das war ein 6. Mondtag, an
welchem das Innere in dem Erdboden frei gelegt ward, und zwar
der erste aller Tage des 6. Mondes, die für den Hammerschlag

„ bestimmt sind. Der Grundstein ward für das grosse Heiligthum des
„ Sonnengottes gelegt und gegründet ward der Tempel von Apolli-
„ nopolis für den Körper seines Vaters (d. i. Horus) Der König
„ selber leitete in Gemeinschaft mit der Göttin Safe-Xet die Grün-
„ dung aus für das Allerheiligste, welches den Ausgangspunkt bildete
„ zur Bestimmung seiner Masse je nach ihrer Oertlichkeit; die durch
„ die göttlichen Meister (Fries) in Gemeinschaft mit dem Herrn
„ der Schriftsprache (d. i. Thot) ihre richtige Lage erhielten. Die hei-
„ ligen Baumeister bauten, der Herr der Achtgötter und der erste der
„ Neungötter war der Oberdiener seines (w. des Allerheiligsten) Amtes

B. „ Vollendet ward das grosse Tempelgebäude und ausgeführt der Anten-
„ tempel für den Gold-Horus bis zum Jahre 10, Monat Epiphi, dem 7.
„ Tage des Monats, in der Zeit der Könige Ptolemäus III, des Gottes Philo-
„ pator, so dass die Ausführung 25 Jahre gedauert hatte. Bedeckt wur-
„ den die Wände in seinem Innern durch wohl eingemeisseltes Sculp-
„ turwerk, auf den grossen Namen Seiner Majestät, mit den Ab-
„ bildungen der heiteren Götter und Göttinnen von Apollinopolis

C. „ Vollendet hatte man sein grosses Portal und die Thürflügel seiner
„ Saales bis zum Jahre 16 Seiner Majestät, da brach ein Aufruhr aus
„ und es erstand in Folge dessen ein Rebellenkönig in dem oberen Theile
„ des Landes. Seine Herrschaft breitete sich von Apollinopolis an aus
„ bis zu der Stadt .... im südlichen Lande (Ober-Aegypten).
„ Das endete im Jahre 19 des Königs Ptolemäus V des Gottes Epipha-

„ner, nachdem der König das Land von dem Aufstande erlöst hatte. Siehe

„ sein Name ward in ihm eingetragen.

D. „ Im Jahre 5, am 1. Tybi, der Regierung seines geliebten Sohnes, des

„ Königs Ptolemäus VII, des verstorbenen, des Gottes Philometor, ward

„ aufgestellt die große Thür der Saales Ur-naxt und die Thürflügel

„ seiner Hait-Saales.

E. „ desgleichen ward die Arbeit wieder aufgenommen im Saale Hat-

„ ger im Jahre 30 dieser Königs.

F. „ Damit dass man Inschriften und Darstellungen in Skulpturarbeit

„ ausführte, seine Wände mit Goldblechen verzierte, mit Farben

„ ausfüllte, seine (Thüren) vollendete, seine Thürflachen mit festem

„ Erz beschlug, seine Thürangeln und seine Schlösser aus Erz herstellte,

„ die Thürflügel seiner Eingänge mit Goldblech überzog und den

„ Hintertempel durch die Künstler, jeglicher nach seiner Zeit, in einer

„ vortrefflichen Arbeit ausführen ließ, gelangte man bis zum Jahre

„ 28, dem 18. Mesori, unter der Regierung der Majestät des verstorbenen

„ Königs Ptolemäus IX, des Gottes Energetes II und seiner Weiber, der Kö-

„ nigin und Landesherrin Kleopatra.

„ Macht an Jahren 95 von der Gründung an bis zum Einzugsfeste und

„ der feierlichen Uebergabe des ewigen Hauses durch Seine Majestät

„ an seinen göttlichen Gebieter, den Horus von Apollinopolis, den Gott

„ Ahi, den Herrn des Himmels.

„ Ein großes Freudenfest (tes), das seines gleichen seit Gründung

„ der Welt bis auf den heutigen Tag nicht hatte, ward am frühen Morgen
„ beim Aufgange der Sonne gefeiert. Die Stadt Apollinopolis war über-
„ schwemmt von allerlei guten Dingen und von Millionen vier Hundert
„ tausenden der besten Sachen an diesem (Tage). Eine unbegrenzte
„ Fülle war davon vorhanden. Zahllos waren die Rinder und das
„ Geflügel. Stiere, Kälber und Kühe gaben den Altären ein fest-
„ liches Aussehen. Gemästetes Geflügel ging in Feuer auf. Balsam,
„ Weihrauch und Oel lag auf den Opferpfannen und der Himmel
„ war oberhalb des Tempels nicht zum Erkennen. Durchtränkt war
„ der Erdboden vom frischen Moste und vom Wein aus dem Lande
„ Ba und aus Schaschmu. Der König und die Freunde standen da in
„ ihren Festkleidern. Die Tänzer brachten ihre Gaben herbei. Die Bewoh-
„ ner von Tentyra fanden ihren Vereinigungspunkt in Apollino-
„ polis; von den Weibern an, die sich den Männern zugesellten, bun-
„ ten vom Wein, gesalbt mit feinem Oele und Blumenkränze um ihren
„ Hals gewunden —

„ Der Gott von Apollinopolis stieg empor in seinem heiligen Schiffe,
„ seine Scheibe ging auf im Osten und er nahm Besitz von seinem
„ grossen Heiligthume, seinem herrlichen Sonnenhause. Er verei-
„ nigte sich mit seinem Tempel, der aufgerichtet ward ihm zu Eh-
„ ren auf seinem Sonnenthrone von jenem Tage an bis in Ewigkeit hin;
„ mit Skulpturwerk waren (die Wände) des Hintertempels bedeckt auf
„ den (grossen) Namen Seiner Majestät.

G. „In jener schönen Epoche im Jahre 30, am 9. Payni, an dem Feste
„der Vereinigung des Osiris, des Mondes, mit der Sonne, das ist an dem
„6. Mondtage des Monats Payni fand der (erste) Hammerschlag in
„dem Vordersaale für den vordersten Gott der Landestempel statt.

H. „Vollendet ward das Werk des himmlischen Hirten im Jahre 46, im
„Monat Mesori, am 18. Tage des Monats.

J. „Es waren 16 Jahre, 2 Monate und 10 Tage verflossen von der Grün-
„dung des lichten Saales an, bis zum Fest der Einweihung, das
„gleichzeitig als ein grosses Freudenfest (_tex_) der herrlichen Vorder-
„saales festgestellt ward. Es ward als ein schöner Fest dieses Tempels
„gefeiert. –

K. „Die Einmeisslung des grossen Namens Seiner Majestät auf seiner
„Wand fand statt vom Jahre 48 an bis zum Ende seiner Regierung, dem
„54. Jahre dieses Königs.

L. „Im Monat Payni, am 11 Tage, nachdem man die Gründung der
„Mauer sammt dem Vorhof und dem Doppelthurmthore vollzogen u.
„der (erste) Hammerschlag an ihnen allen gethan hatte, breitete
„der Göttliche seine Flügel himmelwärts aus (d. i. der König starb)
„und sein ältester Sohn setzte sich auf seinen Thron. Sein Name
„ward eingegraben (auf) der Wand des Vordersaales des Gotteshauses
„als König von Ober- und- Unter-Ägypten _Ptolemäus X._ (Ihm folgte
„ein Bruder, der als König Ägyptens Krone und Thron empfing.)

M. „Eingegraben ward sein Name auf der Mauer des Adytums,

als König Ptolemäus XI mit dem Zunamen Alexandros. Er floh
nach dem Lande Pun und sein älterer Bruder nahm Aegypten
in Besitz; Er ward zum zweiten Male als König gekrönt.

„Dies die Könige, welche diese Denkmäler ausgeführt und dies
die Horus, die ihre Flügel ausgereckt haben (d. h. die inzwischen
gestorbenen Könige). Mögen eure Seelen dauern im Himmel
bei dem Sonnengotte, möge euer Leib bewahrt bleiben im Grabe,
möge euer Fuß im Gerichtssaale unbehindert wandeln, möget
ihr triumphiren beim Osiris, möge euer Bildniß aufgestellt
bleiben auf Erden und eure Erben auf ihrem Throne! Und Horus
von Apollinopolis, Ari, der Herr des Himmels, möge er aufgehen am Himmel, möge er schauen auf seinen Tempel, möge
er den Lohn verleihen seinem Sohne, der ihn liebt, dem Könige
Ptolemäus X Soter II, den er auf seinen Thron gesetzt hat für
alle Ewigkeit hin!"

Eine andere Inschrift, deren erste Kenntniß die Wissenschaft gleichfalls
den Publicationen unseres Collegen Dümichen schuldet, wiederholt den größten Theil der vorstehenden Angaben. Ich gebe
den Text auf Grund eigener Abschrift, die ich seiner Zeit in
Edfu genommen habe und die auf correcteste Wiedergabe der
Originale Anspruch machen darf.

Inschrift No II.

Uebersetzung.

A. „ Am zweiten schönen Tage im Jahre 10, dem 7 Epiphi unter der Regierungszeit
„ des Königs von Ober- und Unter-Ägypten, des verstorbenen _Ptolemäus III_, des
„ Gottes Euergetes I, Vaters der Götter, welcher erzeugt hatte den Vater des Königs
„ Ptolemäus III, [des Gottes _Automator I_, ward die Gründung des Adytum
„ vollzogen und] der Grundplan erhoben zum [. . . . . . .] an der grossen
„ Stätte. Die göttlichen Meister, die Vorstanden [- - - - -] steckten seine Latten
„ ab auf seiner ehemaligen Mittelaxe, die heiligen Baumeister bauten;
„ der Gott von Memphis beschleunigte die Arbeit und die Achtgötter freu-
„ ten sich auf seiner Area. Zurecht gemacht ward der Sitz des Gebietes, . .
„ zeigte sich als Mauerwerk des ewigen Hauses, angelegt ward der Palast
„ in Gestalt einer Mitte [. . . . .] an seinem (zugehörigen) Orte, so vollendet das
„ Adytum zu Ende geführt die Stätte der Vollkommenen und der
„ Hammerschlag ausgeführt in dem Gemache des Gottes von Apolli-
„ nopolis.

B. „ Im Jahre 10, Epiphi; am 7 Tage des Monats, nämlich an dem
„ Feste des 6. Mondes; fand ein grosses allgemeines Fest statt, zur Er-
„ innerung(?) nämlich an die Gründung der Tötung des Horus, unter
„ der Regierung der Majestät des Königs von Ober- und Unter-Ägyp-
„ ten _Ptolemäus V_, des Verstorbenen, des Gottes _Philopator_, welcher
„ erzeugt hatte den Vater des Königs _Ptolemäus IX_, der Gottes _Euer-_
„ _getes II_, nach Verlauf von 25 Jahren.

C. „ mit Inschriften ward ihr Innenraum versehen und mit wohl

„ ausgeführtem Sculpturwerk auf den grossen Namen Seiner Majestät,
„ sammt den Bildern der Götter und den symbolischen Gestalten der
„ Göttinnen von Apollinopolis, (auch) vollendet sein grosses Por-
„ tal und die Flügelthüren seiner Säle bis zum Jahre 16 Seiner
„ Majestät.

„ Da brach ein Aufstand später aus und ein Rebellenkönig er-
„ stand in dem Oberlande. Das ging zu Ende im Jahre 19 des ver-
„ storbenen Königs Ptolemäus V, des Gottes Epiphanes, des
„ Enkels Königs Ptolemäus III, des Gottes Euergetes I, welcher die Ru-
„ he im Lande wiederherstellte und seine Feinde schlug. Eingetragen
„ ward sein Name in ihr—

D. „ Im Jahre 5, am 1 Tybi, seines geliebten Sohnes, des verstorbenen
„ Königs Ptolemäus VII, des Gottes Philometor ward die Thür sei-
„ nes grossen Portales aufgestellt und die beiden Thürflügel sei-
„ nes Ha — Saales.

E. „ In gleicher Weise rührte man von Neuem die Hände an den
„ Bau des Hotep-nebui-Saales, im Jahre 30 dieser Königs.

F. „ Indem man Schrift und Sculpturwerk mit dem Eisengriffel
„ ausführte, seine Wände mit Goldblech überzog, die Farben
„ anlegte, seine Thüren vollendete, seine Thürflächen (mit
„ bestem Erze) überzog, seine [Thürangeln] und seine Schlösser
„ aus Erz (herstellte), seine Durchgänge und seine Thore mit Gold-
„ blech überzog und alle Arbeit an ihm durch die Künstler,

„alle nach ihrer Zeit, in vortrefflicher Arbeit ausführte, gelangte man
„zum Jahre [28], dem 18 Tage des Neujahrsmonates, an welchem
„die feierliche Uebergabe des ewigen Hauses an Seine heilige
„Majestät durch den König von Ober- und Unter-Aegypten _Ptole_-
„_mäus II_ sammt seinem Weibe, der Königin und Landesherrin
„_Kleopatra_, die Götter _Euergeter II_, statt fand.

„„Wacht an Jahren 45 von der Gründung an bis zum Einzugs-
„feste hin. Als die grosse Sonnenscheibe am Himmel emportauchte,
„zog sie in ihr Haus ein an dem Feste der Einweihung!"

Die in den beiden Inschriften angeführten Daten aus den 50.
unseres. Zeiten werden auch sonst in weniger ausführlichen
Nebentexten aus Edfu vollkommen bestätigt, oft auch mit Hinzufügung wichtiger Angaben astronomischer Natur. Ich lasse sie der
Reihe nach aufeinander folgen, wobei die grossen Buchstaben
auf die entsprechenden Stellen in den Inschriften № I und II zu-
rückweisen.

Inschrift № III. (B.) of DT I, 50, RE. 130)

Epoche Ptolemäus II. Philopator's.

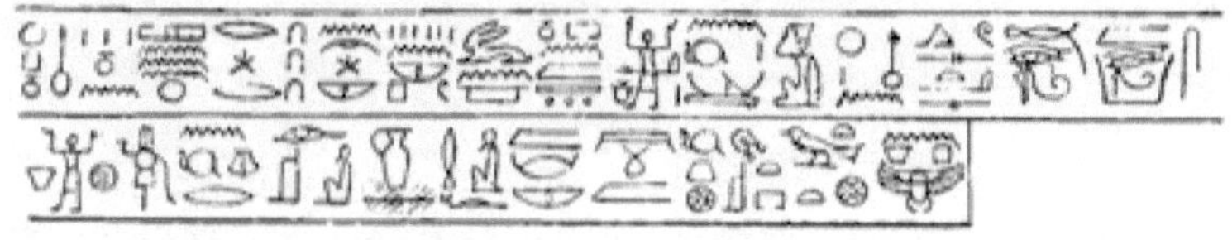

„An diesem schönen Tage des Monats Epiphi, dem 7. des Monats, an dem
Feste eines 6. Mondes nämlich, fand statt die Eröffnung der Inneren
in dem Erdboden. Erfreut ist das Herz des Sonnengottes Rā an ihm.
Es ist der schöne Tag der Iusāset, der Ausfüllung des heiligen Auges
mit seinem Erforderlichen, der Erhöhung des Ständers der Rā,
welcher den Gott Osiris trägt und mit welchem sich Osiris an der Feste
der 18 Monde vereinigt, ward ausgemessen der Sonnensitz und gegründet das große Heiligthum für den geflügelten Käfer."

№ IV. (B, cf. DTI. 50, R 2. 131)

derselben Epoche angehörend.

„An dieser schönen Zeit des Monats Epiphi, an dem Tage des Festes der Vereinigung des heiligen Auges, also heißt die Sonne, wann die Schwester angekommen ist und das heilige Auge an seinem Platze ruht,
an dem Tage, an welchem der Gott . . . ., der große Gruss
an dem Thore des Tempels des Bennu-Vogels gesprochen, alles Wider-
wärtige fern gehalten wird, ihre Arbeit von der Göttin Mehenet
geschieht und Osiris sich mit ihr vereinigt am 18. Mondfeste. Ge-
schah der Hammerschlag in Apollinopolis und die Gründung der

„Hinter-Tempels ward für den Gold-Horus ausgeführt.

Nº V (B. cf. DT I. 5)

aus derselben Epoche

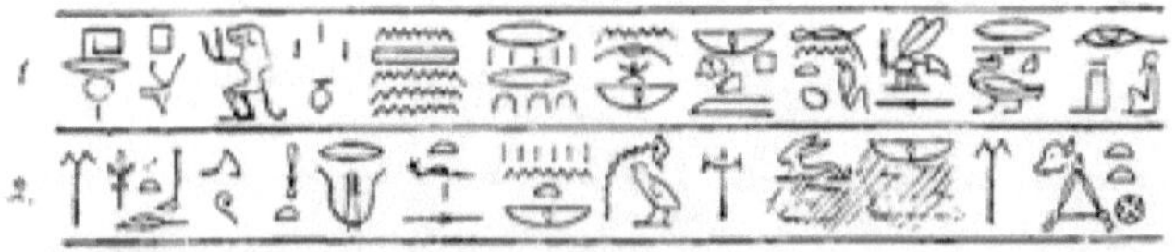

„An diesem schönen Tage, Monat Epiphi, am 7. des Monats, an dem Feste
„des Anfangs, als vollendet hatte die Göttin <u>Mehenet</u> ihre Arbeit um den
„Gott Osiris in das linke Auge eintreten zu lassen, und die Schwester an,
„kam um sich mit ihrem Vater zu vereinigen, nämlich an dem Feste
„des 6. Mondes für die Feier der Eröffnung [des Innern des Erd-
„bodens] in Edfu."

Nº VI. (F cf. DT I. 86)

aus der Epoche Königs <u>Ptolemäus IX</u> <u>Euergetes II</u>, anno 28.

„Am 18. des Monats Mesori; dem 23 Epiphi; an diesem schönen Tage des
„Eingangsfestes seiner Herrn, zur Zeit der Uebergabe des Tempels seiner
„göttlichen Majestät an seinen Herrn, zeigte er (der Sonnengott) sich
„auf der Himmelsfrau zwischen ihren Schenkeln in Gestalt einer großen
„geflügelten Sonnenscheibe aus reinstem Golde. Er hob sich empor zur
„Höhe auf den Händen der Isis und Nephthys, hin die Stadt Apollin-
„nopolis. Der buntgefiederte er stand grade über seiner Stadt; da
„schaute er an seinem Tempel."

№ VII (F. d. DT. 85)

aus derselben Epoche —:

„Er zeigt sich am schönen Morgen des 18. Mesori ."

№ VIII (9.)

(aus derselben Epoche vom Jahre 30 des Königs).

mit dem Zehnten; das war am Feste des 6. Mondes, nämlich der
„Kammerstag, am 9. des Monats Payni."
Das Verständniß und der Zusammenhang der in den vorstehenden

Inschriften verzeichneter Daten ist nichts weniger als schwierig. Sie enthalten ohne Ausnahme Daten, welche durch die correspondirenden Tage des Wandeljahres und der Mondjahres genau fixirt sind, wobei in 2, gewiss nicht zufälligen Beispielen (A. und F) der angesetzte Mond= tag und Mondmonat mit den entsprechenden, nach Tag und Monat gleichlautenden Tagen des canopischen Jahres übereinstimmt. Aber nicht diese Tage des letztgenannten Jahres, wie Prof. Dümichen an= nehmen zu müssen glaubte, sondern die Mondtage der Mondjahres sind es, welche der Zusammenstellung der correspondirenden Daten zu Grunde liegen. Diese Coincidenz der Tage des Wandeljahres und der Mondjahres wird in den Kalendern genau markirt durch die Worte: [Hieroglyphen] hb sr Xr-wt-ḥof „der sogenannte Coincidenz- Feiertag", oder [Hieroglyphen] hb sṇ nfr Xr-wt-ḥof „der sogenannte- gute Coincidenz-Feiertag." Als derartige glückbringende Tage stehen verzeichnet in dem Kalender № I von Edfu:

[Hieroglyphen] …… [Hieroglyphen]

„Monat Mechir, Tag 21. Fest der Starken im ganzen Lande ……

„Mechir ist der Name dieser Tages, ein sogenannter Coincidenz- Feiertag," und [Hieroglyphen] …… [Hieroglyphen], Monat Epiphi …… Neumondsfeier dieses Monates, ein sogenannter Coincidenz- Feiertag." Dieselbe Coincidenz tritt auch nach dem Kalender von Dendera ein. Man begegnet darin der Angabe:

[Hieroglyphen] „Monat Epiphi, Neumondsfest, ein

,sogenannte gute Coincidenz oder, d. h. ein besonderer feierlicher Tag, wann der 1. Epiphi der Wandeljahres mit dem 1. Tage desselben Monats Epiphi der Mondjahres zusammentraf.

Ich gebe in der angeschlossenen Tafel die übersichtlich geordnete Zusammenstellung sämmtlicher Daten, wie sie aus den oben mitgetheilten Inschriften hervorgehen. Ich füge denselben unter N. ein neues Datum hinzu, das in 3 Redactionen vorliegt und nach Dümichen ein Datum enthält, dem ohne nähere Angabe des Tages in einer vierten Inschrift der entsprechende Monat (Paophi) des Kanopischen Jahres gegenüber stehen soll. Dies ist aber nicht der Fall, denn die Inschrift am Pylonenthor von Edfu (s. unten), welche Prof. Dümichen offenbar im Sinne hatte, bezieht sich einfach auf ein Monats-Fest der Ho, ... im Monat Paophi und hat inhaltlich nichts mit dem Datum der Aufstellung der Pylonenportales zu schaffen. Die erste, in D TJ 112.7 mitgetheilte Inschrift lautet im Originale:

Inschrift IX. (A)

,An diesem schönen Tage im Jahre 25, den 1. Choiak, vollendete man diese ,Thürflügel des Portales.'

Die Inschrift bezieht sich, wie Dümichen nachgewiesen auf die Regierung des Königs Ptolemäus XIII Neos Dionysos.

Eine zweite Redaction (l. l. 112,7 RE.2) derselben lautet:

„ aufgestellt wurden diese Thürflügel der Portales im Monat Choiak."

Eine dritte Redaction derselben Angabe (cf. l. l. 112, 11) hat:

„ aufgestellt wurden diese Thürflügel der Portales am 1. Choiak."

Der vierte Text, in dem grossen Pylonenportal, von dem ich oben gesprochen habe, sagt nur aus:

„ die herrliche Seele geht strahlend auf am Tage des Horus, des Herrn des
„ Lebens, leuchtend in seinem Schiffe und Leben spendend allen Menschen
„ Er tritt heraus um Wohlthaten zu verleihen an seinem schönen Feste
„ im Monat Paophi."

Von einer Gründungsfeier ist darin nirgends die Rede.

Uebersichts-Tabelle kalendarischer Coincidenztage

(hierogl.   )

Inschrift Litt.	Namen der Könige		Datum nach dem Wandeljahre			Datum nach dem Vagen Jahr		Datum nach dem Mondjahr		Im Jul. Kalender			Im Namen Sothis Jahr	
			Jahr	Monat	Tag	Monat	Tag	Monat	Tag	Jahr	Monat	Tag	Monat	Tag
A	Pt. III Euergetes I		10	Epiphi	7	(Epiphi	6)	(Epiphi)	6	237	August	23	Paophi	5.
B	Pt. II Philopator		10	Epiphi	7	(Payni	30)	(Epiphi)	6	212	August	15	Thot	29.
			25 Jahre in Summa											
C	idem		16							207				
	Pt. V Epiphanes		19.							167				
D	Pt. VII Philometor		5	Tybi	1	(Choiak	15)			176	Februar	3	Pharmuthi	19
E	idem		30							152				
F	Ptol. IX Euergetes II		28	Mesori	18	(Epiphi	23)	Epiphi	23	142	Septbr	10	Paophi	23
			95 Jahre in Summa											
G	idem		30	Payni	9	(Pachon	7)	Payni	6	140	Juli	2	Mesori	18
H	idem		46	Mesori	18	(Epiphi	19)			129	Septbr	5	Leopt	18
	L.		16	2	10 in Summa									
K	idem		48											
L	idem		54	Payni	11					116	Juni	29		
N	Pt. XII Neos Dionysos		25	Choiak	1	(Paophi	15)			57	Decbr	5.	Tybi	19

Es sind zunächst die Monddaten, welche in auffälliger Weise die Wahl der Tage bei den Gründungs-Feierlichkeiten beeinflusst haben, besonders eine besondere [...], von denen die Inschrift No I ausdrücklich spricht. Der richtigeren Uebersicht wegen habe ich in der nachfolgenden Tabelle durch gleichmässige Reduction der correspondierenden Kalender-Tage die überlieferten Neumonde berechnet und den einzelnen Daten, wie sie sich auf Grund der aegyptischen Steintexte ergeben, die entsprechenden Tage nach dem Schema der Metonischen 19jährigen Mondcyclus gegenübergestellt.

Tabelle von Neumonden aus der Zeit 237 — 140 vor Chr.

nach Liste	Im Jahre der Regierung	der Regierung Königs	Im Wandeljahre		Im Mondjahre		Im Kan. Jahre		Jul. Datum			Meton Cyklus	
			Monat	Tag	Monat	Tag	Monat	Tag	Jahr	Monat	Tag	Monat	Tag
A	10	Ptol. III Energetes I	Epiphi	2	(Epiphi)	1	(Epiphi)	(1)	237	Aug.	18	Aug	18
B.	10	Ptol. IV Philopator	Epiphi	2	(Epiphi)	1	(Payni)	(25)	212	Aug	12	Aug	12
F.	28	Ptol. IX Energetes II	Epiphi	25	Epiphi	1	(Epiphi)	(2)	142	Aug	19	Aug	19
G	30.	ejusdem	Payni	4	Payni	1	(Chron)	(9)	140	Juni	27	Juni	27

Die Uebereinstimmung ist in die Augen fallend. Sie wird bestärkt durch die Thatsache, dass nach der astronomischen Berechnung der Neumond des 18 August 237 vor Chr. Geb. wirklich in der Nacht vom 17 zum 18. August eingetreten ist. Ich schulde diese Angabe einer brieflichen Mittheilung meines Wiener College, Herrn Dr. Krall, dem gegenwärtig die von mir studierten Monddaten auf den ägypt. Denkmälern (s. Ztschft 1872, S.11 ff.) einen Zweifel mehr übrig lassen. Zu gleicher Zeit ergiebt sich aus der Inschrift G., welche die gronyme Bezeichnung der Monate Payni [Hieroglyphen] in Verbindung mit dem

5 Mondtage setzt und einem 2. Payni des Wandeljahres gegenüber steht,

dass die Bezeichnung der Mondmonate den laufenden Monatsnamen

des Wandeljahres entlehnt werden. Hierauf basiren die in den beiden

Uebersichtstabellen von [ ] eingeschlossenen Angaben der Monate, auf

welche die einzelnen Mondtage zu beziehen sind. Ich bemerke übrigens

bei dieser Gelegenheit, dass die Bezeichnung des Monats Payni durch

die eponyme Benennung [Hieroglyphen] pib-ânet „Monatsfest der

Thales" (worin der Ursprung der Koptisch-griechischen Namen des Monats

ΠΑΩΝΕ, ΠΑΩΝΙ, ΠΑΩΝΗ, Παϋνι zu suchen ist) bis auf die Zeiten

der 19. Dynastie zurückgeht. Am Tempel von Alt-Qurna finden sich

die Worte: [Hieroglyphen] „ gesonnen ward

„ein heiliger Schiff aus Goldkrone um seine (des Gottes Amon) Herrlichkeit zu

„tragen bei der Procession des Herrn der Götter an seinem Monatsfeste Pa-

„one," letzteres voraus durch [Hieroglyphen] pib-en-ânet bezeichnet. Es ist

derselbe Monat, in welchem nach dem griech. Papyrus Nᵒ I (S.3 lin.1/4) des

Turiner Museums ein höherer Beamter προς διαβασιν τον μεγιστον θεον

Απραϊος nach Theben gekommen war. Die Einwendung der correspon-

direnden Tage nach dem Wandeljahre und dem Mondjahre genügte noch

nicht, wie es scheinen muss, um den Daten dem Stempel einer unzweifel-

haften Genauigkeit aufzudrücken. Auch eine dritte Jahresform, die

des Normal-Sothis-Jahres, deren Anfang der 20 Juli jul. anzeigt, wurde

wenn auch in versteckter Weise noch mit in das Bereich der Tages-Conver-

dargen einung zogen, oder genauer gesagt, bildete eigentlich die Grundlage derselben. Drei von den verzeichneten Tagen liefern dafür die Beweise. So z. B. trat nach B. am 17 August 212 vor Chr der 6 Mond am 7. Epiphi der Wandeljahres ein. Der genannte Tag wird außerdem durch eine
ganze Reihe von Daten mythologisch-astronomischen Inhaltes besonders ausgezeichnet. Ich hebe hervor die Benennungen desselben als [Hieroglyphen]

[Hieroglyphen] „Tag der Vereinigung des heiligen Auges."

[Hieroglyphen] „der gute Tag der Göttin Isis-Sat und der Anfüllung des

„heiligen Auges mit seinem Erforderlichen."

[Hieroglyphen] „der ankommenden Schwester"

[Hieroglyphen] „der Ankunft der Schwester, um sich zu vereinigen mit ihrem

Vater."

[Hieroglyphen] „des ersten Festes" oder „des ersten Monatsfestes."

In dem festen oder dem Normal-Sothis-Jahre entspricht dem 17 August
gerade der 29. des Thot, des ersten Monats im Jahre. Ein Blick auf die
Kolumnen des Kalenders № I von Edfu, welche die im Monat Thot gefeierten Feste enthalten, belehrt uns [Hieroglyphen]

„der Tag der Anfüllung des heiligen Auges und der ankommenden Schwester tritt allemal an dem Feste der 6. Monde ein."

Die Vorschrift fand ihre genaue Anwendung, wie wir gesehen haben,
im Jahre 212 vor Chr. am 7. Epiphi des Wandeljahres, dem damals
im Normal-Sothis-Jahre ein 29. Thot regelrecht zur Seite ging. Diese
Zusammenstellung ist ungemein lehrreich, denn sie zeigt uns,

daß den Kalendern in den Tempeln das alte Schema eines göttlichen Jahres zu Grunde lag. Die Anwendung des Mondkalenders steht bei gewissen hochfeierlichen Gelegenheiten außer allem Zweifel und geht sicherlich bis in die ältesten Zeiten der ägyptischen Geschichte zurück. Ich habe oben S. 95 aus der Zeit König Thatmosis III auf das Doppeldatum eines 21. Pachon nach dem Wandeljahr und eines 1. Mond-Tages (desselben Monats Pachon) im laufenden Mondjahre hingewiesen. Ich füge hinzu wie aus derselben Epoche des genannten Königs herrührend (vom Jahre 24 seiner Regierung), eine Bauurkunde (s. Mar Karnak pl. 12 lin. 6) der Hierrer sagen läßt:

[Hieroglyphen]

„… die Majestät befahl zuzurüsten die Ausspannung der Meß-Stricke (d. h. den ersten Act der Grundsteinlegung) für mich, wenn eintreten würde der Tag des Neumondfestes (bestimmt) zur Ausspannung der Meßstricke für dieses Denkmal." Im Verlaufe der Inschrift wird auseinander gesetzt, wie an Stelle des Königs

[Hieroglyphen]

„die Majestät dieser herrlichen Götter die Strickausspannung selber auszuführen wünschte, "daher die auffallende Bemerkung „für mich" in der angeführten Inschrift.)

Die Kalendertexte am Schlusse dieser Bände liefern weitere, nicht mißverständliche Beispiele der Coincidenzen zwischen den Tagen des Sonnen- und des Mondjahres. Besonders ist es der in den Monat Epiphi fallende Neumond, welcher in

dem ganzen Kalenderwesen eine auffallende Rolle spielt. Es war an diesen Tage, dass die Tentyritische Hathor ihre leibliche Wasserfahrt
nach Apollinopolis magna unternahm. Eine Inschrift an dem,
Pylon von Edfu sagt darüber:

[Hieroglyphische Inschrift]

„ Text. Die Herrin der Götter geht ab zu ihrer Zeit des Jahres im Monat Epiphi
„ am Neumond-Feste. Ist es eingetreten, so landet sie bei der Stadt Apolli-
„ nopolis magna." Die Formel *[Hieroglyphen]* auch *[Hieroglyphen]* geschrieben, mit der Bedeutung von „ist es (oder er, so der Neumond) eingetreten, ân - uu su, kehrt
häufig in dem angegebenen Sinne in den Texten wieder. Dasselbe besagt
die nachfolgende, auf den Gott von Apollinopolis bezügliche Inschrift,
die ich in Edfu entdeckt habe:

„ die Tentyritische Hathor; die grosse Mâât („ Wahrheit") sie ist bei
„ ihm und unzertrennlich von Seiner Majestät vor seinem Ange-
„ sichte gleichwie Sonne und Mond. Sie geht nach dem Tempel von

„ Apollinopolis, wie zu ihrer Zeit des Jahres, an dem Neumondfeste des
„ Monats Epiphi: Sie schaut ihren Vater im Innern der Haupttheilig-
„ thümer als herrliche geflügelte Sonnenscheibe, den ersten der Gottheiten,
„ das ist nämlich der Sonnengott Râ. Keiner gleicht ihm; (denn) dieser
„ ist der Gott, der seiner Aussagen nicht bedarf, der herrliche Meister,
„ der Erste von Apollinopolis; die goldene Sonnenscheibe, dessen Kinder
„ zahlreich sind, der die Welt erleuchtet durch den Glanz seiner Augen
„ und durch welchen alle Kreaturen sehen."

Da dieser Text aus der Zeit des Kanopischen Jahres herrührt, so ist
es ersichtlich, dass der Mond an allen Tagen des genannten Monats
d. h. vom 18. August an bis 16. September jul. je nach dem Mondstande
eintreten könnte. Im normalen Sothisjahre entspricht der Kanopische Epiphi dem Monat Phaophi (19. August bis 17 September), beide
Monate decken sich zeitlich fast vollständig. In einer Inschrift, die
ich an der östlichen Wand der äusseren Mauer des Tempels von Edfu
copirt habe, wird thatsächlich der 18. Phaophi ([Hieroglyphen]) d. h.
der 5. September jul. = 19. Epiphi Kanops als Tag der Ankunft der
Göttin in Apollinopolis angegeben, d. h. mit anderen Worten irgend
ein Neumondtag des Kanops. Monats Epiphi findet sich übertragen
auf den Correspondenz-Tag im normalen Sothisjahre. Der Text
lautet folgendermaassen:

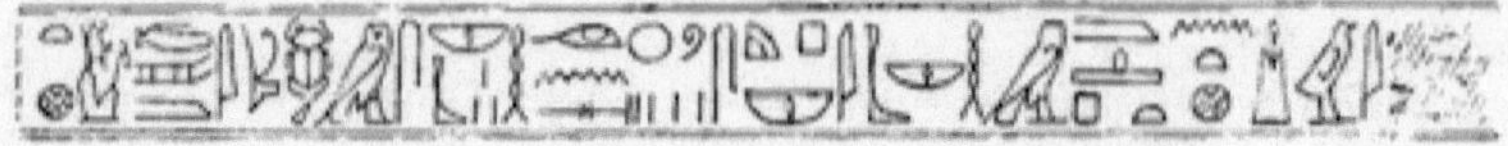

? .... ? wie eine ? in ? ...... Stimmung an dem 5 des Monats Pharmuthi

geht es nach ? Ihre Feste in dem Lande des _Atum_ (d. i. Sonnenuntergang) in dem

Lande des Osiris (Sonnenuntergang) und in dem .... Sie fährt westwärts

den Strom von ihrer Stadt aus. Sie kommt an in Apollinopolis am _18._

des Monats Phamenoth. Hat sie erreicht die erste Gau des _Chennu_

am libyschen Gebiete, so tritt sie ein an den Ort _Aser_ (gehört dem theba-

nischen Tempels der Göttin _Mut_, einer besonderen Gestalt der Ten-

tyritischen Hathor)" .... Die Correspondenz der beiden Jahre,

des kanobischen und des normalen Sothisjahres, kann nicht

deutlicher als es hier geschehen, angezeigt sein.

Sie wird aber auch in anderer Weise auf das schlagendste

bewiesen, durch Sternurkunden, die ich an den Tempelwänden

der Insel Philae copirt habe und hier abschriftlich wiedergebe.

Sternurkunde I. aus der Epoche Königs Ptolemäus IX Euergetes II und seiner

Gemahlin Kleopatra III. d. h. aus der Zeit 145 - 142 vor Chr. Geb.

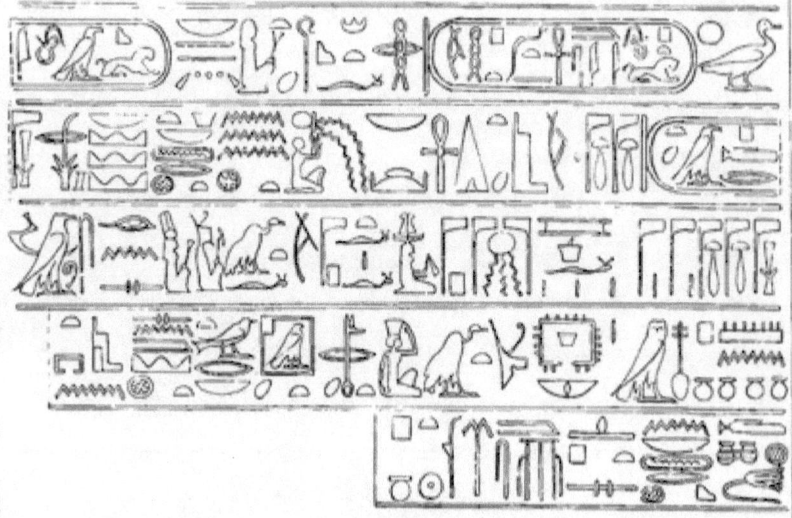

Mit Uebergehung der offiziellen Titel der Könige lautet der Inhalt dieser Inschrift wie folgt:

« der König Ptolemäus IX Euergetes II. in Gemeinschaft mit seiner Gemah-
» lin der Königin Kleopatra III, der Freund der Leben spendenden Isis
» von Philae und vom Abaton, der Gebieterin der Süd-Völker,
» hat ihr dieses schöne Denkmal aufgeführt in Gestalt einer
» Fest-Saales bestimmt für seine Mutter; die Gebieterin, die grosse
» Hathor, die Herrin von Senem als ein Platz für das Freuden-
» fest Tex, in dessen Innern sie weile, in dieser Zeit des Monats
» Epiphi, am 12. Tage desselben. "

Bauurkunde II. aus derselben Epoche.

„An diesem schönen Tage der dritten Monate des Sommers, dem 12. des Monats,

„Festes der Göttin Hor (d. h. des Epiphi) ward der Grundstein an diesem

„Denkmale gelegt." Unter der Voraussetzung, dass derselbe König, von wel-

chem die unter V aufgeführten Inschriften herrühren, sich einen 6.

Mondtag im Monat Epiphi zur Gründung eines Isis-Heiligthumes

auf Philae auserlesen haben wird, wie er es im Jahre 30 seiner Re-

gierung im Edfu gethan hatte (s. die Insch. oben), wird die Bestimmung

der in den vorstehenden Bemerkungen enthaltenen Tenne nicht schwer.

Es ist ohne Zweifel der 12. Epiphi (6 August jul.) im Jahre 143 seiner

Regierung, an welchem ein 6. Mondtag nach dem am 31 Juli/1 August erschien-

enmond eintrat. Dass an demselben Tage zugleich ein grosses Isis-

Fest statt fand, beweist folgende Inschrift aus Philae, die aus der Re-

gierungszeit desselben Ptolemäos IX herrührt:

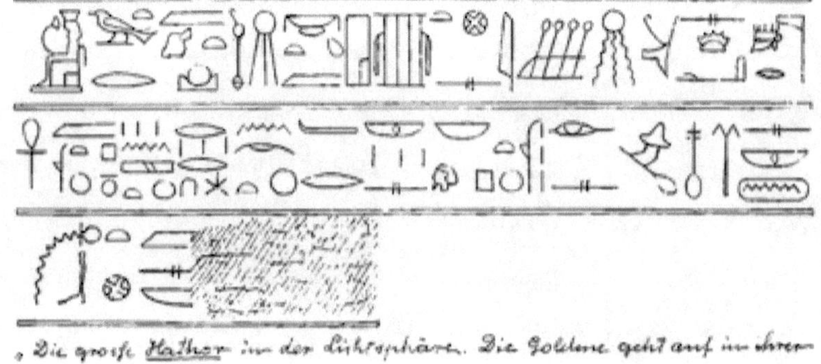

„Die grosse Hathor in der Lichtsphäre. Die Goldene geht auf in ihrer

„Stadt des Anfangs (sc. Philae). Sie hatte aufgeschmückt und er war-

„ein Fest zur Zeit des lebenden Gottes (sc. Ptolemäus IX.) in dieser Epoche des
Monates Epiphi, am 12. des Monats, mit allen ihren Festen am Anfang
der Epochen. Sie vollbringt ihre schöne Wasserfahrt indem sie das Abaton im Festesrunde versetzt ...." Es handelt sich darin um die
Stiftung eines Isis-Festes, in der Epoche Ptolemäus IX, an dem Kalendertage des 12. Epiphi, woran sich als an den Ausgangspunkt
die Reihe der übrigen Feste anschloss.

In dem normalen Sothisjahre entspricht dem 6. August jul. der 2.
Thot d. h. der 2. Tag vor dem Anfange des sogenannten [Hieroglyphen] tex
texu [Hieroglyphen] tu oder „Freudenrausch"- Fest, welches nach den Kalenderangaben von Dendera am 20. Thot begann und mit dem 5. Phaophi
endete, also dessen grössere Hälfte dem Monat Thot angehörte, den
in den ganz missischen Monatsverzeichnissen als [Hieroglyphen], [Hieroglyphen], texi d. i. „der
zum Freudenrausch-Feste gehörige" bezeichnet wurde. Man wird
jetzt die Angabe der Bauurkunde I verstehen, dass Ptol. IX. der phi-
lensischen Hathor d. i. Isis einen Festsaal aufführen liess, [Hieroglyphen]
uit-en-tex. einen Saal für (das Fest des) Freudenrausch(es)."

Auch die oben übertragenen Inschriften I und II von Edfu
setzen das „grosse Freudenrausch-Fest" ([Hieroglyphen]) in Verbindung mit den vom Mondstand abhängigen Daten des 10. Sept. 142
und 5. Sept. 124 vor Chr. Geb, deren Differenz 5 sich erklären dürfte
durch den zwischen den Jahren 142 und 124 vorrückenden 1. Thot des
beweglichen Jahres. In der römischen Epoche wurde der 2. Phaophi

...genannten Sothiskalender, d. h. der 10. August zutr., welcher dem 3. Epiphi der ägyptischen Jahres entspricht, als entsprechender Gründungs-
Tag, welcher in die Epoche des „Freudenrauschfestes" fiel, angenommen
und an ihm die Gründung eines Isis-Heiligthumes vollzogen. Als
Beweis dienen die folgenden von mir in Philae copirten Bauinschrif-
ten.

Bauinschrift II. aus der Zeit des Kaisers Augustus

„An diesem schönen Tage des 9. Pharophi, dem allgemeinen Länder-
„feste, an demselbigen Tage ward übergeben das Haus seiner Besitzerin,
„der grossen Isis, der Mutter der Götter, der Herrin der Gebärhäuser, der
„herrlichen und mächtigen Königin von Philae, der wohlthuenden
„Fürstin im Abaton, der Sonnentochter, der Grossen nach den vier
„Himmelsrichtungen hin, der königlichen Gemahlin der Majes-

„tät der Isis und der königlichen Mutter des Horus, des siegrei-
„chen Stieres. Der Himmel war in festlicher Stimmung, die Erde grün-
„te und [ ] trat hervor in gelbem Lichtschein, die Götter freu-
„ten sich, die Göttinnen jubilirten, die Menschen waren voll Wonne.
„Sie schaute an dieses schöne Denkmal, das ihr errichtet hatte
„der Landesherr, der _Autokrator_, der Sohn der Sonne, _Caesar_,
„der ewig lebende, der Freund des _Ptah_ und der _Isis_. Sie band ihr
„Geburtshaus glänzend in seiner Arbeit und wohl hergerichtet
„in jeder Art, (damit) sich niederlasse ihre Majestät in seinem
„Innern an dem Monatsfeste der Göttin _Rannet_ (d. h. dem
„Monate Pharmuthi) um ihren Sohn in seiner Umkreisung zur
„Welt zu bringen. Belohnung ward ihm (d. h. dem _Caesar_) zu
„Theil durch Millionen von 30jährigen Festepochen und durch
„hunderttausende von Jahren auf dem Throne des Horus, des
„Ersten der Lebenden ewiglich."

Das am 2. Phaophi des Wandeljahres (... der Regierungszeit
des Kaisers Augustus in die letzten Tage des Monats September
jul. (laufend) gefeierte Fest der Uebergabe des Heiligthumes an die
Göttin _Isis_; bezog sich auf die Gründung einer [Hieroglyphen] _pi-maset_
oder „Gebärhauses," in welchem die Göttin im Monat _Pharmuthi_
ihren Sohn Horus zur Welt bringt. Nach dem Kalender von _Esne_
ward Thatsächlich an dem 2. _mondtage_ des genannten Monates
eine „göttliche Geburt" vollzogen. Ich füge hinzu, dass nach _Plutarch_

(de Is. et Osir. c. 65) <u>Isis</u>, sobald sie merkte, dass sie schwanger sei, am
6. Phaophi ein Bugelakterion umhänge, und dass die Kalender-
texte denselben 6. Phaophi (im normal- Sothisjahre = 24 Aug. jul.)
bezeichnen als:

[Hieroglyphen]

„<u>Fest</u> der <u>Isis</u>, <u>Anfang</u> der <u>Festfeier</u> wird es <u>genannt</u>."
Am vorhergehenden Tage, dem 5. Phaophi (= 23. August jul.), fand
das Opfer für [Hieroglyphen] (Dendera, Edfu) <u>nun</u> <u>vor</u>, den vollen
Nil" statt, d. h. die noch heute am 13. August gregor. <u>kalendarisch</u>
notierte <u>Vermählung</u> <u>des Nils</u>, der sogenannte <u>ôm el - Khalig</u> der
Kairener. Es ist derselbe Tag, den eine Inschrift in Dendera bezeichnet als:

[Hieroglyphen]

„dieser Tag der Weinstöcke und der Fülle des Nils, dieser Tag des Festes der
„Weinstöcke" (d. h. des <u>tex u</u>- Festes).

Bemerkunde II. aus der Epoche des Kaisers Tiberius.

[Hieroglyphen]

„ des ihren schönen Tage der 2. Prophe..., an dem großen Wanderung h.
„Feste des ganzen Landes, an dem seligen Tage, war es da...? das
„Geburtshaus der mächtigen Göttin Isis der Ulen ...leuchtenden
„Herrin der Abaton, der guten Mathor der königin im Lande Ata-
„bieu, der göttlichen Mutter des Gold-Horus, der wohlthuenden
„Schwester des Osiris, der großen Schützerin; welche behütet seinen
„Sohn. Himmel und Erde waren in Freude, das ganze Land Aegyp-
„ten in weihevoller Stimmung, die Götter frohlockten, die Göttinnen
„waren voll Heiterkeit und alle Menschen jubilirten. Sie sah an
„diesem ihrem schönen Haus, den ihr aufgeführt hatte ihr vie[l]-
„besonderer Sohn, der Landesherr, der Autokrator; der Sohn der Sonne
„und Herr der Diademe Tiberius Claudius, der ewig lebende, der
„Freund des Ptah und der Isis. Er hatte renoviren lassen das Denk-
„mal ihrer Häuser in guter Arbeit. Ihm gleicht nichts in Aegyp-
„ten. Ihre Majestät betritt dasselbe, freudigen Herzens, um die göttli-
„che Geburt ihres Sohnes Horus zu vollbringen. Belohnung ward
„ihm (Tiberius) dafür zu Theil durch ein großes Königthum
„auf dem Throne der Horus, des Ersten der Lebenden, ewig-
„lich."

Die Inschrift bezieht sich auf die Restauration der von Augustus aufgeführten Gebäudes, das in den Inschriften
bald [Hieroglyphen] geheißen, bald [Hieroglyphen] ha-massen „Wiegenhaus
bald [Hieroglyphen] ba-seter Haus der Niederkunft" genannt wird. Isis

Wenn nach Aussage der Kalender von Dendera und Edfu das Fest
des roten Nilus am 5. Snoptik (im normalen Sothis-Jahre = 23. August
jul.) gefeiert ward, so mußte der wirkliche Anfang der Nilschwelle um
die Zeit der Sommer-Sonnenwende stattgefunden haben und somit
auf den 5. = 6. Mesori fallen. Nimmt man auch die noch heute erhaltene
Tradition der Nacht der Tropfens, 4 Tage vor der Sonnenwende, Rücksicht, an welcher der Nil anfangen soll zu steigen, so würde voraus-
setzlich der 1. Mesori das eigentliche Datum der beginnenden Nilschwelle anzeigen. Tatsächlich tritt uns dieser Tag als hervorragender Festtag in den Kalendern entgegen, in Edfu als [Hieroglyphen]
[Hieroglyphen] „Mesori 1. Tag, Fest ihrer Majestät.“ in Dendera in der Ausführung:

[Hieroglyphen]

„Monat Mesori, 1. Tag, beim Eintritt der 3. Stunde (des Tages): Prozession
„der Tentyritischen Hathor mit ihrer 9-Götterschaar, zu verbleiben
„in dem grossen Saale, auszuführen alles was ausgeführt werden
„muss gemäß der Vorschrift über das Fest ihrer Majestät,“ in Esne
dagegen: [Hieroglyphen] „Monat Epiphi, 29. Tag:
„Fest der Götter an dem Feste ihrer Majestät. Auszuführen ihre Vor-

schrift" therin ist also nicht der 1. Mesori, sondern der 29. Epiphi als
der bezügliche Tag für das Fest Ihrer Majestät verzeichnet, und zwar
sicherlich auf Grund einer älteren Satzung, nach welcher der 29.
Mondtag vor dem Eintritt der Sonnenwende als wirklicher Anfang
der Stufenwelle angesehen wurde, mit andern Wo aten derjenige Tag
des Mondmonates, in welchem die 10g. Conjunction von Sonne und
Mond d. h. am 29. Mondtage Statt fand. Zum Beweis dafür liefert
folgende, von Prof. Dümichen (in Philae? Dendera?) copirte Inschrift (D.H.J.L.35,6.-9), die trotz ihrer lückenhaften Erhaltung
an Deutlichkeit nichts zu wünschen übrig lässt:

« Ich bin der Löwe (das Sternbild!), welcher aufgeht am nördlichen Rinnel,
« der gefürchtet ist» in seinem himmlischen Sitze. Die zu ihm gehö-
« rige Station ist glanzvoll, indem er strahlt im Besitz der Sonne
« in dem Pallaste der Herrn des Himmels. Wenn aufgeht ihre Majestät
« selbst im Monat Epiphi, so ist das Land in Frohlocken, ihr
« Werk ist .... Die Coïncidenz
« findet statt beim Eintritt des Jahresanfanges im Monat
« Epiphi, an dem Tage der Conjunction von Sonne und Mond.
« Es erscheint der Nil zu seiner Epoche der Ueberschwemmung.
« Er überfluthet das Land und kein Mangel an der Jahres...

[...] besteht in seinem Umkreise.

Der Löwe, in den Texten verschiedentlich bezeichnet als [Hieroglyphen] ma-ti [...], auch qen oder b3l qenu u. der darbi [...] [Hieroglyphen] tenā (l. l. B) [...] [Hieroglyphen] māti (l. l. δ), erklärt sich aus die an den äusseren Tem-pelwänden der späteren Zeit befindlichen steinernen Regenguss-Aus-lenze, welche die Gestalt dieser an gestreckt liegenden Thiere haben. Demnächst dienen diese Gestalten als Symbole des Thierkreiszeichens der Löwen und erinnern unwillkürlich an die Worte Plutarch's (de Js. et Os. c. 38), unter dem Löwen verstehen sie und schmücken die Tem-peltüren mit Löwenrachen, weil der Nil überfluthet

„Wenn die Sonne zuerst dem brennenden Löwen genähert ist."
Wenngleich der Aufgang des Sirius in der ptolemäisch-römischen Epoche (20. Juli jul.) statt fand, wenn die Sonne in dem Zeichen des Krebses stand, so nahm dennoch der Löwe den grösseren Streit des Si-rius-Monates ein und die Alten stimmen damit überein, was Sirius mit den Worten ausdrückt. (Plinius) incipit ververe luna nova quaecumque post solstitium est, enim mediique randeum sole transeuntes, abundantissime autem leonem et residit in virgine iisdem quibus arrevit modis." Der Löwe galt als der eigentliche Urheber der vollen Uebereinstimmung und man wird die folgenden Worte verstehen, welche die Inschriften dem Löwenfiguren in den Mund legen (vf. D H J II, 35, b):

[Hieroglyphenzeile] (β)

... habe ich herbeigeführt die Ueberschwemmung an dem Tage der Fischung und des Unwetters, so lasse ich mich selbst den Nil in der Nacht der Thräne." Es ist dies eine Anspielung auf die von einem classischen Schriftsteller (s. meine neue Recherches S. 114) überlieferte Sage, dass der Nil zu schwellen anfange, wenn die Thränen der Isis in den Fluss fielen.

Derselbe Gott sagt in einem andern Texte (γ) ... ich bin der Löwe, welcher das ansteigende Wasser herbeiführt und die „Feuchtigkeit ausspeit," und ebendort ... aus, „spuend die Fluth am Himmel aus der Mitte seiner Vorderbeine." Das Zodiakalbild des Löwen hatte aber zur Zeit der Abfassung der Inschriften der späteren Zeit keine Beziehung zur Sommer-Sonnenwende. In letzterer stand die Sonne in dem ersten Tage des Krebses, während nach einer alten Theorie z. B. der Sirius Untergang am +30 v. Chr. erst am 23. Tage des Krebses (20. Juli jul.) statt fand. Da in der alex. Jahresform der Tag des Sirius-Aufganges auf den 26. Epiphi fällt, so ist ersichtlich, dass in jener von uns angeführten Inschrift das „Fest ihrer Majestät" ... „an dem Tage der Conjunction von Sonne und Mond (29. Monddtag) nicht mehr auf den Tag der Sonnenwende, sondern auf den Tag des Sirius-Aufganges bezogen worden ist, mit andern Worten auf den Tag des alten Jahresanfanges, der auch in dem angef. Texte als ... „Eintritt des Jahresanfangs"

wieder erscheint", 45 Tage vor dem am 9. Thot im Eone angesetzten
[Hieroglyphen] „Jahreswende der Vorfahren." Die in der Formel [Hieroglyphen]
erwähnte Göttin — ihre Majestät muß also in diesem Falle auf
die Göttin der Sirius-Gestirn, die Isis-Sothis, bezogen werden,
während die Inschriften die Bezeichnung [Hieroglyphen] — [Hieroglyphen] —
[Hieroglyphen] u.a.m. (s. unten die Monatslisten) regelmäßig auf ihre
„Majestät Apit," die eponyme Monatsgöttin des Epiphi, d. h.
auf die Mutter der Isis-Sothis beziehen. Der alte, auf das
Monatsfest angewendete Wort [Hieroglyphen] „ihre Majestät" fand seine Ant-
wendung auf die Tochter der Apit, die sich auch in Inschriften
zeigt, wie: [Hieroglyphen], ihre Majestät an diesem schönen Tage
des Neujahrsanfanges" ([Hieroglyphen], f.2.D.XXX 4), wobei man nur an
die Isis-Sothis zu denken hat.

Das alte Fest des Anfanges der Ueberschwemmung, um die Zeit
der sommerlichen Sonnenwende, [Hieroglyphen], erhielt somit im Alex.
Jahre
eine ganz andere Bedeutung indem es zum Feste der Sothis-
anfanges wurde, während im Kanop. Jahre es nur noch
nominell existirte und seiner Lage nach (17. Sept. jul.) höch-
stens als ein Fest der Herbstgleiche betrachtet werden konnte.
In dem Kanop. Jahre wurde dagegen ein anderes Fest der
alten Normaljahres zu einem Feste des Anfanges der Nilschwelle zur Zeit der sommerlichen Sonnenwende, ich meine
das große [Hieroglyphen] im Monat Pachon am Neumonde"

gefeierte Fest, dessen Höhepunkt der [Hieroglyphen] , fünf-

zehnte Monatstag (d. h. der Vollmond) dieses Monats, der Tag der Aus-

füllung der Sonnenaugen (d. h. die Sonne um die Zeit der sommer-

lichen Wende), das grösste Fest im ganzen Lande" bezeichnete.

Das letztere dauerte [Hieroglyphen] , bis zum Festtage der

göttlichen Geburt der tentyritischen Hathor," d. h. an welchem sie

die junge Sonne der Sommerwende, dem Gott [Hieroglyphen] Hor-sam-Ta-

ti-Xmd, gebar und an welchem [Hieroglyphen] , alle vorgeschrie-

benen Satzungen des Buches von der göttlichen Geburt" ausgeführt

wurden. Auch der Kalender von Dendera, seiner Form nach auf

dem System der Kanopischen Jahres gegründet, notirt dieser

Fest unter der Rubrik des Monats Pachon ([Hieroglyphen]) als

[Hieroglyphen]

„ am Vollmondtage dieses Monates, dem Tage der Ausfüllung der

Sonnenaugen", dem grossen allgemeinen Feste: Procession der

Hathor. Geht die Sonne unter Aufenthalt in dem Gebärhause.

Dauer: 3 Tage." Da im Kanop. Jahre der Monat Pachon die

Zeit vom 19 Juni bis 18. Juli jetzt ausfüllt, so ist es klar, dass

die um die Epoche des Vollmonds gefeierte Geburt der Sonne der

sommerlichen Wende (um 3. sec vor Chr. am 22 Juni = 4 Pachon

der Kanop. Jahres) durchaus in ihre erforderliche Epoche fällt.

In dem alten sothischen Normaljahre füllte der Monat Pa-

chon die Zeit vom 17. März bis 15. April jetzt aus, in welcher

1400-1300 vor Chr. Geb., die Frühlingsnachtgleiche (um 8 April) allein
ihre zutreffende Stelle finden kann. Es ist also auch hier ein [Hieroglyphe] maχ-
utât, ausgebildetes Sonnenauge" (von dem ausführlicher weiter
unten die Rede sein wird) vorauszusetzen. Daß dies der Fall war
beweist flg. Stelle im Pap. Sallier No I, in welcher unter der Rubrik
des 6. Pachon (= 22. März jul. im normalen Sothis-Jahre) die Rede
ist von :

[Hieroglyphen]

„ Ankunft der Großen in dem Hause des Sonnengottes Râ. Freude
„ herrscht an diesem Tage. Sie nehmen in Empfang das Sonnen-
„ auge", während es am 10. Pachon noch einmal aufgeführt erscheint in der Legende [Hieroglyphen] …… . das
„ Sonnenauge, die Königin, welche am Himmel ist. ……" Die Haupt-
feier dieser Momente, im Zusammenhange mit dem Eintreten
des Frühlings-Aequinoctiums, fand unter der Regierung König
Ramses II wiederum an einem bestimmten Mondtage statt, der
genau überliefert worden ist in dem vorletzten offenen Hofe des
Tempels von Medinet. Abu befindet sich an der inneren Nordseite der Mauerwand eine durch Inschriften erläuterte Darstellung, in welcher der König als die Hauptperson an einem besonders grossartigen Feste erscheint Begleitet von seinen Prinzen,
Hofbeamten und Priestern ist er darin abgebildet, wie er dem
Gotte [Hieroglyphe] Χunti d. h. „ dem panopolitischen " oder dem Pan

von Sinusertis, als dessen locale Gestalt der [...] Amun gene-
rator nebenher auftritt, seine Huldigungen und seine Opfer an
dem Feste darbringt. Ein weisser Stier (Symbol der Sun) und 4,
nach den 4 Himmels richtungen auffliegende Gänse gehören mit
zu der feierlichen Handlung, die sich schliesslich zugleich als ein
grosses Erntefest darstellt. Bauersleute treten mit Aehren in den
Händen auf und ▵[...] legen Dura-Getreide (var-
gum vulgare) auf den Erdboden nieder vor diesem Gotte" (d. h.
den König) [...] . Dargebracht wird dem König das
Dura-Getreide", der nunmehr mit einer Sichel die Halme schnei-
det: eine symbolische Andeutung der Erntefestes.

Die lange über der ganzen Scenerie befindliche Inschrift:

„Im Monat Phamenoth findet statt das Fest der panopolitischen
Götter. Es wird gefeiert an dem Feste der Poret, (d. h. der Erscheinung) des Mondgottes Chonsu. Der König wandelt einher auf
einem Tragstuhle, geschmückt mit dem Kriegshelme."

An einer anderen Stelle wird der Name des Festes
genauer bezeichnet; man liest nämlich:

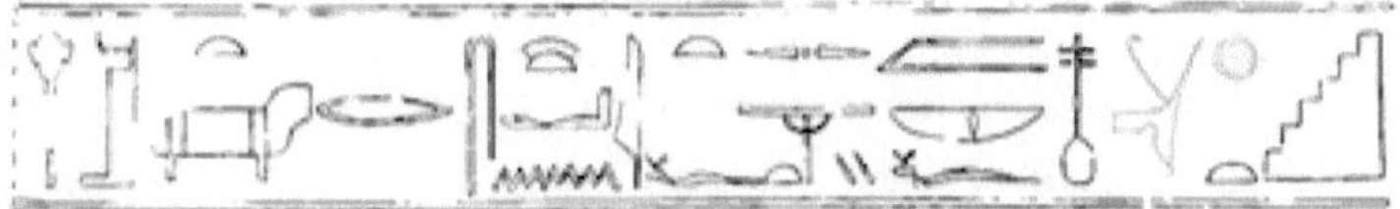

„der König, er wandelt einher auf einem Tragstuhle, um das Fest zu be-

„gehen für seinen Vater den panopolitischen Gott, an seiner schönen

„Panegyrie der Treppe" (hib noter en ḳd). Die letztere bezieht sich

auf jene Mondtreppe mit ihren 14 Stufen, welche oben S.S. 35 und

62 beschrieben worden ist und welche dem äg. Pan den Beinamen

[Hieroglyphen] der Treppe oder [Hieroglyphen], der auf seiner Treppe ste-

„henden verschaffte (z.B. auf dem Bab-el-'abd-Karnak). Sie dien-

te zugleich als Fussgestelle der ithyphallischen Gestalt des Gottes,

der seinem Wesen nach lunarer Natur ist. In einer Inschrift zu

Dendera, die sich auf den Gott von Panopolis bezieht, sagt ein König:

[Hieroglyphen] „ich bin zu

„dir gekommen, du Stier, Herr der Neumondtage, Göttlicher, der er-

„scheint am 15. Mondtage. Ich reiche dir das grosse Auge im Mond-

„tempel." Ebendort heisst derselbe Gott: [Hieroglyphen]

[Hieroglyphen] „brünstiger Stier an dem Neumondtage, aufgehend am Himmel

an jedem 2. Mondtage." In einem dritten Texte (Br. W. III, 1007)
wird von ihm bemerkt: [Hieroglyphen] „zur Zeit

„seiner Verjüngung ist er ein brünstiger Stier (Ka-per) bei seinem

„zunehmenden Alter ein verschnittener Stier" (sāb). Damit stimmt

es überein, dass der in der Inschrift genannte Gott [Hieroglyphen] Konser,

nach dem die eponymische Benennung des Monats Pachon (ΠΑϢΩΝϹ
d. i der des ϢΩΝϹ = Chons) gebildet wurde, ein _lunarer_ Gott ist, wie
schon die Mondsichel ☾ auf seinem Kopf anzeigt. Das in der Ram-
ses-Inschrift erwähnte Mondfest [Hieroglyphen] ta-puret oder ohne den
weiblichen Artikel [Hieroglyphen] puret, bezeichnet eponymisch den 26. Tag der
Mondmonate (s. oben S. 48, col. 26). Das in Rede stehende, auf den Monat
Pachon der laufenden Wandeljahres bezogene Datum sagt also einfach
aus: das Fest wird im _Pachon_ an dem jedesmaligen 26 Monde desselben
gefeiert. Es ist augenscheinlich derselbe Tag, von welchem in einem griech.
Papyrus (s. Reuvens, lettre à Mr Letronne S. 165) als ϲϵληϲ ἡμϵρα
ΠΑΧΩΝ ΚϚ gesprochen wird. Würde man die Verbindung [Hieroglyphen]
[Hieroglyphen] puret Xunti „die Erscheinung des panopolitischen Gottes" vor-
ziehen, so würde dagegen nach den _älteren_ Mondlisten (s. unten
die _Monatstage_) das angezogene Datum auf den Tag der 30. Monde zu deuten sein; der in den Listen der Opfertage zum Gedächtnis der Verstorbenen als [Hieroglyphen]
[Hieroglyphen] u. a. Var. angeführt wird (zu vergl. oben S.S. 232, 5 —
235, C — 236 — 240 — 242, 10 u. s. w.)

Ein schwer wiegender Grund spricht aber für die alleinige Wahl des
26. Pachon

Das von _Ramses IV._ gefeierte und auf der Tempelwand verherrlich-
te Mondfest hatte nämlich deshalb eine besondere Bedeutung

weil es ... nicht überlieferten Jahre seiner Regierung zu-
sammenfiel mit dem an demselben 25 [Festtag] also an einem sogenannten (Einweihung) gefeierten ⎯⎯⎯ "Tage der
Krönung des Königshauses ... bei Amun" (Ramses III, nach dem Kalender von Medinet Habu, im Einklang mit einer anderen Angabe über
dasselbe, die in dem großen Kairo-Papyrus No I in folgender Stelle
enthalten ist:

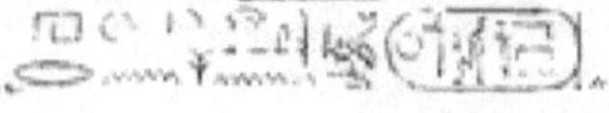

1 [Hieroglyphen]
2 [Hieroglyphen]
3 [Hieroglyphen]
4 [Hieroglyphen]
5 [Hieroglyphen]
6 [Hieroglyphen]

(1) Spenden und Opfer gestiftet vom Könige Ramses III, dem großen Gott
für seinen Vater (2) Amon-re, dem König der Götter, für Mut und für
Chonsu, die Thebanischen Gottheiten, an den 20 Tagen der Spenden
und Opfer (3) Königs Ramses III, welcher die Stadt Theben des Amon
mit Festen versah, vom 26. Paschon an bis zum 15 Payni, (4) macht
an Tagen 20, vom Jahre 22 an bis zum Jahre 32, macht 11 Jahre;
zugleich mit den Spenden und Opfern der (5) Feste der südlichen
Apet vom 19. Paophi an bis zum 15. Athyr, macht an Tagen 27,

„vom (6)1 Jahre an bis zum Jahre 31 hin; macht 31 Jahre." Es scheint hiernach ersichtlich, dass jene Coincidenz des 26. Mondtages im Pachon mit dem 26. Tage des Wandeljahres zum ersten Male im Jahre 22 der Regierung des Königs Statt fand.

Es ist seltsam, aber gewiss nicht zufällig, dass auch unter den Regierungen anderer Könige[3te] Thotmosis III der Monat Pachon bei den Krönungsfeierlichkeiten eine besondere Rolle spielt. Ich habe oben (S 93 ff.) gezeigt, wie König Thotmosis III im Jahre 1 seiner Regierung am 4. Pachon den Thron bestieg. Im Jahre 23 seiner Herrschaft fand die Feier der Krönungsfeste dagegen am 21 Pachon, in der Frühe des Morgens beim Eintritt der Neumonde Statt.

Wiederum ist es ein Mondtag, welcher seinen Einfluss auf die Ansetzung der Krönungsfeier an einem Tage des laufenden Wandeljahres ausübt.

Das mit dem grossen Pan-Feste um die Zeit des Frühlings Aequinoctiums (in der Epoche Ramses III war dasselbe am 2. April gut nur;) verbundene Enutefest findet gleichfalls seine vollste Begründung, denn um diese Zeit ist thatsächlich die Epoche der WinterErnte, die vorzüglichste der ganzen Jahres, welche ihren Reichthum der vorangegangenen Ueberschwemmung verdankt. Sie enthält das Ergebniss der Feldarbeit (unmittelbar nach dem Ende der Fluth) welche sogar Kalendermässig durch ein beson-

leer auf den 26. Choiak (12 Novemb. jul. nach dem alten Sothisjahr,
299, später im Ramessidenjahre ... 1300 vor Chr., so – 310 Chr. um 1600)
kalender alter Fest. Kebs-ta „das Fest der Erdfüllung"
angezeigt wird. Als Vorsteherin der Ernte galt die äg. Ceres die
Göttin Rannut, deren spätere
Namensform Rannet oder Rannut zu der Bildung des Monat-
namens Pharmuthi Veranlassung gab. wahrscheinlich in einer Epo-
poche, in welcher das Erntefest gegen Ende des dem Monat Pachon
vorangehenden Monat Pharmuthi gefeiert ward. Sie war es deshalb, deren Fest am 1. Pachon in der älteren Periode angesetzt
erscheint. In dem Theb. Grabe des [...] (wie der E. sche Ame-
nophis III 1600 – 1500 vor Chr.) liest man z. B.

» Eine Opferspende an allerlei guten und reinen Dingen wird dargebracht der Göttin Rannutet, der Herrin der Speicher, am 1. Tage des
Monats Pachon, an diesem Tage der Geburt des Gottes Nepra (d. h.
Erzeugung der Feldfrucht) durch den wohlthätigen Liebling des Landesherrn, Vorsteher der Speicher des südlichen und nördlichen Landes

… und Basilikogrammaten Pšen-sur-liät, den von ihnen lebenden.

„Dargestellt wird das gute und reine [Erzeugniss] des Jahres der,
„Göttin Kanruot. Herrin des Speichers, (damit) die den Vorsteher der
„Speicher täglich in seiner Gnade sein lässest durch den Schreiber
„der Getreide-Einkünfte des Landesherrn: Paua-ka und durch
„den Schreiber der Getreide-Einkünfte des Speichers Pharao's:
„Rā." Mit anderen Worten zwei Magazin-Beamte bringen in dem
Grabe ihres ehemaligen Chefs Kāim-ḥat der besonderen Patronin
ihres Beamter, der ägypt. Ceres - Ranruot, zu Gunsten der Verstor.
benen ein Opfer dar - und zwar an dem für das Erntefest bestim.
ten Tage der 1. Pachon, d. h. 4-5 März um 1600 vor Chr. In den wich.
tigen, zuerst von Prof. Dümichen publicirten Inschriften im Grabe
Nofer-hotep's (aus derselben Epoche der 18. Dynastie) erscheint gleich.
falls derselbe Tag des [Hieroglyphen], 1. Pachon, Tag der Erntegöttin
(Ranruot). Selbst in dem Kalender von Esne, mit einer alex. Jahres.
form, hat sich die Erinnerung an dieses alte Fest deutlich er.
halten, aber nur wie eine nebensächliche historische Notiz. Nach.
dem die besonderen localen Feste des [Hieroglyphen] 1. Pachon lang und.
breit notirt sind, heisst es am Schlusse, fast 3 Colonnen später;
[Hieroglyphen], einen festlichen Tag zu begehen an diesem: Fest
der Göttin Ramanut (sic), genannten Tage." Die Kanopischen Ka.
lender von Edfu und von Dendera wissen nichts davon zu melden.

ihn in einer der kanopischen Kalenderepoche angehörigen Inschrift auf dem nördlichen Pylonenthor von Karnak findet sich am ersten Pachon als Festtag angeführt in: [hieroglyphs] da: "Bild des Rā, das lebendige Conterfei des leuchtenden Horus (d. h. der regierende Ptolemäer) reicht ein grosses Opfer seinem Vater Nun (d. h. dem Ueberschwem- mungswasser) an seinem schönen Feste des Monats Pachon."

Im kanopischen Jahre fiel in die dem Pachon entsprechenden Tage des jul. Kalenders d. h. 19. Juni bis 18. Juli thatsächlich der An- fang der Ueberschwemmung, um die Zeit der "Nacht des Tropfens" (23. Juni), 4 Tage vor der sommerlichen Sonnenwende (26 Juni jul. = 8 Pachon Kanop.) In dem kanop. Jahre würde denn am 1. Pachon im normalen Sothis-Jahre d. h. am 17. bezügl. 3-5. März gefeierten Erntefest der Rannut im 27 Tybi bezügl. 13-15 Tybi entsprechen. Thatsächlich wird in dem Kalender von Edfu der 7. Tybi (= 23 Februar jul.) als [hiero] "Fest der Rannut" angeführt. Die Differenz von einer Woche ist bedeutungslos, da wir nicht wissen ob dieser Bestimmung der Ernte- fester in dem Kanop. Jahre nicht irgend ein Mondtag zu Grunde lag. In dem alexandrinischen Jahre wird ein 17. Mechir (= 11 Februar jul.) als [hiero] "Fest der Rannut, gleichwie es entspricht der Vorschrift über das Fest der panopolitischen Götter, des Herrn der Stadt Sais" angeführt, wobei der Hinweis auf den pano-

politischen Gott (vergl. oben S.   ) nicht ohne Bedeutung ist. Zwischen
dem alten Normal-Jahr-Tage (bez. 3-5 März) und diesem alex. Datum der 11. Februar liegt eine Differenz von 34-20 Tagen, die
in ähnlicher Weise wie das Kanop Datum ihre Begründung finden dürfte.

Das am 26. Pachon gefeierte Krönungsfest Königs Ramses III
fand, wie wir gesehen haben zur Zeit der Ernte statt, bestimmter zur
Zeit der Ernte des Dura-Getreides, hierogl. bezeichnet durch 𓏤𓏤𓏤
iod, ein Wort, das sich noch in der Kopt. Sprache als ⲃⲱⲧⲉ-Bot,
Bot, ὅλυγα. far, erhalten hat. Der König ist dargestellt, wie er
eigenhändig die ihm gereichten Aehren derselben mit einer Sichel
durchschneidet, um hierdurch symbolisch die Ernte des Dura-
Getreides anzudeuten. In den kalendarischen Angaben des „Osiris-Mysteriums' von Dendera, deren Text ich in der Ztschft.
1881 vollständig übertragen habe, findet sich Col. 60 ff. die merkwürdige Notiz, dass gewisse Feldstücke vor 12. bis zum 19. Thot
gepflügt und besä't werden sollten, zunächst mit Gerste, dann
mit Leinsamen und zuletzt mit Dura-Korn. Als Erntetag wird
der 20. Tybi angeführt d. h. fast genau 4 Monate nach der Aussaat
nach der von Dümichen in der „Baugeschichte' des Tempels von
Dendera Taf. 32 publicirten und wohl erhaltenen Dublette lautet die Stelle folgendermaassen:

betreffend die Ge-
te, welche in ihnen (den gepflügten Feldstücken) entstehen werden,
, so sollen sie gerichtet werden im Monat Tybi, am „Feste Šef-bat"
während der Haupttext dafür die Worte enthält:
, sie sollen gerichtet werden am 20. Tybi, dem Tage
, des Monats-Festes-Šef-bot.“ Obgleich der Tag der Dura-Ernte nicht
angegeben ist, so zeigt dennoch die in der späteren Epoche übliche
synonymische Benennung der Monate Tybi Šef-bot, so viel als
, Erzeugung (²) der Dura-Getreides‘ bedeutend, auf den Monat
Tybi als Erntezeit der Dura hin. Die Tage der Aussaat und
der Ernte haben nur im Kanopischen Jahre ihren vollen Sinn.
Das Pflügen und die Aussaat wurde vom 12.- 19. Thot d. h. vom
2. bis 9. November, die Ernte am 20. Tybi d. h. am 10. März vollzogen. Das in dem Kalender von Edfu angesetzte „T...
, der Erntegöttin (am 7. Tybi) entspricht also auch nach den gegebenen Daten der Osiris-Mysteriums vollständig den nothwendigen Bedingungen. Die Umwandlung desselben 10. März
(= 20 Tybi kanop.) zu einem entsprechenden Tage im normalen
Sothis-Jahre führt auf den 24. Pharmuthi. Thatsächlich erscheint der Name der Göttin Rannet in einer ihrer ver-
ständlichen Stelle des Coll. Sallier 1/2 unter der Rubrik des
27. Pharmuthi. Es ist noch zu bemerken, dass nach dem alexand-

Kalender die Kanop. Tage des 12.–19. _Thot_ der Epoche 6.–13. Athyr
entsprechen. Richtig bezeichnet daher Plutarch in einer Abhandlung über Isis u. Osiris den Monat _Athyr_ als den _Saatmonat_
der Aegypter, in welchem der Nil zurücktrete und die _Erde_
wieder (vom Wasser) entblösst erscheine. Uebereinstimmend damit bezeichnet Kalend. № I. von _Edfu_ den 12. _Thot_ Kanop. (= 6
Athyr alex. = 2 November) als _hem ap ta_ . „Tag der
Blosslegung (Eröffnung) der Erde", und den 13. Thot (= 7 Athyr
alex.) als _hät tera_ „Beginn einer Jahreszeit" sc. der Aussaatzeit.

Die angezogenen Beispiele werden genügende Beweise liefern für
die von Dr. _Krall_ klar und richtig erkannte Umwandlung gewisser Kalenderdaten je nach der veränderten Jahresform
mit Rücksicht auf die Notirung der Sonnenstände, der mit
der Nilschwelle im Zusammenhang stehenden Tage und gewisser periodisch wiederkehrender Erscheinungen auf der Erde.
Die _Grundlage_ dieser Notirungen mußte selbstverständlich ein
festes Sonnenjahr bilden, dessen älteste Form sich als das
mit dem Aufgang der _Sirius_ (20. Juli jul.) beginnende normale
Sothis-Jahr darstellt. Seinen Ursprung könnte man versucht
sein auf das Jahr 3285 vor Chr. zu setzen in welchem nach _Bi-
ot's_ Berechnungen der Sirius-Aufgang und die _Sonnwende_

zugleich an demselben Tage statt fand.

Die im Laufe der Zeiten erfolgten Kalender-Reformen beruhten auf der Beobachtung, dass die periodisch wiederkehrende Ueber- schwemmung des Nil ganz unabhängig vom Aufgang des Sirius Sternes eintrat und in Zusammenhang mit dem Sonnenstande zur Zeit der Sommerwende. Die Precession der Tag und Nachtglei- chen im Laufe von Jahrhunderten, welche nach der sehr richti- gen Beobachtung von Biot das Eintreten der Nilschwelle vom alten heiligen 20. Juli in der Zeit der Ramessiden auf den 6. Ju- li vorgerückt und dadurch die alt hergebrachten Epochen der Nillas- und Saatzeiten in Verwirrung gebracht hatten, konnte sich zuletzt der Aufmerksamkeit nicht entziehen und führte die Aegypter von selbst auf Kalendarische Reformen. Die zufällige günstige Lage des laufenden Wandeljahres in einem gegebenen Jahre, in welchem die Niltage sich mit gewissen Festtagen des alten heiligen Kalenders (mit dem 20 Juli an der Spitze) berührten wurde fixirt und ein jeweiliger besonderer Normaljahr geschaffen, das für die nächsten Jahrhunderte als Grundlage eines festen Sonnenjahres diente, d. h. eines solchen, in welchem die Epochen, Lage der Nile und der Jahreszeiten für die Bodenbestellung an dieselben Kalender-Tage gebunden waren. Nach alter Sitte blieb aber das Wandeljahr im unveränderten Gebrauch bezeichnete in den Daten die einzelnen Tage der Regierungs-Aera eines Königs je nach dem wandelnden Ausgangspunkte einer 1. Thot, einer Neujahrstages. Da wo Festlisten und Kalender überliefert worden sind, ist nirgends an ein bestimmtes Wandeljahr zu denken, sondern den Verzeichnissen liegt das Normaljahr der Epoche zu Grunde.

Dem Wandeljahr ging im Mondjahr zur Seite, dessen Monate durch die Monatsnamen der Wandeljahres, wie ich oben nachgewiesen habe, bezeichnet wurden. Gewisse Feste wurden auf die eintreffenden Mondtage (vor allem der 1. 6. und 15. Mondtage) verlegt. Der zufällige Zusammentreffen derselben gleichen Tageszahl in einem gegebenen Monate der Wandeljahres und in dem daneben laufenden Mondmonate wurde als [Hieroglyphen] spa-krib-festliche Coincidenz gefeiert. Die Tage des Mondkalenders, je nach ihrer besonderen Auswahl, bilden desshalb einen hochwichtigen Vorwurf für die Berechnung gewisser Festtage und erhalten ihre bedeutungsvolle Stelle in den Kalendarien. Als Beispiel in grösserer Ausführung möge die nachstehende Liste dienen, welche Ramses III auf eine Wand seite des Tempels von Medinet-Abu einmeisseln liess und deren Kenntniss die Wissenschaft den reichen Publicationen des Professors Dümichen verdanken:

Verzeichniss

der in Theben in der Epoche Ramses' III. gefeierten Tage des Mondmonats

Titel	Mondtage								Schluss
	29	3	7	?	?	6	?	15	

(Hieroglyphische Kolumnen)

(Titel) „ Monatliche Himmelsfeste. Gabe an .... allmonatlich;

    ◦ bei jedem eintretenden 29. Mondtage;

    ◦ bei jedem eintretenden 30. Mondtage;

    ◦ bei jedem eintretenden Neumondtage;

    ◦ beim eintretenden 2. Mondtage;   } „ Gabe an diesem Festtage.""

    ◦ beim eintretenden 4. Mondtage;

    ◦ beim eintretenden 6. Mondtage;

    ◦ beim eintretenden 10. Mondtage;

    ◦ beim eintretenden 15. Mondtage;

(Schluss) Summa der Opfer, welche als Gabe in Diospolis an den Himmelsfesten bestimmt sind.""

Die Beziehung auf ein dreifaches Jahr, das gültige Normaljahr der
Epoche, das Wandeljahr und das Mondjahr nicht nur in gleich-
zeitigen sondern auch in denselben Inschriften (Kalendern, Festlisten)
wird in ausgiebigster Weise durch vorhandene Beispiele überliefert. –
In den von mir im Dg. S. 1358 ff. publizierten Nomos-Listen, der ptolemäischen Epoche angehörend, stehen nebeneinander folgende
Daten. Der König, so heisst es im Rücksicht auf den Gott Amon
des thebanischen Nomos: [Hieroglyphen], er hat bereichert seine
Feste an dem Feste ägri (Khaojhi), [Kihak, Paxon und Payni; die beiden erstgenannten Mo-
nate] erste gehören dem festen (kanop.) Jahre an und unterscheiden
schon durch die eponymische Schreibung von den beiden folgenden Feiern nach den Daten des Wandeljahres. Im oberäg. Nomos von
Cynopolis, mit einem localen Anubis an der Spitze der Götterkul-
tus, wird angeführt: [Hieroglyphen], er (der König) hat ein Fest
gefeiert am Tage der Geburt des Horus und am 21. Tybi". Die erste
Angabe bezieht sich auf einen bestimmten Tag der Sonnenstände
im festen Kalenderjahre, wenn man nicht etwa den 2. Schalttag
annehmen wollte, der indessen dem 21. Tybi hätte folgen müssen,
anstatt ihm voranzugehen. Im Nomos von Heliopolis erscheinen
nur Tage der Mondjahres (die sogenannten [Hieroglyphen] hibu nu pt
„Feste der Himmels" s. vorher) ausgedrückt. Der König, heisst es:
[Hieroglyphen], er hat gefeiert die Feste

des Himmels zu einer Zeit am 1., 8 T. und 15. Mondtage, wobei
es auffällt, aber sonst auch erwiesen wird, dass grade die Haupt-
orte der Sonnencultus in Verbindung mit dem Monde und den
Mondstagen gesetzt erscheint. In einer andern auf dieselbe Stadt
Heliopolis bezügliche Inschrift (zu Edfu) liest man

[hieroglyphische Inschrift] „er (der König) führt dir (dem
Gotte Horus) zu die Metropolis Heliopolis sammt ihren Erzeugnissen
Sie huldigt dir an jedem sechsten Mondttage."

Dass sowohl die Mondtage als auch die Tage des festen Jahres mitten in solchen Inschriften auftreten, und zwar unter
den verschiedensten Daten, welche nach den Tagen der Wandeljahres die betreffenden Angaben notiren, kann nicht Wunder
nehmen. Ihre Isolation schliesst aber die wichtigsten Elemente
zur berechnenden Chronologie einer gegebenen Epoche ein.
Die Anspielungen und Beziehungen auf Tage und Monate der
festen Jahres und der Mondjahres, die durch die ihnen chronologisch entsprechenden Tage des Wandeljahres historisch fixirt
und bestimmt werden, sind häufiger und werthvoller als
man geneigt sein dürfte von vorn herein anzunehmen, denn
sie leisten, richtig verstanden, der berechnenden Chronologie
die wichtigsten Dienste. Die aus der kanopischen Epoche
herrührenden Bautexte mit den correspondirenden Daten

der laufenden Wandeljahres und des Mondjahres, aus der Zeit der
18. Dynastie angehörende Doppeldatum, welcher aber S. 98 angeführt und besprochen worden ist, sowie ähnliche, wenn auch
nicht allzu häufige Correspondenzen analoger Natur und von
weittragender Bedeutung, denn sie werden in Zukunft allein die
Mittel darbieten die Hauptpunkte der ägyp. Geschichts-Epo-
chen mit fast astronomischer Genauigkeit zu fixiren. Zu diesen Daten, neben den Tagen der festen und der lunaren Jahres, gehören auch die bereits erwähnten Angaben über Tage der
Nilschwelle, der eintretenden Jahreszeiten und der Epochen der
Ackerbauer, vorausgesetzt, dass der Sinn der betreffenden Angaben auch philologisch richtig verstanden wird. So bezeichnet
pirit ŠȜ, „den grossen Winter", den Hochwinter, einen Tag der nach einer Notiz beim Ptolemäus unter der griechischen Bezeichnung des Χειμωὶν μέγας am 2. Mechir
(alex.) oder am 27. Januar jul. in die Mitte des 2. war nach
Sirius in Aegypten eintrat. In dem sog. Osiris-Mysterium
von Dendera, wird derselbe Tag in seiner ägypt. Bezeichnung
unter dem Datum der (Kanop.) 14 Choiak d. h.
2 Februar, also 6 Tage später angesetzt. Der in dem (Kanop.)
Kalender No. I von Edfu erwähnte Tag nam up-ta
„Tag der Eröffnung (oder Abwälzung der Erde", einen Tag

vor dem Tage [Hieroglyphen] ḥai Terä. Anfang einer Jahreszeit" wird auf den 12. Thot (= 2. November jul.) angesetzt und bezeichnet den Anfang der Saatzeit, an welcher der Hierogrammat die Kapitel von der Befruchtung der Felder nach dem entsprechenden Ritual ablas" [Hieroglyphen] (M. II. A.)

62) In dem aeg. Kalender (Esne) steht der Tag verzeichnet als 28. Phaophi (= 25. October), an welchem [Hieroglyphen] „die Befruchtung des Feldes" stattfand. Es ist wie gesagt selbstverständlich, daß derartige Angaben in Verbindung mit einem historischen Datum die wichtigsten chronologischen Aufschlüsse zu geben im Stande sind. Die folgenden Beispiele mögen als Belege dazu dienen.

Auf der Stele der Bint-resch, aus der Zeit einer der Ramessiden (nach Lepsius Ramses XII) mit dem officiellen Namensschilde [Kartusche] user-mät-rä Soten en rä findet sich die folgende Stelle:

A [Hieroglyphenzeile]

„Er trat ...
„das Jahr 15, der 22. Payni. Damals befand sich Seine Majestät
„in Theben, der mächtigen Königin der Städte, indem er
„Verehrung bezeugte seinem Vater Åmon-rä, dem Herrn der

316.

„Heiligthümer Nastā an seinem schönen Feste der südlichen Opet
d. h. an seinem thebanischen Feste. Es gab deren 11 zur Zeit des
Königs Thatmosis III (nach einem Festverzeichnisse zu Karnak),
die im Laufe des Kalenderjahres mit grossem Pompe begangen
wurden. Die Bezeichnung des Festes als [Hieroglyphen] *hib
amen-em-apet* gab vielleicht Veranlassung zur Bildung des
griechisch-koptischen Monatsnamens Φαμενάθ, ⲫⲁⲙⲉⲛⲱⲑ,
des 7. Monates in dem (alex.) Jahre. Die saïdische Bezeichnung desselben: ⲡⲁⲣⲙⲅⲁⲧ, ⲡⲁⲣⲉⲛⲅⲁⲧ dürfte aus einer älteren:
[Hieroglyphen] *hib amen-rā em apet* entstanden sein.
Dasselbe Fest, gleichfalls verbunden mit einem Datum des Wandeljahres, wird erwähnt in der von mir zuerst publicirten und
übersetzten Stele vom Exil mit dem Namen des Oberpriesters
des Amon [Hieroglyphen] *Rā-men-Xener*, Sohnes des Königs ([Hieroglyphen])
[Hieroglyphen-Kartusche] *Mi-amen Pi-notem* (II.) der 21. Dynastie.
Die bezügliche Stelle lautet im Originale

B) [Hieroglyphenzeile]
sic

„Im Jahre 25, am 29. Epiphi gleichzeitig mit dem Feste des Götter-
Königs Amon-rā an seinem [schönen] Feste [der südlichen
Apet]" Ueber die von mir eingetragene Ergänzungen der zer-

dieser Inschriften kann ... nicht der leiseste Zweifel obwalten. Es geht daraus hervor, daß unter dem Könige, als dessen The-
banischer Oberpriester Ra-men-... fungirte das F.J. am 29.
Epiphi seinen Anfang nahm ... fiel 37 Tage später als die
vorher erwähnte Feier unter dem Könige Ramses XII. Die natür-
liche Schlussfolgerung ist, daß ... zwischen beiden Festen ein Zeitraum von $4 \times 37 = 148$ Jahren verflossen sein musste. Nach den
gewöhnlichen Ansätzen regierten die letzten Ramessiden etwa
um 1100 vor Chr; 148 Jahre später d. h. um 950 vor Chr. würde daher die Epoche des Oberpriesters und seines Königs anzu-
setzen sein; was mit den sonstigen chronologischen Verhältnissen
stimmt. Legen wir der Berechnung des Datums nach der So-
thisäre die Inschrift B und das Jahr 950 vor Chr. zu Grunde,
in welchem der 1. Thot auf dem 18. April jul. fiel, so entspricht
der 29. Epiphi dem 12. März jul.

Gehen wir vom Jahre 1100 aus Inschr. A in welchem der 1. Thot
auf den 28 Mai jul. fiel, so ergiebt sich die Concordanz:
der 22 Payni gleich dem 4 April.

Da, wie ich gleich beweisen werde, eines der Feste der thebanischen Amon den Eintritt der Frühlingsgleiche markirte,
welche in der genannten Epochen am 31. März jul. eintrat,
so würde in Folge der nothwendigen Correction in beiden

Daten der Ansatz folgender sein: in A. 22. Payni = 29 März,

in B. 29 Epiphi = 29 März also „ „ 1 Thot = 9 Juni;

„ „ 1. Thot = 4 Mai d. h. die Inschrift A. wurde in

einer der Jahre 1161-1158, die Inschrift B. in einer der Jahre

1017-1014 fallen, mithin der Anfang der Regierung Königs

Rämses XII. im Jahre 1161+15 = 1176 vor Chr., und der der

ungenannten Königs in B. 1017+25 = 1042 vor Chr. statt ge-

funden haben.

In einer anderen sehr wohl bekannten Inschrift, der be-

rühmten Stele des Aethiopen Königs Piänchi, erscheint

dasselbe Fest, in einer nicht weniger durchsichtigen Weise

kalendarisch bestimmt. In der vom Jahre 21 Monat Thot (⟦hieroglyphen⟧)

⟦hieroglyphen⟧) datirten Inschrift wird Lin. 25. der König redend einge-

führt. Er wolle, heißt es darin, zuerst ⟦hieroglyphen⟧ „die Neujahrs-

Ceremonien" zu Ehren des Gottes Amon vollziehen (d. h. am 1.

Thoth des laufenden Wandeljahres) und dann nach Theben gehen;

wie er selber sagt:

⟦hieroglyphen⟧

, um zu schauen den Gott Amon an dem schönen Monatsfeste

des Paophi (sic). Ich werde sein heiliges Bild in Procession

„herausführen lassen nach der Stadt Apet des Südlandes an seinem
„schönen thebanischen Monatsfeste hb-ápet. Nachto an der
„Feier die in Theben festgesetzt ist und die ihm Ra (der Sonnengott)
„zum ersten Male gefeiert hatte. Ich werde ihn (alsdann) in
„Procession nach seinem Tempel führen lassen um auf seinem
„Throne zu ruhen, an dem Tage (genannt): der Götter Ein-
„führung, am 2. Athyr.“ Es ist dies derselbe Tag der im Kalender Ramses III. zu Medinet-Abu (mit offenbar irrthümlicher
Auslassung der Worte [Hieroglyphen] sui „Einführung“) am 12. Athyr als
ein ganz sinnloser, der Got[t] [Hieroglyphen] angesetzt erscheint, aber deutlich
in der statistischen Tafel von Karnak als [Hieroglyphen]
[Hieroglyphen] „Tag der Einführung der Götter der zweiten Feste des Amon“
(das erste ist ja das des Neujahrstages) wiederauftritt. Wenn nach
[…] Kalenderrechnung die sonst am 12. Athyr stattfindende Feier der „Einkehrmachung“ oder „Einführung“ der Götter
am 2. Athyr ausgeführt werden sollte, so müsste in seiner Epoche
der 19. Phaophi (denn um dieses am 19. Phaophi beginnende
Kalenderfest handelt es sich-), durch einen 9. Phaophi der
laufenden Wandeljahres vertreten sein, oder mit andern Worten der Tag des Eintritts der Frühlingsgleiche am 28. März
(um 700 vor Chr.) einem 9. Phaophi entsprechen. Wir erhalten
damit die folgenden Ansätze:

9. Pachons = 28. März, demzufolge

1. <u>Thot</u> = 18. <u>Februar.</u>

Thatsächlich fiel in den 4 Jahren 716 – 713 vor Chr. der 1. <u>Thot</u> auf einen 18. <u>Februar</u>;

Der Anfang der Regierung des Königs <u>Piânchi</u>, dessen 21. Regierungsjahr die Stele nennt, fällt somit in eines der Jahre 736, 735, 734 oder 733, durchaus entsprechend den chronologischen Bedingungen für seine Epoche.

Die chronologischen Folgerungen haben hiermit noch nicht ihr Ende erreicht. In der in AZ (41;18 publicirten Bauurkunde aus der Regierungszeit Königs <u>Thotmosis III.</u> wird folgende Angabe gemacht:

» Im Jahre 24 am <u>30. Mechir</u>, dem Festtage, welcher ausfüllt
» Tag 10. des <u>Amon</u> an (seinem schönen Feste der südlichen
» <u>Apet</u>)."

Der 30. <u>Mechir</u> ist ein Tag von hervorragender astronomischer Bedeutung in dem äg. <u>Kalendermonat.</u> Bereits im Todtenbuche Kap. 140 ist die Rede von

» den Bücher deren was geschehen soll am 30. <u>Mechir</u>, wann erfüllt
» ist das heilige Auge am 30. <u>Mechir</u>; und ebendaselbst Kap. 125, 12

wird derselbe Tag bezeichnet als [Hieroglyphen]

„jener Tag der Berechnung des heiligen Auges in Heliopolis am 30. Mechir"
Als das altheilige Sothisjahr gestiftet wurde 1285 vor Chr., fielen die
Sonnenstände auf folgende Kalendertage:

Frühlingsgleiche	auf den 1. Pachon (10. April)
Sommerwende	auf den 1. Tybi? (20 Juli)
Herbstäquinox	auf den 1. Choiak (6. Oktober)
Winterwende	auf den 1. Phamenoth (16 Januar)

Einen Tag vor dem 1. Phamenoth lag aber jener eben erwähnte
Mechir, an welchem [Hieroglyphen] „das heilige Auge erfüllt ward."
Im Papyr Sallier N° IV wird das heilige Auge, die Sonne zur Zeit der Winterwende, gleichfalls mit Tagen des Monats Mechir verbunden, wobei die
Stellung des Auges in der vierten Schrift die umgekehrte ist. Es findet
sich nämlich notirt am 16. Mechir: [Hieroglyphen] „Erscheinung
des heiligen Auges", am 13. [Hieroglyphen] , „jener Tag des heiligen
Auges", am 26 [Hieroglyphen] , „das heilige Auge,
welches am Himmel ist, steigt vorwärts."

Da um die Zeit Tutmosis III die Winterwende um den 2-3 April ged.,
also 14-15 Tage später als im Stiftungsjahre 3285 vor Chr, eintrat,
so müsste im festen Sothis-Jahre die Erscheinung derselben am 18-17
Mechir statt gefunden haben. Der Ansatz 30. Mechir als = 10. Festtag,
zugleich ein Neumondtag (s. unten), läßt schliessen, dass der 21.

Mechir als der eigentliche Tag der Feier des Eintreffens betrachtet worden ist. Nach einer überlieferten Angabe, auf dem bekannten Kalendersteine von Elephantine, bezeichnete in einem (unbekannten) Jahre der Regierung des Königs Thotmosis III [Hieroglyphen] der 28. Epiphi der Aufgang des Sothis (Sirius) Sternes." Hiernach muss der 1. Thot des laufenden Wandeljahres auf den 27. August jul. gefallen sein, mit anderen Worten die Inschrift der Epoche 1477–1474 vor Chr. angehören. Der 21. Mechir entsprach hiernach einem 15. Februar und der 30. Mechir einem 22. Februar. Beide Tage haben natürlich mit der Wintersonnenwende nichts zu schaffen, sondern beziehen sich vielmehr auf die Frühlingsgleiche, die in der Zeit Thotmosis III am 3. April eintraf. Die Tage liegen nämlich 49, bez. 40 Tage vor der Frühlingsgleiche, entsprechen also dem Frühlingsanfang der nach Ptolemäus 43 bez. 39 Tage vor der Frühlingsgleiche seiner Epoche (am 26. Phamenoth alex.) begann. Vergleichen wir das Fest und die Tage vom 21.–30. Mechir mit ihren alex. Correspondenzen, so ergiebt sich nämlich flgd. Uebersicht:

Datum	Fest-tag	Fest	Tafel [Epoche] Alexandr.	Julian. Datum
21. Mechir	1.	[Hieroglyphen]	[Hieroglyphen]	15. Febr.
22. „	2.			16. „
23. „	3.			17. „
24. „	4.			18. „
25. „	5.			19. „

20	5		20.
27	7		21.
28	8	der Amonfest-woche	22.
29	9		23.
30	10		24.
1. Phamenoth	(11)	[Hieroglyphen]	25.

Der 1. Tag der im 15. Jahre gefeierten Procession des Amon · am ipet
(Pa-amenoth) wurde im alex. Jahreskalender (Esne) als [Hieroglyphen] heb
genannt „Fest des Starken" gefeiert, dessen Datum (15. Febr) 8. bez. 4 Tage nach
dem Ptolemäischen Frühlingsanfang (7. oder 11. Februar) fällt, bezeichnete
also in der alex. Epoche, wie in der des _Thotmosis III._ ein _Frühlingsfest._
Der Tag nach dem 10. Tage des Amonfestes oder der 1. _Phamenoth_, als
„ _Fest des Ptah_ und Erhebung des Himmels" (ᾱχ πετ, in Esne) gefeiert,
ist derselbe, welchen als Neumondstag die Aegypter (nach Plutarch,
de Is. et Os. Kap. 43) zu einem Feste des _Frühlingsanfanges_ erhoben hatten und durch _Eintritt des Osiris_ in den _Mond_ bezeichneten.

In der Inschrift Thotmosis III. handelt es sich nun thatsächlich um
diesen _Neumond_ des Frühlingsanfanges, an welchem, nach den Worten
des Textes, der Tag der Grundsteinlegung der baulichen Anlage bestimmt
war als:

[Hieroglyphen]

„ Das Eintreffen des zur Ausmessungsfeier für dieses Denkmal bestimmten
„ Neumondtages war im Jahre 24 der letzte Tag des Monats _Mechir_

„der 10. Festtag der Sonnengöttin <u>Amen - em - ânet</u>." Der Beweis für den wirklichen Eintritt dieser Neumonde ist leicht zu geben. Im Jahre 23 der
mit dem 4. Pachon beginnenden Regierung Königs <u>Thotmosis III</u> fand
am 21. <u>Pachon</u> ein Neumond statt (s. oben S. 95). Zwischen beiden Neumonden liegt daher ein Zeitraum von 649 Tagen, welche haarscharf bis
auf den Tag 22 Mondmonate umfassen, also jeden Zweifel über den
am 30. <u>Mechir</u> eingetroffenen Neumond heben. Auch in dem Kanop.
Kalender wird dieser Tag besonders angemerkt, natürlich an der ihm gebüh-
renden Stelle in der Kanop. Jahresform. Er gehört zu den 3 Tagen, die
in dem Kalender von Dendera verzeichnet stehen als:

(1). <u>Choiak</u>, <u>Tag 24</u>, (12 Februar) Procession der Osiris in
„ der Dämmerung. Zu verweilen an dem Tempelsee. Zu
„ vollziehen die Handlungen des Umzuges um den Tem-
„ pel. Rückkehr nach seinem (alten) Platze."

(2.) <u>Choiak</u>, <u>Tag 25</u>, (13 Februar) Stunde 12. des Tages,
„ Procession der Osiris von <u>Osten</u>. Richtung der Träger
„ nach dem Tempel. Vereinigung mit seinem ewigen
„ Platze" (d. h. der Krypte, wo er bestattet ward).

(3). <u>Choiak</u>, <u>Tag 26</u> (14 Februar), Prozession des Gottes
„ <u>Sokar</u> in der ersten Tagesstunde nach dem
„ Tempel."

In der Kanop. Epoche fand die Frühlingsgleiche am

17 März jul. statt. Der 17 Febr. lag somit 36 Tage vor derselben, entspricht
daher wiederum dem Frühlingsanfange. Dass auch in dem Kanop. Fest-
Kalender die Feier des letzteren an dem Neumond gebunden war, dafür
zeugen Texte in dem sogenannten Sokar Heiligthume auf dem Dache
des Tempels von Dendera (s. M.D. IV, 77 woselbst indess manche Irrthümer
der Abschrift nach meiner unten folgd. eigenen Copie zu verbessern
sind.) Vom 27. Choiak (2 Febr.) wird darin bemerkt:

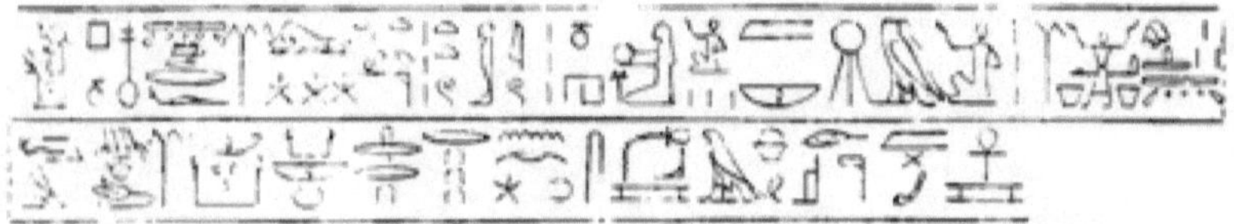

»an diesem schönen Tage ist das ganze Land voll Freude. Götter und
Göttinnen vereinigen sich, indem sie anstimmen die Melodien und
einstimmen in die Stimmen, die Erleuchteten (so Männer höherer Bildung) sind voll Heiterkeit und die Bewohner auf Erden in Wonne
im Monat _Choiak_, am 27. Tage ($= \tfrac{2}{3} + \tfrac{1}{10} + \tfrac{1}{30}$) des Monats. Es vereinigt Horus seinen Vater Osiris mit dem neu angekommenen Wasser der
Ueberschwemmung.«

Diese Schilderung bezieht sich auf die heilige Wasserreinigung
am Tage vor der Einbalsamirung. An demselben Tage fand zugleich
folgender statt:

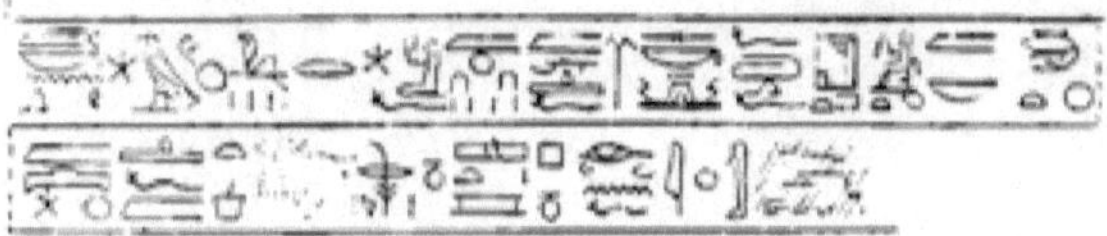

d. h., er (der einbalsamirte Osiris) naht in der Frühe. Die Göttinnen prei-

sen ihn am 24 Tage. Nachdem er eingegangen ist in sein heiliges Schiff

(sek), vollzieht er den Umgang um den Tempel der Herrlichen (die

Hathor von Tentyra) in der 9. Stunde der Nacht (cf. oben S. 28). Er

vereinigt sich mit seinem Sarge [auf] der südlichen Seite dieser

Tempelsei (?). Vollbracht werden ihm die Handlungen des ....

Der Eingang in sein heiliges Sek oder Seket, - Seklet-)-Schiff

wird auch anderwärts erwähnt. In der Inschrift von Tanis (Kanop-

Stele) heisst es wörtlich :

[Hieroglyphen]

„wenn vollzogen wird der Eingang der

Osiris, im Innern des heiligen Seklet - Schiffes, in diesem Tempel

zur (festgestellten) Zeit des Jahres vom Tempel der Herakleum aus am

29. Choiak (d. i. am 17 Februar), wobei die Insassen aller Tempel

erster Classe Brandopfer auf den Altären" der Tempel darbringen

vom 25. Choiak (13 Febr.) heisst es demnächst in Dendera :

[Hieroglyphen]

d. h., er tritt heraus (eigentlich :, er geht auf) aus seinem Tempel

* Dasselbe Fest, als [Hieroglyphen] „Opfer auf dem Feueraltar," ist im Kal. Edfu N° I mit an dem 28 Choiak citirt.

gegen Sonnenuntergang am 15 (Choiak). Er vollzieht den Umgang um seine Stadt in glücklicher Weise. Die Stadtbewohner von Ten-

tyra sind in verklärter Stimmung."

Während der 24. und 25. Choiak die Tage des allmächtigen Verschwindens des als sterbenden und begrabenen Osiris gedachten Mondes bezeichnen, steht der 26. Tag und seine Nachfolger, vor allem der 5. und 6. Mondtag, glanzvoll als Tag der Auferstehung des Osiris (als Neumond) da, der sich im Mondmonat des Frühlingsanfanges als Vogel Bennu mythologisch entpuppt. Der oben citirte Text von Dendera sagt darüber folgendes:

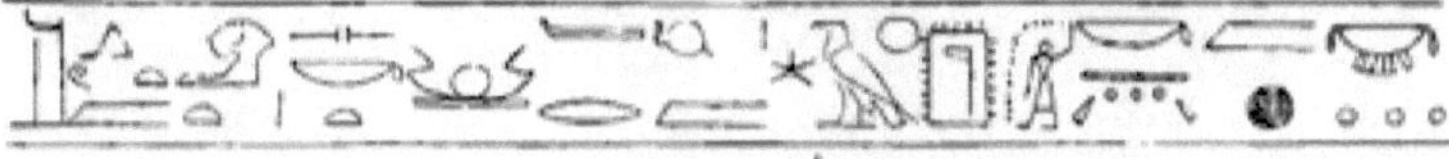

, er (Osiris-Sonne) erwacht aus dem Schlafe. Er schwingt sich empor als Vogel "Bennu", er nimmt seine Stelle am Himmel als wiedererneuter Mond (des Frühlingsanfanges) ein. Er sammelt die Opfer in- (cf Br W III. S. 1053) gemeinschaftlich mit dem Sonnengotte Turm. Er tritt heran bei Sintigra in der Nacht vom 5. zum 6. Mondtage "(cf. oben S 46). Dasselbe sagt ein anderer Text (s. M.D. IV. 64) mit den Worten:

erhebe dich an der Spitze der heiligen Schiffer Sekat mit der Sonne in der Frühe des heiligen Morgens. Uebersschütte die Erde mit den goldeinen Atmen" (sc. deiner Strahlen.) Wieder eine andere Inschrift (l. l. 77) sagt aus:

„Hat er durchwandelt die Tiefe, so schwingt er sich empor zur Oberwelt als Mond.
„Er erhellt die Erde gleichwie der leuchtende Gott der Oberwelt (d. h. die Sonne)."
Aber Osiris ist nicht nur der Neumond, sondern auch die Sonne des Frühlingsanfanges. In Dendera ruft ihm deshalb eine Inschrift zu:

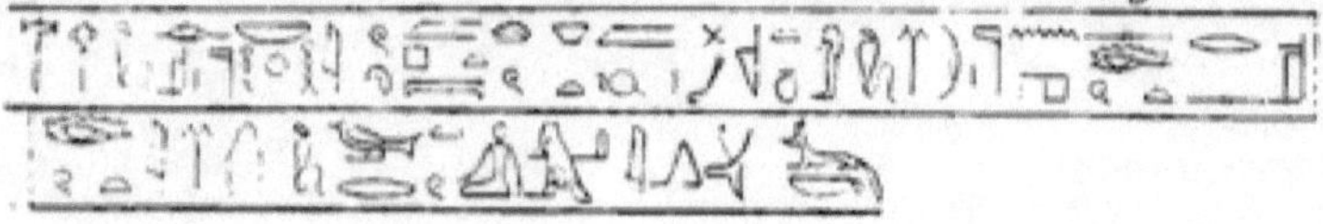

„Heil dir Osiris, du Ewiger, der du am Himmel weilst aufgehend als
„Sonne und deine Gestalt wiedererneuerst als Mond. Erwache, stehe auf,
„ruhe nicht länger in deiner Gestalt!" (A. l. l. 44, a, lin. 1).

Im alten Sothiskalender entsprechen den Tagen vom 24 - 26. Choiak (12. - 14. Februar) die Tage vom 28 - 30. Phamenoth. Diese Correspondenz hat der Verfasser des Kalenders von Edfu nicht außer Acht gelassen. Er nennt den ersten derselben als:

„Phamenoth, Tag 28. Fest des geflügelten Sonnen Käfers. Es schwingen
„sich empor zur Oberwelt die geflügelte Sonnenscheibe (Ār) und die
„geflügelte Käferin" (Xnet). Auch in den Inschriften von Dendera ist auf die alte Correspondenz Rücksicht genommen worden, wenn in den Texten dem Osiris als Sonne des Frühlingsanfanges zugerufen wird (A. M.D. II. 77):

„erhebe dich! gehe auf am Feste der Göttin Äpit (d. i. [Hieroglyphen] nach der

„Schreibweise von Edfu): Es schwingt sich empor die Göttin Äpit nach

„deinem Scheitel." Nach demselben Kalender von Edfu fand am 2.

Mondtage des folgenden Monates Pharmuthi ([Hieroglyphen] 18), und zwar

innerhalb des Intervalles von 21 Tagen bis den Correspondenztag im Kan.

Jahre, die Feier des Frühlingsanfanges nach dem Schema des Sothis-

Jahres statt, die sich bezeichnet findet als: [Hieroglyphen] „Geburt

„des Horus, Sohnes der Isis und Sohnes des Osiris." Je nach dem Stande des

2. Mondes konnte sie festlich begangen werden in den entsprechenden Tagen

vom 2. – 23. Pharmuthi oder vom 16. Februar – 9. März, d. h. in der Zeit

des Kanop. Jahres am 2. Monde frühestens 38 Tage, spätestens 17 Tage vor

dem Eintritt der Frühlingsnachtgleiche. Als der eigentliche Sonnentag des

Frühlingsanfanges galt aber der vorher genannte fixe 28. Phamenoth

(13 Februar; d. h. der 42. Tag vor der Frühlingsgleiche oder der Tag [Hieroglyphen] rib

āpe, [Hieroglyphen] rib āpit, wie ihn die Inschriften bezeichnen.

Nach den vorgelegten Beispielen und Zeugnissen dürfte es schwer

werden, ferner die Existenz des Mondjahres und den Einfluss der Mond-

tage auf das ägypt. Kalenderwesen zu bezweifeln. Nicht nur gewisse

Feste, sondern die Hauptpunkte des Sonnenjahres selber wurden

je nach dem Mondstande berechnet und kalendarisch notirt. Die

Wage des Mondjahres muss offenbar in der oberägyptischen Stadt des

Gottes Thot, des Mondgottes par excellence, Hermopolis magna genannt
werden. Wenigstens findet darauf eine merkwürdige Angabe im Kalender Edfu No I, woselbst in der Rubrik des Monates Athyr (Kanop. =
21. Dec. = 19. Jan.) folgendes angegeben wird:

„Monat Athyr, Tag 1 bis 30. Fest der tentyritischen Göttin Hathor. Es
wird durch die Berechnung (d. h. die astronomische Beobachtung)
festgestellt das Auge der Rä (d. i. der Sirius), das Auge der Horus
(d. i. die Sonne) und das Auge der Osiris (d. i. der Mond) in der
Stadt Hermopolis magna vom 18. Tage dieser Monates an" Würde
an der zerstörten Stelle das Zahlzeichen ∩ gestanden haben, so wäre
an Stelle von 18. die Zahl 28. einzusetzen. Im Kanop. Jahre ist der 18.
Athyr = 7. Januar, der 28. = 17 Januar. Der letztere liegt 66 Tage vor
der Frühlingsgleiche der Epoche, grade wie die letztere: die Geburt
„des Horus" (vergl. oben), 66 Tage vor der „Empfangniss des Horus" (nach
dem Kal. von Edfu No I am 4. Epiphi) gelegen ist. Dies Zusammentreffen
beider Zahlen kann kaum zufällig sein die Bezeichnung des Sirius durch
„Auge der Rä, der Sonne durch „Auge des Horus", des Mondes durch „Auge
„des Osiris" ist eine mythologisch-astronomische Paraphrase, die
auch durch sonstige Kalender-Daten allenthalben bezeugt wird. Ich
führe als schlagendes Beispiel den alten Neujahrstag des Sothisjahres
an, an welchem der Sirius in der Frühe der 20., bezügl. des 19 Juli heli-

abiotraufging. Im Kanop. Lehre fiel er auf den 1. Payni. Wir lesen des-

halb im Kalender von Edfu IIo 1 ganz zutreffend:

[Hieroglyphen] d.i. « Monat Payni.

« Tag 1. Fest der landgriechischen Hathor, des Auges der Rā (Sonne), des Auges

« des Horus (aufgehende Sonne) und des Auges des Tum- (untergehende

« Sonne) in der Stadt Bubastis." d.h. jener Hathor, welche in Bubastis

zugleich als Sirius-Stern und als Sonne verehrt ward.

Ein anderes nicht weniger lehrreiches Beispiel liefert eine Inschrift in Den-

dera. Neben dem Bilde einer Königin, welche dem jungen Sonnengotte

Harsamta den lunaren Kopfschmuck (2 Federn über einer Scheibe) reicht,

befinden sich die Worte:

[Hieroglyphen] « Ich reiche

« dir den Federnschmuck mit der Scheibe daran, das jeweilige Symbol

« nach der Vollmondsregel: ist das rechte Auge ausgefüllt (d.h. der

« Sommerstand erreicht) und das linke Auge (der Mond) durch Berech-

« nung festgestellt" (wiederum [Hieroglyphe] = ȧpnt, wie in dem Beispiele vorher), ver-

« einigt sich der Leuchter (Feder) an dem Zeitpunkte deines Aufganges

« am Himmel, so ist das der Tag der lunaren verschnittenen Stieres (sāb),

« der versehen ist mit dem heiligen Auge und mit dem Horus-Auge

« (der Sonne)." Es handelt sich in diesem dunklen Texte um jenes oben

S. 296 beschriebene Fest der Sonnenwende, welches am 15. Mondtage in

dem Nominal- Monat Pachon feierlich begangen wurde. Nach dem
Kalender von Esne ist es der 16. Pachon, in welchem der Schmuck
eine besondere Rolle spielt. Im Sothis Jahre – dem darauf allein ist Rücksicht zu nehmen, da alle Kalender dieselbe Feier an demselben Monat
erwähnen, – bezeichnete der 15. Monatstag des Pachon (17 März –
15. April) den Eintritt der Frühlingsgleiche .

Die dem Wandeljahre zu Grunde liegenden festen Sonnenjahre gehören den verschiedensten Epochen der äg. Geschichte an. Ihr Ursprung
muss, wie bemerkt, in der Nothwendigkeit gesucht werden, die durch das
Vorrücken der Tag- und Nachtgleichen im Laufe von Jahrhunderten entstandenen Verwirrungen der Zeit- und Cultur- Epochen in
einer gegebenen Zeit zu berichtigen und in möglichst zutreffender Verbindung mit der Lage der alten, an das Sothisjahr gebundenen
Feste durch einen passenden Jahresanfang zu fixiren Als solche
Jahre sind aufzuführen, soweit sichere Ueberlieferungen darüber
vorliegen: 1, das Jahr Thutmosis III, dessen Neujahrstag auf den 27. Aug.

    jul. fällt und dessen Ursprung anthin der vierzähigen Schaltperi-
    ode 1477 – 1474 vor Chr. angehört;

    2, das theoretisch festgestellte Jahr der Ramessiden (nach Riel),
    deren Neujahrstag der 6. Juli ist und dessen Entstehung in einer
    der Epochenjahre 1269 – 1265 vor Chr. fällt;

    3, das sog Kanopische Jahr mit dem Jahresanfange des

des 22. October. Sein Stiftungsjahr (238 vor Chr.) ist durch das bekannte Decret von Kanopus ein für allemal sicher festgestellt. Es bildet die Grundlage der Kalendertafeln von Edfu und von Dendera

4, Das alexandrinische Jahr. Sein Neujahrstag fällt auf den 29. August und, als sein Stiftungsjahr wird damit in Uebereinstimmung das Jahr 25 vor Chr. angesehen. Es stellt (mit dem Unterschiede von 2 Tagen) nahezu die Isokatastasis des alten Ptolemaeus III - Jahres dar. Ihm liegt der wichtige Kalender von Esne zu Grunde.

Die angeschlossene Korrespondenz Tafel № 7 wird am besten das Verhältniss des alten, dem Wandeljahre zu Grunde liegenden solarischen Jahres (W) zum Kanopischen (C) und zum alexandrinischen (A) Jahre für das Auge übersichtlich darstellen und bei Umrechnungen der Kalender-Daten gute Dienste leisten.

Der zweite Korrespondenz Kalender fügt den eben erwähnten Jahres formen das Ramessiden Jahr hinzu. Sein Zweck ist die ägyptischen Monatstage und ihre zu Correspondenz-Tage je nach den verschiedenen Jahresformen vor Augen zu führen. Er soll zugleich dazu dienen die Verschiebung der Jahrespunkte und Jahreszeiten, im Zusammenhang mit den Epochentagen der Saat- und Erntezeit so wie der Nilüberschwemmung, in verständlicher Weise darzuthun. Den Niltagen liegt die noch heute bei den modernen Aegyptern gebräuchliche Scala der Niltage zu Grunde, welche die nachstehende zu zusammenstellung in ihrer zeitlichen Reihenfolge enthält.

Die Niltage des ägyptischen Kalenders.

1 Tag „Die Nacht des Tropfens", nach Kopt. Kal. d. 11. Bunah (5. Juni),
4 „ Eintritt der Sommerwende . . . . 15. „   (9. „),
7 „ Beginn der Nilschwelle . . . . 18. „   (12. „),
14 „ Zusammenkunft am Nilmesser . . „ 25. „   (19. „),
15 „ „Verkündigung des Nilsteigens" „ 26. „   (20. „),
27 „ fällt Thau, so steigt der Nil 5. Abib (29. „),
53 „ Aufgang des Sirius 1. Mesri (25. Juli),
9? „ „Vermählung des Nils" 18. „   (11. August),
100 „ Nil lässt nach zu steigen „ 16. Tût (13. Septbr.),
101 „ Fest der Dammdurchstiche 17. „   (14. „),
121 „ Ende der Ueberschwemmung „ 7. Babeh (4. October).

Die den einzelnen Daten beigefügten Angaben sind theils den Klassikern (Pt. = Ptolemäus, Pl. = Plutarch), theils den Kalender-Inschriften (S. = Papyrus Sallier no. IV, R. = Kal. Ramses III. zu Medinet-Abu, Sil. = Nilstelen zu Silsilis; D = Dendera, E = Edfu, Es. = Esne) entnommen. Philologisch sei bemerkt in Bezug auf die Niltage, dass die Nilstelen zu Silsilis (datirt die eine vom Jahre 1, dem 10 Epiphi der Regierung Ramses II., die andere vom Jahre 1, dem 5 Phaophi seines Sohnes und Nachfolgers Menephtah's, die dritte vom Jahre 6, Monat Phamenoth — (f. Zeit. (V. 1873, 154) den Fluss als Gott bezeichnen durch den Namen [Hieroglyphen] *neuu* (d. i. die Flutzeit und [Hieroglyphen] *Hâpi* u. A.) der Nil, und daß der Tag des [Hieroglyphen] 15. *Thot* bezeichnete die Zeit [Hieroglyphen] des reinen Wassers von Silsilis (d. h. der eingetretenen Ueberschwemmung) und der Tag des [Hieroglyphen] 15. *...* die Zeit [Hieroglyphen] *... es Wassermangels.* Der undatirte [Hieroglyphen] 1. Tag der Abschnure (eigentlich bei Seite Legens) der Nilbarke wird durch eine Angabe in E. als 1. *Choiak* richtig gestellt. Die in den Inschriften erwähnten Anfänge der Jahreszeiten der Saat und Ernte lauten je nach den Epochen folgendermaassen: Nach dem alten Sothis-Jahre [Hieroglyphen] *teks-ta* „das Harken der Erde" (R. am 22. *Choiak* = 8. Novbr.) [Hieroglyphen] *neheb-kau,* [Hieroglyphen] *neheb-kau d. i.* [Hieroglyphen] „das Anschirren der Stiere (so zum Pflügen), am 1. *Tybi* = 17. November" (R. und sonst häufig) oder nach E. 2 Tage vorher, am 29. *Choiak* = 15. Novbr. Beide Tage, der 22. *Choiak* und 1. *Tybi,* bez. 29. *Choiak,* bezeichnen den Anfang der Saatzeit nachdem die Ueberschwemmung zurückgetreten und der Erdboden vom Wasser befreit ist und entblösst daliegt.

[Hieroglyphen] *hau maset nepra* „Tag der Geburt der Götter der Feldfrucht" (R. am 1. Pachon = 17. März) auch genannt: [Hieroglyphen] *hib Rannut.* „Fest der Erntegöttin *Rannut*" zur Bezeichnung der eingetretenen Erntezeit.

Nach dem Kanopischen Kalender lauten die entsprechenden Tage:

! [hieroglyphs] *harw ur - ʿa* „Tag der Entblössung" (sc. vom Wasser, daher Pt. ἡ τῆς γῆς ἀποκύψασις seine Epoche benannt) der Erde" (E. am 12. *Thoth* C. = 16 *Choiak* W.)

[hieroglyphs] *hāt rompit* „Anfang des Jahres" (sc. des mit der Saatzeit beginnenden Bauern Jahres) In E. am 13. *Thot* C. (= 17 *Choiak* W. = 1. *Athyr* A.) sicher in Es. auch derselbe Tag als:

[hieroglyphs] *hāt - n - ur - hib* „Anfang der Entblössung" (oder der Eröffnung, des Anfanges derselben Jahreszeit) unter dem 22. *Athyr* aufgeführt, d. h. zwei Wochen später als im Kanop. Kalender.

[hieroglyphs] *hib Rannut* „Fest der Erntegöttin" das nach E. am 1. *Tybi* = 30 Mai (= 11 *Phamuthi* W.) gefeiert ward.

Im *alexandrin.* Jahre stehen denselben Epochen gegenüber. Der *Monat Athyr*, von dem Pt. bemerkt dass er nach zurückgetretener Uebereinstimmung den *Saatmonat* der Aegypter bezeichne. In der That wird in Es. 5 Tage vor dem Anfange des *Monats Athyr* aufgeführt die heilige Handlung des

[hieroglyphs] *ari suχet* „Segnung der Feldflur" (am 28. *Phaophi* A = 8 *Choiak* W. = 4 *Thot* C.) als Einleitung zur Saatzeit.

[hieroglyphs] *hib Rannut* „Erntefest" (in Es. 17. *Mechir* A. = 27. *Phamenoth* W. = 23. *Choiak* C.), zugleich ein Dankfest für den Segen der Ernte.

Weil einen Reichthum die kalendarischen Notizen für die Bestimmung der Jahreszeiten enthalten, will ich schliesslich durch ein im

teressantes Beispiel belegen. In dem Texte des sogenannten Cisio-My-
steriums zu Dendera findet sich die Angabe des [Hieroglyphen] eines al-
» großen Winters« d. h. des stärksten Wintertages am 14. Choiak C (=
2. Februar) verzeichnet. Nach Pt. trat (4 Jahrhunderte später) der
Χειμὼν μέγας am 2. Tybi-A. (= 27. Januar) ein. Die heutigen Aegypter, mehr als 20 Jahrhunderte später, bezeichnen den 20. Januar
als die »Stärke des Winterabschnittes« und den 9. Januar als den
kältesten Tag der winterlichen Jahreszeit.

Der Unterschied der Daten, je nach den Jahrhunderten, hängt
mit der Verschiebung der Winterwende zusammen.

Daß man bei den Umwandlungen und Umrechnungen der Kalenderdaten von der einen in die andere Jahresform die Augen offen halten
muß, liegt auf der Hand. Das Prinzip, nachdem die Aegypter selber ver-
fahren haben, ist kurz folgendes:

1) Den Umwandlungen legte man das alte Sothis-Jahr und seine
laufenden Festtage, die rein religiösen wie die Feiern der Jahrespunkte,
zu Grunde. Ich will die letzteren durch Epochenfeiern bezeichnen.

2) Ohne Rücksicht auf die ursprüngliche Bedeutung der alten Feste und Epochenfeiern wurde die ganze Reihe derselben
bei jeder Kalenderreform auf die laufenden Tage der neuen
Jahres übertragen und ihre eigentliche kalendarische Stellung
dadurch nach oben und unten hin verschoben.

3. Nicht selten wurde aus religiösen Gründen ein Fest oder eine Epochen-
feier des alten Sothis Jahres auf seinen Nominaltag eingetragen,
daneben aber noch einmal unter dem ihm zukommenden Kalendertage des neugebildeten Jahres an seiner (astronomisch) richtigen Stelle verzeichnet.

Ein Beispiel wird diese Schwierigkeit klar legen.

Das alte Erntefest wird im Sothisjahre unter dem 1. Pachon
(17. März) aufgeführt. Im alexandr. Kalender von Esne erscheint
dasselbe, umgerechnet, unter dem Datum der 17. Mechir (11. Fe-
(mar) an seiner richtigen kalendarischen Stelle. Daneben
wird aber in demselben modernen Festkalender von Esne der
alte Tag der Erntefeier unter dem 1. Pachon dennoch notirt
und dazu bemerkt:

„einen fröhlichen Tag zu begehen an diesem : Erntefest genannten
„Tage" Der Zusatz : „genannt" macht alles deutlich, denn der 1.
Pachon alex. (26. April) entspricht nicht mehr dem 17 März des So-
this Jahres. Es wurde eben als Nominaltag gefeiert und in den
Kalender von Esne als solcher allein eingetragen. In dieser
Weise erhalten wir oft Gelegenheit kalendertage des Sothisjahres,
welche in den vorhandenen älteren Kalendern zufällig nicht
erwähnt oder durch Zerstörung der Inschriften vernichtet sind,

glücklich wiederherzustellen. So wird in Edfu wie ... Esne ein
grosses Isis-Fest [Hieroglyphen] rib wet unter dem gemeinsamen Datum (des 6. Phaophi aufgeführt. Da dieser Tag C. = 26. November, A. =
30 October ist, so muss er einen Nominaltag des ersten Sothis-Jahres
darstellen, also ursprünglich dem 24. August oder einem Tage
in der Nähe desselben entsprechen haben. Thatsächlich wird in einer Inschrift von Edfu der 9. Epiphi C. (21 August), in dem Kalender No 8
von Edfu der 4. Epiphi C (21 August) als Tag der Empfängnis
der Isis bezeichnet. Ausserdem wird in einer Säuleninschrift zu
Esne der 30. Athyr (A. = 26 November) als Isis-Fest angegeben. Da
derselbe Tag, einem Kanop. 6. Phaophi entspricht, an welchem im Isis-Fest
in Edfu verzeichnet steht, so liegt es auf der Hand, dass der Verfasser des Esne-
Kalenders sogar einen Kanop. Kalendertag alexandr. umgewandelt hätte.

Das allgemeine Gesetz für die richtige Beurtheilung der Kalenderdaten ist daher in folgender Weise zu fassen. 1) Gleichlautende Feste, welche in verschiedenartigen Jahresformen auf
denselben gleichlautenden ägypt. Tag fallen, sind Nominalfeiern des
alten Sothisjahres. Nur für die Beurtheilung dieses Jahres haben sie einen bestimmten Werth. Gleichlautende Feste, welche in verschied. Kalenderjahren auf verschieden lautende äg. Tage fallen, stellen Feste und Epochenfeiern mit astron.
Untergrunde dar. Sie sind für das Studium des altägyp. Kalender weniger
von durchgreifender Bedeutung.

Tag	Jul. Tag	Sothis-Jahre	Ramesses Jahre	Kanopus Jahre	alexand. Jahre
	[Juli]	⊙ Tybi - Thoth	(Thoth)	(Pachon)	(Epiphi)
1	30	1	15 [Schalt-Fest]	2 (H. Thorfest) Tag (3)	26 Hathorfest Tag (1)
2	31	2 Mittag 7	16	3 (3)	27 (2)
3	22	3	17	4 (4)	28 (3)
4	23	4	18 [Fest]	5 (5)	29 (4)
5	24	5	19	5 (6)	30 (5) mesori
6	25	6	20	7 (7)	1
7	26	7	21 (2)	8 (8)	2
8	27	8	22 (3)	9 (9)	3
9	28	9 Mittag 14	23 (4)	10 (10)	4
10	29	10 Mittag 15	24 (5)	11 (11)	5
11	30	11	25 (6)	12 (12)	6
12	31	12	26 (7)	13 (13)	7
13	August 1	13	27 (8)	14 (14)	8
14	2	14	28 des Himmels (9)	15 (15)	9
15	3	15 [Schwelle im Sil. ... Fest]	29 (10)	16 (16)	10
16	4	16	30 (11) Platz	17 (17)	11
17	5	17	1 Phaophi (12)	18 (18)	12

Tag	Jul. Tag	im Sothis-Jahre	im Ramessid-Jahre	im Kanop. Jahre	im Alexandr. Jahre
	[August]	[Thoth]	[Phaophi]	[Payni]	[Mesori]
		☥ [Hierogl.] Fest-Tag	Texu-Kal. Tag	(Mathyret) Tag	
18	6	18	2 (1)	19 ... (9)	13
19	7	19 [Hierogl.] Fest des Thot / Mennofer-Fest (13)	3 (14)	20 (20)	14
20	8	20 [Hierogl. texu-Fest] (Tag)	4 (15)	21 (21)	15
21	9	21 (2) [Hierogl.]	5 (16) (Schluss des texu-Festes)	22 (22)	16
22	10	22 (3)	6 [Hierogl.] ... Fest	23	17 (23)
23	11	23 (4)	7	24 (24)	18
24	12	24 (5)	8	25 (25)	19 der Olten Fest am 29 mondr.
25	13	25 (6)	9	26 (26)	20 (26)
26	14	26 (7)	10	27 (27)	21
27	15	27 (8) [Hierogl.]	11	28 (28)	22
28	16	28 Geburt ... (Tut)	12	29 (29)	23
29	17	29 (10)	13	30 [Hierogl.] (30) iqut Osiris ...	24
30	18	30 (12) [Hierogl.] Platz Phaophi (12)	14	... Fest der Hathor ...	Küpat (?) 25
31	19	1 (13)	15	2	26
32	20	2 (14)	16	3	27
33	21	3 (15) [Hierogl.] (5) (Schluss des texu-Festes)	17	Empfängnis der Isis 4	28
34	22	4 (16)	18	5	29
35	23	5	19 Die Fürst ... (Hierogl.) Tag (11)	6	Lampenfest (35) 30

Tag	Jul. Tag	Sothis. Jahre	Ramessid. Jahre	Kynop. Jahre	Alexand. Jahre
	(August)	(Phaophi)	(Phaophi)	(Epiphi)	Schalttage
		(Buchfest)	(immer ... aget Test, Tag)		
36	24	6	10 . (2)	7	131 1. Geburt des Osiris
					Brandopfer (8 s.)
37	25	7	11 . (3)	8	132 2. Geburt des Horus
38	26	8	22 . (4)	9	191 3. Geburt des Set
39	27	9	23 . (5)	10	(10) 4. Geburt der Isis
40	28	10	24 . (6)	11 Mittag 57 (11)	5. Geburt d. Nephthys
					tek·sit Thoth Homeuge
41	29	11	15 . (3) Geburt Apis	12 (12)	1
			Jul tür Gemeindein ...		
42	30	12	26 . (8)	13 (13)	2
43	31	13	27 . (9)	14	3
	September				
44	1	14 (S)	18 . (10)	15	4
45	2	15	19 . (11)	16	5
46	3	16 (S)	30 Fest des Thuth S.	17	6
		Osiris sei in Abydos	Hathor Athyr (1)		
47	4	17	1 . (13)	18	7
48	5	18	2 . (14)	19	8
49	6	19 ... der Flut S. 2 Tag (1)	3 Mittag 67 (16) S.	20	9 ... der Vor... Fest der Tafret (85)
50	7	20 . (3)	4 . (17)	21	10
51	8	21 . (3)	5 . (16)	22	11
52	9	22 . (4)	6 . (9)	23	12
					. (36)

Tag	Jul. Tag	Sothis-Jahre	Ramessid. Jahre	Kanopus Jahre	Alexander Jahre
	September	(1 Phaophi)	(Athyr)	(Epiphi)	(Thoth)
		(Beginn m. ägypt. Fest Tag)	ägypt. Fest Tag		
53	10	23 . (5)	7 . (20)	24	12
54	11	24 [Hieroglyphen] 5) (4)	8 . (21)	25	13
55	12	25 . (7)	9 . (22)	26	15
56	13	26 . (8)	10 . (23)	27 des Horizonts (Ex) — Proc. der Hathor u.	16
57	14	27 . (9)	11 des Gottes (24) — Eintritt	28 desgl (2)	17
58	15	28 . (10)	12	29 . (3)	18 Herbstanfang P?
59	16	29 . (11)	13	30 . Grosse Freudenfeuer — Mesori	19 Ramesesfest P?
60	17	30 . (12) [Hieroglyphen] Flutfest S; Hathor Athyr (18)	14	1 Proc. d. Hathor(?) (19) (Tekhi-Fest) Tag	20 . (1)
61	18	1 . (14)	15	2 Proc. der Isis (E.E.) . (4)	21 . (2)
62	19	2 Niltag b? (18)	16 Isisklage (S)	3 . (7)	22 . (3)
63	20	3 . (16)	17 Jahdklage (S)	4 . (8)	23 . (4)
64	21	4 . (17) [Hieroglyphen]	18 [Hieroglyphen] (S)	5 . (9)	24 . (5)
65	22	5 . (18)	19	6 . (10)	25 . (6)
66	23	6 . (19) aug. Freudenfest S	20	7 . (11)	26 . (7)
67	24	7 . (30)	21 Jest des S? (S)	8 . (12)	27 . (8)
68	25	8 . (21)	22	9	28 Herbstgleiche (S?) (9)
69	26	9 . (22)	23	10 Herbstgleiche	29 . (10)
70	27	10 . (23)	24 Isis erscheint (S)	11	30 . (11)

Tag	Jul. Tag	Sothis-Jahre (Athyr)	Ramessid. Jahre (Athyr)	Kanop. Jahre (Mesori)	Alexandr. Jahre (Phaophi)
	September				
11	28	11 Endteil des 11. Gottes	25	12	1 (12)
12	29	12	26	13	2 Mittag 100 (13)
13	30	13 (1)	27	14 Mittag 100	3 Mittag 101 (14)
	October				
14	1	14 (2)	28	15 Mittag 101	4 „Horus-auge" (15)
15	2	15 (3) Klage der Isis (S)	29	16	5 (16)
16	3	16 4) Klage der Isis (S)	30 Sokar Choiak	17	6 „Isis bringt einen Siriusstern an" (P?)
17	4	17	1 Herbstgleiche	18	7
18	5	18	2	19 Anfang des Festes von … (8)	8
19	6	19	3	20	9
20	7	20	4	21	10
21	8	21 Fest des Su…	5	22	11
22	9	22	6 Mittag 100	23	12
23	10	23 Isis erscheint (S)	7 Mittag 101 Anfang des Pflügens (S)	24	13
24	11	24	8	25	14
25	12	25	9	26	15
26	13	26	10	27 Proc. des Rahor (D)	16 „Horus-auge"
27	14	27	11	28	17
28	15	28	12 Verwandlung des Osiris in den Bennu-Vogel S	29	18

Tag	Jul. Tag Oktober	im Sothis-Jahre (Athyr)	im Ramessid. Jahre (Choiak)	im Kanops. Jahre (Mesori)	im alexandr. Jahre (Phaophi)
89	16	[Horus erhält die weisse / Set die rothe Krone (S)] 29	13	[Opfer dem Osiris (S)] 30 [Hieroglyphen] Schalttage [☉]	19
90	17	30	14	1	20
91	18	[☉ Soret] Choiak [Hieroglyphen] Ruhe im Theth (S). Abschluss des Hut-buches (Edf.) 1 [Hieroglyphen] Fest des Soret	15	2	26
92	19	2	16	3	28
93	20	3	17	4 [Hieroglyphen] Procession der Götter	23 Mittag 121
94	21	4	18	5 Mittag 121 [Hieroglyphen] Thoth	24
95	22	„Grosses Fest" (S) 5 Mittag 160	19	„Fest aller Götter und Göttinnen" (S) 1	[Hieroglyphen] „Fest des Ptah" 25
96	23	6 Mittag 101	20	Procession der Erde 2 Steine (D)	26
97	24	Anfang des Pflügens (S) 7	21	3	27
98	25	8	22 [Hieroglyphen] Fest „der Erdpflügung"	4 Korus-Fest (E. II)	[Hieroglyphen] (Ed) 13 Fest des Mentu (Ed)
99	26	9	23	5	29
100	27	10	24	6	30
101	28	11	25	7	[Hieroglyphen] Hathor Heil Athyr 1 [Hieroglyphen] „Fest der Sexet" (Ed)
102	29	Verwandlung des Osiris in den Benu-Vogel S. 12	26 [Hieroglyphen] „Sokar-Fest"	8	2
103	30	13	27	9 Procession der Hathor (D)	3
104	31	14	28 Mittag 121	[Hieroglyphen] (D) 10 Fest Harsomtus (D)	4

Tag	Jul. Tag november	Sothis-Jahre (Choiak)	Ramessid. Jahre (Choiak)	Kanop. Jahre (Thoth)	Alexandr. Jahre (Athyr)
		im	*im*	*im*	*im*
105	1	15	29	11	5
106	2	16	30	12 . Tag der Bloss / 12 . Verjüngung der Erde	6
			⸗ Xim Tybi / Fest [Lebutdu] (tab...(S)		
107	3	17	[Choiak]	13 . „Anfang eines Jahres"	7
108	4	18	2	14	8
109	5	19	3	15	9
110	6	20	4	16	10
111	7	21	5	17	11
112	8	22 ⸗ [Vollmond?]	6	18 Anfang eines astronomischen Jahres. neumond (5.)	12
113	9	23	7	19	13
114	10	24	8	20 ⸗ Teru-Fest Tag (1)	14
115	11	25	9	21 (2) (Fest des Anubis (E.)	15
116	12	26 Mittag 21.	10	22 (3)	16
117	13	27	11	23 (4)	17
118	14	28	12	24 (5)	18
119	15	29	13	25 (6)	19
120	16	30	14 Isisklage (S.)	26 (7)	20
121	17	⸗ Xim Tybi [Hieroglyphen] }(S.)	15	27 (8)	21
122	18	2	16	28 (9)	22 ⸗ (cf. N° 10) (on. Jahr).

Tag	Jul. Tag	Sothis-Jahre	Ramessid. Jahre	Kanop. Jahre	alexandr. Jahre
	November	(Tybi)	(Tybi)	(Thoth) (Tepi-Fest-Tag)	(Athyr)
123	19	[hierogl.](S) 3	17	29 (10)	23
124	20	4	18	30 (11) [hierogl.] mon̄ Phaophi	24
125	21	5	19	1 (12)	25 Fest des Zeus(Er) [hierogl.] sia(Er)
126	22	6 [hierogl.]	20 [hierogl.](S)	2 (13)	26
127	23	7	21	3 (14)	27
128	24	8	22	4 [hierogl.](3.II) (15)	28
129	25	9	23	(Schluss der Tepu-Feste) 5 [hierogl.](E) (16)	[hierogl.] - Tag (2a) 29
130	26	10	24	[hierogl.] Isis-Fest(E) 6	[hierogl.] - Tag der 30 Isis-Fest(Er) [hierogl.] Kihak Choiak
131	27	11	25	7	1
132	28	12	26	Process der Hathor(E) 8 Wasserfahrt(?)	2
133	29	13	27	9 desgl.(?)	3
134	30	14 Isistage (S)	28	10	4
	December				
135	1	15	29	11	5
136	2	16 [hierogl.] (S.)	30 [hierogl.] rokh ur Mechir [hierogl.](S)	12	6
137	3	17 [hierogl.]	1	13	7
138	4	18	2	14	8

Correspondenz mit dem 20. Epiphi i. Alex.

Tag	Jul. Tag	im Sothis-Jahre	im Ramessid. Jahr	im Kanop. Jahre	im alexandr. Jahre
	Dezember	Tybi [Hieroglyphen] (S)	(Mechir)	(Phaophi)	(Choiak)
139	5	19	3	15	9
140	6	[Hieroglyphen] (S) 20	4	16	10
141	7	21	5	17	11
142	8	22	6	18	12
143	9	23	7	Proc. du Hathor (S.) 19 (1)	13
144	10	24	8	Proc. d. Hathor (S.) 20 (2)	14
145	11	25	9	Proc. d. Hathor (S.) 21 (3)	15
146	12	26	[Hieroglyphen] (S) 10	22 (4)	16
147	13	27	[Hieroglyphen] (S) 11	23 (5)	17
148	14	28	[Hieroglyphen] (S) 12	24 (6)	18
149	15	29	13	25 (7)	19
150	16	30	14	26 (8)	20
		[Hieroglyphen] Mechir [Hieroglyphen]			
151	17	1	15	27 (9)	21
152	18	2	16	28 (10)	22
153	19	3	17	29 (11)	23
154	20	4	18	Fest der [Hieroglyphen] Proc. d. Novemera 30 (D.) (1) (12)	24
155	21	5	[Hieroglyphen] ..l. Auffin 19. dring des Gottes (S) 19	[Hieroglyphen] Hathor Athyr (13) (1) [Hieroglyphen] 1 (14) (2)	Brandopfer (S.) 25
156	22	6	20	[Hieroglyphen] 2 (15) (3)	[Hieroglyphen] Sokar-Fest 26 Winterwende (S.)

Tag	Jul. Tag	im Sothis-Jahre (Mechir)	im Ramessid. Jahre (Mechir)	im Kanop. Jahre (Athyr)	im Alexandr. Jahre (Choiak)
			[Hieroglyphen] "2. Fest des Starken")		Fest des Nil (6.)
157	23	7	21	3 ... (16)	27
158	24	8	22	4	Herumtragen der Kuh-geburt d. Harpokrates (PE) / 28 Winterwende
159	25	9	23	5. Winterwende	29
160	26	10 [Hieroglyphen] (S)	24	6	[Hieroglyphen] / 30
161	27	11 [Hieroglyphen] (S)	25 [Hieroglyphen]	7	[Hieroglyphen] Sept-Goti Tybi [Hieroglyphen] / 1 Wintersmitte (PE)
162	28	12	26 (S)	8	2
163	29	13 [Hieroglyphen] (S)	27 [Hieroglyphen] (S)	9	3
164	30	14	28	10	4
165	31	15	29	11	5
	Januar				
166	1	16	30 [Hieroglyphen] trockenes Phamenoth	12	6
167	2	17	1 Winterwende	13	Ankunft der Isis aus Phönike (PE) / 7
168	3	18	2	14	8
169	4	19 [Hieroglyphen] 1. Aufstieg des Gottes (S)	3	15	9
170	5	20	4	16	10
171	6	21 ([Hieroglyphen])	5 [Hieroglyphen] (S)	17	11
172	7	22	6	18 [Hieroglyphen] (S)	12
173	8	23	7	19	13

Vertikal in Spalte Kanop. Jahre: Göttin Hathor der Herrin der S... / Slatt

Tag	Jul. Tag Januar	Sothis Jahre (Mechir)	Ramessid Jahre (Phamenoth)	Kanop. Jahre (Athir)	alexand. Jahre (Tybi)
174	9	24	8	20	14
175	10	25	[Hieroglyphen] 9 (S.)	21	15
176	11	[Hieroglyphen] $\frac{}{}$ (S.) 26	10	22	16
177	12	[Hieroglyphen] (S) 27	11	23 [Fest des "Schiffest"]	17
178	13	28	12	24	18
179	14	29	13	25 (2)	19
180	15	[Hieroglyphen] 30 Wintermonate [Hieroglyphen] Phamenoth	14	26 (3)	20 — Fest der Neit (Es)
181	16	1	15	27 Periode (B.II) — Horus, Tag (3) (4)	21
182	17	2	16	28 (7) (5)	22
183	18	3	17 [Hieroglyphen] (S.)	29 [Hieroglyphen] Proc. der Hathor (8) (1)	23
184	19	4	18	30 dsgl. (2)	24
185	20	[Hieroglyphen] (S.) 5	[Hieroglyphen] (S.) 19	[Hieroglyphen] kihak Choiak 1 (3)	25
186	21	6	20	2	26
187	22	7	21	3	27
188	23	8	[Hieroglyphen] (S.) 22	4	28
189	24	[Hieroglyphen] 9 (S.)	23	Proc. des Horus (B.II) 5 Tag (1)	29
190	25	10	24	6 (2)	30 [Hieroglyphen] maxim Mechir

Tag	Juln. Tag Januar	Sothis-Jahr Phamenoth	Ramessid. Jahr (Phamenoth)	Kanop. Jahr (Choiak)	Alexandr. Jahr (Mechir)
191	26	11	15	7	Fest der Götter und Göttinnen (Es.) 1
192	27	12	16	8	Χειμὼν μέγας (Pt.) 2
193	28	13	27	9 Ceremonie am Grabe der Sonne (1)	3
194	29	14 [Hieroglyphen] (S.)	28 Fest in Abydos [Hieroglyphen] (S.) Osiris	10 (3)	4
195	30	15	29	11 (3)	5
196	31	16	30 [Hieroglyphen] Pharmuthi	12 (4)	6 [Hieroglyphen]
197	Februar 1	17 [Hieroglyphen] (S.)	Pharmuthi	13 (5)	7
198	2	18 [Hieroglyphen] (S.)	2	14 grosse Winter (6)	Fest der Zeit (Es.) 8
199	3	19	3	15 (7)	9
200	4	20	4	16 (8)	10
201	5	21 [Hieroglyphen] (S.)	5	17 (9)	11
202	6	22	6	18 (10)	12
203	7	23	7 [Hieroglyphen] (S.)	19 [Hieroglyphen] (8-11) (11)	Frühlingsanfang (Pt.) 13
204	8	24	8	20 (12)	14
205	9	25	9	21 (13)	15
206	10	26	10	22 (14)	16
207	11	27	11	23 (15)	[Hieroglyphen] 7 Erntefest
208	12	28 Osiris Fest in Abydos (S.)	12	24 [Hieroglyphen] Pare der Osiris (D.) (E. II) (16)	17
209	13	29	13	25 Begräbnis des Osiris (D.)	19
Tag	Juln. Tag	Sothis-Jahr	Ramessid. Jahr	Kanop. Jahr	Alexandr. Jahr

Tag	Jul. Tag (Februar)	Sothis-Jahre (Phamenoth)	Ramessid. Jahre (Pharmuthi)	Kanop. Jahre (Choiak)	alexandr. Jahre (Mechir)
210	14	30	14	[Hieroglyphen] Auferstehungsfest 26 Osiris (E) 18	20
211	15	[Hieroglyphen] "Ramessid" Pharmuthi [Hieroglyphen] 1 "Erntefest"	15	27	[Hieroglyphen] "Fest der Starken" 21
212	16	2	16	[Hieroglyphen] (E?) (Es) 28	22
213	17	3	17	[Hieroglyphen] 29 "Neheb-Kau (E)"	23
214	18	4	18	"Prozess d. Hathor" Aufstellung des [Hieroglyphen] 30 (E)	24
215	19	5	19 [Hieroglyphen] (S)	[Hieroglyphen] Sefl-bati Tybi [Hieroglyphen] "Krönungsfest des 48 mit Jahresanfang" 1	25
216	20	6	20	2 [Hieroglyphen] (E)	26
217	21	7	21	3	27
218	22	8 [Hieroglyphen]	22	4	28
219	23	9	23	"Fest der Hathor (E)" 5	29
220	24	10	24	6	30
221	25	11	25	[Hieroglyphen] 7 "Erntefest"	[Hieroglyphen] Phamenoth "Eintritt des Osiris in den Mond (PE)" 1 [Hieroglyphen]
222	26	12	26	8	2
223	27	13	27 [Hieroglyphen] (S)	9 "Prozess der Hathor (S)"	3
224	28	14	28	10	4
225	März 1	15	29	11	5

| Tag | Jul. Tag | Sothis-Jahre | Ramessid. Jahre | Kanop. Jahre | alexandr. Jahre |

Tag	Jul. Tag	Sothis-Jahre	Ramessid. Jahre	Kanop. Jahre	Alexandr. Jahre
	März	(Pharmuthi)	(Pharmuthi)	(Tybi)	(Phamenoth)
226	2	16	30 [Hieroglyphen] Pachon	12	6
227	3	17	[Hieroglyphen] 1. … [Neumond Fest (S)]	13	7
228	4	18 [Hieroglyphen] (S)	2	14 Fest der Hathor(E)	8
229	5	19	3	15	9
230	6	20	4 Mondes-Fest (S)	16 [Hieroglyphen] (8.II)	10
231	7	21	5	17	11
232	8	22	6	18 Proc. der Hathor(E)	12
233	9	23	7	19 (1)	13
234	10	24	8	20 [Hieroglyphen] (8.II) (2)	14
235	11	25	9 [Hieroglyphe] (S)	21 (3)	15
236	12	26 [Hieroglyphen] (S)	10	22 (4)	16
237	13	27 (Geburt des Horus?)	11	23 (5)	17
238	14	28	12	24 (6)	18
239	15	29	13	25 [Hieroglyphen] der Schwalbe …	19
240	16	30 [Hieroglyphen] Pachon	14	26 (8 4) Tag (1)(3)	20
241	17	[Hieroglyphen] 1. Geburt der Feldfrucht(?)	15	27 (8)(9)	21
242	18	2	16	28 (10)	22
243	19	3	17	29 (11)	23

Tag	Jul. Tag	im Sothis Jahre	im Ramessid. Jahre	im Kanop. Jahre	im alexandr. Jahre
	März	(Pachon)	(Pachons)	(Tybi)	(Phamenoth)
244	20	4	18	30 (12) [Hieroglyphen] rokh-ur Mechir [Hieroglyphen]	24
245	21	Mondes Fest (S.) 5	19	1. "Fest des Ptah" (13)	25 Frühlingsgleiche (St.)
246	22	6	20	2 (14)	26
247	23	7	21	3 (15) [Hieroglyphen] sehr, sehr	27 Frühlingsgleiche
248	24	8	22	4 "grosser Fest"	28
249	25	9 [Hieroglyphe] (S.)	23	5 Frühlingsgleiche	29
250	26	10	24	6	30 [Hieroglyphen] h hit Renmut Pharmuthi [Hieroglyphen]
251	27	11	25	7.	1 "Geburt des Gottes"
252	28	12	26	8	2 [Hieroglyphe]
253	29	13	27	9 Rokh-ur [Hieroglyphen] Monatsfest	3 "Von der 3 Nait (St.)"
254	30	14	28	10	4
255	31	15	29	11	5
	April				
256	1	16	30 [Hieroglyphen] Xonti Payni	12	6
257	2	17	+ Frühlingsgleiche	13	7
258	3	18	2	14	8
259	4	19	3	15	9

Randnotiz (alexandr. Jahre, senkrecht): Feier der Tage der Niederkunft (St.)

Tag	Jul. Tag April	im Sothis-Jahre (Pachon)	im Ramessid. Jahre (Payni)	im Kanop. Jahre (Mechir)	im Alexandr. Jahre (Pharmuthi)
260	5	20	4	16	10
261	6	21	5	17	11
262	7	22	6	18	12
263	8	23	7	19	13
264	9	24	8	20	14
265	10	25	9	21	15
266	11	26	10	22	16
267	12	27	11	23	17
268	13	28	12	24 Tag (1)	18
269	14	29	13	25 (2)	19
270	15	30	14	26 (3)	20
271	16	1 Frühlingsglänze	15	27 (4)	21
272	17	2	16	28 (5)	22
273	18	3	17	29	23
274	19	4	18	30	24
275	20	5	19	2	25
276	21	6	20	2	26
277	22	7	21	3	27

Notes in the Sothis-Jahre column after row 270: ḫ-n-ti Payni

Notes in the Kanop. Jahre column: Fest des Ptah; Fest des Ptah; Osiris im Busiris; Phamenoth

Tag	Jul. Tag	Sothis-Jahre	Ramund Jahre	Kanop Jahre	alex. Jahre
	April	(Pagni)	(Pagni)	(Phamenoth)	(Pharmuthi)
278	23	8	22	4	28 „Fest des Horsiesis"
279	24	9	23	5	29
280	25	10	24	6	30 [hierogl.] zib-Xonsu — Pachon — Mem[phit.] [hierogl.] — 1 [hierogl.] „Pinletfest"
281	26	11	25	7	1
282	27	12	26	8	2
283	28	13	27	9	3
284	29	14	28	10	4
285	30	15	29	11	5
	Mai				
286	1	16	30 [hierogl.] epit Epiphi	12	6
287	2	17	1	13	7
288	3	18	2	14	8
289	4	19	3	15 [hierogl.] (E. II)	9
290	5	20	4	16	10
291	6	21	5	17	11
292	7	22	6	18	12
293	8	23	7	19	13
294	9	24	8	20	14

Tag	Ind. Tag	im Sothis-Jahr	im Ramessid. Jahr	im Kanop. Jahr	im alex. Jahr
	Mai	(Payni)	(Epiphi)	(Phamenoth)	(Pachon)
					Sommersanfang (Pt)
295	10	25	9	21	15
296	11	26	10	22	16
297	12	27	11	23	17
298	13	28	12	24 Horus-Fest (E)	18
299	14	29	13	25	19
300	15	30 [sign] apt Epiphi	14	26	20
301	16	1	15 Niedrigster Stand des Nilus (Silv.)	27	21
302	17	2	16	28 "Fest der ʿp̄" [sign]	22
303	18	3	17	29	23
304	19	4	18	30 [sign] Ranen- Pharmuthi [sign] (E)	24
305	20	5	19	1	25 Proc. der Ranmut (E)
306	21	6	20	2 Geburt d. Horus (E)	26
307	22	7	21	3	27
308	23	8	22	4 [sign] und: [sign] (E)	28
309	24	9	23	5	29
310	25	10	24	6	30
311	26	11	25	7	1 [sign] hib ʿn Payni [sign] Schöpfung der Waffen.

Tag	Jul. Tag (Mai / Juni)	Sothis-Jahre (Epiphi)	Ramessid Jahre (Epiphi)	Kanop. Jahre (Pharmuthi)	Alexandr. Jahre (Pachon)	
312	27	12	26	8	2	
313	28	13	27	9	3	Auferstehen mit
314	29	14 — Niedrigster Stand des	28 — [Hieroglyphen]	10	4	dem Bilde
315	30	15 — Niles (Sile)	29	11	5	einer
316	31	16	30 — [Hieroglyphen] 1 Neu-Kied Mesori	12	6	gefesselten
317	1 (Juni)	17	1	13	7	
318	2	18	2	14	8 — [Hieroglyphen]	
319	3	19	3	15	9 — Proc. der Isis	
320	4	20	4	16	10	
321	5	21	5	17	11	
322	6	22	6	18	12	
323	7	23	7	19	13 — Hathor-Fest (Es.)	
324	8	24	8	20	14	
325	9	25	9	21	15 — [Hieroglyphen]	
326	10	26	10	22	16 . Bubastis	Buchis (Es.)
327	11	27	11	23	17	
328	12	28 — [Hieroglyphen]	12	24	18	
329	13	29	13	25	19	
330	14	30	14	26	20	

Tag	Jul. Tag	Sothis-Jahre (Epiphi)	Ramessid Jahre	Kanop. Jahre (Pharmuthi)	Alexandr. Jahre (Pachon)

Tag	Jul. Tag	Sothis-Jahre	Ramessid. Jahre	Kanop. Jahre	alex. Jahre
	Juni	Mesori	(Mesori)	(Pharmuthi)	(Payni)
331	15	1	15	27	21
332	16	2	16	Horus-Fest (8.) 28 (Geburt des Harus)	22
333	17	3	17	29	23
334	18	4	18	30 [Chonsu] Pachon; Fest der Iusâs	24
335	19	5	19	1 „Fest der Nut" Fest (8)	25
336	20	6	20	2 (1)	26 „Neujahrsfest"
337	21	7	21	3 (2)	27
338	22	8	22	4 (3)	28 Mittag 1
339	23	9	23	5 Mittag! (4)	19 (Eo)
340	24	10	24	6 (5)	30 Epiphi; Geburt der Götter
341	25	11	25	7 (6)	1 Sommerwende
342	26	12	26	Geburt der Götter (7) 8 Sommerwende	2
343	27	13	27	9 (8)	3
344	28	14	28	10 (9) Geburt der Iusâs	4 Mittag 7
345	29	15	29	11 Mittag 7 (10) (1)	5
346	30	16	30	12 (11) (12)	5
	Juli		Schalttage		
347	1	17	1 Geburt d. Osiris	13 (12)	7

Handwritten scholarly calendar table with Egyptian hieroglyphic annotations; rendered from the best legible reading.

Tag	Jul. Tag	Sothis Jahre	Ramses Jahre	Kanop. Jahre			alex. Jahre	
	(Juli)	(Mesori)	(Schalttage)	(Pachon)			(Epiphi)	
			Mittag 1	(Geburt des Horus 8)				
348	2	18	2. Geb. d. Horus	14	(13. Tag 5)	8		
349	3	19	3. Geb. d. Set	15	(14)	(6)	9	
350	4	20	4. Geb. d. Isis	16	(15)	(7)	10	
351	5	21	Geb. d. Nephthys 5. Schluss der Jahre	17	(16)	(8)	11 Mittag 14	
			Thoth Sommerende					
352	6	22	1	18 Mittag 14	(1)		12 Mittag 15	
353	7	23	2	19 Mittag 15	(2)	(10)	13	
354	8	24	3 Mittag 7	20	(19)	(11)	14	
355	9	25	4	21	(20)	(12)	15	
356	10	26	5	22	(21)		16	
357	11	27	6	23	(22)		17	
358	12	28	7	24	(23)		18	
359	13	29	8	25 Τελευσιποκ (Nap.)	(24)		19 Brandopfer (Es)	
360	14	30	9	26	(25)		20 Fangen oder Ell.	
		Schalttage						
361	15	1. Schalttag Mittag 1.	10 Mittag 14	27	(26)		21	(1)
362	16	2. "	11 Mittag 15	28	(27)		22	(2)
363	17	3. "	12	29	(28)		23	(3)
364	18	4. "	13	30	(29)		24	
				Payni				
365	19	5. Jahresschluss	14	1 Neujahrsfest	(30)	(1)	25	
Tag	Jul. Tag	Sothis Jahre	Ramses Jahre	Kanop. Jahre			alex. Jahre	

Una-Stele (col. 44–45)

(Epoche Königs [cartouche] der VI Dynastie

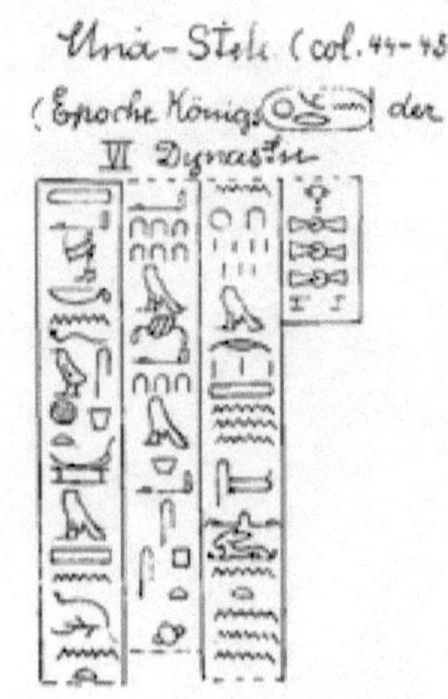

Inschrift aus Sirut
(mittleres Reich,)
(cf. Ztschft 1882, S. 151 ff.)

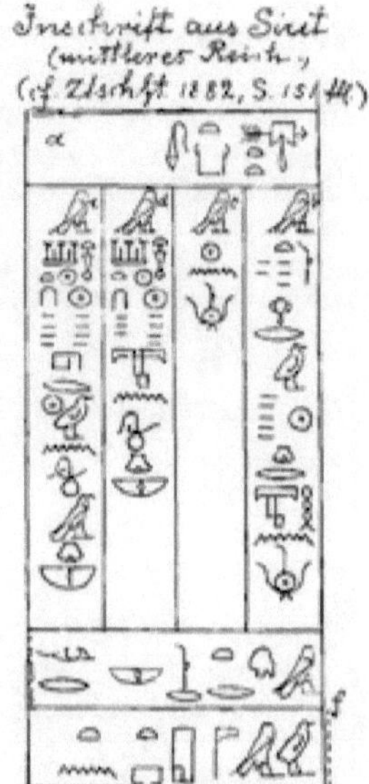

Kalender-Fragmente aus der Epoche Thotmosis III.

(Karnak)

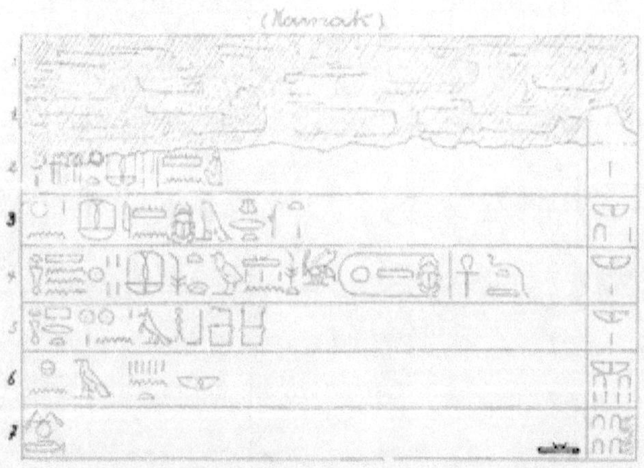

(Elephantine)

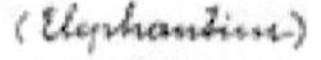

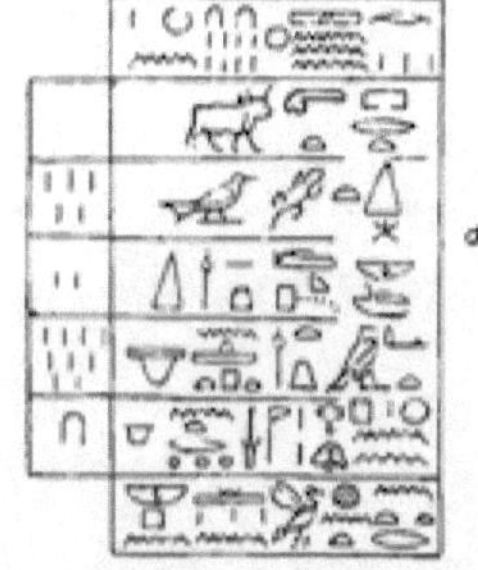

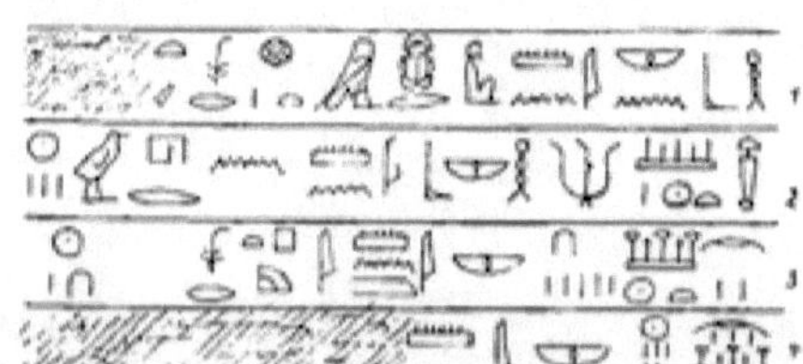

Kalender von Medinet-Abu (Epoche Ramses III.)

Kalender von Medinet-Abu (Epoche Ramses III.)

Kalender von Dendera   (Epoche Königs Ptolemäus XIII Neos Dionysos) (1. Thoth – 5. Phaophi.)

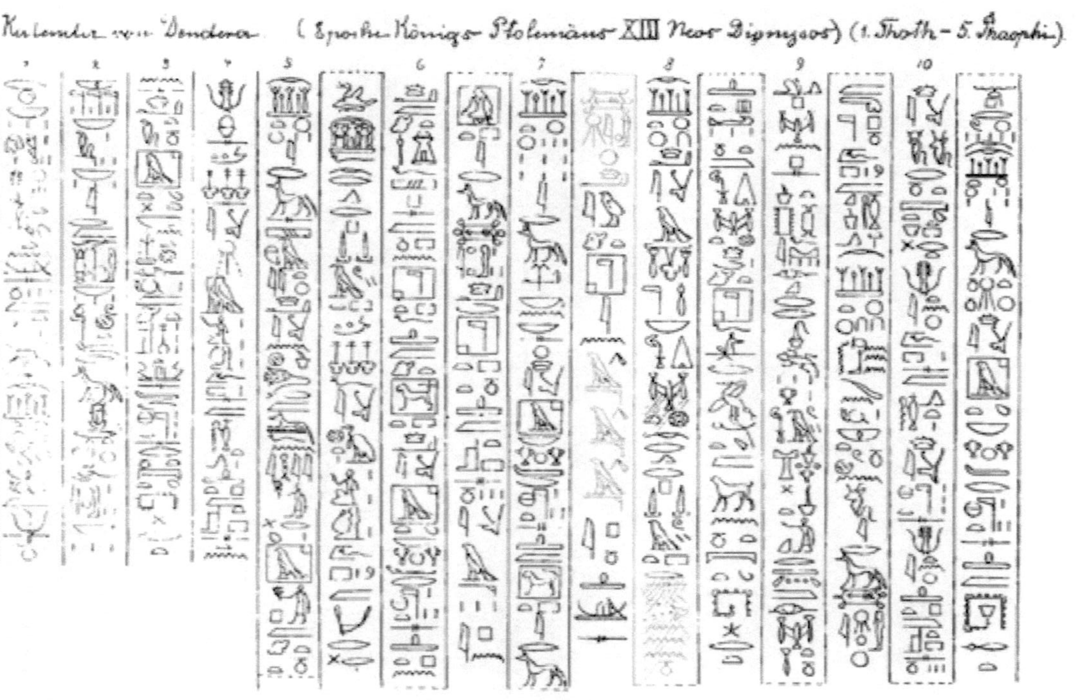

Kalender von Dendera

(5 Phaophi — 7 Mechir)

Kalender von Dendera

(21 Mechir — 4. Schalttag)

Kalender von Edfu Nr I (Ptolemäische Epoche) (1. Thoth — 30. Phaophi)

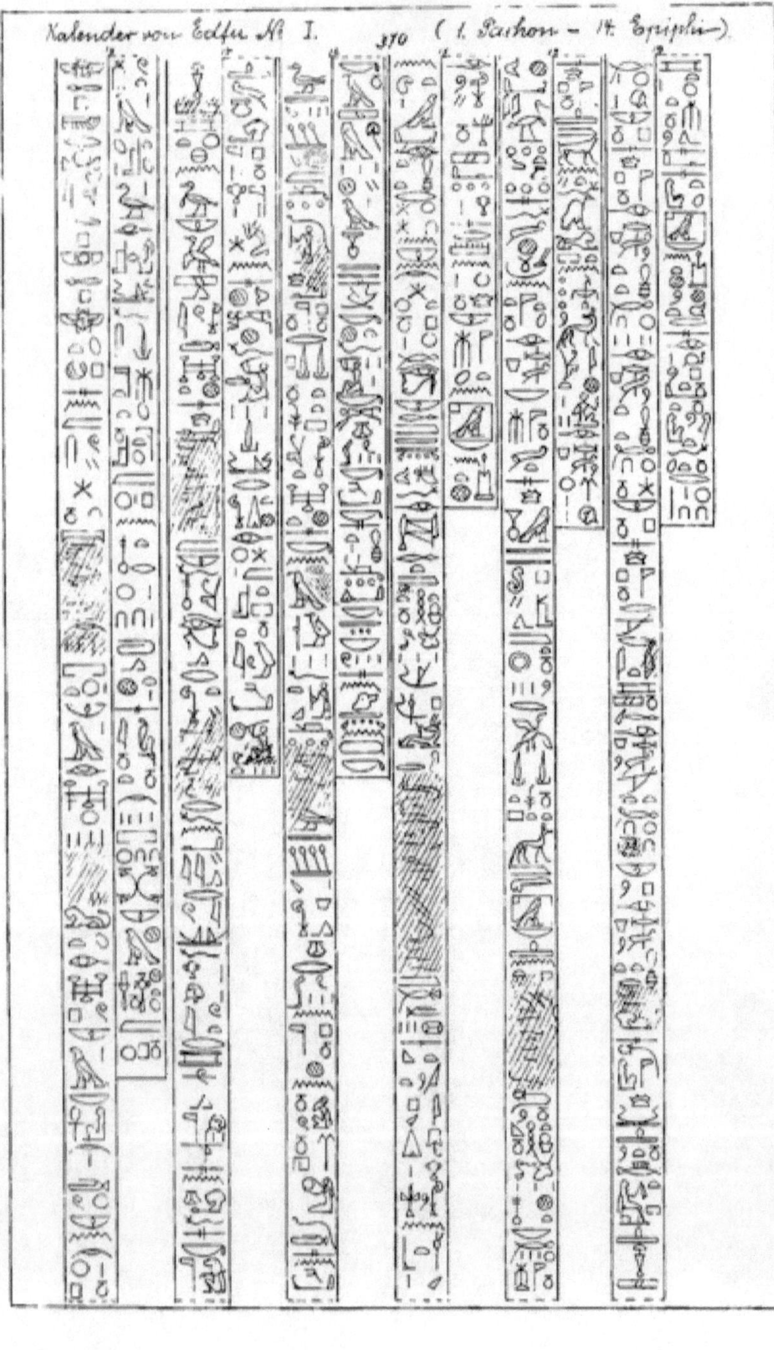

Kalender von Edfu Nᵒ I.   370   (1. Pachon — 14. Epiphi)

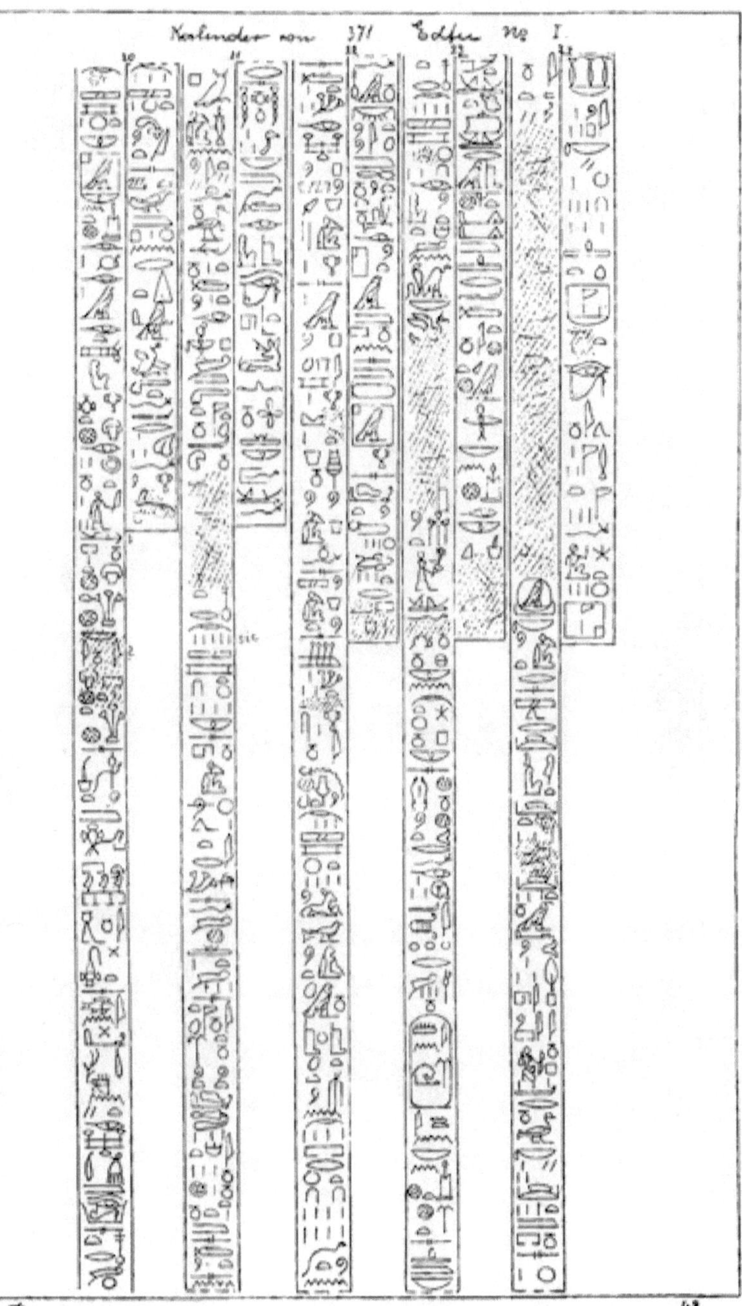

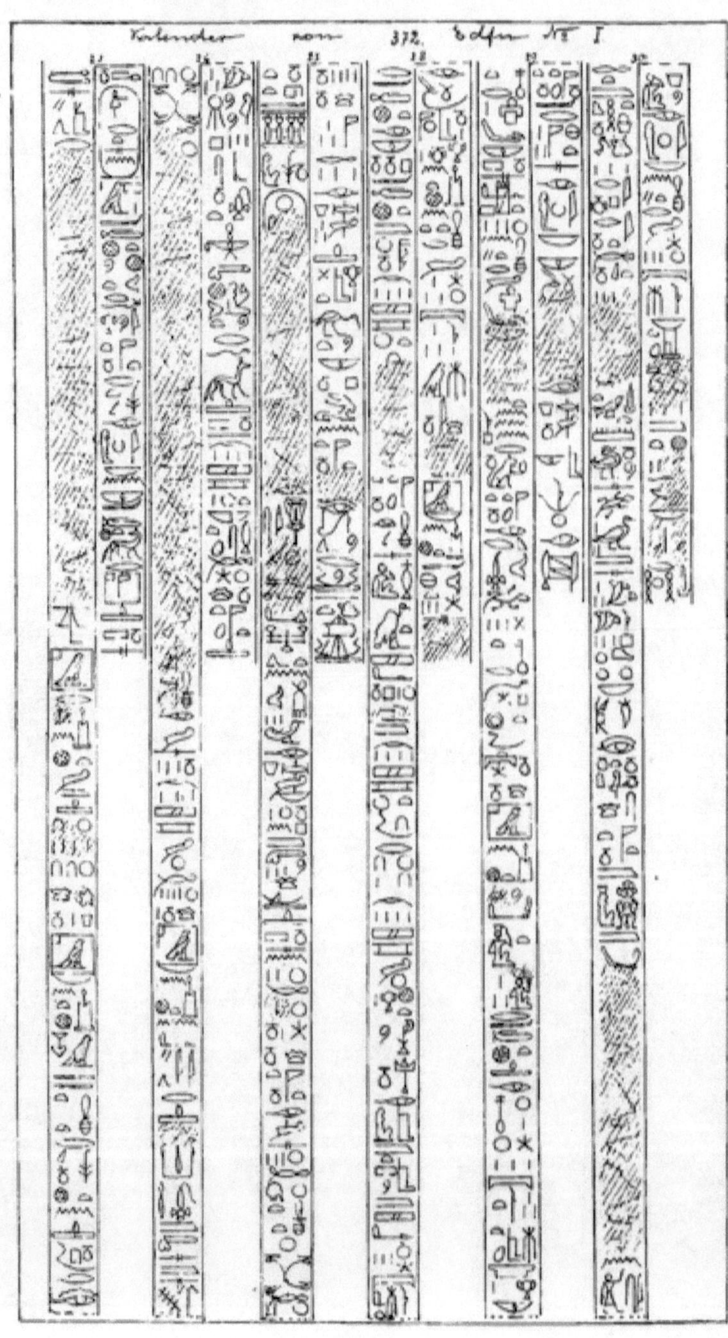

Kalender von Edfu N° II.   (Ptolemäische Epoche.)

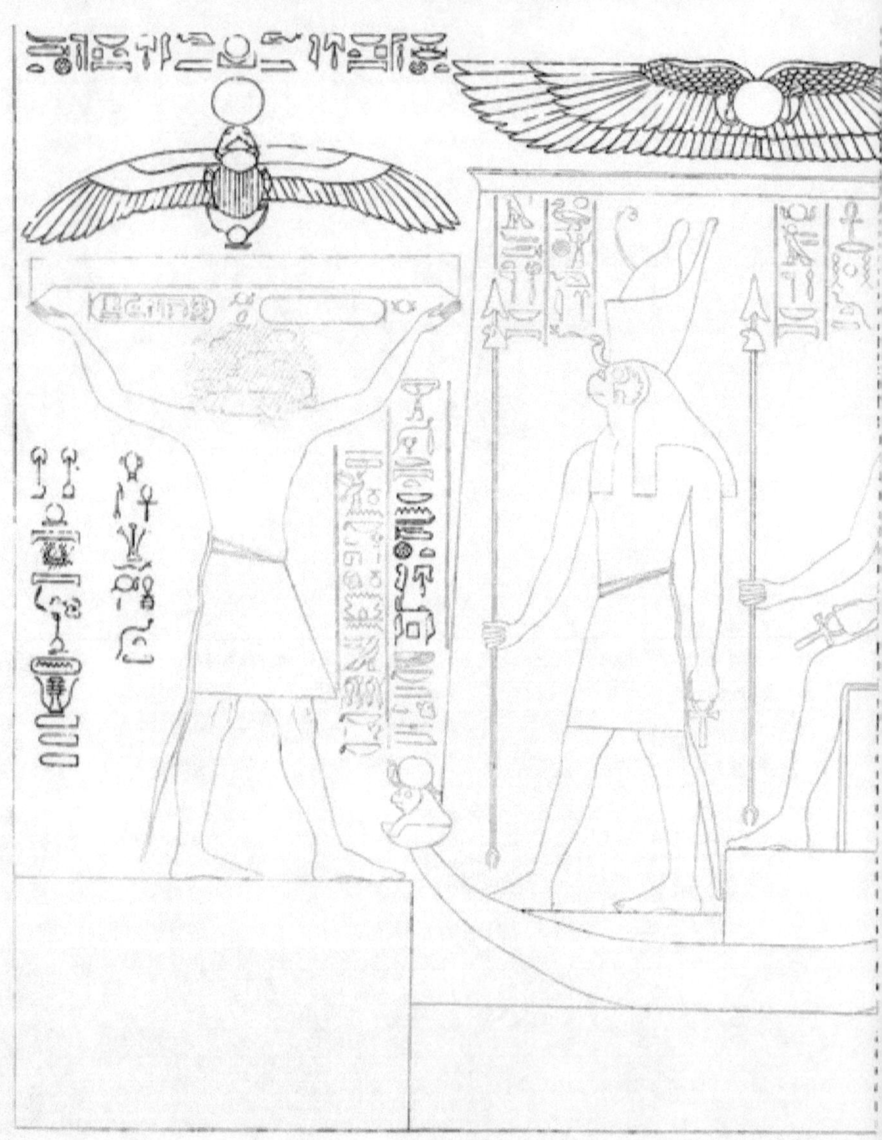

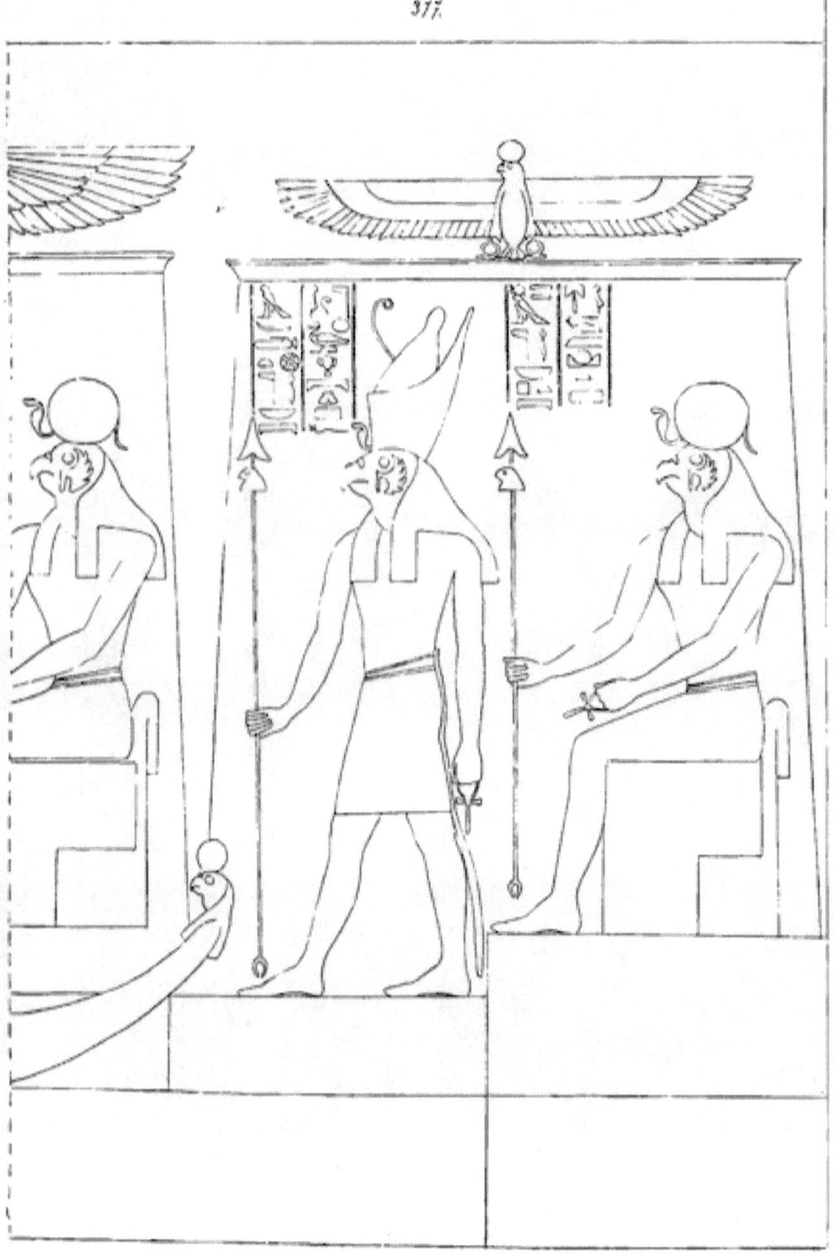

Kalender von Esne (1 Thot. — 2. Choiack)

Kalender von Esne   (1. Choiak – 8. Hechui)

Kalender von Esne (1. Phamenoth – 9. Epiphi)

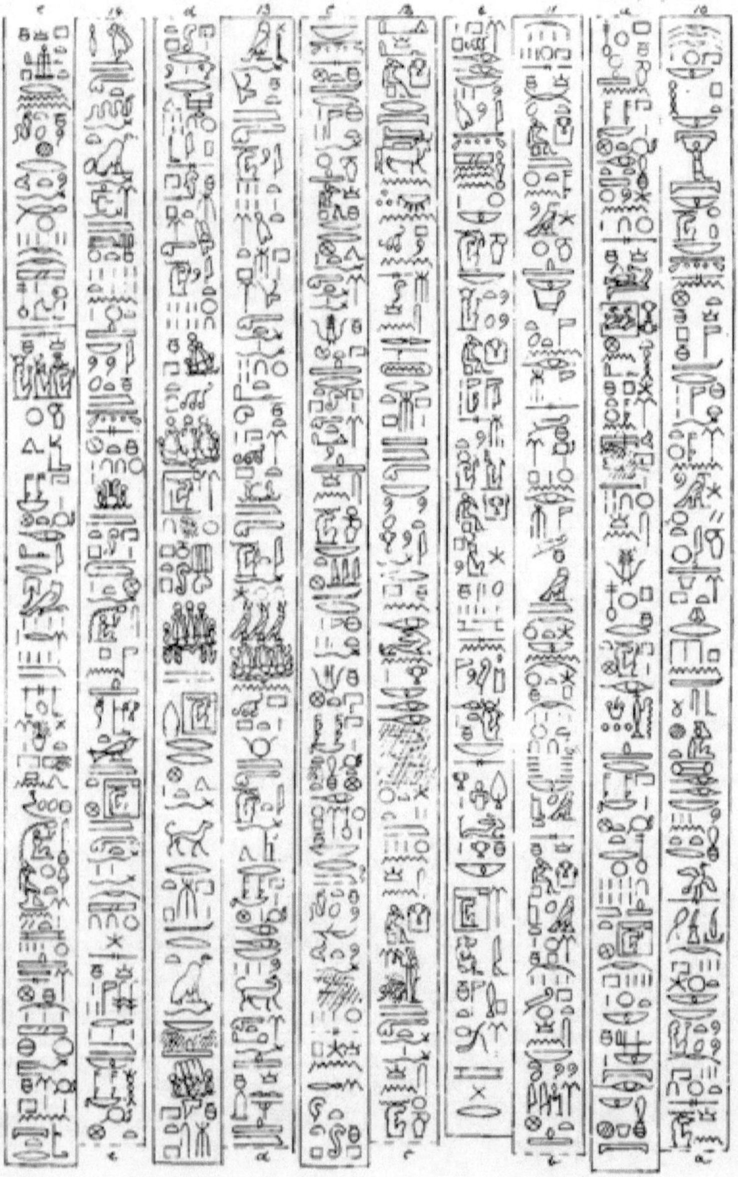

Kalender von Edfu   (10. Payni – 5 Schalttag)

A. 1. Kalender von Esne
Säulen-Inschriften. A.
2
3

386

Kalender von Esne. Säulen-Inschriften. 5. G.

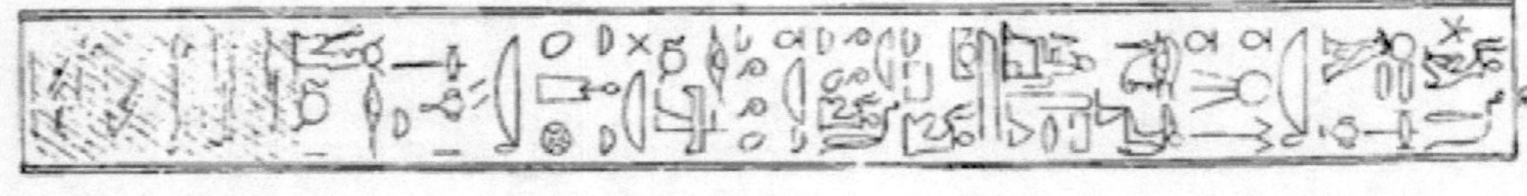

Die vorstehend verzeichneten Kalender und Kalenderischen Institutionen aus den verschiedensten Epochen der aegyptischen Geschichte bilden und werden für alle Zeiten die Grundlagen bilden, auf denen sich die Kenntniß nach des altaegyptischen Kalenderwesens aufbaut. Das richtige Verständniß der einzelnen Angaben, welche sich auf die überlieferten, zunächst dem religiösen Kult dienenden Festtage beziehen, beruht vor allem auf der Sicherheit der Bedeutung der darin enthaltenen astronomischen Ausdrücke, deren Betrachtung und Prüfung der Hauptzweck dieses Theiles der Thesaurus sein muß. Mag nun auch aus dem so reichen Inschriften Schätze vieles untergangen sein, welches den Apparat zu diesen Studien bildet, so dürfte das Gegebene dennoch ausreichen, um die Grundlagen der Kalenderischen Vorstellungen der alten Aegypter festzustellen, wobei die Form des alten Sothis-Jahres den entscheidenden Ausgangspunkt bildet. Die folgenden Untersuchungen, namentlich die Ausführungen in der Betrachtung der „Jahreszeiten" werden dabei als Führer und Leiter dienen, ohne der Entscheidung im Einzelnen vorgreifen zu wollen. Auf einem so heikligen Gebiete, auf welchem die richtige Erkenntniß eines einzigen Wortes oder Bildes oft eine ganze Reihe von Schwierigkeiten löst, ist die größte Vorsicht und Besonnenheit geboten und die genaueste Prüfung, im philologischen wie im astronomisch-kalendarischen Sinne, eine unerläßliche Vorbedingung zu einem erfolgreichen Ergebniß der Studien.

Die Jahreszeiten

Während die Texte die Zeiteintheilung in der Aufeinanderfolge von Jahr, Monat, Tag, Stunde, Minute, Secunde, Terzie deutlich erkennen lassen, wie oben S. 195 ff. nachgewiesen worden ist, fehlt es andererseits nicht an Beispielen, in welchen sich zwischen dem Jahre und dem Monat die allgemeine Bezeichnung für die Jahreszeiten eingeschoben vorfindet. In diesem Sinne dient zur Benennung derselben das Wort *tera*, das sich in den verschiedensten Varianten zeigt als [Hieroglyphen], [Hieroglyphen], in der späten Schriftepoche auch vertreten in Schreibungen wie [Hieroglyphen], und das im Demotischen auftritt als [Demotisch] *ta, da,* [Demotisch] *tä.* In allen Epochen seines Vorkommens erscheint das Wort als ein Substantivum männlichen Geschlechtes. Beispiele wie [Hieroglyphe], mit dem weiblichen *t* am Schlusse, sind als fehlerhafte Schreibungen aus späten Epochen zu notiren. Die Anfänge der verschiedenen Jahreszeiten, von denen gleich die Rede sein wird und welche in den Inschriften unter der Bezeichnung [Hieroglyphen], [Hieroglyphen] u. a. Form *tep - tera* „Kopf, Anfang der Jahreszeit" auftreten, werden als Epochen-Feste angesehen, die neben den sonstigen religiösen Feiern in den Tempeln geradezu als heilige Kalenderdaten erscheinen. Ich verweise des Beispiels halber auf die einleitenden Worte des Kalenders von Dendera (s. oben S. 365, 1) [Hieroglyphen]

„ Kenntniss der Feste der Anfänge der Jahreszeiten, an welchen diese
„ Götter sich zeigt (wörtlich: strahlend aufgeht) während des
„ ganzen Jahres." In der S. 223 mitgetheilten Inschrift wird das
Jahr angerufen mit den Worten:

[hieroglyphs] „ Die Jahr-

„ Gebärerin der Jahreszeiten schenke die Verjüngung der Tentyritischen
„ Hathor an den Anfängen der Jahreszeiten, gleichwie die Sonne sich
„ verjüngt an den Anfängen der Jahreszeiten." Hier sind mit aller
Deutlichkeit der Ausdrucke die Anfänge der Jahreszeiten mit der
Sonne d. h. mit den Sonnenpunkten des Jahres in Verbindung gesetzt.
Auch an sonstigen beweisenden Beispielen dafür fehlt es nicht in
den Inschriften. In einer in Edfu befindlichen Texte heisst es von
dem Localgotte Horus, d. h. der Sonne der Südländer" (s. ober S.77),
dass er [hieroglyphs] „ sich vereinige mit
„ seinem heroischen Tempel an seinem schönen Feste des Neu-
„ jahres gleichwie auch an den Festen der Anfänge der Jahreszeiten"
Ebendort (s. de Rougé, Photogr. No. 45 u. 46) wird in gleichem Sinne
von ihm ausgesagt: [hieroglyphs] „ er betritt sei-
„ nen Pallast an dem Feste seiner Jahreszeiten-Anfänge um seine
„ Seele zu vereinen mit dem (sichtbaren) Lichtkreise." In einer
beschränkten Auffassung ist in einer Treppeninschrift von Edfu
die Rede von [hieroglyphs] „ der Vorschrift für die Stätte

„der Anfangsfeier an dem Feste des Anfanges einer Jahreszeit," letzteres eine Umschreibung für das sonst l. l. aufgeführte [Hieroglyphen]
„schöne Fest der Neujahres," oder ganz kurz [Hieroglyphen] das Neujahrsfest."
In einer Inschrift von Dendera findet sich folgende auf die Göttin
Hathor bezügliche Stelle: [Hieroglyphen]
„ihr Haus ist in Wonne an ihrem schönen Feste des Neujahrs
„gleichwie auch an den Festen der Jahreszeiten-Anfänge." Andere Texte bringen die Anfänge der Jahreszeiten mit dem Mond-
laufe in Zusammenhang, wie z. B. in folgender Anrufung des
Gottes Knum im Tempel zu Esne:

[Hieroglyphen]

„man freut sich über den Mond (iăh) an den Anfängen der
„(Mond)Monate. Hat er zurückgeführt alle Feste auf die An-
„fänge der Jahreszeiten; so tritt er heraus als Nil zu seiner
„Epoche."

Sehr häufig lassen die Texte einen bestimmten Gegensatz
zwischen „Festen des Himmels"(wozu z. B. die regelmässig wiederkehrenden Mondtage gehörten, die in der S. 311 mitgetheilten
Inschrift als [Hieroglyphen] „Feste des Himmels, welche
„dem Mondmonat angehören" bezeichnet werden) und den Anfängen der Jahreszeiten erkennen, wie in folgender Stelle des
Pap. Anast. III, 2 [Hieroglyphen]

⟨hieroglyphs⟩ … wir feiern ihm (dem Gotte Amon) seine Feste des
Himmels zugleich mit seinen Festen der Anfänge der Jahreszeiten."
Andere Inschriften sagen dafür kürzer. so müßte scheinen, die Feste
des Himmels und der Erde, wie z. B. auf der in Sharpe's hieroglyph.
Inscr. Taf. 27 publicirten Ptolemäer-Stele die Rede ist von ⟨hieroglyphs⟩
„aller Festen der Himmels und der Erde" oder auf der (memphitischen
Stele einer gewissen ✕ Dua im Museum zu Berlin, von ⟨hieroglyphs⟩
„allen Festen des Himmels und der Erde". Man könnte daher mit Fug
und Recht die ersteren auf die Hauptpunkte der Sonnen- und Mond-
stände, des Sirius und anderer Sternbilder, die letzteren auf die
periodisch wiederkehrenden Erscheinungen der Natur auf dem
Erdboden beziehen. Obgleich die den Monatsbezeichnungen der
aegyptischen Jahres zu Grunde liegenden drei Jahreszeiten
(Winter - Sommer - Ueberschwemmung) in der oben S. 223. 28-30
publicirten Inschrift von den Jahreszeiten getrennt aufgeführt
werden, so lehren dennoch Texte der älteren Zeit, daß jene drei
Tetramenien als Jahreszeiten aufgefaßt worden sind. In einer,
in meinen „Matériaux" S. 46 abgedruckten Inschrift aus El-
Kab (der Epoche der 18. Dynastie angehörend), werden gewisse
bildlich dargestellte Feldarbeiten in folgender Weise beschrieben
⟨hieroglyphs⟩ . Unblick der
„Jahreszeit des Sommers, der Jahreszeit des Winters und aller Ar.

beiten, die auf dem Felde verrichtet werden." Wir dürfen daher die drei genannten Jahreszeiten als die ältesten Bezeichnungen derselben betrachten. In Bezug auf ihre Grundbedeutung läßt sich Folgendes fest stellen.

Die Jahreszeit [Hieroglyphen], zuweilen auch [Hieroglyphen] geschrieben, bezieht sich ohne jeden Zweifel darüber auf die Ueberschwemmung in den ersten vier Monaten der ältesten ägyptischen Jahres. Das läßt mit aller Deutlichkeit der oben S. 223, 30 mitgeteilte Text in seiner doppelten Redaktion erkennen:

[Hieroglyphen]

„O du Jahr, Gebärerin der Ueberschwemmungszeit, laß dieses Land überflutet werden für die Dendritische Hathor! Sie bringe ihr die Reichtümer, welche sie erschaffen haben" (sic [Hieroglyphen], an Stelle von — nes, „hat") Zur ausführlichen Bestätigung dieser Auffassung dient die Schreibung [Hieroglyphen], mit den 3 Wasserlinien als Deutzeichen, welche sich in folgendem Datum aus den Zeiten des Königs Horus (18. Dyn) zu Karnak vorgefunden hat:

[Hieroglyphen]

[Hieroglyphen]

Ueber die Aussprache der Gruppe läßt sich wenig Sicheres anführen. Die Lesung ša beruht auf der mit dem Silbenzeichen für ša identischen Form der Zeichen [Hieroglyphen]

(Pflanzen aus einem überschwemmten Boden emporsprossend), dann
aber im Sinne von Jahreszeit der Ueberschwemmung eine ganz andere
Aussprache zu eigen erhalten kann.

In den ältesten Zeiten bezeichnete der 1 Tag dieser Jahreszeit,
an welchem der Siriusstern heliakisch aufging (20. Juli jul.), den
Anfang der eintretenden Ueberschwemmung. Die sichtbare Ankunft
des Wassers konnte erst einige Tage später beobachtet werden.
Das wurde, 18 Tage nach dem Jahresanfange d h am 19. Thot
(= 7 August jul. im alten Sothis Jahre am 24 Juli im Ramessiden
Jahre) gefeierte Fest hib-Tepi . Fest des Tages der Ueberschwemmung (s. Kopt. Thbt, aber quis eigentlich: „ der Sättigung
mit Wasser") bezeichnete die Freudenfeier über das frohe Ereigniss. Sie
gab dem ersten Monat des Jahres die eponymische Bezeichnung
der tepi, in der ptolemäischen Epoche auch tep
Tep, geschrieben. In der ptolemäischen Epoche erscheint dasselbe
Fest, wenn auch nur als Nominaltag (vergl. oben S. 338), unter
der Benennung eines hib- Tepu . Fest der Sättigung"
und auf den 20. Thot angesetzt. Die Feier, welche mit dem 4.
Phaophi endete, dauerte volle 15 Tage.

Die zweite, darauf folgende und wiederum 4 Monate
umfassende Jahreszeit, führte die Bezeichnung piroda
piret. Sie leitete ihren Namen von dem Erscheinen (pir,)

des Erdbodens nach der zurückgetretenen Ueberschwemmung ab. Der Ausdruck [hieroglyph] für in Bezug auf die wiederum offen liegende, der Feldarbeit zugängliche Erde, war den alten Aegyptern geläufig, um die damit beginnende Zeit des Pflügens und der sonstigen Ackergeschäfte zu bezeichnen. Im Pap. d'Orbiney (II, 2 ff.) sagt der ältere Bruder zum jüngeren (nachdem vorher angeführt ist: [hieroglyphs] „es war nun um die Jahreszeit der „Pflügens"): [hieroglyphs]

[hieroglyphs]

[hieroglyph] „setze mir in Bereitschaft die Gespanne (der Stiere) um zu pflügen, denn das Feld ist frei gelegt (für - θä). Es ist gut, um es zu pflügen." Das Geschäft des Pflügens ging meistentheils mit Stieren ([hieroglyph] oder [hieroglyph] Kau) vor sich, die vor den Pflug gespannt wurden ([hieroglyph] nahb. c BW. 79 ff.). Abbildungen und Texte geben darüber die reichste Auskunft. Die Zeit der [hieroglyph] oder [hieroglyph] (cl D. II, 10, b u oben S. 362) nahb-kau d.h. „der Anschirrung der „Stiere" unter das Joch wurde somit als besondere Bezeichnung für die beginnende Pflug- und Saatjahreszeit am Anfange der Winters gewählt, die mit dem 1 Tage des Monats Tybi (= 17 Novb. jul. im Sothis Jahre, 3 Novb. im Ramess Jahre) eintrat. Der Tag erhielt zu gleicher Zeit eine religiöse Bedeutung, deren

eigentlicher Sinn nicht schwer zu errathen ist, wenngleich das nicht sel[-]
tene Deutzeichen, einer d. Klasse [Hieroglyphe] dahinter, sich auf den Sonnen[-]
lauf bezieht. In einer der Grabkapellen zu _El-Kab_, aus der
Epoche der 17 – 18 Dynast." (s. L. D. II, 10, 6) ist die Rede von [Hieroglyphen]
[Hieroglyphen] der Feier eines Festtages und dem Em[-]
pfangen einer Entschuldigung am Morgen des Festes _Nahb-Kau_;
in den, von Dümichen zuerst publicirten Kalenderinschriften aus
der (thebanischen) Grabkapelle eines gewissen _Nofr-hotp_ (18 Dynast.)
ist [Hieroglyphen], der 1 Sitzte, der Morgen der _Nahb-Ka_
= Fester näher bezeichnet als [Hieroglyphen] "m Feiertag
.. im Grabe der Verstorbenen, am Morgen der _Nahb-Ka_ = Fester." Thotmosis III
hatte denselben Tag und dasselbe Fest unter die thebanischen Feiertage
aufnehmen lassen (s. oben S. 362, 5). In dem Kalender Ramses III.
(s. oben S. 364) ist es wiederum genannt und mit der Krönungsfeier
des Königs als Horus verbunden. Während es in dem Kalender von Den[-]
dera übergangen ist, bezeichnen sonstige Inschriften des Tempels
des Sonnengott _Hur-sam-taui_ als [Hieroglyphen] = den,
"dessen Körper ansehnlich ist am Jahresanfange des _Nahb-Ka_,"
und sagen von ihm aus:
[Hieroglyphen] = er
.. steigt empor aus seinem Naos in seinem Schiffe an seinem
.. schönen Feste der _Jahresanfangs_, an seinem festgestellten

„Tage der Ankunft um zu schauen die Schlange *Nahb-Ka*." Nach
dem Kalender von Edfu No I (s. S. 369, 9, wo [Hieroglyphen] an Stelle von [Hieroglyphe] zu
lesen ist) fand eine Exodeia der tentyritischen Hathor 2 Tage früher,
nämlich am 29. Choiak, statt: [Hieroglyphen], „an ihrem
„schönen Feste des Festes *Nahb-Ka*," während der 1. Tybi für sich
allein bezeichnet wird (s S. 369, 10) als [Hieroglyphen]
[Hieroglyphen] „Tybi, Tag 1., Neujahrstag des *Hur-Bahudti*, (Sohnes
„des Osiris und] Sohnes der Isis, Krönungstag des *Hur* von Apolli-
„nopolis (*Batuedet*)." Im Kal. Edfu No II (s S. 373, 7) wiederholt sich dieselbe Angabe mit dem Zusatz: [Hieroglyphen] „Zeitpunkt
„als der der Sonne von Apollinopolis-magna," die, wie ich in
den Astron Inschriften" S 77 nachgewiesen habe, unter dem Namen der apollinopolitischen Horus ([Hieroglyphen]) als *die Sonne im*
Lande des Südens angesehen ward. Da im alten Sothisjahre der
1 Tybi einem 17. Novbr. jul. entspricht, so ist es ersichtlich, dass
im *astronomischen Sinne* das Datum ursprünglich den *Winters-*
anfang in der Epoche der 18. - 19. Dyn bezeichnen musste. Im
Kanop. Kal. fiel es um die Zeit des *Frühlingsanfanges*, in Alex.
um die Zeit der *Wintersende*. Neun Tage vor Eintritt des *Nahb-*
Ka - Festes d. h. am 22. Choiak (= 8 Nov. S. oder 25 Oct. R.), fand
ein (erst in der *Ramessiden Zeit*?) unter dem erwähnten Datum gefeiertes Fest statt, das im innigsten Zusammenhange

mit dem vorigen steht, das sogenannte 𓂀𓏏𓈇 *Xebs-ta-hib* „Fest der Aufhackung des Erdbodens". Auch dieser Fest, dem ältesten Bauernkalender entlehnt, nahm im Laufe der Zeiten eine religiöse Bedeutung an und wurde, wie das Fest *Nahb-kau* oder *Nahl-ka*, in den Reform-Kalendern als Nominaltag an den alten d. h. nicht umgewandelten Daten angeführt, während in den umgewandelten Kalendern, z. B. dem Kanopischen, die Daten der 12. Thoth (= 30. Choiak Rom.) als 𓇳𓏏 „Tag der Entblösung der Erde" und der 13 Thoth (= 1 Tybi Rom.) als 𓈖 „Anfanges des Jahres" (so des Bauernjahres) jenen älteren Anfängen der Jahreszeit der „Freilegung" des Erdbodens entsprechen. Bei dieser Gelegenheit bemerkte ich, dass in einer ptolemäischen Inschrift von Ombos (Ch. N. D. I, 636) der Lokalgott *Sebek-râ* bezeichnet wird als:

𓀀𓎢𓇳𓈖𓏏𓅱𓇋𓏏𓏏𓇋𓏏𓂋𓂝𓏏 „schöner Jüngling am *Anfange des Jahres*, der Mond, welcher strahlt als (aufgehendes) Auge." (Die Correctur von 𓊹𓏏 in 𓊹𓏏) ist durch dieselbe entsprechende Gruppe Z. Z. Lin. 2 geboten).

Im sothischen Jahre füllen die 4 Monate Tybi, Mechir, Phamenoth und Pharmuthi (18. Nov. bis 16. März jul.) die Jahreszeit 𓉐 *pir* aus, umfassen also die eigentliche Wintersaison. Es kann somit nicht Wunder nehmen, wenn *pir, piret* zugleich die Bedeutung von Winter erhielt; die sich im Kopt. Πρω, Ϥρω

gleichfalls treu erhalten hat. Lange vor der Auffindung des Dekretes von Canopus, in welchem der griechische Text das äg. [Hieroglyphen], demot.
[Hieroglyphen] (d. i. [Hieroglyphen]) nur durch χειμών, wie das entsprechende [Hieroglyphen],
demot. [Hieroglyphen], šmw, durch θέρος wiedergegeben wird, hatte ich auf
rein philologistem Wege jene beide Bedeutungen zuerst nachgewiesen und durch Beispiele bezeugt, in denen der Sommer [Hieroglyphen]
šmw dem Winter [Hieroglyphen] prt gegenüber gestellt erscheint, ähnlich wie
z. B. in vol. 5 der S. 248 aufgeführten Inschrift.

Die dritte und letzte Jahreszeit [Hieroglyphen], [Hieroglyphen], [Hieroglyphen] šmw, šmwt,
wie oben bemerkt auch den Sommer bezeichnend, hat durchaus
nicht diese Grundbedeutung. Wie E. de Rougé bereits hervorgehoben hat, ist die letztere zu beziehen auf den Stamm [Hieroglyphen]:
šmw (s. BK 1388, und die Varr. ibid.) mit dem Sinne von „Ernte, Er-
trag". Die Jahreszeit [Hieroglyphen] šmw ist daher zunächst die der Ernte
und die vier dazu gehörigen Monate Pachon, Payni, Epiphi und
Mesori (17. März bis 14. Juli zur. im Sothis-Jahre) sind die Erntemo-
nate. Ich habe bereits oben S. 335 die Zeugnisse geliefert, wie
ursprünglich gerade der erste Tag dieser Erntejahreszeit d. h. der 1.
Pachon als [Hieroglyphen] „Geburtstag der Erntefrucht" und als
[Hieroglyphen] „Fest der Erntegöttin" gefeiert und in die Kalender
eingetragen ward. Die spätere Verlegung der Feste in dem Sothischen Normaljahre und in dem Kanopeischen Jahre auf den

vorangehenden Monat Pharmuthi, ja sogar nach der Erntezeit seinen Namen führte (s. oben S. 303), deutet natürlich auf Verschiebung der Jahreszeiten und ihrer Anfänge in Folge des Zurückens der Tag- und Nachtgleichen.

Da die genannten 4 Monate in die Zeit der heissesten Jahreszeit fallen, so ist es erklärlich, dass mit dem Begriffe von Smu zugleich die Vorstellung der Hitze und des Sommers verbunden ward, die sich im Kopt. ⲱⲏ „aestas" mit aller Treue erhalten hat.

Die einzige Erwähnung der Jahresanfänge im Kalendarischem Sinne finde ich in einem Texte im Tempel von Semne aus der Epoche Thotmosis III (um 1600 vor Chr), der in L. D. III, 55. a veröffentlicht ist, das Datum 〈hieroglyphen〉 Jahr 2, Monat Payni, Tag 7 der Regierung des Königs an seiner Spitze trägt und sich auf eine Stiftung von Opfern 〈hieroglyphen〉 „in dem Tempel seiner Väter, der nubischen Götter Didum" zu Ehren des alten Ahnherrn Usurtasen III. bezieht. Die Gouverneure der Provinz, als deren Metropolis Elephantine aufgeführt erscheint, sind darin angewiesen die näher bezeichneten Opfergegenstände in Form einer jährlichen Tribute zu entrichten und zwar an den nachstehend verzeichneten Tagen.

I. 〈hieroglyphen〉 , an dem Feste eines Anfanges einer Jahreszeit (abet),

II. [Hieroglyphen], „an dem Feste einer Anfänge der Jahreszeiten"

III. [Hieroglyph], „am Neujahrstage";

IV. [Hieroglyphen], „an dem Feste der Tage „Xesef-ânu", bei jedem eintretenden (cf. S. 311) 21 Pharmuthi, an „dem Feste einer Anfanges der Jahreszeiten",

V. [Hieroglyphen], „an dem Feste bei jedem eintretenden Monat Pachon"

Daß in der Legende IV. das Fest einer Anfänge der Jahreszeiten nicht von den vorangehenden Wörten zu trennen ist, beweist das unmittelbar darauf folgende Opferverzeichniss, das mit den Wörten [Hiero] [Hiero] schliesst, d. h. noch einmal die dunkle Bezeichnung der Tage Xesef ânu wiederholt.

Die drei erwähnten Jahreszeiten-Anfänge haben nur in einem festen Jahre ihren Sinn. Der mit dem 21. Pharmuthi verbundene Anfang würde natürlich in denjenigen Monat und in diejenige Epoche fallen, in welcher das Erntefest [Hiero] hib-rannut (s. vorher) - seinen (späteren) Ansatz gefunden hat. Dem entsprechend würden die beiden vorangehenden Anfänge der Jahreszeiten, das eine auf die Ueberschwemmungsfeier, das andere auf die Feier des beginnenden Hackens oder Pflügens der Felder fallen.

In diesem Sinne würden sowohl in diesem bestimmt präcisierten Beispiele, als in sonstigen Texten mit der allgemeinen Bezeichnung „der Anfänge der Jahreszeiten" die letzteren im

Zusammenhange mit den 3 Jahreszeiten des altägyptischen (Sothis-)
Jahres stehen. In Inschriften, wie die folgende aus Sakkara
(cf. ÄZ. 38) würde nur diese Auffassung ihre Geltung haben. U. a.
O. heisst es (im +): möge der abydische Osiris die Totenopfer
dem Verstorbenen bewilligen

» in seinem Grabgelände, welches sich in der Nekropolis befindet,
» am Neujahrsfeste (1. Thoth), am thotischen Feste (19. Thoth), an
» der Uag-Feier (18. Thoth), am Jahresanfangsfeste, am Sokar -
» Feste (26. Choiak), am Gluth - Feste (1. Mechir), am Sat'-Feste,
» am Siret-Xun-Feste (am 26 oder 30 Mondtage des Monates Pa-
» chon), am Feste des 2. Mondes, an dem der 15. Mondes, an
» den Anfängen der Jahreszeiten, an den Anfängen der -
» Monate, an den Anfängen der zehntägigen Wochen und an
» allen guten Festen eines jeden Tages im täglichen Tages-
» laufe." — Es kann erwiesen werden, wenn auch nur auf Grund
ptolemäisch - römischer Inschriften, dass die Anfänge der
Jahreszeiten eine andere, besondere Bedeutung hatten, die
sich auf die 4 Sonnenstände im Laufe eines Sonnen-

jahres, auf die Solstitien und Aequinoctien oder auf die Anfänge des Frühlinges, Sommers, Herbstes und Winters beziehen.

In einer Inschrift aus Edfu (cf. B H J LVI fl.), welche der Epoche Königs Ptolemäus VII. angehört, wendet sich der genannte Fürst an den Sonnengott und Stadtgott von Edfu; hier näher bezeichnet durch [Hieroglyphen] āpi ur Hur-Bahudti, die grosse geflügelte Sonnenscheibe, "den Gott Horus von Apollinopolis magna", und reicht ihm frisches Nil-wasser in Krügen mit den Worten:

[Hieroglyphen-Inschrift]

"Ich bezeige deiner Majestät eine Huldigung für dich durch die Huldigung ei-ner Nilkrüge 3 mal täglich. Ich läutere deine Majestät durch die Nilkrüge an jedem Tage (deiner) Hervortretens, in gleicherweise an den Festen der Anfänge der Jahreszeiten einschliesslich aller Gebräuchlichen nach dem Buche von der Gottesgeburt. Ich reinige dein Heiligthum, ich läutere deinen Tempel und alle Wege, auf denen du wandelst. Die Hände des Horus und des Thot sind in meiner Nähe, zusammen mit den schimmernden Göttern des Anfanges der Ueberschwemmung."

Auch auf den Nilstelen von Silsilis werden dieselben neben dem Nilgotte Nun - Hāpi unter derselben Bezeichnung auf-geführt. Der Nilgott heisst [Hieroglyphen]

„Hâpi, der Vater der Götter, der Bestimmer des Anfangs der Ueberschwemmung." Der Sinn dieser Texte läßt an Klarheit nichts zu wünschen
übrig. Der König stiftet oder weiht Nil-Libationen der Sonne 1) 3mal
täglich, während ihres Tageslaufes und 2) an den ⟨hierogl.⟩ Festen
„der Anfänge der Jahreszeiten", im Zusammenhange mit den bestehenden Vorschriften nach dem Buche von ⟨hierogl.⟩ mas unter „der Geburt
des Gottes". Ueber die Bedeutung dieser Formel im astronomischen
Sinne habe ich mich in mehreren Aufsätzen zuletzt in der Ä. Z. 1881,
107 fll.) ausgesprochen. Danach bezeichnet ⟨hierogl.⟩, van ⟨hierogl.⟩, ⟨hierogl.⟩,
⟨hierogl.⟩ den Eintritt der Sonne in einen der 4 Hauptpunkte des Sonnenjahres,
zur Zeit der Solstitien und Aequinoctien. Nach Ptolemäus fand am
1. Epiphi alex. (= 25. Juni jul.) die Sommerwende statt. In dem
Kalender von Esne, über dessen alexandrinische Jahresform kein
Zweifel obwaltet, ist unter demselben Datum die Angabe notirt
⟨hierogl.⟩ â mâs unter sou-nut Hika-pe Xrud. „Vollzogen
wird die zweite Gottesgeburt der Götter Hika, des Kindes." In ähnlicher Weise wird in demselben Kalender, aber in diesem Falle nach
einem coincidirenden Monddatum (s. unten), die Frühlingsnachtgleiche (nach Ptolemäus am 26. Phamenoth = 22. März jul.) am
3. Pharmuthi (= 29. März jul.) angezeigt in der Formel:
⟨hierogl.⟩ „es geschieht die Gottesgeburt der Sonne an diesem
Tage." In einem Edfuer Texte (cf. Dümich. Bauurk. 2 Bd. Taf. XV.) wird der

selbe Tag bezeichnet wird durch [Hieroglyphen]. Monat Phamenoth, <u>Fest der Gottesgeburt</u>."

In der oben erwähnten Inschrift des Tempels von Semne, aus der Zeit Thotmosis III. heisst es von einem Feste [Hieroglyphen], es findet statt am 21. Pharmuthi, an dem Feste einer Anfanges der Jahres-zeiten." Eine deutliche Erinnerung daran hat sich in dem Kal. v. Edfu No. I erhalten (s. oben S. 370, 14). Unter der Rubrik des Mona-ter Pharmuthi findet sich darin die Angabe [Hieroglyphen] [Hieroglyphen] . am 2. Monde dieser Monates, an welchem geboren ward Horus, der Sohn der Isis und der Sohn des Osiris; ist festgestellt das Gebären der Isis; von diesem Tage an bis zur 21 Tage hin." Mit andern Worten, als äusserster Termin, bis zu welchem der 2. Mond auf einen entsprechenden Tag des (festen) Pharmuthi fallen dürfte, sollte der <u>21 Pharmuthi</u> gelten, d. h. <u>der-selbe Tag</u>, welcher in der Inschrift von Semne als Anfang einer Jahres-zeit angegeben ist. Ob dies Zusammentreffen nur ein zufälliges ist, wage ich nicht zu bestimmen; jedenfalls ist es nicht zu übergehen und einer besonderen Prüfung werth. Die nicht seltenen Hinweise auf Vorschriften Königs Thotmosis III. in kalendarischen Inschriften der Ptolemäer- und Römer-Zeit (man vergl. z. B. die hochwichtige Angabe für das Fest der Neomenie des Monats Epiphi, wel-che Dümichen in der ÄZ. 1871, 97. mitgetheilt hat), liefern das beste Zeugnis für das Zurückgreifen bis in das 17. Sec. v. Chr hinauf

Nach Macrobius (s. Br. Materaux S.44) stellten die Aegypter die Sonne dar:

als _Kind_ zur Zeit der Winterwende, (der zarte _Harpocrates_ der Gnostiker),

als _Jüngling_ z. Z. der Frühlingsgleiche (leuchtender _Jupiter Amon_ d. Gnostiker),

als bärtigen _Mann_ z. Z. der Sommerwende (_Horus_ mit der Strahlenkrone),

als hinfälligen _Greis_ z. Z. der Herbstgleiche (unsichtbarer _Serapis_).

An der Ostwand des Sanctuariums von Edfu (Epoche: Ptolemäus IV.) befindet

sich ein Text, der diese Ueberlieferungen vollständig bestätigt. Er bezieht sich

auf die Angabe dass [hieroglyphs]

[hieroglyphs]

„ das Leben, der gute Horus, der Erbe des _See_ und das Ebenbild des Thronfolgers

„ von Göttern, aufmacht die Thüren des Heiligthums _Baherdet_ beim Aufgang

„ der Sonnenherbe und öffnet die Thüren der Heiligthümer _Mesnet_ beim Er-

„ scheinen des leuchtenden Horus und seiner Kindheit _an den Festen am Anfang_

„ _seiner Jahreszeiten_, (er) der Herr der Diademe _Ptolemäus IV._, der ewig lebende Freund

der Isis" (cf. BHJ 48), und lautet wie folgt:

[hieroglyphs]

[hieroglyphs] d. h.

[1] „Helios geht auf (über) als _Jüngling_ hinauffliegend zum Himmel, als _Käfer_

[2] Horus.

Tritt tritt eine Scheibe (nhpo) aus den Lenden der Himmelsgöttin als grosse

„(ur) geflügelte Sonnenscheibe (äpi-) aus lauterem Golde,

(3) „ ein Greis in der Abendzeit (urх).

(4) „ ein schöner Knabe in der Morgenzeit (dua).

(5) „(Das ist) Horus von Behudet, bei dessen Anschauen man lebt."

Eine Vergleichung dieser Texte mit den Angaben der Alten zeigt uns, daß nach den ägyptischen Vorstellungen die Sonne aufgefaßt wurde:

1) als [Zeichen] Хi „Kind" zur Zeit der Winterwende,

2) als [Zeichen] urn „Jüngling"; z. Z. der Frühlingsgleiche,

3) als [Zeichen] ur „Mann" (eigentlich Großer, Erwachsener); z. Z. der Sommerwende

4) und als [Zeichen] urf „Greis"; z. Z. der Herbstgleiche.

Der Text belehrt uns ferner darüber, daß der Käfer [Zeichen], als symbolisches Bild der Frühlingsgleiche, und die geflügelte Sonnenscheibe [Zeichen] als Symbol der Sommerwende diente.

Eine andere Inschrift, die mir aus meinen Studien in Edfu zugänglich geworden ist, nimmt auf dieselben Vorstellungen Rücksicht, obschon sie weniger klar als die vorhergehende ist.

Sie lautet im Original:

In diesem Texte erscheinen dieselben Worte Хi und urf zur Be-

zeichnung der Sonne der Wintersonnenwende und der Herbstgleiche während die der Sommersonnenwende als ⟨Hieroglyphen⟩ , Bringer (än = ⟨Zeichen⟩) einer
„Jahreszeit als geflügelte Sonnenscheibe" und die der Frühlingsgleiche
als ⟨Hieroglyphen⟩ , geflügelter Käfer am Anfang (⟨Zeichen⟩ = ⟨Zeichen⟩ tp, cf BW S. 1318)
„einer Jahreszeit" aufgeführt werden.

Bei diesen — bisher vollständig unbekannten Bezeichnungsweisen
von der Sonne an ihren 4 Hauptpunkten des Jahres wiederholt
sich dieselbe Anschauungsweise, welche für die Hauptstunden
des Tages und für die Haupttage des Mondmonates das Alter der
wachsenden Sonne und des zunehmenden Mondes mit den
Lebensaltern des menschlichen Daseins vergleicht. Die oben
S. 55 aufgeführte Inschrift aus Denderah kann für den Sonnenlauf während der Tageszeit als Beispiel dienen. Aehnlich wurde
die Neomenie des Mondmonates als die Empfängniss, der zweite
Tag als die Geburt der Mondkinder (⟨Zeichen⟩) und der Vollmondstag (der
15 nach ägypt. Zählungsweise) als der des zum würdigen Greise
(⟨Hieroglyphen⟩ tenu oder ⟨Hieroglyphen⟩ âmax s. unten, die Monate") gewordenen
Mondgottes Konsu-Thot angesehen.

In einer auf die Sonne und den Sonnenlauf bezüglichen Inschrift an dem (ptolem.) Pylon vor dem Konsu-Tempel zu
Theben
wird mit grösster Deutlichkeit auf die 4 Formen der Sonne an den
4 Hauptpunkten ihres Jahreslaufes hingewiesen, wie der nach-

stehende Text bezeugt:

[Hieroglyphen], „Du bist ein Greis

der sich verjüngt an seiner Epoche, aufleuchtend an der früheren

Stelle, ein einziger Gott, der zu einer Vierheit von Göttern wird."

In einem anderen Texte (s. unten, die Frühlingsgleiche) tritt die

Gruppe [Hieroglyphen] an Stelle von [Hieroglyphen] ein.

Die einzelnen Namen der Götter dieser Vierheit, auf welche hierin

angespielt wird, lassen sich mit aller Deutlichkeit auf den Denk-

mälern mit Hülfe der Inschriften nachweisen. Ich bemerke da-

zu, daß die letzteren der ptolemäisch-römischen Epoche angehö-

ren. Meine Betrachtung schließt sich an die Namen und Folge der

Jahrespunkte an:

1. Die Winterwende [Hieroglyphen]

die Sonne als [Hieroglyphen] „Kind"; als Gott [Hieroglyphen] Sokar, ihrer Farbe

nach [Hieroglyphen] Chun „die gelbleuchtende". Nach einer in L. D. IV, 85, a

publicirten (röm.) Inschrift ist

[Hieroglyphen]

.... die große Sonne ist als Horus. Die kleine Sonne ist als Sokar

die Epoche, welche bildet die Epochen (Jahreszeiten) von ihrem

Frühaufgange an aus.......... Hierin ist deutlich die

Winterwende (× [Hieroglyphen], ptol. Variante: [Hieroglyphen] s. B. V. 1621, eigentlich

der Morgen des Jahres) als der Anfangspunkt der Rechnung

der Jahreszeiten aufgefasst. Im dem Rhind – Papyr.; meine

Matériaux S. 43 fl.) heisst dieselbe Sonne der Winterwende:

[Hieroglyphen] , die kleine Sonne

„in ihrer Barke im See" (d. h. im Himmelsocean). Der entsprechen-

de demotische Text setzt dafür ein Sokar au pef- üten em

šai d. h. „ Sokar in seiner Sonnenscheibe im See." Als Da-

tum ist dafür der 26. Choiak angesetzt, d. h nach dem alex.

Kalender (= 22. Decbr), in Uebereinstimmung mit der Angabe

beim Ptolemäus. der wirkliche Tag der Winterwende der Epo-

che im alten Sothisjahre entspricht derselbe Tag und das

Sokar- Fest dem 12. Novbr jul. Er fiel 4 Tage später als der An-

fang der Feldarbeit (am 22. Choiak) und entsprach im allge-

meinen dem Anfang der Winters und des Bauernjahres, der

im Kanop. Jahre als [Hieroglyphen] ,Anfang einer Jahreszeit' am 13. Thoth

(= 3. Novbr), im alex. Jahre als [Hieroglyphen] ,Fest des Anfanges der Frei-

legung' (der Erde)" unter dem 22. Athyr (= 18. Novbr) verzeichnet

steht. Als Nominal- Tag nimmt in beiden Kalendern der alte

26. Choiak, das Sokarfest, seine Ordnungsmässige Stelle ein,

aber mit veränderter Bedeutung, die sich am durchsichtigsten

in der alex. Zeit als Fest der Winterwende darstellt.

Die Bezeichnung desselben durch ✳ [Hieroglyphen] , oder durch die (ptolem.-

röm.) Variante [Hieroglyphen] dafür ist neu, da das Wort dua, duau

wie ich zuerst vor vielen Jahren bereits nachgewiesen habe, den ur-
sprünglichen Sinn von Morgen, die Frühe des Tages hat. Um
die Verwechslung zwischen der Bedeutung Morgen und der Bedeutung Wintersende zu vermeiden, fügte man bisweilen dazu das
Adjectivum [Hieroglyphen], Var. [Hieroglyphen] ntr, seltener [Hieroglyphen] geschrieben,
dessen allgemeiner Sinn heilig, göttlich fest steht, dessen Grundbedeutung sich aber auf alles periodisch wiederkehrende in der
Natur, mit andern Worten auf die Ureigenschaft der Göttlichen
bezieht. Die häufige Anwendung dieser Wörter bei allen, mit astronomischen Vorstellungen in Verbindung stehenden Begriffen,
werde ich gleich Gelegenheit finden durch überzeugende Beispiele der weiteren nachzuweisen. So erscheint denn die Wintersende
in ihrer vollständigsten Ausdrucksweise bezeichnet durch:
[Hieroglyphen], [Hieroglyphen], [Hieroglyphen], [Hieroglyphen] u. a. m. mit der Aussprache
dua - ntr, wie die von mir früher in der Rev. ég. 1880, I, 43, 44 und
in der ÄZ. 1881, 106 fl. angeführten Stellen es zeigen.

"die in einem der Rhind-Papp. (s. ÄZ. 1881, 105, Anm.) vorkommen,
die Ausdrucksweise [Hieroglyphen], die Wintersende, welche das
Fest der Gottes Sokar ist," darf als bemerkenswerth nicht übergangen werden, da sie die vorhergehenden Auffassungen
nur bestätigt.

Der Ursprung der Gruppe [Hieroglyphen] und ihrer sonstigen Varianten (die Göttinnen Isis und Nephthys darstellend, mit der auf oder zwischen ihren Händen schwebenden Sonnenscheibe) muß bereits auf den älteren Denkmälern gesucht werden. So findet sich die folgende Darstellung in einem Bildwerke aus der Zeit des dritten Ramses vor (s. D H I. IV 36). Nephthys auf der linken, Isis auf der rechten Seite stehend tragen die neugeborne Sonne des Tages und der Winterwende auf ihren Händen.

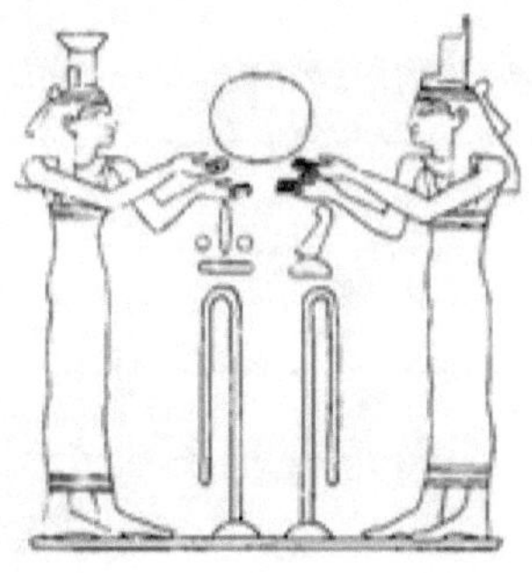

Thierische Gestalten beten die emporsteigende Sonne an. Der Text daneben lautet: »Die Affen und Kamelparder des Rā. Wird dieser große Gott in den Stunden der Nacht in der unteren Hemisphäre geboren, so erschei- nen sie ihm. Nachdem er geworden ist, befinden sie sich zu bei- den Seiten dieser Götter bei seinem Aufgange an der östlichen oberen Hemisphäre des Himmels.« In einer andern sehr durch- sichtigen Darstellung der Himmelsgöttin, welche sich in dem thebanischen Königsgrabe des [Hieroglyphen-Kartuschen] genannten Ramessiden als Deckenbild zeigt, ist unter der himmlischen Figur eine Tag- und Nacht- Region angedeutet, an deren äusser, sten Punkten, nach den Armen und Beinen der Frauengestalt zu, die Zeichen des Sonnenstandes an den vier Hauptpunkten des Jahres, darunter auch Isis und Nephthys, mit der schwebenden Sonnen, scheibe, in farbigen Bildern angegeben sind (s. Ch. ND. II, 630 ff). Ich lasse im Auszug die bezüglichen Darstellungen folgen:

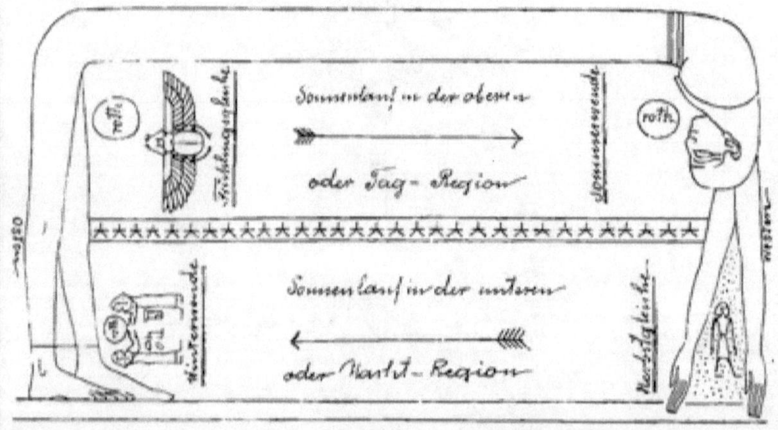

Eine Vergleichung mit der S 175 publicirten Darstellung der Himmels, göttin aus dem Grabe Ramses II. läßt, nebenbei bemerkt, zweifellos Analogien erkennen. Der geflügelte Käfer der Frühlingsgleiche erscheint dort in der Gestalt [Skarabäus], während die Sonne der Sommerwende, am Kopfende der Göttin, durch das Bild [Sonnenscheibe] symbolisirt worden ist. In den astronomischen Deckenbildern im

Serapis der Tempels von Dendera erscheinen, wie in den astronomischen Inschriften des Thesaurus näher auseinander gesetzt worden ist (vgl. SS 2. 3.), zwei Himmelsfiguren; die eine auf der Nordseite, die andere auf der Südseite der Decke. Die vier Sonnenstände sind auch darin durch entsprechende Zeichen verbildlicht, in der Gestalt und Folge:

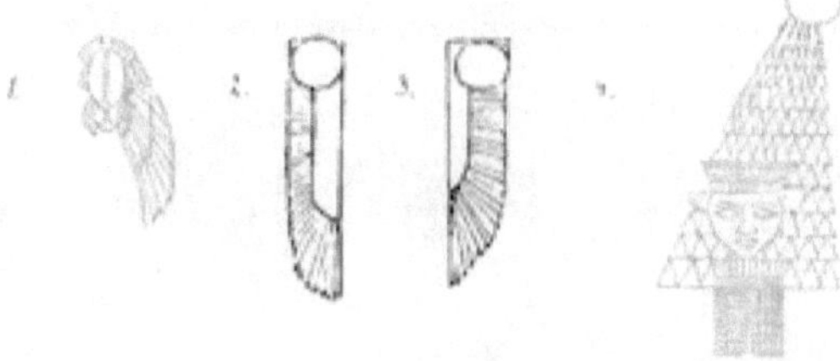

wobei der halbgeflügelte Käfer durchaus nicht etwa, die Frühlingsgleiche anzudeuten bestimmt ist.

Auch in den leider zerstörten, aber durch die Subscription in der Description de l'Égypte bekannt gewordenen Deckenbildern des Tempels von Erment (Hermonthis) repräsentirten 4 Sonnenscheiben die 4 Hauptpunkte des Sonnenstandes im Jahre. Außerdem entspricht eine Scheibe an der Geburtsstelle der Himmelsgöttin, in der Nähe des Zodiakalzeichens der Stieres, dem Bilde des Käfers (Frühlingsgleiche) in den vorher beschriebenen Darstellungen, während am Kopfende der Göttin d. h. am Westende des Bildes, die so gestaltete Figur der halbgeflügelten Sonnenscheibe in Dendera gegenüber steht. Dem letzteren war offenbar die Aussprache [Hieroglyphen] *pir* eigen, wie sich nach folgenden Beispielen er-messen läßt. Der [Hieroglyphen] heißt u. a. [Hieroglyphen] „der „große Gott, der buntgeflügelte, welcher erscheint in der oberen He-misphäre, die große Sonne (der Sommerwende), der Erleuchter der „Welt" (l. l. № 10). Ebenso in [Hieroglyphen] H. *Aḥi*, der „Herr des Himmels, der buntgeflügelte, welcher erscheint in der „oberen Hemisphäre (Nach Edfu) und in derselben Formel: [Hieroglyphen] neben [Hieroglyphen] und [Hieroglyphen] (D. T. I. 110, 5-11?, 11) d. i. [Hieroglyphen] Es geht hieraus die Gleichstellung von [Hieroglyphen] oder [Hieroglyphen] mit *pir*, [Hieroglyphen], und von [Hieroglyphen] mit [Hieroglyphen] hervor.

Daß alle diese Zeichen ihre besondere astronomische Bedeutungen haben müssen, ist auf die Farbe hin, ist von vorn herein anzu-nehmen. Sagt doch Macrobius ausdrücklich, dass die Flügel der Sonne von glänzender, oder von dunkler Färbung waren, je nachdem man beabsichtigte, den Lauf der Sonne in der oberen oder unteren Hälfte des Zodiacus zu symbolisiren. Darauf bezieht sich ohne jeden Zweifel das jüngst von Dr. O von Lemm sehr glücklich erklärte Beiwort des Sonnen-Horus von Edfu: [Hieroglyphen] *āb-šu*, der „buntgeflügelte" Den von dem genannten Gelehrten nachgewie-senen Varianten [Hieroglyphen] *āb-šut* und [Hieroglyphen] *āb-šuti* füge ich die folgende hinzu: [Hieroglyphen] *āb-šuti* nach einer in

Ch. ND. 662, No. 2 publicirten Inschrift aus Edfu. Der Sonnengott wird darin angerufen als [Hieroglyphen] „die Sonne von Agathinopolis, die buntgeflügelte, Râ-Har-Xuti in der Stadt Groosfritz (set-uret)."

Der Haupttheil der Feier der Sokar-Festes, auf welches im alex. Kalender das Fest der Winterwende oder der „Kleinen Sonne" des Jahres übertragen ward, bestand in einer feierlichen Procession des memphitischen Gottes Sokar um die verschiedenen Heiligthümer des Landes. Bei dieser Gelegenheit wurde ein eigenthümliches Tabernakel des Gottes, das die Texte bald sokar, bald henu, bald mâsx, masš, bald sxn nennen, auf einem schlittenähnlichen Gestell gezogen (der Ausdruck dafür ist [Hieroglyphen]). Auf einem Thürpfeiler in Edfu stehen u. a. die darauf bezüglichen Worte [Hieroglyphen] „das Processions-Thor für den Umgang des Tabernakelschlittens um den Tempel zur Zeit der Winterwende. Die Propheten und Pater machen den Umgang während sie ihn ziehen; die Aufsätze ihrer Fahnenstöcke zeigen ihnen den Weg." Andere Beispiele habe ich in der oben berührten Abhandlung der Rev. égypt. (1880, I) zusammengestellt. Ich verweise ausserdem auf DTJ. 34,11 - 68,3 - 82,14 - 108, 15 - 16. Die Feier der Winterwende an dem genannten Sokar-Feste, am

26. Choiak, läßt sich aber schon unmittelbar vor der alexandrinischen Kalenderepoche in der Ptolemäerzeit nachweisen.

Die aus Edfu herrührende, Herrn Naville's »Mythe d'Horus«
(pl. XXI) entlehnte Darstellung, welche ich oben SS. 378-379 wieder gegeben habe, zeigt uns den König Ptolemäus Neos-Dionysos (81-55
vor Chr.), wie er in höchsteigener Person die Handlung des Schlitten-
ziehens ausführt, um in dieser Weise die Feier der Wintersonnenwende
zu Ehren des [⸗] rā šrā, Kleinen Sonnengottes, der »kleinen Sonne«
vorschriftmäßig zu begehen. Dem Könige werden in dem Texte,
links vom Schlitten mit dem Tabernakel darauf, die folgenden Worte, nach dem Titel: »Ausführung der Exodeia des Sokar«
in den Mund gelegt:

»Ich ziehe den Gott Sokar auf dem Tabernakelschlitten (mäẖ)
um den Umgang auszuführen um das Sanctuarium Masnet,
gleichwie es ihm geschieht in der Stadt Memphis mit seinem
Schlitten, wann der leuchtende Gott (Xuti) aufgeht an der
oberen Hemisphäre und die kleine Sonne sich von neuem verjüngt.«

Hier kann von keinem Mißverständniß die Rede sein. An
zwei Stellen wird [⸗] »die kleine Sonne« ausdrücklich genannt
und in einer dritten (in der oberen Inschrift Lin. 2) von der
[⸗] »von neuem geborenen Sonne« gesprochen.

Eine wichtige Bestätigung dieser Thatsache liefert außerdem folgende Betrachtung. Wie in Dendera auf dem Dache des Tempels in einem hypaethralen Tempelchen (⟨Hieroglyphen⟩, Stätte des Festes einer Anfanges, auch ⟨Hieroglyphen⟩ _zeit_ genannt) das Neujahrs-fest des 1. Thoth als ⟨Hieroglyphen⟩ »Tag der Geburt der Sonnenscheibe«, zugleich aber auch als Fest der Aufganges der Isis-Sothis gefeiert ward (s. oben S. 104 ff.), so wurde auch in Edfu auf dem Dache des Tempels ein Neujahrsfest (⟨Hieroglyphe⟩) neben den Jahreszeiten-Fes-ten feierlich begangen, wobei die Kapelle des Horus auf der Doppeltreppe nach dem Dache getragen ward ⟨Hieroglyphen⟩, »um die Sonnenscheibe zu schauen am Neujahrsfeste.« Es bestieg dabei die Treppe nach ⟨Hieroglyphen⟩ »dem Dache der Vorsteher (⟨Hieroglyphen⟩) der Propheten am Neujahrstage gleichwie an dem der Jahreszeiten um das für sie Gebräuchliche zu vollziehen an der Stätte des Festes einer Anfanges« (DTJ. I, 43,10) Ihn begleiten die verschiedenen Ordnungen der Priester, welche die Kapelle des Gottes Horus umgaben ⟨Hieroglyphen⟩ bei der Rückkehr der Sonnenscheibe (sc. zu ihrem alten Stande) am Tage der Neujahrsfestes, dem Feste der Anfange der Jahreszeiten, gleichwie sie sind« (l. l. 7). Der ⟨Hieroglyphen⟩ »Gott erstreckt sich aus, der Höhe-punkt an ihr (sc. der oberen Hemisphäre, ⟨Hieroglyphe⟩, _Xut_) von

„der unmittelbar vorher die Rede ist") ist als Kleine Sonne (der

„Winterwende). Dieser Gott betritt das Dach seiner Tempels" (l. l. 6).

Ebendort, an einer andern Stelle (+) wird der Gott angerufen:
[Hieroglyphen]. Trotz aller Dunkelheiten im Ein-

zelnen, die vielleicht auf fehlerhafter Kopie in DTJ. beruhen, ist

soviel klar, dass das Neujahrsfest mit der [Hieroglyphe] Kleinen Sonne' der

Winterwende und dem [Hieroglyphen] Nahb-Ka Feste (s. oben S. 395.) in

engem Zusammenhange stand. Das letztere, am 1. Tybi gefeiert,

fand im alex. Jahre am 27. Decbr statt, 4 Tage vor der Winterwende

des 26. Choiak = 22 Decbr oder dem Feste des Sokar. Da der

1. Tybi zugleich, nach dem Kalender von Edfu, als [Hieroglyphen]

[Hieroglyphen]„ Festtag der Neujahr der Horus von Apollinopolis'no-

tirt ist, wobei [Hieroglyphen]. alles gebräuchliche wie am

„ 1. Thoth vollzogen wurde', so ist es klar, dass das Neujahr

in Edfu nicht vom 1. Thoth, sondern vom 1. Tybi zu verste-

hen ist. Es nahm am 5. Tage von der Winterwende an gerech-

net seinen Anfang. Jede andere Combination würde dem

astronom Sinne der „Kleinen Sonne' [Hieroglyphe] entgegenstehen.

Wenn nach den Gnostikern die Aegypter die Winterwende

als Harpokrates d. h. als einen jungen Horus, als Horus-

Kind ([Hieroglyphen] Hur-p-Xred) bezeichnen lassen, so liegt

auch dieser Ueberlieferung Wahres zu Grunde. Unter den

verschiedenen Localformen der Harpokrates gab es einen, den
im Tempel von Ombos verehrten, welcher den Namen p neb -
taui p chrud = der Herr der Welt, das Kind" führte. In einer Inschrift von Ombos heisst derselbe (s. Ch. ND. I, 238) [Hieroglyphen]
[Hieroglyphen] = Snel - taui p chrud. der Herr von Ombos,
die kleine Sonne des Jahres, an Geburten reich (s. oben S. 281/283)
Deutlicher als diese Worte dürfte kaum etwas sein.

Die Niedergeburt der Sonne zur Zeit der Winterwende diente bisweilen als Gleichnis für die Erneuerung und gleichsam Wiederge-
burt aller Tempel durch Ausführung von Restaurationen und
von Neubauten. So in einer Inschrift im Tempel von E... [Hieroglyphen]
amit), worin gesagt wird: [Hieroglyphen]
[Hieroglyphen] = es ist amit in der Weise (m šs) des Himmels. Es
= wiederholt sich das Himmelsthor in ihrer Mitte. Sie leuchtet
= auf (pst - ns), wie Gold strahlend, am Tage der kleinen Sonne"
(d. h. der Winterwende). [Hieroglyphen] = der wie Gold strahlende" ist eine
häufige Bezeichnung der Sonne oder des Sonnengottes in den
äg. Inschriften. Ich verweise auf [Hieroglyphen] (DTJ, 46) [Hieroglyphen]
(l. h. 49, 1) u a. wobei nicht selten an Stelle von [Hieroglyphen] nub die
Schreibung [Hieroglyphe] nubet eintritt, und [Hieroglyphe] pst. durch das gleichbedeutende [Hieroglyphe] uben vertreten ist. Auf der Mendes-Stele wird die
Niedergeburt der Stadt Mendes in ähnlicher Weise und in

astronomischer Auffassung angedeutet mit den Worten:

⟨Hieroglyphen⟩ „die Mendes-Stadt, die erneuert den Kreislauf"

(sc. der Sonne).

    2. Die Frühlingsgleiche

Die Sonne als ⟨Hieroglyphen⟩ nxn „Jüngling", als Gott ⟨Hieroglyphen⟩ Xpr und ⟨Hieroglyphen⟩ d. i. Amon, ihrer Farbe nach ⟨Hieroglyphen⟩ „thonfarbig."

Ueber die astronomische Bedeutung der Käfer, denen die Inschriften und Darstellungen in den verschiedenen Epochen die Gestalt ⟨Hieroglyphen⟩ ⟨Hieroglyphen⟩, ⟨Hieroglyphen⟩, ⟨Hieroglyphen⟩ u. ähnliche andere geben, kann nach den oben mitgetheilten Texten aus Edfu kein Zweifel obwalten. Die Aussprache des Käferzeichens ist bald ⟨Hieroglyphen⟩ Xpr oder ⟨Hieroglyphen⟩ Xp ⟨Hieroglyphen⟩ Xpi bald ⟨Hieroglyphen⟩, ⟨Hieroglyphen⟩ xp, bald ⟨Hieroglyphen⟩, ⟨Hieroglyphen⟩, ⟨Hieroglyphen⟩ xbb, wie die Lexica es nachweisen; bald — aber sehr vereinzelt — ⟨Hieroglyphen⟩ pi in der Gruppe ⟨Hieroglyphen⟩ ⟨Hieroglyphen⟩ in einer Edfuer Inschrift (s. R Edf. 135, Lin 1). Häufig, wie in dem letzten Beispiel, wird dem Bilde oder der Wortgruppe zum Ausdruck des Käfers das astronomische Beiwort ⟨Hieroglyphen⟩ ntr (s. oben S. 409) beigefügt und das Zeichen der Frühlings-gleiche in einer der flg. Weisen geschrieben: ⟨Hieroglyphen⟩ (R Edf. 83), ⟨Hieroglyphen⟩ (D T J. 51, 4), ⟨Hieroglyphen⟩ (l. l. 68, 9 – 10, 4) ⟨Hieroglyphen⟩ Xpi (II D. I. 6 a).

In einem Philenser Texte, der sich in dem (ptolem.) Tempel ne-ben dem sog. Kiosk des Nero befindet, heißt sogar Osiris ⟨Hieroglyphen⟩ „der Käfer, der

„große Gott, der Herr der heiligen Insel, der göttliche Käfer, welcher
aus Kemkaus (Abydus) hervorgeht." Daß dieser Osiris-Käfer
identisch mit der Sonne von Apollinopolis war, dafür bürgt der
in D.T.J. 5, d. f. mitgetheilte Text. Der Gott [Hieroglyphen] heißt darin in
seiner besonderen Localgestalt: [Hieroglyphen]
[Hieroglyphen] . der Gott Xontef-ānχ (d. i. Osiris, s R.Dg. 611),
„der Herr des Hauses der Käfer, der große Gott in Apollinopolis, der
„große geflügelte Käfer (der Frühlingsgleiche) im Sanctuarium
„Šta." Ausführlichere astronomisch-mythologische Darstellungen,
in welchen der geflügelte Käfer eine bedeutsame Stellung einnimmt, finden sich am häufigsten in der ptolemäisch-römischen Epoche vor und werden dann regelmäßig mit den bildlichen Vorstellungen der „Anhängung des Himmels" verbunden,
aber bezeichnete mit diesem Ausdrucke ([Hieroglyphen] in Pap. Sall.
no Π, [Hieroglyphen] , [Hieroglyphen] oder nur [Hieroglyphe] in den Texten der späteren Zeiten, sämmtliche Gruppen āχ-pet zu lesen und das Wort āχ auf
das Koptische ⲁ̄ϣ „suspendere" zu beziehen) ein ursprünglich
am 1. Phamenoth (16 Januar jul.) gefeiertes Fest, das nach
dem ältesten Sothis-Kalender (in welchem am 20. Juli jul.
gleichzeitig mit dem Sothis Aufgange, die Sommerwende
eingetreten war) als Feier der Winterwende seine Geltung
hatte. Seiner mythologischen Bedeutung nach ist er der

Tag, an welchem der Erzbildner _Ptah_, der ägyp. Hephaistos, das eiserne Himmelsgewölbe über die Erde ausspannte und gleichsam _anleimte_. Im kanopischen und alexandrinischen Kalender figurirt das Fest an demselben Nominaltage, der in ersterem dem 20. April, in letzterem dem 25. Februar entspricht. Beide Tage haben mit den Sonnenständen augenscheinlich nichts zu schaffen. Dagegen trat nach Ptolemäus die _Frühlingsgleiche_ am 26. desselben alexandrinischen _Monates Phamenoth_ (= 22. März) ein, die im Kalender von Esne, mit Rücksicht auf eine Mond-Coincidenz, 7 Tage später, am 3. Pharmuthi, angesetzt erscheint. Im Kal. No 1 von Edfu (s. S. 369, 13 ff.) ist der 28. Phamenoth als ⸻ _ḫrb āb_ „Fest der geflügelten Kä-fers" notirt, d. h. der 17. Mai, der scheinbar bedeutungslos für den Sonnenlauf ist. Da der Kalender derselben Epoche Ptolemäus XIII. Neos Dionysos angehören scheint, in welcher wie oben gezeigt worden ist, der Tag der _Winterwende_ bereits nach der alex. Jahres-form aufgefasst wäre, so läge es nahe auch das Fest des geflügel-„ten Käfers" d. h. der Frühlingsgleiche am 28. Phamenoth auf das alex. Jahr zu beziehen. In diesem Falle würde der entsprechende 24. März ein durchaus annähernd richtiger Tag sein. Nach meiner Copie der betreffenden lädirten Stelle ⸻, der in der de Rougé'schen Publication (R. Edfou, pl. 34, 13–14) ein ⸻ gegenübersteht, wäre die Tagzahl 28. Läse

man 11 : d. : 4 an Stelle von 1111 d. n 8, so würde der 24. Tag d. h.
der 20 März das richtige Datum sein, das einem astronomisch
geforderten 21 März für die Frühlingsgleiche der Epoche ziemlich genau entspricht.

Die auf Seite 376 nach der Neville'schen Publication gegebene
Darstellung zeigt den König. und zwar Ptolemäus XI. Neos Dionysos, welcher die Handlung der Aufhängung des Himmels vollzieht,
wobei er der Käfer der Frühlingsgleiche über dem Himmel schwebt.
Dem Könige werden die Worte in den Mund gelegt. „Ich hänge auf
den Himmel, O du Herr des Masnet des Sanctuariums von Apollinopolis), du buntgeflügelter. Fliege hinauf an ihm, bis dass du
schwebst über dem Vordertheile des Schiffes des Hor-Xeti (des
Gottes der Sommerwende.) Deine Schlangendiademe sind an dir."
Die Darstellung zur Rechten der eben beschriebenen zeigt den Gott
Horus von Apollinopolis in dem Naos seines Sonnenschiffes; darüber
die geflügelte Sonnenscheibe, das Zeichen der Sommerwende oder
„der grossen Sonne" des Jahres. Dass hierin keine Täuschung vorliegt, beweist die durchaus analoge Darstellung in Dendera, pu.
Christ in DHJ. II, 57,2. der König, nur als ⟨cartouche⟩ pır - aa oder
Pharao bezeichnet, ein in der römischen Epoche häufiger Vertreter der Namens irgend eines römischen Kaisers, führt die Handlung der Aufhängung des Himmels aus. Ueber dem Himmel

der geflügelte Käfer.

Die Frühlingssonne oder die Sonne als ⲣⲫⲛ „Jüngling" führt unter anderem in den begleitenden Texten die Bezeichnung:

„der prächtige Gott, so lange die
„ Zeit währt, ist er ein Greis (d. i.
„ die Sonne der Herbstgleiche) der
„ zum Jüngling (d. i. zur Sonne der
„ Frühlingsgleiche) wird."

In einer Darstellung daneben erscheint der sperberköpfige Sonnengott Hursamtaui mit dem Federschmucke auf dem Haupte. Der daneben stehende Text bezeichnet ihn als

„ Hursam-
„ taui, der Herr von Xdet, der große Gott in Tentyra, die große
„ Sonne (d. h. der Sommerwende), welche aufgeht in der Stadt der
„ Sonne, der König ²) der Götter. Sich verbindend mit dem Lande
„ der Leben (dem Westen) zeigt er sich im Lande Bex (im Osten),
„ wandernd nach seiner früheren Stelle." In einem bereits in R Edfu
ʃʒ 149 Zim 1 publicirten Texte aus Edfu erscheint der Käfer gleichfalls als Vertreter der Frühlingsgleiche. Die Inschrift ist um so in-

teressanter als in die 4 Sonnenstände in ihrer regelrechten Folge zugleich
mit den Farben der Sonnenscheibe in eine sehr durchsichtige Beziehung setzt. Um diese besser hervortreten zu lassen, ordne ich den Text
Kolumnenweise an

a | Es geht Rā auf (d. h. | á | dhn, der schwefelfarbige;
die IV. Sonne der Wintenwende

b | und steigt nieder in den | b' | stui, feuerfarbige,
Sangkasten des Himmels (die
III. Sonne der Herbstgleiche)

c | er geht strahlend auf | c' | āb, schillernde,
hervor am Himmel (die II.
Sonne der Sommerwende)

d | der Käfer, der prächtige | d' | ānit, der Thonfarbige.
erhebt sich aus dem Himmels-
ozean (die I. Sonne der
Frühlingsgleiche).

e | (Ziere) 4 Horus erheben sich zur
Himmelshöhe." Meine Uebertragungen der Worte für den Farben-
glanz der Sonne an den verschiedenen Sonnenständen sind auf mehr
als bloßen Muthmaßungen gegründet. Wegen [Hierogl.] "schwefelfarbig"
verweise ich auf das Kopt. ⲐHN. sulphur." Das Wort [Hierogl.] stui
bedeutet wie im Kopt. ⲤⲀⲦE so viel als das lateinische flammens.

Das Wort [Hieroglyphen] āb, auch [Hieroglyphen] āb geschrieben, steht nicht selten im Sinne von „buntfarbig, scheckig sein" (z. B. von einem Kalbe gesagt, s. B. W. 175), dann aber hauptsächlich in dem oben besprochenen Horus-titel [Hieroglyphen] āb-šu „buntgeflügelt, mit schillernden Flügel." [Hieroglyphen] äui? endlich, im Zusammenhang mit [Hieroglyphen] ám, (B.W. S. 66.), Kopt. OME, OM... lat. una. angitta? ist auf die ocker- oder blassgelbe Far-be der Herbstsonne angewendet. Daß die Aegypter auf diese Farben-unterschiede der Sonnenscheibe ihre Aufmerksamkeit gerichtet hatten, beweisen Stellen wie die folgende: [Hieroglyphen] „es gleicht „seine Farbe (ám) der der Sonnenscheibe im Winter" (Rec. IV, 86, 5), wodurch ein gewisses Produkt einer Weihrauchbaumes seinem Aus-sehen nach charakterisirt wird.

Die Inschriften spielen nicht selten auf diesen Unterschied der Farben an und bezeichnen dadurch in versteckter Weise einen ge-wissen Sonnenstand. In den oben S. 327 besprochenen Inschriften der Tempels von Dendera. welche sich auf den Aufgang der Osiris als Sonne und Mond beziehen, wird der 26. Choiak nach dem canop. Kal. = 14 Febr., nach dem alex. = 22 Dcbr, ersterer dem Frühlingsanfange, letzterer dem Tage der Winterwende entspr-chend — als Aufgangstag der Osiris-Sonne bezeichnet. Unter den darauf bezüglichen Texten, welche in DHJ. 55, c zusammen-gestellt sind, spielt der flgde auf die Sonne der Winterwende

aus, die wie häufig unter dem Bilde einer heiligen Schlange symbolisirt erscheint.

[Hieroglyphen]

[Hieroglyphen] „die mächtige Schlange,
sie kommt als leuchtender Gott beim Eintritt einer achten Tagesstunde
(Xprt) in ihren Tempel aus; sie fliegt empor am Himmel als Sperber
mit schwefelfarbigen Flügeln (Ohn šut, d. h. dem Farbenglanze der
Sonne der Winterwende). Die Seelen der Götter sind vereint mit ihr. Sie
erreicht ihren Höhepunkt (Xi-l) als Falke im Zenith ihres Tempels
in Denderas.' Wegen der Ausdrücker [Hieroglyphen] Xi- verweise ich nach S.
417 auf das entsprechende und gleichfalls auf die kleine Sonne
[Hieroglyphen] bezügliche [Hieroglyphen] Xit. Man kann kaum irre gehen die Beziehung
des Sperbers [Hieroglyphen] mit den oben beschriebenen Gruppen [Hieroglyphen]
und [Hieroglyphen] für die Winterwendensonne in Zusammenhang zu setzen.
In einem Edfuer Texte aus der Epoche Königs Ptolemäus VIII (s. B H I, 51)
wird die Sonne von Edfu mit Titeln beehrt, deren Inhalt deutlich
auf die Jahreszeiten anspielt. Es folgen nacheinander:

1. [Hieroglyphen] ...., die grosse geflügelte Sonnenscheibe' (Sommerwende).
2. [Hieroglyphen]. das ist die Sonne, Herrin aller Sonnen' (Herbstgleiche).
3. [Hieroglyphen]. Gott Jw, das Sein er selber' (Frühlingsgleiche) und
4. [Hieroglyphen]. die hervortritt aus dem Himmelsozean
auf den Händen der Geschwister Isis und Nephthys' (Winterwende).

Die dritte Bezeichnung des solaren Gottes in dieser Reihe enthält die sehr gewöhnliche Umschreibung für den Namen des thebanischen Amon. Wenn nach den Gnostikern die Sonne der Frühlingsgleiche als Amon aufgefaßt wurde, so liegt in dieser Inschrift eine Bestätigung dieser Angabe.

3. Die Sommerwende.

Die Sonne als rā-ur "große Sonne" oder als "Mann" als Gott: Horus oder Hur-Xuti, "der glanzvolle Horus" die "schillernde" oder āb-šu "mit schillerndem Flügel." Die Aussprache der geflügelten Sonnenscheibe steht längst durch eine große Reihe von Beispielen fest (s. B. W 159). Seltner, aber darum bemerkenswerth, ist die Aussprache derselben bahudi (R Edf. 5 §1) d. i., die von Apollinopolis, die apollinopolitische, so genannt nach ihrer Hauptkultusstätte im oberäg. Lande. Auf die Variante ist bereits oben (S. 414) aufmerksam gemacht worden. Analog den oben besprochenen Beispielen und zur Bezeichnung der Sonne der Frühlingsgleichen und Winterwenden heißt auch sie im astron. Sinne āpi-utr, "die periodisch sich erneuernde Sonne der Sommerwende" (z. B. L. L. 60, 3 - 127, 5 - 82, 3). Unendlich häufig ist das ihr gegebene Beiwort ur oder uār, "die große" d. h. ausgewachsene Sonne, da sie am längsten Tage des Jahres eintritt. Seltner ist eine Bezeichnung [Hieroglyphen] "Jüngling", die unten nachgewiesen ist. Daher

auch die Schreibungen [Hieroglyphen], [Hieroglyphen], [Hieroglyphen] âpi-ur (if.ll.

96,5 – 128,2 u. a. m.). Die Bezeichnung derselben als [Hieroglyphen]

âpi ur ur ḫtm (s. oben S. 406), "die grosse geflügelte Sonnenscheibe

aus lauterem Golde" (if. BWS. 1237 s. vor [Hieroglyphen]) ist gleichfalls

nicht selten auf den Denkmälern. Sie kehrt wieder in Varr. wie

[Hieroglyphen] (DTJ. 86,3), [Hieroglyphen] (S. 373,9), [Hieroglyphen]

[Hieroglyphen] (S. 369, 13), [Hieroglyphen] (ibid.), in den beiden letzteren Beispielen

zugleich als ein Kunstprodukt aus den Händen des Erzbildners

Ptah bezeichnet.

Die Darstellungen der Sonne der Sommerwende, der grossen

Sonne, sind häufig genug auf den Denkmälern: Sie tritt auf als

männliche Sperbergottheit unter dem Namen Ḥur-sam-tani

und als [Hieroglyphen] râ-ur "grosse Sonne" in Dendera (s. oben S. 424)

In Edfu erscheint sie wieder als Gott [Hieroglyphen]

"Horus von Apollinopolis der grosse Gott und Herr des Himmels, die

"grosse Sonne" [Hieroglyphen] statt [Hieroglyphen] in der Naville'schen Publication

— s. S. 376 — zu lesen), die hochstehende, welche in ihm (dem

"Horus) in die Erscheinung tritt." Alles weitere findet der Leser

in dem folgenden Kapitel über den Ausdruck [Hieroglyphen] Xnum-âtnu

4. Die Herbstgleiche [Hieroglyphen]

Die Sonne als [Hieroglyphen] "Greis", als Gott [Hieroglyphen] Âtumu, ihrer Farbe nach ... und ... "feurig, feuerfarbig."

Die oben S. 406 besprochenen Texte bezeichnen den Sommergott
der Herbstgleiche als [Hieroglyphen] *âau* oder *nḫḫ-m-uḫ* und als
[Hieroglyphen] (sic) *nḫḫ-m-mšr*, beide mit der wörtlichen
Bedeutung vom Greis in der Abendzeit." Andere Texte variiren
dasselbe Thema, indem sie die Sonne bald als [Hieroglyphen] *âau*, bald
als [Hieroglyphen] *nḫḫ* d. i. Greis und selbst als [Hieroglyphen] Tum *âau*, Atum
den Greis (Sl. A. 88 Louvre) bezeichnen und die Zeitepoche bald als
[Hieroglyphen] *uḫa*, bald als [Hieroglyphen] *tp. šš* "Abend" oder "einbrechen-
den Abend" aufführen, wobei Verwechslungen mit der Tageszeit
des Abends oftmals unvermeidlich sind, wenn nicht sonst bestimmtere
Andeutungen für die besondere Auffassung als Jahreszeit vorliegen
Oft ist ein derartiger Doppelsinn geradezu beabsichtigt, wie z. B. in der
S. 55 mitgetheilten Inschrift. Die Sonne erscheint darin als-:
[Hieroglyphen] "Kind am Morgen" und z. Z. der Wintersende,
[Hieroglyphen] "Jüngling am Mittag, und z. Z. der Sommerwende
[Hieroglyphen] "Atum (Greis) am Abend, und z. Z. der Herbstgleiche.
Die hierin fehlende Sonne der Frühlingsgleiche, für welche in der Auf-
fassung als Tageszeit keine Stelle offen war, ist auffällig genug in
der an der Spitze der Inschrift stehenden Formel angedeutet:
[Hieroglyphen] "sie geht auf in der Frühe (bezüglich Frühlingszeit)
"ein schöner Knabe."

Das an zweiter Stelle aufgeführte Wort [Hieroglyphen] hunnu bezeichnet
einen Jüngling zum Unterschiede von Kinde und Knaben. Es vertritt
nach der Formel [Hieroglyphen] rā ūr, die große d. h. erwachsene Sonne, den
erwachsenen Sonnen-Mann des Jahreslaufes, wie es im Tageslaufe
der Sonne die Sonne des Mittags gleichsam den Sonnen-Mann im
Gipfelpunkt seiner Kraft bezeichnete. Man versteht nunmehr den
oben S. 397 angeführten astronomischen Titel des Gottes Sebek-rā
von Ombos: [Hieroglyphen] „schöner Jüngling am Anfange einer
[oder des Jahres] „Jahreszeit, nämlich der Sommerwende, ähnlich wie sein Sohn
genannt wird [Hieroglyphen] „Pineb?uii, das Kind, der Herr
von Ombos, die kleine Sonne der Jahre" d. h. die der Winterwende.

Die oben S. 376 – 379 gelieferten Texte und Bilder zeigen in ihrer
Reihenfolge Darstellungen, welche sich auf die Frühlingsgleiche
Sommerwende und Winterwende mit zweifelloser Gewißheit beziehen
Das dritte Bild, in seiner richtigen Stelle in der Reihe, mit dem die
Flügel ausbreitenden Sonnensperber [Bild] über dem Naos,
würde sich folgerecht auf die Herbstgleiche beziehen. Als bezeich-
nungsvolle Gottheit im Naos erscheint Horus von Apollinopolis
in seiner astronomischen Auffassung als [Hieroglyphen] šu-si-rā
„Šu der Sohn des Rā." Dieser wäre somit die Sonne der Herbstgleiche, womit meine Bemerkung unten über den Tag der Herbstgleiche zu vergleichen ist. Damit stimmt es überein, wenn in dem

alex. Kal. von Esne die dem Tage der Herbstgleiche der Epoche (am 28.
Thoth = 25. Sept. 6r) nahe liegenden Kalenderdaten mit dem Namen
der Götter Šu verbunden erscheinen. Am 19. Thot war [Hieroglyphen]
[Hieroglyphen] ¹ ‚‚ Das Fest der Horus von Apollinopolis. Es tritt ein
‚‚ Šu, der Sohn des Rā, um zu verschließen (ārq) den Mund seines Vaters
‚‚ an diesem Tage." Am 1, 2. oder 3. Tage (das Datum ist zerstört, die
Tage entsprechen 28., 29. oder 30 Septbr jul) des folgenden Monates
Phaophi war das ...... (zerstört) [Hieroglyphen]
[Hieroglyphen], der Sonnenaufgang an diesem Tage. Es er-
‚‚ scheint Šu mit der Göttin Tafnut um die Eingeweide seiner Ma-
‚‚ jestät (d. i. der Sonne) zu untersuchen. Man führe hinaus in
‚‚ Procession Hika, das Kind, (Sonnensland [Hieroglyphen] ". Das letzte Zeichen, 2 Löwen, welche die Sonnenscheibe tragen, ist ein bedeutungs-
voller Bild astronomischen Inhalts in den Darstellungen der thebanischen Königsgräber, in denen mehrfach die Aussprache der
Doppellöwen: [Hieroglyphen] aker notirt erscheint (cf. ChN
D.507, 587, 586 u. a. m.) Über seine Beziehung zu einem bestimmten Sonnenstande kann nicht der geringste Zweifel obwalten.

Die Darstellung der Herbstgleiche durch einen sich mit Hülfe eines Stabes stützenden Greis [Hieroglyphe] (āau, ⲡⲭⲭ) findet ihre Bestätigung
in einer Stelle bei Plutarch (Is. et Os. cap. 43) wonach die Ägypter
am 23. Phaophi das Geburtsfest der Stütze (βακτηρία Stab, Stütze,

cf. βαϰτηϱἰαζω auf eine Stab (stützen) der Helios nach der Herbstnacht-
gleiche begingen, damit andeutend, dass er einer Unterstützung
bedürfe, da er an Wärme- und Licht verringert gebeugt und schief
(cf. [Hieroglyphen]) von uns hinwegzieht. Obgleich der 23 Thaophi ganze 7
Wochen später als die Herbstgleiche der Epoche (nach dem alex. Kalender) fiel, so ist dennoch die Angabe bezüglich der Darstellung
nicht ohne Wichtigkeit.

Die Bezeichnung der Herbstgleiche als Abend oder Nacht ([Hieroglyphen])
der Jahres, auf welche die Inschriften häufig genug anspielen, findet
ihre Bestätigung durch das astron Beiwort [Hieroglyphen], welches in einigen
Inschriften desselben hinzugefügt erscheint.
Analog dem [Hieroglyphen] „göttlichen Morgen" d. h. der Winterwende, gab
es einen [Hieroglyphen], [Hieroglyphen] „göttlichen Abend" d h die Herbstgleiche,
die z. B in den von mir in der Revue égypt. 1881 S. 41 und 44 publicirten Texten ausdrücklich neben der Winterwende und wohl unterschieden von der letzteren einmal als [Hieroglyphen], Tag d. h. Epoche
der Herbstgleiche, erwähnt wird. Aus älteren Zeiten kenne ich
nur die Bezeichnung [Hieroglyphen] „diese Epoche zur Zeit der Herbstglei-
„che," welche sich in einer Inschrift aus der Epoche Königs
Seti I. zu Abydus vorfindet (cf. MA 40,a,2) und mit dem Feste
des Ptah-Sokar von Memphis ([Hieroglyphen]) verbunden erscheint.

<u>Ueber</u> [Hieroglyphen] <u>ẖnm-ata</u> „<u>conjunctio solis</u>"

Während die voranstehenden Betrachtungen erwiesen haben, dass die Aegypter die Jahreszeiten und die damit in Verbindung stehenden Sonnenstände mit Hülfe von Gleichnissen und Bildern symbolisch bezeichneten, bleibt nur die Untersuchung des Wörter [Hieroglyphe], [Hieroglyphen] (in der späteren Schriftepoche auch [Hieroglyphe] geschrieben) übrig, dessen Bedeutung und Anwendung mit den Jahreszeiten und Jahresepochen in engstem Zusammenhange steht. Seine Aussprache ist <u>ẖnm</u>, <u>ẖnum</u>, seine Grundbedeutung „vereinigen" (s. BW. 1093). Im Demotischen (s.t.b.) setzen vorhandene Uebertragungen dafür z. [Hieroglyphe] <u>šbn</u> ein, ein Verb, das sich im Koptischen in der Gestalt ϢⲰNB, ϢONB <u>conjungere</u> treu erhalten hat. Nicht selten finden sich in hierogl. Texten dafür die Sinn-Varianten [Hieroglyphen] <u>sam</u>, [Hieroglyphen] <u>ḥtr</u> „vereinigen"; [Hieroglyphe] <u>āq</u> „eintreten" u.a.m. wie z. B. in den beiden, einem und demselben Texte (DHJ. II, 5), 3) entlehnten Formeln: [Hieroglyphen] und [Hieroglyphen] „eingetreten in das Land <u>āns</u> zeigt er sich im Lande BX." Die so häufige Verbindung:

[Hieroglyphen], varr. [Hieroglyphen], [Hieroglyphen], [Hieroglyphen], [Hieroglyphen], [Hieroglyphen] u.a.

bedeutet daher „eintreten in die Sonnenscheibe, sich vereinigen mit der Sonnenscheibe", und substantivisch <u>conjunctio solis</u>, und bezeichnet den Epochen-Eintritt der Sonnengötter in die

Sommerscheibe, d. i. einen bestimmten Sonnenstand.

Eine frühere Erklärung dieser Wortverbindung, die ich in der Ztschr. 1873, 7 ff ausgesprochen hatte, wird hinfällig angesichts der folgenden Beweisstellen für die eben vorgeschlagene Erklärung.

Zum besseren Verständniss derselben muß ich die Bemerkung vorausschicken, daß auf Grund bereits älterer Inschriften und Darstellungen, die Sonne und der Mond, die grossen Regulatoren der Epochen-Feste, als die Augen der Licht-Gottheit oder Horus angesehen wurden. Ausdrücklich bemerkt auch Plutarch (Is. et Osiris cap. 52), daß die Aegypter nicht nur den Mond sondern auch die Sonne für Auge und Licht des Horus hielten. In den von rechts nach links laufenden Inschriften wurden beide Augen durch [Hieroglyphen] oder [Hieroglyphen] bezeichnet, seltener durch [Hieroglyphen]. Man vergl. Beispiele wie die folgenden:

[Hieroglyphen] „der prächtige hockende Sperber (gmḥs), welcher leuchtet mit seinen beiden Augen" (DÜJ. 36, 4).

[Hieroglyphen] „seine beiden Augen sind bleibend an seiner Figur" (l. l. 35, 2) mit der Sinnvariante (35, 5):

[Hieroglyphen]

Deutlicher als alles ist die zuerst von mir aufgefundene und erklärte Stelle der Stele von Neapel:

[Hieroglyphen] „sein __rechtes Auge__ ist die __Sonnenscheibe__,
sein __linkes Auge__ ist der __Mond__."

Gleichbedeutend ist die flg. Inschrift aus pharaon. Epoche:
[Hieroglyphen] „dein rechtes (westliches) Auge ist die Sonnenscheibe, dein linkes (östliches) ist der Mond (ÄZ. 1865, 10). Nur in vereinzelten Stellen wird der Mond als weibliche Gottheit angeführt,
wie z. B. in [Hieroglyphen] „dein rechtes Auge ist als
Gott Šu und dein linkes Auge als „Göttin Tafnut" (cf. Bg J. I, 15 № 381).
Nach Sextus Empiricus (p. 733 ed. Bekker) verglichen thatsächlich
die Aegypter einen König und das rechte Auge mit der __Sonne__,
dagegen eine Königin und das linke Auge mit dem __Monde__.

Beide Augen, oft mit dem Zusatze „rechtes", und „linkes Auge",
bilden einen beliebten Schmuck am obersten Theile der Leichenstelen,
wobei in einigen Beispielen das rechte Auge oder die Sonnenscheibe
durch das Bild der halbgeflügelten Sonnenscheibe [Bild] mit einer
Schlange darunter vertreten erscheint. Man begegnet daher unendlich
häufig Darstellungen wie:

[Hieroglyphen], [Hieroglyphen], [Hieroglyphen], und ähnlichen, seltner
folgenden (cf. ÄZ. 1865. 12 fl — Stele einer [Hieroglyphe] in Wien):

[Hieroglyphen] oder [Hieroglyphen]

„rechtes Auge — linkes Auge" — „rechtes Auge des Osiris - linkes Auge
der Osiris" Nur sparsam zeigen sich Beispiele wie:

[hieroglyphs] (Stele C, 50 im Louvre).

In allen Fällen ist in erster Linie die Aussprache des Auges sowohl des rechten wie des linken, [hieroglyphs] _uła_ oder [hieroglyphs] _uła_, im Dual [hieroglyphs] (cf. DTJ. 40, 1). die beiden Augen. Häufig treten dafür Sinnvarianten ein, wie z. B. [hieroglyphs] _änχ-ś_ (l. l. 40, 1), [hieroglyphs] _ntr_ (l. l. 36, 4) und andere aus dem oben S. 41 fl. niedergelegten Verzeichnisse, worunter [hieroglyphs], [hieroglyphs], auch [hieroglyphs], und selbst [hieroglyphs] geschrieben d. i. _mat-Hur_ „Auge des Horus" (cf. Bk. S. 106 fl.) eine Hauptstelle einnehmen dürfte.

Es ist eine scharfsinnige Beobachtung unseres verstorbenen Kollegen _Goodwin_, dass in dem Kalender-Papyrus Sallier № IV in den ersten sechs Monaten des sothischen Jahres das _linke Auge_ (der Mond) [hieroglyphs], [hieroglyphs], in der zweiten Hälfte desselben dagegen das _rechte Auge_ (die Sonne) [hieroglyphs], [hieroglyphs] durch den Unterschied der Richtung [hieroglyphs] und [hieroglyphs] bei einer Reihe von Kalendertagen die beiden Jahreshälften von einander sondern. Der erste Tag des Monates _Phamenoth_ (im Sothis Jahre = 16. Jan. jul., der Tag der Winterwende am Anfange des aller ersten Sothis-cyclus) bildete somit die Grenzscheide beider Jahreshälften, der ihm vorangehende Tag des 30. Mechir dagegen den Abschluss der ersten Hälfte, der nach alter Ueberlieferung sogar im Todten-buche (cap. 140, Titel) verzeichnet steht als [hieroglyphs] „Ausfüllung des Auges am letzten Tage des Monats Mechir," während an einer andern

Stelle (cap 125 13) derselbe Tag erwähnt wird als:

[Hieroglyphen] "O jener Tag der Rechnung des Auges

in On = Heliopolis am letzten Tage des Monats Mechir" und an welchem

der Verstorbene von sich aussagt:

[Hieroglyphen] . ich sehe die Ausfüllung des Auges in On."

In dem alten Sothisjahre ging an diesem Tage die Herbstgleiche ihrem En-

de entgegen, und die Sonne der Winterwende, der neugeborene Sonnengott

begann seinen Lauf an dem oben bereits beschriebenen, am 1 Phame-

noth gefeierten Feste "der Aufhängung des Himmels" In der alten

Jahresform bezeichnete der letztgenannte Tag, einem 25. Febr jul. entsprechend,

den Frühlingsanfang So berichtet Plutarch (Is. et Os. cap. 43), der diesen Tag

durch "Eintritt des Osiris in den Mond" von den Aegyptern bezeichnet

sein läßt. Da der Mond auch "das linke Auge des Osiris" (s oben S. 436)

gelegentlich auf den Denkmälern genannt wird, wie die Sonne das

rechte Auge des Osiris heißt, so scheint es, sicher, daß nach einer

(älteren ?) Anschauung die ersten 6 Monate des Jahres dem Sonnen-

auge [Hieroglyphe], die folgenden 6 dagegen, von 1 Phamenoth an, dem Mond-

auge [Hieroglyphe] zugetheilt wurden. Die häufigen Schreibungen [Hieroglyphe] -

[Hieroglyphe] neben dem viel selteneren [Hieroglyphe] [Hieroglyphe] hätten darin ihre Begrün-

dung gefunden. Thatsache ist es und wohl anzumerken, daß die Feste,

welche mit den Jahreszeiten und den Anfängen derselben in Verbindung

kehren, in der ersten Hälfte des Jahres nach dem Sonnenstande, in
der zweiten Hälfte desselben nach dem Mondstande kalendarisch berechnet wurden. Selbst die Epoche des Eintritts der Ueberschwemmung
wurde in dem alten Kalender nach dem Mondstande calculirt, wie
oben S. 242 bereits durch ein Beispiel dargethan ist. Auch die
Kalenderirte kennen die Formel [Hieroglyphen]. In dem Kal. von Edfu No. I(vol)
wird ein Festtag im Monat Thoth, dessen Datum wieder zerstört ist, der
aber zwischen dem 13. und 20. Tage des erwähnten Monats gelegen war,
bezeichnet als [Hieroglyphen], Fest des Šu und der Tafnut. Tag
„der Ausfüllung des Auges" An der fehlenden Stelle kann nur 19. gestanden haben, da der folgende Tag der 20. als ein zweiter einer Exodeia
der Hathor bezeichnet ist. Der erste Tag derselben musste somit auf
den, in der Inschrift zerstörten 19. Thoth fallen. In demselben Kalender erscheint unter der Rubrik des Monats Pachon dieselbe Formel wieder in den Gruppen.
[Hieroglyphen], am 15. Mondtage dieses Monats
„ an dem Tage der Ausfüllung des Auges, dem grossen Feste im gan-
„ zen Lande." Wegen der Bedeutung dieser beiden Tage verweise ich
auf die Bemerkungen   über die wichtige Gruppe
[Hieroglyphen] weiter unten

Nach dieser Vorbemerkung komme ich auf die wichtige Gruppe
[Hieroglyphen] „ conjunctio solis" zurück, die einen nach dem Sonnenstand

par excellence, Apollinopolis magna, den kalendarischen Rechnungen zu Grunde lag. Das ist zu schliessen aus einem der Beinamen derselben, den die hierog. Inschrift anführt und erklärt.
[Hieroglyphen] „Stadt der Sonnen-Conjunction"
heisst dieser Ort seitdem sich Râ mit der Sonnenscheibe in ihr verbindet" (DTJ. 105, 15). In vielen Inschriften, welche den fig der (s. Ztschr.
135, 3 u. 7) ähnlich sind, heisst es: „die Stadt Apollinopolis sei freude
erfüllt, wann [Hieroglyphen] Horus von Edfu heraustritt um
„die Sonnenscheibe zu schauen," wobei [Hieroglyphen] sein
„Herz erfreut ist, wann er sich mit der Sonnenscheibe verbunden hat,
oder: [Hieroglyphen] „Horus von Edfu tritt heraus aus
dem Heiligthume - Masnet um sich zu verbinden mit der Sonnenscheibe an der Stätte seiner Sehnsucht." In ähnlicher Weise bezeichnet
in den S. 108 besprochenen Texten das Verb [Hieroglyphen], [Hieroglyphen] und seine Sinn-Varian-
ten [Hieroglyphen] sam, [Hieroglyphen] ḥtr, [Hieroglyphen] snsn, sich verbinden (mit [Hieroglyphen] m und [Hieroglyphen] ḥr)
die Erneuerung und gleichsam die Verbindung der Isis-Sothus von
Dendera mit ihrem Vater, dem Sonnengotte Râ, eine mythologische
Umschreibung für den heliakischen Aufgang der Sirius. Die Göttin
wird angerufen: [Hieroglyphen]
„du verbindest dich mit dem Lichtgotte (Sol), leuchtend in seinem Lich-
„te an diesem schönen Tage des Neujahres" (n.D.IV, 2, 10) [Hieroglyphen]
[Hieroglyphen] „du strahlst mit dem wie Gold strahlenden

(d. i. sol, cf. oben S. 1–13) am Morgen des Neujahrstages" (l. l. 3, 4).

weiter heisst es: [Hieroglyphen] »sie schaut die Strahlen ihres Vaters

bei seinem Aufgange" (l. l. 6, 21) und sie betritt den für diese Feier

bestimmten Tempel: [Hieroglyphen]

[Hieroglyphen] » die Stätte einer Aufgangsfeier um zu vereinigen ihre Strahlen

mit den Strahlen des Lichtgottes an diesem schönen Tage der Geburt der

» Sonnenscheibe" (l. l. 45). Man wird hiernach die Worte verstehen, mit

welchen im Kal. von Dendera (d. S. 365, 1–4) der heliakische Aufgang der

Hathor- oder Isis-Sothis am Neujahrstage des ersten Thot ange-

deutet wird. [Hieroglyphen]

[Hieroglyphen]

[Hieroglyphen] » Ist ausgeführt alles Gebräuchliche nach Vorschrift der heiligen Wissen-

» schaft um die 8. Tagesstunde, so führe man aus alles Gebräuchliche

» bei der Exodeia dieser Göttin Hathor, der grossen Herrin von Den-

» dera, der Sonnenpupille, in ihrem Schiffe in Gesellschaft ihrer

» Götter-Neunheit, nach dem Dache des Hauptsaales. Verbindet sie sich

» mit ihrem Vater (d. h. geht sie heliakisch auf), so lasse man die Leute

» ihre Herrlichkeit schauen. Sie trete ein in ihr Haus."

In demselben Kalender, dem ich das Datum der 1. Thoth ent-

lehnt habe, findet sich an einer zweiten Stelle, gelegentlich des

Festes einer Exodeia der Göttin Hathor, an dem Datum des

11. Pachon der Zusatz [Hieroglyphen] Xnm-âtô » Vereinigung mit ihrem

Natur d. h. Annäherung der Sothis an die Sonne, <u>Eintritt derselben</u> in die <u>Sonnennähe</u>. Der Tagnetspunkt im Normal-Sothisjahre dem 27. März liegt also der Frühlingsgleiche, nach den Ansätzen beim Eudoxus am 25. März, nicht fern. Die letzteren gebe ich nach Mommsen (Chron 62) unter Hinzufügung der correspondirenden Tage nach der sothischen, Kanop. und alex. Jahresform.

Sonnenstand	jul. Tag	[1] soth. Tag	[2] Kanop. Tag	[3] alex. Tag
Herbstanfang	11. August	23. Thoth	24. Payni	18. Mesori
1 Herbstgleiche	24. Septbr	7. Athyr	8. Mesori	27. Thoth
Winteranfang	10. Novembr	24. Choiak	20. Thoth	14. Athyr
2. Wintersonnwende	25. Decembr	9. Mechir	5. Athyr	29. Choiak
Frühlingsanfang	7. Februar	23. Phamenoth	19. Choiak	13. Mechir
3 Frühlingsgleiche	25. März	9. Pachon	5 Mechir	29. Phamenoth
Sommeranfang	9. Mai	24. Payni	20 Phamenoth	14 Pachon
4 Sommersonnwende	24. Juni	10. Mesori	6. Pachon	30. Payni

Eine Vergleichung dieser drei Kalenderdaten lehrt sofort die künstliche Anlage derselben kennen, da nahe liegende Tage derselben den verschiedenen Sonnenständen entsprechen.

Im Kal. von Dendera werden <u>nur</u> an 4 Tagen 4 [Hieroglyphen] oder Conjunctionen mit der Sonnenseite, <u>Sonnenstände</u>, angeführt. Daan ersten Tage der Jahres, d. 1 Thoth, der heliakische Aufgang des Sirius in unzweifelhafter Weise angedeutet ist, durch die Formel [Hieroglyphen], so kann dieser Kalender [scheinbar] nicht, wie ich früher mit Dr. Krall vermuthete,

der Kanop. Jahresform angehören, sondern er muss nothwendig nach dem

<u>Schema</u>

des sothischen Normal-Jahres angelegt sein. Danach fallen die 4

Sonnenstände auf folgende Tage:

Sonnenstand	(sothische) Tage	Jul. Tage	Nach Eudoxus
[Hieroglyphen]	20-24 Thoth	8.-12 August	11. Aug Herbst-Anfang
[Hieroglyphen]	26. 27 Choiak	12. 3. Novbr	10. Novb Wintersanf
[Hieroglyphen]	15. Monat Pachon	31. März	25 März Frühlings-[gleiche]
[Hieroglyphen]	1. Monat Epiphi	16 Mai	9. Mai Sommer-[anfang]

Die grösste Abweichung (6. bez 7 Tage) von den Eudoxischen Ansätzen

zeigen die beiden letzten Tage. Dies ist aber natürlich, da der Kalender

von Dendera dieselben nach <u>wandelnden</u> Mondtagen notirt hat.

Auch dem Kalender von Edfu liegt als Schema die sothische

Jahresform zu Grunde. Obgleich in demselben die astronomische

Formel [Hieroglyphen] unterdrückt ist, welche die Sonnenstände markirt, und

ebensowenig in den <u>erhaltenen</u> Stücken der ersten Kolumnen Spuren

von Angaben über den Sothis-Aufgang am 1 Thoth sich finden,

so zeigt der Zusatz zum 19. Thoth, dem [Hieroglyphen]. Feste des Śu

(Gottes der <u>Herbstgleiche</u> oder des Herbstes im Allgemeinen) und der <u>Zusatz</u>

nämlich: [Hieroglyphen]

der Tag der Ausfüllung des linken Auges und an welchem die Schwester

ankommt, das ist nämlich jedesmal im 6. Mond, dass 1. der Tag ...

wandelnder, nach dem eintretenden 6. Monde am Herbstanfang berechneter ist, der zur Zeit der Abfassung des Kalenders No. I von Edfu auf den 19. Thoth fiel, und 2, dass er derselbe Tag des 6. Mondes ist, der im Jahre 212 v. Chr auf den 17 August (sothisch 29. Thoth) fiel und nach den oben S. 266 flg. mitgetheilten Baumkunden von Edfu bezeichnet ist als [Hieroglyphen]. Tag der Conjunktion mit dem linken Auge" (S.270) und als Tag [Hieroglyphen] oder [Hieroglyphen], der Ankunft der Schwester" (S 270–271). Die übereinstimmende Form der Kalender von Edfu und von Dendera geht ausserdem durch das beiden gemeinsame Datum des 5. Phaophi (= 23. August S.348) für den eingetretenen [Hieroglyphen] neuen er oder höchsten Nilstand hervor. Die Sonnenstände sind in den Kalendern von Edfu durch besondere Formeln ausgedrückt, die in der folgenden tabellarischen Übersicht auf Grund des sothischen Jahres auszüglich mitgetheilt sind. Die Vergleichung mit den entsprechenden Tagen der Sonnenstände nach Eudoxus werden die Bedeutung derselben am besten lehren.

Sonnenstand	Mondtag	Sothischertag	Jul. Tag	nach Eudoxus
[Hieroglyphen]	6. Mond	19. Thot	1. August	11. August Herbstanfang
[Hieroglyphen]		14. Athyr	1. October	27 September Herbstgleiche
[Hieroglyphen]		1. Tybi	17 Novbr	10 November Wintersanfang
[Hieroglyphen]		9. Mechir	25 December	25. December Winterwende
[Hieroglyphen]		14. Phamenoth	8. Februar	7. Februar Frühlingsanfang
[Hieroglyphen]	15. Mond	15. Pachon	31. März	25 März Frühlingsgleiche

[Hieroglyphen] /S 281,3	[Hieroglyphe] 1. Mond	1. Epiphi	16. Mai	9. Mai Sommersanfang
[Hieroglyphen]	15. Mond	15. Mesori	29. Juni	24. Juni Sommerwende

Der (alex.) Kalender von Esne hat neben sonstigen astronomischen Formeln einen scheinbaren Ueberfluss von Sonnenständen (durch [Hieroglyphe] oder
[Hieroglyphe] ... rā bezeichnet). Ich lege die auf die 8 Sonnenstände bezüglichen Tage im nachstehenden Auszuge vor.

Sonnenstand	Mondtag	alex. Tag	jul. Tag	nach Euclo...
	[Hieroglyphen] 29. Mond	20. Mesori	13. August	11. August Herbstanfang
[Hieroglyphen]		2. Phaophi	29. September	27 September Herbstgleiche
[Hieroglyphen]		22. Athyr	18. November	10. November Wintersanfang
[Hieroglyphen]		26. Choiak	22. December	25 December Winterwende
[Hieroglyphen]		6. Mechir	31. Januar	7 Februar Frühlingsanfang
[Hieroglyphen]	[Hieroglyphen] 2. Mond	3. Pharmuthi	29. März	25. März Frühlingsgleiche
[Hieroglyphen]	[Hieroglyphen]	(13. Pachon) 1. Pachon	(10. Mai) 26. April	9. Mai Sommersanfang
[Hieroglyphen]		1. bis 4. Epiphi	25–28. Juni	24. Juni Sommerwende

Ueber das Vorkommen der Formel [Hieroglyphen] = Conjunction mit der Sonnenscheibe bereits in den Zeiten des dritten Thotmosis, bei der Angabe seines Todestages, verweise ich auf die Bemerkung weiter unten in dem
Abschnitt über den astronomischen Sinn des Ausdruckes [Hieroglyphen] oder
der Reinigung.

    Bedeutung des Ausdruckes [Hieroglyphen].

Die Lösung des grossen Räthsels der Bedeutung jener so häufig

citirten Kalendarischen Gruppe [Hieroglyphen] gewährt Pap. Rhind I (pag. 1 Lin.
5 ff) in welchem sie in der (hieratischen) Gestalt [Hieroglyphen] ḥr ḥb auftritt, während der demotische Ausdruck dafür [Hieroglyphen] ḥr lautet d. i. „Anfang"
Sie erscheint in einem von mir längst besprochenen (s. Matériaux p.
67) Datum vom Jahre 21 des Kaisers Augustus, [Hieroglyphen]
das in doppelter Weise bezeichnet wird durch [Hieroglyphen]
[Hieroglyphen] Epiphi Tag 10. welchem entspricht (wörtlich: welcher ausfüllt) der
„Tag 16. der Berechnung des (oder einer) Anfangsfestes." Das alex. aus-
gedrückte Datum „Jahr 21. des Augustus, d. 10. Epiphi" ist thatsächlich
und auf das genaueste im 16. Mesori im festen sothischen Jahre, oder
im 30. Juni jul. Wie Goodwin (ÄZ. 1867 S. 81) bei der Reduktion des
Datum einer Wandeljahres in das entsprechende der festen Jahres
einen Unterschied von „einem Tage" hat entdecken können, bleibt mir
unverständlich. Diese Differenz, welche selbst noch Dr. Krall (Studien zur Ge-
d. alt. Aegyp. 70 Note 3) anzunehmen nicht ansteht, beruht auf einem
Rechnungsfehler in Bezug auf den terminus ad quem des genannten
Gelehrten. Die Gleichstellung 10. Epiphi alex. = 16. Mesori Soth. = 30. Juni
jul. ist unzweifelhaft. Bezeichnete aber [Hieroglyphen] wirklich ursprünglich
den Monat Mesori, wenn auch nur in umschreibender Weise? Ich glaube ja. Der auffallende Ausdruck [Hieroglyphen], welcher sofort an
eine ähnliche Fassung im Todt. B. 125, 12 [Hieroglyphen]
[Hieroglyphen] „jener Tag der Berechnung des heiligen Auges in On-Heliopolis

„am (oder vom) letzten Tage des Mechir (an)" erinnert, läßt in der Gruppe 𓏺 ◯ einen Punkt des Sommerstandes erkennen. Berücksichtigt man die auffallende Schreibung 𓋹 d. i. „Fest eines Jahresanfanges" in einem der beiden durchaus identischen Daten (d. i. 15 + 3 = der 18.) des vierten Sommermonates d. i. Mesori (s. S. 255, +6) und ½ + ⅒ (d. i. d. 18.) des Festes eines Jahresanfanges, so geht daraus in unzweifelhaftester Weise die Gleichstellung der Gruppe 𓋹 mit dem Mesori hervor, der in dem Klimel-Pap. die entsprechende Gruppe 𓏺 ◯ d. i. gegenübersteht.

Im festen Sothusjahre umfaßt der Monat Meson die Tage vom 15. Juni bis 14. Juli jul., d. h. die Epoche, in welcher die Sommerwende — stets nach (wandelnden) Mondtagen berechnet — in der ptolemä, isch-römischen Zeit eintrat. Als Mondtag dafür galt der dem voran, gehenden Monat Epiphi zugehörige 23. Mond, wenigstens in der Epoche um 142 vor Chr. (s. S. 275, F.). Der Monat Mesori galt daher als der Monat einer Sommerstandes, und zwar der Sonne der Sommer, wende, deren wandelndes Fest als 𓏺 ◯, ☐ oder 𓋹 bezeichnet wurde und auf den ganzen Monat diese Benennung übertrug. In dem alex, kalender fiel der sothische Mesori (15. Juni bis 14. Juli) in die Zeit vom 21. Payni bis 20. Epiphi. Thatsächlich findet sich in diesem Zeitraum nach dem Kalender von Esne unter dem 26. Payni (20. Juni) ein 𓋹, und unter dem 1. Epiphi (25. Juni) die 𓇳𓁐, eine Gottesgeburt"

d. h. eine Erneuerung des Sonnenstandes der Sommerwende angesetzt, ersterer Tag vielleicht dem Mondtage, letzterer dem Sonnentage der Wende entsprechend. Auf Grund eines anderen Mondtages, des 6. Mon, der des Payni, findet sich dasselbe Sommerwendenfest im Jahre 140 vor Chr. am 2. Juli notirt als [Hieroglyphen]. "Fest der Vereinigung des Osiris mit dem linken (Mond-) Auge des Rā" (s. oben S. 256, 59 ff.). Eine neue Bezeichnung für denselben Tag zeigt sich an einer anderen Stelle des Rhind - Pap. I 12, 1). Der oben erwähnte 10. Epiphi (= 30. Juni jul.) vom Jahre 21 der Kaisers Augustus (= 9. vor Chr.) wird nämlich als Sterbetag der betreffenden Person mit einem besonderen Zusatz noch einmal aufgeführt in [Hieroglyphen] "Epiphi, Tag 10., das ist der der grossen Reinigung in der ganzen Welt." Demotisch ebenso: [demotische Zeichen]. "die grosse Reinigung in der ganzen Welt." Ich habe unter unten die Beweise zusammengestellt, wonach in den Inschriften der Ausdruck [Hieroglyphen] uāb, "Reinigung" sich auf die Sonne an einem der Sonnenstände des Jahres bezog. — Der Zusatz zu dem Datum des 10. Epiphi (30. Juni) vom Jahre 9 vor Chr. gewinnt dadurch eine astronomische Bedeutung, da er den Sterbetag zugleich als den der eingetretenen Sommerwende bezeichnet. Da die letztere im Jahre 9 vor Chr. am 24. Juni astronomisch statt gefunden hatte, so lehrt die Differenz von 6 Tagen zwischen diesem und dem aegypt. Datum (= 30 Juni), dass der Tag der

Sommerwende auch hier nach einem Mondtage berechnet worden ist.
Nach den mir zu Gebote stehenden Hülfsmitteln war in dem bezeichneten Jahre der Neumond auf einen 23–24 Juni gefallen. Der
30. Juni des 10. Epiphi wird demnach nach alter Regel nach dem
6. Monde des Epiphi berechnet worden sein. Aus dem Gesagten
geht hervor, das der (sothische) Mesori der Monat der Sommerwende war, deren Eintritt nach Mond- und Sonnentagen fixirt -
in üblicher Weise als [Hieroglyphen] oder als [Hieroglyphen] und, mit den besonderen astronomischen Formeln, als [Hieroglyphen] „Fest einer _Conjunction_" und
als [Hieroglyphen] „_Reinigung_" bezeichnet ward.

Daß diese Beziehungen sich nicht nur auf den _Mesori_ allein sondern auch auf andere Monate der Sonnenstände bezogen, will ich durch
schlagende Beweise feststellen.

Im Kalender von Dendera findet sich die Angabe [Hieroglyphen]
[Hieroglyphen] „_Thot_, _Tag 20_, _Reinigung vom Schmutz der Kä_" (der Sonne), mit
dem bedeutungsvollen Zusätze: [Hieroglyphen] „_Conjunction mit der Sonnen-_
scheibe". Sie dauerte 4 volle Tage, schloss also mit dem 23. Thot ab.
Im Normal-Sothisjahre sind dies die Tage vom 8. bis 11. August.
Nach Eudoxus ist der _11. August_ der Tag des _Herbstanfanges_. Es
ist aber auch derselbe hochwichtige Tag, der in den Bautexten
von Edfu nach dem Stande _des 6. Mondes_ [Hieroglyphen] im Monat Thot berechnet und erwähnt wird unter den Bezeichnungen [Hieroglyphen] „_Fest_ eines

Anfanges, [Hieroglyphen] „Eintritt der Osiris in das linke Auge" (s. S.
271, Insch. No V), [Hieroglyphen] „Tag der Conjunction mit dem linken Auge"
(s. S. 270, Insch. No IV), [Hieroglyphen] „Ausfüllung des linken Auges" (S. 269, Insch. No III)
Die Berechnungen haben ergeben (s. u. U.), dass dieser 6. Mond des Herbstanfanges im Jahre 212 vor Chr. auf den 17. August, d. h. 6 Tage später als
der Ansatz beim Endoxus fiel. In dem Kal. v. Edfu No I ist derselbe
Tag unter dem Datum des 19. Thoth (im Normal-Sothis Jahre = 7.
August) notiert in der Legende: [Hieroglyphen] „Tag der
. Ausfüllung des linken Auges mit der ankommenden Schwester,
. das ist nämlich allemal im 6. Mond," der hiernach im Jahre der
Abfassung des Kalenders auf den 19. Thoth gefallen sein musste.

Derselbe 6. Mond der Herbstanfanges erscheint wieder in Dendera
in den Texten des sogenannten Homak-Zimmers westlich von der östlichen Treppe des Tempels. Es heisst er a. von dem durch leere Königs-
ringe [Hieroglyphen] (Neos Dionysos) bezeichneten Könige;

[Hieroglyphen]

[Hieroglyphen] „er hat vollenden lassen das Henkt-Zimmer für die wie Gold
. strahlende Göttin. Man tritt in dasselbe hinein am 6. Monde, an
. jenem Tage der Conjunction mit dem linken Auge." In einer voraus-
ponirenden Inschrift wird derselbe Tag noch einmal daselbst erwähnt, indem von dem Zimmer ausgesagt wird:

[Hieroglyphen] „eröffnet sich nach der östlichen-

„Treppe zu. Man tritt in dasselbe am Tage der 6 Monate ein"

Derselbe Tag, wie ich nachgewiesen habe als „Tag der Reinigung"
in Dendera bezeichnet und als Schlußtag eines 4 tägigen Festes
vom 5. bis 11. August aufgeführt, hatte eine Nebenbedeutung, über
welche uns die Inschriften nicht im Unklaren lassen. Er bezeichnete
die Entfernung der Sothis oder des Sirius aus der Sonnennähe von
dem eintretenden Herbstanfange an und bildete deshalb gleichsam
den Schluß des am 20 Juli gefeierten Sothis-Festes. Man vergl. die
folgende Inschrift nach D B D Taf. 30, col. 5): [Hieroglyphen]
[Hieroglyphen], zu Ende wird ihr (der Hathor-Sothis) geführt das Fest
„am Morgen der Reinigung bei der Entfernung von der Sonne", oder
wie die Epoche in einem anderen Texte (cf. D. IV, 8) genannt wird
[Hieroglyphen], jener Zeitpunkt des Morgens der Reinigung",
oder [Hieroglyphen], der Zeitpunkt des Morgens der Reinigung welche Ra vollzieht" (DD 51, 26).

Der Entfernung der Sothis von der Sonnennähe steht die Annäherung
derselben an die Sonne um die Frühlingsgleiche gegenüber, deren
der Kalender von Dendera gleichfalls unter dem Datum der 11. Pachon
(24 März) gedenkt. Unter der Rubrik des Monats Pachon liest man (s. S.
367, col. 22): [Hieroglyphen] „Tag 11. Exodia der im
syrischen Hathor und ihrer Götter-Neunheit Annäherung an
ihren Vater (den Sonnengott). Ruhe im Niederkunftszimmer (Wochen-

belegt).“ In erster Linie unter den [Hieroglyphen] „Anfangsfest“ genannter Epo-
chungen des äg. Jahres steht ferner das sothische Fest des Jahresanfanges,
über welches uns die Texte von Dendera so reichliche Aufschlüsse geben.
Es wurde (wenigstens in der ptolemäisch - römischen Epoche) auch
in diesem Falle auf den Dächern der Tempel gefeiert und der dazu
bestimmte Platz, gewöhnlich ein offener hypäthraler Bau, mit
dem Namen [Hieroglyphen] d. i. „Platz des Festes des
Anfangs“ belegt. Ein Thor und eine Treppe führten von dem Innern
der Tempel zum Dache hinauf. Ersterer heisst z. B. in Dendera (D. 52 IV, 23)
[Hieroglyphen] „Thor
für die Procession nach dem Platz des Festes des Anfangs seitens der
Goldgöttin Hathor in Begleitung einer Götterneunheit um in die
Nähe der Sonnenscheibe ihres Vaters (sc. der Sonne) am Himmel zu
treten am Anfange des Jahres.“ In feierlicher Procession trug man
die goldene Kapelle der Göttin Hathor [Hieroglyphen] nach dem
Dache ihres Tempels damit sie mit ihrem Vater sich vereinigte“ [Hieroglyphen]
[Hieroglyphen] um zu schauen die Sonnenscheibe am Neujahrsfeste,“ wobei
[Hieroglyphen] man herausführte die auf den Platz des Festes
eines Anfangs bezügliche Vorschrift.“ (MD IV, 9). Man opferte dabei
Weihrauch [Hieroglyphen] [1]
„zur Zeit seines Aufganges bei der Annäherung an die Sonnenscheibe
seines Vaters am Himmel. Es wurden dir wiederholt herrliche

„Feste am Jahresanfange," wie eine an die Hathor gerichtete Inschrift (l.l. 25) aussagt. Eine andere Inschrift (l.l. 21,6) spricht eben,
dort von [Hieroglyphen] (sic):(c) „Annäherung an die Sonnenscheibe
am Anfang des Neujahres". Von der Göttin d. h. der Hathor sothis,
heisst es mehrfach: [Hieroglyphen] (d), „sie schaut die
Sonnenscheibe an ihrem Feste des Anfangs, dem schönen Tage des Jahres
anfangs" (LD IV, 17) [Hieroglyphen] (e) „ihr Gesicht schaut
ihren Vater an diesem schönen Tage der Geburt der Sonnenscheibe"
(l.l 20). Um nichts unklar zu lassen, wird sie bezeichnet als:
[Hieroglyphen]
[Hieroglyphen] (f) „die grosse tentyritische Hathor....... uben-em-nebt
(die wie Gold leuchtende), die Tochter des Lichtgottes, die grosse Sothis, die Herrin des Jahresanfangs welche den Nil schwellen macht
um das Land zu überschwemmen" (l.l. 24). Man spricht von :
[Hieroglyphen] (g) „ihrem schönen
Feste des Anblicks ihres Vaters (der Sonne), von der Verbindung des
Himmels mit der Erde und von der Vereinigung des rechten Auges (der
Sirius) mit dem linken Auge (der Sonne) am Jahresanfange, dem 1.
Thoth". (LD IV, 18). Man nennt sie zugleich [Hieroglyphen] (h)
„ihre Majestät an diesem schönen Tage der Neujahrsfeier (oder [Hieroglyphen]),
(LD 30, 4) und mit Bezug auf den Sonnengott [Hieroglyphen] Ra-samtaui
[Hieroglyphen] (i) „ein Diadem Uchen (d. i. die Nordgöttin).

„die Göttin _Ant_ von der Stadt _Ant_ d. h. Tentyra" (DD 32, 17 – 18), ebenso [Hieroglyphen] (K)

„die weibliche Sonne, das Diadem _Mehent_ des Lichtgottes, seine Pilotin in der Sonnenbarke _Sektt_, welche den oberen Himmel durchfährt immerdar über dem Köpfe ihres Vaters" (des Sonnengottes. DBD 16,6) und in ihrem Titel: [Hieroglyphen] „Diadem des wie Gold strahlenden Gottes" (Text aus Dendera, cf. W. 24). [Hieroglyphen] „sie wird ausgeführt die Vorschrift über die Feier des Festes des Anfangs" (DD, 25, 2 K). „und ihr werden [Hieroglyphen] „die schönen Feste des Jahresanfangs" (DD 27, 3) gefeiert.

Diese und ähnliche Beispiele lassen an Deutlichkeit wenig zu wünschen übrig. Ihre Majestät ([Hieroglyphen]) die tentyritische Hathor ist der Isis-Stern, eine weibliche Sonne, die Pilotin in der Sonnenbarke, das Diadem [Hieroglyphen] an der Stirn ihres Sonnenvaters, d. h. der heliakisch aufgehende und sich in der Sonnennähe befindende Stern Sirius an dem Datum der [Hieroglyphen] „Neujahres", des [Hieroglyphen] „Jahresanfanges" am [Hieroglyphen] „1. Thoth", des [Hieroglyphen] „Festes eines Anfanges" bei [Hieroglyphen] „der Annäherung an die Sonnenscheibe am Anfange der Neujahrstage." Derselbe Ausdruck [Hieroglyphen] bezeichnete aber auch _den Anfang des Herbstes_, wie die mehrfach besprochenen Bautexte von Edfu (cf. S. 271, N° V) es beweisen. Nach dem 6. Monde des Thoth, (nach der Herbstgleiche eintretend,) berechnet konnte er innerhalb der ganzen zweiten Hälfte des genannten Monats und selbst darüber hinaus eintreten. Im eigentlichsten Sinne des Wortes war derselbe daher im Monat des Anfangs, oder im [Hieroglyphe], [Hieroglyphen] und man begreift, daß die Zeit vom 20 Juli bis 18. August des sothischen Thoth, welche nach dem alex. Kalender den Tagen vom 26 Epiphi bis 25. Mesori, also dem grössten Theile der Mesori entsprach, dieselbe Benennung [Hieroglyphen], [Hieroglyphen] führen konnte, wie ich es vorher nachgewiesen habe. Man wird zugleich den kalendarischen Sinn der S. 242 mitgetheilten Inschrift verstehen, welche mit den Worten

[Hieroglyphen]

» Eintritt des Jahresanfangs im Monat Epiphi an der Conjunction » von Sonne und Mond,« auf den Jahresanfang des alten Sothis-Jahres anspielt, und den Zeitpunkt der eingetretenen Nils-Luvelle im Stier-Kreuzeichen des Löwen damit in Verbindung setzt. Nach Vettius Valens (s. Marsham, am Krome p. 8) berechnete manche den Anfang des Jahres vom Neumonde vor dem Siriusaufgange.

Die Feier des Herbstanfanges war zugleich der Zeitpunkt des höchsten Nilstandes und somit ein Freudenfest im eigentlichsten Sinne des Wortes, das nach den Inschriften von Dendera als [Hieroglyphen] [Hieroglyphe] m. d. Varr. tep- oder deka - Fest in der Epoche vom 20. Thoth bis 5 Phaophi (sothisch =8. bis 23 August) gefeiert ward und mit dem folgenden Tage, dem 6. Phaophi (24 August) durch ein grosses Isis-Fest abschloß. Von dem letzteren sagt der Text. von Edfu No. I aus:

[hieroglyphs] « Fest der grossen Isis, der
Landesherrin, der Anfang (desselben) wird ihr vorgeschrieben durch
ihre Mutter-Tefnut? (d. h. durch die Mondgöttin). Selbst in dem
(alex.) Kalender von Esne steht dieselbe Tag und dasselbe Fest als He-
einmal Tag verzeichnet mit dem Vermerk: [hieroglyphs]
« Fest der Isis, genannt wird es Anfang der Festfeier", nämlich aller folgenden Feste. In diesem Sinne konnte in einem Texte der Bauerkinder aus ptolemäischer Zeit, welche sich auf die Anlage eines
Heiligthumes des Isis auf Philae beziehen (s. § 335), gesprochen
werden von [hieroglyphs] . Dieser Epoche
der 12. Epiphi und allen ihren (der Isis) Festen an den Epochen-Anfän-
gen. Es ist auch hierin das am Herbstanfang gefeierte Fest, welches
der Umrechnung nach auf den 6. August jul. 173 v. Chr. gefallen
war (s. S. 385), als erstes aller Epochenfeste gedeutet. Ihm entspricht
das Datum desselben Festes aus römischer Zeit, welches in zwei
Bauerkinder (s. §§. 387 u. 388) unter dem 2. Pharophi aufgeführt und einmal als [hieroglyphs] . allgemeines grosses Landesfest" bezeichnet wird. Nehmen wir das Datum als einen dem Normal-
Sothisjahre angehörigen Tag an, so entspricht dasselbe dem 20. August
jul. Nach den verschiedenen zeitlichen Epochen, aus denen sich
bezügliche Inschriften erhalten haben, tritt der nach einer Mondphase berechnete Tag des Herbstanfangs an folgenden Daten auf

entgegen: am 6. August (173 v. Chr. = 18. Epiphi des Wandeljahres, am 7. August (Kal. v. Edfu = 19. Thoth), am 8 August (Kal. von Dendera = 20. Thoth), am 17 August (212 v. Chr. = 7. Epiphi des Wandeljahres) und (b) am 20. August (Bautexte aus Philae; = 2. Phaophi des solischen Jahres). Der Anfang der herbstlichen Jahreszeit fiel somit nach diesen Beispielen stets in die als Tekhu bezeichnete Epoche der Ußôra, welche mit dem 20. Thoth begann und volle 15 Tage dauernd mit dem 5. Phaophi, dem Tage vor dem bedeutungsvollen Isis-Feste am 6. desselben Monates, endete. Daher die so häufige Verbindung der oben erwähnten Tage mit der Epoche des Tekhu-Festes.

Zum Schlusse noch die Bemerkung, dass es besondere heilige Bücher gab, in welchen die auf die Sonnenstände bezüglichen Lehren niedergelegt waren. Sie heissen 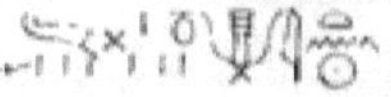 „die grossen Schriften über die Conjunktion mit der Sonnenscheibe" in folgender Treppeninschrift von Edfu, welche die Figur eines Königs, mit einer Schreibtafel in der Hand, begleitet:

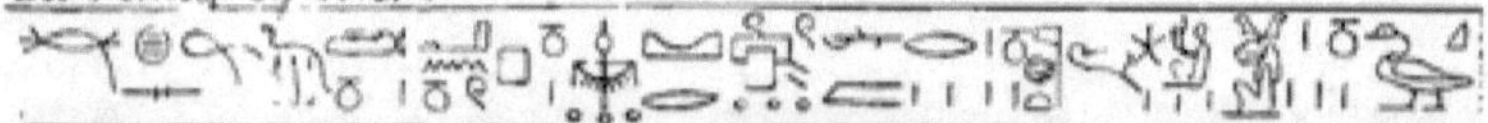

 „Das Ablesen des Rituals.
„Text Worte: Ich habe die silberne und goldene Schreibtafel genommen,
„welche beschrieben ist mit den Kapiteln der heiligen Litteratur von
den wichtigen Gebetsformeln beim Betreten des Tempeldaches....

»......... zu ihm auf das Vollkommenste, und mit den Schriften über die Conjunction mit der Sonnenscheibe.« In sonstigen Nebentexten u. a. O. ist gleichfalls die Rede von gewissen Schriften die an dem Tage der Conjunction abzulesen waren. So heißt es von einem Horus-Priester: [Hieroglyphen] »Sein Prophet, der Ober-Hierogrammat, liest das Festbuch«, und von dem Könige selber [Hieroglyphen] »Das Ablesen seiner Festbücher«. Text. Recitation der Schriften von der »Besiegung der feindlichen Dämonen«, oder [Hieroglyphen] »er trägt die wichtigsten Schriftwerke der heiligen Litteratur«, oder [Hieroglyphen] (der König) als Hierogrammat der Santuars führt aus das Ritual der Stätte der Göttersitzes gemäß der wichtigen Kapitel über das Betreten des Tempeldaches« Ähnlich in Dendera [Hieroglyphen] [Hieroglyphen], der Hierogrammat von Tentyra führt aus das Ritual der Bewohner in der Stadt der Länder der Atum gemäß der wichtigen Kapitel über das Betreten des Palastes der Göttin-Braut (d. i. Hathor, s. Br W 1134).

Die astronom. Bedeutung des Ausdrucks [Hieroglyphen] »die Reinigung«. In den oben S. 451 mitgetheilten Inschriften ist mehrfach die Rede von dem [Hieroglyphen] »Morgen der Reinigung«, einmal mit dem Zusatze: »welche Râ, die Sonne, vollzieht« Im Kal. v. Dendera ist als Tag dafür angege[ben]

ben 𓉐𓏤... 1. Thoth 20. „Reinigung vom Schmutz des _Rā_",

gerade wie einmal im Kal. v. Edfu II col 13 ein leider zerstörter Kalender-

Tag (hinter dem 19. Pachon = 7 Juli Kal. und vor der Neomenie des Epi-

phi = 18 August Kal. liegend) aufgeführt wird als [Tag ...] 𓅃𓏤

𓈗... , die Reinigung vom Schmutze der herrlich ortschen

Hathor wird er genannt." An der zerstörten Stelle stand sicherlich das

Datum der 1. Payni = 20 Juli Kal. als das des Sirius Aufgangs.

Der in Dendera überlieferte Tag entspricht, wie ich gezeigt habe, dem

Sonnenstande am Anfange des Herbstes.

Auf die Reinheit oder Reinigung des _Rā_, der Sonne, beziehen sich

die Inschriften häufig, wobei stets die Sonnengleichen oder die

Sonnen-Conjunction 𓇳... in den Vordergrund treten. In den

DTT 52 ff. publizierten Texten aus dem sogenannten Laboratorium

von Edfu, in welchen von den verschiedenen zur heiligen Reinigung

dienenden Kostbaren Weihraucharten und Oelen die Rede ist, fin-

den sich häufige Anspielungen darauf. So heisst es bei der Be-

schreibung einer Kyphi-Räucherung von Könige 𓈖...

𓅃 „er reinigt das Haus der geflügelten Sonnenscheibe (der Sommer-

wende) und am Schluss der Texte 𓉐𓅃... das Haus

der geflügelten Sonnenscheibe ist gereinigt vom Schmutz" (l. l. 62, 2-3)

𓉐... , das Haus der geflügelten Käfers (der Früh-

lingsgleiche) ist rein vom Schmutz" (l. l. 64, 3) 𓈖... . Ich habe

»gewaschen seine Majestät« (den Sonnengott) (l. l. 65, 4.) [Hieroglyphen]

[Hieroglyphen], ich reinige das Haus des geflügelten Käfers« (l. l. 69, 3)

f auch [Hieroglyphen], das Herbei-

bringen des <u>Anta</u>-Balsams zum heiligen geflügelten Käfer

(der Frühlingsgleiche) und die Erweisung der Annehmlichkeit

» der Waschung der geflügelten Sonnenscheibe« (l. l. 70, 4) u. v. a. m.

Als Hauptinschrift dürfen die einleitenden Worte des Königs gel-

ten: [Hieroglyphen], ich bin nach Ed.

gekommen mit den Erzeugnissen des heiligen Landes um dem Gott

Horus durch seine Waschung Angenehmes zu erweisen« (l. l. 32, 4)

Diese durch den König in Person vollzogenen <u>Reinigungen</u> der Sonnen-

bilder durch Waschungen und Räucherungen mit den feinsten Par-

füms und Weihrauchsorten waren symbolische Handlungen, die

sich auf die periodisch wiederkehrende Reinigung und Reinheit

des Himmels bei dem Erscheinen jeder neuen Sonne <u>an den</u> <u>Epochen</u>

<u>der Sonnen Conjunctionen</u> bezogen, nach einer besonderen Ansicht

der Aegypter darüber, wie sie vielfach in den Inschriften ihre

Bestätigung findet. Das älteste Beispiel dafür bietet der auf den

Todestag <u>Thotmosis III</u> bezügliche Text, den ich in ÄZ. 1874 S. 133 ff.

näher behandelt habe, freilich ohne damals die wahre Bedeutung

der Ausdrücke für die solare Conjunction zu kennen. Die auf den

Todestag im Jahre 54, am letzten Phamenoth ([Hieroglyphen]

9) bezügliche Stelle lautet im Originale [Hieroglyphen] (der

König) stieg empor zum Himmel (d. h. er starb), vereinigte sich mit

der Sonnenscheibe (d. h. eine Sonnen-Conjunktion ausführend), folg-

te dem Gotte (d. h. der Sonne), gesellte sich zu seinem Erzeuger

und als die Erde hell ward und der Morgen entstanden, da

leuchtete die Sonnenscheibe und der Himmel erglänzte", so

in Folge der Conjunktion.) Nach diesen Worten erscheint der König

geradezu als Sonne, die sich himmelwärts erhebt, um in eine neue

Conjunktion einzutreten. Ähnlich wird das Verb [Hieroglyphen] in den as-

tronomischen Texten gebraucht. In der kleinen Inschrift (e) an dem Ober-

schenkel der Himmelsfigur im Grabe Ramses VI (s S. 145, Taf.) heißt es

mit Bezug auf den geflügelten Käfer [Hieroglyphen] der Frühlingsgleiche:

[Hieroglyphen] er durchbricht die Lenden seiner

Mutter, der Himmelsgöttin Nut, er läßt sich emporsteigen gen

Himmel". Bisweilen tritt an Stelle von [Hieroglyphen] die gleichbedeuten-

de Variante [Hieroglyphen] sich zum Himmel erheben", wie in dem,

mit vorigen ganz analogen Beispiele [Hieroglyphen]

[Hieroglyphen] er geht auf an der Himmels-

göttin, zwischen ihren Lenden, als große (erwachsene) geflügelte

Sonnenscheibe (der Sommerwende) von lauterem Golde und er

erhebt sich himmelwärts auf den Händen der Isis und Neph-

„thist von Edfu " (D.T.J. 86,3). Entsprechend heisst er im Pap. d'Orbiney (19,2) von dem Tode eines Königs, der ja stets als eine Sonne, [Hieroglyphen], gedacht wurde, [Hieroglyphen], „seine Majestät flog „gen Himmel." Es wäre interessant zu wissen, ob die Anspielung auf die Sonnen-Conjunction [Hieroglyphen] bei dem Datum des Todestages Königs Thotmosis III. eine blosse Redensart war, oder ob eine solche thatsächlich um den 30. Phamenoth stattgefunden hat. Annähernd wenigstens liesse es sich berechnen. Da am 28. Epiphi in einem unbekannten Jahre seiner 53 jährigen Herrschaft ein Sothisaufgang gefeiert und kalendarisch vermerkt wurde (s. S. 363, C), so würde in demselben Jahre auf den 24. März jul. der 30. Phamenoth gefallen sein. In der Zeit des Königs (um 1600 v. Chr) trat die Frühlingsgleiche am 4. April ein, astronomisch berechnet. Die Daten, wie man sieht, liegen nicht zu weit auseinander. Eine ähnliche Verbindung eines Sonnenlandes unter dem Titel der [Hieroglyphen] „grossen Reinigung" mit einem Sterbetage habe ich oben S. 448 nachgewiesen. Man hat nur nöthig die in D.T.J. Taff. 22 u. 23 und die von mir in Ä.Z. 1874, 140 fll. besprochenen Inschriften einer näheren Prüfung zu unterwerfen, um die Ueberzeugung zu gewinnen, dass die darin fast in poëtischer Weise geschilderte Reinheit des Himmels in Zusammenhang mit den Sonnenländen gedacht ward. Zum Ueberfluss lasse ich die darauf gleichfalls bezügliche Darstellung folgen, welche sich am Architrav über dem Haupteingange zum Vordersaal des Tem-

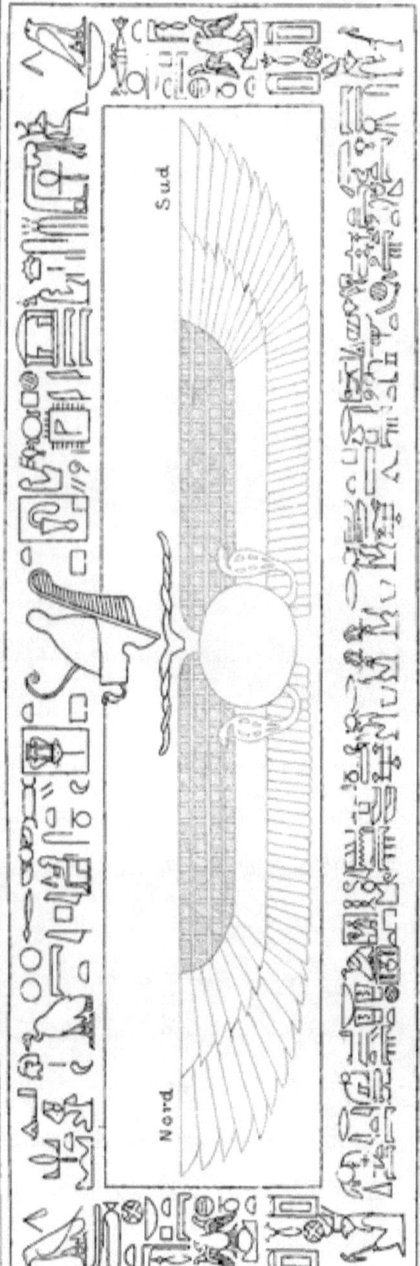

piel von Dendera befindet (s. neben-
stehende Abbildung). Die 4 Sonnenstände sind darin als besondere
4 Sonnen angedeutet und in der
untersten Linie ist die Klarheit
und Reinheit des Himmels ganz
besonders hervorgehoben.

Der Himmel ist, wie häufig
in den Texten durch die Synonyma 𓈗𓏤, 𓊖, 𓈖, 𓅓𓏤 pt,
pt, hrt, bât, hä-âb (letzteres Wort "aus der Reinigung
bedeutend") wiedergegeben, während die Reinigung oder die Reinheit desselben durch die Verba
𓃀𓈖 uäb und 𓈖𓏤 (also wie in
der Tholmosis-Inschrift), um,
"Klarsein" angedeutet ist. Dieser
stehen die Vorstellungen 𓈖
ämte, 𓈖𓏤 śnä, 𓈖𓏤
hätu, 𓈖𓏤 âgp gegenüber, an
welche sich der Sinn von Regen

Sturm, Unwetter und trüber Wolke [...].

Die Sonnenstände an den 4 Hauptpunkten des Jahres sind in den Inschriften, welche das Bild der geflügelten Sonne umrahmen, nach folgender Anordnung vertheilt:

[Diagramm mit umrahmender Inschrift um die geflügelte Sonne:]

1. āpi-špš, die Sonne der Sommerwende
4. Xpi-ntr, die Sonne der Frühlingsgleiche
2. die Sonne der Herbstgleiche
3. die Sonne der Winterwende

Die Sonne der Winterwende (3) führt hierbei die Bezeichnung [Hieroglyphen] „der Sperber mit ausgebreitetem Flügelpaar auf der südlichen Seite", die der Herbstgleiche (2) [Hieroglyphen] „Der Sperber etc. auf der nördlichen Seite", wobei die Analogie mit den oben S. 374 f. gelieferten Darstellungen aus der Ptolemäer Zeit in die Augen springt. Auch darin ist von dem Horus [Hieroglyphen], Var. [Hieroglyphen] Xnt-ätr-ris, auf der Südseite" und dem entsprechenden Horus [Hieroglyphen], Var. [Hieroglyphen] Xnt-ätr-ut (oder nt), auf der Nordseite" die Rede. Die von mir S. 431 angezogene Figur [Hieroglyphe] zum symbolischen Ausdruck der Herbstgleiche findet durch diese Bemerkung einerseits eine Bestätigung, andererseits eine Erweiterung ihres Sinnes. Sie stellt den Sonnenstand in dem unteren Zeichen des Thierkreises dar.

Zuvor noch eine Bemerkung. Auch bei den Sternaufgängen findet sich derselbe Ausdruck ⌐ uâb wieder. Bereits in den Astronom. Texten S. 170 habe ich nachgewiesen, wie in den Verzeichnissen der Stern-aufgänge im Grabe Ramses VI. die Bezeichnung ⌐ uâb für den sonst maset genannten Spätaufgang einer Sternbilder an einer Stelle eintritt. Das Fest musste demnach eine noch weitergehende astronomische Bedeutung haben.

Der kalendarische Stand der 4 Sonnenpunkte am Anfang der Bildung des sothischen (Normal) Jahres d. h. um das Jahr 3285 v. Chr; ist bereits oben besprochen worden. Sie befanden sich der Reihe nach am Anfang der 4 Trimester des äg. Jahres, vom 1. Thoth (20. Juli) an gerechnet, an welchem die Sommerwende und der Sirius-Aufgang zu gleicher Zeit eingetreten waren. Der Kalender von Esne hat die Erinnerung daran treu bewahrt und die alte Bedeutung der darauf bezüglichen Feste durch den Zusatz O. Sommersonne besonders markirt. Aber indem sie als nominal-Tage in den Kalender, dessen alexandrinische Jahresform fest steht, einge-führt wurden, fanden sie ihren Platz nicht an den kalendarisch entsprechenden Tagen des alex. Jahres, sondern behielten die Stellung an den Nominal-Tagen des alten Sothis-Jahres bei, wie die nachstehende Uebersicht es am besten zeigt:

Altägypt. nominal Tag	jul. Tag	alex. Tag, jul.	Sonnen-stand	Fest-Bezeichnung
1. Thoth	20. Juli	29. August		"Neujahrsfest" (Sommerwende)
1. Choiach	18. October	27. November		"Fest Kihak" (Herbstgleiche)
1. Phamenoth	16. Januar	25. Februar		"Aufhängung des Himmels" (Winterwende)
1. Payni	16. April	26. Mai		Exodeia des Gottes Chnum ... (Frühlingsgleiche)

Das altäg. Jahr ward demnach wie ein _wandelndes_ Sothisjahr angesehen, in welchem die Feste und astron. Epochenfeiern innerhalb einer Sothisperiode sämmtliche Tage des Jahres durchliefen; indem sie alle 4 Jahre nur einen Tag zurückgingen, wobei der Stand desselben im Jahre 25 v. Chr (1 Thoth = 29 Aug) dem Kalender von Esne zu Grunde gelegt wurde. Eine gleiche Bewandtniss hatte es mit den Kalendern von Edfu und von Dendera. Die besondere Schwierigkeit liegt darin, die Feste und Epochenfeiern des alten Sothisjahres in ihrer Eigenschaft als _Stimmaltage_ wiederzuerkennen und von den jüngeren zu trennen. Die Kalenderreformen, von denen uns aus späteren Epochen nur das kanopische und das alexandrinische Jahr vorliegen, waren in erster Linie aus der Nothwendigkeit hervorgegangen, die in Folge des Vorrückens der Gleichen veränderten Sonnenstände, Jahreszeiten (Anfänge und Mitte) an ihre richtige Stelle zu versetzen, wobei das Wandeljahr in einer bestimmten Epoche die besten Dienste leistete, näh-

und das Mondjahr von den ältesten Zeiten an zu Hülfe [illegible]
wurde, um dieselben Punkte (ähnlich wie [illegible]
Kalendarisch in jedem einzelnen Jahre zu [illegible]. Jedes [illegible]
jahr basirt auf dem Schema des altersten [illegible] [illegible] und
die jedesmaligen Verschiebungen waren [illegible], [illegible]
gleichartiges mit gleichartigem dazu [illegible] dass Sonnen
punkte und Jahreszeiten Anfänge [illegible] in die Epoche
von Sonnenpunkten und Jahresze[iten] [illegible] Anfängen [illegible],
wobei in einer Reihe von Fällen der Mond [illegible] wie bemerkt, das
genauere Datum in dem jedesmaligen [illegible] [illegible] bestimmte
Das bestätigen ja auch die Alten. Nach Plinius [illegible] der [illegible]
an dem Neumonde nach der Sommerwende, in [illegible] an
fangen und Vettius Valens lässt [illegible] den Beginn des Jahres
vom Neumonde vor dem Sirius-Aufgange rechnen (s Lepsius
Einleitung S. 158). Diese Vergleichung der verschiedenen Kalen
der daten des Sonnen- und Mondjahres aus den verschiedenen Epochen der Geschichte Aegyptens in einem bestimmten Reformjahr,
zu bereitet der richtigen Erkenntniss der Nominal-Tage die gröss
ten Schwierigkeiten, wie ich es an einem besonders lehrreichen
Beispiele nachweisen will

    In den Inschriften von Dendera ist häufig von dem Geburts-
tage der Isis-Hathor am 4. Schalttage die Rede, wobei diese

Zeitpunkt durchgehend die sonderbare Benennung führt:

[Hieroglyphen]

„die Nacht des Jünglings in seiner Lagune" Ich habe S 102 ff. woselbst sich verschiedne interessante Varr. für diese Gruppen vorfinden, die Uebertragung: „d. N. des Kindes in seiner Wiege" vorgeschlagen, welche eben so zulässig sein dürfte. [Hieroglyphen], wie ich oben S 406 gezeigt, hat aber eher die Bedeutung von <u>Jüngling</u> und besonders auch des <u>Sonnen-Jünglings</u> zur Zeit der <u>Frühlingsgleiche</u>. (In einer Darstellung in den theb. Gräbern der Königinnen s. Ch N D. I, 394, zeigt sich derselbe in der Gestalt [Figur] unter der Bezeichnung [Hieroglyphen] „<u>Horus in seinem Jünglingsalter</u>, der <u>große Gott</u>.") Dieselbe Bezeichnung des Sonnengottes der Frühlingsgleiche, nur mit der Variante [Hieroglyphen] hier an Stelle von [Hieroglyphen], beider Jüngling bedeutend, [Figur] findet sich in dem hier Pap. I, 346 des Museums zu Leiden. Derselbe, der S.hrift nach dem ersten Jahrh. v. Chr. angehörend, führt als <u>Namen</u> nicht der 4, sondern des 5 Schalttages, des Geburtstages der Nephthys, die Gruppen auf: [Hieroglyphen] „der <u>Jüngling in seiner Lagune</u>", mit Bezug auf den Schlupfwinkel der Isis inmitten der schilfreichen Seen von Buto, in welchem die Göttin ihren heranwachsenden Sohn Horus verbarg, um ihn den Nachstellungen des Typhon zu entziehen (f. BDG. 150, 901, 1329. Es ist der [Hieroglyphen], „Jüngling," der

selber, welcher in der S. 397 citirten Inschrift als [hieroglyphs] „schöner Jüngling am Anfange des Jahres" aufgeführt wird, der ja gleich
nach dem 4. oder 5. Schalttage eintrat. Im ältesten Sothiskalender
fand sich die Frühlingsgleiche unter dem Datum des 1. Payni (16.
April) notirt, also an demselben Nominaltage, welcher später den
Jahresanfang (d. 19/20. Juli) des kanopischen Jahres bezeichnete.
Zwei Tage früher, am 29. Pachon (17/18. Juli Kanop) fiel der 4. Schalttag, an welchem dem Kal. von Dendera zufolge die (nominale)
Frühlingsnachtgleiche Statt gefunden haben wird. Thatsächlich führt der Kalender v. Edfu den 15. Mond der Pachon als (wandelnden) Tag der nominalen Frühlingsgleiche an, denselben welchen König Ramses III am 26. oder 30. Tage desselben Monats feierte, alten Gebräuchen folgend. Kal. v. Edfu macht zu dieser
Feier der Frühlingsgleiche den Zusatz [hieroglyphs] „ein grosses Fest
„im ganzen Lande," grade wie die Inschriften von Dendera (cf. oben
S. 102) das Fest der Jünglings in seinem „Neste" durch den Zusatz
auszeichnen [hieroglyphs] „ein grosses Fest im ganzen Lande" oder
wie im Kal. v. Dendera, dafür geschrieben steht: [hieroglyphs] mit gleichem
Sinne. Der Kal. v. Edfu I läßt außerdem die Opfer dauern von
dem eingetretenen Vollmonde der Frühlingsnachtgleiche an [hieroglyphs]
[hieroglyphs] „bis zu dem Tage der Exodeia an dem Feste
der Gottesgeburt der tentyritischen Hathor hin" d. h. bis zum wirk-

lichen Aufgang des Sothissternes am 20. Juli; dessen Vorfeier als

[Hieroglyphen] »Ausführung der Gebräuchlichen für das Fes[t] der

»Gottesgeburt« (sc. der Hathor-Sothis) in dem Kal. aufgeschildert wer-

den. Der röm. 1. Payni (¹⁰/20 Juli) ist der eigentliche Festtag der

Tentyritischen Hathor, dessen astron. Sinn verborgen liegt in dem Zu-

satze: [Hieroglyphen]. Auge des _Ra_, Auge des _Hur_, Auge der _Tum_« und

in der Holz: [Hieroglyphen]. das Auge des Horus ist mit seinem Nothwen-

digen versehen.« Die von diesem _Tage_ an beginnende, bis zum 30 Pay-

ni dauernde Illumination —[Hieroglyphen] _sḫt-ut_ »Erleuchtung«— in dem

Palaste des Königs und in den Tempeln, hörte also erst am ¹⁸/8 Aug.

(30. Payni röm.) auf. Im Pap. Sallier No IV (p 3) ist genau an dem-

selben Tage (17 Aug. = 29. Thoth) eine Illumination vorgeschrie-

ben mit den Worten: [Hieroglyphen] ... [Hieroglyphen] »Licht

[anzustecken] an diesem Tage. Zünde er nicht _mit der Hand an!_«

Wirklich nennt der Kal. von Edfu ein Instrument [Hieroglyphen]

mit welchem man durch Reiben von Holz Licht erzeugte: Bei den Al-

ten findet sich die Angabe, dass nach dem äg.(alex.) Kalender

am 19. Mesori, d. h. am 12. August, die Feier der λυχναψία oder der

Lichtanzündung stattgefunden habe. Die Daten, wie man sieht,

liegen nahe aneinander. In dem (alex.) Kalender ist unter dem 30.

([Hieroglyph] _hru äg_) Mesori d. i. 23. August (= 26. Thoth im soth. Kalender)

das [Hieroglyphen] »Lichtanzünden« vermerkt, also wiederum an einem Tage, der in dieselbe Epoche fällt. Alle diese Angaben bezeugen das Princip der Umwandlung astron. Daten von dem einen in den andern Kalender, wobei das alte Sothisjahr das Grund-Schema bildete.

Die Monate

Die 12 Monate des äg. Jahres, nebst den dazu gehörigen Schalttagen, waren ursprünglich bestimmten Gottheiten geweiht, deren Feste – meist astronomischen Inhalts – am Anfange oder an einem andern Tage der einzelnen Monate eintraten und in feierlicher Weise begangen wurden. Die bezüglichen Namen der Monats-Gottheiten gaben zugleich Veranlassung zur Bildung eponymischer Bezeichnungen der 12 Monate und 5 Schalttage, wie sie am häufigsten in den Inschriften der ptolemäisch-römischen Epoche auftreten. In der letzteren fanden zugleich Umwandlungen der älteren Namen statt, neue Benennungen traten an die Stelle derselben, zum Theil begründet durch die Verschiebung der Jahresanfänge in den Reformkalendern des kanopischen und alexandrinischen Jahres. Die beistehende Uebersichtstabelle (s. S. 472–473) enthält eine Zusammenstellung der verschiedenen eponymischen Bezeichnungsweisen der Monate und Schalttage in der Epoche der Ramessiden, der Ptolemäer und der Römer.

Die 6 Monate der ersten Jahreshälfte

Folge	Griechisch-Koptischer Name	Tanitische Eponyme Gottheit		Edfu Eponyme Gottheit		Papyros Ebers	Ptolemäisch-römische Epoche
		Bild	Name	Bild	Name		
1.	Thôth, Thôyth		Tx.i		Tx.i	Tx.i	Tx-ḥb (S. 373) Sx̄-ḥb, Tx (S. 393), Ḥb-Tx, ☉ (↓ MD II, 26, a)
2.	Phaôphi		Pth-tp, ānḥ		mnx	mnx.i	Ãri-ḥb (S. 289), Ãn-ḥb, Ḥb-ān (S. 312), Ḥb-n-api (S. 315), Ḥb-api± (S. 318)
3.	Athyr		Hathur		Hathur	Hathur	Hathur-ḥb, Ḥb-Hathur (S. 330)
4.	Choiak, Choiake		Sx.t		Khtk	KhK	Khk-ḥb, KhK (S. 312), Ḥb-KhK (S. 325), Ḥb-KhK (S. 386, ẞ)
5.	Tybi		Xnm		Sf-bte	Sf-bt	Sf-bt (S. 285, 40), (S. 266, 12), (S. 307)
6.	Mechir, Mechir		Rkh-ur		Rkh-ur	Rkh	māxiar (S. 373), Rkh-ur, Rkh-ur (Dor. III/5)

Die 6 Monate - der zweiten Jahreshälfte

Griechisch Koptisch Name	Ramessinum — Eponyme Gottheit		[Edfu] — Eponyme Gottheit		Papyros Ebers	Ptolemäisch-römische Epoche
	Bild	Name	Bild	Name		Epoche
7 Pharmuti		R'h-n'ts		R'h-n'ts	Rh	[RKh-n's A.]
8 Pharmuthi		Rnutt		Renn	Rnutt	H'b-Rnutt
9 Pachon		Xnsu		Xns	Xnsu	H'b-Xnsu
10 Payni		Xnti		Hur-Xnt / Xrtil	Xnt-Xt	(S. 257, 60); H'b-ànet; (S. 278)
11 Epeip Epiphi		ànt (oder Ipsin)		ànt	Ant-hnt	H'b-àpi; H'b-àpit (S. 290); àpi-h'b; àpi-hnts; H'b-àpi-hnts (S. 267); H'b-hnts
12 Mesori Mesore		Ra-Hor-Xuti		Ra-Hor-Xuti	urt-mpt (S. 266, 16)	H'b-tp; Tp-h'b; up-mpt-h'b

Die Seite 401 besprochene Inschrift erwähnt nach den Feiern der [Hieroglyphen] „Anfänge der Jahreszeiten" sofort die entsprechenden Feiern der [Hieroglyphen] „Anfänge der Monate." Daß dieselben im Laufe der Jahre sich nicht mehr an ihrem richtigen Platze befanden, sondern in Folge der veränderten Stellung der Sonnenstände, der Nilepochen, der wandelnden Mondphasen und der Kalender-Reformen verschoben waren, wird folgende Uebersichtstabelle am besten beweisen. Als maasgebend bleibt aber stets der sothische Nominaltag. Die betreffenden Monatgottheiten sind wahrscheinlich in folgender Inschrift unter einem gemeinschaftlichen Namen aufgeführt: [Hieroglyphen] „der Himmel trägt die beiden Leuchten, die Sonne und den Mond. Die Dekan-Sternbilder sind in ihrem Gefolge. Der Herr des Jahresanfanges gilt als Erster; für sie Osiris ist als Orionstern. Die heilige Sothis ist als guter Schütz (? Anfang?) Die Göttin Apet hält den grossen Bären gefesselt (sf. ÄW.1203). Die lebenden Sterne (Planeten) sind an ihren Stellen. Wohl angeordnet sind die Synaoi-Gottheiten in ihren Monaten. Die grossen Erscheinungsformen der Lichtgötter befinden sich jenseits." (Grosf. Hof in Edfu, innere Süd-Seite.) Der Text bezieht sich auf eine grössere astronomische Darstellung an zwei gegenüber stehenden Wandseiten, wie sich eine solche thatsächlich im Pronaos von Edfu (Oberer Rand) vorfindet.)-

Monatstage	Monats-Feste	Soth. Tag	Kanop. Tag	alex. Tag
19. Thoth	„Fest des Thot" (Alt. Kal.)	7. August		
20 Thoth	„Texu-Fest" (Kanop.)	8. August	10. November	
14 Phaophi	„Amon in seine Art" (Esne)	1 Septbr.		11 Oktbr
15 Phaophi	idem (cf. S. 363, 6)	2. Septbr		
19. Phaophi	idem (cf. S. 364)	6. Septbr.		
1. Athyr	„Fest der Hathor" (D)	18. Septbr	21. Dcbr.	
id.	„Fest der Sxt" (Es.)	id.		28 Oktbr
29. Athyr	„Exodria der Hathor" (Ed.)	16 Oktbr	18 Januar	
1. Choiak	„Fest der Hathor" (cf S. 364)	18 Oktbr.		
id.	„Fest KhK" (Es.)	idem		27. Novbr
20. Tybi	„Fest Sf-bet" (D)	6 Dcbr	10 März	
1. Mechir	„Aufhängung d. Himmels" (Sall IV)	17 Dcbr		
9. Mechir	„Fest der großen Gluth" (Ed.)	25 Dcbr.	29. März	
21. Mechir	mäxiär (Ed.)	6 Januar	10 April	
1. Phamenoth	„Aufhängung des Himmels" (Ed. Es.)	16 Januar	20 April	25 Februar
7 Tybi (sic)	„Fest der Nut" (Ed.)	23. Novbr	25 Februar	
1. Pachon	„Fest der Renut" (Es.)	17. März		26. April
19. Pachon	„Exodria des Knô" (Ed.)	4 April	7. Juli	
29. Epiphi	„Fest Ihr Maj. (Anut, Es.)	13. Juni		23. Juli
1. Mesori	idem (D - Ed.)	15. Juni	17. Septbr	

... auf neben den Monaten des Wandeljahres, das seinem Ursprunge nach mit dem Sonnenläufen in Verbindung steht, ein (älteres) Mondjahr mit seinen Mondmonaten kalendarisch verwerthet wurde, habe ich an einer Masse von Beispielen gezeigt. Die S. 276 aufgestellte Liste liefert den Beweis, dass die Mondmonate nach den Namen des laufenden Monate eines betreffenden Wandeljahres benannt werden, während die Mond-tage ihre eigenen eponymischen Benennungen führten, die in den Listen S. 46-49 vorliegen.

Die Bedeutung der Mondtage ist bisher gänzlich unterschätzt worden. Nach meinen Auseinandersetzungen darüber dürfte kaum mehr ein Zweifel über ihren Einfluss auf die alltäg. Kalendertage aufkommen. Hierin liegt aber grade die Schwierigkeit bei den Untersuchungen über das altägyp. Kalenderwesen verborgen. Die wandelnden Mondtage feierten gewisse Hauptepochen im Laufe eines Wandeljahres auf Grund der sothischen Jahresform, hoben also die Unsicherheit der Kal. Bestimmungen nicht auf, sondern vermehrten sie im Gegentheil. Je nach den einzelnen Cultus Stätten wurden gewisse Mond-tage bevorzugt, um in jedem Wandelsmonate des Jahres als besondere Feste gefeiert zu werden. S. 311 befindet sich das Verzeichnis der thebanischen Mondtagsfeste in den Zeiten Ramses III. Thotmosis III hatte die [Hieroglyphen], 24 Feste der [Hieroglyphen]. Neumonde und 6. Monats des laufenden Mondjahres als derartige Feiern aufgestellt (s. § 362) Gegen Ende seiner Regierung, zur Zeit der Abfassung der sog. statistischen Tafel von Karnak, hatte er dieselben durch zwei neue Mondtage (den [Hieroglyphen] und [Hieroglyphen] genannten, s. S. 363, 6–7 und Rec. I, 44, 17–18) vermehrt. Nach den (ptolem.) Nomoslisten (s. BDG. S. 1363 und 1371) ward im Nomos XII., dem von Theben [Hieroglyphen], an Tage „jeder 2. Monde" der Gottheit ein Fest gefeiert, desgleichen in On-Heliopolis dem Sonnengotte (vgl. [Hieroglyphen]) an 6., 7. und 15. Monde, „die zugleich, wie in der Inschrift aus Kanosis III. Epoche (s. 311) [Hieroglyphen] Feste des Himmels zu ihrer Zeit" genannt worden. In der grossen Horus-Inschrift (BDG. 1386 fl.), welche den Gott mit allen Gottheiten der Nomen Aegyptens assimiliert, heisst es vom Könige [Hieroglyphen] „er führt dir zu die Metropolis der heliopolitischen Nomos mit ihren Opfern. Sie huldigt dir an jedem 6. Monde." Als Horus von Lykopolis in U. Äg. wird der Gott angerufen: [Hieroglyphen] „du beseitigst die Wehklage und lässt aufhören die Trauer, wenn du aufgehst am 26. Monde." Auch in Kanopus (Lin. 29) ist die Rede von [Hieroglyphen] s-uäb snm, nach dem Griechen (Lin. 58/59 viel bedeutend als ἡ τοῦ πένθους ἀπόλυσις. Als Horus von Panopolis wird der Gott angeredet: [Hieroglyphen], du gehst auf am 8 und am 7/13 Monde." In einem Texte aus Dendera (Rec. III, 96,14) wird Osiris von Panopolis in gleicher Weise angesungen:

[Hieroglyphen] „du bist ein feuriger Stier der

sich versteckt hat im 1. Monde und am Himmel hervortritt an jedem

2. Monde," — und so könnte ich nicht aufhören ähnliche Beispiele

aufzuführen um die allenthalben und zu allen Zeiten sich

geltend machende Bedeutung des Mondes und seiner Phasen

in kalendarischen Bestimmungen durch schlagende Beweise

zu erhärten. Neben der Sonne erscheint der Mond als durch-

gehender Faktor bei den kalendarischen Festansätzen und

in sonstigen Berechnungen.

<u>Die fünf Schalttage</u>

Den eigentlichen Jahresschluss bildete das [Hieroglyphen] ärq-renput-

hb „Jahresschlussfest" (s. oben S. 231), welcher „das Ende des Jahres" [Hieroglyphen]

[Hieroglyphen] pht-renput (s. S. 348) bezeichnete und somit den letzten Tagen des

Mesori angehören musste. Nach dem Kalender von Esne fand am 30.

dieser Monate die [Hieroglyphen] 5te Tag oder Lychnapsia statt (s. S. 470),

während im Grabe des Nfr-htp (18 Dyn.) derselbe Tag als [Hieroglyphen]

[Hieroglyphen] „Mesori, letzter Tag, Tag der nächtlichen mesi-Feier"

entgegentritt. Die letztere, auch [Hieroglyphen] mesit-hb geschrieben (s S.

243,5) wurde nach einer Inschrift (Sharpe II. 18) durch Opfer [Hieroglyphen]

[Hieroglyphen] „in der Nacht der mesit vor dem Gotte

Unn-nfr" feierlich begangen. Das dem Andenken des Osiris-

(Unn-nfr) diese Epoche geweiht war, bezeugt die Angabe

im Kat. v. Edfu (S. 372, 28) [Hieroglyphen] . mesor,
„ letzter Tag am Brandopfer; ir Osiris an seiner Stätte; als Anfang."
Am nächstfolgd. Tage, dem ersten Schalttage oder dem Geb. urts Tage
der Osiris vollzog man [Hieroglyphen] „ die Bekleidung
der großen Götter An (= Osiris-Lunus) von Edfu und seiner Göttin
„ nannheit" (s. S. 373, 16–19). Die letztere nahm bereits am 30. Mesori,
dem [Hieroglyphen] hb- mng; ihren Anfang (s. b. b. 9). ja in dem Königs-
fest-Saal von Dendera erscheint bereits [Hieroglyphen]
[Hieroglyphen] „ der 2¹. Mesori (als) Fest der Empfangnahme des Zeuges für
„ den Gott Ra - Har - santau, den Herrn von Tentyra." Ein besonderes heiliges Buch enthielt die Vorschriften über die Feier des
Jahresschlusses, unter dem Titel [Hieroglyphen] , „Buch
„ vom Jahresschluss - Feste." Dies führt Pap. I, 346 zu Leiden ausdrücklich auf und unterscheidet es von dem [Hieroglyphen]
[Hieroglyphen] „ 1. Buch der fünf überschüssigen Tage des Jahres" grade wie in
der oben S. 231 aufgeführten Inschrift von Beni-Hassan die Feste
[Hieroglyphen] „ des Jahresschlusses" und [Hieroglyphen] „ der fünf über-
„ schüssigen (Tage) des Jahres" von einander gesondert werden.
   Die Bezeichnung der fünf Schalttage geht bis in die Zeit der
12ᵉ Dyn. (vielleicht selbst bis in die der 11. Dyn.) nachweislich
zurück. Sie lautet in den verschiedenen Epochen der äg. Geschichte übereinstimmend, in älterer Zeit: [Hieroglyphen] (S. 362),

[Hieroglyphen] (S. 332), [Hieroglyphen] (231), V. kxu empt. „die 5 überschüssigen (Tage) des Jahres", später [Hieroglyphen], [Hieroglyphen], [Hieroglyphen] (nach Edfu u. Dendera) „die fünf überschüssigen Tage des Jahres" oder kürzer: [Hieroglyphen] (L.) „die überschüssigen Tage des Jahres," oder gar nur [Hieroglyphen] (rBHJ, 57) „die Jahres überschüssigen." Es sei noch bemerkt, dass die Zählung der 5 Schalttage als überschüssige Mesori-Tage bewiesen wird durch das merkschriftliche Datum (Zeit der 21. Dyn.): [Hieroglyphen] V. Monat Mesori, 5 Schalttage, „Tag der Geburt der Isis (d. i. 4. Schalttag) gleichzeitig mit dem Feste Amons am Neujahrstage" (s. meine Reise nach der Oase, Taf. 22, lin. 9). Die numerischen und eponymischen Bezeichnungen der einzelnen fünf Schalttage sind der Reihe nach folgende. Unter den Varianten bezieht sich L. auf den oben angeführten Pap. I, 346 aus Leiden, D. dagegen auf die Schreibungen derselben in den Säulen-Inschriften des offenen Tempels auf dem Dache der Tempels von Dendera.

Verzeichnis der 5 Schalttage.

Folge	Numerische Bezeichnung [Hieroglyphen]		Varianten	nach dem Kalender
1.	[Hieroglyphen] „Fest der Erden"	[Hieroglyphen] „Geburt d. Osiris"	[Hieroglyphen] (o) [Hieroglyphen] (α)	[Hieroglyphen] „Unglücklich" (L)

2	[Hieroglyphen] II.Tag 2	[Hieroglyphen] . Geburt des Horus	[Hieroglyphen] . Geburt des Hor-Râ (O) [Hieroglyphen] . Geburt des Hor-uer (L)	
3	[Hieroglyphen] III.Tag 3	[Hieroglyphen] . Geburt der Set	[Hieroglyphen] (L) [Hieroglyphen] (s Dg. S.1363.XIX)	[Hieroglyphen] . Unglückstag (L)
4	[Hieroglyphen] IIII.Tag 4	[Hieroglyphen] . Geburt der Isis	[Hieroglyphen] (L) [Hieroglyphen] (MD.IV.270) Laqum . schöner Tag des Jünglings in seiner…	[Hieroglyphen] . schöner Fest für Himmel und Erde
5. oder	[Hieroglyphen] IIIII.Tag 5	[Hieroglyphen] . Geburt der Nephthys	[Hieroglyphen] (II) [Hieroglyphen] (L)	[Hieroglyphen] . Unglückstag (L)

Die 5 Schalttage galten im allgemeinen als keine besonders glückliche Tage. In einer Ptolemäer-Darstellung im Tempel der Thebanischen Localgöttin Apit von Theben, wendet sich die letztere an den König mit den Worten: [Hieroglyphen], sie bewahrt vor allen Schäden, die an den 5 Schalttagen vorkommen." Der Pap. Leid I,346 bezeichnet wirklich den 1. 3. und 5. als [Hieroglyphe] d. h. Unglückstage und durch ein klassisches Zeugniss (Plut. Is. et Os. cap 12) wird bestätigt, dass der 3. Schalttag von den Königen als ein Unglückstag angesehen ward, an dem sie weder Geschäfte vollzogen noch für die eigene Pflege etwas thaten, bis zur Nachtzeit hin. Historische Daten,

mit Ausnahme der oben mitgetheilten, in welchen Schalttage zur
Datirung verwendet worden wären, sind mir nicht bekannt. Bemerkenswerth ist es jedoch, dass in dem S 362 auszüglich mitgetheilten
Texten aus Siut (11. Dyn?) die Nacht des 5. Schalttages als die
Nacht des Neujahrstages gezählt wird: [Hieroglyphen]
„von den 5 Schalttagen der 5., die Nacht des Neujahrstages.“ Mit
ihr begann die Feier der [Hieroglyphen] s͗tt tka oder der Lychnapsia, welche nach derselben Inschrift am 18. Thoth endete. Nach dem Sothischen Kalender umfasste sie also die Zeit vom 19. Juli bis 6. August.
Im Kal. v. Esne erscheint der 30 Mesori (sothisch = 14. Juli) wieder
nur als Nominaltag während die im Sayou (Kanop 19. Juli
bis 17. August) stattfindende Illumination, wie sie im Kal. von
Edfu No I überliefert ist, die Umwandlung der alten Sothistage
in die entsprechenden der Kanop Jahres verräth. Ich habe bereits erwähnt, dass bei den Römern der 19 Mesori (alex.) d. i.
der 12. August als Lychnapsia notirt stand. Wie man sieht stellt
auch dieses Datum die (alex.) Umwandlung der alten Nominal
Sothistages dar. In Theben, so scheint es, waren die fünf Schalttage mit Osiris festen verknüpft. Dies geht aus dem Priestertitel
eines gewissen Horsiesis hervor, der in seinem Todtenbuche (gegenwärtig im Museum zu Berlin) u a genannt wird: [Hieroglyphen]
[Hieroglyphen] 1 der heilige

„Vater der Götterbarke des un-nfr (d. i. Osiris) in seinem Naos und der sie herausholt an den 5 Schalttagen." In dem Kanop. Kalenderjahre fielen die Schalttage und der Tag des Jahresschlusses auf die letzten Tage des sothischen Monats Pachon (25.–30.), in welchem der Mondstand eine so bedeutende Rolle bei der Fixirung der (alten) Frühlingsgleiche, des Sonnen-Jünglings  nxn spielte und in welchem, nach dem Ausdrucke des Kal. v. Esne: 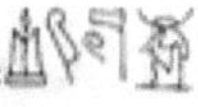 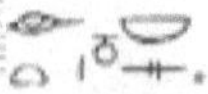 der Gott Šu-Thot das Auge seinem Besitzer zurückbringt (wegen  ān als Var. von  in der ptol. Epoche s. Br. WS. 81). Letzterer Ausdruck, eine mythologische Umschreibung für den Eintritt der Frühlingsgleiche, findet sich im Todt. cap. 17, 26 ff wieder. Ich lasse die Stelle auf Grund besserer und älterer Redactionen nachstehend folgen:

„Es hat in Ordnung gebracht der Osiris (N. N.) die Störungen an dem heiligen Auge in der Epoche seiner Leiden. Was soll das heissen? Das heilige Auge, nämlich das linke des Lichtgottes Rā, sobald es sich in seinen Leiden befindet, nachdem er (Rā) es von sich gelassen hat, dann also bringt Thot die Störungen an ihm in Ordnung, so dass er (Thot) es seinem Besitzer (Rā) heil

und gesund zurückgiebt, ohne irgend einen Schaden daran. — [Andere

Redaktion: Sein Auge nämlich es ist krank weil es über sein zweites

(Auge) weint. Da heilt es Thot und der Osiris (N.N.) sieht wieder. —]

„Das ist nämlich der Lichtgott Rā, welcher gestern an dem Schei-

„tel der Himmelsbrücke Meh-uart geboren wird." Auch in einem

auf den Osiris von Eileithyiaspolis bezüglichen Texte ist die Rede

von [Hieroglyphen] „Auge der Sonne [Hieroglyphen]" in seiner Zeit seiner Leiden"

(cf. Rec. III, 42, 4). Die Handlung des [Hieroglyphen] „Zurückbringens der

„linken heiligen Auges (des Mondes) verschaffte dem (heilenden)

Gotte Thot, [Hieroglyphen], [Hieroglyphen] (Ȧ), [Hieroglyphen] (àstn), oder welcher ausserdem seine

Namen sind, den (astron.) Titel einer [Hieroglyphen], varr. [Hieroglyphen] àn-utat

„Bringers des (Mond)-Auges" d. h. des linken Auges des Rā, zur

„Zeit der Frühlingsgleiche. Bei der Feier derselben vertrat der regie-

rende König die Stelle des Gottes Thot. Zu den Gebräuchen dabei gehör-

te das Loslösen der Siegelerde und des Siegels an der Thür eines Naos.

So werden bei einer solchen Gelegenheit dem Könige Ptolemäus IV. in

Edfu (cf. v. BHJ 42) die Titel gespendet: [Hieroglyphen]

[Hieroglyphen] „Ebenbild des Thot, des Bringers des heiligen Auges zu seinem

„Besitzer und des Stellers des leuchtenden Auges an seinen Platz,"

und [Hieroglyphen] „Erbe

„der Götter àstn, welcher in den rechten Stand versetzt das Horus-Auge

» für seinen Besitzer, welcher es entreißt aus der Hand des es Schädigen-
den (_Set_ - Typhon), welcher das göttliche Auge an seine Stelle einsetzt
» und den Horus mit seinem Auge wieder vereint – also ganz ähnlich,
wie im Kal. von Esne unter dem 1. Thoth oder dem Neujahrstage
bemerkt wird: [Hieroglyphen] . es findet Gott
_Su_ (d. i. Thot) das Horus-Auge in der Hand des _Set_, er entreißt es [ihm
.........]." Dem Könige werden darauf l. l. die Worte in den Mund gelegt: [Hieroglyphen] . ich
» habe beseitigt die (Siegel-) Erde und gelöst das Siegel. Ich reiche
» das Auge seinem Horus (oder: Herren). Ich bin ein Thot, welcher
» bringt das Auge seinem Besitzer, welcher vereint den Horus mit seinem
» Auge." Diese und ähnliche Ceremonien, welche dem _sothischen Monate Pachon_ angehörten, wurden, wie gesagt, auf das Ende des
Kanop. Pachon übertragen, und daher vom 4. _Schalttage_ (= $^{29}/_{30}$
Pachon Kanop.) genau dasselbe bemerkt, was die zuletzt aufgeführte
Inschrift erwähnt. Ich lasse den darauf bezüglichen Text nach der
Sublimation in DD. Taf. 44 folgen, mit Correctionen kleiner Fehler, welche offenbar dem Zeichner zuzuschreiben sein dürften, im Uebrigen
aber an der Hauptsache nichts ändern. Die Inschrift gehört
der Epoche Ptol. XIII Neos-Dionysos um (81 - 85 vor Chr.) Der König,
so heißt es in der 2. Col., ist eingetreten in den Tempel, in Begleitung eines Priesters, » offen stehen die beiden Thüren an der

„verborgenen Kammer des Reinigungshauses an dem
4. Schalttage. Beseitigt wird die Erde des Riegels
und der Byblosstreifen mit dem Siegel an dem
Naos am Tage [?] Knum-ānχ, es zeigt sich ihr
(der Göttin Hathor) schönes Angesicht und
man sieht das Bild ihrer Person." Die Bezeichnung 𓏏𓏤𓇳 Knum-ānχ bezieht sich sonst auf
die 12. Tagesstunde, hat aber, nach meiner Kenntniß der Texte, nichts mit einem bestimmten
Kalender-Tage zu thun. Ich vermuthe daher,
daß im Originaltexte 𓉐𓇳 . Naos der
Knum-ānχ" (♀ an Stelle von ♂) steht. So lautete nämlich einer der Hauptnamen der Ten-
tyritischen Hathor (s. Astron. Inschr. S. 102), obgleich die fehlenden

Zeichen der Göttin ⊙ am Schluß auffallen.

Die Einwirkung des sothischen Kalenders auf einen Nominaltag
des kanopischen Jahres wird durch ein verwandtes Beispiel erwiesen, welches sich dem vorhergehenden anreiht. Auch hierin
wird die Handlung der Bringens der Auges 𓂀 mit aller Deutlichkeit auf die Epoche der Schalttage und des Neujahrs bezogen.
In dem nachstehenden Texte (nach BH J 57 publ.) bezeugt Ptolemäus XII dem Horus von Edfu durch eine Reinigungs spende von

Nilwasser eine Beobachtung und zwar, wie er sagt: [Hieroglyphen] … und die zu heiligen an den Schalttagen, an welchem die Himmelsgöttin Nut ihre Kinder geboren hat, ebenso am Tage des Neujahrsfestes, an welchem Râ aus der Lotosknospe in dem grossen See heraustritt. Gleich danach fügt er hinzu: [Hieroglyphen] ich bin Gott ā (d. h. Tot?), der das heilige Auge seinem Horus (oder Herrn) zurückbringt, nachdem es fortgenommen hatte der Verderber (d. h. Set-Typhon). Es hält nicht schwer hierin fast Wort für Wort dieselben Formeln wiederzuerkennen, welche sich auf das Nehmen und Bringen des Auges beziehen und in den oben erwähnten Inschriften bereits aufgeführt sind. Das Heraustreten des Lichtgottes Râ, in Verbindung mit dem Oeffnen seiner beiden Augen, aus einer Lotosknospe am Neujahrstage ist ein beliebtes Thema der Inschriften in Dendera. Man vergleiche folgende Beispiele: [Hieroglyphen] d. i. unn rā uta-tif m Ȟt-taui nȟb m trā nag-f. es öffnet Râ seine Augen inmitten der Lotos zur Zeit seiner Aufwärtsfliegens (DBg D XII, 3–4) und [Hieroglyphen] es öffnet Râ (?) seine Augen inmitten des Lotos zur Zeit seiner Aufwärts-fliegens aus dem Urgewässer (t. b. VIII, 8).

Die Dekaden oder zehntägigen Wochen

Wie Lepsius bereits nachgewiesen hat (Einleitung S. 133) bezeichnet der hieroglyphische Ausdruck ⊙∩ "Tage 10" oder "Dekade" die zehntägige Woche der Aegypter. Im Demotischen wird dieselbe Bezeichnungsweise für jene Epoche angewendet. In der oben S. 401 mitgetheilten In-schrift aus den Pyramiden-Zeiten werden unmittelbar nach den [hieroglyphs] "Anfängen der Jahreszeiten" und [hieroglyphs] "Anfängen der Monate", die [hieroglyphs] "Anfänge der Zehner" d. i. der Dekaden als geeignete Fest-Epochen für die Todtenopfer aufgeführt. That-sächlich tritt in den Inschriften fast aller Zeiten die combinirte Gruppe [hieroglyphs] *tp hru mit nb* "das erste jeder Deka-de", demotisch entsprechend benannt [hieroglyphs] d. i. [hieroglyphs] *hât hru mit nbt* "Anfang jeder Dekade" (cf. Rhind-Pap. I, 6, 5) entgegen, unähn-lich unserem Sonntage, den auf den ersten Tag jeder zehntägigen Woche fallenden Feiertag derselben zu bezeichnen. Man bringt Opfer den Göttern an diesem Feiertage dar, z. B. dem Osiris auf Philae [hieroglyphs] "am ersten jeder Dekade" (s. S. 109). Der Anlage des aus 365 Tagen bestehenden Wandeljahres entsprechend mussten die Anfänge der 36, bezüglich 37 Dekaden beim Jahresbeginne abwechselnd auf den 1. und auf den 6. Tag des Monats Thoth fallen. Auf den S. 184 bespro-chenen Denkmale des Louvre beginnt daher die schematisch durch-geführte Dekadenreihe mit der Dekade vom 1-10. Thoth, während

die letzte die Epoche vom 21–30 Mesori umfasst. Die darauf unmittelbar folgende musste demnach mit dem 1. Schalttage beginnen und
mit dem 5. Thoth abschliessen.

Der Zusammenhang zwischen den 36, resp. 37 sogenannten Dekan-
gestirnen, deren Aufgänge im Laufe eines jeden Kalenderjahres
in 10tägigen Zwischenräumen beobachtet und notirt wurden und
den „Anfängen der Dekaden" ist bereits in den „Astronomischen
Inschriften" näher beleuchtet worden. Nach den in Edfu und
Dendera befindlichen astronomisch-kalendarischen Darstellungen
und die Verzeichnisse der Dekaden mit ihren den Dekansternbil-
dern entlehnten Sternen nach Gruppen zu je drei (also 30 Tage
umfassend) angeordnet, an deren Spitze eine besondere Gottheit als Dominus stand. Ich verweise darüber auf S. 18 ff. des „Thesaurus". Nicht nur die Seelen der Gottheiten, sondern auch die Seelen der Verstorbenen dachte man sich nach ihrem Tode nach dem
Himmel versetzt und mit den Dekanen am Anfange jeder Dekade aufgehend. Wie es in Dendera von Osiris heisst [Hieroglyphen]
[Hieroglyphen] „göttlich geworden (d. h. periodisch wiederkehrend,
s. oben S. 410) ist seine Seele unter den Sternen immerdar aufgehend als Orion" (s. S. 83), so wird einem Verstorbenen zugerufen:
[Hieroglyphen] „du bist unter den Sternbildern der 36 Dekane
(s. S. 17). Die Sphäre des Himmels, welche die Dekane umfasste,

war wie eine geographische Zone, nach dem obusten Aegyptens, in [Hieroglyphen] „36 Nômen" eingetheilt und jeder Dekanstern wohnte in seinem [Hieroglyphen] „Hause" (l.l.) Isis Sothis z. B. [Hieroglyphen]. „sie tritt strahlend heraus aus ihrem Hause am Tage der Neujahrsfestes" (S. 106), oder sie [Hieroglyphen] „kommt hervor aus ihrem Hause am Anfange einer jeden Dekade" (ibid.) Die Redensart [Hieroglyphen], oder in späterer Zeit [Hieroglyphen], [Hieroglyphen], per-r-ha, pr-ā u-ha, (später [Hieroglyphen] an Stelle von [Hieroglyphen] pr), „heraustreten, hervorkommen" von den Aufgängen der Dekansterne gesagt, war gradezu eine stehende geworden und auf den Aufgang der Götter- und Menschenseelen im Himmel in der Zone der Dekane übertragen. [Hieroglyphen] „es gehen dir auf die Sterne am Anfange jeder Dekade", liest man im Ramesseum (s. S. 87) Eine Exodeia der Göttin-Isis-Bast am 30. Athyr (S=17 Octbr, Al. = 25. Novbr) ist verbunden mit der Angabe [Hieroglyphen] „heraustretend am Anfang jeder Dekade" (s. S. 385,5), ähnlich wie im hal. v Esne bei einem Feste der Isis am 5. Schalttage (S. 19 Juli, Al. 28 August) vermerkt steht [Hieroglyphen]. „erscheinend am An-fange einer jeden Dekade." Da in der Nacht des 5. Schalttages, in der 11. Stunde derselben, der Sirius aufging, so ist die Beziehung auf den Neujahrstag deutlich. Auch in dem oben mitgetheilten Texte aus Siut (s. S 362) findet eine Lychnapsia statt am [Hieroglyphen] „5. Schalttage in der Neujahrsnacht."

Das meist(?) stehende Fest wird gefeiert, wenn der Sirius am 1 Thoth
(d. h. also nicht am 6.) aufgeht. Aehnlich am 30 Athyr d. h. 1 Choiak:
wenn der Sirius-Stern an diesem Tage aufgeht und also am
Anfange irgend einer Dekade steht. In dem Rhind-pap. I (6, 5)
wird einem Verstorbenen gleichfalls zugerufen [Hieroglyphen]
»du trittst heraus am Anfang jeder Dekade,« demotisch [Zeichen]
d. i. [Hieroglyphen] ON mit gleicher Bedeutung. Im Demotischen ist das
Wort [Zeichen] hāt. Kopt. ϨΗ (femin. gen.). initium, principium (z. B. in
ϨΗ Ν̀ϢⲰⲘ, Anfang vom Sommer) häufigst Vertreter einer älteren [Zeichen], [Zeichen] tp, eigentlich Kopf, dann überhaupt die Spitze, den
Anfang bedeutend. Im Dekret von Canopus erscheint dasselbe
Wort (Lin. 44) ausserdem in der Verbindung [Zeichen] d. i. [Hieroglyphen] hāt
mrit »Anfang des Jahres,« als Uebertragung des hierogl. [Zeichen] Neujahrsfest.« Auch in einem Texte in Edfu ist einmal die Rede:
[Hieroglyphen] »beim Eintreffen des schönen Zeitpunktes des An-
»fangs des Jahres,« also ganz wie im Demotischen. Andrerseits
wird im Dekret von Canopus die Gruppe [Zeichen] im Sinne von Geburtstag
(die Genethlia)   des regierenden Königs gebraucht und
demotisch übertragen durch [Zeichen] d. i. [Hieroglyphen] hu-ms. Tag der Geburt
(Lin. 7). Es wirft diese Uebertragung ein helles Licht auf den Ursprung des Monatsnamens Mesori, Mesore, dessen Bezeichnung
als [Zeichen] (s. oben S. 473). den Monat msu-rā als den. der Geburt der

Sonne" erkennen läßt.

ANHANG
Die Zeiten des Periplus

Nicht selten erscheint in den Daten des äg. Kalenderjahres ein Fest ([Hieroglyphen] ḥb) bezeichnet als [Hieroglyphen] Xn - Fahrt (zu Wasser), oder wie es im Canopus griechisch übersetzt wird, Periplus. Das Wort ist abgeleitet von dem Verb [Hieroglyphen] Xn (BW. 1104, S. 933) "fahren", auch im activen Sinne so viel als das französische Transporter bezeichnend. Als religiöse Ceremonie bezieht sich das Fest einer Fahrt auf die Wasserfahrt einer Gottheit in ihrem heiligen Schiffe. Im Canopus wird eine im Monat Choiak stattfindende Feier dieser Art aufgeführt als [Hieroglyphen] Xn usiri, demotisch [Hieroglyphen] pXn usiri, wofür der Grieche " der Periplus des Osiris" einsetzt. Nach einer andern Stelle fällt dieser Periplus (von Herakleum aus nach Canopus) auf den 29. Choiak. Man versteht deshalb die Bitte an Osiris zu Gunsten eines Verstorbenen: [Hieroglyphen] " er möge gewähren " die Fahrt in dem heiligen Schiffe im Gefolge der grossen Götter " bei einem Periplus am Anfange des Jahres" (DKJ. 41, d) oder am Anfange einer besonderen Epoche des Jahres. — Im Pap.

Harris I (76, 1) werden die Ceremonien bei dem Begräbniß Ramses III.

mit den Worten ausgedrückt: [Hieroglyphen]

[Hieroglyphen] „man voll-

brachte ihm die Gebräuche des Periplus des Osiris in seinem Königs-

schiffe auf dem Strome und legte ihn nieder in seinem

» ewigen Hause.« Auch in dem hierat. Pap. T. 32 (aus römi-

scher Epoche) wird das Königsschiff genannt. Gleich

hinter dem Datum eines Amon-Festes am 19. Phaophi

wird der Verstorbene angeredet: [Hieroglyphen]

[Hieroglyphen]

[Hieroglyphen] „du siehst das Königsschiff für den Peri-

» plus bei der Aufwärtsfahrt. Es ist das Gottes-Schiff wie die

» Sonnenbarke SKTT. Du sitzest in seinem Schiffe unter seinen

» Matrosen, wann sich zeigt eine Majestät nur zu schauen

»..........,« letzteres mit Bezug auf einen bestimmten Sonnen-

stand gesagt (cf. Kal. v. Esne, col. 14-15). Auf dem Obelisken

vom Lateran zu Rom wird erwähnt, daß Thotmosis III. ein

herrliches Schiff gebaut habe, um den thebanischen Gott

Amon in sich aufzunehmen [Hieroglyphen] » bei seinem

» Periplus am Anfange des Nil« (d. h. der Ueberschwemmung,

(cf. ÄZ. 1864, 38), d. h. in jener Epoche, welche in den älteren Tex-

ten (cf. oben S. 238 fl.) bezeichnet wird als [Hieroglyphen]

„das Empfangen des Nils" (šsp-itr). Man könnte versucht

sein hierbei an das Kopt. ϣⲛ̄ⲧⲱⲣⲓ, ϣⲛ̄ⲧⲱⲣⲉ „geloben, verlo-

ben" zu denken und darin den Ursprung des heutigen Nilfestes

der Vermählung des Nils zu finden, am 67. Tage nach der

Nacht des Tropfens (s. oben S. 334). Man weiss, dass noch heute

zu Tag die aus Erde gebildete Braut des Nils in den Fluss ge-

stürzt wird. In der Inschrift von Beni-Hassan (S. 232) ist

denn auch der Periplus verbunden mit diesem Feste: [Hieroglyphen]

[Hieroglyphen] „Periplus-Fest, Empfängniss des Nils." Auf dem Rücken

einer Statue aus Saïs fand ich in den Inschriften erwähnt [Hieroglyphen]

[Hieroglyphen] „den feierlichen Periplus ihrer Majestät" (sc. der Göttin

Nit). Da der Ausdruck [Hieroglyphen] „Fest ihrer Majestät" eine eponymi-

sche Bezeichnung des Monats Epiphi ist, so liegt es nahe, an

das in dem kleinen Kalender von Dendera erwähnte Fest des

Periplus an der Neomenie der Epiphi zu denken. Es heisst

dort: [Hieroglyphen] „Epiphi, an

„der Neomenie, Exodeia dieser Göttin, der Herrin von Den-

„dera (nach Edfu), um ihr schönes Fest des Periplus zu feiern." Dauer dessel-

ben [Hieroglyphen] 4 Tage (DBD. 15, 31 f.) Nach dem grossen Kal. v. Dend.

war der Tag dieser Neomenie ein wandelnder sogenannter [Hieroglyphen]

[Hieroglyphen] „Coincidenz-Festtag." In dem Kalender von Edfu No II ist

der Tag genau fixirt. In der Epoche seiner Abfassung traf der

stenmond der Epiphi ein [Hieroglyphen] im Mesori, Tag 1. am
„Feste ihrer Majestät" (alex. = 17 Epiph r. S. = 15. Juni). Im Kalender
von Esne steht verzeichnet unter dem Datum [Hieroglyphen]
[Hieroglyphen] Epiphi, Tag 29. Fest der Götter an dem Feste ihrer Majestät"
(alex. = 23. Juli) Da das letztere Datum dem Aufgangstage des
Siriustages (20. Juli), dem alten Jahresanfange, nahe liegt,
so ist es klar, dass zur Zeit der Abfassung der Kalender der Neumond der Epiphi auf den 29. Tag gefallen war und die Stelle
beim Vettius Valens (s. Lepsius Einl. 153), dass viele den Anfang
des Jahres vom Neumonde vor dem Siriusaufgange rechneten, erhält eine sehr zutreffende Bestätigung.

Seltner, und fast nur mit Bezug auf Osiris, wird der Ausdruck [Hieroglyphen] Xn für den Periplus durch das gleichbedeutende
Wort [Hieroglyphen], [Hieroglyphen] ta, tai ersetzt. Am häufigsten erscheint es
in der Verbindung [Hieroglyphen] (S. 236), [Hieroglyphen] (S. 240, 21, aus Saïs),
[Hieroglyphen] (S. 243, 7, aus Saïs), [Hieroglyphen], [Hieroglyphen] (S. 243), [Hieroglyphen],
(S. 244) u. s. a. „der Periplus der Götter" sc. Osiris. In Saïs befand
sich neben dem Tempel der Nit das Grab des Osiris und dabei ein See, auf welchem die Aegypter nach Herodot's Zeugniss
(II, 170) Nachts die Darstellungen der Leiden der Götter, die sogenannten Mysterien, veranstalteten. Die letzteren fielen in
das Ende des Monats Choiak. Der Text von den Mysterien-

der Osiris auf dem Dache des Tempels von Dendera (s. ÄZ. 1881, 92 § 22)
beschreibt eine ganze Reihe von Schiffen, die am 22. Choiak zu einer
nächtlichen Feier (Lychnapsia) hergerichtet wurden.

In dem nachstehenden Verzeichnisse finden sich nach den
Denkmälern die Festtage übersichtlich vereint, an welchen ein bestimmter Periplus im Laufe des Jahres statt fand. In dem bereits erwähnten hieratischen Papyrus aus römischer Zeit zu Leiden (T. 32, col. 3, 4) erscheinen sie unter dem gemeinsamen Namen der [Hieroglyphen] „Tage eines Periplus"; wie gleich darauf
die Monatsfeste (s. oben S. 474) gemeinsam angeführt werden als [Hieroglyphen] „Tage der Feste der Synnaoi-
Gottheiten."

aeg. Tag	im sidh. Jahr	im Kan. J.	im alex. J.	Periplus	Fest
8. Phaophi	21. August	28. Novbr	5. Octbr	[Hieroglyphen]	Periplus dieser Götter (Ed. II).
9. . .	27. . . .	29 . .	6. . .	[Hieroglyphen]	idem (Ed. II).
1. Athyr	18. Septbr	21. Febr	28 . .	[Hieroglyphen]	[Hieroglyphen] (ÄZ. 19, 29 fC.)
30. Athyr	17 Octbr	19 Jan	26 May	[Hieroglyphen]	Exodeia u. Periplus des H[Hieroglyphen] (Ca.
29. Choiak	am Win-tersonnen-gang / 5 Novbr	17 Febr	Winter-wende / 25 Dec		Periplus des Osiris (Can.)

Tybi	Novbr	Februar	Sextr		(Inschriften)
1.	17.	19	27		[Hieroglyphen] (or nḥs-ḥr n·s) · [Hieroglyphen] (Ss.)
4.	20.	22.	30.		[Hieroglyphen] (Ss.)
5.	21.	23	31		[Hieroglyphen] (El-Kab)
7.	23.	25.	Januar 8.	[Symbol]	[Hieroglyphen] (Ed. I) Ptol. – Ankunft der Isis aus Phönizien. [Symbol] (NMH, 16.2/3, 17,5)
9 / 15.	25. Novbr / 1 Decbr	27 Febr. / 5. März	4 / 10	[Symbol]	[Hieroglyphen] (Ed. I) 5. März, [...]
16.	2.	6.	11.		
17.	3.	7.	12	[Symbol]	[Hieroglyphen] (Ed. II) · [Hieroglyphen] (van.)
18.	4.	8.	13.	[Symbol]	idem (van.)
19.	5.	D / 9.	14	[Symbol]	Ankunft der Hathor (?) [Hieroglyphen] (Ss.) · [Hieroglyphen] (3) · [Hieroglyphen] (Ed. I), idem (van.)
20.	6.	10.	15.	[Symbol]	[Hieroglyphen] (CND. 2,264) · [Hieroglyphen] (s. S. 307) · [Hieroglyphen] (Ss.) · idem (D) · idem (Ed.)
21.	7.	11.	16.	[Symbol]	[Hieroglyphen] (Ed. II) · idem · idem (D) · idem (Ed.)

22.	8	12	17				
23.	9	13	18.				
24.	10.	14.	19.				
25.	11.	15	20			(Ed. I)	
26.	12.	16.	21.				
27	13	17	22.				
28.	14.	18	23.			(Ed. I)	(D)
					(Ss.)		(Ed. I)
29.	15.	19.	24.			(CND, 2, 264)	idem
					(Ss.) idem	(D)	(Ed. I)
30.	16.	20.	25			(CND, 2, 264)	idem
Mechir					(Ss.) idem	(D)	(Ed. I)
1.	17.	21.	26.			(Ss.)	idem
					(Ss.) idem	(2)	(Ed. I)
2.	18.	22.	27.				idem

3.	9.	23.	28.	[Hieroglyphen]	zu lesen … = Ed I; = idem
4.	20.	Frühlings-gleiche 24.	29.	[Hieroglyphen]	[Hieroglyphen] (Ed I) — (zu lesen = Ed I; = idem)
5.	21.	25.	30.		
6.	22.	26.	31.		[Hieroglyphen]
7.	23.	27.	Februar 1.		
8.	24.	28.	2.		[Hieroglyphen] (zu.) „Fest der Hit"
9. Winterwende	25.	29.	3.		[Hieroglyphen] (Ed I) „Fest der grossen Gluth"
21.	Januar 6.	April 10.	15.		„Fest des Starken" [Hieroglyphen] (Ed I), [Hieroglyphen] 2) [Hieroglyphen] (Ed c). Feier wie die am 19. Phar...
22.–30.	7.–15.	11.–19.	16.–24.	9 Tage	[Hieroglyphen] (Ed I)
14 Payni	29 April	1. Aug.	8 Juni	[Hieroglyphen]	Periplus der Hathor von Āḵn (Eg.)
Neumond Epiphi	10. Mai / 15 Juni	18. Aug. / 17 Septbr	23 Juni / 25 Juli	[Hieroglyphen]	Periplus der Hathor von Tentyra (D)
19. Epiphi	3 Juni	5 Sptbr	13 Juli	[Hieroglyphen]	Periplus des Knum v Esne (Es).

Die Mehrzahl der Feste eines Periplus fällt hiernach in den Monat _Tybi_

und in die ersten Tage des flg. Monates _Mechir_. Besonders war es

ein Periplus der Hathor im Monat _Tybi_, der so bekannt sein mußte,

daß ihn der kleine Kal. v. Dendera ohne Angabe des Tages aufführen

konnte als Kalender Datum nur als □□□□□ . Monat _Tybi_,

Fest des _Periplus_ dieser Göttin" (DÜD 14, 30). Ihm entspricht offenbar

der 9. oder 15. Tybi im Kal. Edfu № I. nach Kanop. Rechnung der

27. Februar oder 5. März. Der letztere Tag (alex. = 9. Phamenoth) be-

zeichnete nach einer römischen Ueberlieferung das _navigium_

Isidis," während der erstere dem 7. Tybi nahe liegt, welchen nach

Plutarch (Is. et Os. cap. 50) die Aegypter "die Ankunft der Isis

aus Phoenicien" benennen, und an welchen sie das Bild einer

gefesselten Flusspferdes auf die Opferkuchen setzen. Deutliche

Spuren dieser Tradition haben sich in zwei Inschriften erhal-

ten. Die eine; im Tempel von Dendera (DÜg D. 15, 17 fl) befind-

lich; lautet wie folgt:

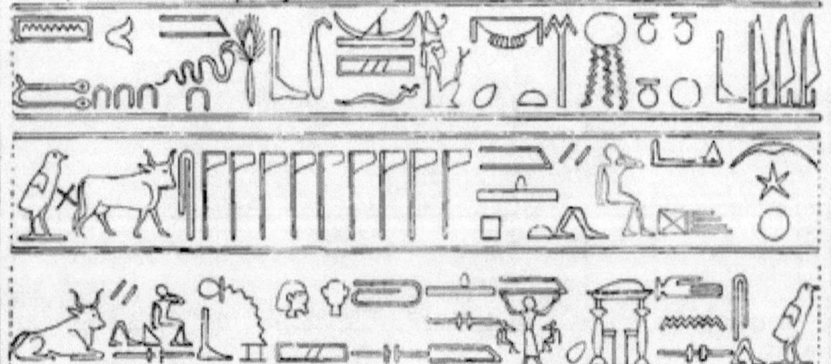

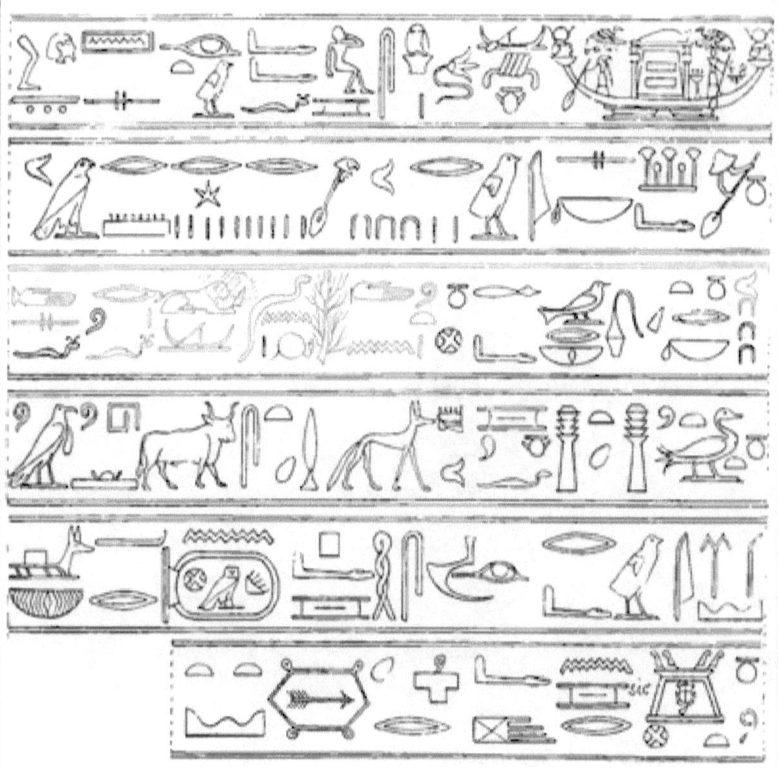

„d. h., es leuchtet auf die wie Gold leuchtende Göttin Hathor im Monat
„ Tybi. am $\frac{1}{2} + \frac{1}{10} + \frac{1}{30}$ des Monats (also am 19. Tage desselben). Sie voll-
„ zieht ihre glückliche Ankunft. Ihre Neungötter sind in ihrer Um-
„ gebung. Hat sie von ihrem Tempel freudig Besitz genommen,
„ so ruht sie in seinem Innern über dem heiligen See und sie
„ tritt wonnigen Herzens in die heilige Barke ein. Zeigt sich ihr
„ Vater, der neue Nil, so vollzieht man ihr das Gebräuchliche eines
„ Periplus. Der Anfang (desselben) ist nämlich der $\frac{1}{2} + \frac{1}{10}$ (d. h. der

(8. Aug), das Ende der $\frac{1}{5} + \frac{1}{10}$ (d. h. der 8. Aug) bis zum $\frac{1}{15} + \frac{1}{30}$ (d. h. 4. Tag)

„ der Monats Mechir hin dem großen Festtage dieser Stadt, nachdem

„ Ausspruche des Rā, der aus seinem eigenen Munde hervorgezo-

„ gen und an seine geliebte Tochter statt gerichtet war: Bei der An-

„ kunft ihrer Majestät in Buhen auf dem Gebiete von Eileithyias-

„ polis, cf 13 Dg. 211) lasse man sie schauen den Nil von Aegypten

„ und alle wunderbaren Erzeugnisse von Ta-m-rā (Aegypten),

„ wegen der Absicht (sic), dass sie ihren Rücken Asien zeige."

In der mittleren Daten dieser Texte liegen im Originale oder

in der Publication offenbare Fehler vor. Was sicher fest steht, ist der

19. Tybi; als Erscheinungstag der Göttin und der große Localfest-

tag der 4. Mechir als Ende ihrer Periplus. Eine ganz entsprechen-

de Angabe enthält die zweite Inschrift, im Kalender von Edfu

№ I (cf. S. 369, col. 10), woselbst die erhaltenen Worte lauten: „am

9. und 15. [Tybi] Fest der Herrin von Dentyra, ebenso vom 19. bis

21. Tybi, Fest einer Periplus dieser Göttin, welche auf dem See erscheint

und daselbst in [ihrer heiligen Barke] ruht. Auszuführen alles

„ für den Periplus Gebräuchliche. Dasselbe zu thun vom 28. Ty-

„ bi an bis zum (4.) Mechir hin, (an welchen Tagen das Fest) ei-

„ nes Periplus dieser Göttin durch ihren Vater Rā derselben vollzo-

„ gen ward bei ihrer Ankunft in Buhen, um zu schauen den

„ Nil von Aegypten und alle wunderbaren Erzeugnisse von Ta-

– era. Bei ihrer Erscheinung wendet sie dem äußersten Asien den
. Winter zu ": " Schlusstag des Cyclus, am Thebener ist auch in
. dem Kal. v. älter als [Hieroglyphen] " sehr, sehr großer [...] " bezeichnet, an
welchem die Brand-Altäre mit Thieropfern belastet waren und die
Weiber tanzten, sprichen und sangen. Es hat nur im canop. Jahre
einen Sinn, denn es ist der Tag der Frühlingsgleiche des 24. März
(nach Eudoxus 25. März), um welche Zeit thatsächlich die Schiff-
fahrt auf dem Meere wieder frei wird. Seine astronomisch-Ka-
lendarische Bedeutung in den übrigen Kalendern ist weniger klar.
Im sothischen Jahre konnte es nur als Anfang des Winters gelten,
daher kann ein Freudenfest sein. Nach dem Kal. Sallier IV. war
wirklich der 14. Tybi (30. Novbr) der Tag der Klage der beiden Schwestern Isis und Nephthys über den gestorbenen Osiris, dessen Be-
stattung [Hieroglyphen] samta nach den Kal. Angaben im Grabe Nfr-ḥtpˀ,
am 22. Tybi (8 Decbr) vollzogen ward, d. h. am Tage des Wintersan-
fanges des ältesten Sothisjahres, 40 Tage vor der Winterwende (am
1. Phamenoth). Im canop. Jahre erscheint unter dem Datum des
30. Choiak (can. = 18 Februar) [Hieroglyphen] " jener Tag der Be-
stattung des Osiris" (Osiris-Mysterien Text v. Dendera), bezieht
. sich aber hierin auf die Zeit unmittelbar vor dem Anfange der
. Frühlings. Man sieht aufs Neue, welche Vieldeutigkeit die
alten Normalfeste des sothischen Wandeljahres je nach seiner

Stellung in einer bestimmten Epoche unterworfen waren. Selbst
die astronomischen Epochenfeste wanderten durch alle Tage des
Jahres im Laufe einer Sothis-Periode und wurden gelegentlich
fixirt, wie in dem canop. und alex. Kalender, wenn in einem
Wandeljahre zufällig die Sonnenpunkte mit älteren Epochen-
festen coincidirten. Ein derartiges Zusammentreffen, oder wie die
Inschriften es bezeichnen [Hieroglyphen] _sxn_ oder [Hieroglyphen] _sxn nfr_ „glückliches
Zusammentreffen" fand z. B. nach den Auslassungen des Dekretes
von Canopus statt am 1. Payni im 9. Jahre der Regierung des dritten
Ptolemäers (19/20. Juli 238 v. Chr.), an welchem [Hieroglyphen]
[Hieroglyphen]. der Tag der Aufgang des Sirius stattfand, das nach den heiligen Schriften sogenannte Neujahrsfest (Linie 18) und in welchem Monate auch [Hieroglyphen] gefeiert wurde
. das Fest der Eröffnung des Jahres der Göttin _Bast_ und die grosse Feier
. der _Bast_ [Hieroglyphen] . darum weil an
. demselben die Zeit des Einsammelns aller Früchte und das Steigen
. des Niler ist. Das bestätigt der Kal. Edfu 149 I grössten Theiles. Der
Aufgang des Sirius-Sternes, oder der tentyritischen Isis-Hathor-
Bast ist unter dem Datum des 1. Payni angedeutet mit den Worten
[Hieroglyphen] . Fest der tentyritischen Hathor, der
. Auge der _Rä_, des Auge des _Hur_, des Auge des _Tum_ von _Bubastis_,
wobei die beiden Feste in der Stadt Bubastus an wandelnden

Mondtagen versteckt liegen in dem Zusatze [Hieroglyphen] zu feiern
die beiden Tage ihres önä-Mondes (d. h. am 7. und am 23. Mondtage, s oben § 46 u. 48) in der Stadt Bubastus. Aber auch andere Er-
eignisse nicht astronomischer Natur konnten mit gefällig vielei-
cirenden Bögen einer bestimmten Wandeljahres in Verbindung gebracht werden. Nach demselben Canopus (Lin 23 fl) starb plötz-
lich im Monat Payni die Tochter Berenice Königs Ptolemäus III
Es heißt mit Bezug darauf [Hieroglyphen]
[Hieroglyphen] da sie unter die
Gottheiten versetzt wurde im Monat Tybi, dies aber der Monat
ist, an welchem vordem die Tochter des Râ nach dem Himmel ver-
setzt wurde, welche er (Râ) die Pupille und das Diadem an sei-
nem Angesichte benannte, weil er sie liebte", so solle auch der
Berenice (der Jungfrau, [Hieroglyphen], nach Linie 24, womit zu vergl.
[Hieroglyphen] das Fest der Jungfrau" am 7. Tybi nach Kal. Edfu I)
[Hieroglyphen] ein besonderes Fest und ein besonderer Peri-
plus gestiftet werden [Hieroglyphen]
[Hieroglyphen] im Monat Tybi, vom 17. Tage an und ausgeführt werden ihr
Periplus und die Ablösung ihrer Trauer in demselben von dem
Anfangspunkte an bis zum Ende des 4. Tages", d. h. also vom 17.
an bis zum 20. Tybi hin. Das sind aber fast genau dieselben Tage,
an welchen nach Kal. Edfu I. der Periplus der Göttin Hathor

von Tentyra im Monat Tybi statt fand: [Hieroglyphen] vom 19.
. an bis zum 21. Tage. Fest und Periplus dieser Göttin", wie es darin
heisst (vol. 9–10) Die Trauer um die Verstorbene Berenice, wie ich bei
dieser Gelegenheit bemerken will, wird auf der Tanis-Stele, nach
meiner Copie, durch [Hieroglyphen] ḥrt āt (Lin. 24) „große Trauer" ausgedrückt, wofür der demotische Text (78) einentsprechend einsetzt: [demotisch] ḥbi āt n θai θa . „die große Trauer
der Klage." Derselbe Ausdruck kehrt im Rhind-Pap. (XXV, l. 1 ff) wieder, wo dem Sterbetage des Mannes hinzugefügt ist: [Hieroglyphen]
[Kartusche] „eine große Trauer für den Kaiser." An einer anderen
Stelle (II, 3) wird dasselbe Wort gebraucht, beide male demotisch
übertragen durch [demotisch] ḥu bu ([Hieroglyphen]) „der böse
Tag" im Gegensatz zum [demotisch], ḥu nfr, [Hieroglyphen] ḥru ndr „ou
„den Tage" d. h. den der Geburt (l. c.) Ich glaube Dr. Krall (Stud. z.
Gesch. d. a. Aeg. S. 48, Note 2) hat einen philologischen Mißgriff
gethan, indem er diese Gruppe [Hieroglyphen] ḥrt āt mit dem alten
Feste [Hieroglyphen] prt ā „Fest der grossen Erscheinung (des Osiris) in
Zusammenhang bringt. Hier steht [Hieroglyphen] prt, dort [Hieroglyphen] ḥrt, beide
Wörter und damit auch die Feste haben nicht das Geringste gemein-
sam.

Um die Verwendung alter Kalenderdaten durch ein neues
Beispiel zu belegen, will ich zu den oben angemerkten Festen in

Bubastis am 7. und am 23. Mondtage der Payni) bemerken, daß in dem alten Kal. v. Esne beide Tage als *freie* Kalendertage verzeichnet stehen und zwar der eine am 16. Payni (alex. 10 Juni) als [Hieroglyphen] [Hieroglyphen] - Fest der Mehnet, Fest der Bast, zur Ruhe setzt sich Set, der andere, dem [Hieroglyphen] (s. oben S. 504). Reguläre-tage am Feste der Bast entsprechend, am 28. Payni (alex. 22. Juni) als [Hieroglyphen] Neujahrsfest, worauf am 30. Payni (alex. 24 Juni) wieder um ein [Hieroglyphen]. zur Ruhe setzt sich Set folgt. Die letztgenann-ten Tage bezeichnen den (alex.) Eintritt der Sommerwende während sie als Mondtage des anop. Payni in den Anfang des Herbstes fallen. In der grossen Nomenliste von Edfu (B Dg 1371, 18) stehen als Feste der Göttin von Bubastis (wo [Hieroglyphen] [Hieroglyphen]. die Seele der Isis als Bast ruht und hoch gefeiert wird in der hei-ligen Stadt, vf. l. l. 1367, 18) verzeichnet [Hieroglyphen]. 13. Phaophi, 13. Pachon und 18. Payni." Das letztgenannte Datum zeigt nur eine kleine Differenz mit dem in Esne notirten 16. Payni. Es dürfte von Interesse sein wahrzunehmen, daß auch sonst derartige Ab-weichungen selbst bei sothischen Normaltagen in den verschiedenen Kalendern auftreten. Nach Kal. Edfu I feierte man am 29. Choiak ein Hathorfest [Hieroglyphen] . an ihrem schönen Nhb-Ka-Feste, welcher alle übrigen Kalenderangaben 2 Tage später, am 1. Tybi, ansetzen. Ebendort ist der 1. Mesori der Tag für [Hieroglyphen]

„ das Fest ihrer Majestät, während dasselbe Fest in Esne unter dem 29. Epiphi, also wiederum 2 Tage früher verzeichnet steht. In dem kleinen Kalender von Dendera ist der 1. Thoth „Fest des Zeugers" genannt. In Edfu I heisst so der 4. Schalttag, in Edfu II. der 30. Mesori und in Esne der 1. Schalttag. Nach Edfu fällt „ das Fest der grossen Gluth, , oder das Monatsfest der Mechir, auf den 9. Tag desselben, während im Sallier der 1. Tybi (also gar 38. Tage vorher) der Tag „ der grossen Gluth, in Ruhe setzt sich das linke heilige Auge, ist. Nach dem eben Kalender fand die Feier der „ Aufhängung des Himmels", , am 1. Mechir statt, während sämmtliche Kalender dieselbe 30 Tage später, am 1. Phamenoth, ansetzen. Im Sallier ist der 13. Mechir (5. = 23 Decbr.) „ jener Tag des linken heiligen Auges der Sxt von Hisau", in Esne ist der 6. Mechir (alex. 31. Jan) „ der Festtag des Horusauges, das ist nämlich Sxt, während, wie es den Anschein hat, dasselbe Fest in Edfu I unter dem 4. Pharmuthi (c. = 23. Mai) angemerkt steht als „ Fest der Sxt, das ist das Horusauge". Im Sallier ist der 13. Choiak (5. = 30 Octbr.) , der Tag „ der Verwandlung [sc. des Osiris] in den Bennu-Vogel," nach dem oben (S. 327) besprochenen Texte war als Kalender-

Tag dafür der 26. Choiak (ули. = 22. Dec.) angesetzt. Diese
und ähnliche Beispiele lehren, daß, ganz abgesehen von umgewandelten Daten, astronomische Verhältnisse die einzelnen
Feststellungen der Kalendertage beeinflußt haben müssen.

Der kleine Kalender von Dendera

(nach D B Z. XIV, 29 ff.)

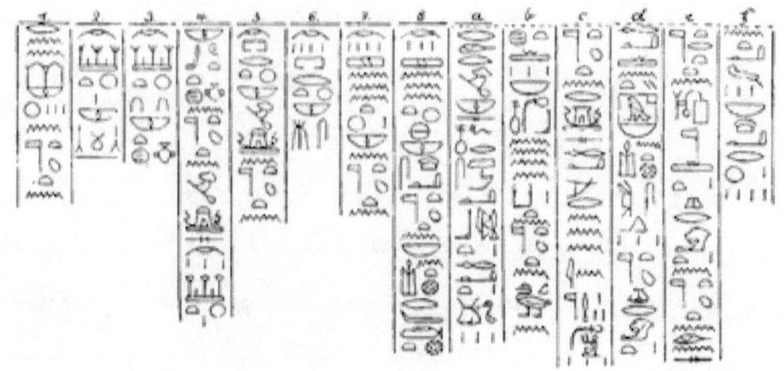

1. Verzeichniß der Festtage dieser Göttin

2. Thoth 1 — Fest des Zeugers (Neujahrsfest).

3. Thoth 20 — Fest - Tx. (Nilfest).

4. 2ter Tx - Fest dieser Göttin und ihr Periplus den 1. Athyr (Herbstfest)

5. Tybi — Fest und Periplus dieser Göttin (Winterfest).

6. Pharmuthi — Fest der Gottesgeburt. (Frühlingsfest).

7. Mesori 1 Fest dieser Göttin (Sommerfest).

8. Epiphi, Neomenie - Exodeia dieser Göttin, der Herrin
von Tentyra, nach Apollinopolis magna (a) um anzutreten

„ ihrem schönen festlichen Spiegel. Ein grosser vollkommener Opfer (b)
„ wird dieser Göttin dargebracht, so bald sie in ihr (c) heiliges
„ Schiff (Namens) Āment einsteigt, durch die vornehmsten Pro-
„ pheten und Priester (d) der tentyritischen Hathor. Die
„ Diener der Göttin befinden sich vor (e) dieser Göttin und
„ der Hierogrammat, vor dieser Göttin, sorgt (f) dass ihr
„ alles Gebräuchliche bei dem Feste bis zum Tage 4 aus-
„ geführt werde." (Anfang des Sommers).

<u>Die Sonne der Frühlingsgleiche als</u> [Hieroglyphen] „Jüngling"
Der Lichtgott <u>Rā</u>, unter allen seinen Neben-Namen wie <u>Āmon-rā</u>,
<u>Knum-rā</u>, <u>Sebek-rā</u>, <u>Xim-rā</u> u. a. m. regiert eben die Welt und
regelt den Lauf der natürlichen Erscheinungen im Himmel
und auf Erden durch seine beiden Augen, das rechte (die
Sonne) und das linke (den Mond). Er ist nach einer Inschrift im Tempel von Esne, <u>Knum-rā</u> [Hieroglyphen]
„ leuchtend als <u>Sonnenschein</u> und strahlend als <u>Mond</u>", oder wie
er in Theben am <u>Xonsu-Pylon</u> genannt wird: [Hieroglyphen]
[Hieroglyphen] „ der aufgehende Sonnenschein bei Tage, der die
„ Welt erleuchtet, und der Mond bei Nacht." In der Oase von <u>Hi-
bis</u> (s. meine Reise nach der Oase Taf. 16, 29. 33) heisst er: [Hieroglyphen]
[Hieroglyphen] „ Amon, die Seele, in seinem rechten

„Auge in seiner Sonnenscheibe am Himmel bei Tage, und wiederum

[Hieroglyphen] Amon

„die Seele, in seinem linken Auge, der Mond bei Nacht, der Regent
„der Gestirne, welcher scheidet die Jahreszeiten, die Monate u
„die Jahre." In einem andern Texte erscheint dieselbe Licht-
gottheit als [Hieroglyphen]
[Hieroglyphen]
[Hieroglyphen] Xonsu, der erste und große

„Kind Amons, der schöne Jüngling (die Frühlingsgleiche), der liebens-
„würdige, der sich wieder verjüngende Lichtgott Rā in Theben, der
„Sohn seiner Tochter Rubit .... ein Kind am Morgen, ein Greis
„am Abend, ein verjüngter schöner Jüngling an einem Jahres-
„zeiten Anfang, welcher kommt als Kind [am 2. Mondtage]
„nachdem er gebrechlich geworden [am 15 Monde], welcher wie-
„der holt die Geburten (d. h. Aufgänge) gleichwie die Sonnen-
„scheibe (Konsu-Pylon, Karnak). Das ist derselbe schöne Jüng-
„ling oder der Stand der Augen" (Sonne und Mond) der Lichtgötter zur Zeit der Frühlingsgleiche, der in Ombos (s. (?) ND. I, 636)
als localgott Sebek-rā unter dem Titel erscheint: [Hieroglyphen]
[Hieroglyphen] I. der schöne Jüngling am Anfang einer Jahres
„(oder Jahreszeit), der Mond, welcher leuchtend strahlt als Auge.
In Dendera befindet sich an der Aussenwand des Tempels die

Darstellung des mitteläg. Amon-râ, begleitet von den Bildern der Göttinnen Muet und Bast und ihres Kindes Hur-ḥeknu. Der Gott heißt in dem dazu gehörigen Texte: [Hieroglyphen] Amon-Râ, Herr von Sam-ḥud, ein grosser Gott in Tentyra, "der sich periodisch verjüngende Gott, das Kind Er selber, der leuchtende Râ-Hur als schöner Jüngling (Sonne der Frühlings-gleiche) das ist der verborgene Gott, dessen Name verborgen ist und der bunt geflügelte Horus, der hervortritt an der oberen Hemisphäre von Edfu, der Herr des Doppelhimmels." In einer Randinschrift, die sich auf denselben Gott bezieht, führt er ausserdem bedeutungsvolle Bezeichnungen [Hieroglyphen] es ist der herrliche Gott, als Herr der Stadt der nordischen Tentyra, als schöne Sonnenscheibe am Tage der Blosslegung der Erde bei der Verbergung seines Leibes." Der Tag [Hieroglyphen] d. i. [Hieroglyphen] un- oder ân-Taui ist oben (S. 308) besprochen.

Im Kal. v. Edfu № I heißt der 12. Thoth (S. 31. Tibi, K. 2. Novbr) [Hieroglyphen] hru ân-taui. Er trat ein einen Tag vor dem [Hieroglyph] "Anfang einer Jahres" (oder: einer Jahreszeit), am 13. Thoth, d. h. dem Anfange der Saatzeit, wenige Tage nach der Herbstgleiche, von welcher an die Tage immer kürzer zu werden anfangen und die Sonne ihren Leib gleichsam verbirgt." Nach der grossen

Namenliste von Edfu (s. B. d. g. 1371, ad XVII) ward das Fest des
Gottes [Hieroglyphen] .. Amon-râ als das Seiende er selber gefeiert
[Hieroglyphen] .. am 9. Thoth, dem schönen Zeitpunkt
, wegen seiner bekannten Wichtigkeit," sc. als Anfang der Aussaat
Wie man sieht, liegen die Tage für diese Epochen nicht weitaus
einander. Der Gott Amon-râ, nach einer unterägypt. Auffassung erscheint somit nach den oben stehenden Texten
1, als schöner Jüngling, [Hieroglyphen], d. i. die Sonne der Frühlingsgleiche
2, als verborgener Gott, [Hieroglyphen], d. i. die Sonne der Herbstgleiche
(cf. oben S. 405)
3, als buntgeflügelter Horus, [Hieroglyphen], d. i. die Sonne der Sonnenwende (cf. S. 714)
4, als schöne Sommerstreibe am Anfange der Aussaatzeit, [Hieroglyphen]
[Hieroglyphen], am [Hieroglyphen]. Anfange einer Jahreszeit" nämlich der Aussätzet.
Genau unter denselben Bezeichnungen führt die von mir im
DG. veröffentlichte grosse Namenliste von Edfu (s. S. 1389, XVII
denselben Gott auf als
1) [Hieroglyphen] . den buntgeflügelten, der hervortritt an
. der oberen Hemisphäre von Edfu, den Herrn des Doppelhimmels
.(Sommerwende),
2) [Hieroglyphen] . den periodisch sich verjüngenden
. Gott, das Seiende er selber, den verborgenen Gott, dessen Name

, verborgen ist", d. i. der unsichtbare Serapis der Gnostiker, Herbstgleiche), und

3, [Hieroglyphen], den Jüngling, der als leuch= tendes Auge heraustritt, ein Käfer wird und die Aufgänge immer wieder von Neuem erzeugt" (Frühlingsgleiche).

Wie man sieht, ist auch in diesem Beispiele die Wintersonnen= übergangen.

Derselbe Amon, als Sohn des Osiris (also gleichsam Horus-Amon) wird in flg. Anrufung an den Osiris sehr deutlich in astronomischer Auffassung geschildert:

[Hieroglyphen], dein Sohn, als oberster der Götter, ist der grosse Gott in Theben. Ist er in Conjunction mit der Sonnenscheibe am oberen Himmel ge= treten, so erscheint er als Gott Mond. Er vereinigt die beiden Welten (d. h. die des Südens und Nordens) an dem Zeitpunkte (sc. der Conjunction; Rec. III, 43). Dieselbe Benennung endlich [Hieroglyphen], der sich verjüngende Jüngling" zur Bezeichnung der Frühlingsgleiche findet sich in einer Art von Fest=Kalender (Theban. Herkunft und der römischen Epoche angehörend) in dem hierat. Pap. T. 32, col. 3 Lin. 24 zu Leiden. Der 2. Pharmuthi=d. h. alex. = 28. März wird darin bezeichnet als [Hieroglyphen]. Tag der Geburt der Göttin Mut," als die Zeit [Hieroglyphen] [hieroglyphs] „wann aufgeht die Sonne von neuem in Theben; und an welchem er verjüngt ist, zu neuem dem [hieroglyphs] Jünglinge, dem verjüngten, wann ankommt dessen Majestät nur zu schauen seinen Vater." In ähnlicher Weise wird im Kal. v. Esne (14) bemerkt: [hieroglyphs] „im Monat Epiphi (= 25. Juni) an der Neomenia, tritt her vor der Lichtgott Rā aus dem Innern des hohen (oberen) Sitzes um zu schauen seinen Sohn Šu" d.h. die Sonne um die Zeit der Sommerwende, die nach den Eudoxischen Ansätzen (s. oben S. 442) am 27. Juni (ales 30. Payni), also einen Tag früher verzeichnet steht. Analog ist der 1. (2.? 3.?) Phaophi (28. Septbr) notirt im Esne (2) als [hieroglyphs], jenes „Tag der Erscheinung des Šu (d.i. die Sonne zur Zeit der Herbstglei- che, nach Eudoxus am 24. Septbr. eintretend) und der Göttin Tafnet." In erster Linie war und blieb Amon die Sonne als [hieroglyphs] „schöner Jüngling, d.h. der Frühlingsgleiche, nicht der Sommerwende, wie oben S. 431 irrthümlich geschlossen wurde. Damit stimmt es überein, das das älteste Fest der Frühlingsglei- che im Monat Payni (Anfang 16 April S.) als ein dem Amon speciell gefeiertes ur-thebanisches Fest galt (cf. oben S. 278.), das im Ramesseum als [hieroglyphs] „ein schönes Fest der Thales' (änet, pa-änet = Saoni) aufgeführt wird (cf. S. 88) und

in einem Texte am Tempel von Qurna als [Hieroglyphen], sein Text
des Thales wiederkehrt. Auch im Timaeus des Plato wird der widder-
köpfige Amon mit der Frühlingsgleiche direct in Verbindung
gesetzt. Nach der thebanischen Lehre entstand ([Hieroglyphen], [Hieroglyphen]) die
Welt zur Zeit der Frühlingsgleiche. Der Käfer, [Hieroglyphe], einer der ältesten
Bildzeichen zum Ausdruck des Werdens, wurde naturgemäß dem
Amon beigelegt und als passendes Symbol für die Frühlingsgleiche ausgesonnen. Texte wie der folgende (aus Edfu, an
Horus gerichtet (cf. vBHJ. 48) sind daher leicht zu verstehen:

[Hieroglyphen]

[Hieroglyphen] du gehst auf als Käfer (in der Frühlingsgleiche). Sobald
du am Himmel hervortrittst, erleuchten deine Strahlen die Welt.
. Es gehen auf die Sterne über deiner Barke. Sobald sie aufgehen
. auf der Ostseite, öffnen sich die Thore des Himmels und
. thun sich auf die Thore der Welt. Es erscheinen die Sterne an
. ihren (Epochen-)Festen.° Der Käfer der Frühlingsgleiche an
. den Lenden der Himmelsgöttin im Grabe Ramses' IV (s. S. 175)
gewinnt hierdurch — auch nach der kalendarischen Bedeutung
hin — einen ganz besonderen Werth. Ebenso die Käferbilder [Hieroglyphe]
welche sich am Pyramidion mehrerer Obelisken befinden.
Als Sohn desselben Amon und der Göttin Mut-Bast führt
der tentyritische Text den wenig bekannten Gott [Hieroglyphen]

ﹸ Hur-ḫknu, den großen Gott in der heiligen Stadt d. — Bubastus auf. In einer Götterliste in Edfu (s. BDG. 1389, 17. 1) wird Horus von Edfu als Gott von Bubastus mit den Worten angerufen ﹸ "du bist Hor-ḫtn, welcher leuchtet mit seinen beiden Augen" d. h. als Sonne und Mond. Der Lichtgott der Regulator der Jahreszeiten, erscheint auch hierin deutlich durch die beiden Augen angezeigt. Ihr Stand, zur Zeit der Frühlingsgleiche im soth. Monate Pachon, bildete den Anfang einer als wichtig betrachteten Kal. Epoche des Jahres. In dieser Eigenschaft als Horus der mit seinen beiden Augen leuchtet, ﹸ, erscheint der Gott in einer localen Auffassung (in Soχm, Letopolis in Kus- Apollinopolis parva, und in Ombos) als ﹸ "älterer (ur) Horus in den beiden Augen, der Herr der Stadt Št, welcher in Letopolis weilt" (Ph Mn. 101, bis – LD, II, 35, a). oder als ﹸ "älterer Horus in den beiden Augen, der in Ombos weilt," auch Kurzweg nur ﹸ oder ﹸ "Horus in den beiden Augen" (Silsilis) "Horus in dem Hause der beiden Augen" (Ch N2 I, 524 – BDG. 579) genannt. Er ist der ombitische Heroïär, ﹸ, den die griechische Inschrift an Ort und Stelle (cf Corp. Ins gr 4859), "Haroëris, den großen Gott Apollon" benennt, eine (spätere) Localform der älteren Götter Sebek- rā von Ombos, der ausdrücklich als ﹸ, der schö-

... ne Jüngling am Anfange einer Jahreszeit" (der Frühlingsgleiche) aufgeführt wird (cf. S. 397). Er bildet als älterer Horus den Gegensatz zu einem jüngeren, seinem eigenen Sohne, der als ☉ "kleine Sonne", Sonne der Winterwende, gleichfalls in On. bos verehrt ward (s. oben S. 419). Ueber die weitere Bedeutung der beiden Augen verweise ich auf meine Bemerkung darüber im Kapitel über die "fünf Schalttage."

<u>Eponymischer Kalender der thebanischen Feiertage</u>
(aus <u>römischer</u> Zeit, hierat. Pap. T 32 zu Leiden).
Dieser werthvolle Beitrag zu dem alltäg. Kalenderwesen, der mir auf meine Bitte durch Herrn Director Dr. Leemans gütigst in genauer Copie nach der Original-Handschrift bereits im Jahre 1864 mitgetheilt worden ist, zählt in chronologischer Folge, zum Theil mit Hinzufügung der Kalendertage, die in Theben in den Zeiten des Kaisers Augustus (cf. das unter A befindliche Verzeichniss aus col 1 gefeierten Feste auf, unter besonderen Anspielungen auf Gebräuche und Gottheiten, die in denselben eine bedeutungsvolle Rolle spielten. Der Papyrus gehörte dem Verstorbenen Amons-Priester Horsiesis in Theben an, der im Jahre 10, am 30 Athyr, unter der Regierung des erwähnten Kaisers geboren war. In dem unter B mitgetheilten Texte (col 3) wird

er selig gepriesen, selbst nach seinem Tode auch ferner an den
Götterfesten Theil nehmen zu können.

Hieratischer Papyrus. Museum zu Leiden.

A.

B.

[Mehrere Zeilen hieratischen Textes]

nachstehend im Auszuge die einzelnen Feiertage, denen ich die nach den Kalendern nachweisbaren Monats- und Tagesdaten, so weit sie in bestimmter Form erkennbar vorliegen, hinzugefügt habe.

Zeit	alexandrin.	Fest	Hieroglyphisch umschriebener Text nebst Uebertragung
5.	18 Thoth 15 Septbr	 [Hieroglyphen] Uraeus-Fest	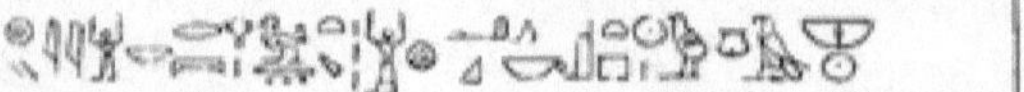 [Hieroglyphen] „... du richtest dich zum Himmel empor auf dem Gebiete der Stadt Ka (Kennzeichen auf 189.618), du behütest die Stätte am Tage des Uraeus-Thier"
5.	19 Thoth 16 Septbr	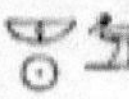 [Hieroglyphen] Hermes Fest	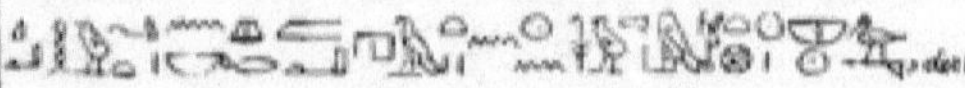 [Hieroglyphen] „... ist der tragend die Kanne des Xnou in Theben, an dem Tage des Festes des Thot."
6			 [Hieroglyphen] „... Kränze sind an ihrem Halse in Gesellschaft mit dem Oberpriester von Memphis (Sem) und Typhon ist auf seinem Kampfe in Gesellschaft mit dem Oberpriester von Abydos (geb)."
6		Herbstgleiche	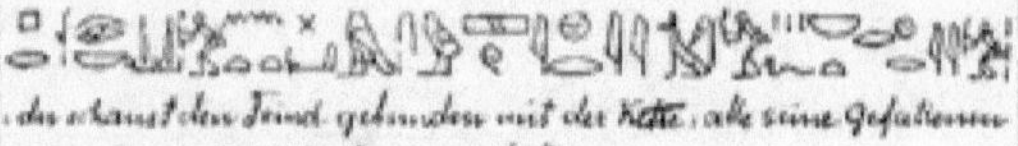 [Hieroglyphen] „... du schaust den Feind gebunden mit der Kette, alle seine Gefallenen sind für Opferfälle bestimmt."
7	19 Phaophi 16 October	 Altes Theban. [Hieroglyphen] Amons Fest	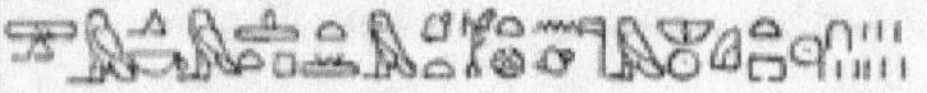 [Hieroglyphen] „... du gehest glücklich einher in Theben ...... an dem Feste des 9. Tages des Monats Phaophi."

Nr.	Datum	Fest	Hieroglyphen / Übersetzung
7	1. Athyr (cf. S. 496) — 20. October	Periplus	[Hieroglyphen] „… du schaust das Königsschiff für den _Periplus_ bei der Auswärtsfahrt. Das Gottesschiff ist wie die _Sktj-Barke_."
8		[Sommerstand]	[Hieroglyphen] „… du sitzest in seinem Schiffe unter seinen Matrosen; wenn sich zeigt seine Majestät, um zu schauen das Denkmal ……"
8	(28. Chonsk? 5.) 18. Athyr ab — 14. Novbr.	[Reminiscenzzeit (cf. S. 36?)]	[Hieroglyphen] „… du stehst in dem Saale neben den Gottheiten an jenem Tage des _Vaters der Ewigkeit_."
9		[Sommerstand]	[Hieroglyphen] „… du gehst neben ihm, deine Füße sind nicht behindert, wenn sich seine _Majestät_ nach _Theben begiebt_."
10		[Sommerstand]	[Hieroglyphen] „… du schaust auch die _Sktj-Barke_ bei ihrem Erscheinen in der Stadt (Theben) und die in Periplyt? vereinten beiden Schwestern."
10		2. Th-Fest	[Hieroglyphen] „… schaust die Göttin Hathor, die zur Mutter ihrer Mutter wird, an jenem Tage …… ? des _Th-Festes_."
11			[Hieroglyphen] „… aufgerufen wird dein Name unter der Richtung von Hermopolis magna, wenn? in jener Nacht des Festes …… die in …"
12	30. Athyr (cf. S. 385, 3, a) — 26. Novbr.	[Isis-Fest]	[Hieroglyphen] „… du em-pfängst Wasser ausser den Broten auf der Hand der Göttin _Hathor_, wenn die _Opfer_ bereitet werden am Anfange der …"
12	1. Choiak — 27. Novbr.	(Nilfest)	[Hieroglyphen] „… du erfassest ihre Milch-Krüge und ihre Trink-Kannen."
13			[Hieroglyphen] „… du streckst dich wieder unter dem herrlichen _Pfirsichbaume_ und dein Sitz ist unter seinem _Laubdache_"
12			[Hieroglyphen] „… du schaust die Bewegungslosen vereint in einer Viehhürde? in ihren Gestalten als _verjüngter Stier_."

Nr.	Datum (äg.)	Jahreszeit	Hieroglyphen	Übersetzung
14			[Hieroglyphen]	„..., du scheinst ihre Körper zusammenvereint in ihren Gestalten als Göttin Ānāid."
14	26 Choiak / 22 December	Winterwende	[Hieroglyphen]	„..., du strahlst ein in den † von Theben unter Klagen und Klagen, wenn der Gott Sokar leuchtend aufgeht in der Henu-Barke."
15			[Hieroglyphen]	„..., du gehst über das Bergland mit ihrer Majestät nach Theben in der Frühe des Festes oben..."
16	17. Tybi / 12 Januar	col. 8 / Perigäus	[Hieroglyphen]	„..., du kreisest auf dem Gebiete von Āš-ru, wenn die Göttin Abed nicht zur Zeit des Perigäus des lebendigen Geistes."
16			[Hieroglyphen]	„..., du hörst vieles Gerede die Verherrlichung der Nubierinnen und das Frohlocken der anmuthigen Weiber von Tentyra"
17			[Hieroglyphen]	„..., du stehst im Tempel im Chor der Sänger und du hörst die Lobpreisungen der Libyer" (sic).
18			[Hieroglyphen]	„..., du schreitest freudvoll umher im Hause Pi-ubχt an jenem Tage des Windens (der Kränze?)"
19		S. Papier... Rec. I. 38.	[Hieroglyphen]	„..., du scheinst die beiden Sterne als bχn (?) auf der Stadt der thebanischen Götter Mut-Bu, vereint im Šu-Hause"
19			[Hieroglyphen]	„..., du scheinst die Quellen die Seil geworfen in das Wasserleben und die Matrosen des Horus in ā-Kū-...(?)"
20	1 Phamenoth / 25 Februar	Frühlings-Anfang	[Hieroglyphen]	„..., du hebst hoch deinen Arm im Tempel des Ptah an dem Tage der Aufhängung des Himmels."
20			[Hieroglyphen]	„..., du läufst über die Erde mit dem Gotte ...p an dem Tage des Gottes Su(?). (?)"

20.	(Sommerstand)	„du besuchst die Höhlen von Theben mit ihm, wann sich seine Majestät nach der Zone von S... (?) begiebt."
21.		„er spricht zu dir der Vater und dem Kinde (?) .... „die Herrin des Himmels kommt nach ihrem Hause."
22.	(Sommerstand)	„du empfängst einen Mantel aus seiner Hand .... „das heilige Auge .... wie"
23.	Pharmuthi / Erntefest	„du (ruhst?) in der Abendzeit im Tempel der Mut, am Tage „des Festes der (Erntegöttin) Renenut."
23.	2 Pharmuthi / 28 März / Frühlingsgleiche	„du wächst in der Nacht in der Gebärkammer am Tage der „Geburt der Göttin Mut."
24.	(Sommerstand)	„du hörst den Klagen von den Göttern der Gebärerin, wann „Gott Sumenu zum zweitenmale in Theben aufgeht."
24.	Sonne der Frühlingsgleiche	„du gehst eilends vor dem verjüngten Jünglinge einher, wann „seine Majestät kommt um seinen Vater zu sehen."
25.		„du sitzest unter den Weibern (?) von Theben, an dem Tage „wo er die Sachen sammelt." (cf. oben S. 327).
26.	3. (16.) Pachon / 28. April. / 11. Mai. / Sommers Anfang	„es fliegt deine Seele nach Theben, herrlich ist dein Gedächt. „niss um dem 3. (u. 16.) Monattage im Pachon."
26.	(Sommers Sonne)	„du gehst hinein mit den hinein Gehenden und hinaus „mit den hinaus Gehenden als ein grosser Herr in seinem Tem(pel)"
27.		„du schaust „die in ihrem Gebiete (?) mysteriöse, durch den Pastophoren „vollzogene Handlung niemand sieht, niemand hört (davon)."

27.			[hieratische Gruppen] „du vernimmst die Worte des Sängers in vielfältiger Modulation in seinem Tempel."
28			[hieratische Gruppen] „du hörst den Gesang der aus Selfe beim Citherspiel und den oder aus Qus (Apollinonolispana?) beim Harfenspiel."
29			[hieratische Gruppen] „es dringt die Stimme seiner Diener in dein Ohr, wann das Ritual ausgeführt wird zur Mittagszeit."
29			[hieratische Gruppen] „du besteigst die Treppe des ewigen Lichtkreises, du schaust den erkräftigen Wälder auf seinem Gebiete."
30			[hieratische Gruppen] „du schaust den ? in seiner ersten Form, Osiris........ [in] dem Reinigungshause."
30			[hieratische Gruppen] „deine Hand wird nicht zurückgelassen, deine Füße sind nicht behindert in ganz Theben."
31	1. Epiphi (Neomenia) 25. Juni	Sommerwende	[hieratische Gruppen] „du schaust den Gott Ka-mut .... an seinem ? wann er heraustritt am Tage des Neumondes."

Anmerkung. Die undeutlich geschriebenen und schwer erkennbaren hieratischen Gruppen dieses merkwürdigen Textes, hinter deren mythologischer Ausdrucksweise sich meistentheils astronomische Vorstellungen verbergen, habe ich lieber durch ein ? ersetzt, um nicht durch muthmassliche Umschreibungen zu falschen Schlüssen Veranlassung zu geben. Die in den Zeilen 5, 6, 7, 14, 20, 23, 26 und 31 enthaltenen Festangaben lassen über die Folge der Feiertage auf Grund der fortlaufenden Monate des Kalenderjahres auch nicht die mindesten Zweifel bestehen.

Die nachstehende Tafel, welche ich der Güte des verstorbenen Astronomen H. Dr. von Gumpach verdanke, enthält die annähernden Daten der Aequinoctien und Solstitien für die Secular-Epochen vom Jahre 2700 vor Chr. an bis zum Jahre 300 der christlichen Zeitrechnung hin. Die Daten sind von dem genannten Gelehrten nach den abgekürzten Largeteau'schen Tafeln berechnet worden und beziehen sich auf den Julianischen Kalender so wie auf den Meridian von Paris. Die Stunden 0–24 sind von Mitternacht an gezählt.

| Correspondenz Jahre | | Julianische Daten | | | |
der Jul. Periode	der christlichen Äere	des Frühlings-aequinoctiums	des Sommer-Solstitiums	des Herbst-Aequinoctiums	des Winter-Solstitiums
	vor Chr	h. m.	h. m.	h. m.	h. m.
2014	2700	13 April 7 42	16 Juli 10 51	14 October 14 57	11 Januar 3 43
2114	2600	12 „ 12 27	15 „ 16 17	13 „ 22 22	10 „ 10 30
2214	2500	11 „ 17 13	14 „ 21 40	13 „ 5 45	9 „ 17 19
2314	2400	10 „ 21 59	14 „ 2 59	12 „ 13 6	9 „ 0 9
2414	2300	10 „ 2 46	13 „ 8 16	11 „ 20 24	8 „ 7 0
2514	2200	9 „ 7 34	12 „ 13 29	11 „ 3 41	7 „ 13 53
2614	2100	8 „ 12 23	11 „ 18 40	10 „ 10 35	6 „ 20 48
2714	2000	7 „ 17 12	10 „ 23 48	9 „ 18 7	6 „ 4 43
2814	1900	6 „ 22 3	10 „ 4 52	9 „ 1 16	5 „ 10 40

29 14	1800	6 . 2 53	9 . 9 54	8 . 8 23	4 . 17 38
30 14	1700	5 . 7 48	8 . 14 53	7 . 15 27	4 . 0 -36
31 14	1600	4 . 12 72	7 . 19 49	6 . 22 28	3 . 1 36
32 14	1500	3 . 17 37	7 . 0 43	6 . 5 27	2 . 14 37
33 14	1400	2 . 22 33	6 . 5 33	5 . 12 23	1 . 21 38
34 14	1300	2 . 3 31	5 . 10 21	4 . 19 16	1 . 4 41
35 14	1200	1 . 8 30	4 . 15 7	4 . 2 6	31 Decbr. 11 44
36 14	1100	31 März 13 30	3 . 20 50	3 . 8 54	30 . 18 47
37 14	1000	30 . 18 32	3 . 0 31	2 .. 15 38	30 . 1 31
38 14	900	29 . 23 35	2 . 5 9	1 . 22 19	29 . 8 56
39 14	800	29 . 4 40	1 . 9 45	1 . 4 57	28 . 16 1
40 14	700	28 . 9 46	30 Juni 14 18	30 Septbr. 11 32	27 . 23 6
41 14	600	27 . 14 54	29 . 18 50	29 . 18 4	27 . 6 12
42 14	500	26 . 20 3	28 . 23 19	29 . 0 32	26 . 13 18
43 14	400	26 . 1 14	28 . 3 46	28 . 6 37	25 . 20 24
44 14	300	25 . 6 26	27 . 8 12	27 . 13 19	25 . 3 30
45 14	200	24 . 11 40	26 . 12 33	26 . 19 38	24 . 10 36
46 14	100	23 . 16 55	25 . 16 57	26 . 1 53	23 . 17 41
47 13	B 1	22 . 16 24	24 . 15 29	25 . 2 15	22 . 18 57
47 14	nach Chr 1	22 . 22 13	24 . 21 17	25 . 8 4	23 . 0 47
48 13	B 100	21 . 21 43	23 . 19 57	24 . 8 23	22 . 2 2
49 13	B 200	21 . 3 3	22 . 23 53	23 . 14 28	21 . 9 7
50 13	B 300	20 . 8 25	22 . 4 19	22 . 20 29	20 . 16 11

Schluß.

Berichtigungen und Zusätze

S. 228. Absatz ad 27, zu lesen: „schenke die Verjüngung der lendyritischen Hathor an den Anfängen der Jahreszeiten gleichwie die Sonne sich verjüngt an den Anfängen der Jahreszeiten."

S. 231. In der hieroglyphischen Tafel in den Columnen 2 und 3 ⌢ an Stelle von ⌣ zu setzen.

S. 254. Lin. 34 statt ⚹ zu lesen ⚹ (25).

S. 260 Lin. 14 „Ober-Aegypten" statt „Unter-Aegypten" zu lesen.

S. 275 Lin. 1 an Stelle von zu setzen.

S. 282 l. „Geburten (Aufgänge)" statt „Kinder".

S. 284 Lin. 5 hinter die Gruppen einzufügen deren Uebertragung in dem Texte richtig angegeben ist.

S. 287 Lin. 6 von unten l. „2. Phaophi" statt „9. Phaophi".

S. 288 Lin. 3 l. [Ra] statt [ ].

S. 292 Lin. 6 v. unten l. „daselbst" statt „selbst".

S. 296 Lin. 8 v. unten l. „Conjunction mit der Sonne" statt „geht die Sonne unter".

S. 306 Lin. 1 l. S. 298) statt S.)

S. 311 unter „Titel" l. statt , und unter „Schluss" statt .

S. 319 Lin. 12 l. „am zweiten Feste des Amon."

S. 336 vor Lin. 1 zu setzen: up- oder apr-Sot „Anfang der Ueberschwemmungszeit", mir nur bekannt aus der Stelle: , „das Unterland von Soxet-tā trägt seinen Lilienschmuck".

das ist die Verkündigung der Rechnung am Anfange der Ueber =
schwemmungszeit," d. h. das Ansehen für die beginnende Nilfluth

(R Edfou, 63, XIV. d).

Seite 354 Lin. 15 l. [Hieroglyphen] statt [Hieroglyphen].

S. 367 Col. 20. a l. [Hieroglyphen] statt [Hieroglyphen] und am Schluße [Hieroglyphen].

-- Col. 22. b. l. [Hieroglyphen]

-- Col. 23 l. [Hieroglyphen]

S. 369 Col. 2, b oben l. [Hieroglyphen] statt [Hieroglyphen]

S. 370 Col. 13, a unten zu lesen [Hieroglyphen] statt [Hieroglyphen]

S. 373 Col. 19 l. [Hieroglyphen] statt [Hieroglyphen]

S. 383 Col. 15. a. l. [Hieroglyphen] statt [Hieroglyphen]

S. 401, Lin. 8 hinter Sakkara hinzuzufügen : welche sich auf einen Hofbeamten
Namens [Hieroglyphen] sübu, eines Zeitgenossen Königs [Hieroglyphen] Teta bezieht."

S. 726 hinter Lin. 12 hinzuzufügen : In dem großen an Amon gerichteten Hymnus in dem Oasen Tempel von Hib (Hibis) werden die Sonnenaugen an
den vier Sonnenständen des Jahres in ähnlicher Weise durch ihre Farben
unterschieden, wobei interessante Varianten zu Tage treten. Bei der Beschreibung der Gestalt des Gottes werden die Augen und der Leib desselben wie
folgt beschrieben [Hieroglyphen] die Au-
gen sind goldbronzefarbig, schwefelgelb, [X]Kr-farbig und grünleuchtend. Ein
Sonnenstrahl ist der Guß des Leibes." Hierin treten mit Ausnahme von
[Hieroglyphen] d. i. [Hieroglyphen] Ohm, ohm - schwefelfarbig, schwefelgelb; - ganz neue

Bezeichnungen für Farben vor, unter denen [Hieroglyphen] *χKr* überhaupt ein noch unbekannter Farbenname ist. Da die Inschriften hunderte von Malen das Metall [Hieroglyphen] *sam* als leuchtend, strahlend wie Feuer schildern, so ist es klar, daß es der Farbe [Hieroglyphen] unserer Hauptinschrift S. 425 entspricht. Die grüne Farbe, *mäßt*, für die Sonne erscheint z. B. wieder in dem in L. D. II 115 publ. hierat. Papyrus aus den Zeiten der 18 Dynastie. Amon, der Lichtgott, heißt er u. a. darin (Zin. 69): [Hieroglyphen] ein Stier in der Nacht, ein König bei Tage, die herrliche Sonnenscheibe von grüner „Farbe", wie er andererseits ebendort (Zin. 2) als [Hieroglyphen] „gelb farbig" und „als [Hieroglyphen] Falke mit gelbem Stirngel und vielfarbiger Sperber" (vergl. oben S. 427 [Hieroglyphen]) geschildert wird. Das *āst - āmu* „vielfarbig" entspricht offenbar das oben erwähnte Wort [Hieroglyphen] *āb* „schillernd". Da das Wort *χKr* in der Gestalt [Hieroglyphen] [Hieroglyphen], sehr häufig in den Texten in der Reihe farbiger Kleider eine bestimmte Stelle einnimmt, außerdem aber in der Malereien das Zeichen [Hieroglyphen] stets buntfarbig ausgeführt auftritt, so scheint es als Variante von *āb* „buntfarbig, schillernd" aufgefaßt worden zu sein. Auch in den L. D. II, 120 (Zin. 85) publ. hierat. Papyrus heißt Amon - rā [Hieroglyphen] [Hieroglyphen] „der mit hohem Federpaar, der Herr der bunten Farben." Im Todtenbuche (15, 9) werden die Ausdrücke [Hieroglyphen] „bronzefarbig" und [Hieroglyphen] *āmi* (var. [Hieroglyphen], [Hieroglyphen]) „thonfarbig, blaßgelb" auf die Sonnenfarbe bezogen. Ähnlich heißt er einmal vom Widder von Men-

der (BDg. 389, XV, 2) [Hieroglyphen] „der lebende Widder, welcher blass-
gelb aufgeht" (als Sonne der Frühlingsgleiche) und vom Monde [Hieroglyphen]
[Hieroglyphen] „der Mond an der Neomenie, mit seinen blassgelben
Lichtstrahlen" (Grab des Ra-m-hä zu Theben).

S. 431 Lin. 1, die [Hieroglyphen] betreffende Stelle ist durch die darauf bezügliche
Auseinandersetzung S. 515 zu berichtigen.

Ibid. Lin. 7 von unten zu dem Sonnensperber mit ausgebreitetem Flügelpaar zu bemerken, dass dieselbe Figur an einer Stelle des oben erwähnten Hymnus an Amon in dem Tempel von Hib wiederkehrt. Amon erscheint darin
als Tum d. i. als Sonne der Herbstgleiche (cf. S. 430) aufgefasst. In dieser Eigenschaft heisst er [Hieroglyphen] „Tum, der
Grosse, der Herr der Menschen, das ist nämlich die Sonne Xpr, welche vom
„ersten Anfange an existirt." Wir lernen hieraus den eigentlichen Namen des Sonnenvogels
kennen, der von dem des [Hieroglyphen] Xpr indess ganz verschieden ist.

Die Sonnenfarben wird die folgende Zusammenstellung übersichtlich darstellen.

die Sonne des	Zeichen	Farben	Varianten	Bedeutung
Frühlings	[Hieroglyphe]	[Hieroglyphen] amit	[Hieroglyphen] mäk	a. rosenfarbig, blassgelb b. grünlich
Sommers	[Hieroglyphe]	[Hieroglyphen] 36	[Hieroglyphen] amu [Hieroglyphen] Xpr	vielfarbig, buntfarbig, schillernd
Herbstes	[Hieroglyphe]	[Hieroglyphen] stu	[Hieroglyphen] o III sam	a. feuerfarbig b. goldbronzefarbig
Winters	[Hieroglyphe]	[Hieroglyphen] ehn	[Hieroglyphen] ahnt [Hieroglyphen] ahn	schwefelfarbig, hellgelb.

Sonstige Redactionsfehler und kleine Irrthümer, die ohne irreführend zu sein mit un-
terlaufen sind, wolle der nachsichtige Leser gern verzeihen und stillschweigend verbessern.

www.ingramcontent.com/pod-product-compliance
Lightning Source LLC
Chambersburg PA
CBHW021939110726
47901CB00003B/901